ILDEFONSO
FALCONES

LA REINA DESCALZA

Ildefonso Falcones, casado y padre de cuatro hijos, es abogado y ejerce en Barcelona. *La catedral del mar*, su primera novela, se convirtió en un éxito editorial mundial sin precedentes, reconocida tanto por los lectores como la crítica y publicada en más de cuarenta países. Con más de cuatro millones de ejemplares vendidos en todo el mundo, Falcones se ha consagrado como uno de los autores de novela histórica más vendidos de España.

LA REINA DESCALZA

LA REINA DESCALZA

ILDEFONSO
FALCONES

Vintage Español
Una división de Random House, Inc.
Nueva York

PRIMERA EDICIÓN VINTAGE ESPAÑOL, ABRIL 2013

Información de catalogación de publicaciones disponible en la Biblioteca del Congreso de los Estados Unidos.

Vintage ISBN: 978-0-345-80528-7

Para venta exclusiva en EE.UU., Canadá, Puerto Rico y Filipinas.

www.vintageespanol.com

Impreso en los Estados Unidos de América

10 9 8 7 6 5 4 3 2 1

A la memoria de mis padres

Y ser flamenco es cosa:
es tener otra carne
alma, pasiones, piel, instintos y deseos;
es otro ver el mundo,
con el sentido grande;
el sino de la conciencia,
la música en los nervios,
fiereza independiente,
alegría con lágrimas,
y la pena, la vida y
el amor ensombreciendo;
odiar lo rutinario,
el método que castra;
embeberse en el cante,
en el vino y los besos;
convertir en un arte sutil,
y de capricho y libertad, la vida;
sin aceptar el hierro de la mediocridad;
poner todo a un envite;
saborearse, darse, sentirse,
¡vivir!

TOMÁS BORRÁS,
«Elegía del cantaor»

LA REINA DESCALZA

I

MAGNÍFICA DIOSA

1

Puerto de Cádiz,
7 de enero de 1748

n el momento en que iba a poner pie en el muelle de Cádiz, Caridad dudó. Se encontraba justo al final de la pasarela de la falúa que los había desembarcado de *La Reina*, el navío de la armada con caudales que había acompañado a los seis mercantes de registro con preciadas mercaderías del otro lado del océano. La mujer alzó la vista al sol de invierno que iluminaba el bullicio y el ajetreo que se vivía en el puerto: uno de los mercantes que habían navegado con ellos desde La Habana estaba siendo descargado. El sol se coló por las rendijas de su raído sombrero de paja y la deslumbró. El escándalo la sobresaltó y se encogió asustada, como si los gritos fueran contra ella.

—¡No te detengas ahí, morena! —le espetó el marinero que la seguía al tiempo que la adelantaba sin contemplaciones.

Caridad trastabilló y estuvo a punto de caer al agua. Otro hombre que iba tras ella hizo amago de adelantarla, pero entonces la mujer saltó con torpeza al muelle, se apartó y volvió a detenerse mientras parte de la marinería continuaba desembarcando entre risas, chanzas y todo tipo de apuestas procaces acerca de cuál sería la hembra que les haría olvidar la larga travesía oceánica.

—¡Disfruta de tu libertad, negra! —gritó otro hombre cuando pasó junto a ella, al tiempo que se permitía propinarle un sordo cachete en las nalgas.

Algunos de sus compañeros rieron. Caridad ni siquiera se movió, tenía la mirada fija en la larga y sucia coleta que, bailando en la espalda del marinero y rozando su camisa harapienta al ritmo de un caminar inestable, se alejaba en dirección a la puerta de Mar.

«¿Libre?», alcanzó a preguntarse entonces. ¿Qué libertad? Observó más allá del muelle, las murallas, donde la puerta de Mar daba acceso a la ciudad: gran parte de los más de quinientos hombres que componían la dotación de *La Reina* se iban apelotonando frente a la entrada, donde un ejército de funcionarios —alcaides, cabos e interventores— los registraban en busca de mercancías prohibidas y los interrogaban acerca de la derrota de las naves, por si alguna de ellas se había separado del convoy y de su ruta para contrabandear y burlar a la hacienda real. Los hombres esperaban impacientes a que se cumpliesen los trámites rutinarios; los más alejados de los funcionarios, amparados en el gentío, exigían a gritos que los dejasen pasar, pero los inspectores no cedían. *La Reina*, majestuosamente fondeada en el caño del Trocadero, había transportado en sus bodegas más de dos millones de pesos y casi otros tantos en marcos de plata labrada, otro más de los tesoros de Indias, además de a Caridad y a don José, su amo.

¡Maldito don José! Caridad lo había cuidado durante la travesía. «Peste de las naos», dijeron que tenía. «Morirá», aseguraron también. Y en verdad llegó su hora tras una lenta agonía a lo largo de la cual su cuerpo se fue consumiendo día a día entre tremendas hinchazones, calenturas y hemorragias. Durante un mes amo y esclava permanecieron encerrados en un pequeño y viciado camarote con una sola hamaca, a popa, que don José, tras pagar sus buenos dineros, consiguió que el capitán le construyese con tablones, robando espacio al que era de uso común de los oficiales. «Eleggua, haz que su alma no descanse jamás, que vague errante», había deseado Caridad percibiendo en el reducido espacio la poderosa presencia del Ser Supremo, el Dios que rige el destino de los hombres. Y como si el amo la hubiese escuchado, le suplicó compasión con sus escalofriantes ojos biliosos al tiempo que extendía la mano en busca del calor de la vida que sabía se le escapaba. Sola con él en el camarote, Caridad le negó ese consuelo. ¿Acaso no había extendido también ella la mano cuando la separaron de su pequeño Marcelo? ¿Y qué había hecho entonces el amo? Ordenar al capataz de la vega que la sujetase y gritar al esclavo negro que se llevase al pequeño.

—¡Y hazle callar! —añadió en la explanada frente a la casa grande, donde los esclavos se habían reunido para saber quién sería su nuevo amo y qué suerte les aguardaba a partir de entonces—. No soporto...

Don José calló de repente. El asombro de los esclavos era evidente en sus rostros. Caridad había logrado zafarse del capataz con un inconsciente manotazo e hizo ademán de correr hacia su hijo, pero enseguida se dio cuenta de su imprudencia y se detuvo. Durante unos instantes solo se escucharon los agudos y desesperados chillidos de Marcelo.

—¿Quiere que la azote, don José? —preguntó el capataz mientras volvía a agarrar a Caridad de un brazo.

—No —decidió este tras pensarlo—. No quiero llevármela estropeada a España.

Y aquel negro grande, Cecilio se llamaba, la soltó y arrastró al niño hacia el bohío tras un severo gesto del capataz. Caridad cayó de rodillas y su llanto se mezcló con el del niño. Esa fue la última vez que vio a su hijo. No la dejaron despedirse de él, no le permitieron...

—¡Caridad! ¿Qué haces ahí parada, mujer?

Al oír su nombre volvió a la realidad y entre el bullicio reconoció la voz de don Damián, el viejo capellán de *La Reina*, que también había desembarcado. De inmediato dejó caer su hatillo, se destocó, bajó la mirada y la fijó en el raído sombrero de paja que empezó a estrujar entre sus manos.

—No puedes quedarte en el muelle —continuó el sacerdote al tiempo que se acercaba a ella y la tomaba del brazo. El contacto duró un instante; el religioso lo rompió azorado—. Vamos —le instó con cierto nerviosismo—, acompáñame.

Recorrieron la distancia que los separaba de la puerta de Mar: don Damián cargado con un pequeño baúl, Caridad con su hatillo y el sombrero en las manos, sin apartar la mirada de las sandalias del capellán.

—Paso a un hombre de Dios —exigió el sacerdote a los marineros que se apiñaban frente a la puerta.

Poco a poco la multitud fue apartándose para franquearle el paso. Caridad le seguía, arrastrando los pies descalzos, negra como el ébano, cabizbaja. La sencilla camisa larga y grisácea que le servía de vestido, de lienzo grueso y tosco, no conseguía ocultar a una mujer fuerte y bien formada, tan alta como algunos de los marineros que levantaron la mirada para fijarse en su recio pelo negro ensortijado, mientras otros la perdían en sus pechos, grandes y firmes, o en sus voluptuosas caderas. El capellán, sin dejar de andar, se limitó a alzar una mano cuando escuchó silbidos, comentarios desvergonzados y alguna que otra atrevida invitación.

—Soy el padre Damián García —se presentó el sacerdote extendiendo sus papeles a uno de los alcaides una vez superada la marinería—, capellán del navío de guerra *La Reina*, de la armada de su majestad.

El alcaide ojeó los documentos.

—¿Vuestra paternidad me permitiría inspeccionar el baúl?

—Efectos personales… —contestó el sacerdote mientras lo abría—, las mercancías se hallan debidamente registradas en los documentos.

El alcaide asintió mientras revolvía en el interior del baúl.

—¿Algún contratiempo en el viaje? —preguntó el oficial sin mirarle, sopesando una barrita de tabaco—. ¿Algún encuentro con naves enemigas o ajenas a la flota?

—Ninguno. Todo como estaba previsto.

El alcaide asintió.

—¿Su esclava? —inquirió señalando a Caridad después de dar por finalizada la inspección—. No consta en los papeles.

—¿Ella? No. Es una mujer libre.

—No lo parece —afirmó el alcaide plantándose delante de Caridad, que aferró todavía más su hatillo y su sombrero de paja—. ¡Mírame, negra! —masculló el oficial—. ¿Qué escondes?

Algunos de los demás oficiales que inspeccionaban a la marinería detuvieron su trabajo y se volvieron hacia el alcaide y la mujer que permanecía cabizbaja frente a él. Los marineros que les habían hecho espacio se acercaron.

—Nada. No esconde nada —saltó don Damián.

—Calle, padre. Todos aquellos que no se atreven a mirar al rostro de un alcaide ocultan algo.

—¿Qué va a ocultar esta desgraciada? —insistió el sacerdote—. Caridad, dale tus papeles.

La mujer revolvió en el hatillo en busca de los documentos que le había entregado el escribano del barco mientras don Damián continuaba hablando.

—Embarcó en La Habana junto a su amo, don José Hidalgo, que pretendía regresar a su tierra antes de morir y que falleció durante la travesía, Dios lo tenga en su gloria.

Caridad entregó sus documentos, arrugados, al alcaide.

—Antes de fallecer —prosiguió don Damián—, como es usual en los buques de su majestad, don José hizo testamento y ordenó la liberación de su esclava Caridad. Ahí tiene la escritura de manumisión que otorgó el escribano de la capitana.

«Caridad Hidalgo —había escrito el escribano tomando el apellido del amo muerto—, también conocida como Cachita; esclava negra del color del ébano toda ella, sana y de fuerte constitución, de pelo negro rizado y aproximadamente de unos veinticinco años de edad.»

—¿Qué llevas en esa bolsa? —preguntó el alcaide tras leer los documentos que acreditaban la libertad de Caridad.

La mujer abrió el hatillo y se lo mostró. Una vieja manta y una chaqueta de bayeta... Todo cuanto poseía, la ropa que el amo le había dado en las últimas temporadas: la chaqueta, el invierno anterior; la manta, dos inviernos atrás. Escondidos entre las prendas llevaba varios cigarros que había conseguido racionar en el barco después de robárselos a don José. «¿Y si los descubren?», temió. El alcaide hizo ademán de inspeccionar el hatillo, pero al ver las ropas viejas torció el gesto.

—Mírame, negra —exigió.

El temblor que recorrió el cuerpo de Caridad se hizo patente para cuantos presenciaban la escena. Nunca había mirado a un hombre blanco cuando se dirigía a ella.

—Está asustada —intercedió don Damián.

—He dicho que me mire.

—Hazlo —le rogó el capellán.

Caridad alzó el rostro, redondeado, de labios gruesos y carnosos, nariz achatada y pequeños ojos pardos que trataron de mirar más allá del alcaide, hacia la ciudad.

El hombre frunció el ceño y buscó infructuosamente la huidiza mirada de la mujer.

—¡El siguiente! —cedió de repente, rompiendo la tensión y originando una avalancha de marineros.

Don Damián, con Caridad pegada a su espalda, cruzó la puerta de Mar, un pasadizo flanqueado por dos torres almenadas, y se internó en la ciudad. Atrás, en el Trocadero, quedaban *La Reina*, el navío de dos puentes y más de setenta cañones en el que habían navegado desde La Habana, y los seis mercantes a los que había escoltado con sus bodegas repletas de productos de las Indias: azúcar, tabaco, cacao, jengibre, zarzaparrilla, añil, cochinilla, seda, perlas, carey... plata. La carrera había sido un éxito y Cádiz los había recibido con repique de campanas. España se hallaba en guerra con Inglaterra; las Flotas de Indias, que hasta hacía algunos años cruzaban el océano fuertemente custodiadas por buques de la armada real, habían dejado de operar, así que el comercio se desarrolló con los navíos de registro, mercantes particulares que conseguían un permiso real para la travesía. Por ello la llegada de las mercaderías y del tesoro, tan necesario para las arcas de la hacienda española, había despertado en la ciudad un ambiente festivo que se vivía en todos sus rincones.

Al llegar a la calle del Juego de Pelota, dejando atrás la iglesia de Nuestra Señora del Pópulo y la puerta de Mar, don Damián se apartó de las riadas de marineros, soldados y mercaderes, y se detuvo.

—Que Dios te acompañe y te proteja, Caridad —le deseó volviéndose hacia ella tras dejar el baúl en el suelo.

La mujer no respondió. Se había embutido el sombrero de paja hasta las orejas y el capellán fue incapaz de verle los ojos, pero los imaginó fijos en el baúl, o en sus sandalias, o...

—Tengo cosas que hacer, ¿entiendes? —trató de excusarse—. Ve a buscar algún trabajo. Esta es una ciudad muy rica.

Don Damián acompañó sus palabras extendiendo su mano derecha, con la que rozó el antebrazo de Caridad; entonces fue él quien bajó la mirada un segundo. Al alzarla se encontró con los pequeños ojos pardos de Caridad clavados en él, igual que en las noches de travesía, cuando tras la muerte de su amo se había hecho cargo de la esclava y la había escondido de la marinería por orden del capitán. Se le revolvió el estómago. «No la toqué», se repitió por enésima vez. Nunca le había puesto una mano encima, pero Caridad le había mirado con ojos inexpresivos y él... Él no había podido evitar masturbarse por debajo de la ropa ante la visión de aquella hembra esplendorosa.

Tan pronto como falleció don José, se cumplió con el rito del funeral: se rezaron tres responsos y su cadáver fue arrojado por la borda metido en un saco y con dos botijos de agua atados a los pies. Entonces el capitán ordenó que se desmontase aquel camarote y que el escribano asegurase los bienes del difunto. Don José era el único pasajero de la capitana; Caridad, la única mujer a bordo.

—Reverendo —le dijo al capellán luego de dar aquella orden—, le hago responsable de mantener a la negra alejada de la tripulación.

—Pero yo... —intentó oponerse don Damián.

—Aunque no sea suya, puede aprovechar la comida embarcada por el señor Hidalgo y alimentarla con ella —sentenció el oficial tras hacer caso omiso a la protesta.

Don Damián mantuvo a Caridad encerrada en su diminuto camarote, donde solo había lugar para la hamaca que colgaba de lado a lado y que durante el día recogía y enrollaba. La mujer dormía en el suelo, a sus pies, bajo la hamaca. Las primeras noches, el capellán se refugió en la lectura de los libros sagrados, pero poco a poco su mirada fue siguiendo los rayos del candil que, como si tuvieran voluntad propia, parecían desviarse de las hojas de sus pesados tomos para empeñarse en iluminar a la mujer que yacía acurrucada tan cerca de él.

Luchó contra las fantasías que le asaltaban a la vista de las piernas de Caridad cuando escapaban por debajo de la manta con la que se cubría, de sus pechos, subiendo y bajando al ritmo de su respiración, de sus nalgas. Y sin embargo, casi involuntariamente, empezó a tocarse. Quizá fuera el crujir de los maderos de los que colgaba la hamaca, quizá la tensión que vino a acumularse en tan reducido espacio, lo cierto fue que Caridad abrió los ojos y toda la luz del candil se centró en ellos. Don Damián sintió que enrojecía y se quedó quieto un instante, pero su deseo se multiplicó ante la mirada de Caridad, la misma mirada inexpresiva con que ahora recibía sus palabras.

—Hazme caso, Caridad —insistió—. Busca trabajo.

Don Damián cogió el baúl, le dio la espalda y reemprendió su camino.

«¿Por qué me siento culpable?», se preguntó mientras hacía un alto para cambiar de mano el baúl. Podía haberla forzado, se excusó como siempre que le atenazaba la culpa. Solo era una esclava. Quizá…, quizá ni siquiera le habría hecho falta recurrir a la violencia. ¿Acaso todas aquellas esclavas negras no eran mujeres disolutas? Don José, su amo, se lo había reconocido en confesión: se acostaba con todas ellas.

—Con Caridad tuve un hijo —le reveló—, igual dos, pero no, no creo; el segundo, aquel muchacho torpe y bobo, era tan oscuro como ella.

—¿Se arrepiente? —le preguntó el sacerdote.

—¿De tener hijos con las negras? —se revolvió el veguero—. Padre, vendía los criollitos en un trapiche cercano propiedad de los curas. Ellos nunca se preocuparon de mi alma pecadora a la hora de comprármelos.

Don Damián se dirigía a la catedral de Santa Cruz, al otro lado de la estrecha lengua de tierra en la que se asentaba la ciudad amurallada cerrando la bahía. Antes de girar una bocacalle, volvió la cabeza y entrevió la figura de Caridad al paso del gentío: se había apartado hasta dar con la espalda en un muro donde permanecía quieta, ajena al mundo.

«Saldrá adelante», se dijo forzando el paso y girando la calle. Cádiz era una ciudad rica en la que podían encontrarse comerciantes y mercaderes de toda Europa y en donde el dinero fluía a espuertas. Era una mujer libre y por tanto debía aprender a vivir en libertad y trabajar. Recorrió un largo trecho y cuando llegó a un punto en que las obras de la nueva catedral, cercana a la de Santa Cruz, se divisaban con nitidez, se detuvo. ¿En qué iba a trabajar aquella pobre desgraciada? No sabía hacer nada, aparte de trajinar en una plantación de tabaco, donde había vivido desde los diez años cuando, procedente del reino de los lucumíes, en el golfo de Guinea, los asentistas de esclavos ingleses la habían comprado por cinco míseras varas de tela para revenderla en el ávido y necesitado mercado cubano. Así se lo había contado el propio don José Hidalgo al capellán cuando este se interesó por la razón por la que la había elegido para el viaje.

—Es fuerte y deseable —añadió el veguero guiñándole un ojo—. Y al parecer ya no es fértil, lo que siempre es una ventaja una vez fuera de la plantación. Después de dar a luz a aquel niño tonto…

Don José le había explicado también que era viudo y que tenía un hijo licenciado que había hecho carrera en Madrid, adonde se dirigía para vivir sus últimos días. En Cuba poseía una rentable plantación de tabaco en una vega cerca de La Habana que él mismo trabajaba con la ayuda de una veintena de esclavos. La soledad, la vejez y la presión de los azucareros por obtener tierras para aquella floreciente industria le habían llevado a vender su propiedad y volver a la patria, pero la peste le atacó a los veinte días de navegación y se cebó con saña en su naturaleza débil y ajada. La fiebre, los edemas, la piel manchada y las encías sangrantes llevaron al médico a desahuciar al paciente.

Entonces, como era obligado en las naves del rey, el capitán de *La Reina* ordenó al escribano que acudiera al camarote de don José para dar fe de sus últimas voluntades.

—Concedo la libertad a mi esclava Caridad —susurró el enfermo después de ordenar un par de mandas piadosas y de disponer de la totalidad de sus bienes a favor de aquel hijo con el que no se reencontraría.

La mujer ni siquiera llegó a curvar sus gruesos labios en un amago de satisfacción al saber que era libre, recordó el sacerdote parado en la calle.

«¡No hablaba!» Don Damián recordó sus esfuerzos por oír a Caridad entre los cientos de voces que rezaban en las misas dominicales sobre cubierta, o sus tímidos susurros por las noches, antes de acostarse, cuando la obligaba a rezar. ¿En qué iba a trabajar aquella mujer? El capellán era consciente de que casi todos los esclavos que obtenían la libertad terminaban trabajando para sus antiguos amos por un mísero salario con el que difícilmente llegaban a cubrir unas necesidades que antes, como esclavos, tenían garantizadas, o bien acababan condenados a pedir limosna por las calles, peleándose con miles de mendigos. Y estos habían nacido en España, conocían la tierra y sus gentes, algunos eran espabilados e inteligentes. ¿Cómo podría moverse Caridad en una gran ciudad como Cádiz?

Suspiró y se pasó la mano repetidas veces por el mentón y el escaso cabello que le quedaba. Luego dio media vuelta, resopló al alzar de nuevo el baúl y, con él a cuestas, se dispuso a deshacer el camino andado. «¿Qué hacer ahora?», se preguntó. Podía..., podía mediar para que trabajara en la fábrica de tabaco, de eso sí sabía. «Es muy buena con las hojas; las trata con cariño y dulzura, como debe hacerse, y sabe reconocer las mejores y torcer buenos cigarros», le había dicho don José, pero eso significaría pedir favores y que se supiera que él... No podía arriesgarse a que Caridad contara lo del barco. En las galeras de la fábrica trabajaban cerca de doscientas cigarreras que no dejaban de cuchichear y criticar mientras elaboraban los pequeños cigarros gaditanos.

Encontró a Caridad todavía pegada a la pared, quieta, desamparada. Un grupo de mocosos se burlaba de ella ante la pasividad de la gente que seguía entrando y saliendo del puerto. Don Damián se acercó justo cuando uno de los muchachos se disponía a lanzarle una pedrada.

—¡Quieto! —gritó.

Un muchacho detuvo su brazo; la joven se destocó y bajó la mirada.

Caridad se alejó del grupo de siete pasajeros que habían embarcado en la nave que iba a remontar el río Guadalquivir hasta Sevilla y, cansada, intentó acomodarse entre el montón de bultos dispuestos a bordo. La nave era una tartana de un solo palo y buen porte que había arribado a Cádiz con un cargamento del preciado aceite de la vega sevillana.

Desde la bahía de Cádiz navegaron en cabotaje hasta Sanlúcar de Barrameda, donde la desembocadura del Guadalquivir. Frente a las costas de Chipiona, junto a otras tartanas y charangas, se dispusieron a esperar a la pleamar y vientos propicios para superar la peligrosa barra de Sanlúcar, los temibles bajíos que habían convertido la zona en un cementerio de embarcaciones. Solo cuando coincidían todas las circunstancias precisas para afrontar la barra, los capitanes se atrevían a ello. Luego remontarían el río aprovechando el impulso de la marea, que se dejaba sentir hasta las cercanías de Sevilla.

—Se ha dado el caso de naves que han tenido que esperar hasta cien días para cruzar la barra —decía un marinero que departía con un pasajero lujosamente ataviado, quien de inmediato desvió una mirada preocupada hacia Sanlúcar y sus espectaculares marismas, como si suplicase no correr la misma suerte.

Caridad, sentada entre unos sacos, contra la borda, se dejó llevar por el cabeceo de la tartana. El mar mostraba una calma tensa, la misma que la que se apreciaba en todos los que se hallaban en la nave, igual que la que imperaba en los demás barcos. No solo era la espera, era también el temor a un ataque por parte de ingleses o corsarios. El sol empezó a declinar al tiempo que las aguas tomaban un amenazador color metálico, y las inquietas charlas de tripulantes y pasajeros decayeron hasta reducirse a susurros. La crudeza del invierno se destapó con el ocaso y la humedad caló en Caridad, aumentando la sensación de frío. Tenía hambre y estaba cansada. Llevaba puesta su chaqueta, tan gris y descolorida como su vestido, ambos de bayeta basta, en contraste con los demás pasajeros que habían embarcado con ella y que lucían lo que se le antojaron lujosas ropas de vivos colores. Notó que le castañeteaban los dientes y que tenía la piel erizada, así que buscó la manta en el hatillo. Sus dedos rozaron un cigarro y lo palpó con delicadeza recordando su aroma, sus efectos. Lo necesitaba, ansiaba perder los sentidos, olvidar el cansancio, el hambre... y hasta su libertad.

Se arrebujó en la manta. ¿Libre? Don Damián la había subido a aquel barco, el primero que había encontrado dispuesto a partir del puerto de Cádiz.

—Ve a Sevilla —le dijo después de pactar el precio con el capitán y pagarlo de su bolsillo—, a Triana. Una vez allí, busca el convento de las Mínimas y di que vas de mi parte.

A Caridad le habría gustado tener el valor de preguntarle qué era Triana o cómo encontraría ese convento, pero él casi la empujó para que embarcara, nervioso, mirando a uno y otro lado, como si temiera que alguien los viera juntos.

Olió el cigarro y su fragancia la transportó a Cuba. Ella solo sabía dónde estaba su bohío, y la plantación, y el trapiche al que acudía cada domingo con los demás esclavos para escuchar misa y después cantar y bailar hasta la extenuación. Del bohío a la plantación y de la plantación al bohío, un día tras otro, un mes tras otro, un año tras otro. ¿Cómo iba a encontrar un convento? Se acurrucó contra la borda y presionó la espalda contra la madera en busca del contacto con una realidad que había desaparecido. ¿Quiénes eran esos extraños? ¿Y Marcelo? ¿Qué habría sido de él? ¿Cómo estaría su amiga María, la mulata con la que hacía los coros? ¿Y los demás? ¿Qué hacía de noche en un barco extraño, en un país desconocido, camino a una ciudad que ni siquiera sabía que existía? ¿Triana? Nunca había osado preguntar nada a los blancos. ¡Ella siempre sabía qué tenía que hacer! No necesitaba preguntar.

Al recuerdo de Marcelo se le humedecieron los ojos. Tanteó en su hatillo en busca del pedernal, el eslabón y la yesca para hacer fuego. ¿La dejarían fumar? En la vega podía hacerlo, era algo habitual. Había llorado a Marcelo durante la travesía. Incluso…, incluso había sentido la tentación de lanzarse al mar para poner fin a aquel constante sufrimiento. «¡Aparta de ahí, morena! ¿Quieres caerte al agua?», le advirtió uno de los marineros. Y ella obedeció y se separó de la borda.

¿Habría tenido valor para arrojarse si no hubiera aparecido aquel marinero? No quiso darle vueltas una vez más; en lugar de eso, observó a los hombres de la tartana: se los veía nerviosos. La pleamar había empezado pero los vientos no acompañaban. Algunos fumaban. Golpeó con destreza el eslabón sobre el pedernal y la yesca no tardó en prender. ¿Dónde encontraría los árboles con cuya corteza y hongos fabricaba la yesca? Encendió el cigarro, aspiró profundamente y pensó que tampoco sabía dónde podría conseguir tabaco. La primera chupada tranquilizó su mente. Las dos siguientes consiguieron que sus músculos se relajasen y cayó en un tenue mareo.

—Morena, ¿me invitas a fumar?

Un grumete se había acuclillado frente a ella, tenía el rostro sucio pero vivaz y agradable. Durante unos instantes Caridad se dejó mecer por la sonrisa con la que el muchacho esperaba su respuesta y solo vio sus dientes blancos, iguales que los de Marcelo cuando se arrojaba en sus brazos. Había tenido otro hijo, un criollito mulato nacido del amo, pero don José lo vendió tan pronto como dejó de necesitar los cuidados del par de viejas que se ocupaban de los hijos de las esclavas mientras estas trabajaban. Todos seguían el mismo camino: el amo no quería mantener negritos. Marcelo, su segundo hijo, concebido con un negro del trapiche, había sido diferente: un parto difícil; un niño con problemas. «Nadie lo comprará», afirmó el amo cuando, ya criado, se manifestaron su torpeza y sus deficiencias. Se le consintió quedarse en la plantación como si fuera un simple perro, una gallina o alguno de los cerdos que criaban tras el bohío. «Morirá», auguraban todos. Pero Caridad no permitió que eso sucediera, muchos fueron los palos y latigazos que se llevó cuando la descubrían alimentándolo. «Te damos de comer para que trabajes, no para que críes a un imbécil», le repetía el capataz.

—Morena, ¿me invitas a fumar? —insistió el grumete.

«¿Por qué no?», se preguntó Caridad. Era la misma sonrisa que la de su Marcelo. Le ofreció el cigarro.

—¡Vaya! ¿De dónde has sacado esta maravilla? —exclamó el niño después de probarlo y toser—. ¿De Cuba?

—Sí —se escuchó decir Caridad mientras volvía a coger el cigarro y se lo llevaba a los labios.

—¿Cómo te llamas?

—Caridad —contestó ella entre una vaharada de humo.

—Me gusta tu sombrero.

El chico se movía inquieto sobre las piernas. Esperaba otra calada que al fin llegó.

—¡Ya sopla!

El grito del capitán de la tartana rompió la quietud. Desde las demás naves se escucharon exclamaciones similares. Soplaba viento del sur, idóneo para afrontar la barra. El grumete le devolvió el cigarro y corrió a unirse a los otros marineros.

—Gracias, morena —le dijo apresuradamente.

A diferencia de los demás pasajeros, Caridad no presenció la difícil maniobra náutica que requería tres cambios de rumbo en el estrecho canal. A lo largo de la desembocadura del Guadalquivir, en tierra o en las barcazas que se hallaban amarradas en sus orillas, se encendieron señales luminosas para guiar a los barcos. Tampoco vivió la tensión con la que todos afrontaron la travesía: si el viento amainaba y se quedaban a mitad de camino, existían muchas posibilidades de embarrancar. Permaneció sentada contra la borda, fumando, disfrutando de un placentero cosquilleo en todos sus músculos y dejando que el tabaco nublase sus sentidos. En el momento en que la tartana se introdujo en el temible canal de los Ingleses, con la torre de San Jacinto iluminando su rumbo por babor, Caridad empezó a canturrear al compás del recuerdo de sus fiestas dominicales, cuando después de celebrar la misa en el cercano ingenio azucarero que disponía de sacerdote, los esclavos de las diversas negradas se reunían en el barracón de la plantación a la que habían acudido con sus amos. Allí los blancos les permitían cantar y bailar, como si fueran niños que necesitaran desahogarse y olvidar la dureza de sus trabajos. Pero en cada son y en cada paso de danza, cuando hablaban los tambores «batás» —la madre de todos ellos, el gran tambor «iyá», el «itótele» o el más pequeño, el «okónkolo»—, los negros rendían culto a sus dioses, enmascarados en las vírgenes y los santos cristianos, y recordaban con nostalgia sus orígenes en África.

Continuó canturreando, ajena a las imperiosas órdenes del capitán y al correteo y trajinar de la tripulación, y lo hizo igual que cuando dormía a Marcelo. Creyó volver a tocar su cabello, a escuchar su respiración, a olerlo... Lanzó un beso al aire. El niño había sobrevivido. Continuó recibiendo gritos y bofetadas del amo y del capataz pero se ganó el afecto de la negrada de la plantación. ¡Siempre sonreía! Y era dulce y cariñoso con todos. Marcelo no entendía de esclavos ni de amos. Vivía libre, y en ocasiones miraba a los ojos a los esclavos como si comprendiera su dolor y los animara a liberarse de sus cadenas. Algunos sonreían a Marcelo con tristeza, otros lloraban ante su inocencia.

Caridad chupó con fuerza del cigarro. Estaría bien cuidado, no tenía duda. María, la de los coros, se ocuparía de él. Y Cecilio también, aunque se hubiera visto obligado a separarlo de ella... Todos aquellos esclavos que habían sido vendidos junto a las tierras cuidarían de él. Y su niño sería feliz, lo presentía. Pero el amo... «Ojalá su alma vague sin descanso eternamente, don José», deseó Caridad.

2

l barrio sevillano de Triana estaba al otro lado del río Guadalquivir, fuera de las murallas de la ciudad. Se comunicaba con la ciudad a través de un viejo puente musulmán construido sobre diez barcazas ancladas al lecho del río y unidas a dos gruesas cadenas de hierro y varios cables tendidos de orilla a orilla. Aquel arrabal, al que se había bautizado como «guarda de Sevilla» por la función defensiva que siempre había tenido, alcanzó su época de esplendor cuando Sevilla monopolizaba el comercio con las Indias; los problemas de navegación por el río aconsejaron a principios de siglo trasladar la Casa de Contratación a Cádiz y conllevaron un considerable descenso en su población y el abandono de numerosos edificios. Sus diez mil vecinos se concentraban en una limitada superficie en forma alargada en la orilla derecha del río, que se cerraba en su otro linde por la Cava, el antiguo foso que en épocas de guerra constituía la primera defensa de la ciudad y que se inundaba con las aguas del Guadalquivir para convertir el arrabal en una isla. Más allá de la Cava se veían algunos esporádicos conventos, ermitas, casas, y la extensa y fértil vega trianera.

Uno de esos conventos, en la Cava Nueva, era el de Nuestra Señora de la Salud, de monjas mínimas, una humilde congregación de religiosas dedicada a la contemplación y a la oración a través del silencio y la vida cuaresmal. A espaldas de las Mínimas, hacia la calle de San Jacinto, en el pequeño callejón sin salida de San Miguel, se apiñaban trece corrales de vecinos en los que a su vez se hacinaban cerca de veinticinco familias. Veintiuna de ellas eran gitanas, compuestas por abuelos, hijos, tías, primos, sobrinas, nietos y algún biznieto; las veintiuna se dedicaban a la forja. Existían otras herrerías en el arrabal de Triana, la mayoría en manos gitanas, las mismas manos que ya en la India o en las montañas de Armenia, siglos antes de emigrar a Europa, habían convertido su oficio en arte. Sin embargo, San Miguel era el centro neurálgico de la herrería y la calderería trianeras. Al callejón se abrían los antiguos corrales de vecinos construidos durante la época de esplendor del arrabal en el siglo XVI: algunos no eran más que simples callejones ciegos de míseras casitas alineadas y enfrentadas de uno o dos pisos; otros eran edificios, a menudo intrincados, de dos y tres pisos dispuestos alrededor de un patio central, cuyas plantas superiores se abrían a él a través de corredores altos y barandillas de hierro forjado o madera. Todos, casi sin excepción, ofrecían humildes viviendas de una o como mucho dos habitaciones, en una de las cuales, cuando no estaba en el propio patio o callejuela como servicio común a todos los vecinos del corral, había un pequeño nicho para cocinar con carbón. Las piletas para lavar y las letrinas, si las había, estaban emplazadas en el patio, a disposición de todos ellos.

A diferencia de los otros corrales sevillanos ocupados durante el día solo por las mujeres y los niños que jugaban en los patios, los de los herreros trianeros lo estaban durante toda la jornada laboral, pues tenían instaladas sus fraguas en los bajos. El constante repique del martillo sobre el yunque escapaba de cada una de las herrerías y se unía en la calle en una extraña algarabía metálica; el humo del carbón de las fraguas, que a menudo salía por los patios de los corrales de vecinos o por las mismas puertas de aquellos modestos talleres sin chimeneas, era visible desde cualquier punto de Triana. Y a lo largo del callejón, envueltos en la algarabía y el humo, hombres, mujeres y niños iban y venían, jugaban, reían, charlaban, gritaban o discutían. Con todo y pese al tumulto, muchos de ellos enmudecían y se detenían con los sentimientos a flor de piel a las puertas de esas fraguas. A veces se distinguía a un padre que retenía a su hijo por los hombros, a un anciano con los ojos entrecerrados o a varias mujeres que reprimían un paso de baile al escuchar los sones del martinete: un canto triste solo acompañado por el monótono golpear del martillo a cuyo ritmo se acompasaba; un cante propio que les había seguido en todos los tiempos y lugares. Entonces, por obra de los «quejíos» de los herreros, el martilleo se convertía en una maravillosa sinfonía capaz de erizar el vello.

Aquel 2 de febrero de 1748, festividad de la Purificación de Nuestra Señora, los gitanos no trabajaban en sus herrerías. Pocos de ellos acudirían a la iglesia de San Jacinto y de la Virgen de la Candelaria a bendecir las velas con las que iluminaban sus hogares, pero a pesar de ello tampoco deseaban problemas con los piadosos vecinos de Triana y menos con sacerdotes, frailes e inquisidores; se trataba de un día de asueto obligado.

—Guarda a la muchacha de los deseos de los payos —advirtió una voz ronca.

Las palabras, en caló, el lenguaje gitano, resonaron en el patio que daba al callejón. Madre e hija detuvieron sus pasos. Ninguna de ellas mostró sorpresa, aunque no sabían de dónde provenía la voz. Recorrieron el patio con la mirada hasta que Milagros distinguió en la penumbra de una esquina el reflejo plateado de la botonadura de la chaquetilla corta azul celeste de su abuelo. Se hallaba en pie, erguido y quieto, con el ceño fruncido y la mirada perdida, como era habitual en él; había hablado sin dejar de morder un pequeño cigarro apagado. La muchacha, de catorce esplendorosos años, le sonrió y giró sobre sí misma con gracia; su larga falda azul y sus enaguas, sus pañuelos verdes, revolotearon en el aire entre el tintineo de varios collares que le colgaban del cuello.

—En Triana todos saben que soy su nieta. —Rió. Los dientes blancos contrastaron con la tez oscura, igual que la de su madre, igual que la de su abuelo—. ¿Quién se atrevería?

—La lujuria es ciega y osada, niña. Son muchos los que arriesgarían su vida por tenerte. Yo solo podría vengarte y no habría sangre suficiente con que remediar ese dolor. Recuérdaselo siempre —añadió dirigiéndose a la madre.

—Sí, padre —respondió esta.

Ambas esperaron una palabra de despedida, un gesto, una seña, pero el gitano, hierático en su esquina, no añadió nada más. Al final, Ana tomó a su hija del brazo y abandonaron la casa. Era una mañana fría. El cielo estaba encapotado y amenazaba lluvia, lo que no parecía ser impedimento para que las gentes de Triana se dirigiesen a San Jacinto a celebrar la bendición de las candelas. También eran muchos los sevillanos que querían sumarse a la ceremonia y, con sus cirios a cuestas, cruzaban el puente de barcas o salvaban el Guadalquivir a bordo de alguna de las más de veinte barcas dedicadas a pasar gente de una orilla a la otra. El gentío prometía un día provechoso, pensó Ana antes de recordar los temores de su padre. Volvió la cabeza hacia Milagros y la vio andar erguida, arrogante, atenta a todo y a todos. «Como corresponde a una gitana de raza», reconoció entonces, sin poder evitar una mueca de satisfacción. ¿Cómo no iban a fijarse en su niña? Su abundante pelo castaño le caía por la espalda hasta mezclarse con los largos flecos verdes del pañuelo que llevaba sobre los hombros. Aquí y allá, entre el cabello, una cinta de color o una perla; grandes aros de plata colgaban de sus orejas, y collares de cuentas o de plata saltaban sobre sus pechos jóvenes, presos en el amplio y atrevido escote de su camisa blanca. La falda azul se ceñía a su delicado talle y llegaba casi hasta el suelo, sobre el que aparecían y desaparecían sus pies descalzos. Un hombre la miró de reojo. Milagros se percató al instante, felina, y volvió el rostro hacia él; las cinceladas facciones de la muchacha se suavizaron y sus pobladas cejas parecieron arquearse en una sonrisa. «Empezamos el día», se dijo la madre.

—¿Te digo la buenaventura, mocetón?

El hombre, fuerte, hizo ademán de seguir su camino, pero Milagros le sonrió abiertamente y se acercó a él, tanto que sus pechos casi le rozaron.

—Veo una mujer que te desea —añadió la gitana, mirándole fijamente a los ojos.

Ana llegó a la altura de su hija a tiempo de escuchar sus últimas palabras. Una mujer... ¿Qué más podía desear un individuo como aquel, grande y sano pero evidentemente solo, que portaba en sus manos una pequeña vela? El hombre titubeó unos segundos antes de fijarse en la otra gitana que se le había acercado: mayor, pero tan atractiva y altiva como la muchacha.

—¿No quieres saber más? —Milagros recuperó la atención del hombre al tiempo que profundizaba en unos ojos en los que ya había advertido interés. Intentó coger su mano—. Tú también deseas a esa mujer, ¿verdad?

La gitana notó que su presa empezaba a ceder. Madre e hija, en silencio, coincidieron: trabajo fácil, concluyeron ambas. Un carácter apocado y tímido —el hombre había tratado de esconder su mirada— metido en un corpachón. Seguro que había alguna mujer, siempre la había. Solo debían animarle, insistir en que venciera esa vergüenza que le reprimía.

Milagros estuvo brillante, convincente: recorrió con el dedo las líneas de la palma de la mano del hombre como si efectivamente le anunciasen el futuro de aquel ingenuo. Su madre la contemplaba entre orgullosa y divertida. Obtuvieron un par de cuartos de cobre por sus consejos. Luego Ana intentó venderle algún cigarro de contrabando.

—A la mitad del precio de los estancos de Sevilla —le ofreció—. Si no quieres cigarros, también tengo polvo de tabaco, de la mejor calidad, limpio, sin tierra. —Trató de convencerle abriéndose la mantilla con que se cubría para mostrarle la mercancía que llevaba escondida, pero el hombre se limitó a esbozar una sonrisa boba, como si mentalmente ya estuviera cortejando a aquella a la que nunca se había atrevido a dirigir la palabra.

Durante todo el día madre e hija se movieron entre la multitud que se desplazaba desde el Altozano, por los alrededores del castillo de la Inquisición y la iglesia de San Jacinto, todavía en construcción sobre la antigua ermita de la Candelaria, diciendo la buenaventura y vendiendo tabaco, siempre atentas a los justicias y a las gitanas que hurtaban a los desprevenidos, muchas de ellas pertenecientes a su propia familia. Ella y su hija no necesitaban correr esos riesgos, y no deseaban verse envueltas en alguno de los muchos altercados que se producían cuando pillaban a alguna: el tabaco ya les proporcionaba suficientes beneficios.

Por eso trataron de separarse de la gente cuando fray Joaquín, de la Orden de Predicadores, inició su sermón a cielo abierto delante de lo que con el tiempo sería el portalón de la futura iglesia. En ese momento, los piadosos sevillanos apiñados en la explanada no estaban para buenaventuras o tabaco; muchos de ellos habían acudido a Triana para escuchar otra de las controvertidas prédicas de aquel joven dominico, hijo de una época en que la sensatez trataba de abrirse paso entre las tinieblas de la ignorancia. Desde el improvisado púlpito, fuera del templo, iba más allá de las ideas de fray Benito Jerónimo Feijoo; fray Joaquín, en voz alta, en castellano y sin utilizar latinajos, zahería los atávicos prejuicios de los españoles y soliviantaba a las gentes defendiendo la virtud del trabajo, incluso mecánico o artesano, en contra del malentendido concepto de honor que impelía a los españoles a la holgazanería y ociosidad; excitaba el orgullo en las mujeres oponiéndose a la educación conventual y sosteniendo su nuevo papel en la sociedad y en la familia; afirmaba su derecho a la educación y a su legítima aspiración a un desarrollo intelectual en bien de la civilidad del reino. La mujer no era ya una sierva del hombre, y tampoco podía ser considerada un varón imperfecto. ¡No era maligna por naturaleza! El matrimonio debía fundamentarse en la igualdad y en el respeto. En nuestro siglo, sostenía fray Joaquín citando a grandes pensadores, el alma había dejado de tener sexo: no era varón ni hembra. Las gentes se apiñaban para escucharlo y era entonces, Ana y Milagros lo sabían, cuando las gitanas aprovechaban el embeleso de la gente para hurtar de sus bolsas.

Se acercaron cuanto pudieron al lugar desde el que fray Joaquín se dirigía a la multitud. Le acompañaban los poco más de veinte frailes predicadores que vivían en el convento de San Jacinto. Muchos de ellos alzaban de tanto en tanto el rostro hacia el cielo plomizo que, por fortuna, se resistía a descargar el agua; la lluvia hubiera dado al traste con la celebración.

—¡Yo soy la luz del mundo! —gritaba fray Joaquín para hacerse oír—. Eso fue lo que nos anunció Nuestro Señor Jesucristo. ¡Él es nuestra luz!, una luz presente en todas estas velas que portáis y que deben alumbrar…

Milagros no escuchaba el sermón. Fijó la mirada en el fraile, que al poco descubrió a madre e hija cerca de él. Los vestidos coloridos de las gitanas destacaban entre la concurrencia. Fray Joaquín vaciló; durante un instante sus palabras perdieron fluidez y sus gestos dejaron de captar la atención de los fieles. Milagros notó cómo se esforzaba por no mirarla, sin conseguirlo; al contrario, en algún momento no pudo evitar detener sus ojos en ella un segundo de más. En una de esas ocasiones, la muchacha le guiñó un ojo y fray Joaquín tartamudeó; en otra, Milagros le sacó la lengua.

—¡Niña! —la regañó su madre tras propinarle un codazo. Ana hizo un gesto de disculpa al fraile.

El sermón, como deseaba la multitud, se alargó. Fray Joaquín, libre del asedio de Milagros, logró lucirse una vez más. Cuando acabó, los fieles encendieron sus velas en la hoguera que los frailes habían dispuesto. La gente se dispersó y las dos mujeres volvieron a sus trapicheos.

—¿Qué pretendías? —inquirió la madre.

—Me gusta… —contestó Milagros, haciendo un gesto coqueto con las manos—, me gusta que se equivoque, que tartamudee, que se ruborice.

—¿Por qué? Es un cura.

La muchacha pareció pensar un instante.

—No sé —respondió mientras se encogía de hombros y dedicaba un simpático mohín a su madre.

—Fray Joaquín respeta a tu abuelo y por lo tanto te respetará a ti, pero no juegues con los hombres… aunque sean religiosos —terminó advirtiéndole la madre.

Como era de esperar, la jornada fue fructífera y Ana terminó con las existencias de tabaco de contrabando que ocultaba entre sus ropas. Los sevillanos empezaron a cruzar el puente o a coger las barcas de regreso a la ciudad. Todavía podrían haber echado algunas buenaventuras más, pero la cada vez más escasa concurrencia puso de manifiesto la gran cantidad de gitanas, algunas ancianas ajadas, otras jóvenes, muchos niños y niñas harapientos y semidesnudos, que estaban haciendo lo mismo. Ana y Milagros reconocieron a las mujeres del callejón de San Miguel, parientes de los herreros, pero también a bastantes de aquellas que vivían en las miserables chozas emplazadas junto al huerto de la Cartuja, ya en la vega de Triana y que, por obtener una limosna, acosaban con terquedad a los ciudadanos, se interponían en su camino y les agarraban de la ropa mientras clamaban a gritos a un Dios en el que no creían e invocaban a una retahíla de mártires y santos que llevaban aprendida de memoria.

—Creo que está bien por hoy, Milagros —anunció su madre después de apartarse de la carrera de una pareja que huía de un grupo de pedigüeñas.

Un mocoso de cara sucia y ojos negros que perseguía a los sevillanos fue a chocar contra ella invocando aún las virtudes de santa Rufina.

—Toma —le dijo Ana entregándole un cuarto de cobre.

Emprendieron el regreso a casa al tiempo que la madre del gitanillo exigía a este la moneda. El callejón hervía. Había sido un buen día para todos; las fiestas religiosas enternecían a la gente. Grupos de hombres charlaban a las puertas de las casas bebiendo vino, fumando y jugando a las cartas. Una mujer se acercó a su marido para enseñarle sus ganancias y se entabló entre ellos una discusión cuando él trató de quedárselas. Milagros se despidió de su madre y se unió a un grupo de muchachas. Ana tenía que pasar las cuentas del tabaco con su padre. Lo buscó entre los hombres. No lo encontró.

—¿Padre? —gritó tras acceder al patio de la casa en la que vivían.

—No está.

Ana se volvió y se encontró con José, su esposo, bajo el quicio de la puerta.

—¿Dónde está?

José se encogió de hombros y abrió una de sus manos; en la otra llevaba una jarra de vino. Sus ojos chispeaban.

—Ha desaparecido poco después de que lo hicierais vosotras. Habrá ido a la gitanería de la huerta de la Cartuja a ver a sus parientes, como siempre.

Ana negó con la cabeza. ¿Estaría efectivamente en la gitanería? Algunas veces había ido a buscarlo allí y no lo había encontrado. ¿Volvería esa noche o lo haría al cabo de algunos días, como tantas otras veces? ¿Y en qué estado?

Suspiró.

—Siempre vuelve —espetó entonces José con sarcasmo.

Su esposa se irguió, endureció la expresión y frunció el ceño.

—No te metas con él —mascullό amenazante—. Te lo he advertido en muchas ocasiones.

El hombre se limitó a torcer el gesto y le dio la espalda.

Acostumbraba a volver, sí; José tenía razón, pero ¿qué hacía durante sus escapadas cuando no iba a la gitanería? Nunca lo contaba, y en cuanto ella insistía, él se refugiaba en aquel insondable mundo suyo. ¡Qué diferencia con el padre de su niñez! Ana lo recordaba orgulloso, altivo, indestructible, una figura en la que siempre encontraba refugio. Luego, por entonces ella contaría unos diez años, lo detuvo la «ronda del tabaco», los justicias que vigilaban el contrabando. Solo fueron unas libras de tabaco en hoja y era la primera vez que lo pillaban; debería haber sido una pena menor, pero Melchor Vega era gitano y lo habían detenido fuera de aquellas poblaciones en las que el rey había determinado que debían vivir los de su raza; vestía como gitano, con prendas tan costosas como llamativas, cargadas todas ellas de abalorios de metal o plata; portaba su bastón, su navaja, sus pendientes en las orejas y, además, varios testigos aseguraron que le habían oído hablar en caló. Todo aquello estaba prohibido, más incluso que burlar impuestos a la hacienda real. Diez años de galeras. Esa fue la condena que se le impuso al gitano.

Ana sintió cómo se le encogía el estómago al recuerdo del calvario que vivió con su madre durante el juicio y, sobre todo, durante los casi cuatro años desde que se dictó la primera sentencia hasta que efectivamente llevaron a su padre al Puerto de Santa María para embarcarlo en una de las galeras reales. Su madre no había cejado en el empeño un solo día, una sola hora, un solo minuto. Aquello le costó la vida. Se le humedecieron los ojos, como siempre que revivía esos momentos. La volvió a ver pidiendo clemencia, humillada, suplicando un indulto a jueces, funcionarios y visitadores de cárceles. Imploraron la intercesión de curas y frailes, decenas de ellos que les negaban hasta el saludo. Empeñaron lo que no tenían..., robaron, estafaron y engañaron para pagar a escribanos y abogados. Dejaron de comer para poder llevar un mendrugo de pan a la cárcel en la que su padre esperaba, como tantos otros, a que terminara su proceso y le dieran destino. Había quien, durante aquella terrible espera, se amputaba una mano, hasta un brazo, para no ir a galeras y enfrentarse a una muerte lenta y segura, dolorosa y miserable, destino de la mayoría de los galeotes permanentemente aherrojados a los bancos de las naves.

Pero Melchor Vega superó la tortura. Ana se secó los ojos con la manga de su camisa. Sí, había sobrevivido. Y un día, cuando ya nadie lo esperaba, reapareció en Triana, consumido, desharrapado, roto, destrozado, arrastrando los pies pero con su altivez intacta. Nunca volvió a ser aquel padre que le revolvía el cabello cuando acudía a él tras algún altercado infantil. Eso era lo que hacía: revolverle el cabello para luego mirarla con ternura recordándole en silencio quién era ella, una Vega, ¡una gitana! Era lo único que parecía importar en el mundo. El mismo orgullo de raza que Melchor había tratado de inculcar a su nieta Milagros. Poco después de su regreso, cuando la niña contaba solo unos meses de vida, su padre esperaba que Ana concibiera un varón. «¿Para cuándo el niño?», se interesaba una y otra vez. José, su esposo, también se lo preguntaba con insistencia: «¿Ya estás preñada?». Parecía que todo el callejón de San Miguel deseara un varón. La madre de José, sus tías, sus primas..., ¡incluso las mujeres Vega de la gitanería! Todas la asediaban, pero no pudo ser.

Ana volvió la cabeza hacia el lugar por el que había desaparecido José después de su breve intercambio de palabras sobre Melchor. Al contrario que su padre, su esposo no había sido capaz de sobreponerse a lo que para él constituía un fracaso, un escarnio, y el escaso cariño y respeto que había reinado en un matrimonio pactado entre ambas familias, los Vega y los Carmona, fue desapareciendo hasta ser sustituido por un rencor latente que se mostraba en la aspereza del trato que se dispensaban. Melchor volcó todo su cariño en Milagros, y, una vez se hubo resignado a no tener un varón, también lo hizo José. Ana se convirtió en testigo de la pugna de los dos hombres, siempre del lado de su padre, al que quería y respetaba más que a su esposo.

Había anochecido, ¿qué estaría haciendo Melchor?

El rasgueo de una guitarra la devolvió a la realidad. A su espalda, en el callejón, oyó el ruido del correteo de la gente, del arrastrar las sillas y los bancos.

—¡Fiesta! —anunció a gritos la voz de un niño.

Otra guitarra se sumó a la primera tentando las notas. Al poco se escuchó el repiqueteo hueco de unas castañuelas, y otras y otras, y hasta el de algún viejo crótalo de metal, preparándose, sin orden ni armonía, como si pretendieran despertar aquellos dedos que más tarde acompañarían bailes y canciones. Más guitarras. Una mujer aclaró su garanta; voz de anciana, quebrada. Una pandereta. Ana pensó en su padre y en lo mucho que le gustaban los bailes. «Siempre vuelve», trató de convencerse entonces. ¿Acaso no era cierto? ¡Él también era un Vega!

Cuando salió al callejón, los gitanos se habían dispuesto en círculo alrededor de un fuego.

—¡Vamos allá! —animó un viejo sentado en una silla frente a la hoguera.

Todos los instrumentos callaron. Una sola guitarra, en manos de un joven de tez casi negra y coleta prieta, atacó los primeros compases de un fandango.

El grumete a quien había invitado a tabaco la acompañó. Atracaron en un embarcadero de Triana, pasado el puerto de camaroneros, para descargar unas mercancías con destino al arrabal.

—Aquí te bajas tú, morena —le ordenó el capitán de la tartana.

El niño sonrió a Caridad. Habían fumado un par de veces más durante la travesía. Debido al efecto del tabaco, Caridad incluso había llegado a contestar con algún apocado monosílabo a todas las cuestiones que le planteó el muchacho, rumores que circulaban por el puerto sobre esa tierra lejana. Cuba. ¿Era cierta la riqueza de la que se hablaba? ¿Había muchos ingenios de azúcar? Y esclavos, ¿eran tantos como se decía?

—Algún día viajaré en uno de esos grandes barcos —aseguraba él dejando volar la imaginación—. ¡Y seré el capitán! Cruzaré el océano y conoceré Cuba.

Atracada la tartana, Caridad, igual que había sucedido en Cádiz, se detuvo y dudó en la estrechísima franja de terreno que se abría entre la orilla del río y la primera línea de edificios de Triana, algunos de ellos con los cimientos al descubierto por la acción de las aguas del Guadalquivir, tal era su proximidad. Uno de los porteadores le gritó que se apartara para descargar un gran saco. El grito captó la atención del capitán, que negó con la cabeza desde la borda. Su mirada se cruzó con la del grumete, también pendiente de Caridad; ambos conocían su destino.

—Tienes cinco minutos —le concedió a este.

El chico agradeció el permiso con una sonrisa, saltó a tierra y tiró de Caridad.

—Corre. Sígueme —la apremió. Era consciente de que el capitán le dejaría en tierra si no se apresuraba.

Superaron la primera línea de edificios y llegaron hasta la iglesia de Santa Ana; siguieron alejándose del río dos manzanas más, el grumete nervioso, tirando de Caridad, sorteando a la gente que los observaba extrañada, hasta situarse delante de la Cava.

—Esas son las Mínimas —indicó el muchacho señalando un edificio en el margen opuesto de la Cava.

Caridad miró en la dirección que señalaba el dedo del grumete: un edificio bajo, encalado, con una iglesia humilde; luego dirigió la mirada al antiguo foso defensivo que se interponía en su camino, hundido, repleto de basura en muchos puntos, precariamente allanado en otros.

—Tienes algunos lugares para cruzar —añadió el muchacho imaginando lo que pasaba por la cabeza de Caridad—, hay uno en San Jacinto pero está algo alejado. La gente cruza por cualquier sitio, ¿ves? —Y señaló a algunas personas que descendían o ascendían por los lados del foso—. Debo volver al barco —le advirtió al ver que Caridad no reaccionaba—. Suerte, morena.

Caridad no dijo nada.

—Suerte —repitió antes de emprender la vuelta a todo correr.

Una vez sola, Caridad se fijó en el convento, el lugar indicado por don Damián. Cruzó el foso por un caminito abierto entre las basuras. En la vega no había basuras, pero en La Habana sí; había tenido oportunidad de verlas cuando el amo la había llevado a la ciudad para entregar las hojas de tabaco al almacén del puerto. ¿Cómo podían los blancos desechar tantas cosas? Alcanzó el convento y empujó una de las puertas. Cerrada. La golpeó con la mano. Esperó. Nada sucedió. Volvió a llamar, con timidez, como si no quisiera molestar.

—Así no, morena —le dijo una mujer que pasaba por su lado y que, casi sin detenerse, tiró de una cadena que hizo sonar una campanilla.

Al poco se abrió una mirilla enrejada en una de las puertas.

—La paz del Señor sea contigo —escuchó que decía la portera; por la voz, una mujer ya anciana—. ¿Qué es lo que te trae a nuestra casa?

Caridad se quitó el sombrero de paja. Aunque no llegaba a ver a la monja, bajó la vista al suelo.

—Don Damián me ha dicho que venga aquí —susurró.

—No te entiendo.

Caridad había hablado rápido, atropelladamente, como hacían los bozales cubanos al dirigirse a los blancos.

—Don Damián... —se esforzó—, él me ha dicho que venga aquí.

—¿Quién es don Damián? —inquirió la portera después de unos instantes de silencio.

—Don Damián..., el sacerdote del barco, de *La Reina*.

—¿La reina? ¿Qué dices de la reina? —exclamó la monja.

—*La Reina*, el barco de Cuba.

—¡Ah! Un barco, no su majestad. Pues..., no sé. ¿Don Damián, has dicho? Espera un momento.

Cuando la mirilla volvió a abrirse, la voz que surgió de ella era autoritaria, firme.

—Buena mujer, ¿qué te ha dicho ese sacerdote que debías hacer aquí?

—Solo me dijo que viniera.

La monja no volvió a hablar hasta transcurridos unos segundos. Lo hizo con voz dulce.

—Somos una comunidad pobre. Nos dedicamos a la oración, a la abstinencia, a la contemplación y a la penitencia, no a la caridad. ¿Qué podrías hacer tú aquí?

Caridad no contestó.

—¿De dónde vienes?

—De Cuba.

—¿Eres esclava? ¿Y tus amos?

—Soy... soy libre. Además sé rezar. —Don Damián le había instado a que dijese eso.

Caridad no llegó a ver la resignada sonrisa de la monja.

—Escucha —dijo esta—: tienes que acudir a la cofradía de Nuestra Señora de los Ángeles, ¿entiendes?

Caridad permaneció en silencio. «¿Para qué me ha hecho venir aquí don Damián?», se preguntó.

—La cofradía de los Negritos —explicó la monja—, la tuya. Ellos te ayudarán... o te aconsejarán. Atiende: camina hasta la iglesia de Nuestra Señora de los Ángeles, cerca de la Cruz del Campo. Sigue toda la Cava hacia el norte, hacia San Jacinto. Allí podrás atravesar la Cava, gira a la derecha y continúa por la calle de Santo Domingo hasta llegar al puente de barcas, crúzalo y después...

Caridad dejó las Mínimas tratando de retener en su mente el itinerario. «Los Ángeles.» Le habían dicho que tenía que ir allí. «Los Ángeles.» La ayudarían. «En la Cruz del Campo», recitaba en voz baja.

Absorta en sus pensamientos, caminó ajena a las miradas de la gente: una negra voluptuosa, vestida con harapos grisáceos y sosteniendo un pequeño hatillo, que no cesaba de murmurar. En el Altozano, sobrecogida ante el monumental castillo de San Jorge al inicio del puente, chocó con una mujer. Trató de excusarse pero las palabras no surgieron; la mujer la insultó y Caridad fijó la vista en Sevilla, en la otra orilla. Decenas de carros y caballerías cruzaban el puente en un sentido u otro; la madera crujía sobre las barcas.

—¿Dónde te crees que vas, morena?

Se sobresaltó ante el hombre que le cerraba el paso.

—A la iglesia de los Ángeles —contestó ella.

—Te felicito —dijo aquel con sarcasmo—. Allí están los negritos. Pero para llegar con los tuyos, primero tendrás que pagarme.

Caridad se sorprendió mirando al pontazguero directamente a los ojos. Azorada, corrigió su actitud, se destocó y bajó la mirada.

—No..., no tengo dinero —balbució.

—En ese caso no hay negritos. Vete de aquí. Tengo mucho trabajo. —Hizo ademán de dirigirse a cobrar el pontazgo a un mulero que esperaba tras Caridad, pero al ver que esta seguía ahí parada, se giró de nuevo hacia ella—. ¡Fuera o llamo a los alguaciles!

Después de dejar el puente sí que se sintió observada. No tenía dinero para cruzar a Sevilla. Así pues, ¿qué podía hacer? El hombre del puente no le había dicho cómo conseguir dinero. A sus veinticinco años, Caridad nunca jamás había ganado una simple moneda. Lo más que había llegado a conseguir, aparte de la comida, la ropa y el barracón para dormir, era la «fuma», el tabaco que el amo les regalaba para su consumo personal. ¿Cómo podía ganar dinero? No sabía hacer nada que no fuera cuidar del tabaco...

Se apartó de la gente, se retiró hacia el río y se sentó a su orilla. Era libre, sí, pero de poco le servía esa libertad si ni siquiera podía cruzar un puente. Siempre le habían dicho lo que tenía que hacer. Siempre había sabido lo que tenía que hacer desde que salía el sol hasta que se escondía, día tras día, año tras año. ¿Qué iba a hacer ahora?

Fueron muchos los trianeros que a su paso por la ribera contemplaron la figura de una negra sentada en la orilla, inmóvil, con la mirada perdida... en el río, en Sevilla o quizá en sus recuerdos o en el incierto futuro que se le abría por delante. Alguno de ellos volvió a pasar al cabo de una hora, otros al cabo de dos, incluso de tres o cuatro, y la mujer negra seguía allí.

Al anochecer, Caridad sintió hambre y sed. La última vez que había comido y bebido había sido con el grumete, que compartió con ella un bizcocho duro y enmohecido y algo de agua. Decidió fumar para enmascarar su penuria, como hacían todos los esclavos en la vega cuando el cansancio o el hambre les asaltaban. Quizá por eso el amo era generoso con la «fuma»: cuanto más fumaban, menos comida tenía que proporcionarles. El tabaco sustituía muchos bienes y hasta se trocaba por nuevos esclavos. El olor del cigarro atrajo a dos hombres que andaban por la orilla. Le pidieron de fumar. Caridad obedeció y les entregó su cigarro. Fumaron. Charlaron entre ellos pasándose el cigarro de uno a otro, ambos en pie. Caridad, todavía sentada, lo reclamó para sí extendiendo un brazo.

—¿Quieres tener algo en la boca, morena? —dijo riendo uno de los hombres.

El otro soltó una carcajada y tiró del cabello de Caridad para alzar su cabeza al tiempo que el primero se bajaba los calzones.

Caridad no opuso resistencia y se prestó a la felación.

—Parece que le gusta —dijo nervioso aquel que la agarraba del cabello—. ¿Te gusta, negra? —le preguntó al tiempo que presionaba la cabeza contra el pene de su compañero.

Luego la montaron uno tras otro y la dejaron allí tirada.

Caridad se recompuso el vestido. ¿Dónde estaría el resto del cigarro? Había visto que uno de ellos lo lanzaba antes de que la agarrasen del cabello. Quizá no hubiera llegado al agua. Se arrastró entre las hierbas y los juncos, palpando el suelo, atenta por si el rescoldo todavía estuviera vivo... ¡Y lo estaba! Lo cogió y, de bruces, tocando el agua, inhaló con todas sus fuerzas.

Se sentó de nuevo y permitió que sus pies se mojasen en la orilla. Hacía frío, pero en ese momento no lo notaba; no sentía nada. ¿Debía gustarle? Eso le había preguntado uno de ellos. ¿Cuántas veces le habían preguntado lo mismo? El amo ya lo había hecho cuando solo era una bozal, una niña recién arrancada de su tierra. Entonces ni siquiera llegó a entender lo que le preguntaba aquel hombre que la manoseó y babeó antes de rasgarla. Luego, después de muchas veces, tras su embarazo, la sustituyó por una nueva niña, y entonces fueron el capataz y los demás esclavos de la negrada quienes se lo preguntaban entre jadeos. Un día volvió a parir… a Marcelo. El dolor que sintió en esa ocasión, cuando se le rajó el vientre después de horas de parto, le indicó que nunca más tendría otro hijo. «¿Te gusta?», le preguntaban los domingos, en el baile, cuando algún esclavo la cogía del brazo y se la llevaba fuera del barracón, allí donde otras parejas fornicaban también. Luego volvían a cantar y a bailar desenfrenadamente, a la espera de que alguno de sus dioses los montaran. En ocasiones repetían y volvían a abandonar el barracón. No, no le gustaba, pero tampoco sentía nada; le habían ido robando los sentimientos, cacho a cacho, desde la primera noche en que el amo la forzó.

No habría transcurrido una hora cuando uno de aquellos hombres volvió e interrumpió sus pensamientos.

—¿Quieres trabajar en mi taller? —le preguntó iluminándola con un candil—. Soy alfarero.

«¿Qué es un alfarero?», se preguntó Caridad tratando de vislumbrarlo en la oscuridad. Ella solo quería…

—¿Me darás dinero para cruzar el puente? —inquirió.

El hombre percibió la duda en su rostro.

—Ven conmigo —le ordenó.

Eso sí lo entendió: una orden, como cuando algún negro la agarraba del brazo y la llevaba fuera del barracón. Le siguió en dirección a la Cava Vieja. A la altura del castillo de la Inquisición, sin volverse, el alfarero la interrogó:

—¿Te has fugado?

—Soy libre.

A las luces del castillo, Caridad vio que el hombre asentía con la cabeza.

Se trataba de un pequeño taller, con vivienda en el piso superior, en la calle de los Alfareros. Entraron y el hombre le indicó un jergón de paja en un rincón del taller, junto a la leña y el horno. Caridad se sentó en él.

—Mañana empezarás. Duerme.

El calor de los rescoldos del horno acunó a una Caridad aterida por la humedad del Guadalquivir, y durmió.

Desde la época musulmana, Triana era conocida por sus manufacturas de barro cocido, sobre todo por los azulejos vidriados de cuenca o relieve, en los que los maestros expertos hundían una cuerda en el barro fresco y conseguían dibujos magníficos. Sin embargo, hacía algún tiempo que aquella cerámica artesanal había degenerado en piezas repetitivas sin encanto, a lo que hubo que sumar la competencia de la loza de pedernal inglesa y el cambio de gustos de la gente, que se inclinó hacia la porcelana oriental. En el arrabal, por tanto, el oficio decaía.

Al día siguiente, al amanecer, Caridad empezó a trabajar junto al hombre de la noche, un jovenzuelo que debía de ser su hijo y un aprendiz que no le quitaba ojo de encima. Cargó leña, transportó arcilla, barrió mil veces y se ocupó de las cenizas del horno. Así empezaron a transcurrir los días. El alfarero —Caridad nunca vio salir a una mujer del piso de arriba— la visitaba durante las noches.

«Tengo que cruzar el puente para ir a la iglesia de los Ángeles, donde están los negritos», hubiera querido decirle en una de ellas, cuando el hombre, después de haberla poseído, se disponía a marchar. En su lugar se limitó a balbucir:

—¿Y mi dinero?

—¡Dinero! ¿Quieres dinero? Comes más de lo que trabajas y tienes un lugar donde dormir —le contestó el alfarero—. ¿Qué más podría desear una negra como tú? ¿Prefieres estar en la calle pidiendo limosna como la mayoría de los negros libres?

En esos días, la esclavitud casi había desaparecido de Sevilla: la crisis demográfica y económica, la guerra de 1640 con Portugal, el gran proveedor de esclavos del mercado sevillano, la peste bubónica que sufrió la ciudad unos años después, que se ensañó con los negros esclavos, junto con las constantes y numerosas manumisiones que los piadosos sevillanos venían ordenando en sus testamentos, tuvieron como consecuencia una significativa disminución de la esclavitud. Sevilla perdió sus esclavos al compás de la pérdida de su poderío económico.

«Comes más de lo que trabajas», resonaba en los oídos de Caridad. La cantinela del capataz del amo José en la vega le vino entonces al recuerdo: «No trabajáis lo que coméis», les recriminaba antes de soltar el látigo sobre la espalda de alguno de ellos. Poco había cambiado su vida, ¿de qué le servía ser libre?

Una noche, el alfarero no bajó. La siguiente tampoco. A la tercera sí que lo hizo, pero en lugar de ir hacia ella se dirigió a la puerta del taller. La abrió y franqueó el paso a otro hombre, luego le indicó dónde se encontraba Caridad. El alfarero esperó junto a la puerta a que aquel satisficiese sus deseos, le cobró, y luego lo despidió.

A partir de aquella noche, Caridad dejó de trabajar en el taller. El hombre la encerró en un cuartucho de la planta baja, sin ventilación, y colocó un jergón y un bacín junto a algunos trastos inservibles.

—Si creas problemas, si gritas o intentas escapar, te mataré —la amenazó el alfarero la primera vez que le llevó de comer—. Nadie te echará de menos.

«Es cierto», se lamentó Caridad mientras escuchaba cómo el hombre echaba la llave a la puerta: ¿quién iba a echarla de menos? Se sentó en el jergón con el cuenco de potaje de verduras en las manos. Nunca antes la habían amenazado con la muerte; los amos no mataban a sus esclavos, valían mucho dinero. Un esclavo servía para toda la vida. Una vez adiestrado, como lo había sido Caridad de niña, los negros alcanzaban la vejez en sus vegas tabaqueras, trapiches o ingenios azucareros. La ley prohibía vender un esclavo por mayor importe del que había costado, por lo que ningún amo, después de haberle enseñado un oficio, se desprendía de él; perdería dinero. Podía maltratárseles o forzárseles hasta la extenuación, pero el buen capataz era aquel que conocía dónde se encontraba el límite de la muerte. Eran los esclavos quienes se quitaban la vida; en el amanecer menos pensado, la luz iba descubriendo la silueta del cuerpo inerte de un negro colgado de un árbol... o quizá de varios de ellos que habían decidido acompañarse en la huida definitiva. Entonces el amo montaba en cólera, como cuando alguna madre mataba a su recién nacido para librarle de la esclavitud o como cuando un negro se mutilaba para no trabajar. El domingo siguiente, en misa, el sacerdote del trapiche les gritaba que aquello era pecado, que irían al infierno, como si pudiera existir un infierno peor que aquel. ¿Morir? «Quizá sí —se dijo Caridad—, quizá ha llegado la hora de escapar de este mundo donde nadie me espera.»

Esa misma noche fueron dos los hombres que disfrutaron de ella. Luego el alfarero volvió a cerrar la puerta y Caridad quedó en la más absoluta oscuridad. No lo pensó. Canturreó durante lo que quedaba de la noche, y cuando los primeros rayos de luz se colaron entre los resquicios de las maderas del cuartucho, rebuscó entre los trastos hasta encontrar una vieja soga. «Podría servir», concluyó tras tirar de ella para comprobar su estado. Se la ató al cuello y se encaramó sobre una caja desvencijada. Lanzó la cuerda por encima de una viga de madera, sobre su cabeza, la tensó y anudó el otro extremo. En alguna ocasión había envidiado aquellas figuras negras que colgaban de los árboles rompiendo el paisaje de la vega cubana, libres ya de sufrimiento.

—Dios es el más grande de los reyes —clamó—. Solo deseo no convertirme en un alma en pena.

Saltó del cajón. La soga aguantó su peso, no así la viga de madera, que se quebró y le cayó encima. El estruendo fue tal que el alfarero no tardó en presentarse en la cárcel de Caridad. La aherrojó y, a partir de ese día, Caridad dejó de comer y de beber, suplicando la muerte hasta cuando el alfarero y su hijo la alimentaban a la fuerza.

Las visitas de hombres de la calle se repitieron, generalmente uno, a veces más, hasta que, en una ocasión, un anciano que trataba de montarla con torpeza se levantó y se apartó de ella con agilidad asombrosa.

—¡Esta negra está ardiendo! —gritó—. Tiene fiebre. ¿Pretendes que me contagie alguna enfermedad extraña!

El alfarero se acercó a Caridad y puso la mano sobre su frente sudorosa.

—Vete —le ordenó azuzándola con el pie en las costillas mientras pugnaba por descerrajar y recuperar las cadenas con que la mantenía presa—, ahora mismo, ¡ya! —gritó tras conseguirlo. Sin esperar a que se levantase, cogió el hatillo de Caridad y lo lanzó a la calle.

¿Era posible que hubiese oído una canción? No era más que un murmullo que se confundía con los ruidos de la noche. Melchor aguzó el oído. ¡Ahí estaba otra vez!

—Yemayá asesú…

El gitano se quedó quieto en la oscuridad, en mitad de la vega de Triana, rodeado de huertos y frutales. El rumor de las aguas del Guadalquivir le llegaba con nitidez, igual que el silbar del viento entre la vegetación, pero…

—Asesú yemayá.

Parecía un diálogo: un susurro que entonaba el solista para luego responderse a sí mismo a modo de coro. Se volvió en la dirección de la que provenía la voz; algunos de los abalorios que colgaban de su chaqueta tintinearon. La oscuridad era casi absoluta, solo rota por los hachones del convento de la Cartuja, algo más allá de donde se encontraba.

—Yemayá oloddo.

Melchor se apartó del camino y se internó en un naranjal. Pisó piedras y hojarasca, tropezó en varias ocasiones y hasta maldijo a todos los santos a gritos, y sin embargo, pese a lo que en la noche resonó como un trueno, el triste canturreo no cesó. Se paró entre varios árboles. Era allí, allí mismo.

—Oloddo yemayá. Olodddo…

Melchor entrecerró los ojos. Una de las pertinaces nubes que habían cubierto Sevilla durante todo el día permitió el paso de un tenue atisbo de luna. Entonces entrevió una mancha grisácea en el suelo, frente a él, a solo un par de pasos. Avanzó y se acuclilló hasta reconocer a una mujer tan negra como la noche vestida con ropas grises. Estaba sentada con la espalda contra el naranjo, como si buscase refugio en el árbol. Tenía la mirada perdida, ajena a su presencia, y continuó canturreando, en voz baja, monótonamente, repitiendo una y otra vez el mismo estribillo. Melchor comprobó que, pese al frío, tenía el rostro perlado de sudor. Tiritaba.

Se sentó a su lado. No entendía lo que decía, pero aquella voz cansada, aquel timbre, la monotonía, la resignación que impregnaba su voz dejaban traslucir un dolor inmenso. Melchor cerró los ojos, se rodeó las rodillas con los brazos y se dejó transportar por la canción.

—Agua.

El ruego de Caridad rompió el silencio de la noche. Hacía rato que ya no se oía su canturreo; se había ido apagando como una brasa. Melchor abrió los ojos. La tristeza y melancolía de la canción habían conseguido trasladarle, una vez más, al banco de la galera. Agua. ¿Cuántas veces había tenido que pedir agua él mismo? Creyó sentir cómo los músculos de sus piernas, de sus brazos y de su espalda se tensaban como cuando el cómitre aumentaba el ritmo de la boga en persecución de alguna nave sarracena. El torturante silbato del cómitre aguijoneaba sus sentidos mientras arrancaban a latigazos la piel de su espalda desnuda para que remase con más y más fuerza. El castigo podía durar horas. Al final, con los músculos de todo el cuerpo a punto de reventar y las bocas resecas, de las hileras de bancos solo surgía una súplica: ¡agua!

—Sé lo que es la sed —murmuró para sí.

—Agua —imploró de nuevo Caridad.

—Ven conmigo. —Melchor se levantó con dificultad, entumecido tras casi una hora sentado al pie del naranjo.

El gitano se estiró e intentó orientarse para encontrar el camino de la Cartuja. Se dirigía a los huertos del monasterio, donde vivían muchos de los gitanos de Triana, cuando el canturreo había llamado su atención.

—¿Vienes o no? —le preguntó a Caridad.

Ella trató de levantarse agarrándose al tronco del naranjo. Tenía fiebre. Tenía hambre y frío. Pero sobre todo tenía sed, mucha sed. Consiguió erguirse cuando Melchor ya se había puesto en marcha. ¿Le daría agua si lo seguía o la engañaría como habían hecho tantos otros a lo largo de los días que llevaba en Triana? Caminó tras él. La cabeza le daba vueltas. Casi todos lo habían hecho; casi todos se habían aprovechado de ella.

Una serie de luces provenientes de unas chozas arracimadas en el camino iluminaron la chaqueta de seda azul celeste del gitano. Caridad hizo un esfuerzo por seguir su paso. Melchor no se preocupaba de ella. Andaba lentamente pero erguido, altivo, apoyándose sin necesidad en el bastón de dos puntas propio del jefe de una familia; a veces se le oía hablar a la noche. La mujer arrastraba los pies descalzos tras él. A medida que se acercaban a la gitanería, la quincallería que adornaba las vestiduras de Melchor y el ribeteado de plata de sus medias refulgieron. Caridad percibió un buen presagio en aquellos destellos: aquel hombre no la había tocado. Le proporcionaría su agua.

3

Esa misma noche, la fiesta se alargó en el callejón de San Miguel. Como si de una competición se tratara, cada una de las familias herreras se empeñó en demostrar sus dotes a la hora de bailar y cantar, de tocar la guitarra, las castañuelas o las panderetas. Lo hicieron los García, los Camacho, los Flores, los Reyes, los Carmona, los Vargas y muchos más de los veintiún apellidos que habitaban el callejón. Romances, zarabandas, chaconas, jácaras, fandangos, seguidillas o zarambeques, todos aquellos palos sonaron y se bailaron al resplandor de una hoguera alimentada por las mujeres a medida que transcurrían las horas. Alrededor del fuego, sentados en primera fila, se hallaban los gitanos que componían el consejo de ancianos, encabezados por Rafael García, un hombre que contaría unos sesenta años, enjuto, serio y seco, al que llamaban el Conde.

Corrió el vino y el tabaco. Las mujeres contribuyeron con alimentos que habían llevado de sus casas: pan, queso, sardinas y camarones, pollo y liebre, avellanas, bellotas, membrillo y fruta. Las fiestas se compartían; cuando se cantaba y se bailaba se olvidaban las rencillas y las enemistades atávicas, y ahí estaban los ancianos para garantizarlo. Los gitanos herreros de Triana no eran ricos. Continuaban perteneciendo a ese mismo pueblo que desde la época de los Reyes Católicos sufría persecución en España: no podían vestir sus coloridos trajes ni hablar en su jerga, andar los caminos, decir la buenaventura o mercadear con caballerías. Se les había prohibido cantar y bailar, ni siquiera tenían permitido vivir en Triana o trabajar como herreros. En varias ocasiones los gremios payos de herreros sevillanos habían intentado que se les impidiese trabajar en sus forjas elementales, y las pragmáticas reales y las órdenes habían insistido en ello, pero todo fue en vano: los herreros gitanos garantizaban el suministro de las miles de herraduras imprescindibles para las caballerías que trabajaban los campos del reino de Sevilla, por lo que continuaron forjando y vendiendo sus productos a los mismos herreros payos que pretendían terminar con sus actividades pero que tampoco podían afrontar la ingente demanda.

Mientras los niños, casi desnudos, trataban de emular a sus progenitores al fondo del callejón, Ana y Milagros se arrancaron con una alegre zarabanda junto a dos parientes de la familia de José, los Carmona. Madre e hija, una al lado de la otra, sonriendo cuando sus miradas se cruzaban, quebraron sus cinturas y juguetearon con la sensualidad de sus cuerpos al son de la guitarra y el cante. José, como tantos otros, miraba, palmeaba y las jaleaba. En cada movimiento de baile, como si de un lance se tratara, las mujeres incitaban a los hombres, los acosaban con los ojos proponiéndoles un romance imposible. Se acercaban y se alejaban, y giraban a su alrededor al ritmo impúdico de sus caderas, alardeando de sus pechos, exuberantes los de la madre, jóvenes los de la hija. Las dos bailaban erguidas, alzando los brazos sobre sus cabezas o revoleándolos a sus costados; los pañuelos que Milagros llevaba atados a las muñecas cobraban vida propia en el aire. Algunas mujeres, en corro, acompañaban a las guitarras con sus castañuelas o panderetas, muchos gitanos palmeaban y jaleaban la voluptuosidad de las dos mujeres; más de uno no pudo impedir una mirada de lujuria cuando Ana agarró el ribete de la falda con la mano derecha y continuó bailando al tiempo que mostraba las pantorrillas y los pies descalzos.

—¡Mirad al cielo, gitanos, que Dios quiere bajar a bailar con mi hija! —gritó José Carmona.

Los jaleos se sucedieron.

—¡Olé!

—¡Toma que toma!

—¡Olé, olé y olé!

Milagros, espoleada por el requiebro de su padre, imitó a Ana, se alzó la falda y entre las dos rodearon una y otra vez a sus parejas de baile, envolviéndolos en un halo de pasiones mientras la música se elevaba hasta el cenit. Los gitanos estallaron en vítores y aplausos al finalizar la zarabanda. Madre e hija soltaron de inmediato sus faldas y las alisaron con las manos. Sonrieron. Una guitarra empezó a sonar, templando, preparando un nuevo baile, un nuevo cante. Ana acarició la mejilla de su hija y, cuando se acercó a ella para besarla en la mejilla, el rasgueo cesó. Rafael García, el Conde, mantenía la mano medio alzada hacia el guitarrista. Un rumor corrió entre los gitanos y hasta los niños se acercaron. Reyes la Trianera, la esposa del Conde, una mujer gorda cercana a los sesenta años, con el rostro cobrizo surcado por mil arrugas, había levantado a uno de los otros ancianos de su silla mediante un simple y enérgico gesto de su mentón y se había sentado en ella.

A la luz de la hoguera, solo Ana fue capaz de advertir la mirada que la Trianera le dedicó. Fue un segundo, quizá menos. La mirada de una gitana: fría y dura, capaz de penetrar hasta el alma. Ana se irguió, dispuesta a enfrentarse al reto, pero se encontró con la mirada del Conde. «¡Escucha y aprende!», le dijo su rostro.

La Trianera cantó a palo seco, sin música, sin nadie que gritara, palmeara o jaleara. Una debla: un canto a las diosas gitanas. Su voz cascada y vieja, débil, destemplada, se coló sin embargo en lo más profundo de quienes la escuchaban. Cantaba con las manos entreabiertas y temblorosas por delante de sus pechos, como si con ello tomara fuerzas, y lo hizo a las muchas penas de los gitanos: a las injusticias, a la cárcel, a los amores rotos... en unos versos sin metro que solo encontraban sentido en el ritmo que la voz de la Trianera les quería conceder y que siempre culminaban con una loa en jerga gitana. «Deblica barea», magnífica diosa.

La debla parecía no tener fin. La Trianera podría haberla alargado cuanto su imaginación o sus recuerdos le hubieran permitido, pero al final dejó caer las manos sobre las rodillas y alzó la cabeza que había mantenido inclinada mientras cantaba. Los gitanos, Ana entre ellos, con la garganta tomada, estallaron una vez más en aplausos; muchos con los ojos anegados en lágrimas. Milagros también aplaudía, mirando de reojo a su madre.

En ese momento, al ofrecerle su aplauso y al ver que también su hija lo hacía, Ana se alegró de que Melchor no estuviera presente. Sus manos chocaron entre sí con desidia por última vez y aprovechó el jaleo para escabullirse entre la gente. Se apresuró al presentir la mirada del Conde y la Trianera clavada en su espalda; los imaginó sonriendo engreídos, ellos y todos los suyos. Empujó a los gitanos que todavía celebraban el cante y, una vez fuera del corro, se dirigió al portal de su casa, en una de cuyas jambas buscó apoyo.

¡Los García! ¡Rafael García! Su padre escupía cuando oía ese nombre. Su madre…, su madre falleció dos años después de que Melchor fuera aherrojado al banco de una galera, y lo hizo maldiciendo a Rafael García, jurando venganza desde el más allá.

«¡Ha sido él! —mascullaba su madre una y otra vez mientras pedían limosna en las calles de Málaga, frente a la cárcel donde Melchor esperaba ser conducido al Puerto de Santa María para embarcar en galeras—. Rafael le ha denunciado al sargento de la ronda del tabaco. Miserable. Ha violado la ley gitana. ¡Hijo de puta! ¡Malnacido! ¡Perro sarnoso…!»

Y cuando la pequeña Ana veía que la gente se apartaba de ellos, le daba un codazo para que no asustase a los parroquianos con sus gritos.

—¿Por qué lo ha denunciado? —le preguntó un día la niña.

Su madre entrecerró los ojos y torció la boca con desprecio antes de contestar:

—Las rencillas entre los Vega y los García vienen de antiguo. Nadie sabe por qué exactamente. Hay quien dice que por un borrico, otros que si por una mujer. ¿Algunos dineros? Quizá. Ya no se sabe. Lo cierto es que son dos familias que siempre se han odiado.

—¿Solo por…?

—No me interrumpas, niña. —La madre acompañó sus palabras con un fuerte pescozón—. Atiende bien lo que voy a decirte porque eres una Vega y tendrás que vivir como tal. Los gitanos siempre hemos sido libres. Todos los reyes y príncipes de todos los lugares del mundo han pretendido doblegarnos y nunca lo han conseguido. Jamás podrán con nuestra raza; somos mejores que todos ellos, más inteligentes. Necesitamos poco. Tomamos lo que nos conviene: lo que el Creador ha puesto en este mundo no es propiedad de nadie, los frutos de la tierra pertenecen a todos los hombres y, si no nos gusta un lugar, nos marchamos a otro. Nada ni nadie nos ata. Nos da igual el riesgo, ¿qué nos importan a nosotros leyes o pragmáticas? Eso es lo que siempre han defendido los Vega y todos aquellos que se consideran gitanos de raza. Así es como siempre hemos vivido. —Tras una pausa, la madre había continuado—: Poco antes de que detuvieran a tu padre, murió el jefe del consejo de ancianos. Los García presionaron a los demás para que fuera elegido uno de su familia y tu padre se opuso. Les echó en cara que los García ya no vivían como gitanos, que trabajaban en las herrerías como los payos, de acuerdo con ellos, que hacían negocios con ellos, se casaban por la Iglesia y bautizaban a sus hijos. Que habían renunciado a la libertad.

»Un día apareció Rafael en la huerta de la Cartuja; buscaba a tu padre. —Ana creyó recordar ese día. Su madre y sus tías le ordenaron que se apartara, como a los demás chiquillos, y ella lo hizo... pero regresó a hurtadillas al lugar en que Rafael se había plantado, amenazante, rodeado de miembros de la familia Vega—. Venía armado con un cuchillo y quería pelea, pero tu padre no estaba. Alguien le dijo que había ido a buscar tabaco a Portugal. La sonrisa que se dibujó entonces en el rostro de ese malnacido fue lo suficientemente delatadora.

En el callejón de San Miguel, cuando los ancianos se levantaron de sus sillas, hombres y mujeres empezaron a retirarse, algunos a sus casas, otros se dispersaron por los patios interiores de los corrales de vecinos, en grupos, charlando y bebiendo. Las guitarras, castañuelas y panderetas seguían sonando, pero ahora en manos de la juventud; niñas y muchachos tomaron el relevo e hicieron suya la fiesta.

Ana paseó la vista por el callejón: Milagros bailaba con alegría junto a muchachas de su edad. ¡Qué bonita era! Lo mismo que había dicho su abuelo cuando se la mostraron por primera vez. No había transcurrido ni un día desde que su padre volvió de galeras —apenas unas horas en las que Melchor supo de la muerte de su esposa y conoció a una nieta de cuatro años a la que no se atrevió a tocar, temeroso de que su suciedad y sus manos agrietadas pudieran dañarla— cuando Melchor Vega se hizo con un gran cuchillo y se encaminó, todavía harapiento y débil, en busca de su delator. Su hija hubiera querido impedírselo, pero no se atrevió.

Rafael salió a su encuentro, armado también, acompañado de los suyos. No se dirigieron una sola palabra; sabían qué era lo que estaba en juego y por qué. Los hombres se tentaron con los cuchillos, los brazos extendidos, las armas una mera extensión de sus cuerpos. Rafael lo hizo con fuerza y agilidad, manteniendo firme su mano. La de Melchor, por el contrario, temblaba levemente. Giraron uno en torno al otro, los miembros de sus familias permanecían en silencio. Pocos fueron los que fijaron su atención en el tembloroso cuchillo que exhibía Melchor: la mayoría lo hizo en su rostro, en su actitud, en el ansia y la decisión que revelaba todo él. ¡Quería matar! ¡Iba a matar! Poco importaba su estado, su debilidad, sus heridas, sus ropas desastradas, su mugre o sus temblores; el presentimiento… la seguridad de que Melchor mataría a Rafael se hizo patente.

Esa certeza fue la que llevó a Antonio García, tío de Rafael y entonces jefe del consejo, a interponerse entre los contendientes antes de que cualquiera de ellos lanzara la primera cuchillada. Ana, con Milagros en sus brazos, contra su pecho, suspiró aliviada. A la llamada de Antonio García intervinieron los ancianos; los hombres de la familia Vega fueron conminados a tratar el asunto antes de que este se resolviese con la sangre. El consejo, con la oposición de los Vega y los representantes de dos familias más de los que vivían en la huerta de la Cartuja, dictaminó que no había prueba alguna de que Rafael hubiera delatado a Melchor, de modo que si este mataba a Rafael, todos saldrían en defensa de los García y se iniciaría una guerra contra los Vega. Asimismo decidió que si Melchor mataba a Rafael, cualquier gitano podría vengarse en otro miembro de los Vega y matarlo a su vez; en ese caso la ley gitana no iría en su contra, el consejo permanecería al margen.

Al anochecer, el tío Basilio Vega se dirigió allí donde estaban Melchor y los suyos. Milagros dormía en brazos de su madre.

—Melchor —le dijo tras anunciarle las decisiones del consejo—, sabes que todos apoyaremos lo que decidas. ¡Nadie conseguirá acobardarnos!

Y le entregó a la niña, que despertó al contacto con su abuelo. Milagros permaneció quieta, como si fuera consciente de la trascendencia de aquel momento. «¡Sonríele!», suplicó Ana en silencio, con las manos entrecruzadas, agarrotadas, pero la niña no lo hizo. Transcurrieron unos instantes hasta que Basilio y Ana pudieron contemplar cómo Melchor apretaba los labios y con mano firme acariciaba el cabello de la pequeña. Supieron entonces cuál había sido su decisión: someterse al consejo por el bien de la familia.

Aquella niña que había evitado un baño de sangre bailaba y cantaba ahora en el callejón de San Miguel. Desde la puerta de su casa, Ana se recreó en la visión de su hija; la contempló bella, altiva, decidida, entregada, jugueteando a ofrecer su cuerpo a un joven... De repente, la mujer negó violentamente con la cabeza y se separó de la puerta, confundida. El joven recibía los pasos de su hija con displicencia, indolente a su entrega, indiferente, casi burlándose de ella. ¿Acaso no se daba cuenta Milagros? Ese joven... Ana entrecerró los ojos para centrar la visión. Se trataba de un muchacho mayor que su niña, atezado, atractivo, fuerte, correoso. Y Milagros bailaba ignorando el desaire de su pareja; sonreía, sus ojos refulgían, irradiando sensualidad. Entonces, apostada tras las sillas que rodeaban una hoguera ya convertida en ascuas, vio a la Trianera, que palmeaba con una mueca burlona, de victoria, el evidente y público deseo de la muchacha, una Vega, la nieta de Melchor, por uno de sus nietos: Pedro García.

—¡Milagros! —chilló la madre echando a correr hacia ella.

Agarró a su hija del hombro y la zarandeó hasta detener el baile. La Trianera convirtió su mueca burlona en una sonrisa. Cuando Milagros hizo ademán de responder, su madre acalló cualquier queja con un par de sacudidas más. Los guitarristas casi habían detenido su rasgueo cuando la Trianera los incitó a continuar. Unos hombres se acercaron. El joven Pedro García, envalentonado en la actitud de su abuela, quiso humillar todavía más a las mujeres Vega y continuó bailando alrededor de Milagros como si la intervención de su madre no fuera más que una insignificante contrariedad. Ana lo vio venir, soltó a su hija y, tal como el gitano se acercaba, largó el brazo y le abofeteó con el revés de la mano. Pedro García trastabilló. Milagros abrió la boca pero no consiguió que surgiera palabra alguna. Las guitarras callaron. La Trianera se levantó. Otras gitanas de diversas familias acudieron raudas.

Antes de que unas y otras se enzarzaran en una pelea, los hombres se interpusieron entre ellas.

—¡Hija de puta!

—¡Perra!

—¡Miserable!

—¡Ramera!

Se insultaban mientras forcejeaban por liberarse de los hombres, empujándolos para lanzarse sobre las otras, Ana más que nadie. Acudieron más gitanos, José Carmona entre ellos, y lograron hacerse con la situación. José zarandeó a su esposa como esta había hecho con su hija; luego, con la ayuda de dos de sus parientes, logró arrastrarla al otro lado del callejón.

—¡Marrana! —continuó gritando Ana a medio camino, forzando la cabeza hacia atrás para volverla en dirección a la Trianera.

La gitanería de la huerta de la Cartuja no era sino una aglomeración de míseras chozas construidas con arcilla y maderos —algunas no más que simples cobertizos de cañas y telas— que había ido extendiéndose a partir de las que inicialmente se levantaron adosadas al muro que circundaba las tierras de los monjes, entre el monasterio y Triana. Melchor fue bien recibido por las gentes. Muchos lo saludaron en la calle, a su paso; otros se asomaron a las puertas de aquellas chozas sin ventanas. El exiguo resplandor de las velas que iluminaban su interior y algunos fuegos a lo largo de la calle luchaban contra las sombras de la gitanería.

—Melchor, tengo un borrico con el que nunca llegará a pillarte la ronda del tabaco. ¿Te interesa? —exclamó un gitano viejo sentado en una silla a la puerta de una choza, al tiempo que señalaba una de las muchas caballerías atadas o trabadas en la calle.

Melchor ni siquiera miró al animal.

—Para eso tendría que bajarme de él y cargarlo sobre mis hombros —contestó dando un manotazo al aire.

Los dos rieron.

Caridad andaba detrás de Melchor; aquel terreno no era más que un barrizal en el que se hundían sus pies descalzos. Por un momento pensó que no tendría fuerzas para avanzar en el fango; la fiebre la atenazaba, le ardía la garganta y le quemaba el pecho. ¿Habría pedido ya su agua aquel hombre? Le había oído pero no llegó a entender una palabra de la conversación sobre el borrico. Los gitanos habían hablado en su jerga.

—¡Melchor! —gritó una mujer que daba de mamar a una criatura, ambos senos al descubierto—, te sigue una negra, negra, negra. ¡Jesús, qué negra! A ver si me va a agriar la leche.

—Tiene sed —se limitó a contestar el gitano.

Un par de chozas más allá, advertidos de su llegada, le esperaba un grupo de hombres.

—Hermano —saludó Melchor a uno menor que él al tiempo que se tomaban de los antebrazos.

Un chiquillo casi desnudo había corrido para arrebatarle el bastón de dos puntas, con el que ya alardeaba frente a los demás niños.

—¡Melchor! —le devolvió el saludo el gitano, apretando sus antebrazos.

Caridad, sintiéndose desfallecer, presenció cómo el hombre al que había seguido saludaba a gitanos y gitanas y revolvía el cabello a los niños que se le acercaban. ¿Y su agua? Una mujer reparó en ella.

—¿Y esa negra? —inquirió.

—Quiere beber.

En ese momento las rodillas de Caridad cedieron y se desplomó. Los gitanos se volvieron y la miraron, arrodillada en el barro.

La misma mujer que había preguntado por Caridad, la vieja María, resopló.

—Parece que necesita alguna cosa más que beber, sobrino.

—Pues solo me ha pedido agua.

Caridad trataba de mantener la vista en el grupo de gitanos; la visión se le había nublado; la conversación que mantenían le resultaba ininteligible.

—Yo no puedo con ella —dijo la vieja María—. ¡Niñas! —gritó dirigiéndose a las más jóvenes—. ¡Echadme una mano para levantar a esta negra y meterla en el palacio!

En cuanto las gitanas rodearon a Caridad, los hombres se desentendieron del problema.

—¿Un trago de vino, tío? —le ofreció a Melchor un joven.

Melchor pasó un brazo por los hombros del gitano y lo achuchó.

—La última vez que bebí de tu vino... —comentó mientras se dirigían a la siguiente choza—, ¡el vinagre y la sal con que nos curaban las heridas en galeras eran más suaves que ese brebaje!

—Pues a los borricos les gusta.

Entre carcajadas, entraron en la choza. Tuvieron que inclinarse para pasar bajo la puerta. Se componía de una única estancia que servía para todo: dormitorio de la familia del joven, cocina y comedor, carecía de ventanas y solo contaba con un simple agujero en el techo a modo de chimenea. Melchor se sentó a una mesa desportillada. Los más viejos ocuparon otras sillas o banquetas y el resto permaneció de pie, más de una docena de gitanos que llegaban hasta la misma puerta.

—¿Estás tratándome de borrico? —reanudó la conversación Melchor cuando su sobrino lanzó unos vasos sobre la mesa. La invitación se limitaba a los mayores.

—A usted, tío, de corcel alado lo menos. El otro día, en el mercado de Alcalá —continuó el gitano mientras escanciaba el vino—, logré vender aquel rucio que vio usted en su última visita, ¿recuerda? Aquel que se dolía hasta de las orejas. —Melchor asintió con una sonrisa—. Pues le solté una botella de vino y no vea usted cómo corría la pobre bestia, ¡parecía un potro de pura raza!

—Tú sí que debiste de correr para salir de Alcalá cuanto antes —intervino el tío Juan, sentado a la mesa.

—Como alma que lleva el diablo, tío —reconoció el sobrino—, pero con mis buenos dineros, que esos no se los devuelvo ni al diablo por más que me hiciera correr.

Melchor levantó el vaso de vino y, después de que los demás se sumaran al brindis, dio cuenta de él de un solo trago.

—¡Vigilad! —se escuchó desde la puerta—, no vaya a ser que ahora el tío Melchor se nos escape corriendo como un potrillo.

—¡Lo podríamos vender por bueno! —soltó otro.

Melchor rió e hizo un gesto a su sobrino para que le sirviera más vino.

Después de un par de rondas, de bromas y comentarios, quedaron solo los mayores: Melchor, su hermano Tomás, el tío Juan, el tío Basilio y el tío Mateo, todos ellos de la familia Vega, todos atezados, todos con un rostro surcado de profundas arrugas, espesas cejas que se juntaban sobre el puente de su nariz y mirada penetrante. Los demás charlaban fuera. Melchor se desabotonó su chaquetilla azul y dejó a la vista la camisa blanca y una faja de seda encarnada y brillante. Rebuscó en uno de los bolsillos interiores y sacó un atado de una docena de cigarros medianos que puso sobre la mesa, junto a la jarra de vino que les había dejado el sobrino.

—Tabaco puro habano —anunció, e hizo un gesto para que cada cual cogiera uno.

—Gracias —se escuchó de boca de algunos de ellos.

—A tu salud —murmuró otro.

En pocos minutos la choza se llenó de un aromático humo azulado que aplacó cualquiera de los otros olores de la pequeña vivienda.

—Tengo una buena partida de tabaco en polvo —comentó el

tío Basilio tras lanzar al aire una bocanada de humo—. De la fábrica de Sevilla, español, muy fino y molido. ¿Te interesa?

—Basilio… —le recriminó Melchor con voz cansina, arrastrando las sílabas.

—¡Es de una calidad excelente! —se defendió el otro—. Tú puedes conseguir mejor precio que yo. Los curas te lo quitarán de las manos. A nosotros nos aprietan mucho con los precios. ¿Qué más te da de dónde venga?

Melchor rió.

—No me importa de dónde viene, sino cómo ha llegado. Ya lo sabes. No quiero traficar con tabaco que alguien ha llevado escondido en el culo. Solo de pensarlo siento escalofríos…

—Está bien envuelto en tripa de cerdo —terció su hermano Tomás en defensa del negocio.

Los demás asintieron. Sabían que cedería; siempre lo hacía, nunca se negaba a una petición de la familia, pero antes tenía que quejarse, alargar la discusión, hacerse de rogar.

—Aun así. ¡Lo han llevado en el culo! Algún día os pillarán…

—Es la única forma de burlar a los celadores de la fábrica —le interrumpió Basilio—. Cada día, al finalizar la jornada, desnudan a varios trabajadores, al azar.

—¿Y no les miran el culo? —rió Melchor.

—¿Te imaginas a uno de esos soldados metiendo el dedo en el culo de un gitano para ver si lleva tabaco? ¡Ni se les ocurre!

Melchor negó con la cabeza, pero la forma como lo hizo, complaciente, les indicó que el trato estaba cerrado.

—Un día uno de esos tarugos reventará y entonces…

—Los payos descubrirán otra forma de consumir el polvo —sentenció el tío Juan—. ¡Sorbiéndolo por el culo!

—Seguro que a muchos les gustaría más que por las narices —aventuró Basilio.

Los gitanos se miraron por encima de la mesa durante unos instantes y estallaron en carcajadas.

La conversación se alargó en la noche. El sobrino, su esposa y tres chiquillos entraron cuando los murmullos de la calle empezaron a decaer. Los niños se acostaron en dos jergones de paja que se hallaban en una esquina de la choza. Su padre observó que la jarra de vino estaba vacía y acudió a llenarla.

—Tu negra ha bebido… —empezó a decirle la mujer desde los jergones.

—No es mía —la interrumpió Melchor.

—Bueno, pues de quien sea, pero la has traído tú —continuó ella—. La tía le ha dado un bebedizo de cebada hervida con claras de huevo y le está bajando la calentura.

Luego el matrimonio se tumbó junto a sus hijos. Los hombres continuaron charlando, con su vino y sus cigarros. Melchor quería saber de la familia, y los demás le dieron buena cuenta de ello: Julián, casado con una Vega, herrero ambulante, había sido detenido cerca de Antequera mientras arreglaba los aperos de labranza de unos agricultores. «¡No llevaba cédula!», masculló el tío Juan. Los gitanos no podían trabajar como herreros, ni tampoco abandonar su domicilio. Julián estaba encarcelado en Antequera y ya habían hecho gestiones para conseguir su libertad. «¿Necesitáis algo?», se ofreció Melchor. No. No lo necesitaban. Tarde o temprano lo soltarían; comía de la caridad y no había cosa que molestase más a los funcionarios reales. Además, habían buscado la intercesión de un noble de Antequera y este se había comprometido a obtener su libertad. Tomás sonrió, Melchor también lo hizo: siempre había un noble que los sacaba de apuros. Les gustaba protegerlos. ¿Por qué lo hacían? Habían hablado de ello en numerosas ocasiones: era como si aquellos personajes de alta alcurnia se sintieran algo gitanos con sus favores, como si con ello quisieran demostrar que no eran como el común de la gente e hicieran suyas las ansias de libertad de la raza de sangre negra; como si participasen de un espíritu, de una forma de vida que les estaba vedada en su rutina y sus rígidas costumbres. Algún día se cobrarían el favor y les pedirían que cantasen o bailasen para ellos en una fiesta en algún palacio suntuoso, e invitarían a sus amigos e iguales para alardear de aquellas relaciones prohibidas.

—Hemos tenido noticias de que hace más o menos un mes —intervino el tío Mateo—, cerca de Ronda, la Hermandad confiscó los animales del Arrugado…

—¿Quién es el Arrugado? —preguntó Melchor.

—Aquel que siempre va encogido, el hijo de Josefa, la prima de…

—Ya, ya —le interrumpió Melchor.

—Le quitaron un caballo y dos borricos.

—¿Los ha recuperado?

—Los borriquillos, no. Se los quedaron los soldados y los vendieron. El caballo también lo vendieron, pero el Arrugado siguió al comprador y lo recuperó la segunda noche. Dicen que fue bastante fácil: el payo que lo compró lo dejó suelto en un cercado, él solo tuvo que entrar y cogerlo. Le gustaba ese caballo al Arrugado.

—¿Tan bueno es? —se interesó Melchor después de un nuevo sorbo de vino.

—¡Quita! —contestó su hermano—. Es un penco miserable que anda agarrotado, tieso, pero como lo hace igual que él, encogido, el hombre… pues se siente a gusto.

Otros miembros de la familia, le explicaron después a Melchor, se hallaban acogidos a sagrado en una ermita en el camino de Osuna desde hacía más de siete días. Les venía persiguiendo el corregidor de Málaga por la denuncia de unos payos malagueños.

—Ahora, como es habitual, están todos peleándose y discutiendo —informó el tío Basilio—: el corregidor los quiere para sí; la Santa Hermandad se ha presentado en la ermita y reclama que los gitanos son suyos; el cura dice que él no quiere saber nada, y el vicario, al que ha llamado el cura, alega que la justicia no los puede extraer de sagrado y que se dirijan al obispo.

—Siempre es lo mismo —comentó Melchor con el recuerdo de las veces que él mismo había tenido que buscar refugio en iglesias o conventos—. ¿Los extraerán?

—Da igual —contestó el tío Basilio—. De momento están dejando que se harten de discutir entre ellos. Todos tienen inmunidad fría, o sea que cuando salgan la alegarán y tendrán que ponerlos en libertad otra vez. Perderán sus armas y sus caballerías, pero poco más.

Era ya de madrugada. Melchor bostezó. El sobrino y su familia dormían en los jergones y la gitanería permanecía en silencio.

—¿Continuamos por la mañana? —propuso.

Los demás asintieron y se levantaron. Melchor se limitó a colocar la pierna en la mesa y empujarse hacia atrás hasta que la silla, sostenida únicamente sobre dos de sus patas, se apoyó contra la pared de la choza. Entonces cerró los ojos mientras escuchaba cómo salían sus parientes. «Inmunidad fría», sonrió para sí antes de que el sueño le venciese. Los payos siempre caían en las mismas trampas, la única posibilidad de sobrevivir para su pueblo, tan perseguido y vilipendiado en todo el país. A veces, cuando un gitano que se había refugiado en sagrado sabía que, en caso de ser extraído, la pena sería mínima o inexistente, se ponía de acuerdo con el alcalde para que lo extrajese por la fuerza, vulnerando con ello el asilo eclesiástico. A partir de ahí, si el alcalde o los justicias no lo restituían al mismo lugar del que había sido extraído, ya gozaba de lo que se conocía como inmunidad fría. Y no lo hacían; nunca lo hacían. En la siguiente ocasión en que lo detuvieran, quizá por un delito mayor, como simplemente andar libre por los caminos, podría alegar que la vez anterior no lo habían restituido a sagrado, librándose así de la condena. «Inmunidad fría», se repitió Melchor dejándose llevar por el sueño.

Melchor pasó la mañana siguiente en la gitanería, fumando, sentado en un taburete en la calle, junto a unas mujeres que fabricaban cestas con las cañas que recogían en las orillas del río, ensimismado en aquellas manos expertas que trenzaban y daban forma a unas canastas que luego tratarían de vender por calles y mercados. Escuchó sus conversaciones sin intervenir; todas conocían a Melchor. De vez en cuando, alguna desaparecía y al poco volvía con un traguito de vino para el tío. Comió en casa de su hermano Tomás, puchero de gallina un tanto podrida, y volvió a reclinar la silla para echarse una siesta. En cuanto despertó, se dispuso a regresar al callejón de San Miguel.

—Gracias por la comida, hermano.

—No hay de qué —contestó Tomás—. No te olvides de esto —añadió entregándole el «tarugo» del que habían hablado la noche anterior: una tripa de cerdo rellena de tabaco en polvo—. El tío Basilio confía en obtener un buen beneficio.

Melchor cogió el «tarugo» con una mueca de asco, lo guardó en uno de los bolsillos interiores de su chaquetilla y abandonó la barraca. Luego empezó a recorrer la calle que lindaba con la pared del huerto de los cartujos. Le hubiera gustado seguir viviendo allí, con los suyos, pero su hija y su nieta, sus seres más queridos, lo hacían con los Carmona, en el callejón, y él no podía alejarse de quien era sangre de su sangre.

—¡Sobrino! —El grito de una mujer interrumpió sus pensamientos. Melchor se volvió hacia la vieja María, en la puerta de su choza—. Te dejas a tu negra —añadió esta.

—No es mía.

Contestó con hastío; ya lo había dicho en varias ocasiones.

—Ni mía —se quejó la mujer—. Ocupa mi jergón, y las piernas le salen por debajo. ¿Qué quieres que haga yo con ella? ¡Llévatela! Tú la trajiste, tú te la llevas.

«¿Llevármela?», pensó Melchor. ¿Qué iba a hacer él con una negra?

—No… —empezó a decir.

—¿Cómo que no? —le interrumpió la vieja María poniéndose en jarras—. He dicho que se va contigo y así será, ¿entendido?

Varios gitanos se arremolinaron junto a ellos al oír el escándalo. Melchor observó a la anciana, pequeña, enjuta y arrugada, plantada en la puerta de la choza con su delantal coloreado, retándole. Él…, él era respetado por cuantos vivían en la gitanería, pero ante sí tenía nada menos que a la vieja María. Y cuando una gitana como la vieja María se ponía en jarras y te atravesaba con los ojos…

—¿Qué quieres que haga con ella?

—Lo que te plazca —contestó la vieja sabiéndose vencedora.

Varias gitanas sonrieron; un hombre resopló, otro ladeó la cabeza con una mueca y un par de ellos renegaron por lo bajo.

—No podía moverse… —arguyó Melchor señalando el barro de la calle—, se cayó aquí…

—Ahora ya puede. Es una mujer fuerte.

La vieja María le dijo que la mujer negra se llamaba Caridad y entregó a Melchor un odre con el resto del bebedizo de cebada con yemas de huevo que la enferma debía tomar hasta que las calenturas desaparecieran por completo.

—Devuélvemelo la próxima vez que vengas por aquí —le advirtió—. ¡Y cuídala! —le exhortó la vieja cuando ya emprendían la marcha.

Melchor se volvió extrañado hacia ella y la interrogó con la mirada. ¿Qué le importaba? ¿Por qué…?

—Sus lágrimas son tan tristes como las nuestras —se adelantó la vieja María imaginando sus pensamientos.

Y de tal guisa, con Caridad notablemente recuperada tras él y el odre colgando del bastón a modo de pértiga sobre su hombro, Melchor se presentó en el callejón de San Miguel, inundado de humo, ahogado en el repique de los martillos sobre el yunque.

—¿Y esa? —le interrogó con acritud su yerno José en cuanto le vio cruzar la puerta del corral de vecinos. Tenía aún el martillo en la mano e iba ataviado con un delantal de cuero sobre el torso desnudo y sudoroso.

Melchor se irguió con el odre todavía colgando del bastón, a su espalda, Caridad quieta tras él, sin entender la jerga gitana. ¿Quién era aquel desabrido de José Carmona para pedirle explicación alguna? Alargó el desafío durante unos instantes.

—Canta bien —se limitó a responder al fin.

4

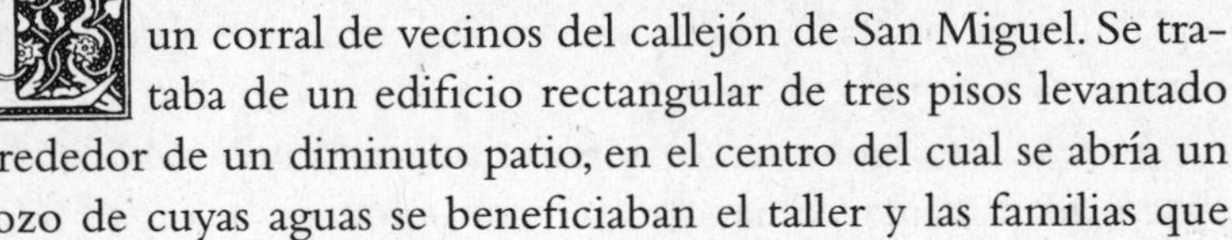

La herrería de la familia Carmona estaba en los bajos de un corral de vecinos del callejón de San Miguel. Se trataba de un edificio rectangular de tres pisos levantado alrededor de un diminuto patio, en el centro del cual se abría un pozo de cuyas aguas se beneficiaban el taller y las familias que vivían en los pisos altos. Sin embargo, llegar hasta el pozo se convertía a menudo en tarea difícil, puesto que tanto el patio como los corredores que lo circundaban se utilizaban como almacén del carbón para la fragua o de los desechos de hierro que los gitanos recogían para trabajar: multitud de pedazos retorcidos y herrumbrosos amontonados en el patio porque, a diferencia de los payos sevillanos que tenían que comprar en Vizcaya la materia prima para sus herrerías, los del «hierro viejo», los gitanos, no estaban sometidos a ordenanza alguna ni a veedores que controlaran la calidad de sus productos. Por detrás del patio del pozo, siguiendo un angosto corredor cubierto por el techo del primer piso, se llegaba a un patinejo en el que había una letrina y, junto a esta, una pequeña habitación originariamente destinada a lavadero; esa pieza la había hecho suya Melchor Vega a su vuelta de galeras.

—Tú puedes quedarte ahí. —El gitano indicó a Caridad el suelo del patinejo, entre la letrina y la entrada a su habitación—. Tienes que continuar bebiendo el remedio hasta que sanes; luego podrás irte —añadió entregándole el odre—. ¡Solo faltaría que la vieja María creyese que no te he cuidado!

Melchor entró en su habitación y cerró la puerta tras de sí. Caridad se sentó en el suelo, con la espalda apoyada contra la pared, y ordenó sus escasas pertenencias con cuidado: el hatillo a su derecha, el odre a la izquierda, el sombrero de paja en sus manos.

Los temblores ya no la asediaban y la fiebre había remitido. Recordaba vagamente los primeros momentos de su estancia en la choza de la gitanería: primero le dieron agua, pero no le permitieron saciar la sed que la quemaba. Pusieron paños fríos sobre su frente hasta que la vieja María se arrodilló junto al jergón y la obligó a tragar el espeso brebaje de cebada hervida. Detrás de ella, dos mujeres rezaban en voz alta atropellándose la una a la otra, encomendándose a un sinfín de vírgenes y santos mientras trazaban cruces en el aire con las manos.

—¡Dejad las santerías para los payos! —les ordenó la vieja María.

Luego Caridad cayó en un sopor inquieto y confuso que la transportó al trabajo en la vega, al látigo, a las orgías de los días de fiesta, y se le aparecieron todos los viejos dioses a los que cantaban y suplicaban. Los tambores yorubas resonaron en su cabeza a un ritmo frenético, igual que lo habían hecho en el barracón. En un aquelarre que en sueños se le antojó aterrador, con ella bailando en el centro del barracón, volvió a ver a los negros que golpeaban las membranas de los timbales, sus risas y sus gestos obscenos, los de aquellos otros esclavos que los acompañaban con las claves o las maracas, sus rostros gritando frenéticos a un palmo del suyo, todos a la espera de que la santa bajase y montara a Caridad. Y Oshún, su orisha, al fin lo hizo y la montó, pero en su sueño no lo hizo para acompañarla en un baile alegre y sensual, tal como era la diosa, tal como lo había hecho en otras ocasiones, sino que la violentó en sus movimientos y en sus gestos hasta introducirla en un infierno donde luchaban todos los dioses del universo.

Despertó de repente, sobresaltada, empapada en sudor, y se encontró con el silencio de la gitanería en la noche cerrada.

—Muchacha —dijo al cabo la vieja María—, no sé lo que habrás soñado, pero me espanta imaginarlo.

Entonces Caridad notó que la gitana, sentada a su lado, mantenía su mano agarrada. El contacto de aquella mano áspera y rugosa la tranquilizó. Hacía tanto tiempo que nadie la cogía de la mano para consolarla... Marcelo... Era ella quien arrullaba al pequeño. No. No era eso. Quizá..., quizá desde que la habían robado y apartado de su madre, en África. Casi no podía recordar sus facciones. ¿Cómo era? La vieja debió de presentir su desasosiego y le apretó la mano. Caridad se dejó mecer por el calor de la gitana, por el sentimiento que quería transmitirle, pero continuaba tratando de evocar a su madre. ¿Qué habría sido de ella y de sus hermanos? ¿Cómo eran la tierra y la libertad de su niñez? Recordaba haberse esforzado por delinear el rostro de su madre en su mente...

No llegó a conseguirlo.

A la luz del atardecer que se colaba en el patinejo, Caridad miró a su alrededor, donde se acumulaba la suciedad y olía a desechos. Intuyó la presencia de alguien y se puso nerviosa: dos mujeres que ocupaban todo el ancho del corredor, paradas en él, la observaban con curiosidad.

—¿Simplemente que canta bien? —susurró una sorprendida Milagros a su madre, sin desviar la mirada de Caridad.

—Eso me ha dicho tu padre —le contestó Ana con un simpático gesto de incomprensión que trocó en seriedad al recuerdo de los gritos y aspavientos de José. «¡Que canta bien, dice! ¡Solo nos falta una negra!», había aullado tras arrastrar a su esposa al interior de la herrería. «Tú te peleas con la Trianera, abofeteas a su nieto, y tu padre nos trae una negra. ¡La ha instalado en el patinejo! ¿Qué pretende! ¿Una boca más que alimentar? Quiero a esa negra fuera de esta casa...» Pero Ana interrumpió sus monsergas como siempre que su esposo destilaba ira al quejarse de su suegro: «Si mi padre dice que canta bien, es que canta bien, ¿entiendes? Por cierto, él paga su propia comida, y si quiere pagar la comida de una negra que canta bien, lo hará».

—¿Y para qué la quiere el abuelo? —inquirió Milagros en voz baja.

—No tengo ni idea.

Dejaron de murmurar, y las dos, como si se hubieran puesto de acuerdo, se centraron en Caridad, que había bajado la mirada y permanecía sentada en el suelo. Madre e hija contemplaron el viejo vestido de bayeta gris descolorido que llevaba, el sombrero de paja que sostenía en sus manos, y el hatillo y el odre a cada uno de sus costados.

—¿Quién eres? —preguntó Ana.

—Caridad —respondió ella con la cabeza gacha.

Los gitanos jamás habían dejado de mirar a alguien directamente a los ojos, por eminente o distinguido que fuera su interlocutor. Aguantaban la mirada de los nobles allí donde ni sus más íntimos colaboradores se atrevían a hacerlo; escuchaban a los jueces dictar sus sentencias siempre erguidos, altivos, y se dirigían a todos ellos con desparpajo. ¿Acaso no era un gitano, solo por haber nacido gitano, más noble que el mejor de los payos? Las dos esperaron durante unos instantes a que Caridad alzase la vista. «¿Qué hacemos?», preguntó Milagros a su madre con la mirada ante la terca timidez de aquella mujer.

Ana se encogió de hombros.

Al final fue la muchacha quien se decidió. Caridad parecía un animal asustado e indefenso y, a fin de cuentas, «Si el abuelo la ha traído...», pensó. Se acercó a ella, apartó el odre, se sentó a su lado, inclinó el torso y ladeó la cabeza para intentar ver su rostro. Los segundos corrieron con lentitud hasta que Caridad se atrevió a volverse hacia ella.

—Caridad —musitó entonces la muchacha con voz dulce—, dice mi abuelo que cantas muy bien.

Ana sonrió, abrió las manos y se marchó dejándolas allí sentadas.

Primero fueron miradas furtivas mientras Caridad contestaba con parquedad a las ingenuas preguntas de la muchacha: ¿qué haces en Triana?, ¿qué te ha traído aquí?, ¿de dónde eres? A medida que avanzaba la tarde, Milagros sintió que Caridad clavaba sus ojillos en ella. Buscó algún fulgor en su mirada, algún resplandor, siquiera el reflejo de la humedad de unas lágrimas, pero no encontró nada. Y sin embargo... De repente fue como si Caridad hubiese encontrado por fin a quien confiarse, y a medida que le contaba su vida, la muchacha sintió en sí misma el dolor que se desprendía de sus explicaciones.

—¿Hermosa? —replicó Caridad con tristeza cuando Milagros le pidió que le hablara de aquella Cuba que tan hermosa decían que era—. No existe nada hermoso para una esclava.

—Pero... —quiso insistir la gitana. Calló sin embargo ante la mirada de Caridad—. ¿Tenías familia? —preguntó tratando de cambiar de tema.

—Marcelo.

—¿Marcelo? ¿Quién es Marcelo? ¿No tenías a nadie más?

—No, nadie más. Solo a Marcelo.

—¿Quién es?

—Mi hijo.

—Entonces..., si tienes hijos... ¿Y tu hombre?

Caridad negó con la cabeza casi imperceptiblemente, como si la ingenuidad de la muchacha la superase; ¿acaso no sabía qué era la esclavitud?

—No tengo hombre ni esposo —aclaró cansina—. Los esclavos no tenemos nada, Milagros. Me separaron de mi madre de muy niña, y luego me separaron de mis hijos; a uno el amo lo vendió.

—¿Y Marcelo? —se atrevió a preguntar Milagros al cabo de un rato de silencio—, ¿dónde está? ¿No te separaron de él?

—Quedó en Cuba. —Él sí que la veía hermosa, pensó.

Caridad esbozó una sonrisa y se perdió en sus recuerdos.

—¿No te separaron de él? —repitió Milagros al cabo.

—No. Marcelo no era útil a los blancos.

La gitana dudó. No se atrevió a insistir.

—¿Lo extrañas? —preguntó en su lugar.

Una lágrima recorrió la mejilla de Caridad antes de que lograse asentir. Milagros se abrazó a ella y sintió cómo lloraba; un extraño llanto: sordo, silencioso, oculto.

El día siguiente por la mañana, Melchor se topó con Caridad al salir de su habitación.

—¡Por todos los diablos! —maldijo. ¡La negra! La había olvidado.

Caridad bajó la cabeza frente al hombre de la chaqueta de seda azul celeste orlada en plata. Clareaba, los martillos todavía no habían empezado a sonar, aunque ya se oía el trajinar de gente alrededor del patio en el que se hallaba el pozo, más allá del corredor cubierto. Hacía mucho tiempo que Caridad no había conciliado el sueño como esa noche, y eso a pesar de la cantidad de personas que habían pasado sobre ella para llegar a la letrina. Las palabras que había escuchado de boca de la muchacha gitana la tranquilizaron: le había prometido que la ayudaría a cruzar el puente.

—¿Pagar? —Milagros había soltado una sonora carcajada.

Caridad se encontraba bastante mejor que el día anterior y se atrevió a mirar a Melchor; su tez extremadamente morena le permitió hacerlo con cierta espontaneidad, como si se dirigiera a otro esclavo de la negrada. Contaría unos cincuenta años, calculó comparándolo con los negros de aquella edad que había conocido en Cuba, y era delgado y fibroso. Observó aquel rostro descarnado y percibió en él las huellas de años de sufrimientos y maltratos, las mismas que en los esclavos negros.

—¿Has tomado el brebaje de la vieja María? —inquirió el gitano interrumpiendo sus pensamientos; le extrañó ver la manta de colores con que se tapaba y el jergón en el que descansaba, pero no era su problema de dónde los había obtenido.

—Sí —contestó ella.

—Continúa haciéndolo —añadió Melchor antes de darle la espalda para penetrar en el angosto corredor y perderse en dirección a la puerta de salida del corral de vecinos.

«¿Eso es todo?», se preguntó entonces Caridad. ¿No iban a hacerla trabajar o a montarse sobre ella? Aquel hombre, «el abuelo», como lo había llamado en repetidas ocasiones Milagros, había dicho que cantaba bien. ¿Cuántas veces la habrían halagado a lo largo de su vida? «Canto bien», se dijo Caridad con satisfacción. «Nadie te molestará si el abuelo te protege», le había asegurado también la muchacha. El calor de los rayos de sol que se colaban en el patinejo la confortó. ¡Tenía un pequeño jergón, una preciosa manta de colores que le había proporcionado Milagros y podría cruzar el puente! Cerró los ojos y se permitió caer en un placentero sopor.

A esas horas el callejón de San Miguel estaba todavía tranquilo. Melchor lo recorrió y, cuando llegó a la altura de las Mínimas, como si hubiera abandonado el amparo gitano y saliera a territorio hostil, palpó el paquete que llevaba en el bolsillo interior de su chaquetilla. En verdad era buen polvo de tabaco el que le había entregado el tío Basilio. El día anterior, nada más entrar en su habitación, después de dejar a Caridad en el patinejo, Melchor extrajo el polvo de la tripa de cerdo en que venía envuelto, no sin una mueca de asco, depositó una pizca en el dorso de su mano derecha y lo aspiró con fuerza: fino y molido. Él prefería el tabaco torcido, pero sabía reconocer la calidad de un buen tabaco en polvo. Probablemente «monte de India», pensó, polvo en bruto que se traía de las Indias y que se lavaba y repasaba en la fábrica de tabacos sevillana. Disponía de una buena cantidad. El tío Basilio ganaría un buen dinero..., aunque podría ganar aún más si..., rebuscó entre sus pertenencias. Estaba seguro de que lo tenía. La última vez que traficó en polvo había utilizado... ¡Ahí estaba! Un frasco con almagre, fina tierra rojiza. Ya de noche, a la luz de una vela, empezó a mezclar el polvo de tabaco y la tierra, con mucho tiento, procurando no excederse.

A la vista de San Jacinto, Melchor volvió a palpar con satisfacción el paquete que llevaba escondido: había logrado que ganara peso y no parecía que su calidad hubiera mermado en demasía.

—Buen día, padre —dijo Melchor al primer fraile que encontró en las inmediaciones de la iglesia en construcción—. Busco a fray Joaquín.

—Está leyendo gramática a los niños —contestó el dominico casi sin volverse, pendiente de los trabajos de uno de los carpinteros—. ¿Para qué lo quieres?

«Para venderle el tabaco en polvo que un gitano ha robado de la fábrica metiéndoselo en el culo y del que seguro usted disfrutará metiéndoselo por las narices», pensó Melchor. Sonrió a espaldas del fraile.

—Esperaré —mintió.

El fraile hizo un distraído gesto de asentimiento con la mano, todavía concentrado en las maderas que trasladaban a la obra.

Melchor se volvió hacia el antiguo hospital de La Candelaria, anexo a la ermita sobre la que se levantaba la nueva iglesia, y que los predicadores utilizaban ahora como convento.

—Su compañero de ahí fuera —advirtió al portero del convento, señalando hacia las obras— dice que se apresure usted. Parece que su nueva iglesia está a punto de hundirse.

En cuanto el portero corrió al exterior sin pensarlo dos veces, Melchor se coló en el pequeño convento. La cantinela de las lecturas en latín le guió hacia una sala en la que se hallaba fray Joaquín con cinco niños que repetían con monotonía las lecciones.

El religioso no mostró sorpresa ante la irrupción de Melchor; los niños, sí. Desde sus sillas, con la mirada clavada en el gitano, uno dejó de recitar, otro balbució y los demás equivocaron sus lecciones.

—Continuad, continuad. ¡Más alto! —les ordenó el joven fraile encaminándose hacia Melchor—. Me pregunto cómo has hecho para llegar hasta aquí —susurró una vez a su lado, entre la algarabía de los niños.

—Pronto lo sabrá.

—Eso me temo. —El fraile negó con la cabeza.

—Tengo una buena cantidad de polvo. De calidad. A buen precio.

—De acuerdo. Andamos cortos de tabaco, y los hermanos se ponen muy nerviosos si no tienen suficiente. Nos encontramos donde siempre, a mediodía. —El gitano asintió—. Melchor, ¿por qué no has esperado? ¿Por qué has interrumpido…?

No le dio tiempo a finalizar la pregunta. El portero, el fraile que vigilaba las obras y dos religiosos más irrumpieron en la estancia.

—¿Qué haces tú aquí? —gritó el portero.

Melchor extendió los brazos con las palmas extendidas, como si quisiera detener el tropel que se le venía encima. Fray Joaquín lo observó con curiosidad. ¿Cómo saldría de esa?

—Permítanme que me explique —solicitó el gitano con tranquilidad. Los religiosos se detuvieron a un paso de él—. Tenía que contar a fray Joaquín un pecado, un pecado muy grande —se excusó. Fray Joaquín entornó los ojos y reprimió un suspiro—. Un pecado de esos que llevan al infierno directamente —continuó el gitano—, de esos de los que uno no se salva ni con mil plegarias por las almas en pena.

—¿Y no podías haber esperado? —le interrumpió uno de los frailes.

Los cinco niños miraban atónitos.

—¿Con un pecado tan grande? Un pecado así no puede esperar —se defendió Melchor.

—Podías haberlo dicho en la entrada...

—¿Me hubieran hecho caso?

Los frailes se miraron entre sí.

—Bueno —intervino el más anciano—, ¿y qué? ¿Ya te has confesado?

—¿Yo? —Melchor simuló sorpresa—. ¡Yo, no, eminencia! Yo soy un buen cristiano. El pecado es de un amigo. Sucede que está esquilando unos borricos, ¿entienden?, y como el hombre está muy preocupado, me ha pedido a ver si yo podía acercarme por aquí y confesar en su nombre.

Uno de los niños soltó una carcajada. Fray Joaquín hizo un gesto de impotencia hacia sus hermanos antes de que el fraile que había interpelado al gitano, con el rostro congestionado, reventase.

—¡Fuera! —gritó el fraile más anciano señalando la puerta—. ¿Qué os habéis pensado...?

—¡Gitanos!

—¡Infames!

—¡Os tendrían que detener a todos! —escuchó a sus espaldas.

—¡Esto es polvo cucarachero, Melchor! —se quejó fray Joaquín nada más percibir el color rojo del almagre que el gitano había mezclado con el tabaco. Estaban a la orilla del Guadalquivir, cerca del puerto de camaroneros—. Tú me dijiste…

—De la mejor calidad, fray Joaquín —repuso Melchor—, recién salido de la fábrica…

—¡Pero si se reconoce el rojo!

—Será que lo han secado malamente.

Melchor trató de echar un vistazo al tabaco que sostenía el fraile. ¿Tanto se había excedido? Quizá fuera que el joven iba aprendiendo.

—Melchor…

—¡Lo juro por mi nieta! —El gitano cruzó los dedos pulgar e índice hasta formar una cruz que se llevó a los labios y besó—. De primera calidad.

—No jures en vano. Y de Milagros también tenemos que hablar —apuntó fray Joaquín—. El otro día, el de las candelas, estuvo burlándose de mí mientras predicaba…

—¿Quiere que la regañe?

—Sabes que no.

El fraile se perdió en el recuerdo: la muchacha le había puesto en un compromiso, cierto; sabía que su voz mudó temblorosa y que había perdido el hilo del discurso, cierto también, pero aquel rostro cincelado y altivo, bello como el que más, aquel cuerpo virgen…

—Fray Joaquín —le sacó de su ensoñación el gitano. Había arrastrado las palabras, con el ceño fruncido.

El religioso carraspeó.

—Esto es polvo cucarachero —repitió para cambiar de tema.

—No olvide que es mi nieta —insistió no obstante el gitano.

—Lo sé.

—No me gustaría acabar mal con usted.

—¿Qué quieres decir? ¿Me estás amenaz…?

—Mataría por ella —saltó Melchor—. Usted es payo… y además fraile. Lo segundo podría tener arreglo, lo primero, no.

Enfrentaron sus miradas. El religioso era consciente de que

sería capaz de dejar los hábitos y jurar fidelidad a la raza gitana a una sola señal de Milagros.

—Fray Joaquín… —interrumpió sus pensamientos Melchor, seguro de lo que pasaba por la cabeza del fraile.

El religioso alzó una mano y obligó a callar a Melchor. El gitano era el verdadero problema: nunca aceptaría esa relación, concluyó. Alejó sus deseos.

—Todo eso no te da derecho a tratar de venderme por bueno este tabaco —le recriminó.

—¡Le juro…!

—No jures en vano. ¿Por qué no me dices la verdad?

Melchor se tomó su tiempo antes de contestar. Pasó un brazo por el hombro de fray Joaquín y le empujó unos pasos por la ribera.

—¿Sabe una cosa? —Fray Joaquín asintió con un murmullo ininteligible—. Se lo diré solo a usted porque es un secreto: si un gitano dice la verdad… ¡la pierde! Se queda sin ella.

—¡Melchor! —exclamó el otro al tiempo que se zafaba del abrazo.

—Pero este polvo es de primera calidad.

Fray Joaquín chasqueó la lengua, dándose por vencido.

—Está bien. De todos modos, no creo que los demás frailes se percaten de nada.

—Porque no es rojo, fray Joaquín. ¿Ve? Está usted equivocado.

—No insistas. ¿Cuánto quieres?

Cucarachero o no, Melchor obtuvo un buen beneficio por el tabaco; el tío Basilio estaría satisfecho.

—¿Sabes de algún nuevo desembarco de tabaco de contrabando? —se interesó fray Joaquín cuando ya iban a despedirse.

—No me han avisado de ninguno. Debe de haberlos, como siempre, pero no intervienen mis amigos. Confío en que ahora, a partir de marzo, con el buen tiempo, empiece otra vez el trabajo.

—Mantenme informado.

Melchor sonrió.

—Por supuesto, padre.

Tras el cierre del provechoso negocio, Melchor decidió ir a

tomar unos vinos al mesón de la Joaquina antes de dirigirse a la gitanería para entregar el dinero al tío Basilio. «¡Curioso ese fraile!», pensó mientras caminaba. Bajo sus hábitos de predicador, detrás de ese talento y esa elocuencia que la gente tanto alababa, se escondía un joven alegre, ávido de vida y nuevas experiencias. Melchor lo había comprobado el año anterior, cuando fray Joaquín se empeñó en acompañarle a Portugal para recibir un cargamento de tabaco. Al principio el gitano dudó, pero se vio obligado a consentir: los curas eran quienes le financiaban las operaciones de contrabando, y además, ¿cuántos de ellos actuaban como metedores y se podían encontrar cargados de tabaco en las fronteras o en los caminos? Todos los religiosos participaban en el contrabando de tabaco, ya fuera directamente o adquiriendo el producto. Tanta era la afición de los curas al tabaco, tanto su consumo, que el Papa había tenido que prohibir que los religiosos aspirasen polvo en las iglesias mientras oficiaban. Sin embargo, los religiosos no estaban dispuestos a pagar los altos precios que el rey establecía a través del estanco; solo la hacienda real podía comerciar con el tabaco, por lo que la Iglesia se había convertido en el mayor defraudador del reino: participaba en el contrabando, compraba, financiaba, escondía los alijos en los templos y hasta mantenía cultivos clandestinos tras los impenetrables muros de conventos y monasterios.

Con aquellos pensamientos, sentado a una mesa en el mesón de la Joaquina, Melchor vació de un trago su primer vaso.

—¡Buen vino! —lanzó en voz alta a quien quisiera escucharle.

Pidió otro, y un tercero. Estaba con el cuarto cuando por detrás se le acercó una mujer que, zalamera, puso una mano sobre su hombro. El gitano alzó la cabeza y se encontró con un rostro que pretendía esconder sus verdaderos rasgos tras unos afeites rancios y descompuestos. Sin embargo, los pechos generosos de la mujer intentaban escapar del escote. Melchor pidió un vaso de vino también para ella al tiempo que clavaba con fuerza los dedos de la mano derecha en una de sus nalgas. Ella se quejó con un falso y exagerado mohín de recato, pero se sentó y las rondas empezaron a sucederse.

Melchor estuvo dos días sin aparecer por el callejón de San Miguel.

—¿Puedes ocuparte de la negra? —le rogó Ana a su hija cuando vio que su padre no volvía aquel mediodía—. Por lo visto el abuelo ha decidido perderse de nuevo. Veremos por cuánto tiempo esta vez.

—Y qué hago con ella, ¿le digo que puede irse?

Ana suspiró.

—No lo sé. No sé qué pretendía… qué pretende tu abuelo —se corrigió.

—Ella está empeñada en cruzar el puente de barcas.

Milagros había vuelto a pasar gran parte de la mañana en el patinejo. Acudió rauda tan pronto como su madre se lo permitió, con mil preguntas saltándole en la boca, todas las que se había hecho a lo largo de la noche ante lo que Caridad le había contado. Se sentía atraída por aquella mujer negra, por su melódica forma de hablar, por la profunda resignación que emanaba de toda ella, tan distintas al carácter altivo y orgulloso de los gitanos.

—¿Para qué? —preguntó su madre interrumpiendo sus pensamientos.

Milagros se volvió confundida. Se hallaban en una de las dos pequeñas habitaciones que componían el piso en el que vivían, en la primera planta del corral de vecinos. Ana preparaba la comida en un hornillo de carbón alojado en un nicho abierto en la pared.

—¿Qué?

—¿Que para qué quiere cruzar el puente?

—¡Ah! Quiere ir a la cofradía de los Negritos.

—¿Ya está recuperada de las calenturas? —preguntó Ana.

—Creo que sí.

—Pues después de comer, llévala.

La muchacha asintió. Ana estuvo tentada de decirle que la dejara en Sevilla, con los Negritos, pero rectificó.

—Y luego la vuelves a traer. No quiero que el abuelo se encuentre con que no está su negra. ¡Solo me faltaba eso!

Ana estaba irritada: había discutido con José. Su esposo le había recriminado con dureza la pelea que había mantenido con la Trianera, pero sobre todo le censuraba que hubiera abofeteado a su nieto.

—Una mujer pegando a un hombre. ¿Dónde se ha visto? Además, ¡al nieto del jefe del consejo de ancianos! —le gritó—. Sabes cuán rencorosa puede llegar a ser Reyes.

—En cuanto a lo primero, pegaré a cuantos ofendan a mi hija, sean nietos de la Trianera o del mismísimo rey de España. Si no, cuida tú de ella y estate atento. Por lo demás, no sé qué me vas a contar a mí del carácter de los García...

—¡Basta ya de Vegas y Garcías! No quiero volver a oír hablar de ello. Te casaste con un Carmona y a nosotros no nos interesan vuestras disputas. Los García mandan en la gitanería y son influyentes frente a los payos. No podemos permitir que nos tomen inquina... y menos por las viejas reyertas de un viejo loco como tu padre. ¡Estoy hastiado de que mi familia me lo eche en cara!

En esta ocasión, Ana se mordió el labio para no contestar.

¡La eterna discusión! ¡La cantinela de siempre! Desde que su padre había vuelto de galeras hacía diez años, las relaciones con su esposo se habían ido deteriorando. José Carmona, el joven gitano rendido a sus encantos, había sido capaz de prescindir de la boda religiosa por conseguirla. «Jamás me plegaré a esos perros que no han movido un dedo por mi padre», se había opuesto ella porque llevaba marcado a fuego en su memoria el desprecio y la humillación con que las habían tratado los curas. Sin embargo, ese mismo hombre no había podido soportar la presencia de Melchor, a quien acusaba de robarle el cariño de su hija. Milagros veía en su abuelo al hombre indestructible que había sobrevivido a las galeras, al contrabandista que burlaba a soldados y autoridades, al gitano libre e indolente, y José se sentía poco rival: un simple herrero obligado a trabajar día tras día a las órdenes del jefe de los Carmona y que ni siquiera podía presumir de tener un hijo varón.

José envidiaba el cariño que abuelo y nieta se profesaban. La inmensa gratitud de Milagros cuando Melchor le regalaba una pulsera, un abalorio o la más sencilla cinta de color para el cabello, su mirada embelesada mientras escuchaba sus historias... Con el transcurso de los años José fue descargando ese rencor y los celos que le concomían en su propia esposa, a la que culpaba. «¿Por qué no se lo dices a él? —le había replicado un día Ana—. ¿Acaso no te atreves?» No tuvo tiempo de arrepentirse de su impertinencia. José le cruzó la cara de un manotazo.

Y en ese momento, mientras hablaba con su hija de la mujer negra que se le había ocurrido traer a su padre, Ana cocinaba en aquel pequeño e incómodo hornillo comida para cuatro: los tres de familia más el joven Alejandro Vargas. Tras reprimirse y callar cuando su esposo volvió a echarle en cara las disputas entre los Vega y los García, le sorprendió lo fácil que resultó convencer a José de que el problema de Milagros radicaba en que ya no era una niña. La madre pensó que si la prometían en matrimonio, la muchacha dejaría de lado su inclinación por Pedro García, ya que estaba segura de que los García nunca pretenderían a una Vega. El padre se dijo que con un marido se desvanecería la unión entre Milagros y su abuelo, y apoyó la idea: hacía tiempo que los Vargas habían mostrado interés en Milagros, por lo que José no perdió tiempo y al día siguiente Alejandro estaba invitado a comer. «De momento no se trata de ningún compromiso, solo pretendo conocer al joven un poco más —había anunciado a su esposa—, sus padres han consentido.»

—Ve a casa del tío Inocencio para que te preste una silla —ordenó Ana a su hija, interrumpiendo unos pensamientos que vagaban entre el puente de barcas que quería cruzar Caridad y la cofradía de los Negritos a la que deseaba llegar.

—¿Una silla? ¿Para quién? ¿Quién...?

—Ve a buscarla —insistió la madre; no quería adelantarle la visita de Alejandro e iniciar antes de tiempo la segura discusión con su hija.

A la hora de comer, Milagros imaginó la razón de la presencia de Alejandro y recibió al invitado con hosquedad: no le gustaba, era apocado y bailaba con torpeza, aunque solo Ana pareció darse cuenta de su grosería. José se dirigía a él como si ninguna de las mujeres existiera. En la tercera ocasión en que la muchacha se manifestó en tono brusco, Ana torció el gesto, pero Milagros aguantó la reprobación y la miró con el ceño fruncido. «¡Usted ya sabe quién me gusta!», decía esa mirada. José Carmona reía y golpeaba la mesa como si se tratase del yunque de la herrería. Alejandro trataba de no ser menos, pero sus risotadas se quedaban entre la timidez y el nerviosismo. «Es imposible», negó casi imperceptiblemente la madre hacia su hija. Milagros apretó los labios. Pedro García. Pedro era el único que le interesaba... Y ¿qué tenía que ver ella con las antiguas rencillas del abuelo o de su madre?

—Jamás, hija. Jamás —le advirtió entre dientes su madre.

—¿Qué dices? —preguntó su esposo.

—Nada. Solo...

—Dice que no me casaré con este... —Milagros movió su mano en dirección a Alejandro, boquiabierto el muchacho, como si espantase un insecto—, con él —finalizó la frase por evitar el insulto que ya tenía en la boca.

—¡Milagros! —gritó Ana.

—Harás lo que se te ordene —declaró José con seriedad.

—El abuelo... —empezó a decir la muchacha antes de que su madre la interrumpiese.

—¿El abuelo te permitiría acercarte siquiera a un García? —le espetó su madre.

Milagros se levantó con brusquedad y tiró la silla al suelo. Se quedó en pie, sofocada, con el puño de su mano derecha cerrado, amenazando a su madre. Balbució unas palabras incomprensibles, pero cuando estaba a punto de arrancarse a gritos, se topó con la mirada de los dos gitanos puesta en ella. Gruñó, dio media vuelta y se marchó.

—Ya ves que se trata de una potrilla a la que habrá que domar sin contemplaciones —escuchó que reía su padre.

Lo que no llegó a oír Milagros, que se despidió dando un portazo con la estúpida risilla de Alejandro a su espalda, fue la réplica de Ana.

—Muchacho, te arrancaré los ojos si algún día pones la mano encima de mi hija. —Los dos hombres mudaron el semblante—.

Palabra de Vega —añadió llevándose a los labios y besando los dedos dispuestos en forma de cruz, igual que hacía su padre cuando quería convencer a alguien.

Caridad caminaba tiesa, con la mirada fija en el pontazguero que cobraba a la gente a la entrada del puente de barcas: el mismo hombre que en su día le había impedido el paso.

—Vamos. —Milagros se había dirigido a ella desde el corredor, a la entrada del patinejo, con voz chillona.

Caridad obedeció al instante. Se embutió el sombrero de paja y cogió su hatillo.

—¡Déjalos! —le apremió la muchacha al observar cómo se empeñaba en poner en orden el odre de la vieja María, ya vacío, la manta de colores y el jergón—. Luego volveremos.

Y ahora se acercaba de nuevo al transitado puente, caminando tras una muchacha tan silenciosa como resuelta.

—Viene conmigo —se adelantó Milagros, señalando hacia atrás, cuando observó que el pontazguero se dirigía hacia Caridad.

—No es gitana —alegó el hombre.

—Eso salta a la vista.

El hombre hizo ademán de revolverse ante el descaro de la gitanilla, pero se acobardó. La conocía: la nieta de Melchor el Galeote. Los gitanos siempre se habían negado a pagar el pontazgo, ¿cómo iba un gitano a pagar por cruzar un río? Hacía muchos años que el arrendador de los derechos del puente de barcas había recibido la visita de varios de ellos, malcarados, armados con navajas y dispuestos a arreglar aquella cuestión a su manera. No hubo lugar a discusiones, porque en realidad poco importaban unos cuantos desharrapados que pasaban de Triana a Sevilla y viceversa entre las tres mil caballerías que lo hacían diariamente.

—¿Qué me dices? —insistió Milagros.

Todos los gitanos eran peligrosos, pero Melchor Vega lo era más aún. Y la muchacha era una Vega.

—Adelante —cedió.

Caridad dejó escapar el aire que inconscientemente había retenido en los pulmones y siguió a la muchacha.

Unos pasos más allá, entre el bullicio de borricos y mulas, arrieros, trajineros y mercaderes, Milagros se volvió y le sonrió con un gesto triunfal. Olvidó la discusión con sus padres y cambió de actitud.

—¿Para qué quieres ir a los Negritos?

Caridad alargó la zancada y en un par de ellas se colocó a su lado.

—Las monjas dijeron que me ayudarían.

—Monjas y curas, mentirosos todos —sentenció la gitana.

Caridad la miró extrañada.

—¿No me ayudarán?

—No creo. ¿Cómo van a hacerlo? No pueden ni ayudarse entre ellos. Dice el abuelo que antes había muchos morenos, pero que ahora ya quedan pocos y todos los dineros que consiguen los emplean en majaderías: en la iglesia y las imágenes. Antes hasta existía otra cofradía de morenos en Triana, pero se quedó sin clientes y desapareció.

Caridad volvió a quedarse atrás con las decepcionantes palabras de la muchacha en su mente, mientras esta, pasado el puente, se encaminaba resuelta hacia el sur para rodear la muralla en dirección al barrio de San Roque.

A la altura de la Torre del Oro, la muchacha se detuvo y se volvió de repente.

—¿Para qué quieres que te ayuden?

Caridad abrió las manos frente a sí, confundida.

—¿Qué es lo que crees que harán por ti? —insistió la gitana.

—No sé… Las monjas me dijeron… Son negros, ¿no?

—Sí. Lo son —contestó la muchacha con resignación antes de retomar el camino.

Si eran negros, aventuró Caridad de nuevo tras los pasos de la gitana sin apartar la vista de las bonitas cintas de colores que adornaban el cabello de la muchacha y los coloridos pañuelos que llevaba atados a sus muñecas, revoloteando en el aire, ese sitio tenía que ser algo parecido a los barracones, cuando se reunían los días de fiesta. Allí todos eran amigos, compañeros en la desdicha aunque no se conociesen, aunque ni siquiera se entendiesen: lucumíes, mandingas, congos, ararás, carabalíes... ¿Qué más daba el idioma en que hablasen? Allí cantaban, bailaban y disfrutaban, pero también trataban de ayudarse. ¿Qué otra cosa podía hacerse en una reunión de negros?

Milagros no quiso acompañarla al interior de la iglesia.

—Me echarían a patadas —anunció.

Un sacerdote blanco y un negro ya viejo que se presentó orgulloso como el hermano mayor de la cofradía, también al cuidado de la pequeña capilla de los Ángeles, la examinaron de arriba abajo sin esconder una mueca de aversión hacia sus sucias ropas de esclava, tan fuera de lugar en el boato que pretendían para su templo. ¿Qué quería?, le había preguntado el hermano mayor con displicencia. A la titilante luz de las velas de la capilla, Caridad estrujó el sombrero de paja entre sus manos y se enfrentó al negro como a un igual, pero tanto su ánimo como su voz se fueron apagando ante la crueldad del examen al que fue sometida. ¿Las monjas?, continuó el hermano mayor, llegando casi a alzar la voz. ¿Qué tenían que ver allí las monjas de Triana? ¿Qué sabía hacer? ¿Nada? No. El tabaco no. En Sevilla solo los hombres trabajaban en la fábrica de tabaco. En Cádiz, sí. En la fábrica de Cádiz sí que trabajaban las mujeres, pero estaban en Sevilla. ¿Sabía hacer algo más? ¿No? En ese caso... ¿La cofradía? ¿Tenía dinero para entrar en la cofradía? ¿No sabía que había que pagar? Sí. Por supuesto. Había que pagar para pertenecer a la cofradía. ¿Tenía dinero? No. Claro. ¿Era libre o esclava? Porque si era esclava tenía que traer la autorización de su amo...

—Libre —logró afirmar Caridad al tiempo que clavaba sus ojos en los del negro—. Soy libre —repitió arrastrando las palabras, tratando infructuosamente de encontrar en aquellos ojos la comprensión de un hermano de sangre.

—Entonces, hija mía... —Caridad bajó la mirada ante la intervención del sacerdote, que hasta ese momento había permanecido en silencio—. ¿Qué es lo que pretendes de nosotros?

¿Qué pretendía?

Una lágrima corrió por su mejilla.

Salió corriendo de la iglesia.

Milagros la vio cruzar la calle Ancha de San Roque e internarse en el descampado que se abría detrás de la parroquia en dirección al arroyo del Tagarete. Caridad corría ofuscada, cegada por las lágrimas. La gitana negó con la cabeza al tiempo que sentía una punzada en el estómago. «¡Hijos de puta!», masculló. Se apresuró tras ella. Unos pasos más allá tuvo que detenerse para recoger el sombrero de paja de Caridad. La encontró en la orilla del Tagarete, donde había caído de rodillas, ajena a la fetidez del arroyo que recibía las aguas fecales de toda la zona: lloraba en silencio, igual que la tarde anterior, como si no tuviera derecho a ello. En esta ocasión se tapaba el rostro con las manos y se mecía de adelante atrás mientras tarareaba entrecortadamente una triste y monótona melodía. Milagros ahuyentó a unos chiquillos andrajosos que curioseaban. Luego acercó una mano al pelo negro ensortijado de Caridad, pero no se atrevió a tocarlo. Un tremendo escalofrío recorrió todo su cuerpo. Aquella melodía... Todavía con el brazo extendido observó cómo se le erizaba el vello ante la profundidad de esa voz. Sintió que las lágrimas se le acumulaban en los ojos. Se arrodilló junto a ella, la abrazó con torpeza y la acompañó en su llanto.

—Abuelo.

Llevaba más de un día atenta, esperando a que Melchor regresase al callejón. Había corrido hasta la gitanería de la Cartuja para ver si lo encontraba allí, pero no le dieron razón. Regresó y se apostó a la puerta del corral de vecinos; quería hablar con él antes que nadie. Melchor sonrió y negó con la cabeza al solo tono de voz de su nieta.

—¿Qué es lo que quieres esta vez, mi niña? —le preguntó al tiempo que la agarraba del hombro y la separaba del edificio, apartándola de los Carmona que se movían por allí.

—¿Qué va a hacer con Caridad… con la negra? —aclaró ante la expresión de ignorancia del gitano.

—¿Yo? Estoy cansado de decir que no es mía. No sé… que haga lo que quiera.

—¿Podría quedarse con nosotros?

—¿Con tu padre?

—No. Con usted.

Melchor apretó a Milagros contra sí. Anduvieron unos pasos en silencio.

—¿Tú quieres que se quede? —preguntó el gitano al cabo.

—Sí.

—Y ella, ¿quiere quedarse?

—Caridad no sabe lo que quiere. No tiene adónde ir, no conoce a nadie, no tiene dinero… Los Negritos…

—Le han pedido dinero —se le adelantó él.

—Sí. —confirmó Milagros—. Le he prometido que hablaría con usted.

—¿Por qué quieres que se quede?

La muchacha tardó unos instantes en responder.

—Sufre.

—Mucha gente sufre hoy en día.

—Sí, pero ella es diferente. Es… es mayor que yo y sin embargo parece una niña que no sabe ni entiende de nada. Cuando habla…, cuando llora o cuando canta, lo hace con un sentimiento… Usted mismo dice que canta bien. Era esclava, ¿sabe?

—Lo suponía —asintió Melchor.

—Todo el mundo la ha tratado mal, abuelo. La separaron de su madre y de sus hijos. ¡A uno de ellos lo vendieron! Luego…

—¿Y de qué vivirá? —la interrumpió Melchor.

Milagros permaneció en silencio. Anduvieron unos pasos, el gitano apretando el hombro de su nieta.

—Tendrá que aprender a hacer algo —cedió al cabo.

—¡Yo le enseñaré! —estalló en alegría la muchacha, girando hacia su abuelo para abrazarlo—. Deme tiempo.

5

Tuvieron que transcurrir cinco meses para que Caridad regresara a la iglesia de Nuestra Señora de los Ángeles y se encontrara de nuevo con el hermano mayor de la cofradía de los Negritos. Fue en la víspera de la festividad de la patrona, el primero de agosto de 1748. Al atardecer de ese día, entre un numeroso grupo de gitanas escandalosas, Milagros y su madre entre ellas, chiquillos alborozados y hasta algunos hombres con guitarras, Caridad cruzó el puente de barcas para dirigirse al barrio de San Roque.

Todavía conservaba su viejo sombrero de paja con el que, pese a los numerosos agujeros y desgarrones, trataba de protegerse del abrasador sol andaluz. Sin embargo, hacía tiempo que ya no vestía su descolorido traje de bayeta gris. El abuelo le había regalado una camisa roja y una amplia falda más roja todavía, color sangre encendida, ambas prendas de percal, que ella cuidaba con esmero y lucía con orgullo. Las gitanas no sabían coser; sus preciosas ropas las compraban, aunque ninguna de las mujeres descartó que aquellas fueran el fruto de un descuido durante alguna de las correrías del abuelo.

Ana y Milagros no pudieron disimular su admiración ante el cambio experimentado por Caridad. De pie ante todos ellos, tímida y avergonzada pero con sus ojillos pardos brillantes al reflejo colorado de sus nuevas ropas, la sonrisa que se dibujaba en aquel rostro redondeado y de labios carnosos era toda gratitud. Con todo, no fue la sonrisa de Caridad lo que causó admiración en las gitanas; fue la sensualidad que emanaba; las curvas de un cuerpo bien formado; los grandes pechos que tiraban de la camisa para dejar al aire una fina línea de carne de color negro como el ébano entre falda y camisa...

—¡Padre! —le recriminó Ana al percatarse de que precisamente Melchor permanecía embelesado en aquella línea.

—¿Qué...? —se revolvió este.

—¡Maravillosa! —terció en la discusión Milagros aplaudiendo con entusiasmo.

—Toda Sevilla estará hoy reunida en la explanada de los Ángeles —le había explicado Milagros a Caridad ese mismo día—. Habrá muchas oportunidades para vender tabaco o decir la buenaventura; la gente se divierte mucho en esta fiesta, y cuando estén entretenidos... ganaremos un buen dinero.

—¿Por qué? —preguntó Caridad.

—Cachita —contestó la muchacha utilizando el apelativo con el que Caridad le había dicho que la llamaban en Cuba—, ¡hoy se corren gansos! Ya lo verás —interrumpió el gesto de la otra para pedir explicaciones.

Mientras se dirigía a la iglesia, rodeada de gitanas, entre las que destacaba por su altura, acentuada por el viejo sombrero que se resistía a desechar, Caridad observó a Milagros, que iba algo más adelantada, con las jóvenes. «Debe de ser una buena fiesta esa carrera de gansos», pensó entonces, pues la muchacha reía y bromeaba con sus amigas como si hubiese dejado atrás la tristeza que la embargaba desde que, hacía poco más o menos un mes, José Carmona había anunciado el compromiso de su hija con Alejandro Vargas para casarse al cabo de un año. Melchor, que deseaba que su nieta se uniera a alguien de los Vega, desapareció entonces durante más de diez días, de los que regresó en un estado tan deplorable que Ana se preocupó y mandó recado a la vieja María para que acudiese a atenderlo. Aun así, ni la propia Ana apoyó a Melchor en aquel asunto: debía ser el padre de la niña quien decidiera.

A medida que rodeaban las murallas de la ciudad y superaban las diversas puertas, riadas de bulliciosos sevillanos iban sumándose al grupo de gitanos. Ya en las cercanías del descampado, entre el arroyo del Tagarete y la iglesia de los Negritos, el avance se entorpecía. A la espera de que se iniciase la fiesta, la gente, en grupos, charlaba y reía. Aquí y allá, en corros rodeados de espectadores, había hombres y mujeres cantando y bailando. Uno de los gitanos, sin dejar de andar, se arrancó con su guitarra. Varias mujeres dieron unos alegres pasos de baile entre los silbidos y aplausos de los más cercanos, y los gitanos continuaron andando y tocando como si fueran de ronda. Caridad miraba a un lado y a otro: aguadores y vinateros; vendedores de helados, rosquillas, buñuelos y todo tipo de dulces; comerciantes de las mercaderías más peregrinas, algunos anunciando sus productos a gritos, otros haciéndolo subrepticiamente, atentos a los justicias y soldados que paseaban; volatineros que andaban y saltaban sobre cuerdas tendidas en el aire; saltimbanquis; domadores de perros que divertían a las gentes; frailes y curas, centenares de ellos...

«Sevilla es el reino que cuenta con más religiosos», había oído decir Caridad en más de una ocasión, y algunos participaban de la fiesta bebiendo, bailando o cantando sin el menor decoro; otros, en cambio, se dedicaban a sermonear a unas gentes que no les hacían el menor caso. Eso sí, casi todos iban aspirando sus polvos de tabaco, como si estos fueran el camino para la salvación eterna. Caridad también observó a algunos petimetres que deambulaban entre la gente: jóvenes amanerados que vestían a la moda francesa de la corte, tapándose delicadamente la boca y las narices con sus pañuelos bordados mientras sorbían tabaco.

Un par de aquellos afrancesados presumidos se dieron cuenta de la curiosidad de Caridad hacia sus personas, pero se limitaron a comentarlo entre sí como si no fuera más que una molestia. Caridad desvió la mirada al instante, turbada. Cuando volvió a mirar se dio cuenta de que los gitanos se habían desperdigado entre la gente. Movió la cabeza de un lado al otro, buscándolos.

—Aquí. Estoy aquí —escuchó que le decía Milagros a su espalda. Caridad se volvió hacia ella—. Disfruta de tu fiesta, Cachita.

—¿Qué…?

—Los de la cofradía —le interrumpió la muchacha—, esos que te trataron con soberbia. Hoy verás dónde queda esa altanería.

—Pero…

—Ven, sígueme —le indicó tratando de abrirse paso entre las gentes más apiñadas, aquellas que se habían instalado frente a la iglesia—. ¡Señores! —gritó Milagros—. ¡Excelencias! Aquí hay una morena que viene a su fiesta.

La gente volvía la cabeza y abría paso a las dos mujeres. Cuando llegaron a las primeras filas, Caridad se sorprendió de la cantidad de negros que se habían dado cita.

—Tengo que hacer —se despidió Milagros—. Escucha, Cachita —añadió bajando la voz—: Tú no eres como ellos, tú estás conmigo, con el abuelo, con los gitanos.

Antes de que tuviera oportunidad de chistar, la muchacha desapareció entre la multitud y Caridad se encontró, esta vez sí, sola en primera línea de una muchedumbre que se apiñaba frente a la fachada trasera de la parroquia de San Roque. Entre ella y las tarimas que se habían erigido detrás del templo se abría una amplia franja de terreno libre. ¿De qué se trataba aquella fiesta? ¿Por qué le había susurrado Milagros que ella no era como los demás? La gente empezaba a impacientarse y algún grito de apremio se escuchó entre la multitud. Caridad dirigió su atención hacia las tarimas: nobles y principales sevillanos lujosamente vestidos, miembros del cabildo catedralicio, adornados con sus mejores galas, charlaban y reían en pie, ajenos al descontento de los ciudadanos.

Transcurrió un buen rato y las quejas de los sevillanos arreciaron hasta que se escuchó un redoble de tambor detrás de la parroquia de San Roque, donde estaba la iglesia de los Negritos. Los que andaban distraídos con bailes y diversiones se apiñaron tras los que ya esperaban, mientras los soldados y justicias se empleaban a fondo para que la multitud no traspasase las inestables vallas de madera.

Cuando una pareja de jinetes, al son de pífanos y tambores y entre el aplauso del público, doblaba la esquina de San Roque, Caridad notó que la gente trataba de llegar a primera fila. Cinco parejas más de jinetes siguieron a la primera, cada una compuesta por un jinete negro que ocupaba la derecha, el lugar de preferencia, incómodamente vestido con lujo, con mangas blancas y esplendorosos penachos de plumas en el sombrero. Los caballos que montaban los negros también iban enjaezados con fasto: buena silla, cascabeles y cintas de colores en crines y colas. Por el contrario, los jinetes que acompañaban a los negros desfilaban con vestiduras vulgares: valonas caídas y sombreros ordinarios. Sus caballos trotaban sin adorno alguno.

Después de saludar a las autoridades, las parejas de jinetes empezaron a galopar en círculo alrededor del descampado. Caridad reconoció al hermano mayor de la cofradía en la tercera pareja; hacía grandes esfuerzos por mantenerse sobre la montura, como los otros de su raza. La gente reía y los señalaba. Hombres y mujeres se burlaban de ellos a gritos mientras los negros se bamboleaban peligrosamente, aunque trataban de mantener la seriedad y la compostura.

La música seguía sonando. En un momento dado, el jinete que acompañaba al hermano mayor de la cofradía, un hombre con una cuidada barba canosa que montaba con porte y soltura, echó mano al negro para impedir que cayera.

—¡Déjale que se caiga! —gritó una mujer.

—¡Moreno, te vas a dejar los dientes en la tierra! —añadió otro.

—¡Y hasta tu rabo negro! —aulló un tercero originando una carcajada general.

«¿Qué significa esta mojiganga?», se preguntó Caridad.

—Son caballeros maestrantes. —La respuesta le llegó desde su espalda.

Caridad se volvió y se topó con un risueño fray Joaquín. Se había dirigido hacia ella al reconocer entre la multitud el rojo de su vestimenta. La mujer escondió su mirada.

—Caridad —le recriminó el joven fraile—: te he dicho en muchas ocasiones que todos somos hijos de Dios, no tienes por qué bajar la vista, no tienes por qué humillarte ante nadie...

En ese momento Caridad alzó la cabeza y con un gesto señaló a los negros que continuaban galopando entre las chanzas y burlas de las gentes. Fray Joaquín la entendió.

—Quizá ellos —contestó alzando las cejas— pretendan ser lo que no son. La Real Orden de Caballería de la Maestranza de Sevilla apadrina a la cofradía de los Negritos; cada año lo hace. En días como este, negros y nobles, la clase más alta y la más humilde de la ciudad, intercambian sus posiciones. Pero en cualquier caso la cofradía obtiene algunos dineros con los gansos que le regala la maestranza.

—¿Qué gansos? —preguntó Caridad.

—Aquellos —le señaló el fraile.

Las seis parejas habían dejado ya de exhibirse y se habían reunido frente a las autoridades. Algo más lejos, en un extremo del descampado, hacia donde señalaba fray Joaquín, unos hombres se afanaban en tender una cuerda sobre dos largas estacas clavadas en los lindes del descampado. En mitad de la cuerda, boca abajo, se agitaba con violencia un corpulento ganso atado a ella por las patas. Cuando los hombres terminaron de colgar el ganso, el asistente de Sevilla, apoltronado en un sillón sobre la tarima, ordenó al primer negro que galopase hacia el animal.

Caridad y fray Joaquín, entre el ensordecedor griterío de la multitud, contemplaron el torpe galope del negro que, al pasar bajo el ganso, trató de agarrar el serpenteante cuello del animal con la mano derecha sin conseguirlo. Le siguió el caballero maestrante que formaba pareja con él. El noble espoleó a su caballo, que salió al galope tendido con su jinete aullando en pie sobre los estribos. Al pasar bajo el ganso, el caballero maestrante acertó a agarrarlo del cuello y le arrancó de cuajo la cabeza. Los sevillanos aplaudieron entusiasmados y lanzaron vítores mientras el cuerpo del ganso se estremecía colgado de la cuerda. Pocos pudieron advertirlo, pero el asistente y algunos más de los nobles que se sentaban en la tarima hicieron un gesto de reprimenda al resto de los maestrantes: disponían solo de seis gansos y había que divertir al pueblo.

Con esas instrucciones, la carrera de gansos se alargó en el atardecer para deleite de la ciudadanía. Ningún negro consiguió decapitar al animal. Uno de ellos logró agarrarlo del cuello, pero no con la suficiente velocidad, y el ganso se defendió y le picó en la cabeza, lo que originó las más ignominiosas burlas por parte del público. Los seis negros cayeron en algún momento, mientras galopaban sobre unos caballos cada vez más excitados, o al soltar una de sus manos y ladearse sobre los estribos para agarrar al ganso. Por su parte, los gansos fueron pereciendo a medida que el asistente hacía una seña a los maestrantes.

—Luego los negritos los venderán y la cofradía se quedará con los dineros —le explicó fray Joaquín.

Caridad estaba absorta en el espectáculo, la invadían sensaciones contradictorias ante el griterío de la gente y la visión de aquellos torpes negros pretendiendo decapitar a los gansos. No había encontrado el sentimiento de la raza en los ojos del hermano mayor, la solidaridad, ni siquiera la comprensión, cuando no compasión, que ningún negro de Cuba escondía ante un hermano de sangre.

Con el desfile final, tras la muerte del último de los gansos, la gente empezó a dispersarse y los nobles y religiosos que presidían la fiesta se levantaron de sus sillones. «Tú no eres como ellos —le había dicho Milagros—. Tú estás con los gitanos», había añadido con ese orgullo que siempre aparecía en los labios de todos ellos al referirse a su raza. ¿Estaba con los gitanos? Estaba con Milagros. La amistad y confianza que le mostraba la muchacha se selló en cuanto esta le comunicó que podía quedarse con Melchor y vino a consolidarse en el momento en que su padre hizo público el compromiso matrimonial con Alejandro. A partir de entonces Milagros trató de compartir con Caridad el dolor que sentía, como si ella, que había sido esclava, pudiera entenderla mejor que nadie. Pero ¿qué sabía Caridad de amores frustrados? José Carmona, el padre de Milagros, la miraba desde la distancia, como si se tratase de un objeto molesto, y Ana, la madre, empezó a soportarla cual si se tratase de un capricho fugaz de su hija. En cuanto a Melchor… ¿quién podía saber lo que pensaba o sentía el gitano? Lo mismo le regalaba una falda y una camisa de color rojo como pasaba a su lado sin mirarla siquiera, o no le hablaba durante días. Al principio, a instancias de su nieta, Melchor permitió que Caridad continuara ocupando el rincón del patinejo, y con el tiempo se convirtió en la única persona que tenía libre acceso al santuario del abuelo.

Una tarde de mayo, cuando la primavera había florecido en toda Triana, el gitano se encontraba cerca del pozo, en el patio de entrada, oculto entre hierros viejos y retorcidos, fumando un cigarro y dejando pasar el tiempo, perdido en aquellos insondables mundos en los que se refugiaba. Caridad pasó junto a él camino de la puerta de salida. El aroma del tabaco detuvo sus pasos. ¿Cuánto hacía que no fumaba? Aspiró con fuerza el humo que envolvía al gitano en un vano intento de que llegara a sus pulmones y a su cerebro. ¡Anhelaba volver a sentir la sensación de alivio que le procuraba el tabaco! Cerró los ojos, alzó levemente la cabeza, como si pretendiera seguir el recorrido ascendente del humo, y aspiró una vez más. En ese momento Melchor despertó de su letargo.

—Toma, morena —la sorprendió ofreciéndole el cigarro.

Caridad no lo dudó: cogió el cigarro, se lo llevó a los labios y chupó de él con fruición. En unos instantes sintió un leve cosquilleo en piernas y brazos y un relajante mareo; sus ojillos pardos chispearon. Fue a devolver el cigarro al gitano, pero este le indicó que continuara fumando con un displicente gesto de la mano.

—De tu tierra —comentó mientras la contemplaba fumar—. ¡Buen tabaco!

Caridad ya volaba; su mente totalmente relajada, perdida.

—No es habano —se escuchó afirmar a sí misma.

Melchor frunció el ceño. ¿Cómo que no era de Cuba? ¡Él lo pagaba como puro habano! Aquel día fue el primero en que Caridad entró en la habitación del gitano.

La gente se negaba a abandonar el barrio de San Roque y el descampado donde se sucedía la fiesta. Aquí y allá sonaban las guitarras, las castañuelas, las panderetas y los cantes; hombres y mujeres, sin distinción de sexos o edades, bailaban con alegría en grupos alrededor de hogueras.

—¿Dónde está Milagros? —preguntó el fraile a Caridad mientras los dos deambulaban entre el gentío.

—No lo sé.

—¿No te ha dicho dónde...?

Fray Joaquín se interrumpió. Caridad ya no estaba a su lado. Se volvió y la vio un par de pasos por detrás, inmóvil frente a una parada de dulces. Se acercó sin poder evitar sentirse confundido: aquella mujer negra, vestida de rojo y con la camisa ceñida al cuerpo, era objeto de miradas libidinosas y comentarios de cuantos la rodeaban, y sin embargo a los ojos del fraile apareció como una niña grande a la que se le hacía la boca agua al aroma y a la vista de los dulces: rosquillas, buñuelos, tortas de aceite, pestiños, poleas...

—Deme unos polvorones —ordenó el religioso al pastelero tras echar un rápido vistazo a la repostería expuesta en la parada—. Ya verás, Caridad, están deliciosos.

Fray Joaquín pagó y continuaron andando sin rumbo, en silencio. El fraile miraba de reojo cómo Caridad saboreaba los dulces ovalados de almendra, manteca, azúcar y canela, temeroso de interrumpir el placer que se revelaba en ella. «¿Los habrá probado alguna vez?», se preguntó. Probablemente no, concluyó ante las sensaciones que mostraba la mujer. Era..., pensó, como cuando Melchor había aparecido en el convento tirando de Caridad, en aquella ocasión con el permiso del hermano portero, que les había franqueado el paso atemorizado ante la ira que rezumaban los ojos del gitano. «¡Nos han engañado! —gritó nada más ver a fray Joaquín—. ¡El tabaco no es puro habano!» El religioso trató de calmar al gitano y llevó a Caridad al sótano que los frailes utilizaban como despensa y bodega. Tras unos maderos, escondía un par de corachas de hoja de tabaco —una de ellas propiedad de Melchor en pago a sus trabajos— de la incursión que acababan de hacer al lugar de Barrancos, ya cruzada la raya con Portugal.

Melchor cortó con violencia las cuerdas que ligaban uno de los fardos y, sin dejar de renegar, indicó a Caridad que se acercase a examinar el tabaco. Fray Joaquín recordaba ese momento: instintivamente, Caridad entornó los ojos y se humedeció los labios, como si se dispusiese a saborear un delicado manjar. En el interior de la coracha, el tabaco estaba atado en tercios, pero ya a la primera ojeada Caridad comprobó que el fardo de hojas no estaba hecho con yaguas, las láminas flexibles de la palma real cubana. Indicó al gitano que cortara las sogas que apretaban el tercio y cogió con delicadeza una de las hojas; a los dos hombres les sorprendieron entonces sus largos y hábiles dedos. Caridad examinó la hoja de tabaco con detenimiento; la alzó a la luz del candil que portaba fray Joaquín para observar los pigmentos oscuros, claros o rojos, maduros, ligeros o secos que la coloreaban; la acarició y la palpó con delicadeza para comprobar su textura y su humedad; mordisqueó la hoja y la olió, tratando de averiguar, a través de su sazón, del aroma y el sabor de la nicotina, los años que hacía de su cosecha. Melchor apremiaba a Caridad con gestos cada vez más alterados, pero el fraile quedó cautivado con el ritual que realizaba la mujer, con las sensaciones que reflejaban su rostro y las pausas que efectuaba después de oler o tocar la hoja, segura de que el transcurso de los segundos le ofrecería la solución.

Ese mismo ritual era el que ahora, caminando cerca del Tagarete, a hurtadillas, veía realizar a Caridad mientras comía los polvorones: dejaba de masticar, entrecerraba los ojos y permitía que pasase el tiempo, contrayendo los labios, salivando antes de mordisquear otro de ellos.

No era tabaco habano, ni puro ni mezclado, recordó que había sentenciado aquel día Caridad. ¿Que de dónde era? No podía saberlo, contestó al gitano con una tranquilidad inusual, como si el contacto con las hojas de tabaco le hubiera ofrecido seguridad; ella solo conocía el de Cuba. Se trataba de un tabaco joven, afirmó, con muy poca fermentación, quizá…, quizá seis meses, a lo sumo un año. Y excesivamente rubio, con poco sol.

Fray Joaquín observó cómo Caridad se llevaba un nuevo polvorón a la boca, con delicadeza, como si fuera una hoja de tabaco…

—¡Cachita!

La voz de Milagros los sorprendió a ambos. Ni siquiera habían logrado descubrir de dónde venía la voz cuando esta les apremió:

—¡Tú eres cubana! Entiendes de tabaco…

—Milagros —musitó el fraile tratando de reconocerla entre la gente, en la oscuridad.

—¡Diles que estos cigarros son puros habanos! —le exhortó la gitanilla—. ¡Ven!

Fue fray Joaquín quien primero vislumbró las cintas de colores del cabello de la gitana y los pañuelos de sus muñecas revoloteando en el aire, al ritmo de sus aspavientos entre un grupo de hombres.

—¿Cómo se atreven ustedes a decir que no son habanos? —se quejaba Milagros a voz en grito—. ¡Cachita, ven! ¡Acércate! —Fray Joaquín y Caridad lo hicieron—. ¡Pretenden aprovecharse de una niña! ¡Me quieren robar! ¡Diles que son habanos! —le exigió a la vez que le entregaba uno de los cigarros que la misma Caridad había elaborado con aquel tabaco rubio que el religioso escondía en el convento—. ¡Díselo! ¡Ella entiende de tabaco! ¡Diles que es habano!

Caridad dudó. ¡Milagros sabía que no era habano! ¿Cómo iba ella…?

—Por supuesto que es habano, señores —salió en su ayuda fray Joaquín. Nadie llegó a percibir, en la oscuridad solo rota por el tenue resplandor de una hoguera cercana, la sonrisa de complicidad que se cruzaron el religioso y la gitana—. Yo mismo le he comprado un par de ellos esta mañana…

—Fray Joaquín —susurró uno de los congregados al reconocer al célebre predicador de San Jacinto.

Los cinco hombres que rodeaban a Milagros se volvieron entonces hacia el religioso.

—Si fray Joaquín afirma que son habanos… —empezó a decir otro de ellos.

—¡Claro que son habanos! —le interrumpió Milagros.

En ese momento, la titilante luz de la hoguera relampagueó en las facciones del último de los hombres que había hablado.

Y Caridad tembló. Y el cigarro cuestionado resbaló de sus manos y cayó al suelo.

—¡Cachita! —le recriminó Milagros al tiempo que hacía ademán de agacharse para recogerlo. Sin embargo se detuvo: Caridad continuaba temblando, con la mirada baja y la respiración agitada—. ¿Qué…? —empezó a preguntar la gitana girando la cabeza hacia el hombre.

Incluso a la luz mortecina, Milagros alcanzó a ver que el hombre fruncía el ceño y se ponía en tensión, pero luego desvió su mirada hacia el fraile y se contuvo.

—¡Vámonos! —ordenó a sus compañeros.

—Pero… —se quejó uno de ellos.

—¡Vámonos!

—Cachita. —Milagros la rodeó con los brazos mientras el grupo de hombres les daban la espalda y se perdían en la multitud—. ¿Qué te sucede?

Caridad señaló la espalda del hombre. Era el alfarero de Triana.

—¿Qué pasa con ese hombre? —preguntó fray Joaquín.

Caridad se liberó con delicadeza del abrazo de la muchacha y, ya con las lágrimas corriendo por su rostro, se agachó a coger el cigarro que había quedado en el suelo. ¿Por qué siempre tenía que llorar allí, cerca del Tagarete, en San Roque?

La gitana y el religioso se miraron perplejos mientras Caridad limpiaba la tierra que se había adherido al cigarro. Cuando advirtieron que la mujer, entre sollozos, limpiaba ya una arena solo existente en su imaginación, el fraile apremió a Milagros con un gesto.

—¿Qué sucede con ese hombre? —inquirió la muchacha con ternura.

Caridad continuó acariciando el cigarro con sus largos y expertos dedos. ¿Cómo iba a contárselo? ¿Qué pensaría de ella la gitana? Milagros le había hablado de hombres en numerosas ocasiones. A sus catorce años, la muchacha no había conocido varón ni lo conocería hasta que contrajese matrimonio. «Las gitanas somos castas y luego fieles —había afirmado—. ¡No hay en todo el reino una gitana entregada a la prostitución!», se enorgulleció más tarde.

—Cuéntame, Caridad —insistió Milagros.

¿Y si la abandonaba? Su amistad era lo único que tenía en la vida y…

—¡Cuéntamelo! —le ordenó la muchacha ante el sobresalto de fray Joaquín.

Pero en esta ocasión Caridad no obedeció; permaneció con la vista fija en el cigarro que todavía mantenía en sus manos.

—¿Te hizo daño ese hombre? —inquirió con ternura fray Joaquín.

¿Le había hecho daño? Terminó asintiendo.

Y de aquella manera, pregunta a pregunta, fray Joaquín y Milagros se enteraron de la historia de la llegada de Caridad a Triana.

6

Milagros extrañaba a Caridad. Pocos días después de la carrera de gansos, el abuelo había recibido la visita de un galeote que había remado con él durante algunos años. El hombre, como todos los penados que lograban sobrevivir a la tremenda tortura de galeras, se presentó tan consumido como Melchor y, como todos los que sobrevivían, conocía los puertos y las gentes de la mar, aquellas de igual condición que ellos: traficantes, contrabandistas y todo tipo de delincuentes. Bernardo, así se llamaba el galeote, informó al abuelo de la llegada de un importante cargamento de tabaco de Virginia al puerto de Gibraltar, un peñón en la costa española que se hallaba bajo dominio inglés. Desde allí, como era usual, en barcos con bandera inglesa, veneciana, genovesa, ragusea o portuguesa, de noche, cuando el viento soplaba con fuerza, para evitar ser descubiertos por los faluchos de vigilancia españoles, el tabaco y otras mercaderías, tejidos o especias, se desembarcaban en diferentes puntos de la costa, que se extendía entre el peñón y Málaga. Bernardo ya había apalabrado un buen cargamento de tabaco de Virginia, solo necesitaba fondos con que pagarlo y mochileros para hacerse cargo de este en las playas.

—Dentro de unos días saldremos en busca de una partida de tabaco —había anunciado Melchor a Caridad tras cerrar el acuerdo con Bernardo en el mesón de la Joaquina, en torno a una frasca de buen vino.

Caridad, que se hallaba en la habitación del gitano, sentada frente a un inestable tablero sobre el que continuaba elaborando cigarros con el tabaco rubio que guardaba el fraile, se limitó a asentir sin dejar de rodar su mano por encima de aquel en el que se hallaba enfrascada.

Quien sí se sorprendió fue Milagros, a la que le gustaba mirar cómo trabajaba su amiga las hojas de tabaco.

—¿Se lleva a Cachita? —inquirió a su abuelo.

—Eso he dicho. Quiero hacerme con el mejor tabaco, y ella sabe reconocerlo —le contestó este en la jerga gitana.

—¿No..., no será peligroso?

—Sí, niña. Siempre lo es —afirmó el gitano ya desde la puerta, presto a marcharse de una estancia en la que no cabían tres personas.

Los dos se miraron. «¿Acaso no lo sabías?», pareció preguntarle Melchor a su nieta, que escondió la vista avergonzada, consciente de lo siguiente que le dirían los penetrantes ojos de su abuelo: «¿Cuándo me lo has preguntado?».

Melchor no tenía problemas para conseguir mochileros y porteadores: los Vega y sus parientes de la gitanería de la huerta de la Cartuja siempre estaban dispuestos a acompañarle; se trataba de gitanos duros, temerarios y, por encima de todo, fieles. Tampoco lo tuvo con los dineros: fray Joaquín se los consiguió de inmediato. Lo que más retrasó su partida, como acostumbraba a suceder, fueron las caballerías: necesitaba animales castrados, silenciosos, dóciles y que no relinchasen en la noche al olor de una yegua. Pero la familia de los Vega se puso a ello y en pocos días, en un par de correrías por los campos de los alrededores de Sevilla, se hicieron con los suficientes.

—Cuídate, Cachita —se despidió Milagros a la hora de partir, las dos en la gitanería de la huerta de la Cartuja, algo apartadas de hombres y caballos.

Caridad se movía incómoda bajo la larga capa, masculina y oscura, con que Melchor la había vestido para esconder sus ropas coloradas. Había trocado su sombrero de paja por un chambergo negro de copa acampanada y ala ancha y caída. De su cuello colgaba un imán atado con una cuerda. Milagros alargó el brazo y sopesó la piedra. Los gitanos creían en sus poderes: contrabandistas, traficantes y ladrones de caballerías afirmaban que si aparecían las rondas de soldados, aquellos imanes originarían fuertes tormentas de polvo y arena que los ocultarían. Lo que ignoraba la gitana era que los esclavos cubanos también creían en los poderes del imán: «Cristo descendió a la tierra con el imán», aseguraban. Caridad tendría que bautizarlo y ponerle nombre, como era costumbre en su tierra.

Milagros sonrió; Caridad contestó con una mueca en su rostro sudoroso debido al implacable calor estival de Sevilla. En Cuba también apretaba, pero allí nunca llevaba tanta ropa encima.

—No te separes del abuelo —le aconsejó la gitana antes de acercarse a ella y darle un beso en la mejilla.

Caridad se mostró azorada ante la repentina muestra de afecto de la muchacha; sin embargo sus labios gruesos y carnosos se ensancharon hasta transformar aquella inicial sonrisa forzada en otra de sincero agradecimiento.

—Me gusta verte sonreír —afirmó Milagros, y la besó en la otra mejilla—. No es habitual en ti.

Caridad la premió ensanchando sus labios. Era cierto, reconoció para sí: había tardado en abrirse a su amiga, pero poco a poco su vida arraigaba con los gitanos, y a medida que desaparecían ansiedad y preocupaciones, fue confiándose a ella. Con todo, el verdadero causante del cambio no era otro sino Melchor. El gitano le había encargado que trabajase con el tabaco. «Ya no es necesario que acompañes a la niña y a su madre a venderlo por las calles —le dijo ante el empeño de Milagros por enseñarle a hacer algo para contribuir a su manutención—. Prefiero que seas tú quien elabore lo que ellas vendan.» Y Caridad se sintió útil y agradecida.

—Cuídate tú también —aconsejó a su amiga—. No te pelees con tu madre.

Milagros fue a replicar, pero el grito de su abuelo se lo impidió.

—¡Venga, morena, que nos vamos!

En esta ocasión fue ella la que besó a Milagros.

Tras la partida de Caridad, la muchacha se sentía sola. Desde el anuncio de su compromiso matrimonial, Caridad se había convertido en la persona que escuchaba pacientemente sus quejas. No fue capaz de seguir su consejo.

—No me casaré con Alejandro —le aseguraba a su madre, día sí día no.

—Lo harás —le contestaba esta sin siquiera mirarla.

—¿Por qué Alejandro? —insistía en otras ocasiones—, ¿por qué no…?

—Porque tu padre así lo ha decidido —repetía la madre en tono cansino.

—¡Antes me fugaré! —llegó a amenazar una mañana.

Ese día, Ana se volvió hacia su hija. Milagros presintió lo que iba a encontrarse: rasgos contraídos, serios, gélidos. Así fue.

—Tu padre ha comprometido su palabra —masculló la madre—. Cuídate mucho de que él te oiga decir eso; sería capaz de encadenarte hasta el día de la boda.

El tiempo transcurría con lentitud; madre e hija enfadadas, en permanente discusión.

Milagros ni siquiera encontró refugio entre sus amigas del callejón de San Miguel, muchas de ellas también pendientes de casarse. ¿Cómo iba a reconocer ante Rosario, María, Dolores o cualquier otra que no le gustaba el hombre que le habían buscado? Tampoco lo hacían ellas, y eso a pesar de que la mayoría, antes de conocer su destino, no habían contenido sus críticas hacia esos jóvenes que después les tocaban en suerte. Milagros no estaba exenta de culpa. ¿Cuántas veces habría llegado a burlarse de Alejandro? Ahora todas se trataban con hipocresía, con cierta distancia, como si de repente les hubieran cercenado la inocencia. No se trataba de la naturaleza o de su edad, sino simplemente de la decisión de sus padres; una palabra, un simple compromiso sellado a sus espaldas y lo que era válido la noche anterior carecía de importancia a la salida del sol. Milagros añoraba la espontaneidad de aquellas conversaciones entre muchachas, los cuchicheos, las risas, las miradas cómplices, los sueños... Incluso las disputas. La última discusión había acaecido la noche en que bailó con Pedro García. La mayoría de sus amigas se le echaron encima cuando manifestó su intención de hacerlo. Ella era una Vega, nieta de Melchor el Galeote, jamás llegaría a obtener a aquel muchacho, todas lo sabían, por lo tanto... ¿a qué entremeterse? Pero Milagros hizo caso omiso y se lanzó a bailar, hasta que su madre intervino y abofeteó al muchacho. ¿Cuál de las gitanillas del callejón no suspiraba por Pedro García, el nieto del Conde? ¡Todas lo hacían! Y sin embargo ahora, después de su compromiso, sería una grave afrenta para los Vargas que Milagros alentara a Pedro García. Alejandro tendría que salir en su defensa y tras él su padre y sus tíos; los García harían lo propio y los hombres sacarían sus navajas... Pero Milagros no podía dejar de mirar a hurtadillas al muchacho en cada ocasión en que este caminaba por el callejón de San Miguel, indolente, moviéndose despacio, como lo hacían los gitanos de raza, altanero, soberbio, arrogante. Entonces añoraba a Caridad, a la que podía hablarle con libertad de sus anhelos y desgracias. Contaban del joven que había heredado la milenaria sabiduría gitana para trabajar el hierro; que sentía cuándo había que iniciar cada uno de sus procesos, que sabía, que percibía instintivamente cuándo estaba preparado el hierro para ser forjado, templado, soldado... Tanto que hasta los ancianos le consultaban en ocasiones. Y, sin embargo, ella estaba atada a Alejandro. ¡Incluso fray Joaquín le había deseado lo mejor ante su compromiso! El fraile dio un respingo cuando Ana se lo comentó en las inmediaciones de San Jacinto. «¿Ya?», se le escapó. Y Milagros, junto a su madre, escuchó cabizbaja cómo aquella voz clara y nítida con la que entonaba sus prédicas había brotado algo quebrada a la hora de desearle parabienes.

«Caridad, te necesito», susurró la muchacha para sus adentros.

¡No estaba atenta! Más allá del grupo de muchachas, entretenida con la condesa, Ana la traspasó con la mirada. ¿Qué estaba haciendo? ¿Por qué dudaba? «¡Está distraída!», pensó la madre cuando Milagros soltó la delicada y blanca mano que le había tendido la hija de la condesa y simuló un ataque de tos. Milagros no lograba recordar qué era lo que le había augurado la última ocasión en que le dijo la buenaventura. La condesita y las dos amigas que rodeaban a la gitana se apartaron con una mueca de aversión ante la expectoración con que la muchacha trataba de ganar tiempo.

—¿Te encuentras bien, hija? —acudió la madre en su ayuda. Solo Milagros reparó en la dureza de su tono—. Perdone, excelencia —se disculpó con la condesa dirigiéndose al grupo de muchachas—, la niña me tose últimamente. Vamos a ver, preciosa —añadió tras sustituir a su hija y agarrar sin contemplaciones la mano de la joven.

El frufrú de la ahuecada falda de seda de la condesa se escuchó con nitidez en el gran salón cuando decidió acercarse con curiosidad, las dos amigas de la condesita cerraron el círculo y Milagros se apartó unos pasos. Desde allí, obligándose a toser de vez en cuando, escuchó cómo su madre embaucaba con habilidad a la condesita y a sus dos amigas.

¿Hombres? ¡Príncipes serían los que se casarían con ellas! Dineros, ¿cómo iban a faltar? Hijos y felicidad. Algún problema, alguna enfermedad, ¿por qué no?, pero nada que no lograsen superar con devoción y la ayuda de Jesucristo y Nuestra Señora. Con la mano en la boca y la cantinela de su madre en los oídos, Milagros desvió su atención hacia la camarera de la condesa, plantada junto a las puertas de acceso al salón, controlando que ninguna gitana echase mano a algún objeto; más tarde, en las cocinas, también tendrían que leerle la mano a ella. Luego volvió la mirada hacia el grupo de mujeres: su madre, descalza, de tez oscura, casi negra, ataviada con sus ropas de colores y sus abalorios de plata en la cintura; grandes aros colgando de sus orejas y collares y pulseras tintinenando a medida que gesticulaba y afirmaba con pasión el futuro de aquellas mujeres blancas como la leche, ataviadas con vestidos de seda de faldas ahuecadas, todas ellas adornadas con infinidad de bordados, lazos, volantes, cintas… ¡Cuánto lujo había en aquellas vestiduras, en los muebles y jarrones, en los espejos y relojes, en los sillones de brazos dorados, en los cuadros, en los refulgentes objetos de plata que se acomodaban por doquier!

La condesa de Fuentevieja era una buena clienta de Ana Vega. En ocasiones la mandaba llamar: gustaba de escuchar sus buenaventuras, le compraba tabaco y hasta alguna de las cestas que elaboraban las gitanas de la huerta de la Cartuja.

Milagros escuchó la risilla nerviosa de una de las amigas de la condesita, a la que al instante se sumaron las comedidas y afectadas exclamaciones de alegría de las otras dos y unos delicados aplausos por parte de la condesa. Las líneas de su mano parecían augurarle un futuro prometedor, y Ana se explayó en este: un buen marido, rico, atractivo, sano y fiel. ¿Y por qué no le decía lo mismo a ella, a su hija? ¿Por qué la condenaba a casarse con un torpe, por muy Vargas que fuera? La camarera, junto a las inmensas puertas, se sobresaltó cuando Milagros cerró los puños, frunció el ceño y dio una patada en el suelo.

—¿Te encuentras mejor? —le preguntó su madre con un deje de ironía.

La muchacha le contestó con un nuevo y sonoro golpe de tos.

La tarde se le hizo insufrible. Ana Vega, sin importarle el tiempo, desplegó todos sus ardides gitanos con las tres muchachas. Luego, cuando estas desaparecieron, satisfechas, cuchicheando entre ellas, se volcó en la condesa.

—No —se opuso cuando la aristócrata sugirió que Milagros esperase en la cocina, donde la atenderían—. Está mejor ahí, apartada, no sea que contagie a los lacayos de vuestra señoría.

El nuevo sarcasmo enfureció a Milagros, pero aguantó. Soportó la hora larga que su madre estuvo hablando con la condesa; soportó la despedida y el pago de los dineros, y soportó las atenciones que después tuvo que prestar a la camarera y a algunas personas del servicio, quienes trocaron tabaco y buenaventuras por algunas viandas sisadas de la despensa de los condes.

—¿Te encuentras mejor? —se burló la madre ya en la calle, de vuelta a Triana, con el sol de verano todavía destacando los colores de sus vestidos. Milagros bufó—. Confío que sí —añadió Ana sin darse por enterada del desplante—, porque mañana por la noche cantaremos y bailaremos para los condes. Tienen invitados a unos viajeros... ingleses, no sé... franceses o alemanes, ¡ve tú a saber de dónde! El asunto es que quieren que se diviertan.

Milagros volvió a bufar, esta vez con más fuerza y con un deje de displicencia. La madre continuó sin hacerle caso y anduvieron el resto del camino en silencio.

Le pidió una sonrisa. No lo hizo por los condes de Fuentevieja o por la decena de invitados que habían traído con ellos y que permanecían expectantes en el jardín que descendía hasta el río, en una de las casas principales de Triana donde el aristócrata había decidido celebrar la fiesta. Ana sonrió a su hija después de arquear los brazos por encima de su cabeza y contonear sus caderas nada más escuchar el primer tiento de la guitarra, todavía no iniciado el baile, preparándose para lanzarse a él una vez los hombres estuvieran dispuestos. Milagros aguantó el envite sin pestañear, frente a ella, quieta, con los brazos caídos a sus costados.

—¡Hermosa! —piropeó un gitano a la madre.

«¡Vamos!», pareció decirle la madre a su hija a través de un cariñoso mohín de sus labios. Milagros frunció los suyos, haciéndose de rogar. Otra guitarra más templó sus cuerdas. Una gitana hizo sonar las castañuelas. «¡Adelante!», animó Ana a su hija, alzando de nuevo los brazos.

—¡Preciosas! —se escuchó entre la gente.

—¡Bonita! —gritó la madre a la hija.

Las guitarras empezaron a sonar al unísono. Repicaron varios pares de castañuelas y Ana se irguió frente a Milagros, palmeando.

—¡Vamos, hija! —la animó.

Las dos se arrancaron al tiempo, giraron sobre sí volteando sus faldas en el aire, y cuando volvieron a enfrentarse, los ojos de Milagros chispeaban y sus dientes relucían en una amplia sonrisa.

—¡Baile, madre! —chilló la muchacha—. ¡Ese cuerpo! ¡Esas caderas! ¡No las veo menearse!

Los Carmona, que habían acudido a la fiesta, jalearon las palabras de la muchacha. Los invitados de los condes, franceses o ingleses, poco importaba, se quedaron boquiabiertos cuando Ana aceptó el reto de su hija y quebró con voluptuosidad el talle. Milagros rió y la imitó. En la noche, con las aguas del Guadalquivir rielando en plata, a la luz de los hachones dispuestos en el jardín trianero, entre madreselvas y dondiegos, naranjos y limoneros, las guitarras trataron de adaptar su ritmo al frenesí que imponían las mujeres; las palmas resonaron con ímpetu y los bailaores se vieron desbordados por la sensualidad y el atrevimiento con los que madre e hija danzaron la zarabanda.

Al final, sudorosas ambas, Ana y Milagros se fundieron en un abrazo. Lo hicieron en silencio, sabiendo que se trataba de una mera tregua, de que el baile y la música se abrían a otro mundo, aquel universo donde los gitanos se refugiaban de sus problemas.

Un lacayo del conde deshizo el abrazo.

—Sus excelencias desean felicitarlas.

Madre e hija se dirigieron hacia las sillas desde las que los condes y sus invitados habían presenciado el baile mientras las guitarras ya rasgueaban preparando el siguiente. Honrándolas como a iguales, don Alfonso, el conde, se levantó de su asiento y las recibió con unas corteses palmadas, secundado por los otros invitados.

—¡Extraordinario! —exclamó don Alfonso cuando las mujeres llegaron hasta él.

Como salidos de la nada, José Carmona, Alejandro Vargas y algunos otros miembros de ambas familias se habían dispuesto a espaldas de ellas. Antes de iniciar las presentaciones, el conde entregó unas monedas a la gitana, quien las sopesó a satisfacción. Ana y Milagros tenían el cabello revuelto, jadeaban y el sudor que empapaba sus cuerpos brillaba a la titilante luz de las antorchas.

—Don Michael Block, viajero y estudioso de Inglaterra —presentó el conde a un hombre alto, estirado y con el rostro tremendamente sonrosado allí donde no lucía una cuidada barba canosa.

El inglés, incapaz de desviar la mirada de los húmedos y esplendorosos pechos de la mujer, que subían y bajaban al ritmo de una respiración todavía entrecortada, balbució algunas palabras y ofreció su mano a la gitana. El saludo se alargó más de lo estrictamente necesario. Ana percibió que los Carmona, a su espalda, se removían inquietos; el conde también.

—Michael —trató de romper el saludo don Alfonso—, esta es Milagros, la hija de Ana Vega.

El viajero titubeó pero no llegó a soltar la mano de la gitana. Ana entornó los ojos y negó imperceptiblemente con la cabeza cuando notó que José, su esposo, daba un paso al frente.

—Don Michael —dijo entonces logrando captar la atención del inglés—, eso en lo que usía está empeñado ya tiene dueño.

—¿Qué? —acertó a preguntar el viajero.

—Lo que yo le diga. —La gitana, con el pulgar de su mano izquierda extendido, señaló hacia atrás, segura de que José habría extraído ya su inmensa navaja.

El rosa de los pómulos del inglés demudó en un blanco pálido y soltó la mano.

—¡Milagros Carmona! —se apresuró a anunciar entonces el conde.

La muchacha sonrió al viajero con indolencia. Tras ella, José Carmona enarcó las cejas y mantuvo la navaja a la vista.

—La niña del señor de atrás —terció entonces Ana, señalando de nuevo a José. El inglés siguió la indicación de la mujer—. Su hija, ¿entiende, don Michael? Hiiija —repitió despacio, marcando las sílabas.

El inglés debió de entender, porque finalizó el saludo con una vertiginosa reverencia hacia Milagros. Condes e invitados sonrieron. Se lo habían advertido: «Michael, las gitanas bailan como diablesas obscenas, pero no se equivoque, en el momento en que cesa la música son tan castas como la doncella más celosa de su virtud». Sin embargo, pese a las advertencias —el conde lo sabía, los invitados lo sabían, los gitanos también—, aquellas músicas y aquellos bailes a veces alegres, a veces tristes pero siempre sensuales, obraban en los espectadores unos efectos que les hacían perder todo atisbo de cordura; muchas eran las reyertas con payos que, enardecidos por la voluptuosidad de las danzas, habían intentado propasarse con las gitanas hasta llegar a ver aquellos cuchillos mucho más cerca de lo que lo había hecho el inglés.

En esta ocasión, don Michael, prudentemente separado de Milagros, y con las mejillas recuperando su rosado natural, rebuscó en su bolsa y le entregó un par de reales de a ocho a la muchacha.

—¡Con Dios! —se despidió José Carmona en nombre de su hija.

Tan pronto como los condes y sus invitados tomaron asiento de nuevo, guitarras, panderos y castañuelas volvieron a sonar en la noche.

—¿Quieres un cigarro?

Milagros se volvió. Alejandro Vargas le tendía uno. La gitana lo escrutó de arriba abajo, con desvergüenza: debía de contar dieciséis años y tenía la tez oscura y el porte altivo de los Vargas, pero algo había que fallaba... ¿Sus ojos? Eso debía de ser. No era capaz de sostener la mirada como lo haría un gitano. Y bailaba mal, quizá porque era demasiado grande. Detrás de él, algo separada, comprobó que su madre la espiaba.

—Es puro habano —insistió Alejandro para zafarse del examen.

—¿De dónde lo has sacado? —inquirió la muchacha fijándose en el cigarro que sostenía Alejandro.

—Mi padre ha comprado varios.

Milagros soltó una carcajada. ¡Era uno de los de Caridad! Lo reconoció por el hilo de color verde con el que su amiga había rematado el extremo por el que se chupaba.

—¿Qué te hace tanta gracia? —preguntó el muchacho.

Milagros no le hizo el menor caso. Frunció el ceño hacia su madre, que ahora la miraba sin disimulo, extrañada ante la carcajada. «¿Habrá sido ella?», se preguntó la muchacha. No. No podía ser. Su madre no habría osado engañar a los Vargas y venderles por puro habano algo que no lo era. Solo podía haber sido...

—¡Qué grande es usted, abuelo! —soltó con una sonrisa en los labios.

—¿Qué dices?

—Nada.

Alejandro mantenía el cigarro tendido. ¡Lo había hecho Caridad con sus manos! Quizá ella había presenciado cómo lo hacía.

—¡Venga ese cigarro!

Milagros lo alzó a la altura de sus ojos y se lo mostró a su madre en la distancia.

—Puro habano —afirmó antes de contraer sus facciones en una mueca graciosa.

—Sí —oyó que decía Alejandro.

Ana negó con la cabeza y dio un manotazo al aire.

—Estará bueno —aventuró la muchacha hacia el gitano.

—Buenísimo.

«Seguro —pensó entonces—. Lo ha hecho Cachita.»

—¿Candela? —interrumpió él sus reflexiones.

Milagros no pudo reprimir un suspiro de resignación.

—¿Candela? ¡Claro que quiero candela! ¿Cómo voy a fumar si no? ¿Tú ves que yo lleve candela encima?

Alejandro extrajo con torpeza el pedernal y el eslabón de una bolsa.

—¿Y la yesca? —le apremió Milagros.

Alejandro murmuraba mientras revolvía inútilmente en la bolsa.

—¡Quita! —le detuvo la muchacha—. En esa bolsita ya tendrías que haberla encontrado. ¿No te das cuenta de que no llevas yesca? Toma. Ve a prenderlo en uno de los hachones.

«¿Eres tú el que vas a domar a la potrilla?», pensó Milagros mientras lo veía andar obediente hacia una de las antorchas. Lo hacía como los gitanos, con lentitud, erguido cuan grande era, pero no sería capaz de domar un borriquillo. Ella... Buscó a su madre con la mirada: palmeaba detrás de uno de los guitarristas, distraída, animando el baile. ¡Ella quería un hombre!

Milagros no consiguió librarse de Alejandro durante el resto de la noche. Compartieron el cigarro. «¿No tienes otro para ti?», se quejó ella. Pero su padre solo le había regalado uno. Y bebieron. Buen vino, del mucho que había traído el conde para animar la fiesta. La gitana volvió a bailar, una alegre seguidilla cantada por las mujeres con voz viva. Lo hizo con otros jóvenes, entre ellos un esforzado Alejandro.

—Nunca te he oído cantar —le dijo este una vez finalizado el baile.

Milagros notó que la cabeza le daba vueltas: el vino, el tabaco, la fiesta...

—Será que no te has fijado lo suficiente —mintió con la voz pastosa—. ¿Ese es el interés que tienes en mí?

Lo cierto era que nunca se había arrancado a cantar pese a que su padre la incitaba a hacerlo; lo hacía a coro, disimulando su tribulación por no hacerlo bien, entre las voces de las demás mujeres. «No te preocupes —la tranquilizaba su madre—, baila, enamora con tu cuerpo, ya cantarás.»

Alejandro acusó aquel nuevo desplante.

—Yo... —balbució.

Milagros lo vio bajar la mirada al suelo. Un gitano nunca escondía sus ojos. La imagen de Caridad le vino a la mente. El mareo se sumó a la turbación frente a quien estaba llamado a ser su esposo.

—¡Ese mentón! —gritó—. ¡Arriba!

Sin embargo Alejandro volvió a dirigirse a ella con timidez.

—Sí que tengo interés en ti. Claro que sí. —Hablaba igual que Caridad cuando llegó al callejón, mirando al suelo—. Haría cualquier cosa por ti, lo que fuera...

Milagros lo observó, pensativa; ¿cualquier cosa?

—Hay un ceramista en Triana... —le soltó ella sin pensar.

Milagros lo había hablado con su madre, exacerbada, encendida, después de que entre fray Joaquín y ella misma hubieran logrado sonsacar a Caridad, a base de mil preguntas contestadas entre sollozos, qué era lo que había sucedido con el alfarero.

—No es asunto de los gitanos —la interrumpió Ana.

—¡Pero madre!

—Milagros, ya tenemos muchos problemas. Las autoridades

nos persiguen. ¡No nos metas en más líos! Sabes que tenemos prohibido hasta vestir como lo hacemos; podrían detenernos solo por nuestros trajes.

La muchacha abrió las manos y mostró su falda azul en gesto de incomprensión.

—No —le aclaró Ana—. Aquí en Triana, en Sevilla, gozamos de la protección de algunos principales y compramos el silencio de alcaldes y justicias, pero fuera de Sevilla nos detienen. Y nos mandan a galeras solo por ser gitanos, por andar los caminos, por forjar calderos, reparar aperos o herrar caballos y mulos. Somos una raza perseguida desde hace muchos años; nos tienen por maleantes solo por ser diferentes. Si Caridad fuera gitana… ¡entonces no lo dudes! Pero no debemos buscarnos esos problemas. Tu padre nunca lo consentiría…

—Padre odia a Caridad.

—Es posible, sin embargo eso no quita que no sea gitana. No es de los nuestros. Lo siento por ella… En verdad lo siento —insistió la madre ante la desesperación de su hija—. Milagros, soy una mujer y puedo imaginar mejor que tú el calvario por el que pasó la negra, pero no podemos hacer nada, de verdad.

Fray Joaquín no le fue de más ayuda pese a que Milagros recordaba la ira con la que había ido acogiendo la historia de Caridad cuando esta la contó, la noche de la carrera de gansos.

«¿Y qué quieres que haga, Milagros? —se excusó—. ¿Denunciarlo? ¿Denunciar a un honrado artesano que lleva años trabajando en Triana por la palabra de una mujer negra recién emancipada, sin arraigo alguno en este lugar? ¿Quién testificaría a su favor? Lo sé —añadió con rapidez para acallar su réplica—, tú lo harías y yo te creería, pero eres gitana y ellos, los justicias y los jueces, ni siquiera admitirían tu testimonio. Todos los artesanos se pondrían de su lado. Sería la ruina de Caridad, Milagros. No lo soportaría, se le echarían encima como perros salvajes. Consuélala, sé su amiga, ayúdala en su nueva vida… y olvida este asunto.»

Sin embargo, el siguiente domingo, invitado a predicar en la parroquia de Santa Ana, fray Joaquín habló claro y alto desde el púlpito, sabiendo que muchos de los que le escuchaban se habían aprovechado de Caridad. Buscó con la mirada al ceramista que la había prostituido. Señaló amenazador a diestra y siniestra. Gritó y chilló. Alzó las manos al cielo con los dedos agarrotados y clamó contra los rufianes y contra quienes cometían el pecado de la carne, ¡más si se cometía contra mujeres indefensas! Con la complicidad de los párrocos de Santa Ana que le habían invitado a dar el sermón y ante una feligresía encogida y temerosa, auguró para todos ellos el fuego eterno. Luego los contempló abandonar la iglesia entre murmullos.

¿Y qué más daba!, renegó cuando el templo quedó vacío y en un silencio solo roto por el sonido de sus propios pasos. ¡Todo se reducía a un juego hipócrita! En Sevilla se contaban por decenas las gracias para conseguir indulgencias plenarias. Cualquiera de ellos, solo por visitar una iglesia determinada en un día concreto: la de San Antonio de los Portugueses, cualquier martes, por ejemplo, ganaría la indulgencia plenaria y quedaría libre de todo pecado, inocente y limpio como si acabase de nacer. Fray Joaquín no pudo reprimir una risa sardónica que resonó en Santa Ana. ¿Qué les importaba a ellos el arrepentimiento o el propósito de enmienda? Correrían a obtener su indulgencia, a limpiar su alma y volverían convencidos de haber eludido al diablo, listos para cometer cualquier otra fechoría.

Milagros y Alejandro se hallaban cerca de la almona, junto a la Inquisición; empezaba a asaltarles el penetrante olor de los aceites y las potasas con que se fabricaban los jabones blancos de Triana cuando, a la luz de los hachones del castillo de San Jorge, la joven observó que su prometido caminaba con una mano aferrada al mango del puñal que llevaba al cinto. La gitana trató de afirmar su caminar inestable como una reina invulnerable junto a los tres gitanos que la acompañaban: Alejandro, su hermano menor y uno de sus primos Vargas, quienes también jugueteaban con la empuñadura de sus navajas.

Habían seguido bebiendo, alejados de la música que sonaba para contento de nobles e invitados, mientras Milagros explicaba a aquel muchacho que estaba dispuesto a hacer cualquier cosa por ella lo que le había sucedido a Caridad a su llegada a Triana. Lo hizo exaltada, con mayor repugnancia si cabe de la que emanó de su voz cuando se lo contó a su madre. Alejandro conocía a Caridad, era imposible no fijarse en aquella mujer negra que vivía en el corral de vecinos junto a Melchor el Galeote. «Hijo de puta», mascultó una y otra vez a medida que la gitana se explayaba en explicaciones.

—¡Perro sarnoso! —exclamó al enterarse de cómo la había atado. Milagros calló y trató de centrar su mirada en él. Alejandro, también afectado por la bebida, creyó percibir un atisbo de afecto en aquellos ojos vidriosos—. ¡Marrano! —añadió entonces.

—¡Degenerado! —soltó Milagros entre dientes antes de continuar con su explicación.

La gitana encontró en Alejandro la comprensión que no había obtenido ni en su madre ni en fray Joaquín. Hablaba enardecida. Por su parte, este sentía que ella se acercaba cada vez más, que buscaba su apoyo, que se le entregaba. El vino hizo el resto.

—Merece la muerte —sentenció Alejandro cuando Milagros puso fin a la historia.

A partir de ahí todo se desarrolló con rapidez.

—Vamos —le conminó el gitano.

—¿Adónde?

—A vengar a tu amiga.

Alejandro tiraba de la muchacha. El simple contacto con el brazo de Milagros lo envalentonaba. En el zaguán de salida de la casa en la que se celebraba la fiesta, el gitano se encontró con su hermano menor y su primo.

—Tengo una cuenta pendiente —les dijo rozando la empuñadura de su puñal con los dedos—, ¿me acompañáis?

Y ambos habían asentido, ya fuera para hacer cumplir la ley gitana, ya por la excitación provocada por la fiesta y el vino. Luego, mientras caminaban, Alejandro les habló de Caridad y el alfarero. Milagros ni siquiera pensó en las advertencias de su madre.

El barrio estaba desierto. Era noche cerrada. La muchacha señaló a Alejandro una de las casas de la calle con un casi inapreciable gesto del mentón. Caridad había consentido en indicársela de lejos, atemorizada.

—Esta es —anunció el gitano—. Vosotros, vigilad.

Acto seguido, sin pensarlo, aporreó las puertas del taller. Los golpes atronaron.

—¡Alfarero! —gritó el gitano—. ¡Abre, alfarero!

Los otros dos recorrían la calle de arriba abajo con una tranquilidad que apasionó a Milagros. ¡Eran gitanos! Alejandro volvió a aporrear las puertas. La contraventana de una casa frontera se abrió y la pálida luz de una vela se asomó a ella. El hermano menor de Alejandro ladeó la cabeza hacia la luz, como si le sorprendiese tal curiosidad. «No debe de tener ni quince años», pensó Milagros. La contraventana se cerró con un golpe seco.

—¡Alfarero, abre!

Milagros volvió la atención hacia Alejandro y le desconcertó notar cómo se le erizaba el vello ante su osadía; un escalofrío que corrió por su espalda empezó a liberarla de su borrachera.

—¿Quién es? ¿Qué quieres a estas horas?

La voz procedía de una de las ventanas del piso superior.

—¡Abre!

Milagros permanecía hechizada.

—¡No molestes más o llamaré a la ronda!

—Antes de que llegue, habré prendido fuego a tu casa —amenazó el muchacho—. ¡Abre!

—¡A mí! ¡Ayuda! ¡Alguaciles! ¡Ayuda! —gritó el alfarero.

Alejandro volvió a golpear la puerta ajeno a los gritos de socorro que se confundían con sus golpes en la noche. De repente, Milagros reaccionó: ¿dónde se habían metido? Recorrió la calle con la mirada. De un taller cercano salía un hombre en camisa de dormir empuñando un viejo trabuco. Se abrieron un par de puertas. El alfarero seguía gritando y Alejandro golpeando las puertas.

—Alejandro... —acertó a decir Milagros con voz titubeante.

Él no llegó a oírla.

—¡Son solo unos gitanillos! —gritó entonces el de la camisa de dormir.

—Alejandro —repitió Milagros.

—¡Son cuatro pordioseros!

El hermano y el primo Vargas empezaron a retroceder ante los hombres que salían de las casas vecinas, todos armados: trabucos, palos, hachas, cuchillos... Uno de ellos soltó una carcajada ante el miedo que apareció en el rostro de los muchachos.

—¡Alejandro! —chilló Milagros justo en el momento en que se abría la puerta del taller.

Todo sucedió con rapidez. Milagros solo lo entrevió, lo suficiente sin embargo para reconocer al hombre al que había tratado de venderle cigarros en San Roque el día de los gansos. Se hallaba más allá del vano de la puerta, vestido con unos calzones raídos y el pecho descubierto; tras él estaba su hijo con una vieja espada en la mano. El hombre sostenía un trabuco cuya amenazadora boca redonda le pareció inmensa a la gitana. Entonces Alejandro extrajo su puñal del cinto y, cuando hizo ademán de lanzarse contra el alfarero, este disparó. Infinidad de dispersas postas de plomo destrozaron la cabeza y el cuello del muchacho, que salió despedido por el impacto.

Los hombres de la calle se quedaron paralizados. Los gitanos, boquiabiertos, balbucientes, volvían la cabeza incesantemente del cuerpo desfigurado que yacía en la tierra a los alfareros que habían acudido en ayuda de su compañero. Milagros, desconcertada, se miraba las manos y las ropas, salpicadas de sangre y de restos de Alejandro.

—Habéis matado a un Vargas —logró articular el mayor de los gitanos.

Los hombres se miraron, como sopesando aquella amenaza. En el interior del taller, el alfarero trataba de recargar su trabuco con manos temblorosas.

—¡Acabemos con ellos! —propuso uno de los artesanos.

—Sí. ¡Así nadie llegará a enterarse! —añadió otro.

Los Vargas mantenían sus puñales extendidos, rodeando ya a Milagros, junto al cadáver de Alejandro, frente a los hombres apostados en semicírculo a su alrededor. Un par de ellos negaron con la cabeza.

—Son solo muchachos. ¿Cómo vamos a...?

—¡Corred!

El mayor de los dos gitanos aprovechó la indecisión: agarró a Milagros y la obligó a correr justo hacia aquel que había manifestado sus dudas, y el hermano de Alejandro se sumó a la carrera. Chocaron con el alfarero, que cayó al suelo, y saltaron por encima de él antes incluso de que hubiera puesto fin a sus palabras. Un hombre apuntó con su trabuco a las espaldas de los muchachos, pero el que estaba a su lado empujó el cañón al aire.

—¿Pretendes herir a alguno de los nuestros? —preguntó ante la cercanía de los demás curiosos que empezaban a asomarse.

Cuando volvieron a mirar, los gitanos se perdían ya en la oscuridad de la noche. En silencio, volvieron la cabeza hacia el cadáver que yacía en un charco de sangre frente a la puerta del taller. «Hemos matado a un Vargas», parecían decirse.

7

omás Vega se había alistado en la partida de gitanos que comandaba su hermano Melchor y que se dirigía a las costas cercanas a Málaga para recibir el tabaco de Gibraltar. Ambos abrían la marcha mientras charlaban con aparente despreocupación, no obstante tener todos los sentidos alerta al mínimo indicio que pudiera revelar rondas de soldados o miembros de la Santa Hermandad; tras ellos iban cuatro jóvenes de la familia Vega que tiraban del ronzal de otros tantos caballos aprestados con aparejos redondos para la carga: albardas, cinchas de tarabita y petrales; el rey había prohibido que se trajinase con caballos —solo podía hacerse con borricos, mulas o machos con cencerros—, pero había eximido a Sevilla de esa prohibición. Los jóvenes bromeaban y reían, como si la presencia de sus tíos garantizara su seguridad. Cerraba la comitiva Caridad, caminando empapada en sudor bajo la capa y el sombrero oscuros, permanentemente preocupada por no revelar una sola punta de su vestido colorado, tal y como le había advertido Melchor antes de partir. «Debe de ser el color rojo», pensó la mujer, porque los gitanos se movían sin problemas con sus trajes de colores. Andaba incómoda con las viejas abarcas de fina suela de cuero que le había procurado Melchor en la gitanería de la huerta de la Cartuja; nunca antes había protegido sus pies. Llevaban cuatro días de camino y se

habían internado ya en la serranía de Ronda. En la primera jornada, durante un descanso, Caridad había desatado las correas de cuero que unían las suelas a sus tobillos para que no los rozaran. Melchor, sentado sobre una gran piedra al lado del camino, la observó y se encogió de hombros cuando sus miradas se cruzaron, como si le autorizase a prescindir de ellas. Luego bebió un buen trago de vino de la bota que llevaban.

La actitud del gitano no varió cuando al día siguiente, tras pasar la noche al raso, Caridad rectificó y se ató las abarcas antes de partir. Sabía andar descalza. En Cuba, sobre todo después de la zafra del azúcar, estaba pendiente de no clavarse alguno de los afilados cortes de las cañas que quedaban escondidos, pero aquellos caminos sevillanos nada tenían que ver con los de las vegas y el campo cubano: estos eran pedregosos, secos, polvorientos y hasta quemaban en la canícula andaluza, tanto que parecía que pocas personas tuvieran excesivo interés en transitar por ellos, y el viaje se efectuó sin contratiempo alguno.

Pese a que Melchor los guió por escabrosos senderos de cabras, el ascenso a la sierra les procuró algo de frescor, si bien lo más importante fue que los dos hermanos Vega se permitieron relajar la tensión del campo. En el camino, un encuentro con las autoridades hubiera supuesto la confiscación de armas, caballerías y su seguro encarcelamiento, pero las sierras eran suyas; eran territorio de contrabandistas, bandoleros, delincuentes y todo tipo de huidos de la justicia. Allí los gitanos se movían con soltura.

—¡Morena! —gritó Melchor mientras ascendían en fila en la espesura, sin siquiera volverse hacia ella—, ya puedes descubrir tus colores, a ver si así nos espantas a los bichos.

Los demás rieron. Caridad aprovechó para deshacerse de la capa y el sombrero y respiró con fuerza.

—Yo no dejaría que la negra fuera mostrando ese prodigio de carnes prietas —comentó Tomás a su hermano—, o tendremos problemas con los demás hombres.

—En Gaucín la taparemos otra vez.

Tomás negó con la cabeza.

—Ya puedes empeñarte en taparla que hasta un ciego la vería.

—Buen despertar sería ese —bromeó el hermano.

—Los hombres se le echarán encima. Sabrá de tabaco, pero ¿tan importante era traerla?

Melchor guardó silencio unos instantes.

—Canta bien —se limitó a decir al cabo.

Tomás no replicó y continuaron el ascenso, sin embargo Melchor le oyó renegar por lo bajo.

—¡Morena, canta! —gritó entonces.

«¡Canta, negro!», recordó Caridad. Era el grito de los capataces en los trapiches antes de hacer restallar el látigo sobre sus espaldas. «Mientras un negro canta, no piensa», había oído decir a los blancos en numerosas ocasiones, y los esclavos siempre cantaban: lo hacían en los cañaverales y en los ingenios a instancias de los capataces, pero también cuando pretendían comunicarse entre ellos o cuando querían quejarse al amo; lo hacían para expresar su tristeza o sus escasas alegrías; lo hacían hasta cuando no tenían que trabajar.

Caridad entonó un canto monótono, profundo, ronco y repetitivo que se confundió con el repiqueteo de los cascos de las caballerías sobre las piedras y que llegó a calar en el espíritu de los gitanos.

Tomás asintió al notar que sus piernas trataban de acostumbrar el paso al ritmo de aquel son africano. Uno de los jóvenes se volvió hacia ella con expresión de sorpresa.

«Canta, morena», pensaba mientras tanto Caridad. No era la misma orden que la de los capataces allá en Cuba. El gitano parecía disfrutar con su voz. Aquellas noches en que iba a dormir al corral de vecinos y se encontraba a Caridad trabajando el tabaco sobre el tablero, se dejaba caer en su jergón después de quitarse la ropa y le pedía que lo hiciese. «Canta, morena», le susurraba. Y sin dejar de trabajar a la luz de las velas, de cortar las hojas de tabaco o de enrollarlas unas sobre otras, Caridad cantaba con Melchor tumbado a su espalda. Nunca se había atrevido a volver la cabeza, ni siquiera cuando los ronquidos o la respiración pausada del hombre le indicaban que dormía. ¿Qué debía de pensar aquel gitano al escucharla? Melchor no la interrumpía, no canturreaba con ella; solo permanecía atento, quieto, mecido por el triste arrullo de Caridad. Tampoco la había tocado, nunca, aunque en algunas ocasiones ella hubiera percibido algo parecido a aquella lascivia con la que otros muchos permitían que sus ojos corrieran por su cuerpo. ¿Le hubiera gustado que lo hiciera, que la tocase, que terminara montándola? «No», se contestaba. Se hubiera convertido en uno más, porque ahora era el primer hombre al que conocía, con el que trataba, que no le había puesto una mano encima. Durante toda su vida, desde que la arrancaron de su tierra y su familia, Caridad había trabajado con el tabaco, y sin embargo en esas noches en que lo hacía con Melchor tumbado a su espalda, el aroma de la planta cobraba unos matices que nunca antes había percibido; entonces, escuchándose a sí misma y observando cómo sus largos dedos manejaban las delicadas hojas, Caridad descubría unos sentimientos que jamás habían aflorado en ella, y respiraba con fuerza. A veces incluso tenía que detener sus labores hasta que las manos dejaban de temblarle, agredida por la ansiedad ante unas sensaciones que era incapaz de reconocer y entender.

—Libertad —afirmó un día Milagros tras unos instantes de reflexión después de que Caridad le contase—. Eso se llama libertad, Cachita —reiteró con una seriedad impropia en la muchacha.

—Mira, morena, aquella es la tierra en la que naciste: África.

Caridad oteó el horizonte, hacia donde señalaba Melchor, y vislumbró una difusa línea más allá del mar. Volvía a cubrirse con la capa y con el chambergo calado hasta las orejas; sin embargo, el gitano, a su lado, relucía al sol en su chaquetilla de seda azul celeste y sus calzones ribeteados en plata. En su mano derecha sostenía un mosquete de chispa que había extraído de las alforjas de uno de los caballos tan pronto como arribaron a Gaucín después de tres días de marcha por senderos y cañadas intransitables.

—Y ese peñón de allí, junto al mar —indicó Melchor con el cañón de la escopeta, dirigiéndose a todos—, es Gibraltar.

La villa señorial de Gaucín, enclavada en el camino real de Gibraltar a Ronda, constituía un enclave importante de la serranía. Contaba con cerca de mil habitantes, y por encima de ella, en un risco de difícil acceso, se elevaba el castillo del Águila. Los gitanos y Caridad se deleitaron unos momentos en las vistas, hasta que Melchor dio orden de dirigirse a la venta de Gaucín, distante una legua de la población, a la vera del camino: una construcción de un solo piso levantada en un descampado y provista de cuadras y pajares.

Era mediodía, y el aroma a cabrito asado les recordó el tiempo que llevaban sin comer; una larga columna de humo ascendía a través de la chimenea de un gran horno cuya bóveda sobresalía de una de las paredes del edificio. Un par de mocosos corrieron desde las cuadras para hacerse cargo de los caballos. Los sobrinos agarraron sus pertenencias, entregaron los caballos a los niños y se apresuraron tras los pasos de Melchor, Tomás y Caridad, que ya cruzaban la puerta de la venta.

—¡Empezaba a temer que os hubiesen detenido en el camino! —se oyó gritar desde una de las toscas mesas.

La luz entraba a raudales en la venta. Melchor reconoció a Bernardo, su compañero de galeras, sentado frente a un buen plato de carne, pan y una frasca de vino.

—Hacía tiempo que no te veía por aquí, Melchor —le saludó el ventero, tendiendo una mano que el gitano apretó con fuerza—. Me comentaron que preferías trabajar en la raya de Portugal.

Antes de contestar, el gitano echó un vistazo al interior de la venta: solo otras dos mesas estaban ocupadas, ambas por varios hombres que comían con las armas encima de ellas, siempre a mano: contrabandistas. Algunos saludaron a Melchor con un gesto de la cabeza, otros escrutaron a Caridad.

—¡Con Dios, señores! —saludó el gitano. Luego se volvió hacia el ventero, que también examinaba a la mujer—. Se trabaja donde se puede, José —alzó la voz para llamar su atención—. Ayer fue con los portugueses, hoy con los ingleses. ¿La familia bien?

—Creciendo. —El ventero señaló a una mujer y dos muchachas que se afanaban frente al gran horno de leña.

Los gitanos, Caridad y el ventero se encaminaron hacia la larga mesa en la que les esperaba Bernardo.

—¿Ya llegan? —preguntó Melchor ante el trajín que se llevaban las mujeres en el horno y el escaso público que había para dar cuenta de todo lo que asaban en él.

—Se les ha visto pasar por Algatocín hace poco —contestó José—. A una legua de camino. No tardarán en llegar. Aprovechad para comer y beber antes de que todo esto se ponga patas arriba.

—¿Cuántos son?

—Más de un centenar.

El gitano frunció el ceño. Se trataba de una partida importante. En pie todavía, junto a la mesa, interrogó con la mirada a Bernardo.

—Ya te dije que habían arribado varios barcos al peñón —se explicó este dando la vuelta a la pata de cabrito que sostenía, como si no le concediera importancia alguna—. Hay mucha mercancía. No te preocupes, nuestra parte está asegurada.

Antes de tomar asiento, mirando hacia la puerta de entrada, Melchor dejó el mosquete sobre la mesa, cruzado cuan largo era, con un golpe que quizá fue más fuerte de lo debido, como si quisiera dar a entender que lo único capaz de garantizar su negocio eran las armas.

—Siéntate a mi lado, morena —indicó a Caridad al tiempo que golpeaba el banco que rodeaba la mesa.

El ventero, curioso, dirigió el mentón hacia la mujer.

—Es mi negra —declaró el gitano—. Ocúpate de que todo el mundo lo sepa y tráenos de comer. Tú —añadió hacia Caridad—, ya lo has oído: aquí eres mi negra, me perteneces. —Caridad asintió recordando las palabras de Milagros: «No te separes del abuelo». Notaba la tensión en los gitanos—. Procura seguir bien tapada, aunque el sombrero te lo puedes quitar. Y los demás... —En ese momento el gitano sonrió a Bernardo y se sirvió un vaso de vino a rebosar del que casi dio cuenta de un solo trago—. ¡Los demás, atentos con el vino! —advirtió limpiándose los labios con el dorso de la mano—. Os quiero bien despiertos cuando lleguen los de Encinas Reales.

Encinas Reales, Cuevas Altas y Cuevas Bajas eran tres pequeñas poblaciones cercanas entre sí y enclavadas en viejas tierras de frontera, junto al río Genil, a unas treinta leguas de distancia de Gaucín. Los tres lugares se habían convertido en refugio de contrabandistas que actuaban con total impunidad. La gran mayoría de sus habitantes se dedicaban a ese negocio, principalmente con tabaco y, los que no, los encubrían o se lucraban. En los pueblos, mujeres y eclesiásticos colaboraban en el negocio, y las autoridades, por más que lo intentaban, no conseguían imponer el orden en unos enclaves de hombres duros, violentos y curtidos entre los que imperaba la ley del silencio y la de la protección mutua. Las gentes de los tres lugares organizaban constantes partidas, en ocasiones a Portugal, por la ruta de Palma del Río y Jabugo, para desde allí cruzar la raya en dirección a Barrancos o Serpa, y en otras ocasiones a Gibraltar, por Ronda y su serranía. Buscando la seguridad de esas nutridas bandas, se les unían mochileros y otros delincuentes de Rute, Lucena, Cabra, Priego, con lo que llegaban a formar pequeños y temibles ejércitos superiores en número y fuerzas a cualquier ronda o patrulla de soldados reales, en su mayoría corruptos, cuando no mal pagados, ancianos o tullidos.

La única persona en la venta de Gaucín que no percibió el escándalo de los contrabandistas hasta que sus gritos y carcajadas inundaron los alrededores de la venta fue Caridad; los demás tuvieron oportunidad de comprobar cómo el murmullo que llegó a escucharse en la lejanía se convertía en alboroto al tiempo que hombres y caballerías se acercaban. Los cuatro jóvenes gitanos Vega se pusieron en tensión, nerviosos, mirándose entre ellos, buscando en Tomás la tranquilidad que su inexperiencia no les procuraba. Melchor y Bernardo, por el contrario, recibieron a los de Encinas Reales ya aplacada el hambre, con unos buenos cigarros entre sus dedos, bebiendo con fruición el vino joven de la serranía, áspero y fuerte, como si con cada trago que daban, en silencio, mirándose el uno al otro en perfecta simbiosis, pretendiesen recuperar parte de aquellos terroríficos años que habían pasado aherrojados a los remos de las galeras reales.

A diferencia de todos ellos y de los demás comensales de la venta que se movían inquietos en sus bancos, Caridad mordisqueaba entusiasmada los huesos del cabrito asado a la leña y aderezado con hierbas aromáticas. ¡No recordaba haber comido nunca nada tan exquisito! Ni siquiera las azuladas bocanadas de humo que el gitano lanzaba junto a ella la distraían, menos aún el barullo que pudiera formar la proximidad de una partida de contrabandistas. Los gitanos no acostumbraban a comer bien: a menudo las carnes rozaban la podredumbre y las verduras u hortalizas estaban pasadas, pero por lo menos eran más variadas que el funche con bacalao con el que día tras día el amo alimentaba a los esclavos de su plantación. Un vasito de aguardiente, eso era lo que les daban por las mañanas para que despertasen y estuviesen dispuestos para el trabajo. No, ciertamente la comida no era una de las razones por las que Caridad permanecía con los gitanos, aunque eso unido a un lugar donde dormir... «Cachita, puedes marcharte cuando quieras, eres libre, ¿lo entiendes?, libre», le repetía una y otra vez Milagros. ¿Y qué haría sin Milagros? Pocos días antes de partir a contrabandear con el abuelo, durante un anochecer perezoso que parecía resistirse a dejar de iluminar Sevilla, la muchacha había vuelto a mostrar su desconsuelo por su futuro matrimonio con Alejandro Vargas. Ella quería a Pedro García; «le amo», había sollozado, las dos sentadas a la orilla del Guadalquivir, mirando al frente. Luego, Milagros había apoyado su cabeza en el hombro de Caridad, igual que hacía Marcelo, y ella le había acariciado el cabello tratando de proporcionarle consuelo. ¿Adónde iba a ir sin Milagros? El solo recuerdo de los sucesos con el ceramista le nubló el pensamiento; Caridad se trasladó mentalmente al día en que se sentó a esperar la muerte debajo de aquel naranjo. Esa noche vio acercarse a Eleggua, el Dios que rige el destino de los hombres, el que dispone de las vidas a su antojo. ¿Cuánto tiempo hacía —llegó a pensar en aquel momento— que no hablaba con los orishas, que no les hacía ofrendas, que no era montada por ellos? Entonces se esforzó y le cantó, y el caprichoso Eleggua giró y giró alrededor de ella fumando un gran cigarro hasta que se dio por satisfecho con aquella humilde ofrenda y le mandó al gitano para que la ayudase a continuar viviendo. Melchor la respetaba. También había sido él quien la llevó a San Jacinto y le presentó a fray Joaquín. Allí, en aquella iglesia en construcción, se hallaba la Virgen de la Candelaria: Oyá para los esclavos cubanos. Oyá no era su orisha, Oshún lo era, la Virgen de la Caridad, pero siempre se decía que no hay Oyá sin Oshún ni Oshún sin Oyá, y desde entonces Caridad acudía a rezar a la Candelaria, se arrodillaba frente a ella y, cuando no la veían, mudaba sus avemarías por el rumor de unos cánticos a la orisha que representaba a la Virgen, meciéndose de adelante atrás. Antes de irse, dejaba caer parte de una hoja de tabaco robada, no tenía otra cosa que ofrecerle. A lo largo del tiempo que llevaba en Sevilla había visto a los morenos libres de la ciudad: la mayoría de ellos no eran más que unos miserables que pedían limosna por las calles, confundidos entre los centenares de mendigos que pululaban por la capital, peleándose unos con otros por una moneda. Estaba bien con los gitanos, concluyó Caridad, quería a Milagros, y Melchor la cuidaba.

—Morena, ya no te queda hueso que roer.

Las palabras del gitano la devolvieron a la realidad y con ella al alboroto que se vivía en el exterior. Caridad se encontró con una paletilla ya roída en sus manos. La dejó en el plato justo en el momento en que se abrían las puertas de la venta y una riada de hombres armados, sucios y vocingleros accedía a ella. Caridad distinguió a varios mulatos e incluso a un par de frailes. El ventero se esforzó por acomodarlos, pero era imposible acogerlos a todos. Los contrabandistas gritaban y reían; algunos levantaron sin contemplaciones a otros que ya se habían sentado a las mesas, imponiendo una autoridad que quedó patente en la sumisión de los desplazados. También entraron algunas mujeres, prostitutas que los seguían y que se acercaron con descaro a vender sus encantos a aquellos que parecían ser los capitanes de los diversos grupos de los que se componía la partida. El ventero y su familia empezaron a llevar frascas de vino, aguardiente y bandejas colmadas de cabrito a las mesas; él preocupado por servir a quien más gritaba, la esposa y sus dos jóvenes hijas tratando de sortear palmadas en las nalgas y abrazos no deseados.

Cuatro hombres fueron a tomar asiento en el espacio que quedaba libre en los largos bancos corridos de la mesa de los gitanos, pero no habían llegado a hacerlo cuando aparecieron otros tres que se lo impidieron.

—Fuera de aquí —les ordenó con voz aflautada un hombre bajo y gordo, de cara redonda, barbilampiño, ataviado con una chaquetilla que parecía a punto de reventar, al igual que la faja roja con que presionaba su enorme barriga y de la que sobresalían las empuñaduras de un cuchillo y una pistola.

Caridad, al igual que los jóvenes gitanos, sintió un escalofrío al comprobar cómo aquellos cuatro rudos contrabandistas que se habían dirigido a ellos con soberbia, se levantaban con una actitud de obediencia rayana en el servilismo. El gordo se dejó caer pesadamente en el banco al lado de Bernardo, frente a Melchor; los otros dos ocuparon los puestos que quedaban libres. Un par de prostitutas acudieron raudas a remolonear junto a los recién llegados. El gordo extrajo de su faja un gran cuchillo de monte de doble hoja y una pistola de llave de rastrillo y cañón bellamente labrado con arabescos dorados. Caridad observó que los pequeños y gruesos dedos del hombre alineaban con meticulosidad aquellas dos armas sobre la mesa, junto a la escopeta de Melchor. Cuando pareció complacido, habló de nuevo, esta vez se dirigió al gitano.

—No sabía que tú también estabas metido en este negocio, Galeote.

El ventero, sin necesidad de gritos ni aspavientos, había acudido presto a la mesa de los gitanos, a servir a los nuevos comensales. Melchor esperó a que terminase antes de contestar.

—Me enteré de que tú eras uno de los capitanes y me apresuré a venir. Si va el Gordo, me dije, seguro que hay buen tabaco.

Uno de los hombres que acompañaban al capitán se removió inquieto en el banco: hacía tiempo, desde que mandaba su propia partida, que ya nadie se atrevía a utilizar ese apodo cuando se dirigía a él; eran muchos los que habían pagado caro deslices como aquel. El Fajado lo llamaban ahora.

El Gordo chasqueó la lengua.

—¿Por qué me faltas, Melchor? —dijo entonces—, ¿acaso yo lo he hecho?

El gitano entrecerró los ojos hacia él.

—Te cambio todas las libras de grasa de tu barriga por mis años a los remos.

El Gordo irguió de forma casi imperceptible su grueso cuello, pensó unos instantes y sonrió con dientes negruzcos.

—No hay trato, Galeote, prefiero mi grasa. Pase en esta ocasión, pero cuídate de llamarme así delante de mis hombres.

Entonces fueron los gitanos Vega quienes tensaron la espalda en los bancos preguntándose cómo respondería Melchor a esa amenaza.

—Mejor será entonces que no crucemos nuestros caminos —propuso este.

—Mejor será —corroboró el otro tras asentir—. ¿Ahora utilizas a una negra como mochilera? —inquirió haciendo un gesto hacia Caridad, que presenciaba el lance verbal con la boca y los ojos abiertos.

—¿Qué negra? —preguntó el gitano, inmóvil, hierático.

El Gordo hizo ademán de señalarla con la mano pero se detuvo a medias. Luego negó con la cabeza y agarró una paletilla de cabrito. Esa fue la señal para que los otros dos se lanzasen sobre la comida y para que las prostitutas se acercaran con lisonjas a los recién llegados.

La venta de Gaucín era el lugar elegido para esperar noticias del desembarco desde Gibraltar de las mercaderías de contrabando en la costa de Manilva, una pequeña población distante unas cinco leguas de la venta y que pertenecía a la villa de Casares, dedicada a la pesca y al cultivo de la uva y de la caña de azúcar. A través de sus diferentes agentes —Melchor lo había hecho con el concurso de Bernardo—, todas las partidas de contrabandistas habían adquirido ya en el enclave inglés, a bajo precio, burlando el monopolio español, las mercancías que deseaban. Una vez cerrados los tratos, los productos permanecían depositados y convenientemente asegurados en los almacenes de los armadores gibraltareños a la espera de que se diesen las circunstancias atmosféricas para trasladarlas desde el peñón a las costas españolas.

Dos avisos habían sido enviados a Gibraltar: las partidas estaban reunidas en Gaucín. Solo restaba aguardar a que los navieros que operaban en el peñón bajo distintos pabellones confirmaran la noche en que se procedería al desembarco. Mientras tanto, la música de guitarras, flautas y panderetas sonaba en la venta y el descampado que se abría a su alrededor, con mayor ímpetu a medida que las frascas y las botas de vino corrían de mano en mano. Los hombres, reunidos en grupos, apostaban sus futuras ganancias a los naipes o a los dados. Aquí y allá se producían rencillas que los capitanes procuraban que no llegaran a mayores: necesitaban a sus cargadores. Comerciantes y mercaderes de las cercanías, además de prostitutas y algunos delincuentes, acudían ante la expectativa de un dinero fácil.

Melchor, Bernardo y sus acompañantes paseaban entre aquel hervidero notando el frescor de la noche que se avecinaba. Los gitanos no iban a dormir en el suelo junto al horno, como lo harían los capitanes y sus lugartenientes, ni siquiera en los establos o en los pajares: no pensaban hacerlo junto a los payos, era su ley. Se alejarían para resguardarse entre los árboles y dormir a cielo raso; pero hasta que llegase ese momento, Melchor, precediendo la comitiva, se detenía a escuchar la música en un rincón, a contemplar las apuestas en otro y a charlar aquí y allá con conocidos del contrabando.

—¿Te juegas la negra a los dados conmigo, Galeote? —le propuso el capitán de una pequeña partida de Cuevas Bajas, apiñado junto a otros hombres sobre un tablón de madera.

La cabeza de Caridad se volvió atemorizada hacia el contrabandista. «¿Sería capaz de aceptar la apuesta?», cruzó por su mente.

—¿Por qué quieres jugar a perder, Tordo? —Así llamaban al capitán—. Perderías tus dineros si yo ganase, o tu salud si perdiese. ¿Qué harías tú con una hembra como esta?

El Tordo dudó un instante en su réplica, pero terminó sumando una sonrisa forzada a las carcajadas de los hombres que jugaban con él.

Melchor dejó atrás la improvisada tabla de dados y las pullas que aún se escuchaban en ella y continuó paseando.

—Melchor, ¿te has vuelto loco? Al final tendremos problemas —le susurró Tomás haciendo un gesto hacia Caridad.

Pese a la capa con la que se cubría, la mujer era incapaz de esconder sus grandes pechos ni las voluptuosas curvas de sus caderas, que excitaban la imaginación de cuantos la observaban moverse.

—Lo sé, hermano —contestó Melchor alzando la voz para que pudieran oírle los demás gitanos—. Por eso mismo. Cuanto antes tengamos esos problemas, antes podremos descansar. Además, de esta manera seré yo quien elija con quién tenerlos.

—¿Tanto te interesa la negra? —se extrañó Tomás.

Caridad aguzó el oído.

—¿Acaso no la oíste cantar? —contestó el gitano.

Y Melchor eligió: un mochilero de cierta edad, la precisa como para verse obligado a defender su hombría, ese valor que les procuraba un puesto en la tácita jerarquía de los delincuentes, malcarado, de barba astrosa y cuyos ojos inyectados en sangre eran prueba de la gran cantidad de vino o aguardiente que había consumido. El hombre se hallaba charlando en grupo, pero había desviado su atención hacia Caridad.

—Atentos, sobrinos —alertó el abuelo por lo bajo al tiempo que entregaba su mosquete a Bernardo—. ¿Tú qué miras, marrano? —le gritó luego al mochilero.

La reacción fue inmediata. El hombre echó mano de su puñal y sus compañeros intentaron hacer lo mismo, pero antes de que lo consiguieran, los cuatro sobrinos Vega se habían abalanzado sobre ellos y los amenazaban ya con sus armas. Melchor permaneció inmóvil frente al mochilero, con las manos desnudas, retándole solo con la mirada.

Se hizo el silencio en derredor del grupo. Tomás, un paso por detrás de su hermano, agarraba la empuñadura de su cuchillo, todavía metido en su faja. Caridad temblaba, algo apartada, con los ojos clavados en el gitano. Bernardo sonreía. A cierta distancia, en el descampado, alguien llamó la atención del Gordo, que volvió la mirada hacia donde le señalaban. «¡Qué agallas tiene!», reconoció.

—Es mi negra —masculló Melchor. El mochilero movía amenazante su puñal, extendido en dirección al gitano—. ¿Cómo te atreves a mirarla, canalla?

El nuevo insulto llevó al hombre a arremeter contra Melchor, pero el gitano tenía controlada la situación: lo había visto moverse con torpeza, ebrio, y la acumulación de gente solo le permitía desplazarse en línea recta, directamente hacia él. Melchor se apartó con agilidad y el mochilero pasó por su lado, trastabillando, con el brazo estúpidamente extendido. Fue Tomás quien puso fin al lance: con inusitada rapidez extrajo el puñal de su faja y lanzó una cuchillada sobre la muñeca del atacante, que cayó a tierra desarmado.

Melchor se acercó al herido y pisó su muñeca, ya ensangrentada.

—¡Es mi negra! —anunció en voz alta—. ¿Alguien más pretende imaginársela en sus brazos?

El gitano recorrió la zona con los ojos entrecerrados. Nadie contestó. Luego aflojó la presión de su pie, mientras Tomás pateaba el cuchillo del mochilero para ponerlo fuera de su alcance. A una señal del abuelo, los sobrinos cesaron en su acoso a los demás contrabandistas y todos ellos, como uno solo, volvieron a perderse entre la gente. Caridad sentía que le fallaban las rodillas, todavía atemorizada pero sobre todo confundida: ¡Melchor había peleado por ella!

Unos pasos más allá de donde se había producido el altercado, Bernardo devolvió el mosquete a su compañero.

—Tantos años en galeras —le comentó en ese momento—, tantos años luchando para mantenernos con vida, viendo caer a unos y otros a nuestro lado, en nuestros mismos bancos, tras insufribles agonías, y tú te juegas la vida por una morena. ¡Y no me digas que canta bien! —se adelantó a su respuesta—, yo no la he escuchado.

Melchor sonrió hacia su amigo.

—¿Te supera? —inquirió Bernardo entonces—. ¿Canta mejor que tú?

Los dos se perdieron en sus recuerdos, cuando el gitano, mientras remaban en alta mar, en el silencio de un viento en calma, se arrancaba con un interminable y lúgubre quejido como salido del espíritu de todos aquellos desgraciados que habían dejado su vida en la galera. ¡Hasta el cómitre dejaba entonces de azotar a los remeros! Y Melchor cantaba sin palabras, modulaba el llanto y entonaba el lamento de unos hombres destinados a fallecer y sumar su alma a las muchas que habían quedado eternamente encadenadas a los remos y a las cuadernas de la galera.

—¿Mejor que yo? —se preguntó al cabo el gitano en voz alta—. No lo sé, Bernardo. Lo que te aseguro es que lo hace con el mismo dolor.

La torre erigida en punta Chullera para la vigilancia y defensa costera fue utilizada, como en tantas otras ocasiones, a modo de improvisado faro para guiar en la noche a los barcos contrabandistas que habían partido de Gibraltar. El vigía de la atalaya, más preocupado por el cultivo del huerto que la rodeaba, recibió con satisfacción los dineros que le pagaron los contrabandistas, igual que hicieron los alcaldes, cabos y justicias de los pueblos y guarniciones cercanas.

Y mientras un hombre agitaba un fanal desde lo alto de la torre, a sus pies, en la playa, el centenar de contrabandistas que se había desplazado desde Gaucín con sus caballerías esperaba intranquilo en la oscuridad de la noche la llegada de las naves. Habían pasado dos días en la venta, jugando, cantando, bebiendo y peleándose a la espera de noticias de Gibraltar, y en ese momento, en la playa, la mayoría de ellos oteaban el negro horizonte, porque si en tierra podían actuar con impunidad, no sucedía lo mismo en el mar, con los barcos del Resguardo español controlando las costas. Había llegado el momento más delicado de la operación y todos lo sabían.

Caridad, entre susurros y algún que otro relincho de los caballos, escuchaba el rumor de las olas al romper en la orilla y se repetía una y otra vez las instrucciones del gitano: «Arribarán unos cuantos faluchos —le había dicho—, quizá, por la cantidad de gente, hasta algún jabeque...». «¿Faluchos?», preguntó ella. «Barcos —precisó Melchor con brusquedad, nervioso. No se atrevió a preguntar más y continuó escuchando—: Desembarcarán corachas de tabaco en la playa. A nosotros nos corresponden ocho, dos por caballo. El problema es que de cada embarcación descargan muchas más, por lo que debemos repartírnoslas en la playa. Ahí es donde intervienes tú, morena. Quiero que elijas las de mejor calidad. ¿Me has entendido bien?» «Sí —contestó ella, aunque no estaba muy segura. ¿Cuánto tiempo dispondría para oler y palpar las hojas?—. Cuánto tiempo tendré...», empezó a preguntar. Uno de los caballos de los gitanos lanzó una coz a otro que le mordisqueaba la grupa. «¡Muchacho! —masculló Melchor—. ¡Atiende a las bestias!» Caridad dejó de prestar atención a los caballos cuando los sobrinos los separaron lo suficiente. «¿Decías algo, morena?» No lo escuchó. ¿Y cómo iba a comprobar el color y las diferentes tonalidades de las hojas? Era noche cerrada, no se veía nada. Además, estaban todos aquellos hombres que esperaban impacientes junto a ellos. Caridad percibía la tensión reprimida que se vivía en la playa. ¿Le concederían el tiempo suficiente para escoger el tabaco? Era consciente de que sabía reconocer las mejores plantas. Don José siempre la llamaba para hacerlo, y entonces hasta el amo permanecía en silencio el tiempo que fuera menester mientras ella, convertida en señora de la plantación, se deleitaba en aromas, texturas y colores.

—Melchor... —intentó aclarar sus dudas.

—¡Vamos! —le interrumpió este sin embargo.

La orden la pilló desprevenida.

—¡Aligera, morena! —la apremió el gitano.

Caridad fue tras ellos.

Uno de los sobrinos quedó atrás, guardando los animales, igual que sucedía en los demás grupos. Solo los hombres se adelantaban hasta la orilla, pues tal era el desorden que los caballos terminaban asustándose, coceándose entre sí y malbaratando la mercancía.

De repente, a lo largo de la playa se encendieron multitud de linternas. Ya nadie actuaba con precaución; las luces podían delatarlos a la vista de cualquier barco del Resguardo costero que se hallara en la zona. Solo cabía apresurarse. Tras los pasos de los gitanos, rodeada de contrabandistas, Caridad vislumbró varias barcas alrededor de las cuales se arremolinaban los más diligentes. Se detuvo a unos pasos de la orilla, junto a Melchor, entre gritos y chapoteos. Bernardo se movía con rapidez en busca de su mercancía. Los llamó agitando una linterna y hacia allí fueron todos, donde se iban amontonando las corachas descargadas de una de las varias barcas que se habían acercado a la playa.

—¡Empieza, morena! —le instó Melchor al tiempo que empujaba a varios contrabandistas y cortaba con su cuchillo las cuerdas que cerraban uno de los sacos—. ¿A qué esperas? —gritó cuando ya cortaba las del siguiente y Caridad aún no se había movido.

Protegida por Tomás y los tres sobrinos restantes, que trataban de impedir que los demás se hiciesen con el tabaco antes de que Caridad comprobase la mercancía, esta intentó acercarse a la primera coracha. No veía. El griterío la distraía y los empujones la molestaban. Con todo, introdujo la mano en el primer saco de cuero. Esperaba llegar a palpar hojas, coger alguna de ellas y... ¡Era tabaco Brasil! Lo había conocido en Triana, aunque ya tenía referencias de él. Tabaco de cuerda: hojas de tabaco negro brasileño envueltas en grandes rollos. Caridad pudo oler el dulzón del jarabe de melaza utilizado para tratar las hojas y poder enrollarlas. A los españoles les gustaba: picaban la cuerda y la envolvían en otra hoja; también se mascaba, pero no podía compararse con el buen tabaco...

—¡Morena! —esta vez fue Tomás quien le llamó la atención, su espalda pegada a la de ella, aguantando el empuje de los demás hombres—. O te apresuras o alguno de estos te confundirá con una coracha y te cargará en uno de sus caballos.

Entonces Caridad desechó aquel primer saco y un par de

contrabandistas se abalanzó sobre él. A la luz de las linternas, en la confusión, los sobrinos Vega, sorprendidos, miraron a su tío Tomás, que se encogió de hombros: ¡tabaco Brasil, el tabaco de humo más solicitado en el mercado!

Después de buscar en un par de sacos más, Caridad encontró hojas. Tampoco eran cubanas; se trataba de tabaco de Virginia. Le dolió arrancar las hojas sin la menor delicadeza, pero Tomás y también Melchor la apremiaban sin cesar mientras Bernardo trataba de tranquilizar al agente que las había desembarcado. Desechó las que le parecieron excesivamente secas o húmedas; las olisqueó rápidamente intentando calcular el tiempo que hacía que habían sido recolectadas, las expuso a la tenue luz para comprobar su color, y empezó a elegir: una, dos, tres... Y los sobrinos las apartaban.

—¡No! —rectificó—. Esta no. Aquella.

—¡Por todos los demonios! —le gritó uno de ellos—. ¡Decídete!

Caridad notó que las lágrimas acudían a sus ojos. Dudó. ¿Cuál era la última que había elegido?

—¡Morena! —Melchor la zarandeó, pero ella no recordaba.

—¡Esa! —señaló sin estar segura, los ojos ya anegados en lágrimas.

A cierta distancia, en una duna, mientras sus hombres se hacían cargo del alijo que les correspondía, el Gordo y sus dos lugartenientes observaban con interés el tremendo embrollo que habían originado los gitanos. Caridad continuaba con su selección, estrujando las hojas de tabaco sin saber a qué saco pertenecían. Los sobrinos apartaban los que señalaba y los demás contrabandistas se hacían con los sacos descartados. Melchor y Tomás apremiaban a Caridad, y Bernardo discutía con el agente que señalaba con aspavientos las demás barcas que abandonaban ya la playa, todos pendientes del horizonte, por si aparecían las luces de alguna nave del Resguardo.

Al final, los gitanos consiguieron reunir sus ocho corachas. El agente y Bernardo se dieron la mano y aquel corrió hacia una barca que ya empezaba a bogar hacia los faluchos. El barullo continuaba en torno al tabaco rechazado por Caridad. Entonces fue cuando el Gordo entrecerró los ojos. Cada coracha podía pesar más de cien libras y no había más que seis hombres: cinco gitanos y Bernardo. Miró hacia donde les esperaba el otro gitano con los caballos: tenían que recorrer un buen trecho de playa, cada uno con un saco, no podrían con más. Entonces se volvió hacia sus lugartenientes, que le entendieron sin necesidad de mediar palabra alguna.

—Espera aquí, morena —ordenó Melchor a Caridad al tiempo que se echaba con esfuerzo uno de los sacos a la espalda y se sumaba a la hilera encabezada por Tomás, cada cual con su fardo.

Caridad sollozaba, nerviosa. Tenía el cuerpo empapado en sudor y mostraba el rojo de su vestido bajo la capa abierta. Le temblaban las piernas y todavía apretaba entre sus manos restos de hojas de tabaco. El Gordo contempló cómo partía la hilera de gitanos, luego desvió la mirada a sus lugartenientes: uno de ellos, con ayuda de otros dos contrabandistas, azuzaba a un caballo libre de carga por dentro del mar, a espaldas de Caridad; el otro se encaminaba hacia ella.

—Distráela —le había ordenado el Gordo—. No es necesario hacerle daño —añadió ante el gesto de extrañeza del hombre.

Sin embargo, al ver cómo su secuaz se acercaba a Caridad, las linternas apagándose paulatinamente a medida que las partidas abandonaban la playa con su mercancía, comprendió que si la mujer se daba cuenta de la treta y se oponía, su advertencia habría sido en vano. Cuando solo faltaban un par de pasos para que el contrabandista llegara hasta Caridad, el Gordo volvió a calcular los tiempos: los gitanos todavía no lo habían hecho hasta sus caballos. Sonrió. A punto estuvo de soltar una carcajada: avanzaban despacio, erguidos cuanto podían bajo las corachas, soberbios y altivos como si pasearan por la calle mayor de un pueblo. Los hombres que azuzaban el caballo en el mar ya habían desaparecido en la oscuridad; así pues, debían de estar muy cerca de los fardos. Disponían de poco tiempo, pero se frotó sus gruesas manos: presentía que iba a ser sencillo.

—¡Morena!

Caridad se sobresaltó. El contrabandista que había gritado, también: los pechos de la mujer, grandes y firmes, pugnaban por rasgar la camisa roja al ritmo de su respiración entrecortada. El hombre olvidó el discurso que tenía preparado y se perdió en la contemplación y el repentino deseo de aquellas curvas voluptuosas. Caridad bajó la mirada y la actitud de sumisión que demostró con ello enardeció al contrabandista. Bajo una luz cada vez más mortecina, la mujer brillaba debido al sudor que corría por su cuerpo.

—¡Vente conmigo! —le propuso el hombre con ingenuidad—. Te daré…, te daré lo que quieras.

Caridad no contestó y, de repente, el contrabandista vio cómo por detrás de ella su compañero, que ya había llegado, hacía aspavientos con las manos abiertas, incrédulo ante lo que acababa de oír. El Gordo se removió inquieto en la duna y se volvió hacia los gitanos: estaban ya cargando las caballerías, pero era difícil que llegasen a ver a Caridad. El que estaba a espaldas de la mujer se desentendió con un manotazo al aire y agarró una de las corachas. Caridad lo percibió e hizo ademán de volverse, pero entonces el lugarteniente reaccionó y se abalanzó sobre ella para inmovilizarla por la nuca con una mano y llevar la otra a la entrepierna de la mujer. Por un momento se extrañó de que no gritara ni se defendiera. Solo quería volverse hacia el tabaco. Él no se lo permitió y mordió sus labios. Los dos cayeron sobre la arena.

El Gordo comprobó cómo su otro lugarteniente y los hombres que llevaba consigo cargaban con rapidez las corachas sobre el caballo y se perdían en la oscuridad. También escuchó los primeros gritos de los gitanos. Solo quedaba uno de los suyos… «¡Inútil!», pensó. Si los gitanos le pillaban, sabrían que él estaba detrás de aquello, y no quería que lo relacionaran de forma tan notoria con el robo. Para su tranquilidad, el lugarteniente que iba con los del caballo reapareció en la oscuridad y agarró del cabello a su compañero hasta casi levantarlo del suelo y separarlo de la mujer. Escaparon poco antes de que Melchor y los suyos llegasen hasta Caridad. Era poco probable que los hubieran reconocido.

—Estás viejo, Galeote —murmuró el Gordo antes de dar la espalda al mar y perderse en la noche él también, tratando de imitar, burlón, los andares de los gitanos.

8

anta, morena!

No fue Melchor quien se lo pidió esa vez, sino Bernardo, y lo hizo después de tres días de marcha en el más pertinaz de los silencios, con un caballo sin carga que les recordaba a cada tranco lo que había pasado en la playa de Manilva.

Melchor no había permitido que las corachas se distribuyesen entre las caballerías y andaba abatido junto a aquel animal, como si con ello aceptara su penitencia. Caridad obedeció, pero la voz le surgió extraña: tenía el labio inferior destrozado por los mordiscos del contrabandista, el cuerpo magullado y sus preciosas ropas coloradas hechas jirones. Aun así, quiso complacer al gitano y su triste murmullo acentuó aún más la aridez estival de los campos por los que habían decidido cruzar para evitar los caminos principales. También intensificó el dolor de sus labios resecos y con costras, aunque no le dolían tanto como la camisa rasgada que protegía bajo la capa oscura. ¿Qué importancia podían tener los mordiscos de un contrabandista comparados con los latigazos de un capataz encolerizado? Había vivido en numerosas ocasiones ese tipo de dolor, punzante, intenso, largo en el tiempo y que al final remitía, pero sus ropas coloradas... ¡Jamás en veinticinco años de vida había poseído unas prendas como aquellas! Y eran suyas, solo suyas... Recordó los aplausos de Milagros cuando se mostró ante ella y su madre; recordó también las miradas de las gentes de Triana, tan diferentes de las que le largaban cuando iba vestida con sus grisáceas ropas de esclava, como si por ellas supieran de su condición. Vestida de rojo había llegado a percibir un atisbo de esa libertad que tanto le costaba reconocer. Por eso, más que las heridas de sus labios, le dolía notar cómo uno de sus pechos caía libre por encima de la tela y el roce de los jirones de la falda sobre sus piernas. ¿Tendrían arreglo? Ella no sabía coser, las gitanas tampoco.

Observó delante la hilera de gitanos con los caballos. Pese al sol, sus coloridas vestimentas tampoco parecían brillar, como si exudasen la ira y decepción de quienes las vestían. Tenía que cantar. Quizá aquel fuera su castigo. Lo había esperado en la playa, cuando el contrabandista liberó su cuerpo y ella llegó a ver que las corachas habían desaparecido. ¡Les había fallado! Ante la llegada de los gitanos se encogió sobre la arena, sin atreverse a cruzar la mirada con ellos; entonces tenían que haber llegado los latigazos…, o las patadas y los insultos, como en la vega, como siempre. Pero no fue así. Los escuchó gritar y blasfemar; oyó las instrucciones de Melchor, y a los demás corretear por la playa de aquí para allá con la indignada respiración del gitano por encima de ella.

—Las huellas del caballo salen del mar y vuelven a perderse en él —se lamentó uno de los sobrinos.

—No podemos saber hacia dónde han ido —resopló otro de ellos.

—¡Ha sido el Gordo! —acusó Tomás—. Me ha parecido verle retrasado… ¡Te dije que la negra nos traería…!

Caridad no pudo ver el gesto imperativo con el que Melchor detuvo la acusación de su hermano.

—Levántate, morena —escuchó no obstante que le ordenaba.

Caridad lo hizo, con la mirada baja; la luz de las linternas que portaban los gitanos se centró en ella.

—¿Quién era el hombre que se ha echado sobre ti?

Caridad negó con la cabeza.

—¿Cómo era? —inquirió entonces Melchor.

—Blanco.

—¿Blanco! —En esta ocasión fue Bernardo quien saltó—. ¿Cómo que blanco? ¿Solo eso! ¿Llevaba barba? ¿De qué color era su cabello? ¿Y sus ojos? ¿Y…?

—Bernardo —le interrumpió Melchor con voz algo cansina—, todos los payos sois iguales.

Y ahí terminó todo, sin castigo, sin recriminación alguna. Los gitanos volvieron a donde les esperaban los caballos y se pusieron en marcha, muy por detrás de las demás partidas, con las que no volvieron a encontrarse, cada cual por su ruta. Nadie le dijo nada a Caridad: «Síguenos», «Ven», «Vamos», cualquier cosa. Se unió a ellos como lo haría un perrillo a aquel que le da de comer. Poco llegaron a hablar entre sí a lo largo del camino de vuelta a Triana. Melchor no articuló palabra desde su última frase en la playa. Caridad caminaba con la espalda de Melchor como norte. Aquel hombre la había tratado bien, la había respetado, le había regalado sus ropas coloradas y hasta la había defendido en varias ocasiones, pero ¿por qué no la había azotado? Lo hubiera preferido. Todo terminaba después del látigo: se regresaba al trabajo hasta un nuevo error, hasta un nuevo arrebato de furia por parte del capataz o del amo, pero de esa manera… Miró la chaquetilla de seda azul celeste del gitano y la letra de la canción que entonaba se atascó en su garganta.

Esperaron a que anocheciera para acercarse a Sevilla. El regreso se había efectuado sin contratiempos, pero aun en la oscuridad no podían acceder a Triana por el puente de barcas con tres caballos cargados de tabaco de contrabando. Cuando el cielo apareció plagado de estrellas y se pusieron en marcha, Melchor habló por primera vez.

—Vamos a Santo Domingo de Portaceli.

El convento, de la misma orden que el de San Jacinto, se hallaba extramuros de la ciudad, en el arrabal de San Bernardo, junto a la Huerta del Rey y el Monte Rey; era el menos poblado de los seis de Sevilla puesto que tan solo residían en él dieciséis dominicos. El lugar se mostraba tranquilo.

—El convento, la Huerta del Rey, el Monte del Rey —se quejó uno de los jóvenes gitanos mientras tiraba del caballo—, todo es de los curas o del rey.

—En este caso, no —le rectificó Melchor—. El convento sí que es de los curas. La huerta pertenecía al rey moro de Niebla, aunque supongo que ahora vuelve a ser del rey de España. No se puede entrar con armas. En la puerta hay un azulejo que lo prohíbe. En cuanto al Monte del Rey, no se llama así, sino Monte Rey: no es propiedad del rey.

Anduvieron unos pasos más, todos esperando una explicación.

—¿Por qué? —preguntó al cabo otro de los jóvenes.

—Explícaselo tú, Tomás —le instó Melchor.

—De niños veníamos aquí —empezó a contar este—. Se llama Monte Rey porque era el más alto de todos los montes que había en Sevilla. ¿Imagináis de qué estaban hechos todos esos montes sevillanos? —Nadie contestó—. ¡De cadáveres! Miles de cadáveres amontonados y cubiertos de tierra cuando la peste del siglo pasado. Pasaron los años, la gente fue perdiendo el miedo al contagio y el respeto a los muertos insepultos, y empezó a escarbar el monte en busca de joyas. Había bastantes. En tiempos de la epidemia la gente pereció por millares, y pocos debían de ser los que se atrevieron a hurgar en un apestado recién fallecido, por lo que algunos cadáveres se amontonaban con sus joyas y sus dineros. Encontramos algunas monedas, ¿recuerdas, Melchor? —El otro asintió—. Ahora todavía se ve el monte —añadió Tomás señalando hacia algún lugar en la noche—, pero ya ha descendido bastante.

Por fin llegaron al convento. Melchor hizo sonar la campanilla de los portalones de acceso, cuyo repiqueteo quebró la quietud. No pareció importarle. Volvió a llamar, con insistencia, hasta tres veces consecutivas. Al cabo de un largo rato de espera, el resplandor de una linterna detrás de los portalones le indicó que alguien se dirigía hacia ellos. Se abrió la mirilla.

—¿Qué os trae a estas horas? —preguntó el fraile tras examinar a los gitanos.

—Traemos la mercancía de fray Joaquín —contestó Melchor.

—Esperad. Iré en busca del prior.

El fraile hizo ademán de cerrar la mirilla, pero Melchor interrumpió su acción.

—Fray Genaro, no nos deje usted aquí —solicitó arrastrando las palabras—. Ya me conoce. No es la primera vez. La campanilla puede haber alertado a alguien, y si tenemos que esperar mientras acude el prior... Recuerde que los dineros son de ustedes.

A la sola mención de los dineros, se corrieron los cerrojos.

—Entrad —los invitó el fraile—. No os mováis de aquí —advirtió a la vez que iluminaba un caminillo junto al huerto. Les dio la espalda y corrió al convento en busca del prior.

—No quiero oír una palabra, ¿entendido? —masculló Melchor cuando el clérigo se había alejado lo suficiente—. Nada de palabrería sobre montes o huertas, y que nadie me contradiga.

Caridad ni siquiera se movió; permanecía de pie tras el último de los caballos, el que iba libre de carga. Salvo para pedirle que cantara, ninguno de los gitanos le había hecho el menor caso durante el regreso; parecían admitirla en aquel grupo por no desairar a Melchor. Miraba la grupa del caballo cuando fray Genaro regresó acompañado por la mitad de los miembros de la comunidad. Un hombre alto y de tupido cabello cano saludó a Melchor con un simple gesto de la cabeza, los demás quedaron algo retrasados.

—Buena noche, fray Dámaso —le contestó el gitano—, traigo el encargo de fray Joaquín.

El prior no le hizo caso y se limitó a desplazarse entre los caballos tanteando las corachas. Llegó al último. Miró el caballo. Lo rodeó para ver su otro costado y miró a Caridad con descaro. Luego simuló sorpresa y, como si se dirigiera a una clase de niños, empezó a contar las corachas en voz alta, señalándolas con el dedo: una, dos...

—Fray Joaquín me dijo que en este viaje eran ocho, Galeote —clamó al terminar su absurdo recuento.

—Lo eran, sí —le contestó Melchor desde donde estaba, a la cabeza de la hilera de caballos.

—¿Entonces?

«Esa morena necia permitió que robaran dos de ellas», temió Caridad que respondiese.

—El corregidor de Cabezas se quedó con las que faltan —escuchó sin embargo que contestaba Melchor con voz firme.

El prior juntó sus manos con los dedos extendidos, como si rezase. Se tapó la boca y apoyó la yema de los dedos sobre el puente de su nariz. Así permaneció unos instantes, escrutando al gitano a la luz de las linternas de los frailes. Melchor no se intimidó, aguantó el envite.

—¿Por qué no se quedó con todas? —preguntó al cabo fray Dámaso.

—Porque hacerse con las ocho le habría costado la vida de algunos de sus hombres —replicó el gitano.

—¿Y se conformó con dos?

—En eso valoré las vidas de los míos.

El prior dejó transcurrir los segundos; ninguno de los presentes hacía el menor movimiento.

—¿Por qué debería creerte?

—¿Por qué no debería hacerlo vuestra paternidad?

—¿Quizá porque eres gitano?

Melchor frunció los labios y chasqueó la lengua, como si nunca hubiera contado con aquella posibilidad.

—Si lo desea su eminencia, podemos preguntárselo a Dios. Él lo sabe todo.

El fraile no entró en la provocación y mantuvo la serenidad.

—Dios tiene asuntos más importantes que confirmar las mentiras de un gitano.

—Si Dios no quiere intervenir, vale la palabra del gitano… —En esta ocasión fue Melchor el que dejó transcurrir unos segundos antes de continuar—: Que vuestra paternidad podrá confirmar si acude a la justicia para denunciar que el corregidor de Cabezas le ha robado parte de su tabaco. A los gitanos, la justicia del rey no nos atiende.

Fray Dámaso resopló y terminó consintiendo.

—Descargad la mercancía —ordenó el prior a los demás frailes.

—Una coracha es mía —advirtió el gitano.

—¿Has perdido dos y pretendes…?

—El riesgo del negocio corresponde a vuestras mercedes —le interrumpió Melchor con voz dura—. Yo solo soy un cargador —añadió en un tono más suave.

El clérigo sopesó su situación: un grupo de frailes contra seis gitanos, entre los que confundió a Bernardo, armados. Poco podía hacer contra ellos. No creía una palabra de lo que le había contado el Galeote, ¡ni una sola! Se lo había advertido a fray Joaquín en numerosas ocasiones, pero aquel joven y tozudo predicador… ¡Se habían quedado con los dos sacos que faltaban y ahora pretendían robarle otro más! Enrojeció de ira. Sacudió la cabeza en repetidas ocasiones y volvió a contar a los gitanos: seis… y una mujer negra tapada con un capote oscuro y un chambergo calado hasta las orejas ¡en una noche de agosto sevillana! ¿Por qué le miraba aquella mujer? ¡No hacía más que mirarle!

—¿Qué hace aquí esta negra? —bramó de repente.

Melchor no esperaba aquella pregunta. Titubeó.

—Canta bien —respondió Tomás por su hermano.

—Sí —confirmó Melchor.

—Realmente bien —terció Bernardo.

—Os la podemos dejar para el coro —ofreció el Galeote.

Los cuatro sobrinos Vega intercambiaron una sonrisa por encima de las cruces de los caballos; el resto de los frailes contemplaba la escena con una mezcla de temor y fascinación.

—¡Basta! —gritó el prior—. ¿Te das cuenta de que este será tu último viaje a cuenta de los dominicos? —Melchor se limitó a mostrar las palmas de sus manos—. ¡Descargad!

Los frailes descargaron las cinco corachas en un instante.

—¡Fuera! —gritó después fray Dámaso al tiempo que señalaba los portalones.

—¿De verdad no queréis que os dejemos a la negra? —se burló uno de los sobrinos Vega al pasar con su caballo junto al prior—. A nosotros nos sobra. No es nuestra.

—¡Niño! —le recriminó Tomás tratando de reprimir una carcajada.

Una vez en el exterior, Melchor evitó dirigirse a Triana y se encaminó hacia las afueras de Sevilla. Los demás le siguieron con los caballos.

—¿Cómo piensas pasar este tabaco? —se preocupó Tomás.

Si el contrabando provenía de Portugal, desde el oeste no existía problema alguno para llegar hasta Triana puesto que no tenían que cruzar el Guadalquivir por el puente de barcas. Cuando provenía de Gibraltar, guardaban su mercancía en el convento de Portaceli y luego fray Joaquín se lo daba en Triana, pero, dadas las circunstancias, entendía que Melchor no hubiera querido dejarlo en depósito en el convento.

—Id a casa de Justo, el barquero, y despertadlo. Pagadle bien. En la barca ve tú y uno de los chicos. Los demás que crucen por el puente...

—¿Id? ¿Pagadle? ¿Qué quieres decir con eso?

—Yo me voy, hermano. Tengo una cuenta que arreglar con el Gordo en Encinas Reales.

—Melchor, no... Te acompaño.

El gitano negó con la cabeza y golpeó el brazo de su hermano, luego lo hizo sobre el de Bernardo, cogió su mosquete del caballo, lo alzó en gesto de despedida a los sobrinos y los abandonó allí mismo. Sin embargo, no llegó a dar un par de pasos cuando se volvió y señaló a Caridad.

—¡Me olvidaba! Morena —Caridad notó que se le agarrotaba la garganta—, toma —añadió tras rebuscar en su chaquetilla y extraer un pañuelo de colores que había logrado comprar en la venta de Gaucín después de regatear hasta la extenuación con uno de los buhoneros que seguían a los contrabandistas.

Caridad se acercó y cogió la prenda.

—Dáselo a mi nieta y dile que su abuelo la quiere más que nunca.

Caridad mantuvo la mirada baja, el labio herido quemándole al mordérselo. Creía... creía que... Notó que Melchor la cogía del mentón y le obligaba a alzar la cabeza.

—No te preocupes —trató de tranquilizarla—, no fue culpa tuya. Pero ya puedes empezar a torcer el tabaco. A mi vuelta espero que hayas multiplicado nuestro beneficio.

Caridad permaneció quieta mientras la chaquetilla azul celeste fue desapareciendo en la noche. «A mi vuelta», había dicho. Volvería…

—Morena, ¿vienes o no? —le conminó Tomás.

El grupo ya se había alejado.

Cuando hubo amanecido, Caridad cruzó el puente de barcas acompañada por Bernardo y tres de los sobrinos Vega tirando de los castrados; el tabaco había cruzado el río un par de horas antes, en barca, con Tomás y el más fornido de los muchachos. El pontazguero, igual que muchos de los sevillanos o trianeros que iban y venían, se extrañó al verla tapada con la capa cuando hombres y mujeres procuraban desprenderse de sus ropas, pero ¿qué iba a hacer? La desvergonzada expresión del hombre la devolvió a la realidad. ¿Cómo se vestiría a partir de entonces?, pensó, volviendo a notar el roce de las ropas rasgadas bajo la capa que las escondía. Milagros la ayudaría, seguro. Sonrió, embargada por las ganas de ver a su amiga. Aligeró el paso ante la inminencia del encuentro y el recuerdo de sus conversaciones. Cuántas cosas podría contarle ella ahora. Una vez superado el pontazguero se topó con una Triana que empezaba a bullir. El imponente castillo de la Inquisición quedaba a su derecha.

—¡Morena!

Caridad se detuvo en seco y volvió la cabeza confundida. Habían superado el Altozano y, abstraída como estaba en sus reflexiones, había continuado en línea recta por la calle que llevaba a San Jacinto para desde allí dirigirse al callejón de San Miguel. Sin embargo, los gitanos y Bernardo, con las caballerías, habían vuelto por la calle que rodeaba el castillo, en dirección a la gitanería de la huerta de la Cartuja. Se hallaban distanciados varios pasos entre los que se cruzaba la gente.

—Ve a tu casa si quieres —le gritó uno de los sobrinos—, pero acuérdate de lo que ha dicho el tío Melchor. —El muchacho simuló frotar sus manos, algo separadas entre ellas, como si estuviera torciendo tabaco—. Acércate a la Cartuja para trabajar.

Caridad asintió y contempló embobada cómo los gitanos alzaban sus manos a modo de despedida y reemprendían la marcha.

Las gentes pasaron a su lado, y algunos la miraron extrañados por sus vestimentas, igual que en el puente.

—Te vas a asar dentro de esa capa, morena —le soltó un chiquillo que pasó a su lado.

—¡Aparta! —le gritó un carretero a su espalda.

Caridad saltó hacia un lado y buscó refugio junto a la pared de uno de los edificios. «Ve a tu casa», le había dicho el gitano. ¿Tenía casa? Ella no tenía casa... ¿o sí? ¿Acaso no había encaminado sin querer sus pasos hacia el callejón de San Miguel? Allí la esperaba Milagros, allí vivía Melchor. Llevaba meses en aquel callejón, torcía cigarros por las noches, le daban comida y acudía a San Jacinto a rezar a la Candelaria, a visitar a Oyá, a ofrendarle pedacitos de hojas de tabaco, y le habían regalado ropa, y salía con los gitanos, y... y vivía Milagros. Sintió una extraña sensación de gozo que recorrió su cuerpo en forma de placentero cosquilleo. Tenía casa, el gitano lo había dicho, aunque se redujera al mísero espacio que se abría frente a la letrina. Separó la espalda de la pared y se entremezcló con la gente.

José Carmona salió furioso de la herrería nada más enterarse de la llegada de Caridad.

—¿Qué haces aquí, negra? —le gritó en el patio—. ¿Cómo te atreves? ¡Nos has traído la ruina! ¿Y Melchor? ¿Dónde está ese viejo loco?

Caridad no fue capaz de responder a ninguna de aquellas preguntas ni a las que tras ellas le vomitó sin cesar; aunque hubiera querido, no hubiera podido hacerlo: el gitano estaba fuera de sí, con las venas del cuello a punto de reventar, escupiendo cada palabra y zarandeándola.

—¿Por qué llevas una capa oscura en pleno agosto? ¿Qué escondes, negra? ¡Quítatela!

Caridad obedeció. Sus ropas hechas jirones quedaron a la vista en cuanto se quitó la capa.

—¡Dios! ¿Cómo puedes ir así, sucia negra? ¡Vístete! Quítate esa ropa rota antes de que nos detengan a todos y ponte la que traías cuando llegaste.

José se mantuvo en silencio mientras ella se despojaba de sus ropas hasta llegar a mostrarse enteramente desnuda: sus pechos firmes, sus caderas voluptuosas, su estómago plano por encima de un pubis en el que el gitano centró su atención de forma desvergonzada; solo su espalda cruzada por cicatrices rompía el encanto del sensual cuerpo de Caridad, que terminó enfundándose su vieja camisa larga en el patinejo de la letrina. La respiración jadeante del hombre, que había creído percibir al quedar desnuda delante de él, se convirtió en nuevos gritos tan pronto como terminó de cubrirse con su camisa de esclava.

—¡Y ahora fuera de aquí! —le gritó José—. ¡No quiero volver a verte en mi vida!

Se agachó para introducir la ropa rota en su hatillo. ¿Y Milagros? ¿Dónde estaba Milagros? ¿Por qué no acudía en su ayuda? Acuclillada en el suelo, volvió la cabeza hacia José. «¿Y Milagros?», quiso preguntarle, pero las palabras se negaron a surgir de su boca.

—¡Lárgate!

Abandonó el edificio con lágrimas en los ojos. ¿Qué había sucedido? El padre de Milagros siempre la había mirado como lo hacía el capataz en la vega: con desprecio. Quizá si hubiera estado Melchor... Una mueca acudió a sus labios: continuaba siendo una esclava negra, una infeliz que lo único que tenía era un papel que decía que era libre. ¿Cómo podía haber llegado a ilusionarse con algún lugar parecido a una casa? Con aquellos pensamientos dejó atrás el humo y el repiqueteo de los martillos sobre los yunques que inundaban el callejón.

«Acércate a la Cartuja a trabajar», recordó que le había dicho uno de los gitanos. ¿Por qué no? Además, los Vega le darían noticias de Milagros.

Tras la muerte de Alejandro, Milagros fue arrastrada hasta la casa en la que se celebraba la fiesta. No quería ir, pero los Vargas tiraban de ella, ciegos, ofuscados, corriendo por las calles de Triana como si tuvieran que salvarse de un monstruo que les perseguía. Procuró librarse de sus manos y de sus empujones, quería pensar, necesitaba centrarse, pero todo intento fue sofocado por la premura y los gritos que rompían la noche. ¡Lo han asesinado! ¡Ha muerto! ¡Han matado a Alejandro!

Y con cada grito aceleraba el paso, y corría sin desearlo, tanto como los Vargas, tropezando, levantándose con la apresurada ayuda de alguno de ellos, tartamudeando, quejándose, siempre con la imagen del cadáver sanguinolento de Alejandro pisándole los talones.

La fiesta no había terminado, pero se hallaba ya en su ocaso. Cuando los muchachos irrumpieron en la casa, los condes y sus invitados habían abandonado sus sillas y paseaban por el jardín charlando con los gitanos; las guitarras sonaban tenues, como si se despidieran; nadie bailaba ni cantaba.

—¡Lo han matado!

—¡Le han disparado!

Milagros, detrás de los dos Vargas, jadeante, con el corazón a punto de reventar, cerró los ojos al escuchar aquellos desgarradores anuncios y los mantuvo prietos, escondidos tras la mano con la que se tapó el rostro, cuando todos los gitanos, hombres, mujeres y niños, se apiñaron a su alrededor.

Preguntas y respuestas, todas precipitadas, todas apremiantes, se confundieron entre ellas.

¿Quién? ¡Alejandro! ¿Alejandro? ¿Cómo? ¿Quién ha sido? Uno de los alfareros. ¿Muerto? Un aullido estremecedor se alzó por encima de las demás voces. «¿Su madre?», se preguntó Milagros. Los condes y sus invitados, tras escuchar las primeras palabras, se apresuraron a abandonar la casa. Los muchachos se esforzaban por responder a las mil preguntas que les llovían. Los chillidos de las mujeres asolaron Triana entera. Milagros no necesitó verlas: se tiraban de los cabellos hasta arrancarse mechones, se arañaban y se rasgaban las camisas, gritaban al cielo con los rostros contraídos en muecas indefinibles, pero mientras tanto los hombres continuaban con su interrogatorio y ella sabía que en algún momento...

—¿Por qué? ¿Por qué fuisteis al barrio de los alfareros? —preguntó uno de ellos.

—Te dije que no lo hicieras.

La recriminación de su madre, susurrada en su oído con aliento gélido le impidió escuchar la contestación, no así las siguientes preguntas:

—¿Milagros? ¿La nieta del Galeote?

—¿Por qué?

Milagros reprimió una arcada.

—¡Abre los ojos! —masculló su madre al tiempo que le propinaba un codazo en las costillas—. ¡Afronta lo que has hecho!

La muchacha descubrió su rostro para encontrarse con que se había convertido en el centro de las miradas, la de su padre entre ellas: fija, seria, hiriente.

—¿Por qué os llevó Milagros hasta los alfareros?

—Para ajustar cuentas con uno que había forzado a una mujer —contestó el mayor de los Vargas.

Incluso algunas de las mujeres que chillaban histéricas callaron de repente. ¿Una gitana violada? Aquella era la mayor de las afrentas que podían hacerles los payos. El muchacho que había contestado intuyó el malentendido que podían haber provocado sus palabras.

—No…, no se trataba de una gitana —aclaró.

Las preguntas volvieron a atropellarse. ¿Por qué? ¿Qué os podía importar si no era gitana? ¿Qué esperabais conseguir unos muchachos inexpertos? Varios de ellos, sin embargo, coincidieron en la misma cuestión.

—¿Qué mujer?

—La negra del abuelo Vega.

Milagros se sintió desfallecer. El silencio con que los gitanos acogieron la revelación se prolongó durante unos segundos en los que vio a su padre dirigirse hacia ella.

—¡Idiota caprichosa! —la insultó mostrándole unos ojos inyectados en sangre—. No eres capaz de imaginar las consecuencias de lo que has hecho.

A partir de ahí, los gitanos discutieron acaloradamente entre ellos, pero no por mucho tiempo: al cabo de unos minutos, varios de los Vargas salieron clamando venganza con las navajas ya en sus manos y acompañados por el mayor de los muchachos.

No encontraron al alfarero ni a su hijo; habían huido dejando atrás el taller abierto, frente a cuyas puertas, en un gran charco de sangre, se encontraba todavía el cadáver destrozado de Alejandro. Un par de gitanos registraron el edificio, otros tantos cogieron el cuerpo del muchacho y se encaminaron hacia el callejón de San Miguel, y el resto permaneció a pie de calle, frente a las atemorizadas miradas que provenían del resto de las casas.

Alguien entregó una tea encendida al padre de Alejandro, que entró en el taller y la lanzó sobre la leña seca que estaba preparada para unos hornos que ya no volverían a trabajar. El fuego no tardó en prender.

—¡Decidle a ese hijo de puta asesino de niños —gritó después desde el medio de la calle, diabólicamente iluminado por las lenguas de fuego que empezaban a elevarse del edificio— que no hay lugar en España en el que pueda esconderse de la venganza de los Vargas!

En cuanto los gitanos se retiraron, los alfareros se lanzaron a la calle con todo tipo de cubos y recipientes para dominar el incendio que amenazaba con propagarse a las casas colindantes; ningún alcalde, ningún justicia, ninguna ronda compareció esa noche en el barrio.

Rafael García, el Conde, sentado en una silla más alta que las de los demás miembros, en círculo a su alrededor, presidía el consejo de ancianos encargado de tratar de la muerte de Alejandro. Entre el trasiego de testigos y denunciantes que desfilaban ante la justicia gitana, el Conde paseó la mirada por el patio del corral de vecinos rebosante de gitanos pese a los hierros retorcidos que se acumulaban en él; luego la alzó hacia los pisos superiores, en cuyas barandillas, ropa tendida y tiestos de flores marchitas por delante, se acodaban otros tantos que seguían el juicio desde los pasillos corridos que se abrían al patio. Aquel era el tribunal gitano, el único que debía juzgar a sus miembros según la ley gitana. Rafael García, como representante de la comunidad, se había visto obligado a discutir con alcaides y justicias acerca de la muerte de Alejandro. El alfarero y su hijo habían huido. Los gitanos lo habían sentenciado a muerte, y la orden de ejecutarlo si alguno de ellos se topaba con él se había propagado por las diversas familias. Sin embargo, los rumores del suceso también se propagaron por Triana, y el Conde tuvo que bregar con las autoridades hasta conseguir que olvidaran el asunto; ningún payo había denunciado el altercado.

Frente al consejo de ancianos, los miembros de la familia de los Vargas atacaron sin piedad a Milagros. No tenía que haber puesto en riesgo la vida de un muchacho gitano por una simple negra, la acusaron; había tratado de aprovecharse del pueblo gitano en beneficio de una paya, gritaron; no había pedido permiso a sus mayores para vengarse. ¿Y si Alejandro hubiera matado al alfarero? ¡Todos los gitanos lo habrían sufrido!

Los Carmona no encontraron argumentos para defenderla. A falta de la presencia de Melchor y de Tomás, este último de contrabando, los Vega designaron al tío Basilio, que trató de convencer a los ancianos, aunque su discurso fue decayendo en un titubeo al comprender la poca influencia que tenían los gitanos de la huerta de la Cartuja en un consejo dominado por los herreros. Los miembros de las demás familias apoyaron a los Vargas. El padre de la muchacha, en pie tras los ancianos como muchos otros hombres, presenció con serenidad un juicio que se extendió a lo largo de una tarde inacabable; la madre, incapaz de someterse a tal prueba, esperaba junto a otras mujeres de su familia, en el callejón de San Miguel, a la puerta del corral de vecinos en el que vivía el Conde y en cuyo patio se celebraba el consejo. Ana aguantó el paso de las horas con el rostro tenso y contraído, procurando esconder sus verdaderos sentimientos. Milagros permanecía confinada en su casa.

Rafael García escuchaba la opinión de quien debía de ser el último de los testigos, y lo hacía arrellanado en su silla, dibujando de vez en cuando una media sonrisa en sus labios. La nieta de Melchor, lo que el viejo más quería en el mundo. El Galeote no podría culparle. Todas las familias coincidían: ni siquiera sería él quien tendría que proponer una pena; la expulsarían, sin lugar a dudas, y con ella…

Un revuelo en la entrada que daba al patio donde se hallaban reunidos interrumpió sus pensamientos. El hombre que estaba hablando calló. La atención se centró en los dos muchachos que hacían guardia a modo de ordenanzas y que trataban de interponerse al paso de curiosos.

—¿Qué sucede? —gritó el Conde.

—La vieja María Vega, la curandera —aclaró uno de los gitanos más cercanos a la puerta—. Quiere entrar.

El Conde interrogó a los demás ancianos con la mirada. Un par de ellos contestaron con gestos de impotencia, otro incluso de temor.

—Decidle que las mujeres no pueden intervenir... —empezó a ordenar Rafael García.

Pero la vieja, enjuta y seca, ataviada con su delantal de colores, había logrado apartar a los muchachos y se hallaba ya en el interior del patio. Detrás de ella, en la puerta, la madre de Milagros asomó la cabeza.

—Rafael García —clamó la gitana interrumpiendo al Conde—, ¿qué ley de los gitanos dice que las mujeres no pueden intervenir en el consejo?

—Siempre ha sido así —replicó este.

—Mientes —la anciana arrastró la voz—. Cada vez os parecéis más a los payos con los que convivís, con los que comerciáis y cuyos dineros aceptáis sin inconveniente. ¡Recordadlo todos! —gritó recorriendo parte del patio con uno de sus dedos medio estirado, anquilosado, en forma de garfio—. Las gitanas no somos como las mujeres de los payos, sumisas y obedientes; tampoco os gustaríamos entonces, ¿no es cierto? —Entre los hombres se produjeron algunos signos de asentimiento—. En los tiempos, desde que vinimos de Egipto, las mujeres gitanas han tenido voz en los asuntos del consejo, eso me contó mi madre que se lo había contado la suya, pero vosotros..., tú, Rafael García —añadió señalando al Conde con su dedo—, que actúas movido por el rencor, a ti te acuso de olvidar la tradición y la ley. ¿Cuántos habéis acudido a mí para que os cure, a vosotros o a vuestras mujeres o hijos? ¡Yo curo, tengo ese poder! Aquel que esté dispuesto a negarme la palabra ante el consejo, que lo diga.

Un rumor corrió entre los presentes. La vieja María Vega era respetada entre los gitanos. Sí, podía curar y lo hacía; todos lo sabían, todos habían buscado su ayuda. Conocía la tierra, las plantas, los árboles y los animales, las piedras, el agua y el fuego, y allí estaba: retando a los patriarcas de las familias. Los gitanos no creían en el Dios cristiano, ni en sus santos, ni en sus vírgenes ni en sus mártires, sino en su propio Dios: «Devel». Pero Devel tampoco era el Creador. La madre de todos los gitanos, anterior incluso a la propia existencia divina, era la Tierra. La Tierra: ¡mujer! La Tierra era la madre divina. Los gitanos creían en la naturaleza y en su poder, y en las curanderas y las brujas, mujeres siempre, como la tierra, en calidad de intermediarias entre el mundo de los hombres y aquel otro superior y maravilloso.

—Habla, vieja —se oyó entre los reunidos.

—Te escuchamos.

—Sí. Di lo que tengas que decir.

María frunció el ceño hacia Rafael García.

—Habla —cedió este.

—Lo que ha hecho esa niña —empezó a decir— no es más que culpa vuestra.

Los gitanos se quejaron, pero ella continuó sin hacerles caso.

—Tuya, José Carmona —añadió señalándole—, y tuya, Ana Vega —se volvió sabiendo que la madre se hallaba a su espalda—, de todos vosotros. Os habéis asentado y trabajáis como los payos, hasta os casáis por la Iglesia y bautizáis a vuestros hijos para conseguir su aprobación. ¡Algunos incluso acudís a misa! Ya pocos de vosotros, herreros de Triana, recorréis los caminos y vivís la naturaleza como siempre hicieron nuestros antepasados, como es propio de nuestra raza, comiendo de lo que naturalmente produce la tierra, bebiendo el agua de los pozos y los arroyos y durmiendo bajo el cielo con una libertad que ha sido nuestra única ley. Y con ello estáis criando niños débiles, irresponsables, igual que los de los payos, niños que ignoran la ley gitana, no porque no la conozcan, sino porque ni la viven ni la sienten.

La vieja María hizo una pausa. El silencio en el patio era absoluto. Uno de los ancianos del consejo trató de defenderse.

—¿Y qué podríamos hacer, María? La justicia detiene a quienes hacen los caminos, a quienes visten nuestros trajes y viven como lo hacían esos antepasados de los que hablas. Bien sabes que por haber nacido gitanos se nos considera gente de mal vivir. Hace solo tres años tuvimos que abandonar Triana por un bando del asistente de Sevilla que nos declaraba bandidos. ¡Tres años! ¿Quién de los aquí presentes no lo recuerda? Tuvimos que huir a los campos o refugiarnos en sagrado. ¿Os acordáis? —Un murmullo de asentimiento surgió entre los hombres—. Nos amenazaron con matar a los que poseyeran armas y con seis años de galeras y doscientos azotes a los demás…

—¿Y acaso no volvimos todos? —le interrumpió la vieja María—. ¿Qué nos han importado a nosotros las leyes de los payos! ¿Cuándo nos han afectado? Siempre las hemos sorteado. ¡Son millares los que siguen viviendo como gitanos! Y todos lo sabéis y los conocéis. Si los de Triana queréis plegaros a las leyes del rey, hacedlo, pero muchos otros no lo hacen ni lo harán nunca. Eso es precisamente lo que os digo: vivís como payos. No culpéis a los niños de las consecuencias de vuestra… —todos supieron cuál iba a ser la palabra que iba a utilizar la vieja, todos temieron oírla— cobardía.

—¡Cuida tu lengua! —le advirtió el Conde.

—¿Quién me va a prohibir hablar? ¿Tú?

Ambos se desafiaron con la mirada.

—¿Qué es lo que propones para la muchacha? —inquirió otro de los ancianos del consejo rompiendo una más de las atávicas rencillas entre los Vega y los García—. ¿Qué pretendes? ¿Has pedido la palabra solo para insultarnos?

—Me llevaré a la niña a la huerta de la Cartuja para hacer de ella una gitana que conozca los secretos de la naturaleza. Ya soy vieja y necesito… todos necesitáis quien me suceda.

—Elige a otra mujer —intervino el Conde.

—Elijo a quien deseo, Rafael García. Mi abuela, una Vega, enseñó a mi madre, otra Vega, y yo, Vega, sin hijas, quiero transmitir mis conocimientos a quien lleva sangre de los Vega. La niña abandonará el callejón de San Miguel hasta que algún día vosotros mismos requiráis su presencia…, y lo haréis, os lo aseguro. Con eso, el consejo y los Vargas tienen que darse por satisfechos. Si no es así, que ninguno de vosotros cuente de nuevo conmigo.

—¡Te lo prohíbo! —se había opuesto Ana cuando Milagros, después de ver llegar a sus primos Vega con las caballerías, les preguntó por su abuelo y por Caridad, temió por ella y decidió ir en su busca. La historia del robo a manos del Gordo, así como la partida de Melchor, hizo que Milagros temiera por su amiga.

—Padre la matará si no está el abuelo —se quejó Milagros.

—No es asunto tuyo —le contestó la otra.

La muchacha apretó los puños y la sangre acudió a borbotones a su rostro. Madre e hija se retaron con la mirada.

—Sí que es asunto mío —masculló.

—¿No hemos sufrido ya bastante a causa de esa negra?

—Cachita no tuvo la culpa —arguyó Milagros—. Ella no hizo nada, no…

—Deja que sea tu padre quien decida eso —sentenció su madre.

—No.

—Milagros.

—No. —El brillo de sus ojos gitanos indicaba que no daría su brazo a torcer fácilmente.

—No me discutas.

—Iré al callejón…

Entonces fue cuando su madre se lo prohibió con un grito que resonó en la gitanería de la huerta de la Cartuja, donde ambas se encontraban, pese a lo cual, la muchacha insistió con terquedad.

—Voy a ir, madre.

—No lo harás —ordenó Ana.

—Lo haré…

No llegó a terminar la frase: su madre le cruzó la cara de una bofetada. Milagros trató de aguantar el llanto, pero fue incapaz de reprimir el temblor de su mentón. Antes de estallar, escapó en dirección a Triana. Ana ya no hizo nada para impedírselo. Se había vaciado después del arrebato; era mucha la tensión vivida desde la muerte de Alejandro. Con los brazos colgando a sus costados, sintiendo en todo su cuerpo el dolor de la bofetada que había dado a su hija, la dejó irse.

Caridad reconoció a Milagros desde lejos, en el camino que llevaba a la gitanería de la huerta de la Cartuja, cerca de donde la había encontrado Melchor la noche en que el alfarero la expulsó a patadas de su taller. Andaba descalza y volvía a vestir como una esclava, con su grisácea camisa de bayeta y su sombrero de paja. En el hatillo portaba el resto de sus escasas pertenencias, incluidas las desastradas ropas coloradas.

A Milagros tampoco le costó reconocer a su amiga incluso con los ojos anegados en lágrimas. Dudó; esperaba encontrarla vestida con su llamativa ropa roja, pero la duda se disipó al instante: no existía en Triana, en Sevilla entera, una mujer negra tan negra como aquella que avanzaba parsimoniosa hacia ella.

La muchacha se limpió las lágrimas con el antebrazo y luego se tocó la mejilla. Todavía le ardía debido a la bofetada que le había propinado su madre.

Milagros y Caridad se miraron en la distancia sin saber cómo reaccionar: una nunca había tenido nadie a quien buscar; la otra, lejos de la ira de las disputas con su madre, vacilaba entre aquellos dos cariños, como si uno traicionase al otro. Al final fue Milagros quien tomó la iniciativa y se lanzó a la carrera. Caridad la vio acercarse, sus abalorios de plata al aire lanzando miles de reflejos al sol, y se detuvo, dejó caer al suelo su hatillo y, absurdamente, se quitó su sombrero de paja.

Milagros se lanzó a sus brazos. Caridad esperaba... deseaba... necesitaba una explosión de alegría y afecto, sin embargo, entre los sollozos y balbuceos de la muchacha, percibió que la gitana se refugiaba en ella buscando ayuda y comprensión.

En el camino que llevaba de Triana a la gitanería de la huerta de la Cartuja, Caridad se dejó abrazar. Milagros hundió la cabeza entre sus pechos y estalló en un llanto desconsolado, como si hasta entonces hubiera reprimido sus sentimientos, sin nadie en quien volcar su dolor y su desgracia.

Caridad había conseguido tranquilizar un tanto a la muchacha y las dos permanecían sentadas a la vera del camino, entre los naranjos, pegadas la una a la otra. Escuchó el entrecortado relato de Milagros desde el momento de la fiesta con los condes.

—Virgen Santísima —murmuró Caridad en el momento en que la muchacha le contó su petición de venganza al gitano.

—¡Merecía un escarmiento! —exclamó Milagros.

—Pero… —trató de rebatir ella.

La gitana no le permitió continuar.

—Sí, Cachita, sí —insistió entre gemidos—, te violó, te prostituyó y nadie estaba dispuesto a hacer nada por ti.

—¿Lo mataron por mí?

La pregunta surgió rota de la garganta de Caridad en cuanto Milagros citó el disparo que había acabado con la vida del gitano.

—Tú no tienes la culpa, Cachita.

«No es culpa tuya», esas habían sido las palabras con las que se había despedido Melchor aquella misma noche. En la vega, los errores se atajaban a latigazos, y luego a trabajar. Pero ahora la asaltaban sensaciones desconocidas: por su causa, Melchor había partido en busca de venganza; por su causa, Milagros también había reclamado venganza. ¡Venganza! ¡Qué cerca estaba de los gitanos aquella palabra!

—Pero todo ha sido por mí —interrumpió a Milagros cuando esta ya le relataba lo sucedido en el consejo de ancianos.

—Y por mí, Cachita, también por mí. Eres mi amiga. ¡Tenía que hacerlo! No podía… no hacía más que pensar en lo que te había hecho aquel hombre. Siento tu dolor como si fuera mío.

¿Su dolor? El único dolor que padecía en aquel momento era el de que Melchor se hubiera marchado, que ya no estuviera con ella. Las noches en el cuartucho del patinejo, torciendo tabaco y canturreando mientras él permanecía en silencio a su espalda acudieron como un fogonazo a su recuerdo. Milagros continuaba hablando de Rafael García, de los ancianos y de una curandera. ¿Debía interrumpirla y contárselo? ¿Debía confesarle que se le encogía el estómago al solo pensamiento de que Melchor pudiera resultar herido al enfrentarse a aquel contrabandista? Perdió el hilo de la conversación ante la imagen del Gordo y sus lugartenientes sentados a la mesa de la venta de Gaucín, brutales todos ellos, mientras Melchor... ¡Había partido solo! ¿Cómo podría...?

—¿Estás bien? —preguntó Milagros ante el temblor que notó en el cuerpo de Caridad.

—Sí... no. Ha muerto Alejandro.

—Al final se comportó como un verdadero gitano: valiente y temerario. Si lo hubieras visto aporreando la puerta del alfarero... ¡Y lo hizo por nosotras! —Milagros dejó transcurrir los segundos—. ¿Tú crees que me amaba? —planteó de repente.

Caridad se vio sorprendida por la pregunta.

—Sí...—titubeó.

—A veces siento su presencia.

—Los muertos siempre están con nosotros —murmuró entonces Caridad como si recitase algo que tenía aprendido—. Debes tratarle bien —continuó, recitando lo que se decía en Cuba de los espíritus—. Son antojadizos y si se enfadan pueden resultar peligrosos. Si quieres alejarlo, por la noche puedes encender una hoguera delante de la puerta de tu casa. El fuego los asusta, pero no debes quemarlo, solo rogarle que se vaya.

—¿La noche? —se interrogó la muchacha como sorprendida. Luego levantó la vista al cielo, en busca del sol—. La noche no importa, lo malo es al mediodía.

Caridad la miró extrañada.

—¿El mediodía?

—Sí. Los muertos aparecen justo al mediodía, ¿no lo sabías?

—No.

—El mediodía —explicó Milagros—, cuando las sombras desaparecen y el sol salta de levante a poniente es un tiempo que no existe, un instante en el que todo pertenece a los muertos: los caminos, los árboles...

Caridad sintió un escalofrío y alzó la vista al sol.

—¡No te preocupes! —trató de tranquilizarla Milagros—. Creo que me amaba. No me hará ningún daño.

La muchacha se interrumpió al comprobar que su amiga continuaba mirando al sol, calculando cuánto restaba para que las sombras desapareciesen; su respiración se había acelerado y había echado mano al imán que todavía colgaba de su cuello.

—Vamos a la gitanería —decidió entonces.

Caridad se levantó como impulsada por un resorte, atemorizada porque en España los fantasmas también aparecieran al mediodía.

Ni siquiera había transcurrido un minuto, mientras Caridad apretaba el paso, cuando Milagros giró la cabeza hacia su compañera: no sabía qué había sido de ella durante todo ese tiempo; no le había dado la menor oportunidad de hablar, de explicar su periplo con el abuelo.

—¿Y tú por qué venías a la gitanería? —preguntó.

—Tu padre me ha echado del corral.

Milagros imaginó la escena, entornó los ojos y negó con la cabeza. Y todavía quedaba su madre. ¿Qué diría cuando la viera aparecer en la gitanería? Ana iba allí con frecuencia, mucha más de lo que cabía esperar en una mujer casada; incluso alguna noche dormía con María y con ella en la choza de la curandera. Tras la muerte de Alejandro y la sentencia que dejaba a la muchacha al cuidado de la curandera, las relaciones de Ana con su marido parecían haber tomado un camino sin retorno: para él, el capricho de Melchor con aquella mujer negra había arruinado definitivamente su vida. No. A su madre no le gustaría la presencia de Caridad. No la admitiría. Milagros temió su reacción.

—¿Y tus vestidos nuevos? —se interesó tratando de alejar de sí el agobio que la había asaltado de repente.

Pese a sus recelos por la llegada del sol a lo más alto, pese a sus prisas, Caridad se detuvo en el camino, rebuscó en su hatillo y extrajo la camisa rasgada, que mostró a la muchacha extendiéndola ante ella con los brazos en alto.

Rodeadas de fértiles huertas y naranjos, Milagros no alcanzó a ver la cabeza ni el torso de Caridad, ocultos tras la camisa que sostenía frente a ella. Lo que sí vio fueron los desgarros en la prenda. Un incontrolable y tierno estremecimiento la asaltó al percibir la ingenuidad de aquella mujer que le enseñaba sus ropas rotas.

—¿Qué… qué ha sucedido? —preguntó tras carraspear en un par de ocasiones.

No le permitió contestar. Ya se había enterado de cómo se las había arreglado el Gordo para robarles a los Vega aquellas dos corachas de tabaco y de que Melchor había partido en busca de venganza.

—Ya las arreglaremos, Cachita. Seguro que sí.

Cuando iban a reemprender el camino, Caridad, al introducir con delicadeza la camisa en su hatillo, topó con el pañuelo que el gitano le había entregado para su nieta.

—Espera. Esto me lo ha dado Melchor para ti.

Milagros contempló el largo pañuelo de colores con cariño y lo estrujó entre sus manos.

—Abuelo —susurró—. Es el único que me quiere. Tú también, claro, bueno, supongo —añadió azorada.

Pero Caridad no la escuchaba. ¿La querría también a ella el gitano?

9

n la gitanería, Caridad se dedicó a torcer el tabaco y a fabricar cigarros. Tomás la alojó en la barraca de un matrimonio ya anciano, desabridos y malcarados ambos, que vivían solos y a los que sobraba algo de espacio; también le procuró todos los instrumentos necesarios para su trabajo pero, por encima de todo, fue quien la defendió de la agresividad con que la recibió Ana en cuanto la vio llegar acompañada de Milagros.

—¡Sobrina! —le gritó Tomás interponiéndose entre las mujeres y atenazándola de las muñecas para impedir que continuara golpeando a Caridad, que aceptaba encogida, tratando de taparse la cabeza, los gritos y los golpes de la gitana—, cuando regrese Melchor, decidirá qué debe hacerse con la morena. Mientras tanto... Mientras tanto —repitió zarandeándola para que le atendiera—, se dedicará al tabaco; eso ordenó tu padre.

Ana, congestionada, acertó a lanzar un escupitajo al rostro de Caridad.

—¡No pienso vender uno solo de los cigarros que fabrique esta negra! —afirmó soltándose de Tomás—. ¡Así se te pudran todos, y tú con ellos!

—¡Madre! —exclamó Milagros al verla huir en dirección a Triana.

La muchacha se apresuró tras ella.

—Madre. —Trató de detenerla—. Caridad no hizo nada —insistió la muchacha tironeando de su ropa—. No tiene la culpa.

Ana la separó de un manotazo y continuó su camino.

Milagros la contempló alejarse y luego volvió a donde ya se había congregado un buen número de gitanos. Las lágrimas resbalaban por sus mejillas.

—¡Ni mula con tacha, ni mujer sin raza! —sentenció el tío Tomás—. Igual que su padre: una Vega. Ya se le pasará. —Milagros alzó los ojos hacia él—. Dale tiempo al tiempo, niña. Lo de la negra no es una cuestión de honor gitano: se le pasará.

Y mientras Caridad, recluida en la choza, se aplicaba en elegir y despalillar las hojas de tabaco, humedecerlas y secarlas en su punto, cortarlas, torcerlas y rematar la boca de los cigarros con hilos, Milagros aprendía los rudimentos de los bebedizos y remedios de la curandera siguiéndola allá adonde fuere: a recoger hierbas por los campos o a visitar a algún enfermo. La vieja María no consentía a la muchacha el más mínimo desliz o desaire, y la controlaba y sometía a su voluntad con su sola presencia. Luego, por las noches, le permitía gozar de unos ratos de esparcimiento que Milagros aprovechaba para correr en busca de Caridad; entonces las dos se alejaban de la gitanería y se perdían en conversaciones o simplemente en fumar y mirar al cielo estrellado.

—¿Se los robas al abuelo? —preguntó una noche la muchacha después de dar una fuerte chupada, las dos sentadas, juntas, en la ribera del Guadalquivir, cerca del destartalado embarcadero de unos pescadores, escuchando el murmullo de las aguas.

Caridad detuvo en el aire la mano con la que iba a coger el cigarro que la otra le pasaba. ¿Robar?

—¡Sí! —exclamó Milagros ante la duda de su amiga—. ¡Se los robas! No pasa nada, no te preocupes, no se lo diré a nadie.

—Yo no… ¡No los robo!

—Pues ¿cómo lo explicas? Si el tabaco no es tuyo…

—Es mi fuma. Me pertenecen.

—Cógelo ya —insistió la gitana acercándole el cigarro. Caridad obedeció—. ¿Qué es eso de tu fuma?

—Si yo los hago…, puedo fumar, ¿no? Además, estos no son

de tabaco torcido, solo uso las venas de las hojas y los restos, todo picado y envuelto en una capa. En la vega era así. El amo nos daba la fuma.

—Cachita, esto no es la vega y tú no tienes amos.

Caridad exhaló unas largas volutas de humo azulado antes de hablar.

—Entonces, ¿no puedo fumar?

—Tú haz lo que quieras, pero como dejes de traer tu fuma, no volveré a verte. —Caridad quedó en silencio—. ¡Es broma, morena! —La gitana soltó una carcajada, abrazó a su amiga y la zarandeó—. ¿Cómo quieres que deje de verte? ¡No podría!

—Yo tampoco... —Caridad titubeó.

—¿Qué? —la incitó la muchacha—. ¿Qué? ¡Suéltalo ya, Cachita!

—Yo tampoco podría —acertó a decir de corrido.

—¡Por todos los dioses, santos, vírgenes y mártires del cielo entero, ya iba siendo hora!

Milagros, todavía con su brazo rodeando la espalda de Caridad, la atrajo hacia sí. La otra se dejó llevar con torpeza.

—¡Ya era hora! —repitió la gitana propinándole un sonoro beso en la mejilla. Luego tomó su brazo y la obligó a pasarlo por encima de sus propios hombros mientras ella la agarraba de la cintura. Caridad olvidó incluso el cigarro que mantenía entre sus dedos y Milagros no quiso romper el hechizo y dejó transcurrir el tiempo, sintiendo cómo su amiga afianzaba el abrazo, ambas con la mirada en las aguas del río. Tampoco quiso que Caridad notase el llanto que contenía a duras penas.

—¿Tu mamá? —la sorprendió Caridad sin embargo preguntando en la noche, con la voz puesta en el río.

—Sí —contestó Milagros.

Ana no había vuelto a poner los pies en la gitanería; ella no podía hacerlo en el callejón.

—Lo siento —se culpó la otra, y apretó el abrazo cuando Milagros no pudo evitar el llanto.

¿Cuán lejanas quedaban aquellas mismas lágrimas que ella había vertido el día en que la separaron de su madre y de los suyos mientras la mantuvieron a la espera del barco en la factoría, mezclada con cientos de desgraciados iguales que ella; durante la travesía…?

Detuvo sus recuerdos al notar que el cigarro le quemaba; chupó de nuevo. En Cuba buscaba el espíritu de su madre en las fiestas, cuando la montaba alguno de los santos, pero aquí, en España, solo trataba de recordar su rostro.

Milagros y Caridad fueron afianzando sus cariños, pero aquellas escapadas nocturnas terminaron pronto.

—Niña —la detuvo la curandera una de esas noches, cuando ya ella iba a abandonar la choza. Milagros se volvió hacia el interior—. Escúchame: no te separes de los tuyos, de los gitanos.

Similar mensaje recibió ese día Caridad por parte de Tomás.

—Morena —le advirtió tras entrar en la choza, cuando ella envolvía con cuidado la capa de un cigarro—: no debes apartar a Milagros de sus hermanos de sangre. ¿Entiendes a qué me refiero? —Caridad detuvo la labor de sus largos dedos y asintió sin levantar la cabeza.

Desde ese día las dos pasearon la calle de la gitanería sin alejarse, Caridad detrás de la muchacha, convertida en su sombra, mezclándose con quienes, a las puertas de sus chozas, charlaban, jugaban, bebían, fumaban o, sobre todo, cantaban, unas veces acompañados por las guitarras, otras al sencillo son del repiqueteo de unas manos golpeando sobre cualquier objeto, las más al calor de unas simples palmadas. Caridad había presenciado alguna de las celebraciones del callejón de San Miguel, pero en la gitanería era diferente: los cantos no se convertían en una fiesta ni en una competición. Eran sencillamente una forma de vida, algo que se hacía con la misma naturalidad que comer o dormir; se cantaba o se bailaba y luego se volvía a la conversación para volver a cantar o para levantarse todos de sus sillas y acudir a jalear y aplaudir a dos chiquillas casi desnudas que bailaban en un aparte, ya con cierta gracia.

Caridad temió que le pidieran que cantara. Nadie se lo propuso, ni siquiera Tomás. La admitían, con ciertos recelos, ciertamente, pero lo hacían: era la negra del abuelo Melchor; él decidiría a su vuelta. Por su parte, Milagros acostumbraba a andar apesadumbrada; añoraba a sus padres, al abuelo y a sus amigas del callejón. Con todo, lo que más la atormentaba era la lucha interna que sostenía. Había llegado a poner a Alejandro en un pedestal para excusar una muerte que sabía originada por su capricho y, sin embargo, seguía pensando en Pedro García día y noche... ¿Qué haría? ¿Dónde estaría? Y lo más importante: ¿cuál de sus amigas se habría lanzado en pos de sus favores? Alejandro estaba atento a ella y conocía sus deseos, los fantasmas lo sabían todo, le había dicho Caridad, pero tanto la carcomía imaginar a Pedro García adulado por las otras muchachas que alejaba tales sensaciones y aprovechaba cualquier mandado de la vieja María para rondar con disimulo el callejón de San Miguel.

Vio a muchos gitanos, también a sus amigas. Un día tuvo que esconderse presurosa en un portal con el corazón palpitando con fuerza ante la presencia de su madre. Salía a vender tabaco, seguro. «Debería estar con ella, acompañarla», pensó al contemplar sus andares resueltos e indolentes. Se secó una lágrima. En una ocasión vio a Pedro, pero no se atrevió a salir a su paso. Volvió a verlo otro día: caminaba junto a uno de sus tíos en dirección al puente de barcas, tan guapo y apuesto como siempre. Milagros se había recriminado mil veces no haberlo abordado aquel otro día. La condena del consejo de ancianos, se repitió, era el permanecer junto a la curandera sin poder entrar en el callejón. ¿Pero acaso no la mandaba la vieja María a hacer recados a Triana con toda libertad? Corrió por una calle paralela a aquella por la que andaba el gitano, rodeó una manzana de casas y antes de volver la esquina tomó aire, se alisó la falda y se atusó el cabello. ¿Estaba hermosa? Casi se dio de bruces con ellos.

—¿Tú no tendrías que estar en la gitanería, con la curandera? —le espetó el tío de Pedro tan pronto como la vio.

Milagros titubeó.

—¡Vete de aquí!

—Yo...

¡Quería mirar a Pedro, pero los ojos del tío de este la tenían encadenada!

—¿No me has oído? ¡Largo!

Bajó la cabeza y los dejó atrás. Escuchó cómo hablaban al reiniciar la marcha. Le habría gustado que Pedro se hubiera molestado en mirarla.

—¡Tenéis que hacerlo!

El grito de la vieja María resonó en el interior de la vivienda. José Carmona y Ana Vega evitaron mirarse por encima de la mesa a la que los tres se habían sentado cuando una mañana la curandera se presentó de improviso en su casa.

Ninguno de los esposos había osado interrumpir las palabras de la vieja María.

—La niña está mal —les advirtió—. No come. No quiere comer —añadió con la imagen en su mente de los pómulos sobresalientes de la gitana y la nariz cada vez más afilada desde su frustrado encuentro con Pedro—. Es solo una muchacha que ha cometido un error. ¿Acaso vosotros no habéis cometido ninguno? Ella no podía prever las consecuencias. Se siente sola, abandonada. Ya ni siquiera encuentra consuelo en la morena. ¡Es vuestra hija! Se consume día tras día a ojos vista y yo no tengo remedio para las dolencias del alma.

Ana jugueteó con sus manos y José se frotó repetidamente boca y mentón cuando la curandera se refirió a ellos.

—Vuestros problemas no deben afectar a la niña; ella no tiene la culpa de lo que suceda entre vosotros.

José hizo amago de intervenir.

—No me interesa —se le adelantó la gitana—. No pretendo arreglar vuestras desavenencias, ni siquiera aconsejaros. No es mi intención hurgar en los motivos que os han llevado a esta situación; solo deseo saber: ¿no queréis a vuestra hija?

Y tras aquella reunión, un fresco anochecer de finales de septiembre, Ana y José Carmona se presentaron en la gitanería. Caridad los vio antes que Milagros.

—Tus padres —susurró a la gitana pese a la distancia a la que todavía se hallaban estos.

Milagros se quedó inmóvil; algunos de los muchachos con los que estaba departiendo callaron y siguieron su mirada, clavada en Ana y José, que se acercaban por la calle, entre chozas y chamizos, saludando a cuantos permanecían sentados a sus puertas pasando el rato. La madre aprovechó que José se detuvo con un conocido, se adelantó y abrió los brazos a un par de pasos de Milagros, que no necesitó más y se lanzó a ellos. Caridad notó un nudo en la garganta, los muchachos respiraron y hasta hubo quien, desde las chozas, aplaudió.

José se acercó hasta ellas. Milagros vaciló ante la llegada de su padre, pero el empujón que le dio Ana por la espalda la animó a andar hacia él.

—Perdón, padre —musitó.

Él la miró de arriba abajo, como si no la reconociera. Se llevó una mano al mentón, con gravedad simulada, y volvió a escrutar a su hija.

—Padre, yo…

—¿Qué es eso de ahí? —gritó él.

Milagros se volvió aterrada hacia donde señalaba. No había nada anormal, nada inusual.

—No… ¿qué? ¿A qué se refiere?

Algunos gitanos mostraron curiosidad. Uno de ellos se levantó e hizo ademán de acercarse a donde señalaba José.

—¡Me refiero a eso! Eso, ¿no lo ves?

—¡No! ¿Qué! —chilló la muchacha buscando la ayuda de su madre.

—Aquello, niña —le dijo esta indicando una silla vacía a la puerta de una de las chozas.

—¿Esa silla?

—No —contestó la madre—. La silla, no.

Apoyada en la silla descansaba una vieja guitarra. Milagros se volvió hacia su padre con una sonrisa en la boca.

—No te perdonaré —dijo él— hasta que no consigas que todos los gitanos de esta huerta se rindan a tu embrujo.

—¡Vamos allá! —aceptó Milagros al tiempo que se erguía altanera.

—¡Señores! —aulló entonces José Carmona—. ¡Mi hija va a bailar! ¡Prepárense ustedes para contemplar a la más bella de las gitanas!

—¿Hay vino? —se escuchó desde una de las chozas.

La vieja María, que había presenciado lo sucedido y arrastraba ya un desvencijado taburete hasta el lugar donde se encontraba la guitarra, soltó una carcajada.

—¿Vino? —estalló Ana—. Cuando veas bailar a mi niña robarás toda la uva de la vega de Triana para ofrecérsela.

Esa noche, con Caridad presente, mirando desde detrás de los gitanos, tratando de retener unas piernas que ansiaban irse al son de la música y la alegría que veía rebosar de Milagros, José Carmona no tuvo más remedio que cumplir su palabra y perdonar a su hija.

Tras la fiesta, la vida siguió transcurriendo en la gitanería de la huerta de la Cartuja de Triana. Ana se plegó a vender los cigarros elaborados por Caridad, en una especie de tregua tras el arranque de cólera con que la había recibido; eso la obligaba a ir con frecuencia a ver a su hija. Caridad, por su parte, vio aumentar su trabajo cuando fray Joaquín se presentó con un par de corachas del tabaco descargado en las playas de Manilva.

—Me lo debes —se limitó a decirle a Tomás. El gitano hizo ademán de replicar, pero fray Joaquín no se lo permitió—: Dejemos las cosas como están, Tomás. Yo siempre he confiado en vosotros; Melchor nunca me ha fallado, y quiero pensar que habéis tenido algún problema que sé que nunca me desvelaréis. Tengo que recuperar los dineros de la comunidad, ¿entiendes? Y los cigarros que hace Caridad aumentan el valor del tabaco.

Luego fue a verla.

—La Candelaria lleva mucho tiempo esperando tus visitas —le espetó nada más entrar en la choza.

Caridad se levantó de la silla en la que trabajaba, juntó las manos por delante y bajó la mirada al suelo. El dominico miró de reojo a los dos ancianos con los que compartía la vivienda. Le extrañó ver a Caridad con sus viejas ropas de esclava. La recordaba vestida de colorado, arrodillada frente a la Virgen, moviéndose rítmicamente de adelante atrás cuando creía que nadie la observaba. Sabía, por hermanos que habían vivido en Cuba, de la mezcla entre las religiones africanas y la católica, así como de la tolerancia de la propia Iglesia. «¡Al menos creen y acuden a las celebraciones religiosas!», había escuchado en numerosas ocasiones, y era cierto: Caridad iba a la iglesia, mientras que la mayoría de los gitanos no ponían los pies en ella. ¿Qué habría sido de sus ropas coloradas? No quiso preguntarle.

—He traído más tabaco para que lo trabajes —le anunció por el contrario—. Por cada atado de cincuenta cigarros que hagas, uno será para ti. —Caridad se sorprendió mirando al fraile, que le sonrió—. Uno de los buenos, de los torcidos, de los que haces con hoja, no de los desechos.

—¿Y para los que la acogemos en nuestra casa no hay nada? —intervino el gitano anciano.

—De acuerdo —aceptó el religioso tras dejar transcurrir unos segundos—, pero ambos tendréis que venir a misa cada domingo, y los días de precepto, y rezar el rosario por las ánimas del purgatorio, y…

—Ya somos viejos para ir de un lado al otro —saltó la esposa—. ¿A su paternidad no le bastaría con una oracioncilla por las noches?

—A mí, sí, al de arriba, no —sonrió fray Joaquín dando por cerrado el tema—. ¿Estás bien, Caridad? —Ella volvió a asentir—. ¿Te volveré a ver por San Jacinto?

—Sí —afirmó con una sonrisa.

—Confío en ello.

Le faltaba Milagros. Se despidió y no había llegado a salir de la choza cuando escuchó cómo los gitanos exigían a Caridad que les hiciera partícipes de aquellos prometidos cigarros torcidos. Chasqueó la lengua; no le cabía duda de que accedería. Preguntó por la choza de la curandera y se la señalaron. Sabía de lo sucedido en la alfarería porque grande había sido el revuelo en Triana. Rafael García se ocupó de que nadie hablara ante las autoridades ni del asesinato del muchacho gitano ni del incendio: a los gitanos se lo ordenó a través de los diversos patriarcas de las familias; a los payos que habían presenciado o intervenido en la pelea les hizo llegar unos cuantos mensajes intimidatorios que fueron suficientes: ninguno de ellos quería terminar huyendo en la noche, arruinado, como le había sucedido al alfarero que disparó contra el muchacho gitano. Con todo, los rumores se extendieron tan rápido como ardió el taller del ceramista y a fray Joaquín se le encogió el estómago al conocer la intervención de Milagros. Rezó por ella. Al final logró enterarse de la decisión tomada en el consejo de ancianos a raíz de la intervención de aquella vieja gitana y volvió a postrarse para agradecer a la Candelaria, a santa Ana y a san Jacinto el benigno castigo a que la condenaron. ¡Las noches se le hacían eternas ante el temor de que la extrañaran de Triana y no volviera a verla!

«¿Por qué no he logrado conciliar el sueño durante estos días?», se preguntó por enésima vez al apartar la cortina y pasar distraído bajo el dintel de la puerta de la barraca que le habían indicado. Milagros y la vieja María se hallaban inclinadas sobre una mesa clasificando hierbas; las dos volvieron la cabeza hacia el recién llegado. De repente el insomnio ya no le importaba; toda preocupación se desvaneció ante la maravillosa sonrisa con que le premió ella.

—Con Dios seáis —saludó el religioso sin acercarse, como si pretendiese no turbar el trabajo que estaban realizando las mujeres.

—Padre —contestó la vieja María tras examinar al fraile unos segundos—, llevo más de cincuenta años esperando a que ese Dios que dice usted se digne venir a este chamizo para concederme alguna gracia que me libre por fin de la pobreza. He soñado con las mil maneras en que podía suceder: rodeado de ángeles o a través de alguno de los santos. —La vieja alzó sus manos y las hizo revolotear por al aire—. Envuelto en una luz cegadora... En fin —añadió encogiéndose de hombros—, lo cierto es que nunca llegué a pensar que lo haría a través de un fraile que se quedaría plantado a la entrada como un bobo con cara de pasmo.

Fray Joaquín tardó en reaccionar. La risa reprimida de Milagros hizo que se ruborizara. ¡Cara de pasmo! Se irguió y adoptó un semblante serio.

—Mujer —anunció con una voz más fuerte de lo que hubiera deseado—, quiero hablar con la muchacha.

—Si ella accede…

Milagros se levantó sin pensarlo, se arregló la falda y el cabello y se dirigió hacia el predicador con una mueca burlona en su semblante. Fray Joaquín le cedió el paso.

—Padre —llamó entonces la vieja María—, ¿qué hay de mis riquezas?

—Creer que Dios te visitará algún día es la mayor riqueza a la que nadie puede aspirar en este mundo. No pretendas otras.

La gitana dio un manotazo al aire.

Milagros esperaba al fraile en la calle.

—¿Para qué quiere hablar conmigo? —le soltó con cierta zalamería, sin cejar no obstante en su expresión de burla.

¿Para qué quería hablar con ella? Había ido a la gitanería por lo del tabaco y…

—¿De qué te ríes? —preguntó él para escapar a la respuesta.

Milagros enarcó las cejas.

—Si se hubiera visto ahí dentro…

—¡No seas impertinente! —se revolvió el fraile. ¿Siempre tenía que quedar como un bobo ante aquella muchacha?—. No te confundas… —trató de defenderse—, mi expresión solo era… por verte ahí haciendo pócimas con hierbas. Milagros…

—Fray Joaquín —le interrumpió ella arrastrando las palabras.

Pero el religioso ya había encontrado la excusa a su intempestiva visita. Se irguió serio y anduvo la calle con la muchacha a su lado.

—No me gusta lo que estás haciendo —le recriminó—. Por eso quería hablar contigo. Sabes que la Inquisición vigila a las brujas…

—¡Ja! —soltó la muchacha.

—No lo tomes a broma.

—Ni soy bruja ni me preparo para ello. La vieja María no lo

es ni quiere serlo, y tampoco está de acuerdo con los hechizos para engañar a los payos. Usted lo sabe, los tesoros ocultos, los filtros de amor no son más que trampas para sacar dinero a las incautas. Ella solo se dedica a curar con hierbas…

—Es algo parecido. ¿Qué hay del mal de ojo? —Milagros torció el gesto—. ¿Sabías que la Inquisición acaba de detener a una gitana por hacer el mal de ojo al ganado, aquí, en Triana?

—¿Anselma? Sí, la conozco. Pero también dicen de ella que hace hechizos para retirar la leche de las madres payas y que la han visto desnuda, montada en un palo, y salir volando por las ventanas. —Milagros calló unos segundos para comprobar la expresión del religioso—. ¡Desnuda y volando montada en un palo! ¿Usted se cree lo del palo? Es todo mentira. No es bruja. ¿Sabe usted lo que tiene que pasar para que una gitana se convierta en bruja?

El fraile, con la mirada en la tierra del camino por el que seguían avanzando, negó con la cabeza.

—Las brujas se transforman durante su juventud —explicó Milagros—, y todo el mundo sabe que Anselma Jiménez no fue una de las elegidas. Existen unos demonios del agua y de la tierra que eligen a una joven gitana y, mientras duerme, fornican con ella. Ese es el único medio de convertirse en una verdadera bruja: después de fornicar, la gitana adquiere los poderes del demonio que ha yacido con ella.

—Eso significa que tenéis brujas —repuso el religioso tras detener sus pasos repentinamente.

Milagros frunció el ceño.

—Pero yo no lo soy. Ningún demonio ha fornicado conmigo. Y no es necesario que la joven trabaje con hierbas —se adelantó con un aspaviento al ademán del fraile por intervenir—, no tiene nada que ver: cualquiera puede ser la elegida.

—Sigue sin gustarme, Milagros. Tú… tú eres una buena muchacha…

—No puedo hacer otra cosa. Supongo que sabe lo del consejo de ancianos.

—Sí, lo sé —asintió él—. Pero podríamos encontrar otra solución… Si tú quisieras…

—¿Monja, quizá? ¿Me casaría? ¿Me conseguiría una buena dote de alguno de sus piadosos feligreses? Sabe que nunca podría casarme con un payo. Fray Joaquín, soy gitana.

Y vaya si lo era, tuvo que aceptar a su pesar el religioso, turbado ante el descaro y la soberbia con que Milagros se dirigía a él. Transcurrieron los segundos, los dos parados casi donde la calle de la gitanería se internaba en las huertas, ella tratando de adivinar qué era lo que pasaba por la cabeza del fraile, él con el repiqueteo de sus últimas palabras: «nunca podría casarme con un payo». Algunas mujeres que confeccionaban cestas a las puertas de sus chozas y que hasta entonces solo los habían mirado de reojo detuvieron sus hábiles manos y repararon en la situación.

—Fray Joaquín —le advirtió Milagros en un susurro—, las mujeres están pendientes de nosotros.

—Sí, sí, claro —reaccionó el religioso.

Y emprendieron la vuelta.

—Fray Joaquín…

—¿Sí? —preguntó él ante el silencio que prosiguió.

—¿Cree usted que alguno de sus feligreses estaría dispuesto a darme una dote para casarme?

—Yo no he dicho… —Dudó.

¿Qué pretendía Milagros? Lo último que se le pasaría por la cabeza sería buscar un esposo para ella; había sabido de la muerte de Alejandro, su prometido, y todavía le remordía el sentimiento de… ¿alegría? «¿Cómo puedo alegrarme por la muerte de un muchacho?», se torturaba una y otra vez en el silencio de sus noches.

—Lo encontraríamos —afirmó no obstante para complacerla, sin siquiera querer ni imaginárselo—, podríamos…

Pero la muchacha le dejó con la palabra en la boca y escapó corriendo hacia la choza de la vieja María. Antes de que el fraile comprendiera qué sucedía, Milagros había regresado, corriendo de nuevo, y se detuvo ante él, jadeante, ofreciéndole las ropas coloradas de Caridad cuidadosamente dobladas.

—Si es capaz de conseguir una dote… ¿podría lograr que alguna de sus feligresas arreglase las ropas de Cachita?

Fray Joaquín cogió las prendas y rió, y lo hizo por no acariciar el rostro atezado de la muchacha o su cabello adornado con cintas, por no cogerla de los hombros y atraerla, y besarla en los labios, y…

—Seguro que sí, Milagros —afirmó desterrando aquellos deseos.

Caridad trabajaba a destajo. Los ancianos con los que vivía la trataban con indiferencia, como si no fuera más que un objeto, ni siquiera molesto. Ambos dormían en una destartalada cama con patas de la que la anciana se enorgullecía en todo momento; era su bien más preciado, ya que en aquella barraca había poco más que una mesa, taburetes y un rudimentario hogar para cocinar. Le indicaron un sitio sobre el suelo de tierra para extender el jergón que le proporcionó Tomás, y no le daban de comer salvo que este les proveyese previamente de los alimentos necesarios. Hasta las velas a cuya luz trabajaba Caridad por las noches tenía que proporcionarlas Tomás. «Como falte una sola hoja de tabaco —advertía machaconamente el gitano a los ancianos siempre que iba a la choza—, os corto el cuello.» Sin embargo, de tanto en tanto, Caridad atendía sus constantes e insistentes quejas y les regalaba alguno de los cigarros de su fuma, y veía como lo compartían con avidez, a pesar de sus lamentos por tener que fumar cigarros elaborados con las venas y los restos de las hojas. Pero ni así consiguió Caridad ganárselos, y eso que los ancianos creían que todos los cigarros que Caridad hurtaba para su fuma eran para ellos; en realidad, los que consumía con Milagros los escondía, como hacía en la vega para que los demás esclavos no se los robasen.

Con el transcurso del tiempo, Caridad empezó a añorar las noches del callejón de San Miguel, cuando Melchor le pedía que cantase y luego se dormía a su espalda, tranquilo, confiado, y ella podía trabajar y fumar al tiempo, notando cómo el humo irrumpía en sus sentidos y la transportaba a un estado de placidez en el que no existía el tiempo. Era entonces cuando la labor de sus largos dedos mientras cortaba, manejaba y torcía las hojas se confundía con el rumor de sus cánticos, con los aromas y sus recuerdos, con la respiración del gitano... y con aquella libertad de la que le había hablado Milagros y que ahora parecía difuminarse en una choza extraña.

«¿Dónde estará Melchor?», pensaba en el silencio de las noches.

Una entusiasmada y sudorosa Milagros, en un descanso durante la fiesta en la que su padre había tenido que perdonarla, le había hablado de él.

—Tengo noticias del abuelo —comentó—. Ha llegado un gitano de Antequera que se dedica a la herrería ambulante. Necesitaba que le falsificasen una nueva cédula o algo así, no sé... Bueno, la cuestión es que se topó con el abuelo mientras trabajaba por la zona de Osuna y estuvieron un par de días juntos; dice que está bien.

Caridad hizo la misma pregunta con la que Milagros prorrumpió frente a su madre luego de que esta le contara del herrero ambulante: «¿Ningún recado?». La muchacha, por su parte, utilizó con Caridad la irónica respuesta que le proporcionó su madre: «¿Del abuelo?».

Desde entonces Caridad no sabía de él. Sí sabía su objetivo, lo había hablado con Milagros: matar al Gordo. «¡Ya lo verás! No conoces al abuelo; ¡no hay hombre en este mundo que pueda robarle y salir con bien!», añadió con orgullo. Esa predicción de Milagros perseguía a Caridad. Ella había visto a los hombres del Gordo, a sus lugartenientes, a su ejército de contrabandistas, ¿cómo iba Melchor a enfrentarse a todos ellos? No se lo dijo a la muchacha, pero cada noche recordaba la chaquetilla de seda azul celeste, ¡brillaba ante ella como si pudiera tocarla con solo alargar la mano! Ese mismo azul que la había guiado hasta la gitanería cuando Eleggua decidió permitirle vivir, la chaquetilla que el gitano colgaba en un clavo herrumbroso antes de acostarse por las noches y sobre la que ella posaba la mirada de vez en cuando. Caridad disfrutaba melancólica del recuerdo de su insolencia y sus andares lentos y arrogantes. Eran de otra raza, como nunca se cansaban de repetir; ¿acaso no lo había demostrado Melchor en la venta de Gaucín al retar al mochilero? ¡Y lo había hecho por ella! Aun así, ¿cómo podría vencer el abuelo al ejército del Gordo? Si ella hubiera... ¡No sabía que pretendían robarle el tabaco! Con todo, ¿qué podría haber hecho ante un blanco?

Acudió a San Jacinto, se arrodilló ante la Virgen de la Candelaria y suplicó a Oyá por Melchor Vega. «Diosa mía —murmuraba, sus dedos desgranando parte de una hoja de tabaco sobre el suelo como ofrenda—, que no le suceda nada malo. Devuélvemelo, por favor.»

Ese día volvió a la gitanería con tres buenos cigarros que le había dado fray Joaquín en pago por su trabajo.

—Véndelos, Cachita —le propuso Milagros—. Ganarás un buen dinero por ellos.

—No —murmuró Caridad—. Estos nos los fumaremos tú y yo.

—Pero te pagarían mucho... —replicó la gitana cuando la otra ya preparaba el pedernal y la yesca.

Caridad detuvo sus manos expertas y fijó la mirada en Milagros.

—Yo no entiendo de dineros —arguyó.

—¿Y de qué...?

Interrumpió su pregunta; los ojillos de Caridad, la necesidad de afecto que revelaba toda ella le respondía en silencio. Milagros le sonrió con ternura.

—Sea, pues —sentenció.

10

acía algunos días que la lluvia no daba tregua en Triana y muchos eran los vecinos que se acercaban al río para comprobar el caudal que llevaba y el riesgo de que se desbordase, como en tantas ocasiones había sucedido con dramáticas consecuencias. En la gitanería de la huerta de la Cartuja, una persistente llovizna se mezclaba con las columnas de humo que ascendían de las chozas. En aquella desapacible mañana de primeros de diciembre del año de 1748, solo algunas viejas caballerías escuálidas y los niños, semidesnudos, ajenos al frío y al agua que los empapaba, jugaban hundiéndose hasta los tobillos en el barrizal en que se había convertido la calle. Sus mayores, a resguardo del agua, dejaban transcurrir el tiempo con indolencia.

A media mañana, sin embargo, el griterío de los chiquillos vino a turbar la ociosidad a la que las inclemencias del tiempo les empujaba.

—¡Un oso!

Mil veces resonaron los gritos agudos de los niños entre el chapoteo de sus carreras en el barro. Hombres y mujeres se asomaron a las puertas de sus chozas.

—¡Melchor Vega trae un oso! —exclamó uno de los gitanillos al tiempo que señalaba hacia el camino que llevaba a la gitanería.

—¡El abuelo Vega! —chilló otro.

Milagros, que ya se había levantado de la mesa, saltó al exterior. Caridad dejó caer la cuchilla con la que cortaba una gran hoja de tabaco. ¿Melchor Vega? Ambas se encontraron en la calle.

—¿Dónde? —preguntó la muchacha a uno de los niños al que agarró al vuelo.

—¡Allí! ¡Ya llega! ¡Trae un oso! —le contestó mientras la arrastraba, hasta que logró zafarse de ella y se confundió en el bullicio: unos miraban sorprendidos, otros corrían a recibir a Melchor y otros más lo hicieron para alejar a las caballerías, que rebuznaban o relinchaban y tiraban de sus ronzales, atemorizadas ante la presencia del gran animal.

—¡Vamos! —le exhortó Milagros a Caridad.

—¿Qué es un oso?

La muchacha se detuvo.

—Eso —le indicó.

Al inicio de la calle, ya junto a la primera de las barracas, el abuelo caminaba sonriente, el celeste de su chaqueta de seda se había oscurecido por el agua que la empapaba. Tras el bastón de dos puntas de Melchor, un inmenso oso negro lo seguía a cuatro patas, pacientemente, con las orejas erguidas, mirando curioso a los que le rodeaban a una distancia prudencial.

—¡Virgen de la Caridad del Cobre! —musitó Caridad reculando unos pasos.

—No tengas miedo, Cachita.

Pero Caridad continuó retrocediendo a medida que Melchor, con la sorpresa reflejada en su rostro al descubrir su presencia en la gitanería, se acercaba a ellas.

—¡Milagros! ¿Qué haces tú aquí? ¿Y tu madre?

La muchacha ni siquiera le escuchó, paralizada. Melchor llegó hasta donde estaba su nieta y, con él, el oso, que se adelantó y rozó con su hocico la pantorrilla del gitano.

Milagros retrocedió igual que había hecho su amiga, sin apartar la mirada del animal.

—Y tú, morena, ¿también acá?

—Es una larga historia, hermano —contestó Tomás entre el grupo de gitanos que le habían seguido a lo largo de la calle.

—¿Mi hija está bien? —inquirió al instante el abuelo.

—Sí.

—¿El Carmona?

—También.

—Lástima —se quejó al tiempo que acariciaba la testa del oso. Alguien rió—. Pero si mi hija y mi nieta están bien, dejemos las historias largas para curas y mujeres. ¡Mira, Milagros! ¡Mira cómo baila!

En ese momento el gitano se apartó del animal y alzó sus dos brazos.

El oso se levantó sobre sus patas traseras, extendió las delanteras y siguió el ritmo que le marcaba Melchor, empequeñecido este ante una bestia que le doblaba en altura. Milagros retrocedió todavía más, hasta donde se hallaba Caridad.

—¡Mira! —gritaba sin embargo Melchor—. ¡Ven aquí conmigo! ¡Acércate!

Pero Milagros no lo hizo.

Durante el resto de la mañana y pese a la llovizna que no cesaba, Melchor jugueteó con el oso: lo obligó a bailar una y otra vez, a andar sobre sus patas traseras, a sentarse, a taparse los ojos, a rodar por el barro y a mostrar otras tantas habilidades que divirtieron y causaron admiración en la gente.

—¿Y qué piensa hacer usted con esa bestia? —le preguntaron algunos de los gitanos.

—Sí, ¿dónde lo guardará? ¿Dónde dormirá?

—¡Con la morena! —contestó muy serio Melchor.

Caridad se llevó las manos al pecho.

—Es broma, Cachita —se rió Milagros propinándole un cariñoso codazo. Pero luego lo pensó dos veces—. Es broma, ¿verdad, abuelo?

Melchor no respondió.

—¿Cómo lo alimentará? —gritó una de las mujeres—. Con el tiempo que lleva lloviendo, los hombres no salen y aquí no nos queda más que media gallina vieja para todos.

—¡Pues le daremos niños para comer! —Melchor hizo ademán de soltar al animal para agarrar a uno de los chiquillos más atrevidos, que casi había llegado a su lado y que escapó chillando—. Un niño por la mañana y una niña por la noche —repitió frunciendo el ceño hacia todos los demás mocosos.

A finales de la mañana se aclaró el misterio: una familia de gitanos venidos del sur de Francia se presentó en la huerta con un carromato en busca del oso. Melchor se lo había pedido prestado para divertir a su gente.

—¿Cómo se te ha ocurrido? Te podía haber descuartizado de un solo zarpazo. No sabes nada de osos —empezó a recriminarle Tomás cuando el carromato ya abandonaba la gitanería.

—¡Quia! Llevo casi un mes viviendo con ellos. Hasta he dormido con el animal. Es inofensivo, por lo menos más que muchos payos.

—Y hasta que algunos gitanos —apuntó su hermano.

—Bueno, ¿y esa historia larga que tenías que contarme?

Tomás asintió.

—¡Empieza ya!

—Esta morena tiene la virtud de estar relacionada con todas las desgracias —comentó Melchor cuando su hermano puso fin al relato de los sucesos que habían llevado a Milagros a la gitanería.

Se hallaban los dos reunidos alrededor de una frasca de vino con los demás viejos de los Vega: el tío Juan, el tío Basilio y el tío Mateo.

—¡Mala sombra tiene la negra! —exclamó el último.

—Pero maneja bien el tabaco —alegó en su favor Tomás. Melchor enarcó las cejas hacia su hermano y este entendió su gesto—: No, cantar no ha cantado. Trabaja en silencio. Mucho, hasta por las noches. Más que cualquier payo. Nos hace ganar dinero, pero cantar, no se la oye.

—¿Qué piensas hacer con lo de tu nieta? —preguntó Mateo tras unos instantes de silencio.

Melchor suspiró.

—No sé. El consejo tiene razón. La niña es una atolondrada, pero los Vargas que la acompañaron unos gilís. ¿Cómo esperaban darle una lección a ese alfarero en medio de su barrio, protegido por todos los suyos? Deberían haber esperado a pillarlo a solas y cortarle el cuello, o haber entrado en silencio en su casa… ¡Los muchachos de hoy están perdiendo el talento! No sé —repitió—. Quizá hable con los Vargas, solo su perdón…

—José me ha dicho que lo ha intentado…

—Ese no es capaz de prender un cigarro si no es con ayuda de mi hija. Bueno —añadió al tiempo que se servía otro vaso de vino—, lo único que me preocupa es que esté separada de su madre. De no ser por eso, tampoco es malo que mi nieta esté aquí, con los suyos. María le enseñará lo que su padre no podría enseñarle nunca: a ser una buena gitana, a amar la libertad y a no cometer más errores. Lo dejaré como está.

Basilio y Mateo asintieron.

—Buena decisión —afirmó Tomás. Luego dejó transcurrir unos segundos—. ¿Y tú? —preguntó al cabo—. ¿Cómo te ha ido? No veo que hayas recuperado el tabaco que nos robó el Gordo.

—¿Cómo esperabas que trajera dos corachas? —preguntó a su vez mientras rebuscaba en el interior de su chaqueta y extraía una bolsa que dejó caer sobre la mesa.

El amortiguado tintineo de las monedas acalló nuevas intervenciones. Melchor hizo un gesto a su hermano con la cabeza para que la abriera: varios escudos de oro rodaron sobre el tablero de la mesa.

—El Gordo no estará contento —comentó Tomás.

—No —se sumó el tío Basilio.

—Pues esto es solo la mitad —reveló Melchor—, la otra se la llevó el oso.

Los Vega le pidieron que se explicara.

—Estuve rondando bastantes días por los alrededores de Cuevas Bajas, donde vive el Gordo con su familia, incluso anduve por el pueblo de noche, pero no daba con la manera de dar una lección a ese hijo de puta: siempre va acompañado por alguno de sus hombres, como si los necesitase hasta para orinar.

»Esperé. Algo tenía que llegar. Un día, unos gitanos catalanes que estaban de paso me hablaron del francés del oso que andaba los pueblos cercanos haciendo bailar al animal. Lo encontré, llegué a un acuerdo con él y volvimos a esperar a que se organizase otra partida de contrabando. Cuando el Gordo y sus hombres estaban fuera y el pueblo en manos de ancianos y mujeres, el francés entró con el oso y montó su espectáculo, y mientras todos ellos se divertían con bailes y juegos malabares, yo me colé sin problemas en la casa del Gordo.

—¿Vacía? —le interrumpió el tío Basilio.

—No. Había un vigilante de confianza que, sin abandonar su puesto, intentaba ver al oso desde lejos.

Basilio y Juan interrogaron al abuelo con la mirada; los demás gesticularon simulando una pena que no sentían: si Melchor estaba allí con los dineros del Gordo, mal parado habría salido el vigilante. Durante unos segundos, el gitano siguió el curso de aquellos pensamientos. Le había costado que el hombre hablara. Primero lo vio desprevenido: cebó y cargó su mosquete, se acercó a él por la espalda y le amenazó poniendo el cañón en su nuca. Lo llevó al interior de la vivienda y lo desarmó. El hombre era cojo, por eso no acompañaba a la partida, pero no por ello era menos fuerte. Se conocían de antes de su cojera.

—Este será tu fin, Galeote —pronosticó el vigilante mientras Melchor, con el cañón del arma bajo la garganta del hombre, extraía de su faja, con la mano libre, una pistola y un gran puñal que dejó caer al suelo.

—Yo que tú me preocuparía de mi propio fin, Cojo, porque o colaboras o me precederás. ¿Dónde esconde ese ladrón sus tesoros?

—Estás más loco de lo que creía si piensas que te lo voy a decir.

—Lo harás, Cojo, lo harás.

Lo obligó a tumbarse en el suelo con los brazos extendidos. Desde fuera seguían escuchándose vítores y aplausos por las gracias del oso.

—Como grites —le advirtió Melchor apuntándole a la cabeza—, te mataré. Tenlo por seguro.

Luego pisó con fuerza el dedo meñique de su mano derecha. El Cojo apretó los dientes mientras Melchor notaba cómo se quebraban las falanges. Repitió la operación con los cuatro restantes, en silencio, girando el tacón sobre los dedos. Las gotas de sudor corrían por las sienes del hombre. No habló.

—Además de cojo, quedarás manco —le dijo el abuelo al pasar a la mano izquierda—. ¿Crees que el Gordo te lo agradecerá suficiente, que te dará de comer cuando no puedas hacerlo tú solo? Te dejará tirado como a un perro, lo sabes.

—Mejor perro abandonado que hombre muerto —masculló el hombre—. Si te lo digo, me matará.

—Cierto —afirmó el gitano poniendo el tacón sobre el meñique de la izquierda, siempre apuntándole a la cabeza—. Lo tienes complicado: o te mata él o te desgracio yo —añadió sin llegar a presionar—, porque después seguiremos con la nariz y los pocos dientes que te quedan, para terminar con los testículos. Los ojos te los dejaré para que veas cómo te desprecia la gente. Si aguantas, palabra de gitano que me iré de esta casa con las manos vacías. —Melchor dejó transcurrir unos segundos para que el hombre pensara—. Pero tienes otra posibilidad: si me dices dónde está el dinero, seré generoso contigo y podrás escapar con algo en la bolsa… y el resto de tu cuerpo intacto.

Y el gitano cumplió su palabra: entregó al Cojo varias monedas de oro y lo dejó marchar; no lo denunciaría con aquellos dineros en su bolsa y tendría tiempo suficiente para escapar.

—Entonces —dijo Tomás cuando su hermano puso fin a la historia—, el Gordo no puede saber si fuiste tú quien le robó o si le traicionó su propio hombre de confianza.

Melchor ladeó la cabeza e instintivamente se llevó la mano al lóbulo de una de sus orejas, sonrió, bebió vino y habló.

—¿Qué satisfacción puede proporcionarnos la venganza si la víctima no sabe que ha sido uno el que se la ha tomado?

Después de que el Cojo abandonara la casa, Melchor se había quitado uno de los grandes aros de plata que colgaban de sus orejas y lo depositó justo en el centro del cofrecillo que había vaciado de las posesiones del contrabandista.

—Lo sabe —contestó a su hermano—, ¡por el mismísimo diablo que sabe que he sido yo! Y en este momento, precisamente ahora, estará maldiciéndome y renegando de mí, igual que hace por las noches y al despertar, si es que en algún momento ha logrado conciliar el sueño, y…

—Te perseguirá hasta matarte —sentenció el tío Basilio.

—Seguro. Pero ahora tendrá otros problemas más acuciantes: no puede financiar el contrabando, y ni siquiera podrá pagar a sus hombres. Ha perdido gran parte de su poder. Veremos cómo responden todos los que le odian, que son muchos.

Basilio y Tomás asintieron.

Melchor no quiso regresar al callejón de San Miguel; nada le ataba al lugar de los herreros y, entre su hija y José Carmona de una parte y Milagros de otra, eligió a su nieta. Después de charlar con los Vega, cuando ya anochecía, se dirigió a la choza donde vivía la muchacha.

—Gracias por lo que hiciste por la niña, María —dijo nada más entrar; las dos cocinaban algo parecido a un pedazo de carne en una olla.

La anciana se volvió hacia él y restó importancia al hecho con un gesto de la mano. Melchor se quedó parado un paso por delante de la basta cortina que hacía las veces de puerta y observó a su nieta durante un buen rato; esta volvía de vez en cuando la cabeza, le miraba de reojo y le sonreía.

—¿Qué quieres, sobrino? —preguntó la vieja con voz cansina, de espaldas a él.

—Quiero… un palacio donde vivir con mi nieta rodeado por una inmensa plantación de tabaco… —Milagros hizo ademán de girarse, pero la vieja le dio un codazo en el costado y la obligó a continuar prestando atención al fuego. Melchor entornó los ojos—. Quiero caballos y vestidos de seda de colores; joyas de oro, decenas de ellas; música y bailes y que los payos me sirvan de comer cada día. Quiero mujeres, también por decenas… —La vieja propinó otro codazo a Milagros antes de que esta se volviese. En esta ocasión Melchor sonrió—. Y un buen esposo para mi nieta, el mejor gitano de la tierra… —De espaldas, Milagros ladeó la cabeza de izquierda a derecha, con donaire, como si le gustase lo que oía, incitándole a continuar—. El más fuerte y gallardo, rico y sano, libre de toda atadura y que le dé a mi nieta muchos hijos…

La muchacha continuó un rato con sus cabeceos hasta que la vieja María habló.

—Pues nada de eso encontrarás aquí. Te has equivocado de lugar.

—¿Estás segura, vieja?

La anciana se volvió y, con ella, Milagros. De una de las manos del abuelo, el brazo extendido, colgaba un precioso collar de pequeñas perlas blancas.

—Por algo hay que empezar —dijo entonces Melchor, y se acercó a su nieta para ceñir el collar a su cuello.

—¡Qué triste es llegar a vieja y saber que tu cuerpo ya no excita a los hombres! —se quejó la curandera mientras Milagros acariciaba con las yemas de los dedos las perlas que resplandecían en su cuello atezado.

Melchor se volvió hacia la anciana.

—A ver si con esto… —empezó a decir mientras rebuscaba en uno de los bolsillos interiores de su chaquetilla azul— logras atraer a tu lecho a algún gitano que caliente ese cuerpo que ya no…

La vieja no le permitió terminar la frase: tal y como Melchor extraía un medallón de oro con incrustaciones de nácar, se lo quitó de las manos y, casi sin mirarlo, como si tuviera miedo de que el gitano se arrepintiese, lo guardó en el bolsillo de su delantal.

—Pocos hombres vendrán a mí por esta minucia —le soltó después.

—Pues aquí hay uno que necesita cenar y un rincón donde dormir.

—De comer te daré, pero olvídate de dormir en esta casa.

—¿No es suficiente con el medallón?

—¿Qué medallón, gitano embustero? —respondió ella con fingida seriedad antes de volverse de nuevo hacia la olla.

Milagros no pudo hacer más que encogerse de hombros.

—Canta, morena.

Caridad, absorta en su trabajo a la luz de una vela, esbozó una maravillosa sonrisa que iluminó su rostro. Parado en la entrada, Melchor examinó la choza: los ancianos descansaban ya en su cama, desde donde lo miraron con expectación.

—Antonio —le dijo el abuelo al viejo, al tiempo que le lanzaba una moneda que el otro agarró al vuelo—, tú y tu mujer podéis dormir en el jergón de la morena. Ella y yo lo haremos en la cama, que es más grande.

—Pero… —empezó a quejarse aquel.

—Devuélveme el dinero.

El viejo acarició la moneda, rezongó y propinó un codazo a su esposa. A Caridad se le escapó otra sonrisa mientras los dos malcarados gitanos renunciaban de mala gana a lo que constituía su bien más preciado.

—¿Tú de qué te ríes? —le espetó entonces la vieja, atravesándola con la mirada.

Caridad mudó el semblante, y mientras los ancianos se arrebujaban con dificultad bajo una manta en el jergón de Caridad, Melchor fue hasta la mesa y tanteó algunos de los cigarros que ya estaban preparados. Guiñó un ojo a Caridad y se llevó uno a los labios. Luego se desprendió de su chaquetilla azul y de las botas y se tendió en la cama, con la cabeza reclinada contra la cabecera, donde prendió el cigarro e inundó de humo la choza.

—Canta, morena.

Caridad deseaba que se lo volviera a pedir. ¡Cuántas noches había anhelado volver a trabajar con aquel hombre a su espalda! Cortó la hoja de tabaco que iba a utilizar como capa con una habilidad extraordinaria y empezó a canturrear pero, sin proponérselo, sin pensar en ello, dejó de lado aquellos monótonos cánticos de su África natal e, igual que si estuviera trabajando en la vega o en un cañaveral, aprovechó su música para narrar sus desvelos y sus esperanzas tal y como hacían los negros esclavos en Cuba, quienes solo cantando eran capaces de hablar de sus vidas. Y mientras continuaba trabajando, pendiente del movimiento de sus manos, atenta al tabaco, sus sentimientos fluyeron libres y se vertieron en la letra de las canciones. «Y esos dos gitanos viejos me roban la fuma de esclava —protestó en una de ellas—; y luego mientras chupan las venas, se quejan del tabaco que ha trabajado la negrita.»

También pidió disculpas por haberse dejado robar el tabaco: «Y aunque el gitano diga que no tuve culpa, sí la tuvo la negra, pero ¿qué iba a hacer la negrita contra el blanco?». Lloró por sus prendas rojas desgarradas y se alegró porque Milagros las hubiera arreglado. Confesó su intranquilidad por la partida de Melchor en busca de venganza. Agradeció las tranquilas noches en el callejón de San Miguel. Cantó a la amistad de Milagros y a la hostilidad de sus padres, y a la reconciliación de la muchacha con ellos, y a la vieja María que la cuidaba, y a las fiestas y al oso y…

—Morena —la interrumpió el abuelo. Caridad volvió la cabeza—. Ven aquí a fumar conmigo.

Melchor palmeó el colchón y Caridad obedeció. Las maderas de la cama crujieron amenazando con ceder cuando se subió a ella y se tumbó al lado del gitano, que le pasó el cigarro. Caridad chupó con fuerza y sintió que el humo llenaba por entero sus pulmones, donde lo mantuvo hasta que empezó a sentir el placentero cosquilleo. Melchor, con el cigarro otra vez entre sus dedos, expulsó el humo hacia el techo de cañas y paja que los cubría y lo tornó a Caridad. «¿Qué debo hacer? —se preguntó ella al chupar una vez más—. ¿Tengo que seguir cantando?» Melchor se mantenía en silencio, con la mirada perdida en aquel techo por el que se filtraba el agua de la lluvia. Ella dudaba entre cantar u ofrecerle su cuerpo. En todas las ocasiones en que había subido a una cama a lo largo de su vida, lo había hecho para que algún hombre disfrutase de ella: el amo, el capataz, hasta el joven hijo de otro amo blanco que se encaprichó de ella un domingo. Fumó. Nunca había sido ella quien se ofreciera; siempre habían sido los blancos los que la llamaban y la llevaban al lecho. Melchor fumó también; el cigarro quemaba ya cuando se lo pasó de nuevo. Él la había invitado a la cama... pero no la tocaba. Esperó unos instantes para que el cigarro se enfriase. Notaba el contacto del cuerpo del gitano, de costado junto al suyo, apretujados ambos, pero no percibía esa respiración acelerada, esos jadeos con los que los hombres acostumbraban a abalanzarse sobre ella; Melchor respiraba tranquilo, como siempre. Y sin embargo ella, ¿acaso no latía con más fuerza su corazón? ¿Qué significaba? Fumó. Dos veces seguidas, con fruición.

—Morena —le dijo entonces el abuelo—, acábate el cigarro. Y procura no moverte mucho durante la noche o tendré que pagarles la cama por buena a esos dos. Ahora canta... como lo hacías en el callejón.

Melchor mantenía fija la mirada en el techo de cañas: solo con girar sobre sí se colocaría encima de ella, pensó. Sintió el deseo: se trataba de un cuerpo joven, firme, voluptuoso. Caridad lo aceptaría, estaba seguro. Ella empezó a cantar y las tristes melodías de los esclavos llenaron los oídos de Melchor. ¡Cuánto las había añorado! Dejaría de cantar; si se abalanzaba sobre ella dejaría de hacerlo. Y a partir de entonces nada sería igual, como siempre sucedía con las mujeres. La aflicción y el dolor que rezumaba aquella música aguijonearon en el gitano otros sentimientos que consiguieron nublar su deseo. Esa mujer había sufrido tanto como él, quizá más. ¿Por qué romper el encanto? Podía esperar... ¿a qué? Melchor se sorprendió ante la situación: él, Melchor Vega, el Galeote, meditando qué hacer. ¡En verdad era especial la morena! Entonces plantó una mano en su muslo y la deslizó por él, y Caridad calló y permaneció quieta, a la espera, en tensión. Melchor lo notó en los músculos de su pierna que se endurecieron, en su respiración que cesó durante unos instantes.

—Sigue cantando, morena —le pidió levantando la mano.

No volvió a buscar su cuerpo, y no lo hizo pese al ardor que sentía cuando despertaba en la noche y se encontraba revuelto con ella, los dos abrazados para protegerse del frío, y los pechos de la mujer o sus nalgas aplastados contra él. ¿Acaso no notaba su erección? La respiración pausada y tranquila de Caridad era suficiente respuesta. Y Melchor dudaba. La empujaba para separarla de él, pero ella seguía durmiendo, todo lo más rezongaba en un idioma desconocido para el gitano. «Lucumí», le había dicho ella una mañana. Confiaba en él, dormía plácidamente y le cantaba por las noches. No podía defraudarla, volvía a concluir, sorprendido en cada una de aquellas ocasiones, antes de apartarla de su lado con vigor.

Melchor se sentía cómodo en la gitanería, con su nieta y sus parientes, y adonde su hija Ana acudía con regularidad. Fue ella la que un día corrió a advertirle de que un par de hombres se habían presentado en el callejón simulando estar interesados en unos calderos; ni siquiera a los ojos del menos avispado de los gitanos aquella pareja pasó por compradora de nada. Entre trato y trato decían que le conocían y preguntaban por él, pero nadie, que ella supiera, les había dado noticia.

Tomás incrementó la vigilancia en la gitanería. Había adoptado esa medida en cuanto se enteró de la venganza de su hermano en los bienes del Gordo, pero ahora instó a los jóvenes Vega a que aumentasen el celo. Los gitanos de la huerta de la Cartuja estaban acostumbrados a permanecer en constante estado de alerta: la gitanería era frecuentada por todo tipo de delincuentes y huidos de la justicia que buscaban refugio en ella tratando de confundirse con los miembros de una comunidad que tenía a gala el vivir de espaldas a las leyes de los payos.

—No te preocupes —le dijo sin embargo Melchor a su hermano.

—¿Cómo no voy a hacerlo? Seguro que son los hombres del Gordo.

—¿Solo dos? Tú y yo podríamos con ellos. No hay que molestar a los jóvenes, tendrán cosas que hacer.

—Ahora nos sobra el dinero... por una buena temporada. Dos de ellos acompañan a la vieja María y a tu nieta cuando salen a buscar hierbas.

—A esos págales bien —rectificó Melchor.

Tomás sonrió.

—Te veo muy tranquilo —dijo después.

—¿No debería estarlo?

—No, no deberías, pero parece que dormir con la morena te sienta bien —afirmó con semblante taimado.

—Tomás —dijo el abuelo pasando el brazo por uno de los hombros de su hermano y acercando su cabeza a la de él—, tiene un cuerpo capaz de saciar el furor del mejor amante.

El otro soltó una carcajada.

—Pero no le he puesto una mano encima.

Tomás se zafó de su abrazo.

—¿Qué…?

—No puedo. La veo inocente, insegura, triste, desgarrada. Cuando canta…, bueno, ya la has oído. Me gusta escucharla. Su voz me llena y me transporta a cuando éramos niños y escuchábamos cantar a los negros esclavos, ¿recuerdas? —Tomás asintió—. Los negritos de ahora ya han perdido aquellas raíces y solo pretenden blanquearse y convertirse en payos, pero mi morena, no. ¿Recuerdas a padre y madre embobados con su música y sus bailes? Luego tratábamos de imitarlos en la gitanería, ¿recuerdas? —Tomás volvió a asentir—. Creo…, creo que si yaciese con ella se desharía el hechizo. Y prefiero su voz… y su compañía.

—Pues deberías hacer algo. La gitanería es un constante rumor. Piensa que tu nieta…

—La niña sabe que no hemos hecho nada. Te lo aseguro. Lo habría notado.

Y así era. Milagros, como todos los gitanos de la huerta, supo del trato de su abuelo con el matrimonio de ancianos, que se quejaban a quien quisiera escucharles del poco dinero que les había pagado Melchor por ocupar su cama para compartirla con la morena. ¿Cuándo y dónde se había visto que una negra durmiese en una cama con patas? Milagros no logró soportar la idea de que el abuelo y Cachita… Transcurrieron tres días hasta que se decidió y fue en busca de Caridad, a la que encontró sola en la choza, trabajando el tabaco.

—¡Fornicas con mi abuelo! —le increpó desde la misma puerta de entrada.

La sonrisa con que Caridad había recibido la presencia de su amiga se desdibujó en sus labios.

—No... —acertó a defenderse.

Pero la gitana no le permitió hablar.

—No he podido dormir pensando que ahí estabais los dos: jodiendo como perros. ¡Tú, mi amiga...! En quien he confiado.

—No me ha montado.

Pero Milagros no la escuchaba.

—¿No te das cuenta? ¡Es mi abuelo!

—No me ha montado —repitió Caridad.

La muchacha frunció el ceño, todavía enardecida.

—¿No habéis...?

—No.

¿Le habría gustado que lo hiciese? Tal era la duda que asaltaba a Caridad. Le complacía el contacto con Melchor; se sentía segura y... ¿deseaba que la montase? Más allá del contacto físico, no sentía nada cuando los hombres lo hacían. ¿Sería igual con Melchor? Tan pronto como la primera noche él retiró la mano de su pierna y le pidió que cantara, Caridad volvió a sentir el hechizo que se establecía entre ambos al ritmo de sus cantos de negros, sus espíritus unidos. ¿Le gustaría que la tocase, que la montase? Quizá sí... o no. En cualquier caso, ¿qué sucedería después?

Milagros malinterpretó el silencio de su amiga.

—Perdona por haber dudado de ti, Cachita —se excusó.

No preguntó más.

Por eso Melchor pudo sostener frente a Tomás que su nieta sabía que no tenía relaciones con Caridad. No habían sido necesarias explicaciones en ninguna de las muchas ocasiones en que el gitano acudía a verla.

—Te la robo —le anunciaba a la vieja María cuando entraba en la choza en la que ella y su nieta trabajaban con las hierbas; luego tomaba del brazo a la joven haciendo caso omiso a las quejas de la curandera.

Y los dos paseaban por la ribera del río o por la vega de Triana, las más de las veces en silencio, temerosa Milagros de quebrar con sus palabras el hechizo que envolvía a su abuelo.

Melchor también le pedía que bailase allí donde sonaban unas palmas, la invitaba a vino, la sorprendía con Caridad cuando las dos se escondían a fumar al anochecer y se sumaba a ellas —«yo no dispongo de los cigarros del fraile», se burlaba—, o la acompañaba a coger hierbas con la vieja gitana.

—Estas no curarían a nadie —rezongaba en esas ocasiones la curandera—. ¡Fuera de aquí! —gritaba al gitano espantándolo con las manos—. Esto es cosa de mujeres.

Y Melchor guiñaba un ojo a su nieta y se separaba unos pasos hasta situarse junto a los gitanos que Tomás había dispuesto que vigilaran a las mujeres y que ya conocían el mal carácter de la curandera; pero transcurría un rato y Melchor volvía a acercarse a Milagros.

Fue al regreso de uno de esos paseos cuando se enteraron de la noticia de la muerte del joven Dionisio Vega.

Existía en Triana un lugar que Melchor aborrecía; allí acudían, mezclados en tropel, el dolor, el sufrimiento, la impotencia, el rencor, el olor a muerte, ¡el odio a la humanidad entera! Incluso cuando andaba por Sevilla, cerca de la Torre del Oro, con el ancho Guadalquivir por medio, el gitano giraba el rostro hacia las murallas de la ciudad para no verlo. Sin embargo, aquel anochecer de primavera, tras el dramático entierro del joven Dionisio Vega, un impulso irreprimible le llevó a encaminarse a él.

Dionisio no tendría dieciséis años. Entre los constantes alaridos de dolor de las mujeres de la gitanería y del callejón de San Miguel, todas reunidas para rendir el último adiós al muchacho, Melchor no podía dejar de recordar la viveza e inteligencia de sus penetrantes ojos oscuros y su rostro siempre risueño. Era nieto del tío Basilio, que sobrellevaba la situación con entereza, intentando en todo momento no cruzar su mirada con la de Melchor. Cuando, al final de la ceremonia, Melchor se dirigió a su pariente, este aceptó su pésame y por primera vez a lo largo del día se enfrentó a él. Basilio nada le dijo porque la acusación flotaba en la gitanería: «Es culpa tuya, Melchor».

Y lo era. Aquellos dos hombres enviados por el Gordo de los que le había hablado su hija Ana desaparecieron. Quizá porque vieron a Melchor siempre acompañado, quizá al comprobar las medidas de seguridad. El caso es que con el transcurso del tiempo, la vigilancia ordenada por Tomás acabó. ¿Cómo pudieron pensar que el Gordo olvidaría la afrenta? Llegó la primavera y un día el joven Dionisio, junto a dos amigos, abandonó la huerta de la Cartuja y se internó en la fértil vega de Triana en busca de alguna gallina fácil de hurtar o de algún desecho de hierro que vender a los herreros. Dos hombres salieron a su paso. Los muchachos llevaban escrito que eran gitanos en su tez oscura, en sus ropas de colores y en los abalorios que colgaban de cuellos y orejas. No medió palabra antes de que uno de los hombres atravesase el corazón de Dionisio con un espadín. Luego, aquel mismo se dirigió a los restantes.

—Decidle al cobarde del Galeote que el Fajado no perdona. Decidle también que deje de esconderse entre los suyos como una mujer asustada.

«Que deje de esconderse como una mujer asustada.» Las palabras de los muchachos, mil veces repetidas desde que se presentaron en la gitanería con el cadáver de Dionisio, se clavaban como agujas candentes en el cerebro de Melchor mientras muchos de los gitanos escondían la mirada a su paso. «¡Piensan lo mismo!», se torturaba Melchor. Y tenían razón: se había escondido como un cobarde, como una mujer. ¿Se había vuelto viejo? ¿Se había vuelto como Antonio, que por una insignificante moneda le había cedido su preciada cama para que durmiera con la morena? Durante los tres días que se prolongó el velatorio, con las mujeres aullando sin cesar, rasgándose los vestidos y arañándose brazos y rostros, Melchor permaneció apartado incluso de Milagros y Ana, que eran incapaces de esconder su mirada de recriminación; llegó a creer ver una mueca de desprecio en el rostro de su propia hija. Tampoco tuvo el valor de sumarse a las partidas de gitanos que, infructuosamente, salieron en busca de los hombres del Gordo.

Mientras tanto se atormentó hasta la saciedad con la misma cuestión: ¿acaso se había convertido ya en alguien como el viejo Antonio, un cobarde capaz de causar la muerte de muchachos como Dionisio? ¡Hasta su propia hija trataba de evitarle!

Presenció el entierro, en un descampado cercano, encogido entre los demás gitanos. Vio cómo el padre del muchacho, acompañado del tío Basilio, ponía sobre los inertes brazos de Dionisio una vieja guitarra. Luego, con voz desgarrada, dirigiéndose al cuerpo sin vida de su hijo, clamó:

—Toca, hijo, y si he actuado mal, que tu música me ensordezca; si por el contrario he actuado correctamente, estate quieto y seré absuelto.

En un silencio estremecedor, Basilio y su hijo esperaron unos instantes. Luego, en cuanto dieron la espalda al cadáver, los demás hombres lo enterraron junto a su guitarra. Cuando la tierra cubrió por completo el sencillo ataúd de pino, la madre de Dionisio se dirigió a la cabecera y amontonó cuidadosamente los escasos objetos personales del muerto: una camisa vieja, una manta, una navaja, un pequeño cuerno plateado que en su infancia había lucido al cuello para espantar el mal de ojo y un viejo sombrero de dos picos que el muchacho adoraba y que la madre besó con ternura. Después prendió fuego a la pila.

En el momento en que las llamas empezaban a extinguirse y los gitanos a retirarse, Melchor se adelantó hasta la hoguera. Muchos se detuvieron y volvieron la cabeza para ver cómo el Galeote se desprendía de su chaquetilla de seda azul celeste, extraía la bolsa con sus dineros, que guardó en su faja, y arrojaba la prenda al fuego. Luego ofreció su mano al tío Basilio y el mismo cielo vino a sentenciar su delito.

El dolor, la angustia y la culpa dirigieron sus pasos por la orilla trianera del Guadalquivir. ¡Necesitaba estar allí!

—¿Adónde va? —preguntó en un susurro Milagros a su madre.

Las dos mujeres, y Caridad con ellas, se apresuraron a seguirle tan pronto como Melchor, con una mueca de resignación, inclinó la cabeza frente a Basilio y se perdió en dirección a Triana. Lo hacían a distancia, procurando que no las descubriese, sin llegar a imaginar que Melchor no se hubiera percatado de su presencia aunque caminaran a su lado.

—Creo que lo sé —contestó Ana.

No dijo más hasta que el abuelo superó el puente de barcas y, tras recorrer la ribera, se detuvo frente a la iglesia de la antigua universidad de Mareantes, donde se enseñaba a los niños las cosas de la mar y se atendía a los marineros enfermos.

—Era ahí —susurró la madre, atenta a la silueta del abuelo recortada contra las últimas luces del día.

—¿Qué pasa ahí? —inquirió Milagros, con Caridad a su espalda.

Ana tardó en responder.

—Esa es la iglesia de la Virgen del Buen Aire, la de los mareantes. Fíjate... —empezó a decirle a su hija, luego se corrigió ante la presencia de Caridad—: fijaos en la puerta principal. ¿Veis el balcón corrido abierto al río que está sobre ella? —Milagros asintió, Caridad no dijo nada—. Desde ese balcón, los días de precepto, se decía la misa a los barcos que estaban en el río; de esa manera los marineros ni siquiera tenían que desembarcar...

—Ni tampoco los galeotes. —Milagros terminó la frase por ella.

—Así es. —Ana suspiró.

Melchor continuaba erguido frente al portal de la iglesia, con la cabeza alzada hacia el balcón y el río casi lamiendo los tacones de sus botas.

—Tu abuelo nunca ha querido contarme nada de sus años de galeras, pero lo sé, lo escuché en algunas conversaciones que mantenía con los pocos compañeros que salieron vivos de esa tortura. Bernardo, por ejemplo. Durante los años que el abuelo estuvo a los remos, nada hubo que le doliese más, por mayores que fueran las penurias y calamidades por las que tuvo que pasar, que permanecer aherrojado a los maderos escuchando misa frente a Triana.

Porque Triana encarnaba la libertad y nada había más preciado para un gitano. Melchor soportaba los azotes del cómitre, padecía de sed y hambre envuelto en sus propios excrementos y orines, con el cuerpo plagado de llagas, remando hasta la extenuación. ¿Y qué?, se preguntaba a la postre, ¿acaso no era ese el destino de los gitanos ya fuere en tierra o en la mar? Sufrir la injusticia.

Pero cuando estaba frente a su Triana... Cuando llegaba a oler, casi a palpar, ese aire de libertad que naturalmente impelía a los gitanos a luchar contra toda atadura, entonces Melchor se dolía de todas sus heridas. ¿Cuántas blasfemias había repetido en silencio contra aquellos sacerdotes y aquellas sagradas imágenes del otro lado de la libertad? ¿Cuántas veces allí mismo, en el río, frente al retablo de la Virgen del Buen Aire y las pinturas de san Pedro y san Pablo flaqueándola, había maldecido su destino? ¿Cuántas se juró que nunca más volvería a elevar la mirada hacia ese balcón?

De repente, Melchor cayó de rodillas. Milagros hizo amago de correr hacia él, pero Ana la detuvo.

—No. Déjalo.

—Pero... —se quejó la muchacha—, ¿qué va a hacer?

—Cantar —las sorprendió con un susurro a sus espaldas Caridad.

Ana nunca había escuchado la «queja de galera» de boca de su padre. Este jamás la había cantado tras su puesta en libertad. Por eso, en cuanto el primer lamento, largo y lúgubre, inundó el anochecer, la mujer cayó postrada igual que él. Milagros, por su parte, sintió cómo se le erizaba el vello de todo el cuerpo. Nunca había escuchado nada parecido; ni siquiera las sentidas deblas de la Trianera, la esposa del Conde, podían compararse con aquel quejido. La muchacha sintió un escalofrío, buscó el contacto de su madre y apoyó las manos en sus hombros, donde Ana las buscó también. Melchor cantaba sin palabras, enlazando lamentos y quejidos que sonaban graves, quebrados, rotos, todos con sabor a muerte y a desgracia.

Las dos gitanas permanecían encogidas en sí mismas, sintiendo cómo aquel cántico indefinible, hondo y profundo, maravilloso en su tristeza, hería hasta sus sensaciones. Caridad, sin embargo, sonreía. Lo sabía: estaba segura de que todo lo que el abuelo era incapaz de decir podía expresarlo a través de la música; como ella, como los esclavos.

La queja de galera se prolongó durante unos minutos, hasta que Melchor la finalizó con un último lamento que dejó morir en sus labios. Las mujeres lo vieron levantarse y escupir hacia la capilla antes de emprender camino río abajo, en dirección contraria a la gitanería. Madre e hija permanecieron quietas unos instantes, vacías.

—¿Adónde va? —preguntó Milagros cuando Melchor se perdía en la distancia.

—Se va —acertó a contestar Ana con los ojos anegados en lágrimas.

Caridad, con los lamentos todavía resonando en sus oídos, intentó vislumbrar la espalda del gitano. Milagros sintió en los hombros de su madre las convulsiones del llanto.

—Volverá, madre —intentó consolarla—. No..., no se lleva nada; no tiene chaqueta, no lleva su mosquete, ni el bastón.

Ana no habló. El rumor de las aguas del río en la noche envolvió a las tres mujeres.

—Volverá, ¿verdad, madre? —añadió la muchacha, ya con la voz tomada.

Caridad aguzó el oído. Quería escuchar que sí. ¡Necesitaba saber que regresaría!

Pero Ana no contestó.

II

CANTO DE SANGRE

11

Sevilla,
30 de julio de 1749

solada por el insufrible calor estival, la vida ciudadana transcurría con languidez. Aquellos que podían hacerlo habían trasladado ya muebles, ropas y enseres de los pisos altos de sus casas a los bajos, donde trataban de luchar contra los calores y el solano; los demás, la mayoría de la población, se arrimaban a cualquiera de las dos riberas del Guadalquivir, la sevillana y la trianera, donde al menos podía encontrarse un atisbo de vida en la gente que se bañaba en el río, en busca de un poco de frescor, bajo la mirada atenta de los vigilantes destinados allí por el cabildo municipal para evitar las frecuentes muertes por ahogamiento. Así iba transcurriendo el día cuando un rumor empezó a correr entre la ciudadanía: el ejército estaba tomando la ciudad. No se trataba de los hombres de los alguaciles municipales o del asistente de Sevilla, ¡sino del ejército! De repente, soldados armados se apostaron en las trece puertas y en los dos postigos de las murallas de la capital y conminaron a la gente que se hallaba extramuros a entrar en ella. Bañistas, mercaderes, marineros y trabajadores del puerto, comerciantes, mujeres y niños... La muchedumbre se apresuró a obedecer las órdenes de los militares.

—¡Vamos a cerrar las puertas de la ciudad! —gritaban cabos y sargentos al frente de destacamentos armados.

Pero más allá de aquella advertencia, ningún mando ofreció mayores explicaciones; los soldados empujaban con sus fusiles a los sevillanos que se amontonaban en las puertas y preguntaban qué estaba sucediendo. La agitación alcanzó su punto álgido cuando alguien gritó que toda la ciudad estaba rodeada por el ejército. Muchos volvieron la mirada hacia Triana y comprobaron que así era: en el arrabal, en la otra orilla del río, se veía correr a sus gentes mezcladas entre los blancos uniformes de los soldados, y el puente de barcas se había convertido en un hervidero de caballerías que se apresuraban en una u otra dirección azuzados por los militares.

—¿Qué pasa?

—¿Hay guerra?

—¿Nos atacan?

Pero en lugar de respuestas la gente recibía empujones y golpes. Porque los soldados tampoco conocían las razones; solo habían recibido la orden de obligar a entrar a los vecinos y cerrar las puertas de la ciudad. Únicamente dos debían quedar abiertas: la del Arenal y la de la Carne.

—¡A casa! —gritaban los oficiales—. ¡Id a vuestras casas!

La misma orden iban pregonando por las calles las diferentes patrullas que circulaban por el interior de Sevilla y Triana; una orden que ese 30 de julio de 1749 se gritó a lo largo y ancho de toda España en una minuciosa y secreta operación militar ideada por el obispo de Oviedo y presidente del Consejo de Castilla, don Gaspar Vázquez Tablada, y el marqués de la Ensenada, quien pocos años antes había endurecido las penas para los gitanos hechos presos fuera de sus lugares de origen: la muerte. En virtud de aquella nueva pragmática de 1749, las tropas reales tomaron ese mismo día todas las ciudades del reino en las que se tenía constancia de que vivían gitanos.

Al cabo de unas horas, las puertas de Sevilla habían quedado cerradas, y las del Arenal y la Carne se hallaban fuertemente custodiadas; Triana había sido cercada por el ejército, los buenos ciudadanos corrieron a refugiarse en sus casas y los piquetes se apostaron estratégicamente en determinadas calles. Fue entonces cuando los soldados recibieron por fin instrucciones directas por parte de sus superiores: detener a todos los gitanos, personas infames y nocivas, sin consideración de su sexo o edad, y confiscar todos sus bienes.

Con anterioridad se habían cursado los pertinentes oficios secretos a los corregidores de todas las poblaciones del reino en las que había censadas familias gitanas, por lo que el asistente de Sevilla, en su calidad de corregidor de la ciudad, ya había señalado con los mandos militares las casas y los lugares donde debía procederse a la detención.

Como sucedió en toda España, los gitanos asistieron a la infame medida estupefactos: en Sevilla se los detuvo sin que presentaran oposición, igual que ocurrió en Triana con los herreros del callejón de San Miguel y los que vivían en la Cava o sus alrededores. Mejor suerte corrieron sin embargo los de la gitanería de la huerta de la Cartuja: al estar en campo abierto, muchos de ellos pudieron escapar dejando atrás sus escasas pertenencias. Con todo, dos fallecieron bajo los disparos de los soldados cuando huían, otro resultó herido en una pierna y otro más se ahogó en el río ante la impotencia de su mujer, el llanto de sus hijos pequeños y el desdén de la tropa.

Cerca de ciento treinta familias gitanas fueron apresadas en Sevilla en la redada masiva de julio de 1749.

En el interior de la choza, Caridad escuchó los gritos de los oficiales del ejército que se elevaban por encima del tumulto.

—¡Detenedlos a todos!

—¡Que no escape ninguno!

Dejó de trabajar el tabaco que le seguía entregando fray Joaquín. Asustada por el alboroto de las carreras de gitanos y soldados, los chillidos de niños y mujeres y algún que otro disparo, se levantó de la mesa y se apresuró hacia la entrada justo cuando Antonio y su esposa corrían renqueantes en dirección contraria, ayudándose entre ellos.

—¿Qué...? —intentó preguntarles.

—¡Aparta! —la empujó el anciano.

Se quedó allí parada, absorta, observando cómo los soldados se echaban encima de las mujeres o amenazaban con sus fusiles a los hombres. Muchos lograban escapar y traspasaban con arrojo la línea envolvente con la que los militares habían tratado de tomar la gitanería. Buscó a Milagros con la mirada, sin hallarla, y vio cómo el tío Tomás distraía a un grupo de soldados para que uno de sus hijos huyera con su familia a cuestas. El propio tío Tomás fue violentamente reducido, pero su hijo se perdió entre las huertas. No había ni rastro de Milagros. Algunos gitanos escapaban saltando por encima de los tejados de las chozas para caer tras la tapia de la huerta de la Cartuja y emprender una frenética carrera hacia la libertad. Antonio y su esposa volvieron a empujarla al abandonar la choza. Caridad los siguió con la mirada: la anciana iba perdiendo el tabaco y los cigarros que había hurtado del interior. Los observó correr con dificultad hacia… ¡los soldados! Uno de ellos soltó una carcajada al verlos acercarse, viejos y a trompicones, pero mudó el semblante cuando Antonio mostró una gran navaja en la mano. Un golpe con la culata del fusil en el estómago del anciano bastó para que este soltase el cuchillo y cayese al suelo. El soldado y dos compañeros rieron como si diesen por terminada la lucha justo antes de que la gitana dejase caer su bolsa y los sorprendiera abalanzándose con una asombrosa fuerza y agilidad, nacida del odio y de la ira, con las manos en forma de garras como única arma, sobre aquel que había golpeado a su marido. Los hombres tardaron en reaccionar. Caridad vio aparecer unos surcos de sangre en el rostro del soldado. Les costó reducir a la anciana.

—¿Qué haces tú aquí?

Pendiente como estaba de Antonio y su esposa, Caridad no se había percatado de que la operación casi había finalizado y de que el resto de los soldados entraba ya en las chozas. Los gitanos detenidos permanecían agrupados en la calle y rodeados. Bajó la mirada ante el soldado que se había dirigido a ella.

—¿Qué haces tú aquí, negra? —repitió este ante el silencio de Caridad—. ¿Eres gitana? —Luego la miró de arriba abajo—. No.

¿Cómo vas a ser gitana? ¡Eh! —gritó a un cabo que paseaba la calle—, ¿qué hacemos con esta?

El cabo se acercó y le formuló las mismas preguntas. Caridad siguió sin contestar y sin mirarlos.

—¿Por qué estás en la gitanería? ¿Acaso eres esclava de alguno de ellos? —Él mismo desechó la idea negando repetidamente con la cabeza—. Has escapado de tus amos, ¿no? Sí, eso es lo que debe…

—Soy libre —consiguió decir Caridad con un hilo de voz.

—¿Seguro? Demuéstramelo.

Caridad entró en la choza y volvió con su hatillo, en el que rebuscó hasta encontrar los documentos que el escribano de *La Reina* le había entregado.

—Cierto. —Tras examinarlos y toquetearlos, como si pudiera reconocer por el tacto lo que era incapaz de leer, el cabo los dio por buenos—. ¿Qué llevas ahí?

Caridad le entregó el hatillo, pero igual que había sucedido en la puerta de Mar de Cádiz, el militar dejó de buscar tan pronto su mano se topó con la vieja, áspera y gastada frazada con la que se protegía del frío en invierno y se limitó a sopesar y zarandear el hatillo por si algo en su interior tintineaba, pero poco podían pesar o tintinear la frazada, las ropas coloradas, algunos cigarros que le había entregado fray Joaquín en pago por su trabajo y el sombrero de paja que colgaba atado a él.

—¡Vete de aquí! —le gritó entonces—. Bastantes problemas tenemos ya con toda esta escoria.

Caridad obedeció y emprendió camino hacia Triana. Sin embargo, remoloneó en la calle al pasar junto a los gitanos detenidos. ¿Estaría Milagros entre ellos? Los soldados los desarmaban y les quitaban sus joyas y abalorios al tiempo que un nuevo ejército, este de escribanos, intentaba tomar nota de sus nombres y de los bienes que les pertenecían.

—¿De quién es esta mula? —preguntó a gritos un soldado con el ronzal de una enjuta acémila en la mano.

—¡Mía! —chilló uno de los gitanos.

—¡Quita, mentiroso! —saltó una mujer—. ¡Esa es de un labrador de Camas!

Algunos gitanos rieron.

«¿Cómo pueden reírse?», se asombró Caridad mientras continuaba buscando a Milagros entre ellos. Vio al tío Tomás, y a Basilio y a Mateo…, a la mayoría de los Vega viejos. También vio a Antonio y a su esposa, abrazados. Pero no encontraba a Milagros.

—De acuerdo —se plantó el soldado de la mula—, ¿de quién es?

—De él —contestó alguien señalando al primer gitano.

—Del de Camas —dijo otro.

—Mía —se escuchó de entre el grupo.

—No. Es mía —rió un tercero.

—La tuya es la otra.

—No, esa sí que es la del de Camas.

—¿Tenía dos mulas el de Camas?

—¡Del rey! —terció un joven—. Del rey —repitió ante la exasperación del soldado—. ¡Es la que le tenemos guardada para que la monte cuando viene de visita a Triana!

Los gitanos estallaron de nuevo en carcajadas. Caridad ensanchó los labios en una sonrisa, pero sus ojos seguían expresando la preocupación que sentía por Milagros.

—No la han detenido —le gritó el tío Tomás imaginando qué era lo que le preocupaba—. No está, morena.

—¿Qué es lo que no está? —les sorprendió de malos modos el mismo cabo que había interrogado a Caridad y que se había acercado ante el barullo.

Caridad titubeó y bajó la mirada.

—La mula del rey, capitán —le contestó entonces Tomás con fingida seriedad—. No permita su excelencia que le engañen: en verdad la del rey es la mula que tiene el de Camas.

—¡Reíd! —gritó el cabo dirigiéndose a todos los detenidos—. Aprovechad para reír ahora, porque allí donde vais dejaréis de hacerlo. ¡Os lo juro! —Luego se volvió hacia Caridad—: Y tú, ¿no te había dicho que…?

—General —le interrumpieron desde el grupo—, al lugar al que nos va a mandar, ¿podremos llevarnos la mula del rey?

El cabo enrojeció y, entre las risas y las burlas, Tomás apremió con gestos a Caridad para que escapase.

Triana también estaba tomada por el ejército real. Gran parte de la tropa se hallaba en el callejón de San Miguel y en la Cava Nueva, lugares en los que aparecían avecindados la mayoría de los gitanos, pero no por ello dejaba de haber patrullas que continuaban recorriendo las calles por si alguno había escapado o se había ocultado en casa de algún payo. El rey había previsto duras penas para quienes los ayudaran, y las denuncias anónimas, fundadas o no, empezaron a producirse como fruto de viejas rencillas vecinales.

A Caridad solo se le ocurrió un lugar adonde ir y hacia allí encaminó sus pasos: el convento de predicadores de San Jacinto. Pero las iglesias y los conventos también eran objeto de vigilancia por parte de los soldados. Así lo comprobó al entrar en Triana por la calle Castilla y pasar por delante de la iglesia de Nuestra Señora de la O. Caridad siempre miraba con atención aquella sobria iglesia: no sabía de ninguna orisha encarnada en la Virgen de la O, pero fray Joaquín le había imbuido el afecto que él mismo sentía por aquel templo: «Su fábrica se realizó exclusivamente con las limosnas que recogió la hermandad —le comentó un día—. Por eso es tan querida en Triana.»

Caridad sorteó a la patrulla de soldados apostada frente a la fachada principal de la iglesia, y oyó que un oficial discutía acaloradamente con un sacerdote. Igual sucedía en la parroquia de Santa Ana, y en Sancti Espiritus, en los Remedios, en la Victoria, en las Mínimas, en los Mártires o en San Jacinto. El rey había conseguido una bula papal por la que se permitía la extracción de los gitanos refugiados en sagrado, por lo que todos aquellos que habían huido y buscado su salvación en el asilo eclesiástico estaban siendo extraídos, no sin arduas discusiones con los sacerdotes que defendían los privilegios de aquella atávica institución de la que tanto uso hacían los gitanos.

San Jacinto estaba en peor situación que la iglesia de la O.

Dada la cercanía del callejón de San Miguel y de la Cava Nueva, eran varios los gitanos que habían buscado asilo en aquel templo ante la entrada de las tropas. Casi la totalidad de los veintiocho frailes predicadores que componían la comunidad hacían piña junto a su prior, empeñado en impedir el acceso al templo en construcción de un teniente que no hacía más que mostrarle la orden del rey. Fray Joaquín no tardó en percatarse de la presencia de Caridad, ya que su viejo sombrero de paja destacaba entre la muchedumbre que esperaba a ver cómo se resolvía la disputa. El joven religioso abandonó a sus hermanos y corrió hacia ella.

—¿Qué ha pasado en la gitanería? —inquirió antes incluso de llegar a su altura; tenía las facciones contraídas por la preocupación.

—Han llegado los soldados… Disparaban. Han detenido a los gitanos…

—¿Y Milagros?

El grito llamó la atención de la gente. Fray Joaquín agarró a Caridad del brazo y se separaron unos pasos.

—¿Y Milagros? —repitió.

—No sé dónde está.

—¿Qué quieres decir? Están deteniendo a todos los gitanos. ¿La han detenido?

—No. Detenida, no. Tomás me dijo…

El suspiro de alivio que salió de boca del religioso interrumpió sus palabras.

—¡Bendita seas, Señora! —exclamó después el fraile alzando la vista al cielo.

—¿Qué puedo hacer, fray Joaquín? ¿Por qué detienen a los gitanos? Y Milagros, ¿dónde estará?

—Cachita, allí donde esté, estará mejor que aquí. Tenlo por seguro. En cuanto a por qué los detienen…

Los aplausos y vítores de la gente interrumpieron la conversación y los obligaron a volverse hacia San Jacinto. El prior había cedido y tres gitanos, varios chiquillos y una gitana con un niño de pecho en brazos abandonaban la iglesia escoltados por los militares.

—Los detienen por ser diferentes—sentenció el fraile cuando los retraídos ya se perdían en dirección a la Cava—. Te puedo asegurar que no son peores que muchos de los que ellos llaman payos.

Fray Joaquín no tuvo mayores problemas para conseguir que una devota familia de camaroneros de la calle Larga acogiera a Caridad durante unos días; algunas monedas del peculio personal del religioso ayudaron a la decisión. Caridad se instaló en el cobertizo que servía a un diminuto huerto ubicado en la parte trasera de la casa del pescador. Sentada entre algunos viejos aperos para el cultivo de las hortalizas y diverso material de pesca amontonado allí, poco tenía que hacer aparte de fumar y preocuparse por Milagros. La hospitalidad de aquellos «buenos cristianos», como los tildó fray Joaquín, desapareció tan pronto como lo hizo el religioso.

Al día siguiente de la detención, toda Triana acudió a presenciar la salida de los gitanos por el puente de barcas. Confundida entre el gentío, Caridad vio cómo Rafael García, el Conde, arrastraba los pies con la mirada baja, encabezando una larga hilera de hombres y niños mayores de siete años que caminaban tras él, todos atados a una gruesa cuerda. Su destino: la cárcel real de Sevilla. Muchos de los ciudadanos les insultaban o les escupían. «¡Herejes!», «¡Ladrones!», gritaban a su paso, mientras les lanzaban las basuras y desechos que se amontonaban en las calles. Caridad no pudo advertir en ninguno de ellos la ironía que le sorprendió el día anterior en la huerta. Ahora todos sabían ya cuáles eran las órdenes reales: desde la cárcel los trasladarían a La Carraca, el arsenal militar de Cádiz, donde serían sometidos a trabajos forzados por el resto de su vida.

Además de impedirles acogerse a sagrado y de confiscarles sus bienes para venderlos en almoneda pública y pagar los gastos de la redada, los soldados también habían desposeído de las cédulas de castellanos viejos o de las provisiones de vecindad a quienes disponían de ellas. Solo con esos documentos oficiales los gitanos podían demostrar que no eran vagos o malhechores; desposeerlos de ellos —aunque muchos fueran falsos— significaba que en adelante ni siquiera podrían acreditar su identidad y su estado. De la noche a la mañana, la mayoría de los gitanos herreros del callejón de San Miguel y otros muchos más que llevaban años trabajando y conviviendo con los payos se habían convertido en delincuentes.

A mitad de la cuerda, Caridad reconoció a Pedro García, el amor imposible de Milagros. ¿Qué diría la muchacha si lo viese en aquella situación? Los ojos de Milagros chispeaban en la noche al recordarle, más aún cuando el fantasma de Alejandro había dejado ya de atormentarla. Caridad también vio a José Carmona, abatido, escondiendo su rostro a los insultos.

Tras los hombres aparecieron las mujeres, las niñas y los varones menores de siete años, todos atados a cuerdas y vigilados por los soldados casi más estrechamente que los hombres. Caridad reconoció a Ana, la madre de Milagros, y a tantas otras que conocía del callejón, algunas con sus pequeños a cuestas. Sintió un escalofrío al paso de las gitanas: ellas no habían perdido su orgullo. No se callaban, y devolvían escupitajos e insultos a pesar de que también sabían lo que les esperaba: la reclusión por tiempo indefinido en una cárcel de mujeres.

—¡Brujas! —oyó gritar Caridad.

Al instante, la cuerda se combó y varias gitanas se abalanzaron sobre aquellas que las habían insultado y que, presas del pánico, trataron de retroceder entre la gente que se apretujaba a sus espaldas; los soldados tuvieron que esforzarse para impedirlo.

En el barullo, Ana vio a Caridad. Les habían llegado rumores de disparos, muertes y lucha en la gitanería.

—¿Y mi niña? —chilló.

Caridad estaba pendiente de los golpes que propinaban los soldados.

—¡Morena! —En esta ocasión Caridad la oyó—. ¿Y Milagros?

Caridad se disponía a contestar cuando de repente se dio cuenta de que muchos de los que la rodeaban estaban pendientes de ella, como si le recriminasen que hablara con las gitanas. Dudó. No podía enfrentarse a la gente..., pero Milagros... ¡y Ana era su madre! Cuando levantó la cabeza, la cuerda ya se había puesto en marcha y solo alcanzó a ver la espalda de Ana.

Por detrás de la gente que se agolpaba a ambos lados de la calle, Caridad persiguió la cuerda a la que iban atadas las mujeres. Adelantó a Ana y se apostó en la plaza del Altozano, en primera fila, delante del castillo de la Inquisición, donde era imposible que la gitana no se percatase de su presencia. Pero cuando la vio acercarse y los gritos e insultos de la muchedumbre arreciaron a su alrededor, el miedo volvió a apoderarse de ella.

Ana la vio. Y la vio bajar la cabeza al paso de la cuerda.

—Ayudadme —conminó entonces a las mujeres que la acompañaban—. Tengo que llegar hasta esa negra, hasta la morena de mi padre, allí, a la izquierda, ¿la veis?

—¿La del tabaco? —le preguntaron desde más adelante en la cuerda.

—Sí, esa. Tengo que saber de mi hija.

—Podrás fumarte un cigarro con ella —le aseguraron por detrás.

Así fue. Cuando Ana pasaba delante de Caridad, las gitanas se lanzaron a la izquierda y pillaron desprevenidos a los soldados. La cuerda volvió a combarse y unas cuantas cayeron al suelo llevándose incluso a algún militar por delante. Ana las imitó y se arrojó a tierra.

—¡Caridad! —gritó con voz firme, caída a sus pies.

Ella reaccionó al tono imperioso.

—¡Acércate!

Lo hizo y se acuclilló a su lado.

—¿Y Milagros? ¿Y mi niña?

Los soldados empezaban a poner orden, unos levantando a peso a las caídas, otros interponiéndose entre las que quedaban en pie, pero las gitanas, pendientes de Ana, se resistían e insultaban a la gente, abalanzándose sobre ella una y otra vez.

—¿Qué sabes de ella? —insistió Ana—. ¿La han detenido?

—No —afirmó Caridad.

—¿Está libre?

—Sí.

Ana cerró los ojos durante un segundo.

—¡Encuéntrala! ¡Cuídala! —le rogó después—. Es solo una niña. Buscad al abuelo y la protección de los gitanos… si quedan. Dile que la quiero y que la querré siempre.

De repente, Caridad salió despedida hacia atrás por la patada que le propinó en un hombro uno de los soldados. Ana se dejó levantar e hizo un gesto casi imperceptible a las demás mujeres. La lucha cesó, salvo por parte de una chiquilla que continuó pateando a un soldado.

Antes de regresar a su posición en la cuerda, Ana se volvió: Caridad se había caído al suelo e intentaba recuperar su sombrero entre las piernas de la gente. ¿Le había pedido a aquella mujer que cuidase de su hija?, se preguntó al tiempo que notaba que un sudor frío empapaba todo su cuerpo.

12

La vieja María retuvo a Milagros cuando esta intentó volver a Triana.

—Quieta, niña —le ordenó en susurros al ver a los soldados de infantería que se aproximaban a ellas—. Agáchate.

Se hallaban fuera del camino, recogiendo regaliz. No era la mejor época, se había quejado la curandera, pero necesitaba aquellas raíces con las que trataba tos e indigestiones. Había quien sostenía que también eran afrodisíacas, mas la vieja evitó comentar esa propiedad a Milagros, se dijo que ya tendría tiempo para aprenderlo. En el silencio de la extensa vega trianera, entre vides, olivos y naranjos, las dos habían aguzado el oído ante el rumor que se iba haciendo más y más perceptible. Al poco vieron avanzar con aire marcial una larga columna de infantes armados con fusiles, vestidos con casacas blancas cuyos faldones delanteros estaban doblados hacia atrás y unidos mediante corchetes, chupas ajustadas debajo, calzones, polainas abotonadas por encima de las rodillas y tricornios negros sobre complicadas pelucas blancas con tres bucles horizontales a cada lado que llegaban hasta el cuello y les tapaban las orejas.

Milagros contempló a los soldados de rostro serio, sudorosos por el sol estival que caía a plomo sobre ellos, y se preguntó a qué se debía semejante despliegue.

—No lo sé —le contestó la vieja María al tiempo que se levantaba con dificultad tras el paso del ejército—, pero seguro que es preferible que estemos detrás que delante de sus fusiles.

No tardaron en averiguarlo. Los siguieron a una distancia prudencial, ambas atentas y prontas a esconderse. Contemplaron cómo se dividían en dos al llegar a espaldas de Triana y cruzaron una mirada de terror al reparar en cómo una de aquellas columnas tomaba posiciones alrededor de la gitanería de la huerta de la Cartuja.

—Tenemos que avisar a los nuestros —dijo Milagros.

La vieja no contestó. Milagros se volvió hacia ella y se topó con un rostro arrugado y tembloroso; la curandera mantenía los ojos entrecerrados, pensativa.

—María —insistió la muchacha—, ¡van a por los nuestros! Debemos advertirles...

—No —la interrumpió la anciana con la mirada puesta en la gitanería.

Su tono, la negativa exhalada, larga en su dicción, surgida de sus mismas entrañas, proclamó la resignación de una vieja gitana cansada de luchar.

—Pero...

—No. —María fue rotunda—. Solo será una vez más, otra detención, pero saldremos adelante, como siempre. ¿Qué pretendes? ¿Levantarte y gritar? ¿Arriesgarte a que cualquiera de esos malnacidos dispare contra ti? ¿Correr a la gitanería? Te detendrían... ¿Y de qué serviría? Los nuestros ya están rodeados, pero sabrán defenderse. Estoy segura de que tu madre y tu abuelo apoyarían mi decisión. —Entonces, dudando de su obediencia, atenazó el antebrazo de la muchacha.

Agazapadas tras unos matorrales, esperaron a que se produjese el asalto como si estuvieran obligadas a presenciar la ruina de su pueblo, a vivir su dolor. No veían nada. Durante un buen rato solo oyeron el trajinar de las gentes en la gitanería confundido con los sordos sollozos de Milagros, que se convirtieron en un llanto incontrolado al primer grito del capitán de la compañía ordenando el asalto. María tiró de ella cuando la muchacha intentó asomar la cabeza y pugnó por acallarla, pero ¿qué importaba ya? Los disparos y los gritos de unos y otros atronaban la vega. La anciana agarró la cabeza de Milagros, la apretó contra sí y la meció. Los gitanos que conseguían burlar el cerco corrían hacia donde se encontraban ellas; nadie los perseguía, solo balas disparadas al azar.

—Madre... padre... —escuchó gemir la curandera a Milagros al tiempo que el alboroto decaía—. Madre... Cachita...

Con cada gemido, una bocanada de aliento cálido acariciaba el pecho de la anciana.

—La morena no es gitana —se le ocurrió decir—. No le pasará nada.

—¿Y mis padres? —se revolvió la muchacha tras liberarse del abrazo—. Lo mismo habrá pasado en Triana. Usted ha visto que los soldados se dividían...

Con las palmas abiertas, la vieja aferró por las mejillas aquel rostro congestionado, los ojos inyectados en sangre, las lágrimas corriendo por él.

—Ellos sí, muchacha. Ellos sí son gitanos. Y por eso mismo son fuertes. Lo superarán.

Milagros negó con la cabeza.

—¿Y yo? ¿Qué será de mí? —sollozó.

María dudó. ¿Qué iba a decirle: «Yo te protegeré»? Una anciana y una muchacha de quince años... ¿Qué harían? ¿Adónde irían? ¿De qué vivirían?

—Por lo menos tú eres libre —le recriminó sin embargo, dejando caer las manos con las que sostenía su rostro—. ¿Quieres ir con ellos? Puedes hacerlo. Solo tienes que andar unos pasos... —terminó la frase señalando hacia la gitanería con su dedo extendido en forma de garfio.

Milagros encajó el golpe. Escrutada por la penetrante mirada de la anciana, se sorbió la nariz, se limpió los mocos con el antebrazo e irguió el cuello.

—No quiero —dijo entonces.

La curandera asintió, complacida.

—Llora la suerte de tus padres —le dijo—, debes hacerlo.

Pero defiende tu libertad, niña. Es lo que ellos querrían y es lo único que tenemos los gitanos.

Aguardaron a que anocheciera escondidas entre los matorrales.

—Usted no puede correr —le dijo Milagros a la vieja—. Más vale que esperemos a que caiga la noche.

Mordisquearon las raíces de regaliz para calmar la tensión. Al mediodía, cuando el sol saltaba de oriente a poniente y la tierra no era de nadie, con el sonido de los gritos de los gitanos y los disparos de los soldados todavía flotando en el aire, Milagros recordó a Alejandro y el trabucazo que le había reventado cuello y cabeza. Hacía un año de su muerte. Acuclillada en la tierra, la muchacha alisó con delicadeza su falda azul, donde todavía se percibían restos de las manchas de sangre que se resistían a desaparecer por más que la lavasen. De no haber sido por aquel suceso la habrían detenido, como seguro que habían hecho con todos los gitanos del callejón de San Miguel. Creyó sentir la presencia del gitano en el escalofrío que corrió por su columna vertebral; era su momento, el de las almas de los muertos. Sin embargo, una sorprendente sensación de tranquilidad la asaltó tras el paso del estremecimiento, como si Alejandro hubiera acudido a defenderla con el mismo valor con que había aporreado la puerta del alfarero.

«¡Buen gitano!», se dijo justo en el momento en que las carcajadas provenientes de la gitanería, cuando se producía la discusión sobre la supuesta mula del rey, la devolvieron a la realidad. Antes de interrogar a María con la mirada, comprobó que el sol ya había superado su cenit.

La anciana se encogió de hombros ante el paradójico sonido de las risas en aquellas circunstancias.

—¿Los oyes? Ríen. No podrán con nosotros —sentenció.

La población de Camas se hallaba a media legua escasa de donde se escondían; sin embargo, en la noche, caminando con lentitud a la luz de la luna, sobresaltándose y escondiéndose hasta de sus propios ruidos, emplearon más de una hora en llegar a sus afueras.

—¿Dónde vamos? —susurró Milagros.

María trató de orientarse en la noche.

—Hay por aquí una pequeña casa de labor... Hacia allí —indicó con su dedo atrofiado.

—¿Quiénes son?

—Un infeliz matrimonio de agricultores que cuentan más chiquillos en su casa que árboles frutales en las tierras que tienen arrendadas. —La curandera andaba ahora con paso firme y decidido—. Cometí el error de apiadarme de ellos y rechazar el par de huevos que querían darme la primera vez que curé a uno de sus mocosos. Creo que desde entonces, cada vez que me llaman, me ofrecen los mismos huevos.

Milagros contestó con una risa forzada.

—Eso le pasa por hacer favores —dijo después.

«¿Debo contarle que fue su abuelo Melchor quien me rogó que fuera a curar a aquel niño? —se preguntó la anciana—. ¿Y añadir que su tez era más oscura que la de sus hermanos?» De todos modos, rió para sí, pocos parecidos se podían encontrar entre los demás hijos de aquella campesina, exuberante de carnes y liviana de hábitos.

—Equivocaciones como esa son frecuentes —optó por contestar—. No sé si sabes que hace poco me pasó algo parecido con una gitanilla que se había metido en un lío y a la que el consejo de ancianos pretendía desterrar.

María no quiso ver la mueca con que se torció el rostro de la muchacha.

—Ahí es —apuntó por el contrario; señalaba un par de pequeñas construcciones que se perfilaban en la oscuridad.

Las recibieron los ladridos de algunos perros. Al instante, una tenue luminosidad apareció tras una de las ventanas, en la que se descorrió un lienzo que era la única protección. La figura de un hombre se recortó en el interior de lo que no era más que un conjunto de dos chozas unidas tan miserables o más que las de la gitanería.

—¿Quién va? —gritó el hombre.

—Soy yo, María, la gitana.

Las dos mujeres continuaron avanzando, los perros ya tranquilos trotaban entre sus pies, mientras el campesino parecía consultar con alguien en el interior de la choza.

—¿Qué quieres? —inquirió al cabo, en un tono que complació poco a María.

—Por tu actitud —contestó la curandera—, creo que ya lo sabes.

—La justicia ha amenazado con la cárcel a todo aquel que os ayude. Han detenido a todos los gitanos de España a la vez.

Milagros y María se detuvieron a escasos pasos de la ventana. ¡Todos los gitanos de España! Como si quisiera acompañar la mala noticia con su presencia, el hombre salió a la luz: enjuto, cabello ralo, barba larga y descuidada y torso desnudo en el que exhibía un marcado costillar, testimonio del hambre que padecía.

—Quizá en la cárcel estarías mejor, Gabriel —le espetó la curandera.

—¿Qué sería de mis hijos, vieja? —se quejó este.

«¡Que los cuiden sus padres!», estuvo tentada de replicar la gitana.

—Tú los conoces, los has curado, no lo merecerían.

Los conocía, ¡claro que los conocía! Una pequeña, escuálida, abandonada, le había estado suplicando ayuda con sus grandes ojos hundidos en sus órbitas durante los dos largos días que tardó en morir en sus propios brazos; nada pudo hacer por ella.

—¡Todos los hijos de puta desagradecidos como tú deberían estar en la cárcel! —replicó con el recuerdo de los ojos de la niña.

El hombre pensó unos instantes. Tras él aparecieron dos muchachos que se habían despertado con la conversación.

—No te denunciaré —aseguró el campesino—, ¡lo juro! Te daré algo para que continúes tu camino, pero no me arruines la vida, vieja.

—Ahora le ofrecerá otra vez los dos huevos —susurró Milagros—. Vámonos, María. No podemos fiarnos de este hombre, nos venderá.

—Tu vida ya es una ruina, desgraciado —gritó la anciana haciendo caso omiso a la muchacha.

No podían seguir caminando. Era noche cerrada. Tampoco tenían dinero: lo poco que poseían había quedado en la gitanería a disposición de los soldados, se lamentó la curandera, incluso el precioso medallón y el collar de perlas que les había regalado Melchor. «Todos los gitanos de España», había dicho el campesino. Estaba cansada; su cuerpo no podría resistir… Necesitaba pensar, ordenar sus ideas, saber qué había sucedido y dónde estaban los que habían escapado.

—¿Vas a negar ayuda a la nieta de Melchor Vega? —soltó de repente.

Milagros y el campesino se sorprendieron a la vez. ¿Por qué mentaba María al abuelo? ¿Qué tenía que ver? Pero la curandera lo sabía: sabía que allí donde conocían a Melchor —y allí lo conocían bien— podían llegar a apreciarle tanto como a temerle.

—¿Sabes lo que te sucederá si se entera Melchor? —insistió María—. Añorarás la peor de las cárceles.

El hombre dudaba.

—¡Déjalas pasar! —se oyó entonces la voz de una mujer.

—El gitano debe de estar detenido —trató de oponerse aquel en dirección a su esposa.

—¿El Galeote detenido? —La mujer se carcajeó—. ¡Siempre serás un imbécil! ¡Te digo que las dejes entrar!

«¿Y si lo han detenido en alguna otra gitanería?», se preguntó entonces Milagros. Hacía cuatro meses que nadie sabía de él; ninguna noticia les había llegado por mucho que tanto ella como su madre, e incluso Caridad, habían preguntado a cuantos gitanos aparecían por Triana. No. Melchor Vega no podía estar detenido.

—Pero mañana al amanecer, sin falta, se irán —cedió el campesino interrumpiendo los pensamientos de Milagros, antes de desaparecer de la ventana.

Las dos mujeres aguardaron a que el hombre desatrancara los tableros con que mantenía cerrada la barraca. Entre ruidos de madera e insultos mascullados, Milagros se sintió observada: los dos muchachos que habían aparecido tras su padre, ahora junto al alféizar de la ventana, la desnudaban con la mirada. Instintivamente, la muchacha, sabiéndose manoseada en la imaginación de aquellos jóvenes, buscó el contacto de María.

—¿Qué miráis vosotros? —les recriminó la vieja tan pronto como notó que Milagros se acercaba a ella. Luego la cogió del brazo y la dirigió al interior, agachándose para entrar a través de un hueco que había logrado abrir el campesino.

María conocía la choza; Milagros torció el gesto ante el penetrante olor que la golpeó nada más entrar y lo que vislumbró a la luz de una vela casi consumida: tres o cuatro niños sudorosos dormían en el suelo, sobre paja, entre las patas de un borrico famélico que descansaba con el cuello y las orejas gachas; probablemente era el único bien que poseía aquella gente. «No hace falta que escondáis al pollino —pensó Milagros—. Ni siquiera el gitano más necesitado se acercaría a él.» Luego volvió la cabeza hacia un taburete roto y lo que era una mesa en la que descansaba una vela sobre una retorcida montaña de cera, ambos muebles junto al jergón donde yacía una mujer. Esta, tras entrecerrar los ojos tratando de vislumbrar en la joven gitana algún rasgo de Melchor, les indicó con un gesto desganado de la mano que se acomodasen donde pudieran.

Milagros vaciló. María tiró de ella hasta el borrico, al que apartó de un manotazo en la grupa, y se sentaron contra la pared, junto a los niños. El campesino, atrancada la puerta de nuevo, no lo hizo con su esposa; pese al calor del verano se acurrucó junto a una niñita rubia que rezongó en sueños a su contacto. María chasqueó la lengua con asco.

—Largo de aquí —soltó luego, cuando los muchachos de la ventana, sucios y harapientos, pretendieron tumbarse cerca de Milagros.

Antes de que decidiesen dónde hacerlo, la mujer del campesino extendió el brazo y apagó la vela pinzando el pabilo con las yemas de sus dedos; la repentina oscuridad hizo que Milagros oyera mejor el murmullo de las quejas y los traspiés de los dos hijos mayores.

Poco después, solo las respiraciones pausadas de los niños y el borrico, las esporádicas toses, los ronquidos del campesino y los suspiros de su esposa al tratar de acomodarse, una y otra vez, sobre el jergón, invadieron la choza entre las sombras que se advertían por la luz de la luna que se colaba a través del desgastado lienzo de la ventana. Sonidos e imágenes extraños para Milagros. ¿Qué hacían allí, bajo el mísero techo de unos payos que los habían acogido con recelo? Su ley lo prohibía; el abuelo lo decía: no se debe dormir con los payos. ¿Dormiría María?, se preguntó. Como si supiera lo que pasaba por la cabeza de la muchacha, la anciana buscó su mano. Milagros respondió, la agarró y apretó con fuerza. Entonces percibió algo más en aquellos delgados huesos atrofiados: María, inmersa en lo desconocido igual que ella, también buscaba consuelo. ¿Miedo? ¡La vieja no podía estar asustada! Siempre... siempre había sido una mujer osada y resuelta, ¡todos la respetaban! Sin embargo, la mano descarnada que se clavaba en su palma aseguraba lo contrario.

Lejos ya los disparos, el alboroto de la gitanería y la necesidad de huir; rodeada de extraños malcarados en una choza infecta, en la oscuridad y agarrada a una mano que repentinamente se había hecho vieja, la muchacha comprendió cuál era su verdadera situación. ¡Nadie los ayudaría! Los payos siempre los habían repudiado, así que ahora, cuando se hallaban amenazados por la cárcel, aún sería peor. Tampoco encontrarían gitanos entre los que refugiarse; al decir de aquel hombre, todos habían sido detenidos, y los pocos que hubieran logrado escapar estarían en su misma situación. Una lágrima, larga y lánguida, corrió por su mejilla. Milagros notó el roce, como si su lento deslizar quisiera hundirla en el desamparo. Pensó en sus padres y en Cachita. Anheló el abrazo de su madre, su cercanía, dondequiera que fuese, incluso en una cárcel. Su madre siempre había sabido qué hacer y la habría consolado... La vieja María ya dormía; su mano permanecía inerte, y su respiración entrecortada y ronca le anunció que estaba sola en su desesperación. Milagros se entregó al llanto. No quería pensar más. No deseaba...

Un golpe en su muslo paralizó hasta el correr de sus lágrimas. Milagros permaneció inmóvil mientras por su cabeza rondaba la posibilidad de que hubiera sido una rata. Reaccionó al sentir que unos dedos se clavaban en su entrepierna, por encima de sus ropas. «¡Uno de los hijos!», se dijo soltando con violencia la mano de la vieja María y buscando en la oscuridad la cabeza de la alimaña. Lo encontró de rodillas a su lado. El muchacho presionaba y pellizcaba con fuerza en su pubis, y cuando Milagros fue a gritar la acalló tapándole la boca con la otra mano. Los jadeos se le cortaron cuando ella le arrancó mechones de cabello. Con el dolor, Milagros logró zafarse de la mano que le tapaba la boca, se lanzó contra él, hincó los dientes debajo de una oreja y le arañó el rostro. Escuchó un aullido reprimido. Notó el sabor a sangre justo cuando él le levantaba la falda y las enaguas. Se retorció sobre sí misma, sin soltar su presa, ante la punzada de dolor que sintió cuando él alcanzó su vulva. Nunca la habían tocado ahí… Entonces mordió con saña hasta que él dejó en paz su entrepierna porque tuvo que utilizar las dos manos para defenderse de sus dentelladas, momento que Milagros aprovechó para empujarlo con el pie.

El ruido que produjo el hijo del campesino al caer no pareció importar a nadie. Milagros sudaba y jadeaba, pero sobre todo temblaba, un temblor incontrolable. Oyó cómo se movía el muchacho y supo con certeza que volvería a atacarla: era como un animal encelado, ciego.

—¡Tengo un cuchillo! —gritó mientras trataba de encontrar en los bolsillos del delantal de María la navaja que utilizaba la vieja para cortar las plantas—. ¡Te mataré si te acercas!

La anciana se despertó sobresaltada por los gritos y la agitación. Confusa, balbució algunos sonidos sin sentido. Milagros encontró por fin la navaja y la exhibió, con mano temblequeante, ante los ojos de rata que volvían a estar de nuevo a su lado; la hoja brilló a la luz de la luna que se colaba en la choza.

—¡Te mataré! —masculló con ira.

—¿Qué… qué sucede? —acertó a preguntar la vieja María.

—Fernando —la voz provenía de la cama de la madre—, lo hará, te matará, es una gitana, una Vega, y si tienes la desgracia de que no lo haga ella, lo hará su abuelo, pero antes, con toda seguridad, Melchor te castrará y te arrancará los ojos. ¡Deja tranquila a la niña!

Con la navaja temblorosa delante de su rostro, Milagros lo vio retroceder como el animal que era: a cuatro patas. Entonces su mano cayó cual peso muerto.

—¿Qué ha sucedido, niña? —insistió la anciana pese a intuir la respuesta.

Nunca nadie la había tocado ahí, y jamás habría imaginado que el primero sería un payo miserable. El amanecer las pilló despiertas, tal y como habían permanecido el resto de la noche. La luz fue mostrando la pobreza y la suciedad del interior de la barraca, pero Milagros no prestó atención a ello; la muchacha se sentía aún más sucia que aquella choza. ¿Le habría robado la virginidad aquel malnacido? De ser así, jamás podría casarse con un gitano. Aquella posibilidad la había obsesionado a lo largo de las horas. Mil veces rememoró las confusas escenas y mil veces se recriminó no haber hecho más por impedirlo. Pero había pateado, lo recordaba; quizá fuera en aquel momento…, seguro que había sido entonces cuando el muchacho pudo alcanzar su virtud. Al principio dudó en hacerlo, pero luego se confió a María.

—¿Hasta dónde ha llegado? —la interrogó la anciana en la oscuridad sin esconder su preocupación.

María era una de las cuatro mujeres que siempre intervenía, por parte de los Vega, en la comprobación de la virginidad de las novias. Milagros hizo un gesto de ignorancia con las manos que la otra no llegó a ver. ¿Qué sabía ella? ¿Hasta dónde tenía que llegar? Solo recordaba el dolor y una terrible sensación de humillación y desamparo. Se veía incapaz de definirla; era como si en aquel preciso instante, tan solo un segundo, todo y todos hubieran desaparecido y ella se enfrentase a sí misma, a un cuerpo mancillado que la insultaba.

—No lo sé —contestó.

—¿Ha hurgado dentro de ti? ¿Cuánto rato? ¿Cuántos dedos te ha metido?

—¡No lo sé! —gritó. Milagros se encogió ante la luz que iba penetrando en la barraca.

—Cuando amanezca —le susurró la curandera—, comprueba si tus enaguas están manchadas de sangre, aunque sean solo unas gotas.

«¿Y si lo están?», tembló la muchacha.

Gabriel, su esposa y sus hijos empezaron a levantarse. Milagros mantuvo la cabeza gacha y procuró evitar cruzar su mirada con los dos muchachos mayores; lo hizo sin embargo con un pequeño atezado de pelo rubio que no se atrevió a acercarse a ella pero que le sonrió con unos dientes extrañamente blancos. María volvió a torcer el gesto cuando la niñita rubia a la que se abrazaba el campesino en sus sueños mostró unos minúsculos y nacientes senos desnudos al desperezarse por delante de su padre. Josefa, se llamaba la pequeña; la había tratado de unas molestas lombrices hacía pocos meses. La niña, azorada, se escondió de la curandera al percatarse de su presencia.

El campesino, rascándose la cabeza, se dirigió a los tableros que usaba para cerrar la puerta seguido por el borrico, libre de ronzales. María señaló la puerta con el mentón.

—Ve —le dijo a Milagros, que se levantó y esperó junto al animal.

—¿Dónde piensas que vas? —gruñó el campesino.

—Tengo que salir —contestó la muchacha.

—¿Con esas ropas de colores? Te reconocerían a una legua de distancia. Ni lo pienses.

Milagros buscó la ayuda de la anciana.

—Tiene que salir —afirmó esta ya junto a la muchacha.

—Ni hablar.

—Tápate con esto.

Gabriel y las gitanas se volvieron hacia la esposa del campesino. La mujer, en pie, despeinada, vestida con una simple camisa bajo la que se adivinaban unas grandes caderas y unos inmensos pechos caídos, lanzó a Milagros una manta que la muchacha cogió al vuelo y se echó por los hombros.

El campesino renegó por lo bajo y les franqueó el paso cuando terminó con el último tablero. El primero en salir fue el borrico. Luego lo hizo Milagros, y cuando lo iba a hacer la anciana, los dos muchachos mayores trataron de colarse.

—¿Adónde creéis que vais? —inquirió María.

—También tenemos que salir —contestó uno de ellos.

La anciana vio la herida bajo su oreja y se apostó en la puerta, pequeña como era, con las piernas abiertas y la penetrante mirada de gitana en sus ojos.

—De aquí no sale nadie, ¿entendido? —Luego se volvió hacia Milagros y le indicó que se alejase hacia los campos.

La joven gitana tardó en comprobar si había perdido su virtud. Tardó lo suficiente como para que la vieja María, atenta a la lascivia que destilaba el muchacho que la había atacado durante la noche, comprendiera en toda su magnitud cuál era la verdadera situación en la que se encontraban: habían superado la noche, superarían ese momento si el joven, que no dejaba de moverse sobre sus pies, inquieto, no la empujaba y corría a forzar otra vez a Milagros. Nadie podría impedírselo.

De repente se supo vulnerable, tremendamente vulnerable; allí no era como entre su gente, no la respetaban. ¿Un padre que se acostaba con su hija pequeña? No haría nada por impedirlo, tal vez incluso se sumara complacido. Observó a la esposa: desgajaba las migas de un mendrugo con aire distraído, ajena a todo. Si las mataban, Melchor nunca se enteraría… Si superaban esa mañana, ¿qué sucedería al día siguiente y al otro? ¿Cómo protegería a Milagros? La muchacha era bella y atractiva, emanaba sensualidad con cada movimiento. No habrían andado un par de leguas antes de que cualquier hombre se echara encima de la niña, y ella solo sería capaz de responder con gritos e insultos. Esa era la cruda realidad.

Un ruido a sus espaldas le hizo volver la cabeza. La sonrisa de Milagros le confirmó que continuaba siendo virgen, o cuando menos eso creía ella. No le permitió acercarse.

—Vámonos —ordenó—. La manta va por los huevos que me debéis —añadió en dirección a la campesina, que se encogió de hombros y continuó con el mendrugo.

—Espere —le pidió Milagros cuando ya la anciana se dirigía

hacia ella—. ¿Ha visto a ese niño rubio y de piel morena? —María asintió al tiempo que cerraba los ojos—. Parece listo. Llámelo. He pensado que puede hacer algo por nosotras.

Fray Joaquín contempló el abrazo en el que se fundieron Caridad y Milagros.

—¡Gracias a Dios que estás bien! —exclamó el religioso al llegar a las inmediaciones de la solitaria ermita del Patrocinio, enclavada ya en la vega, a las afueras de Triana, antes de que Milagros y Caridad corrieran la una hacia la otra.

—¡Deje usted a Dios de lado! —exclamó al punto María, logrando que el fraile mudase su semblante de alegría y se volviese hacia ella—. La última vez que su reverencia habló de Dios me dijo que tenía que venir a mi casa y en su lugar aparecieron los soldados del rey. ¿Qué Dios es ese que permite que se detenga a mujeres, ancianos y niños inocentes?

Fray Joaquín titubeó antes de abrir los brazos en señal de ignorancia. Desde ese momento, fraile y anciana separados, permanecieron en silencio mientras Milagros asaeteaba a preguntas a Caridad, que apenas podía responder.

El niño atezado de los campesinos de Camas corría su despierta mirada de unos a otros, intranquilo ante la inesperada respuesta de la curandera y por el brazalete plateado que Milagros le había prometido si llevaba a fray Joaquín, de San Jacinto —la muchacha se lo había repetido varias veces—, a la ermita del Patrocinio. A la vieja María no le gustaban los religiosos, desconfiaba de todos ellos, de los seculares y de los regulares, de los sacerdotes y de los frailes, pero se plegó a los deseos de Milagros.

—¿Y mi madre? ¿Y mi padre?

—Detenidos —contestó Caridad—. Se los llevaron a todos, atados a una cuerda, custodiados por los soldados. Por un lado iban los hombres; por otro, las mujeres y los niños. Tu madre me preguntó por ti…

Milagros ahogó un suspiro al imaginar a la orgullosa Ana Vega tratada como una criminal.

—¿Dónde están? —inquirió—. ¿Qué van a hacer con ellos?

El rostro redondo de Caridad se volvió hacia el fraile en busca de ayuda.

—Dígale lo que tiene previsto su Dios para con ellos —masculló la curandera.

—Dios no tiene nada que ver con esto, mujer —se defendió en esta ocasión fray Joaquín.

Habló por lo bajo, no obstante, sin enfrentarse a la gitana. Sabía que su afirmación no era cierta; había corrido la voz de que el confesor del rey Fernando VI había aprobado la redada de los gitanos para tranquilizar la conciencia del monarca: «Grande obsequio hará el rey a Dios Nuestro Señor —contestó a la cuestión el jesuita— si logra extinguir a esta gente».

Pero a partir de ahí las palabras se atoraron en la garganta del fraile, con Milagros y Caridad pendientes de él, la una temiendo saber, la otra temiendo que supiera.

—¿Qué es lo que va a pasar con nuestra gente? —apremió su contestación la vieja María, convencida de que a ella se la proporcionaría.

Así fue, y lo hizo casi de corrido.

—Los hombres y los niños mayores de siete años serán destinados a trabajos forzados en los arsenales, los sevillanos al de La Carraca, en Cádiz; las mujeres y los demás, recluidos en establecimientos públicos. Tienen intención de enviarlos a Málaga.

—¿Por cuánto tiempo? —preguntó Milagros.

—De por vida —balbució el fraile, seguro de que su revelación originaría un nuevo estallido en Milagros. No solo sufría al verla llorar, también sentía la incontrolable necesidad de acompañarla en su dolor.

Pero, para su sorpresa, la muchacha apretó los dientes, se separó de Caridad y se plantó frente a él.

—¿Dónde están ahora? ¿Se los han llevado ya?

—Los hombres están en la cárcel real; las mujeres y los niños, en el cobertizo de un pastor de Triana. —El silencio se hizo entre ambos. Los ojos melosos de la muchacha se mostraban airados, fijos, penetrantes, como si recriminaran al fraile su desgracia—.

¿En qué piensas, Milagros? —inquirió con la culpa rondando sus sensaciones—. Es imposible que escapen. Están custodiados por el ejército. No tienen la más mínima posibilidad.

—¿Y el abuelo? ¿Se sabe algo de mi abuelo?

«El abuelo sabrá qué hacer —pensó—. Él siempre...»

—No. No tengo noticia alguna de Melchor. Ninguno de los del tabaco lo ha visto.

Milagros bajó la cabeza. El mocoso de Camas se acercó a ella angustiado por el cariz que estaba tomando la situación y por el brazalete prometido. Fray Joaquín hizo ademán de apartarlo, pero la muchacha se lo impidió.

—Toma —susurró tras quitarse el adorno.

El chico había cumplido. ¿Qué importancia podía tener ahora una pulsera?, concluyó cuando el chaval corría ya con su tesoro sin siquiera haberse despedido.

Las tres mujeres y el fraile lo contemplaron en su carrera, cada uno inmerso en el remolino de preocupaciones, odios, miedos y hasta deseos que se cernían sobre ellos.

—¿Qué haremos ahora? —preguntó Milagros en el momento en que el chiquillo desaparecía entre los frutales.

Caridad no contestó, la vieja María tampoco; las dos mantuvieron la mirada perdida en la distancia, por donde debía de seguir corriendo el chiquillo. Fray Joaquín... fray Joaquín llegó a clavarse las uñas de los dedos de una mano en el dorso de la otra y tragó saliva antes de hablar.

—Vente conmigo —propuso.

Lo había pensado. Lo había decidido tan pronto como el niño de Camas acudió a él con el recado de la muchacha. Lo había sopesado durante el camino hasta la ermita del Patrocinio y había aligerado el paso y sonreído al mundo a medida que se convencía de aquella posibilidad, pero llegado el momento sus argumentos y sus anhelos se vinieron abajo ante la sacudida de sorpresa que observó en los hombros de Milagros, que ni siquiera se volvió, y los gritos de la anciana, que se abalanzó contra él como una posesa.

—¡Perro bellaco! —Le escupió al rostro poniéndose de puntillas, sin dejar de hacer aspavientos con los brazos.

El joven fraile no la escuchaba, no la veía; su atención permanecía fija en la espalda de Milagros, que al fin se volvió con la confusión en su semblante.

—Sí —insistió el religioso dando un paso al frente y apartando a la curandera, que cesó en sus gritos—. Vente conmigo. Escaparemos juntos… ¡A las Indias si es necesario! Yo cuidaré de ti ahora que…

—¿Ahora que qué? —terció María detrás de él—. ¿Ahora que han detenido a sus padres? ¿Ahora que no quedan gitanos?

La vieja continuó sus imprecaciones mientras Milagros enfrentaba su mirada a la del fraile y negaba con la cabeza, alterada. Sabía que le gustaba, siempre había percibido la atracción que ejercía sobre él, pero se trataba de un fraile. Y de un payo. Se acercó a Caridad, que presenciaba la escena boquiabierta, en busca de apoyo.

—Mi abuelo le mataría —acertó a decir entonces Milagros.

—No nos encontraría —se le escapó al fraile.

Al instante comprendió su error. Milagros se irguió, el mentón firme y alzado. La vieja María dejó de gruñir. Incluso Caridad, pendiente de su amiga, volvió el rostro hacia él.

—Es imposible —sentenció entonces la muchacha.

Fray Joaquín respiró hondo.

—Huid, pues —dijo tratando de aparentar una serenidad y un aplomo que no sentía—. No podéis permanecer aquí. Los soldados y los justicias de todos los reinos están buscando a los gitanos que no han sido detenidos. Han dictado pena de muerte para quienes no se entreguen, sin juicio, allí donde los encuentren.

Dos gitanas, pensó entonces la vieja María, una de ellas una joven preciosa y deseable, la otra, una anciana incapaz de recordar cuándo fue la última vez que había corrido como lo había hecho el niño de Camas, si es que alguna vez había llegado a hacerlo. Y junto a ellas, andando los caminos, una mujer negra, tan negra que llamaría la atención a leguas de distancia. ¿Huir? Esbozó una triste sonrisa.

—Primero quiere escaparse con la niña y ahora pretende que nos maten —soltó con cinismo.

Fray Joaquín se miró las manos y frunció los labios ante los cuatro pequeños cortes alargados que aparecían en el dorso de la derecha.

—¿Prefieres entregar la muchacha a los soldados? —planteó corriendo la mirada desde la anciana hasta Milagros, que permanecía igual, desafiante, como si hubiera detenido sus pensamientos en la posibilidad de no volver a ver a su abuelo.

Siguió un silencio.

—¿Adónde deberíamos huir? —preguntó al cabo la anciana.

—A Portugal —respondió él sin dudarlo.

—Allí tampoco quieren a los gitanos.

—Pero no los detienen —alegó el fraile.

—Solo los extrañan al Brasil. ¿Le parece poca detención? —La vieja María se arrepintió de sus palabras al pensar que tampoco les quedaban demasiadas alternativas—. ¿Tú qué dices, Milagros?

La muchacha se encogió de hombros.

—Podríamos ir a Barrancos —propuso la curandera—. Si existe algún lugar en el que es posible que encontremos a Melchor o que nos den noticias de él, es allí.

Milagros reaccionó: mil veces había escuchado de boca de su abuelo el nombre de ese nido de contrabandistas más allá de la raya de Portugal. Caridad se volvió hacia la vieja curandera con los ojos brillantes; ¡encontrar a Melchor!

—Barrancos —confirmó mientras tanto Milagros.

—¿Y tú, morena? —preguntó María—. Tú no eres gitana, nadie te persigue, ¿vendrías con nosotras?

Caridad no lo dudó ni un instante.

—Sí —afirmó con rotundidad. ¿Cómo iba a dejar de ir en busca de Melchor? Además, junto a Milagros.

—Entonces iremos a Barrancos —decidió la anciana.

Como si procuraran animarse entre sí, María sonrió, Milagros afirmó con la cabeza y Caridad se mostró eufórica. Miró a Milagros, a su lado, y pasó un brazo por encima del hombro de su amiga.

—Rezaré por vosotras —intervino fray Joaquín.

—Hágalo si lo desea —replicó Milagros adelantándose al seguro bufido de la vieja María—. Pero si de verdad pretende ayudarme, preste atención a la suerte de mis padres: adónde los llevan y qué es de ellos. Y si ve o sabe de mi abuelo, dígale que le estaremos esperando en Barrancos. Nosotras también trataremos de hacérselo saber a través de los contrabandistas; todos conocen a Melchor Vega.

—Sí —susurró entonces el religioso refugiando su atención en las heridas del dorso de su mano—, todos conocen a Melchor —añadió con una voz que tembló entre el pesar y la irritación.

Milagros se libró del brazo de Caridad y se acercó al fraile; lamentaba haber herido sus sentimientos.

—Fray Joaquín... Yo...

—No digas nada —le rogó este—. No tiene importancia.

—Lo siento. Nunca habría podido ser —declaró sin embargo.

13

levaban cuatro días de camino, racionando el agua y el cerdo salado que les había proporcionado fray Joaquín antes de su partida, y hasta la vieja María dudó si el religioso podía llegar a tener razón con sus dioses y diablos cuando, después de que decidieran huir hacia Portugal, trazaron su itinerario junto a un fray Joaquín abatido que, no obstante, se empeñó en ayudarlas como si con ello purgase el error cometido.

—Hay dos rutas principales que debéis evitar —les aconsejó—: la de Ayamonte, hacia el sur, y la de Mérida, hacia el norte. Esas son las más transitadas. Existe una tercera que en las cercanías de Trigueros se bifurca de la de Ayamonte para dirigirse a Lisboa por Paymogo, ya cerca de la raya. Debéis buscar esa, la que cruza el Andévalo, siempre hacia poniente; rodead la sierra en dirección a Valverde del Camino y después hacia poniente. Allí tendréis menos posibilidades de sufrir un mal encuentro con los justicias o los soldados.

—¿Por qué? —se interesó Milagros.

—Lo comprobaréis. Dicen que cuando Dios creaba la tierra, se cansó tras el esfuerzo que tuvo que hacer en las maravillosas costas del mar bético y decidió descansar, pero para no interrumpir la creación permitió que el diablo continuase su obra. De ahí nacieron las tierras del Andévalo.

Y lo comprobaron.

—¡En buena hora se cansó el Dios de tu fraile, niña! —se quejó por enésima vez la vieja María, arrastrando, igual que las otras dos, sus pies descalzos por veredas secas y áridas bajo el sol de agosto.

Evitaban los caminos y las poblaciones y caminaban sin un árbol a cuya sombra cobijarse, puesto que allí donde se elevaban los encinares o alcornocales se arracimaban rebaños de ovejas o cabras, o piaras de cerdos custodiadas por pastores con los que no deseaban encontrarse.

—¡Nos tenía que tocar un Dios holgazán! —masculló la anciana.

Pero, con la excepción de aquellas dehesas, la mayoría de los campos que no estaban próximos a los pueblos eran baldíos; grandes extensiones de tierra sin provecho. Más allá de Sevilla eran contadas las ocasiones en que a lo largo de esos días habían vislumbrado algún labrador, cuya actitud en la distancia había sido siempre la de apoyarse sobre su azada para, con la mano a modo de visera, preguntarse quiénes eran aquellos caminantes que evitaban acercarse.

Viajaban al amanecer y al atardecer, cuando el sofocante calor parecía menguar. Cuatro o cinco horas de camino por etapa, con las que ni de lejos podrían hacer las cuatro o cinco leguas que correspondían, pero eso ellas tampoco lo sabían. Andando por aquellos campos yermos, en soledad y sin referencias, empezaba a asaltarlas cierta sensación de desaliento: ignoraban dónde se encontraban ni cuánto les restaba de viaje; solo sabían —así se lo había dicho fray Joaquín— que debían cruzar el Andévalo hacia poniente hasta toparse con el río Guadiana, cuyo curso delimitaba en gran parte la frontera con Portugal.

Caminaban en fila; Milagros encabezaba la marcha.

—Ocúpate de vigilar a María —le había ordenado a Caridad, señalando hacia atrás con uno de sus pulgares, en un momento en que esta trató de acompasarse con ella.

Milagros no tuvo oportunidad de arrepentirse del tono utilizado ni de percatarse de la decepción que su amiga fue incapaz de ocultar. Sus pensamientos la llevaban a sus padres, separados entre sí, separados de ella..., temía imaginar siquiera dónde estarían y qué harían. Y lloraba. Entreveía los caminos con los ojos anegados en lágrimas y no deseaba que nadie la molestara en su dolor. Trabajos forzados para los hombres, había dicho fray Joaquín. Ignoraba qué se hacía en el arsenal de La Carraca de Cádiz. ¿A qué estarían forzando a su padre? Recordó la última vez que la había perdonado, ¡como tantas otras a lo largo de su vida! «Hasta que no consigas que todos los gitanos de esta huerta se rindan a tu embrujo», le había exigido. Y ella había bailado buscando su aprobación, moviendo su cuerpo al ritmo del orgullo de padre que chispeaba en sus ojos. ¿Y su madre? La garganta se le agarrotaba y las piernas parecían negarse a proseguir camino a su solo recuerdo, como si al huir de ella estuviera traicionándola. Mil veces pensó en volver atrás, entregarse, buscarla y lanzarse a sus brazos..., pero no se atrevía.

Cuando el sol apretaba o la noche caía, buscaban algún lugar donde refugiarse. Comían cerdo salado, bebían unos sorbos de agua caliente y fumaban los cigarros que Caridad todavía conservaba en su hatillo. Luego, rendida al calor, la muchacha sollozaba en silencio; las otras respetaban su aflicción.

—Parece que fray Joaquín tenía razón: esta tierra solo puede haber sido obra del diablo —comentó con hastío al final de aquella jornada mientras señalaba una higuera solitaria que se recortaba contra el ocaso.

Desde atrás, la anciana gruñó.

—Niña, el diablo nos ha engañado: estaba reencarnado en el fraile que ha conseguido lanzarnos a los caminos. ¡Así se pudra el maldito cura en ese infierno suyo!

La muchacha no respondió; había avivado la marcha. Caridad, tras ella, dudó y se volvió hacia la curandera: cojeaba encorvada, renegando por lo bajo a cada paso. La esperó.

La vieja María, agotada por el esfuerzo, tardó en llegar a su altura, donde se detuvo con un quejido exagerado y ladeó la cabeza. Miró hacia arriba, al raído sombrero de paja con el que Caridad se cubría.

—Morena, con esa mata de pelo que tienes en la cabeza, no sé para qué quieres un sombrero.

Caridad se destocó y mantuvo el sombrero por delante de su vestido grisáceo de lienzo tosco, junto a su hatillo.

—¡Qué negra eres! —exclamó la curandera—. ¿También a ti te envía el diablo?

—¡No! —se apresuró a negar ella con el susto en su semblante.

La vieja se permitió una mueca triste ante tal demostración de candidez.

—Seguro que no —trató de tranquilizarla—. Ayúdame.

María fue a ofrecerle su antebrazo, pero Caridad volvió a tocarse y, antes de que la otra pudiera quejarse, la alzó en volandas, la sostuvo entre sus brazos como si fuera una niña pequeña y reemprendió la marcha tras una Milagros que se había distanciado sensiblemente de ellas.

—¿Acaso el diablo la llevaría a cuestas? —le preguntó Caridad con una sonrisa.

La vieja María asintió satisfecha.

—No es una litera al estilo de las grandes señoras sevillanas —comentó la anciana una vez se hubo repuesto del embate de Caridad; había pasado el brazo tras su nuca e incluso se había acomodado—, pero sirve. Gracias, morena y, como diría ese fraile que nos ha engañado, que Dios te lo pague.

La gitana continuó hablando y quejándose del estado de sus pies, de su vejez, del fraile y del diablo, de los payos y de aquella tierra áspera e inculta hasta que Caridad se detuvo de repente a varios pasos de la higuera. María notó la tensión en los brazos de Caridad.

—¿Qué...?

Calló al mirar hacia el árbol: contra la luz rojiza que ya rasaba los campos, la figura de Milagros aparecía recortada y enfrentada a otra más alta que ella, la de un hombre, sin duda, que la agarraba y la zarandeaba.

—Déjame en el suelo, morena, despacio —le susurró mientras buscaba en el bolsillo de su delantal el cuchillo de las plantas—.

¿Has peleado alguna vez? —añadió ya en pie y con la navaja en la mano.

—No —contestó Caridad. ¿Había peleado? A su mente acudieron las ocasiones en que se había visto obligada a defender de los demás esclavos su fuma o la ración de funche con bacalao que les suministraban a diario: simples reyertas entre hambrientos desgraciados—. No —reiteró—, nunca lo he hecho.

—Pues ya es hora de que lo hagas —soltó la otra entregándole el cuchillo—. Yo no tengo ni fuerza ni edad para estas cosas. Clávaselo en un ojo si es necesario, pero que no toque a la niña.

De repente Caridad se encontró con el arma en la mano.

—¡Apresúrate, negra del demonio! —chilló la anciana haciendo aspavientos en dirección al hombre, que ya había atraído hacia sí a la muchacha.

Caridad titubeó. ¿Clavárselo en un ojo? Nunca antes…, ¡pero Milagros la necesitaba! Fue a dar un paso cuando el grito de María hizo que la muchacha se apercibiera de su presencia. Entonces se liberó del hombre, alzó un brazo y las saludó agitándolo en el aire.

—¡Espera! —rectificó la curandera ante la tranquilidad que reconoció en el gesto de la muchacha—. Quizá no sea hoy el día en que tengas que… demostrar tu valor —arrastró las últimas palabras.

Era gitano y se llamaba Domingo Peña, herrero ambulante del Puerto de Santa María, una de las poblaciones en las que habían sido detenidos más gitanos, y llevaba un par de semanas herrando caballerías y arreglando aperos de labranza en el Andévalo.

—Exceptuando las grandes poblaciones, que son pocas —explicó el gitano, todos sentados bajo las grandes hojas de la higuera—, en los demás lugares los herreros han llegado a desaparecer, aunque son imprescindibles para los trabajos del campo —añadió al tiempo que señalaba sus herramientas: un yunque diminuto, un viejo fuelle de piel de carnero, unas pinzas, un par de martillos y algunas herraduras viejas.

La curandera todavía lo miraba con cierto recelo.

—¿Qué te hacía ese hombre? —le había recriminado en susurros a Milagros nada más acercarse.

—¡Me abrazaba! —se defendió la muchacha—. Lleva tiempo en el Andévalo y no sabía nada de la redada de los nuestros. Lloraba por la suerte de su mujer y sus hijos.

—Aun así, no te dejes abrazar. No es necesario. Que lloren en otro hombro.

Milagros aceptó la riña y asintió, cabizbaja.

Bajo la higuera, Domingo las interrogó acerca de la detención de los gitanos. Aunque hablaban en caló, la jerga de los gitanos que Caridad había empezado a comprender en la gitanería, fueron los gestos de desesperación y el semblante de angustia que se reflejó en el rostro de aquel hombre tan enjuto como fibroso, de fuertes brazos de forjador con largas venas que se hinchaban por la tensión del momento, los que captaron su atención. Domingo había dejado atrás tres hijos varones mayores de siete años, edad a la que, según acababan de contarle las mujeres, serían separados de su madre y destinados a trabajos forzados. Juan —enunció con un hilo de voz, María y Milagros dejándole hablar, encogidas—, el menor de ellos, un mozalbete vivaracho. Le gustaba golpear sobre el yunque los restos de los hierros y a veces hasta tarareaba algo parecido a un martinete al ritmo que marcaba la herramienta. Francisco, de diez, introvertido pero inteligente, cauto, siempre atento a todo; y el mayor, Ambrosio, de tan solo un año más que su hermano. Se le quebró la voz. El crío había caído desde un peñasco a resultas de lo cual mostraba las piernas deformes. ¿También a Ambrosio lo habrían separado de su madre para enviarlo a trabajos forzados en los arsenales? Ni la vieja ni la muchacha se atrevieron a responder, pero Domingo insistió extraviado y repitió la pregunta: ¿Habrían sido capaces de hacerlo? Y cuando el silencio volvió a contestarle se echó las manos al rostro y estalló en llanto. Lloró delante de las mujeres sin tratar de esconder su debilidad. Y aulló al cielo ya estrellado con unos gritos de dolor que resquebrajaron el aire cálido que los rodeaba.

—Me entregaré —les comunicó Domingo al amanecer del día siguiente. No se veía capaz de recorrer los pueblos para continuar herrando a cambio de una mísera moneda sabiendo que en aquellos mismos instantes sus pequeños estarían sufriendo. Los buscaría y se entregaría.

Caridad intuyó en el tono de voz y en la actitud del gitano la trascendencia de lo que estaba diciendo.

—Yo no sé si hacerlo —reconoció Milagros.

A la vieja María no le sorprendió la confesión: lo presentía. Cuatro días llorando sin cesar la detención de sus padres era demasiado para la muchacha. La había oído por las noches, cuando creía que las demás dormían; había percibido sus sollozos reprimidos en las largas horas del día en las que se refugiaban del calor y había observado, mientras andaba tras ella, cómo temblaban sus hombros y se estremecía su cuerpo. Y no se trataba de la desesperación o del implacable dolor originado por la muerte de un ser querido, se decía la vieja; el sufrimiento por la separación podía tener remedio: entregarse.

—No hago más que pensar... —empezó a añadir Milagros antes de que el herrero la interrumpiese.

—No lo hagas, niña —la exhortó el gitano—. Yo no desearía que mis hijos se entregasen. Seguro que tus padres tampoco lo desean. Conserva tu libertad y vive; es lo mejor que puedes hacer por ellos.

—¿Vivir? —Milagros abrió su mano para abarcar los campos áridos que amenazaban ya con quemarles los pies un día más.

—Dejad el Andévalo y bajad a la costa, hacia tierra llana...

—¡Nos detendrán! —se opuso la muchacha.

—¿Qué podríamos hacer allí? —terció la anciana con interés.

—Allí encontraréis gitanos. Es posible que el rey haya detenido a los que vivían en pueblos o ciudades, pero hay muchos más, los que hacen los caminos; con esos no habrán dado. También hay muchos otros establecidos en pueblos en los que no estaba permitida la residencia de gitanos, todos ellos habrán abandonado esos lugares. Están en tierra llana, lo sé. Se trata de una zona más rica que el Andévalo.

—Nos dirigimos a Barrancos.

El gitano enarcó las cejas hacia Milagros.

—¿Para qué?

—Confiamos encontrarnos allí con mi abuelo.

María escuchaba a medias. Había gitanos en tierra llana y Domingo sabía dónde. Era lo que había estado deseando a lo largo de esos días de camino: encontrarse con su gente. Pese a la decisión tomada en Triana, la anciana recelaba de ir a Barrancos. Había tenido cuatro largos días para meditar en ello: Melchor podía no aparecer o tardar en hacerlo, lo cual las dejaba igualmente solas ante los peligros que las acechaban.

—¿Solo confiáis? ¿No estáis seguras? —se sorprendió el hombre. Luego miró a Milagros de arriba abajo, negó con la cabeza y se volvió hacia la anciana—. Es un pueblo de contrabandistas. Barrancos... está entre barrancos, totalmente aislado. ¿Os dais cuenta de dónde vais a meteros? —Acompañó su pregunta con un expresivo gesto en dirección a Milagros y a Caridad, que se mantenía al margen—. Una gitana bella, deseable, joven..., virgen, y una negra exuberante. No duraréis dos días, ¿qué digo?, ni un par de horas.

Durante unos instantes los cuatro escucharon lo que parecía el crepitar de la tierra seca en su derredor.

—Tiene razón —afirmó la anciana al cabo.

—¿Qué quiere decir? —saltó la muchacha previendo las intenciones de María—. El abuelo...

—Tu abuelo es gitano —le interrumpió la otra—. Melchor buscará a los suyos. Si hacemos correr la voz entre nuestra gente, un día u otro lo encontraremos o lo hará él, pero no debemos ir a ese pueblo, niña.

«Que deje de esconderse como una mujer asustada.» Meses antes de la gran redada, el escarnio atormentó los pasos de Melchor después de martirizarse entonando su queja de galera ante la capilla abierta de la Virgen del Buen Aire en Triana. Con la silenciosa condena del tío Basilio por la muerte de su nieto Dionisio y sobre todo con la mueca de desprecio de su hija Ana marcadas a fuego en su conciencia, el gitano se encaminó a la raya de Portugal; allí se toparía con el Gordo cuando el contrabandista ni siquiera pudiera sospecharlo y entonces... Melchor escupió. ¡Entonces se vería quién era una mujer asustada! Lo mataría como el perro que era y le cortaría la cabeza..., los testículos o quizá una mano, cualquier cosa que pudiera ofrecer públicamente al tío Basilio en desagravio.

De camino, evitó ventas y pueblos, salvo uno en el que se detuvo lo estrictamente necesario para comprar algo de comida y tabaco, maldiciendo su suerte por tener que pagarlo, en una pequeña tienda a la que el rey obligaba a venderlo por una décima parte de su precio, como sucedía en todas aquellas poblaciones en las que no era rentable instalar un estanco. Durmió a cielo raso las tres noches que transcurrieron hasta llegar a la capital de las tierras de Aracena, enclavada entre las faldas de Sierra Morena. Melchor conocía la villa: eran muchas las ocasiones en las que había estado en ella. A unas cuatro leguas se hallaba Jabugo, lugar de carga del tabaco de contrabando, y a siete, la raya de Portugal, con las poblaciones de Barrancos y Serpa, centros del comercio ilícito. Aracena, sometida al señorío del conde de Altamira, contaba con seis mil habitantes repartidos a lo largo de una veintena de calles desparramadas bajo los restos de un imponente castillo que dominaba la ciudad; cuatro plazas, la parroquia de la Asunción, inacabada pese a los esfuerzos del pueblo, algunas ermitas y cuatro conventos, dos de religiosos y dos de monjas.

El gitano sintió el frío de la sierra; la temperatura de la primavera no era la misma allí que en Triana y él andaba sin su chaquetilla azul, que había acompañado a las pertenencias del joven Dionisio en la hoguera de su malhadado funeral. Cada sábado se celebraba mercado, principalmente de grano, que los extremeños aprovechaban para vender en un lugar donde el cultivo de cereales era casi inexistente. Encontraría una chupa o alguna chaquetilla, aunque difícilmente como la que había sacrificado por el muchacho... ¿o por él mismo? «Es jueves», le contestó un vecino. Esperaría al sábado. No tenía intención de permanecer en la villa; se hallaba algo alejada de la ruta del tabaco. Encaminó sus pasos a un pequeño mesón que conocía y a cuyo dueño tenía por discreto. Tampoco deseaba que su presencia por allí fuera conocida y pudiera llegar a oídos del Gordo o de sus hombres.

—Melchor —le saludó el patrón sin dejar de atender a sus quehaceres.

—¿Qué Melchor? —inquirió este. El mesonero se limitó a entrecerrar los ojos un instante—. Yo no he visto a nadie que se llame Melchor, ¿y tú?

—Tampoco.

—Eso está bien. ¿Tienes libre el cuarto trasero?

—Sí.

—Pues llévame de comer y beber.

El gitano le entregó una moneda, suficiente para cubrir los gastos y el silencio, y se encerró en la diminuta habitación que el mesonero ofrecía a sus escasos huéspedes. Fumó, comió y bebió. Volvió a fumar y bebió hasta que sus recuerdos y sus culpas se transformaron en manchas borrosas e inconexas. Intentó dormir pero no lo consiguió. Bebió más.

El amanecer que se coló por el único ventanuco de la habitación le pilló humillado y aterido de frío, sentado en el suelo, la espalda contra la pared, a los pies del camastro. Echó mano a la frasca de vino, a su lado: vacía. Intentó gritar para pedir más vino, pero solo le salió un ronquido sordo que arañó su garganta. Trató de tragar saliva; tenía la boca reseca, así que se levantó como pudo y salió al mesón, todavía cerrado al público, donde se hizo con otra frasca de vino y regresó al cuartucho. En pie, soportó una sucesión de arcadas que le sobrevinieron tras el primer trago, ávido y largo. Y mientras su estómago se hacía al castigo, dejó que su espalda se deslizara por la pared hasta caer en el mismo lugar en el que había despertado. El sábado, después de haber dejado transcurrir las horas bebiendo y fumando, escapando de sí mismo, sin probar la comida que le llevaba el mesonero, le pilló con una única obsesión en su mente, ya ahogada hasta la venganza en el vino áspero de la sierra: comprar la mejor chaquetilla que pudiera encontrar en el mercado de Aracena.

La plaza Alta estaba tomada por los extremeños de más allá de las sierras que ofrecían el trigo, la cebada y el centeno que no se cultivaba allí. Junto a ellos, gentes venidas de los pueblos cercanos anunciaban sus mercaderías. La algarabía le aturdió. Melchor, sucio y con los ojos inyectados en sangre, caminaba junto a la casa del cabildo municipal y cayó en la cuenta de que carecía de documentación que le permitiera hallarse en aquel o en cualquier otro pueblo; no había tenido la precaución de coger alguna de las cédulas de que disponía. Entonces forzó la vista, resecos los ojos, para mirar enfrente del cabildo, al otro lado de la plaza, hacia la parroquia de la Asunción, que continuaba igual que siempre, inacabada, con el arranque de los pilares y los muros de la tercera y cuarta crujía a la intemperie y a diferentes alturas, como dientes serrados que rodeaban las dos naves y media que sí se habían terminado y que se utilizaban para el culto. Así estaba desde hacía más de cien años. ¿Cómo iban a detenerle en un pueblo que no era capaz de terminar su iglesia principal? Con la mano sobre los ojos para protegerse del sol, miró a su alrededor, a los diferentes cajones y puestos en los que se mercadeaba y a la gente que se movía entre ellos. La brisa era fresca. Distinguió el cajón de un ropavejero y se encaminó hacia él: prendas usadas, oscuras y mil veces remendadas propias de pastores y cabreros. Revolvió entre ellas sin mucha convicción; cualquiera de color azul, rojo o amarillo, con filigranas doradas o plateadas hubiera destacado.

—¿Qué buscas? —le preguntó el ropavejero, que ya había advertido que Melchor era gitano, como delataban los aros en las orejas y las calzas ribeteadas en oro.

Melchor alzó hacia el tendero su rostro atezado y surcado de arrugas.

—Una buena chaquetilla roja o azul, algo que parece que no tienes.

—En ese caso, despeja el puesto —le apremió el ropavejero con un gesto despectivo de la mano.

Melchor suspiró. El desprecio le despertó de la resaca de dos días de consumo incontrolado de vino áspero y fuerte.

—Deberías tener lo que deseo.

Lo dijo en tono bajo y grave, enfrentando sus ojos gitanos a los del hombre, que cedió primero y los bajó; podía gritar o llamar al alguacil, pero ¿quién le aseguraba que no hubiera más gitanos y que estos no buscaran venganza después? ¡Siempre iban en grupo!

—Yo... no... —tartamudeó.

—¿Y qué es lo que tanto deseas como para amenazar a este buen hombre?

La pregunta fue formulada a espaldas de Melchor. Voz de mujer. El gitano permaneció quieto, tratando de encontrar en la expresión del ropavejero algún indicio que le revelase qué era lo que podía hallarse tras él. Era mucha la gente que discurría entre los estrechos pasillos que dejaban los cajones. ¿Una sola mujer? ¿Varias personas? ¿El alguacil? El ropavejero no pareció tranquilizarse; probablemente una sola mujer, atrevida sin embargo, pensó Melchor antes de volverse y contestar:

—Respeto. Eso es lo que deseo.

Era baja y fuerte. El rostro curtido por el sol y el cabello canoso sobresaliendo bajo una pañoleta. Melchor le echó poco más o menos cincuenta años, los mismos que parecía tener su ropa ajada. De su brazo derecho colgaba un cesto con grano comprado en el mercado.

—¡No exageres! —exclamó la mujer—. Los git..., los hombres —se corrigió— sois cada vez más quisquillosos. Seguro que Casimiro no ha querido ofenderte. Corren tiempos difíciles. ¿No es cierto, Casi?

—Así es —contestó el ropavejero.

Pero Melchor no le hizo caso. El desparpajo de la mujer le agradó. Y tenía unos pechos generosos, pensó al tiempo que los miraba sin recato.

—¿Y tú eres el que hablas de respeto? —le recriminó ella ante su desvergüenza. Sin embargo, la sonrisa que se esbozó en sus labios no acompañaba a sus palabras.

—¿Qué más respeto que admirar lo que Dios nos ofrece?

—¿Dios? —replicó la mujer entornando los ojos hacia sus pechos—. Esto solo lo ofrezco yo, Dios no tiene nada que ver. Míos son y hago lo que quiero con ellos.

Melchor soltó una carcajada. El ropavejero veía pasar a la gente sin que nadie se acercase al cajón ante el que se encontraba la pareja. Abrió las manos en gesto de apremio hacia la mujer, pero ella permanecía atenta al gitano, que se frotó el mentón y luego replicó:

—Mal negocio entonces. Los curas dicen que Dios es extremadamente generoso.

Ahora fue ella quien rió.

—¿Qué pretendes? Solo somos dos personas... ¿solitarias? —Melchor asintió; la mujer pensó un instante y torció el gesto antes de examinar al gitano de arriba abajo—. ¿Tú y yo? Hasta Dios se asustaría.

—Nicolasa, te lo ruego —gimió el ropavejero instándola a abandonar el puesto.

Melchor alzó un brazo ordenándole que callara.

—Nicolasa —repitió como si se propusiese recordar ese nombre—. Pues si Dios es asustadizo, que sea el diablo quien nos acompañe.

—¡Calla! —clamó ella mirando a uno y otro lado por si alguien había llegado a escuchar la propuesta. Casimiro aprovechó para suplicarle una vez más que se marcharan—. ¿Cómo se te ocurre encomendarte al diablo? —susurró tras acceder al ruego del ropavejero y tirar del gitano lejos del puesto, mientras aquel volvía a anunciar sus prendas a voz en grito, como si pretendiese recuperar el tiempo perdido.

—Mujer, por estar contigo bajaría al infierno a tomar un vino con el mismo Lucifer.

Nicolasa se detuvo en seco, entre la gente, con expresión confundida.

—Me han galanteado muchas veces...

—No me cabe duda —la interrumpió Melchor.

—De joven me propusieron el cielo y las estrellas... —continuó ella—, luego solo me dieron un par de cochinos, varios hijos que me abandonaron y un esposo que decidió morirse —se quejó—, pero nunca nadie había prometido bajar al infierno por mí.

—Los gitanos lo conocemos bien.

Nicolasa lo miró con picardía.

—Delgado como un palo —se burló—, ¿tienes algo más que brazos y piernas?

Melchor ladeó la cabeza. Ella le imitó.

—Ten en cuenta que el diablo me expulsó del infierno cuando vio lo que no son ni brazos ni piernas. —Ella le empujó con una risotada—. ¡Es cierto! ¿Has oído hablar del rabo de Lucifer? Pues se queda en nada comparado…

—¡Farsante! ¡Eso habrá que verlo! —exclamó la mujer colgándose de su brazo.

14

Tras el día de la gran redada, la desgracia empezó a cebarse en los gitanos, que todavía confiaban en superarla, como tantas otras veces había sucedido. El 16 de agosto de 1749 por la mañana, cerca de trescientos gitanos de Sevilla fueron conducidos por los soldados desde la cárcel real hasta el puerto de la ciudad. Allí, acosados e insultados por la gente, embarcaron en gabarras para ser transportados Guadalquivir abajo al arsenal de La Carraca, en Cádiz. Ese mismo día por la tarde, más de quinientas mujeres y sus hijos menores partieron en galeras, carros y carromatos custodiados por el ejército con destino a la alcazaba de Málaga, donde el marqués de la Ensenada tenía previsto que fueran encarcelados.

Lo mismo sucedía en toda España: alrededor de doce mil gitanos, gente infame y nociva al decir de las autoridades, habían sido detenidos en la nefasta redada de finales de julio con un único objetivo: la extinción de su raza. Los varones y mayores de siete años eran trasladados a La Carraca, si eran sevillanos; a Cartagena, en levante, o al Ferrol, en el reino de Galicia; otros eran destinados a las minas de Almadén para ser esclavizados en la extracción del azogue con el que se trataba la plata de las Indias. A las mujeres y sus chiquillos los trasladaban a Málaga o a Valencia, a los castillos de Oliva y Gandía: ellas eran consideradas incluso más peligrosas que los hombres: «Se pondrá muy particular cuidado —decía la orden de junio de 1749— en asegurar y prender a las mujeres por ser muy conveniente esta diligencia para conseguir el fin a que se dirige esta providencia tan importante a la quietud del reino».

Toda esa gente era tan solo una parte de la comunidad gitana española, siendo además la que más esfuerzos había hecho por asimilarse a los payos y asumir su cultura. Ciertamente, originarios de la India, los gitanos habían llegado a Europa en el siglo XIV, unos a través del Cáucaso y Rusia, otros desde Grecia, cruzando los Balcanes o incluso recorriendo la costa mediterránea africana. A España arribaron a finales del siglo XIV en forma de grupos de nómadas exóticos capitaneados por quienes se titulaban condes o duques del «pequeño Egipto» y que aseguraban hallarse de peregrinaje, a cuyos efectos portaban cartas de presentación del Papa y de diversos reyes y nobles. Al principio fueron bien acogidos, los señores por cuyas tierras transitaban les agasajaban y les garantizaban su seguridad, pero esa situación duró poco. Fueron los Reyes Católicos quienes dictaron la primera pragmática contra los que entonces eran llamados «egipcianos»: se les obligaba a salir del reino en un plazo de sesenta días salvo que tuvieran oficio conocido o estuvieran al servicio de señores feudales. Los azotes, la amputación de las orejas, el destierro y la esclavitud fueron las penas señaladas para quienes desobedecieran la pragmática real. A lo largo del siglo XVI tuvieron que repetirse las pragmáticas; los hábiles gitanos no cumplían las órdenes reales, su ansia de libertad e independencia superaba cualquier obstáculo. La terquedad de aquellas gentes por mantener su atávica forma de vida llevó a los sucesivos monarcas a dictar nuevas y numerosas leyes a través de las cuales pretendían controlarlos: prohibición de su lengua y vestuario, del nomadismo y hasta de los simples desplazamientos, de la trata de animales, la herrería y el comercio... Todas esas leyes y sus consecuentes disposiciones, muchas de ellas contradictorias entre sí, beneficiaron a los gitanos: los justicias de los pueblos y lugares por donde andaban o residían no sabían cuál aplicar o si había que aplicar alguna. También pretendieron señalarles lugares en los que habitar y así lo hicieron: los gitanos solo podían vivir y censarse en determinadas poblaciones del reino, y ahí el error del rey Fernando VI y del marqués de la Ensenada: la gran redada de julio de 1749 se centró en los gitanos que cumplían las pragmáticas, residían en los lugares señalados por las autoridades y se hallaban convenientemente censados. Los nómadas o trashumantes, los que no estaban censados o los que vivían en lugares no autorizados quedaron exentos de la persecución del ejército.

Aquel 16 de agosto de 1749, Ana Vega agarraba con fuerza la mano de un mocoso de no más de seis años que se había perdido en el barullo. Al atardecer, después de que los hombres partieran en gabarras hacia La Carraca, los soldados se habían presentado con cerca de una treintena de carros a las puertas del corral en el que llevaban medio mes encerradas. De acuerdo con las pragmáticas que obligaban a los pueblos y las ciudades del reino a proveer al ejército de carros y bagajes para el transporte de las tropas y sus pertrechos, los trajineros y arrieros de Sevilla habían puesto a disposición del ejército varias galeras, ocho de ellas grandes, de cuatro ruedas, algunas cubiertas con toldo y tiradas por seis mulas; el resto se componía de carros y carromatos de dos ruedas tirados por dos o cuatro mulas. Multitud de curiosos se arremolinaban en la zona. Los militares intentaron que las gitanas y sus hijos salieran con orden de la cobertera, pero enseguida se complicaron las cosas.

—¿Dónde nos llevan? —se encaró una de ellas a los soldados.

—¿Qué van a hacer con nosotras? —inquirieron otras.

—¿Y nuestros hombres?

—¡Mis hijos tienen hambre!

Los soldados no contestaban. Desde fuera del corral, una sencilla cubierta sobre pilares abierta por sus costados, la gente las insultaba. Ana se encontró apretujada: las mujeres se juntaban unas contra otras.

—¡No nos sacaréis de aquí!

—¡Justicia! ¡No hemos cometido delito alguno!

—¿Y nuestros hombres? ¿Qué habéis hecho con ellos?

—¿Y nuestros hijos?

En el exterior arreciaron los gritos. Los soldados se consultaban entre ellos con la mirada, los cabos a los sargentos y estos al capitán.

—¡A los carros! —ordenó el último—. ¡Subidlas a los carros!

El chiquillo de seis años apareció agarrado al muslo de Ana cuando los militares la emprendieron a golpes y culatazos contra las mujeres. El caos fue total. Ana ayudó a levantarse a una anciana postrada en el suelo.

—¿De quién es este niño? —repetía a gritos.

Observó cómo un grupo de soldados empujaban fuera del corral a Rosario, a María, a Dolores y a otras de las amigas de Milagros; ellas intentaban tapar con sus brazos aquellos jóvenes cuerpos que no llegaban a cubrir los harapos que les quedaban tras medio mes encarceladas en un corral: hacinadas, sin agua, durmiendo sobre mil capas formadas por los restos de los excrementos secos del ganado. Un soldado agarró la camisa de Rosario y tiró de ella con fuerza hacia el exterior. La camisa se rasgó y quedó en manos del militar, que miró la prenda con incredulidad y luego estalló en carcajadas mientras la gente silbaba y aplaudía a la fugaz vista de los turgentes pechos de la muchacha.

Ana, cegada de ira, fue a lanzarse sobre el soldado, pero solo consiguió arrastrar por el suelo al mocoso agarrado a su muslo; lo había olvidado. El soldado reparó en ella y le hizo un autoritario gesto para que saliese del corral. Ya quedaban pocas mujeres en su interior. La gitana obedeció. Los carros, dispuestos en una larga fila y custodiados por el ejército para impedir que la gente se abalanzase sobre ellos, estaban ya a rebosar. Los coloridos trajes de las gitanas se veían deslucidos incluso bajo el brillante sol sevillano de agosto; todas ellas habían sido desposeídas de las joyas y abalorios con los que se adornaban; hasta las cintas de sus vestidos habían desaparecido. Llantos, quejas, gritos y súplicas surgían de boca de las mujeres y sus hijos pequeños. A Ana le flojearon las piernas; ¿qué mísero futuro les esperaba?

—¿De quién es este...? —empezó a gritar. Pero calló y apretó la mano del niño; era un empeño inútil.

—¡Sube al carro! —le gritaron al tiempo que la empujaban con una escopeta cruzada sobre su espalda.

¿Subir al carro? Se volvió lentamente y se encontró con un jovenzuelo imberbe con la peluca blanca torcida. Lo escrutó de arriba abajo.

—¡Tabaco! —le gritó al instante—. ¡Te vendo tabaco a buen precio! —añadió simulando rebuscar en el interior de su falda—. ¡Del mejor!

El muchacho tartamudeó algo y negó ingenuamente con la cabeza.

—¡Tabaco! —aulló entonces Ana en dirección a la gente, aparentando que fumaba un cigarro.

A su espalda, las gitanas que estaban en el carro acallaron sus sollozos.

Luego sonrió, como si la sangre volviera a correr por sus venas, cuando una de las del carro se sumó a su pantomima.

—¡La buenaventura! ¡Leo las líneas de las manos! ¿Quieres que te las lea, mocetón?

De carro en carro, las gitanas empezaron a reaccionar.

—¡Una limosna!

—¡Cestas! ¿Quieres una cesta, marquesa? —le preguntó una gitana a una inmensa matrona que presenciaba la situación embobada, tanto como el hombre esmirriado que la acompañaba—. ¡En ella podrás llevar a tu esposo!

La gente rió.

Poco a poco, mujeres y niños trocaron su llanto en algarabía. Ana guiñó un ojo al joven soldado.

—Ya fumaremos otro día —le dijo antes de volverse y aupar al pequeño al último de los carros. Luego, cuando el capitán ordenó el inicio de la marcha, subió también ella.

Junto a Ana, en el carro, Basilia Monge ofrecía imaginarios buñuelos a la gente.

—Traedme la sartén y la masa —gritaba a los soldados a caballo que cerraban la marcha—, que la grasa para freírlos ya la sacaré de la tripa de vuestro sargento.

Ana Vega hizo caso omiso de las risotadas de los soldados y la indignación del sargento y se acuclilló a la altura del niño que había venido arrastrando.

—¿Cómo te llamas, pequeño? —le preguntó mientras trataba de limpiarle con sus propios dedos mojados en saliva los churretones de suciedad que recorrían su rostro debido a unas lágrimas a las que ni siquiera había tenido oportunidad de prestar atención.

La caravana de niños y gitanas tardó cerca de una semana en llegar a Málaga. El maltrecho camino carretero que iba hacia el sur les expuso a la inquina de las autoridades y los vecinos de El Arahal, la Puebla de Cazalla, Osuna, Alora, Cártama, antes de llegar a la famosa ciudad a orillas del Mediterráneo. El rey había dispuesto que los gastos de la comida y el traslado de los gitanos se cubriesen con el producto de la venta de sus pertenencias, pero no había dado tiempo de sacarlas en almoneda, y los corregidores y alcaldes de los pueblos se negaron a procurar, a cuenta de un rey que difícilmente les devolvería esos dineros, más que lo imprescindible para que aquellas mujeres no fallecieran en sus jurisdicciones y les originasen problemas; el hambre, pues, fue haciendo mella en las gitanas, que tuvieron que presenciar, indefensas, cómo los soldados robaban sus raciones y que además reservaban lo poco que les restaba para alimentar a sus hijos.

En la primera noche, Ana recorrió la fila de carros en busca de la madre de Francisco, que así se llamaba el niño, con la que se topó haciendo el mismo recorrido que ella pero en sentido inverso y preguntando carro a carro por su pequeño. Se trataba de una gitana de Sevilla que por un instante olvidó lo desesperado de su situación y recibió a su hijo con los brazos extendidos. Sin dejar de abrazarlo, miró a Ana.

—Gracias…

—Ana —se presentó ella—. Ana Vega.

—Manuela Sánchez —dijo la otra.

—Es un buen chaval —comentó Ana revolviendo el sucio cabello de Francisco—, y canta muy bien.

Ana lo había entretenido con canciones a lo largo de la inacabable e incómoda jornada en el carro.

—Sí, igual que su padre.

La sonrisa de Manuela desapareció. Ana la imaginó evocando a su hombre. ¿Y José? Volvió a sentir la desazón que la había perseguido durante los días de prisión en la cobertera del pastor, envuelta en las constantes quejas y lamentos de las gitanas por la separación de sus esposos. Ella... Las lágrimas no brotaban de sus ojos cuando pensaba en José. ¿Qué había sido de su vida? ¿Dónde había quedado el amor que un día creyó sentir por su esposo? Solo Milagros los unía. Apretó los labios. Por lo menos la muchacha estaba libre. Aquel era su único consuelo, poco importaba el resto si su niña seguía libre. Se irguió. ¡Debían luchar! El rey le había robado a su padre durante su infancia; la condena a galeras había llevado a su madre a la muerte, y ahora otro rey le robaba... su propia libertad. ¡No estaba dispuesta a someterse, a rogar y a suplicar, a arrastrarse ante los payos y ante sacerdotes y frailes como había hecho junto a su madre cuando solo era una niña! ¡No! No lo haría. El tiempo... o la muerte resolverían la situación.

—Enséñanos cómo cantas, Francisco —le pidió entonces para sorpresa de Manuela.

Ana empezó a palmear con suavidad, sus dedos extendidos y crispados.

—Canta, hijo —se sumó con dulzura la madre.

El niño se sintió observado y, con los ojos clavados en el suelo y los dedos de los pies descalzos jugueteando con la arena, empezó a tararear las mismas canciones con las que habían luchado contra el tedio del viaje. Ana palmeó con más fuerza.

—¡Venga, Francisco! —le animó la madre con la voz tomada y lágrimas en los ojos.

Las gitanas se fueron acercando, pero nadie se atrevió a interrumpir al pequeño, ni siquiera a jalearle. No sonaban guitarras ni castañuelas, no disponían de una mísera pandereta, solo se escuchaban las palmas de Ana y el murmullo entre dientes del chiquillo, que sin embargo dudó al levantar la mirada y encontrarse con el rostro de su madre anegado en lágrimas.

—Como tu padre, hijo, canta como él —acertó a pedirle esta.

Y Francisco se arrancó a cantar a palo seco, con timbre infantil, agudo, alargando las vocales hasta que tenía que tomar aire, igual que hacía su padre, igual que cuando cantaba con él. Pero allí nadie sonreía, nadie jaleaba, nadie bailaba; el chiquillo se encontró rodeado de mujeres cabizbajas y llorosas que, a la tenue luz del ocaso, agarraban a sus hijos como si temieran que también se los quitaran. Cuando una de esas gitanas cayó postrada de rodillas con las manos tapándose el rostro, la voz de Francisco se fue apagando poco a poco hasta quebrarse del todo, momento en que se lanzó a los brazos de su madre.

—Muy bien —le premió esta apretujándolo contra sí.

Ana continuaba palmeando.

—Bravo —aclamó alguien en un susurro cansino entre el grupo de gitanas.

Casi ninguna se movió. Lo poco que había cantado Francisco las había llevado de vuelta a sus casas, con sus esposos, abuelos, padres, tíos, primos e hijos; muchas habían creído escuchar las risas de aquellos hijos mayores de siete años que habían partido con los hombres.

Ana palmeó más fuerte.

—¡Cantad! —las animó—. ¡Cantad y bailad para los soldados del rey de España!

—Gitana, ¿acaso pretendes burlarte de nosotros?

La pregunta sorprendió a Ana, que se volvió y, a la luz de las hogueras, vio el rostro de un soldado asomando por encima del carro.

—No… —había empezado a responder cuando una fuerte pedrada acertó de lleno en la frente del soldado.

Ana volvió a girar la cabeza, y en la semioscuridad, algo alejada, logró vislumbrar a la Trianera, que la mortificó con su cínica sonrisa antes de lanzar una segunda piedra. No tuvo tiempo de reaccionar.

—¡Nos atacan! —se escuchó de los soldados.

La propia Ana tuvo que agacharse para evitar la lluvia de piedras que se produjo al instante, entre insultos y chillidos.

Los soldados de guardia tocaron a rebato.

Manuela, agazapada al lado de Ana, chillaba como una posesa, e incluso el pequeño Francisco lanzaba piedras... Ana buscó la protección del carro cuando los soldados a caballo se colaron entre ellos y empujaron a las mujeres, dispersando a unas, lanzando al suelo y pisoteando a otras. Los disparos al aire del resto de los militares que las rodeaban lograron que la mayoría se amedrentase. Apenas transcurrieron unos minutos; la humareda de las descargas de escopetería todavía flotaba en el aire cuando la revuelta ya estaba controlada.

Ana escuchó con el corazón encogido los quejidos de dolor y los sollozos, y entrevió las sombras de niños y mujeres tratando de levantarse del suelo o renqueando de un lado al otro en busca de sus familiares. Tan solo algún insulto aislado, del que ahora los soldados se reían, venía a recordar la razón de aquel castigo. ¡Era una locura desafiar al ejército! Volvió la cabeza en busca de la Trianera y la vio escabullirse con inusitada agilidad. Huía. ¿Por qué...?

La respuesta llegó desde su espalda: unos fuertes brazos la atenazaron.

—Esta ha sido la que ha empezado, mi capitán —escuchó que decía un soldado mientras la zarandeaba hasta presentarla al oficial que se había acercado a lomos de un caballo que todavía rebufaba, nervioso por la carga—. He oído cómo se burlaba de nosotros y azuzaba a las demás a bailar para el rey. Entonces nos han apedreado.

—No...

—¡Calla, gitana! —La orden del capitán se confundió con el golpe en la cabeza con el que el soldado que la agarraba trató de impedir sus excusas—. Encadenadla y llevadla al primer carro.

—¡Malnacido! —masculló ella al tiempo que escupía a los pies del caballo.

El soldado la golpeó de nuevo. Ana se revolvió y se lanzó sobre él a dentelladas. Acudieron otros en ayuda del primero, que hacía lo que podía por apartarla. Entre todos lograron inmovilizarla: la agarraron de brazos y piernas mientras ella aullaba y los insultaba entre escupitajos. Fueron necesarios cuatro hombres, las ropas de la gitana destrozadas por el forcejeo, piernas y pechos al aire, para arrastrarla hasta el primero de los carros.

En él hizo el resto del viaje hasta Málaga, a pan y agua, casi desnuda, con grilletes en muñecas y tobillos y una tercera cadena que unía unos y otros.

15

icolasa vivía en las afueras del pueblo de Jabugo, a poco más de ocho leguas de Barrancos. Tras caminar cerca de tres horas a lo largo de las cuales hablaron poco y se desearon mucho, Melchor asintió complacido cuando ella señaló un chozo solitario en lo alto de una colina desde la que se dominaban los montes circundantes: abigarrados bosques de robles y castaños se combinaban con el monte bajo de encinas. El lugar, pensó Melchor en cuanto lo vio, podía proporcionarle la discreción que pretendía y resultaba adecuado para estar al tanto del paso de cualquier partida importante de contrabandistas en dirección a la raya de Portugal.

Junto a dos grandes perros que acudieron a recibir a Nicolasa, remontaron la colina hasta llegar al chozo: una pequeña construcción circular de piedra, sin ventanas, con una sola puerta baja y estrecha, y techumbre cónica de broza sobre un entramado de troncos. En su interior no se podían dar más de cuatro pasos en línea recta.

—Mi esposo era pastor de puercos… —empezó a contar Nicolasa al tiempo que dejaba el grano adquirido en Aracena sobre un poyo de piedra junto al hogar.

Melchor no le permitió continuar; se apretó a ella desde atrás, la rodeó con sus brazos y alcanzó sus pechos. Nicolasa se quedó quieta y tembló al contacto; hacía mucho tiempo que no mantenía relaciones con un hombre —el trabuco de su esposo, siempre dispuesto, convencía a quienes pudieran pensar o pretender lo contrario— y hacía mucho también que había dejado de tocarse en las noches solitarias: su entrepierna seca, su imaginación desvalida, su ánimo frustrado. ¿Habría cometido un error invitándolo? No llegó a contestarse. Las manos del gitano ya la recorrían entera. ¿Cuántos años hacía que no se preocupaba de su cuerpo?, se recriminó. Entonces escuchó susurros de pasión entrecortados por la respiración acelerada de Melchor y se sorprendió acompasando la suya a aquellos jadeos solo insinuados. ¿Podía ser cierto? ¡La deseaba! El gitano no fingía. Se había detenido en sus muslos, encorvado sobre ella, apretándolos y acariciándolos, deslizando las manos hasta su pubis para volver a descender por ellos. Y a medida que las dudas empezaron a diluirse, Nicolasa se abandonó a sensaciones olvidadas. El «rabo del diablo», sonrió para sí al tiempo que apretaba y friccionaba sus grandes nalgas contra él. Finalmente, se volvió y lo empujó con violencia hasta el jergón en el que había desperdiciado las noches de sus últimos años.

—¡Llama al diablo, gitano! —llegó casi a gritar cuando Melchor cayó sobre el jergón.

—¿Qué dices?

—Necesitarás su ayuda.

Nicolasa tarareaba mientras trabajaba en la porqueriza, un pequeño cercado en la parte trasera del chozo. Tenía cuatro buenas cerdas de cría y algunos lechones a los que alimentaba con bellotas compradas en las dehesas, hierbas, bulbos y frutas silvestres. Como mucha gente de Jabugo y alrededores, vivía de aquellos animales, de sus jamones y chacinas, que elaboraba en un destartalado saladero cuyas ventanas y huecos abría o cerraba al aire de la sierra según le aconsejaba su experiencia.

Mientras ella trabajaba, Melchor dejaba transcurrir los días sentado en una silla a la puerta del chozo, fumando y tratando sin éxito de espantar a los dos grandes perros lanudos que se empeñaban en permanecer junto a él, como si quisieran agradecerle el cambio de humor que se había producido en su ama. El gitano los miraba con el entrecejo fruncido. «No sirve con estos animales», se repetía recordando los efectos que sus miradas de ira causaban en las personas. También les gruñía, pero los perros movían la cola. Y cuando estaba seguro de que Nicolasa no podía verle, dejaba escapar alguna patada, suave, para que no chillaran, pero ellos se lo tomaban como un juego. «Malditos monstruos», mascullaba entonces con el recuerdo del puñetazo que le había pegado Nicolasa la primera ocasión en que trató de soltar su pierna con fuerza sobre uno de los animales.

—No verás un solo lobo en los alrededores —adujo después la mujer—. Estos perros me protegen, a mí y a los cochinos. Cuídate mucho de maltratarlos.

Melchor endureció sus facciones, nunca le había pegado una mujer. Hizo ademán de revolverse, pero Nicolasa se le adelantó.

—Los necesito —añadió dulcificando su tono de voz—, tanto como a tu rabo del diablo.

La mujer llevó su mano a la entrepierna del gitano.

—No vuelvas a hacer eso nunca —le advirtió él.

—¿Qué? —inquirió la mujer con voz melosa, rebuscando entre sus calzones.

—Pegarme.

—Gitano —le dijo con el mismo timbre de voz, al tiempo que notaba cómo el miembro de Melchor empezaba a responder a sus caricias—, si vuelves a maltratar a mis animales, te mataré. —En ese momento apretó con más fuerza sus testículos—. Es sencillo: si no estás dispuesto a convivir con ellos, continúa tu camino.

Sentado a la puerta del chozo, Melchor lanzó una nueva patadita al aire, que uno de los perros acogió levantándose sobre sus patas traseras y caracoleando. No le cabía duda de que Nicolasa cumpliría su amenaza. Le gustaba esa mujer. No era gitana, pero tenía el carácter de una persona curtida en la soledad de las sierras... Y además durante las noches le complacía con aquella pasión desatada que había imaginado nada más verla frente al cajón del ropavejero. Solo echaba de menos una cosa: los cantos de Caridad en la oscuridad y en el silencio de la noche. «Buena mujer, la morena.» Algunas noches se la imaginaba ofreciéndole su cuerpo como hacía Nicolasa, exigiéndole más y más, tal como había deseado cuando despertaba abrazado a ella en la gitanería. Salvo esos cánticos por los que había renunciado a disfrutar de Caridad, poco más podía pedir. Incluso había llegado a un acuerdo con Nicolasa cuando esta le exigió que trabajase.

—Mientras el rabo que tienes entre las piernas siga cumpliendo —le dijo parándose en jarras frente a él—, mi cuerpo es gratis..., pero la comida hay que ganársela.

Melchor la miró de arriba abajo con displicencia: bajita, ancha de caderas y hombros, de carnes exuberantes y un rostro sucio que se le mostraba simpático cuando sonreía. Nicolasa aguantó la inspección.

—Yo no trabajo, mujer —soltó él.

—Pues ve a cazar lobos. En Aracena te pagarán dos ducados por cada uno que mates.

—Si es dinero lo que quieres... —Melchor rebuscó entre su faja hasta encontrar la bolsa con lo que había robado al Gordo—. Toma —le dijo lanzándole una moneda de oro que ella agarró al vuelo—. ¿Es suficiente para que no vuelvas a molestarme?

Nicolasa tardó en contestar. Nunca había poseído una moneda de oro; la palpaba y la mordía para comprobar su autenticidad.

—Suficiente —admitió al fin.

Desde entonces, Melchor fue libre de hacer cuanto desease. Algunos días los pasaba sentado a la puerta del chozo, bebiendo y fumando el vino y el tabaco que ella le traía de Jabugo, a menudo acompañado de Nicolasa, tras terminar ella con los puercos y sus demás labores. La mujer se sentaba en el suelo —solo tenían una silla— y respetaba su silencio dejando vagar la mirada por un entorno que poco había imaginado que pudiera volver a deleitarle.

Otros días, cuando Nicolasa llevaba algunos sin bajar a Jabugo, Melchor salía a inspeccionar las sierras para comprobar por sí mismo si el Gordo se acercaba. Era el único dato que había proporcionado a Nicolasa.

—Cada vez que vayas al pueblo —le dijo—, entérate si se sabe de alguna partida importante de contrabandistas. No me interesan los pequeños mochileros que cruzan la raya o cargan en Jabugo.

—¿Por qué? —preguntó ella.

El gitano no le respondió.

Así transcurrió el resto de la primavera y parte del verano. A Melchor los días empezaron a hacérsele largos. Tras las primeras semanas de pasión, ya eran varias las ocasiones en que Nicolasa le había rechazado con la misma vehemencia con la que anteriormente se abalanzaba sobre él. La mujer había trocado su ardor por una actitud cariñosa, como si aquella situación que para el gitano solo era transitoria, ella la apreciase como eterna. Por eso cuando la noticia de la redada contra los gitanos llegó al pueblo, Nicolasa decidió callar. No solo para protegerlo, sino también porque temía, y con razón, que aquel gitano de raza partiera en busca de los suyos en cuanto se enterara.

Cada vez que salía al camino, Nicolasa lo miraba con preocupación y angustia no disimulada y ordenaba a uno de sus perros que lo siguiese, pero Melchor no se acercaba al pueblo. El gitano había llegado a aceptar aquella compañía que le advertía con gruñidos casi imperceptibles de la presencia de alguna persona o alimaña en las solitarias veredas y senderos de la sierra.

Nicolasa le había regalado una antigua casaca del ejército con charreteras y dorados que todavía conservaba algo de su amarillo originario. Melchor sonrió agradecido y emocionado ante el infantil nerviosismo con que ella le entregó la prenda; «Casimiro me dijo lo que buscabas en su puesto del mercado de Aracena», confesó tratando de esconder su ansiedad tras una risa forzada. Los dos perros presenciaban la escena y ladeaban la cabeza de uno a otro. Melchor se puso la chaqueta, que le venía inmensa y colgaba de sus hombros como un saco, e hizo una mueca de aprobación tirando de las solapas y mirándose. Ella le pidió que girara sobre sí para verle entero. Esa noche fue Nicolasa quien buscó su cuerpo.

Pero el tiempo seguía pasando, Nicolasa negaba cada vez que

volvía de Jabugo, y Melchor, sabedor de las rutas del contrabando, solo se topaba con algunos miserables mochileros que transportaban a pie, al amparo de la noche, las mercaderías desde Portugal hasta España. «¿Dónde estás, Gordo?», mascullaba en los caminos. El perro, pegado a su pantorrilla, dejaba escapar un largo aullido que quebraba el silencio y se colaba entre los árboles; eran muchas las veces que había escuchado a aquel nuevo amo nombrar al Gordo con un odio que hería hasta a las piedras. «¿Dónde estás, hijo de puta? Vendrás. ¡Como existe el diablo que vendrás! Y ese día...»

—Te he traído cigarros —le anunció Nicolasa a su vuelta de Jabugo, cerca de una semana después, al tiempo que le alargaba un pequeño atado de papantes rematados con su característico hilo colorado: los cigarros de tamaño mediano elaborados en la fábrica de Sevilla, los que los fumadores consideraban los mejores.

Lo hizo con la mirada escondida en el suelo. Melchor frunció el ceño y agarró el atado desde la silla, sentado a la puerta del chozo. Nicolasa se disponía a entrar cuando el gitano preguntó:

—¿No tienes nada más que decirme?

Ella se detuvo.

—No —contestó.

En esta ocasión no pudo dejar de clavar sus ojos en los de él. Melchor los percibió acuosos.

—¿Dónde están? —inquirió.

Una lágrima brillante se deslizó por la mejilla de Nicolasa.

—Cerca de Encinasola. —En eso no se atrevió a mentir. Melchor le había pedido que le informara si se enteraba de algo, así que añadió con voz trémula—: Algunos de los de Jabugo han ido a sumarse a ellos.

—¿Cuándo se les espera en Encinasola?

—Uno, dos días a lo más.

Parada frente a él, las piernas juntas, las manos entrelazadas por delante de su vientre, con la garganta agarrotada y las lágrimas corriendo ya libres por su rostro, Nicolasa observó la transformación del hombre que había venido a cambiar su vida: las arrugas que surcaban su rostro se tensaron y el centelleo de sus ojos de gitano, bajo las cejas fruncidas, pareció afilarse como si de un arma se tratase. Todas las fantasías de futuro con las que ingenuamente había jugueteado la mujer en sus sueños se desvanecieron tan pronto como Melchor se levantó de la silla y tiró de los faldones de su chaqueta amarilla, la mirada extraviada, todo él perdido.

—Mantén a los perros contigo —dijo en un susurro que a Nicolasa le pareció atronador. Luego rebuscó en su faja y extrajo otra moneda de oro—. Nunca pensé que la primera que te di fuera suficiente —declaró. Cogió una de sus manos, la abrió, depositó la moneda en su palma y volvió a cerrarla—. Nunca te fíes de un gitano, mujer —añadió antes de darle la espalda y emprender el descenso de la colina.

Nicolasa se negó a admitir el fin de sus sueños. En su lugar, centró su mirada borrosa en el atado de papantes con sus hilillos colorados que Melchor había olvidado en la silla frente al chozo.

Dependía de dónde decidieran hacer noche. De Encinasola a Barrancos había dos leguas escasas, y Melchor sabía que el Gordo —si es que aquella era su partida— haría todo lo posible por llegar a Barrancos. A diferencia de lo que sucedía en España, en Portugal no había estanco del tabaco. En el país luso, el comercio estaba arrendado a quien más pujaba por él, arrendadores que, a su vez, abrían dos tipos de establecimientos: los de venta a los propios portugueses y los destinados al contrabando con los españoles. Melchor recordó el gran edificio de Barrancos con almacenes para el tabaco de humo de Brasil, habitaciones, lugar para el descanso de los contrabandistas y numerosas y bien dispuestas cuadras. Méndez, el arrendador, no cobraba por todas esas comodidades con que agasajaba a sus clientes, sobre todo si eran grandes partidas como las de las gentes de Cuevas Bajas y sus alrededores, aunque tampoco lo hacía a los humildes mochileros, a quienes hasta llegaba a fiar o financiar sus trapicheos.

«Sí, el Gordo tratará de llegar a Barrancos para saciar su tripa con buena comida, emborracharse y yacer con mujeres, a buen resguardo de las ineptas pero siempre molestas rondas reales», concluyó Melchor sentado en el tocón de un árbol a mitad de camino entre Encinasola y Barrancos. Las dos villas parecían enfrentarse la una contra la otra en la distancia, ambas emplazadas sobre peñascos, con sus castillos, el de Encinasola en la propia villa, el de Barrancos algo alejado de la suya, destacando y dominando el valle que las separaba y que poco tenía en común con la agreste naturaleza de Jabugo y sus alrededores.

Pasaba del mediodía y el sol caía a plomo. Melchor se había adelantado bastante a la posible llegada de los contrabandistas y desde el amanecer permanecía sobre aquel incómodo pedazo de madera muerta, cerca de la ribera del río Múrtiga, donde encontró una arboleda que le protegía del sol. A veces miraba hacia el pueblo, aunque sabía que no era necesario: el alboroto los precedería. Ni siquiera haría falta un gran bullicio, pues el silencio era tal que Melchor oía hasta su propia respiración. Algunos paisanos, pocos, desfilaron frente a él camino de sus campos y labores. Melchor se limitó a mover la cabeza casi imperceptiblemente en contestación a sus atemorizados saludos en el dialecto de la zona. Todos sabían ya de la proximidad de los contrabandistas, y aquel gitano con grandes aros colgando de sus orejas y su descolorida chaqueta amarilla solo podía ser uno de ellos. Mientras tanto, entre fugaces vistazos hacia Encinasola y huidizos saludos a los campesinos, Melchor recordaba al tío Basilio, al joven Dionisio y a Ana. ¡Jamás, hiciera lo que hiciese, su hija le había recriminado nada! ¿Qué haría cuando llegase la partida del Gordo? Trató de librarse de aquella inquietud; ya decidiría entonces. Le hervía la sangre. ¡Nadie iba a decir jamás que Melchor Vega, de los Vega, se escondía de nadie! Lo matarían. Quizá el Gordo ni siquiera permitiría que le retase: ordenaría a alguno de sus lugartenientes que le descerrajase un tiro allí mismo y luego continuaría su camino con una sonrisa en la boca, tal vez una carcajada; probablemente escupiría desde lo alto del caballo sobre su cadáver, pero no le importaba.

Un pequeño grupo de mujeres cargadas con cestas con pan y cebollas para sus hombres pasó por delante de él en silencio, cabizbajas. Había vivido demasiado, pensó con la mirada puesta en sus espaldas. Los dioses gitanos o el dios de los curas le habían regalado unos cuantos años. Vivía de prestado. Debería haber muerto en galeras, como tantos otros, pero si no había fallecido remando al servicio del rey… Apretó los labios y se miró las manos: pellejos sembrados de multitud de manchas oscuras que destacaban incluso sobre su color agitanado. Trató de acomodarse sobre el tocón y le dolieron todos los músculos, anquilosados ya por el paso de las horas; quizá no fuera más que un viejo, como aquel que le había cedido su cama en la gitanería por una mísera moneda. Sintió una inquietante comezón en las cicatrices dejadas por el látigo del cómitre en su espalda. Suspiró y volvió la cabeza hacia Encinasola.

—Si no morí al servicio del hijo de puta del rey —se dijo en voz alta, dirigiéndose a algún lugar mucho más allá del pueblo que se ofrecía a sus ojos—, ¿qué mejor forma de hacerlo ahora, cuando ya no soy más que un despojo, tapando así cualquier boca dispuesta a compararme con una mujer?

Como suponía, los oyó mucho antes de que fueran visibles en el camino de salida de Encinasola, a media tarde. Una larga y desbaratada columna de hombres: algunos montados; otros, la mayoría, con caballos, mulas o borricos del ronzal. Entre todos ellos, muchos simples mochileros. Gritos, insultos y risotadas los acompañaban, pero la algarabía cesó en los oídos de Melchor en cuanto reconoció al Gordo, flanqueado por sus lugartenientes, a la cabeza. «Morena —pensó entonces con media sonrisa en los labios—, en qué lío me has metido.» El murmullo de los lúgubres y monótonos cánticos de Caridad sustituyó a cualquier sonido en el interior de Melchor. El gitano, con la vista fija en la columna que se acercaba, ensanchó su sonrisa.

—Lo único que siento es que voy a morir sin haber catado tu cuerpo, morena —dijo en voz alta—. Seguro que habríamos hecho buena pareja: un viejo galeote y la esclava más negra de las Españas.

El Gordo y sus hombres no tardaron en llegar a su altura pero sí en reconocerle: el sol atacaba sus ojos. La columna de hombres se apelotonó a espaldas de su capitán cuando este y los dos que lo flanqueaban frenaron a sus monturas de repente.

Melchor y el Gordo enfrentaron sus miradas. Los lugartenientes, tras la sorpresa inicial, observaban los alrededores: árboles y matorrales, piedras y desniveles, por si se trataba de una emboscada. Melchor percibió su inquietud. No había pensado en esa posibilidad: creían que no estaba solo.

«El Galeote...», el rumor corrió entre las filas de contrabandistas. «Está el Galeote», se susurraron unos a otros.

—¿Ya has salido de tu agujero? —preguntó el Gordo.

—He venido a matarte.

Un murmullo se alzó en las filas de contrabandistas hasta que el Gordo soltó una carcajada que las acalló.

—¿Tú solo?

Melchor no contestó. Tampoco se movió.

—Podría acabar contigo sin echar pie a tierra —le amenazó el contrabandista.

El gitano dejó transcurrir unos instantes. No lo había hecho. No había disparado. El Gordo dudaba; los demás también.

—Solos tú y yo, Gordo —dijo Melchor al cabo—. No tenemos nada contra los demás —añadió señalando a los otros dos.

El uso del plural obligó a los lugartenientes a volver a recorrer con la mirada la zona; el correteo de un animal que escapaba, el susurrar del viento entre el follaje, el más mínimo ruido llamaba su atención, tal y como le sucedió al Gordo ante el simple revoloteo de un pajarillo. Podía haber gitanos escondidos y apuntándoles con sus armas. Sabía de la detención masiva, pero también sabía que muchos de los de la gitanería habían logrado escapar, y esos pertenecían en su mayoría a la familia de los Vega, fieles hasta la muerte a su gente y a su sangre: al Galeote. ¡Bastaba con que solo uno de ellos estuviera apuntando a su cabeza en aquel preciso instante! El Galeote no podía haber ido a enfrentarse él solo a toda una partida de hombres, no estaba tan loco. ¿Dónde podían estar? ¿Entre las ramas de uno de los árboles?, ¿tumbados tras alguna roca?

Melchor aprovechó aquel momento de indecisión y se levantó del tocón. Sus músculos respondieron como si el riesgo, la cercanía de la lucha y el incierto desenlace les hubieran insuflado una extraña vitalidad.

—Puedes huir, Gordo —gritó para que todos le oyeran—, puedes espolear a tu caballo y quizá... quizá tengas suerte. ¿Quieres probarlo, asqueroso saco de grasa? —volvió a gritar.

Solo el roce de los inquietos pies de los hombres sobre la tierra del camino y el rebufar de alguna de las caballerías rompieron el silencio que siguió al insulto.

—He venido a matarte a ti, hijo de puta. Tú y yo solos. —El gitano extrajo su navaja de la faja y la abrió lentamente, hasta que la hoja brilló fuera de sus cachas de hueso—. Nadie más tiene por qué resultar herido. ¡He venido a morir! —aulló Melchor con la navaja ya abierta en su mano—, pero si lo hago de otra forma que no sea luchando cuerpo a cuerpo contra vuestro capitán, muchos de vosotros sufriréis las consecuencias. ¿Acaso no es esa la mejor forma de resolver los problemas?

Entre algún que otro murmullo de asentimiento a sus espaldas, el Gordo percibió que sus dos lugartenientes no refrenaban lo suficiente a sus monturas y se iban separando sensiblemente de él.

Melchor, plantado a unos pasos del caballo, con el descolorido amarillo de su chaqueta resucitado por el sol que brillaba a su espalda, también se dio cuenta.

—¿Piensas huir como una mujer asustada? —le retó.

Si lo intentaba perdería el respeto de sus hombres y con él toda posibilidad de volver a capitanear una partida, el Gordo lo sabía. Exhaló un largo bufido de hastío, escupió a los pies del gitano y echó pie a tierra con dificultad.

No había llegado a tocar suelo cuando los hombres estallaron en vítores y empezaron a cruzar apuestas. Los lugartenientes se apartaron a un lado del camino. Los demás fueron a disponerse en círculo alrededor de los contendientes, pero Melchor se lo impidió: tenía que continuar manteniendo el engaño de la emboscada. Si entre todos ellos llegaban a ocultar al Gordo..., Melchor retrocedió algunos pasos con la mano extendida, indicando al gentío que se le venía encima que se detuviera.

—¡Gordo! —gritó en el momento en que los primeros de ellos obedecieron—. ¡Antes de que tus hombres lleguen a rodearnos, alguien te volará la cabeza! ¿Has entendido? Todos detrás de ti, en el camino… ¡Ya!

El contrabandista hizo un imperativo gesto a sus lugartenientes, que se ocuparon de mantener a los demás en el camino. Muchos montaron en las caballerías que llevaban del ronzal, para ver mejor. Los de las últimas filas pidieron a gritos a los de delante que se sentasen, y de tal guisa, en una especie de media luna que se extendía más allá del camino, a modo de anfiteatro, aplaudieron y jalearon a su capitán cuando este abrió una gran navaja y la apuntó hacia el gitano. Algunos campesinos y sus mujeres, de vuelta al pueblo, observaban atónitos desde la distancia.

Los dos contendientes se sopesaron, moviéndose en círculo, brazos y navajas extendidos, procurando evitar el sol en los ojos. El Gordo se movía con una agilidad impropia de sus condiciones, observó Melchor. No debía menospreciarlo. No se capitaneaba una partida de contrabandistas de Cuevas Bajas si no se sabía pelear y defender el puesto día a día. En aquellos pensamientos estaba cuando el Gordo se abalanzó sobre él y lanzó un navajazo al hígado que Melchor logró esquivar no sin dificultades; trastabilló al separarse del embate del contrabandista.

—Estás viejo, Galeote —le escupió mientras Melchor trataba de recuperar el equilibrio y la gente silenciaba los gritos y aplausos con los que había premiado aquel primer embate—. ¿Eras tú el que me comparaba con una mujer que quería huir? ¿Tanto has peleado con ellas que has olvidado cómo lo hacen los hombres?

Las risas con que los contrabandistas acogieron sus palabras enfurecieron al gitano, pero sabía que no debía dejarse llevar por la ira. Frunció el ceño y continuó moviéndose en derredor del otro, tanteándole con su arma.

—La última mujer con la que he peleado —mintió al tiempo que se preparaba para un seguro embate— fue la puta a la que pagué con el medallón de tu esposa. ¿Lo recuerdas, saco de sebo? ¡La jodí a tu cuenta, pensando en tu mujer y tus hijas!

La respuesta, como presumía Melchor, no se hizo esperar. El Gordo prestó mayor atención al tenso silencio de sus hombres que a la prudencia y se lanzó cortando el aire con su navaja. Melchor lo esquivó, lo rodeó y le hirió con una raja a la altura del pecho que hizo que el color blanco de su camisa se confundiera con el rojo de la faja que se apretaba en su enorme barriga.

«¡Lo tengo!», se dijo el gitano al comprobar cómo se revolvía el Gordo, con el rostro congestionado y la sangre brotando de su pecho, mientras se peleaba a cuchilladas con el aire. Melchor esquivó una, dos, tres veces sus ciegos embates. Lo hirió de nuevo, en el muslo izquierdo, y luego soltó una carcajada que rompió el silencio en que se mantenían los hombres de la partida.

—Y las perlas de tu mujer… —El gitano saltaba a uno y otro lado, confundiendo a su enemigo todavía más. Se sentía joven y extrañamente ágil. Evitó un nuevo embate y clavó su cuchillo en la axila derecha del Gordo, que se vio obligado a coger la navaja con la izquierda—. ¡Las luce mi nieta, perro inmundo! —gritó Melchor tras apartarse varios pasos de él.

—La mataré después de a ti —contestó el otro sin darse por vencido—, pero primero se la entregaré a mis hombres para que disfruten de ella. ¿La has traído contigo? —añadió señalando con la navaja más allá del camino, hacia los árboles.

Melchor decidió acabar, agarró con fuerza su arma y se acercó a su oponente dispuesto a dar el golpe final.

—Mejor habría estado con toda la chusma de gitanos detenidos en Triana el mes pasado…

El Gordo no llegó a terminar la frase. La decisión con la que Melchor se acercaba a él se desvaneció ante sus palabras. El contrabandista percibió la confusión en el semblante del gitano; sus brazos y sus piernas se habían paralizado. ¡No lo sabía! ¡Ignoraba la redada! El Gordo aprovechó la duda de su oponente, se movió con rapidez y hundió la navaja, cuan larga era, en su vientre.

Melchor, con la sorpresa en el rostro, se inclinó, llevó la mano libre a la herida y retrocedió unos pasos.

—¡No hay gitanos! —chilló excitado el Gordo entre los vítores y aplausos de su gente tras el navajazo—. ¡Está solo!

—¡Es tuyo! —le animó uno de sus lugartenientes—. ¡Acaba con él!

El griterío atronó.

Ensangrentado, con el brazo derecho colgando al costado, el contrabandista se abalanzó sobre Melchor, que en su intento por evitar el ataque, tropezó y cayó al suelo, de espaldas. Los hombres, ya sin miedo a una emboscada, se levantaron y empezaron a correr donde el Gordo, parado sobre Melchor, había recuperado su cínica sonrisa. Muchos pudieron ver cómo el gitano se encogía sobre sí mismo y se agarraba el estómago con ambas manos, rendido; otros, sin embargo, solo alcanzaron a distinguir la fugaz estela de dos grandes perros que aparecieron de la nada y se lanzaron sobre su capitán, uno al muslo, allí donde sangraba por la herida que le había infligido Melchor; el otro directamente al cuello cuando el Gordo cayó por el embate del primero.

La mayoría de los hombres se quedaron paralizados; algunos intentaron acercarse a los perros, pero los gruñidos con que estos los recibieron, sin soltar su presa, les obligaron a desistir. El Gordo permanecía cerca de Melchor, tan quieto como lo estaban los dos grandes perros, ambos con sus poderosas mandíbulas, acostumbradas a luchar contra los lobos de la sierra, apretando lo justo, como si esperasen la orden definitiva para hincar sus colmillos en las carnes del contrabandista.

—¡Disparadles! —sugirió alguien.

Sin atreverse a hablar, el Gordo consiguió negar frenéticamente con una mano, por debajo del animal que le apretaba el muslo.

—¡Podríais herir al Fajado! —se opuso al mismo tiempo uno de los lugartenientes—. Que nadie dispare ni se acerque.

—Morded —alcanzó a murmurar Melchor. Los perros no le obedecieron pero recibieron su voz con un meneo de sus colas que el gitano no llegó a ver—. ¡Morded, malditos! —logró aullar en un grito de dolor.

—No lo harán.

Los contrabandistas se volvieron hacia Nicolasa, que había

aparecido al margen del camino con el arma de su difunto esposo en las manos.

—No lo harán... mientras yo no se lo ordene.

Le tembló la voz al hablar. El dolor que había sentido en su propio estómago al contemplar cómo el contrabandista hundía su navaja en el de Melchor se había trocado ahora en un tremendo agarrotamiento. Había azuzado a los perros en cuanto lo vio caer al suelo y comprendió que su suerte estaba echada. Luego salió al camino, ciega, resuelta a luchar por el gitano, pero de repente se había encontrado rodeada de hombres rudos y malcarados, todos enormes comparados con ella.

—Si es la mujer quien tiene que dar la orden... ¡matémosla! —propuso uno de los contrabandistas haciendo ademán de abalanzarse sobre Nicolasa.

El disparo atronó y el hombre salió despedido hacia atrás, con el rostro destrozado por las postas del trabuco.

Nicolasa no se atrevió a mirar a los demás. Había disparado como lo hacía cuando los lobos se acercaban al chozo: sin pensar. Nunca lo había hecho contra un hombre, por más que alardeara de ello si alguno se acercaba a sus dominios. Los gruñidos de sus perros la devolvieron a la realidad. El Gordo volvió a golpear con frenesí sobre la tierra del camino con su mano libre. Ella recargó el arma tratando de controlar el temblor de sus manos, vigilando de reojo a los hombres que la rodeaban.

—Que nadie haga nada —ordenó de nuevo uno de los lugartenientes.

Nicolasa respiró con fuerza al tiempo que atacaba por segunda y última vez el cañón del trabuco con la baqueta. Luego empezó a colocar la pólvora fina en la chimenea del arma. Todos estaban pendientes de ella... y de los perros. Carraspeó.

—Si alguien pretende dañarme... —volvió a carraspear, le costaba hablar—, los perros acudirán en mi defensa, pero primero acabarán con ese desgraciado igual que lo hacen con los lobos. Nunca dejan un enemigo vivo. —Comprobó la disposición del arma, asintió y volvió a empuñarla. Algunos se apartaron y se sintió fuerte—. Un solo apretón de esa mandíbula y vuestro capitán morirá —añadió dirigiéndose al lugar donde yacía Melchor. Entonces alzó la mirada hacia uno de los lugartenientes, todavía a caballo, y se encontró con un semblante que parecía animarla. ¿Qué...? ¡Ambición! Eso era lo que reflejaban sus ojos—. ¿O quizá desearíais que muriese? —especuló en voz más baja, directamente hacia el lugarteniente—. ¿Qué vais a hacer con un capitán cobarde, obeso y además manco? He visto la pelea. Esa herida en su axila no sanará.

El lugarteniente se llevó una mano al mentón, meditó unos segundos, agarró con fuerza su arma y asintió.

Nicolasa esbozó media sonrisa: saldría con bien de aquel lío.

—¿Qué...? —quiso oponerse el segundo lugarteniente cuando un repentino disparo del otro acalló sus quejas y lo desmontó del caballo con un balazo en el pecho.

Un rumor corrió entre los hombres, pero ninguno de ellos alzó la voz: se trataba de una cuestión entre los jefes, como tantas otras que habían vivido.

—Tú y tú —la mujer se dirigió a dos contrabandistas cercanos y luego señaló a Melchor—, cargadlo... —Boqueó en busca de aire a la vista de las manos del gitano, empapadas en sangre y crispadas sobre su estómago—. ¡Cargadlo en un caballo! —logró concluir.

—Hacedlo —les confirmó su ya nuevo capitán, indicándoles el caballo del Gordo.

Melchor no podía mantenerse en la montura. Lo cruzaron sobre ella como un fardo. La cabeza le colgaba.

—Vas a morir, Gordo —escupió el gitano antes de contraer su rostro en un rictus de dolor.

Y mientras el contrabandista volvía a golpear la tierra con la mano, Nicolasa agarró la rienda del caballo en el que iba Melchor y se internó con él entre los árboles.

Nadie osó moverse durante un largo rato. Los dos perros continuaron sobre su presa, que ahora acompañaba con gemidos los ya débiles golpes. Al cabo se oyó un silbido agudo de entre la arboleda. Entonces uno de los perros tiró de la pierna, como si pretendiese arrancarla del torso, y el otro hundió sus fauces en el cuello del Gordo. Al animal le bastó voltear la cabeza con violencia un par de veces para saber que su presa había fallecido. A diferencia de los lobos, que peleaban por su vida, el hombre se había dejado matar como un puerco. Luego los dos perros corrieron en pos de su ama.

Antes de que los animales alcanzasen a Nicolasa, en la espesura, Melchor volvió a hablar.

—¿Tú sabías lo de los gitanos?

Ella no contestó.

—Déjame morir —susurró él.

—Calla —dijo la mujer—. No hagas esfuerzos.

—Déjame morir, mujer, porque si logras curarme, te abandonaré.

La llegada de los perros con los morros ensangrentados permitió a Nicolasa aclarar esa garganta que se le había agarrotado ante la amenaza de Melchor.

—Buenos chicos —susurró a los animales mientras estos correteaban entre las patas del caballo—. Mientes, gitano —dijo después.

16

álaga era una población de poco más de treinta mil habitantes que formaba parte del reino de Granada y que había sido fundada a orillas del Mediterráneo por los fenicios en el siglo VIII antes de Jesucristo. Tras el paso de cartagineses, romanos, visigodos y musulmanes, la Málaga del siglo XVIII, ocupada en derruir los lienzos de sus magníficas murallas nazaríes, presentaba una trama urbana en forma de cruz, con la plaza Mayor en el centro y sus grandes y numerosas construcciones religiosas a lo largo de las aspas.

Sin embargo, la antigua ciudad fenicia no estaba preparada para acoger a las gitanas detenidas. La redada se había producido a finales de julio, pero el secreto con el que se había llevado a cabo supuso que la orden por la que se elegía a esa ciudad como depósito de las gitanas y sus hijos no llegó a sus autoridades hasta el 7 de agosto, sin tiempo para preparativo alguno. Y para desesperación del cabildo municipal, caravanas de carros cargados de mujeres estaban llegando a la capital provenientes de Ronda, Antequera, Écija, El Puerto de Santa María, Granada, Sevilla…

La Alcazaba, el castillo elegido por el marqués de la Ensenada como prisión, resultaba peligroso por hallarse instalado allí el polvorín del ejército, algo que el noble no había tenido en cuenta. Así, las primeras mujeres fueron internadas en la cárcel real, pero la constante afluencia de ellas hizo que pronto estuviera repleta. Entonces el cabildo requisó algunas casas en la calle Ancha de la Merced, que también resultaron insuficientes. Y si las previsiones de espacio habían fallado, más todavía lo hicieron las destinadas a la manutención de aquel ingente número de personas. El cabildo municipal elevó una petición al marqués para que detuviese la remisión de gitanas al tiempo que le solicitaba los fondos necesarios para atender a las que ya habían llegado. El noble dispuso que las nuevas partidas de gitanas fueran desviadas hacia Sevilla: «En derechura y con seguridad», ordenó.

Al final, en el arrabal de la ciudad, extramuros, las autoridades requisaron las casas de la calle del Arrebolado y clausuraron sus salidas, formando con ello una gran cárcel en la que llegaron a hacinarse, desharrapadas, hambrientas y enfermas, más de mil gitanas con sus hijos menores de siete años. Ana Vega, sin embargo, fue internada en la cárcel real a la espera de juicio como instigadora de la revuelta en el camino a la ciudad.

Y si la situación en Málaga era desesperada, otro tanto sucedía con el arsenal de La Carraca. José Carmona, junto a seiscientos gitanos —quinientos hombres y cien niños— de diversas procedencias, llegó a Cádiz a finales de agosto. Pero a diferencia de Málaga, en donde el cabildo municipal tenía posibilidades de requisar casas para alojar a las imprevistas recién llegadas, el arsenal de La Carraca no era más que un astillero militar cercado y constantemente vigilado para impedir la fuga de los penados y los esclavos que cumplían trabajos forzados. Como sucedía en Cartagena, en La Carraca no cabían los gitanos; sin embargo, si en el arsenal murciano se les pudo alojar en viejas, inútiles e insalubres galeras varadas, en el gaditano se les agrupó en patios y todo tipo de dependencias. De poco sirvieron los memoriales que elevó al consejo el gobernador del arsenal poniendo de relieve la insuficiencia de las instalaciones y el riesgo de motines que se sucederían ante la llegada de aquel contingente de hombres desesperados.

En la época de la razón y la civilidad, la respuesta de las autoridades fue tajante: allí donde habían cabido tantos penados, bien podría alojarse a los gitanos. Se ordenó al gobernador que despidiera a los peones contratados y los sustituyera por aquella masa humana nociva y ociosa; de esa forma se obtendrían los resultados perseguidos por la monarquía borbónica, cuyos ideales distaban mucho de la piadosa resignación ante la pobreza, con la limosna como única solución, que hasta entonces había aceptado la sociedad. El trabajo honraba. En unos tiempos en los que se estaba superando el ancestral concepto de honor que había impedido a los españoles dedicarse a trabajos mecánicos y por lo tanto viles, nadie podía estar ocioso, y menos los gitanos, quienes debían ser útiles a la nación, como los vagos y holgazanes que eran detenidos a lo largo y ancho del reino y destinados a trabajos forzados.

Muy a su pesar, el gobernador de La Carraca obedeció: aumentó las tropas de vigilancia, instaló cepos y horcas en el arsenal como elemento de disuasión para los gitanos, despidió a los trabajadores libres contratados y se empeñó en sustituirlos por los recién llegados. No obstante, atemorizado ante la posibilidad de rebeliones, se negó a quitarles los grilletes y las cadenas.

Las medidas no produjeron resultado alguno. El arsenal de La Carraca, el más antiguo de los astilleros españoles, estaba en los angostos canales o caños navegables que se adentraban en tierra desde la bahía de Cádiz; era un terreno pantanoso, producto de la sedimentación alrededor de una vieja carraca hundida en la zona. El propio marqués de la Ensenada había decidido ampliar aquellos astilleros con la incorporación de la isla de León, también sobre lecho de fango.

José Carmona, como los demás gitanos, fue forzado a trabajar hundido en fango hasta las caderas para preparar los pilotajes de los diques y ayudar a las grandes máquinas de hinca a clavar los largos y fuertes maderos de roble en aquel fondo inestable. Encadenados, los gitanos intentaban con grandes esfuerzos moverse en el lodazal, pero las cadenas hacían todavía más difícil lo que ya de por sí parecía imposible. Se trataba de extraer la máxima cantidad de lodo del recinto de tablestacas previamente delimitado, para clavar los pilotes sobre los que se ensamblaría un entramado de maderas que constituiría la base de la construcción. Bajo los gritos y golpes de los capataces, con el fango a la altura del estómago, José, como muchos otros, se esforzaba con denuedo por desplazarse con una cesta repleta de barro. Podrían haber simulado aquel esfuerzo y haraganear entre el lodo, pero todos querían apartarse de la peligrosa maza de la máquina de hinca que una y otra vez era izada para caer pesadamente sobre la cabeza del pilote. Ya habían presenciado un accidente: el suelo inestable había originado que el pilote se torciese al recibir el impacto de la gran maza de hierro y dos operarios que estaban junto a él habían resultado heridos de gravedad.

En otras ocasiones, José fue empleado en las grúas destinadas al embarque o desembarque de la artillería pesada de los navíos. Cuatro hombres se ocupaban de hacer girar la rueda con palancas que tiraba de la soga que recorría el brazo de madera de la grúa. ¡Hasta cinco mil novecientas libras podían pesar los cañones del calibre veinticuatro! Los guardianes le azotaban a la más mínima indecisión, mientras el cañón era trasladado en volandas desde el barco al muelle.

Y cuando no trabajaba entre el lodo o con las grúas, lo tenía que hacer en las bombas de achique o en las jarcias de los barcos, siempre encadenado —el gobernador mantenía aherrojados hasta a los gitanos que eran ingresados en la enfermería—, para luego pasar las noches tumbado a la intemperie, buscando refugio entre las cuadernas podridas que se amontonaban frente a uno de los almacenes del arsenal. Allí José caía rendido, pero le costaba conciliar el sueño, como a la mayoría de los que le acompañaban en las cuadernas. En la explanada que se abría delante del almacén, varios cepos aprisionaban los cuerpos de algunos gitanos que se habían amotinado. Y ¿cómo iban a poder descansar con hermanos de raza obligados a mirarles con la cabeza atrapada en el cepo?

—Casi todos son de la gitanería —oyó José una noche que los acusaba uno de los herreros del callejón de San Miguel—, ellos y su rebeldía son la causa de que todos estemos aquí.

El reproche no consiguió adhesiones.

—Me gustaría tener sus agallas —se lamentó otro tras unos instantes de silencio en los que muchos de ellos cruzaron sus miradas con los castigados.

¿Agallas? José reprimió una réplica. ¡Claro que habían sido ellos! Y aquellos otros que vagaban los caminos y que se habían librado de la detención. Los Vega. Habían sido gentes como los Vega, Melchor, e incluso Ana los responsables de que sus tobillos estuviesen ahora mismo sangrando por debajo de los grilletes. José Carmona trató de acomodar los hierros para que rozasen lo menos posible sus piernas heridas. «¡Malditos todos ellos!», escupió ante una punzada de dolor.

El gobernador no cedió en la cuestión de las cadenas, pero, para su desesperación, los gitanos no se rendían, ni hombres ni niños, porque habiéndose destinado a los chiquillos a aprender los oficios propios de la reparación de los barcos, carpinteros y calafateadores se negaron en redondo a admitir en sus cofradías a niños gitanos.

Mientras tanto, los motines y las revueltas se sucedían en el arsenal. Todas fueron reprimidas con crueldad. Ningún intento de fuga prosperó y los gitanos continuaron siendo forzados al trabajo, más incluso que los esclavos moros con los que compartían cárcel, que no sacrificio, porque los esclavos comunicaban a Argel las condiciones de trabajo a las que los sometían los españoles y las autoridades berberiscas actuaban con reciprocidad: tan mal como eran tratados los moros en los arsenales, lo eran los españoles cautivos en Berbería. Y la diplomacia borbónica se afanaba por encontrar ese punto intermedio que podía satisfacer los intereses de ambas partes.

A diferencia de los esclavos moros, los gitanos no tenían a quién recurrir. Solo su solidaridad los defendió. Desharrapados, casi desnudos, hambrientos y encadenados, heridos, enfermos muchos, superaron el primer impacto de la detención hasta que renació su carácter altivo y orgulloso: ellos no trabajaban ni para el rey ni para los payos, y no había látigo en el mundo que pudiera obligarles.

17

a vieja María sintió la amenaza del invierno que viajaba en las nubes de finales de octubre de aquel año de 1749 cuando se frotó las manos y sus dedos agarrotados se trabaron entre ellos; empezaban a dolerle. Habían hecho alto, ya casi anochecido, en lo que a la curandera le pareció un lugar recóndito y apartado del camino que llevaba de Trigueros a Niebla, entre los escasos matorrales y pinos que se podían encontrar en aquella zona, y al que les había conducido Santiago Fernández, el jefe de una familia de casi dos docenas de miembros. Santiago conocía la zona al detalle, como debía hacer todo patriarca de un grupo de nómadas.

María apretó los dedos para desentumecerlos. Todo estaba perfectamente planificado, como cada vez que hacían noche en algún nuevo paraje: los hombres desguarnecían y trababan las caballerías, los chiquillos corrían de aquí para allá en busca de ramas secas para hacer fuego, y las mujeres, hacia las que se encaminó la anciana, instalaban con habilidad las tiendas que les servirían de cobijo durante la noche, unas con telas atadas a estacas hundidas en la tierra, otras simplemente a arbustos o árboles. Aquella noche, sin embargo, todos parecían tener más prisa de la acostumbrada y trabajaban entre bromas y risas.

—¡Quite, quite! Usted a sus hierbas —le dijo Milagros cuando María trató de ayudarla con unas cuerdas—. ¡Cachita! —gritó entonces sin hacer el menor caso a la anciana—, cuando puedas ven a clavar esta estaca más profunda, no sea que el diablo estornude esta noche y nos vuele la tienda.

—¡Cachita, primero te necesito yo! —se escuchó de boca de otra mujer.

María buscó a su amiga en el pequeño claro en el que se habían detenido. Cachita aquí, Cachita allá. Y ella iba y venía. Superados los primeros recelos, las mujeres gitanas habían encontrado en la fuerte y siempre bien dispuesta Caridad una ayuda inestimable para cualquier tarea.

La anciana permaneció junto a Milagros.

—Aparte —la regañó de nuevo la muchacha al intentar desplazarse al otro costado de lo que ya tomaba forma de una tienda irregular, como la tela que habían conseguido, plana, de muy poca altura, la imprescindible para que las tres mujeres pudiesen cobijarse bajo ella—. ¡Cachita —volvió a gritar Milagros—, la primera soy yo!

María observó que Caridad se detenía entre las tiendas a medio montar y los chiquillos que amontonaban leña y rastrojos.

—Morena —dijo la otra mujer que la había llamado—, si no me ayudas a mí te robaré tu precioso vestido colorado.

Caridad dio un manotazo al aire y se dirigió hacia la mujer que la había amenazado. Milagros soltó una carcajada. «¡Cuánto ha cambiado todo!», pensó María al alegre sonido de la risotada de la muchacha. Domingo, el herrero ambulante, se había prestado a acompañarlas a tierra llana hasta encontrar a Santiago y su gente. El hombre no tenía que desviarse en exceso de su trayecto al Puerto de Santa María, y tampoco tenía prisa por entregarse a los payos, les confesó con tremenda congoja.

Hacía dos meses que se habían unido a Santiago y los suyos, y no habían sido los primeros. Un primo Vega, su esposa y un pequeño de dos años que habían logrado escapar de la gitanería lo habían hecho antes que ellos, dejando atrás, no obstante, otra hija de cuatro que se había deslizado de brazos de su madre durante la frenética huida; mil veces había escuchado María los llantos y las excusas con las que el joven matrimonio pretendía liberarse de la culpa que les perseguía por ello. Dos muchachos de Jerez y una mujer de Paterna completaban la lista de refugiados en la tribu de los Fernández.

A lo largo de esas semanas la anciana había presenciado la transformación de Milagros, aunque todavía reprimía sus sollozos las noches en las que no caía rendida. Eso era bueno, pensaba la curandera. «¡Llora! —la animaba en silencio—, jamás olvides a los tuyos.» Con todo, la trashumancia parecía haber cambiado el carácter de la muchacha; su personalidad había estallado, como si su vida en la gitanería la hubiera mantenido dormida. «Bendita libertad», mascullaba la anciana cuando la veía correr, o cantar y bailar por las noches alrededor del fuego en un campamento como el que en ese momento estaban montando. Durante el día, atareada con el trajín propio de los gitanos, el rostro de Milagros solo se ensombrecía cuando los caminantes con los que se cruzaban o los vecinos de los pueblos no sabían darle noticia de la suerte de los gitanos detenidos, como si no concedieran la menor importancia a tales malnacidos. En cuanto a Melchor, Santiago había prometido a Milagros hacer cuanto estuviera en su mano para tener nuevas de él.

La vida era dura para los gitanos. Vender las cestas y cacharros que colgaban de mulos y caballos; procurarse la comida del día, comprándola cuando disponían de algún dinero o hurtándola cuando este no existía; un fandango o una zarabanda en un mesón o en la confluencia de dos calles por unas monedas; decir la buenaventura; trapichear con cuanto encontraban por los caminos, permanentemente pendientes de alcaldes y corregidores, justicias y soldados, comprando voluntades; siempre dispuestos a levantar el campamento y emprender la huida... ¿con qué destino y hasta cuándo?

—¿Ves allí, niña? Ese es nuestro rumbo —le había dicho Santiago a Milagros mientras mostraba a la joven la línea del horizonte sin señalar nada en concreto—. ¿Hasta cuándo? ¡Qué más da! Lo único que importa es este instante.

Solo bajo la tienda, por la noche, rodeada por los ruidos del campo, Milagros recordaba, miraba al incierto futuro y no podía contener las lágrimas, aunque durante el día intentaba vivir como le había enseñado Santiago y como, se dio cuenta, hacía el abuelo.

Esa noche estaban a menos de una legua de la villa de Niebla, montando su nuevo campamento entre risas, chanzas y gritos. Milagros se esforzaba por tensar al máximo la tela de la tienda para que el viento, el estornudo del diablo, no la levantase durante la noche, la vieja María paseaba su mirada de aquí para allá, y Cachita corría de un lado para otro ayudando a todos hasta que un revuelo entre los hombres llamó su atención: dos de ellos habían agarrado a un carnero que habían robado en el pueblo de Trigueros, y Diego, uno de los hijos de Santiago, se dirigía hacia él con una barra de hierro en la mano. El animal ni siquiera tuvo tiempo de balar: un contundente y certero golpe en la testuz le hizo caer muerto.

—¡Mujeres! —gritó Santiago al tiempo que todos ellos se alejaban del cuerpo del carnero, como si hubieran dado por cumplido su cometido—. ¡Tenemos hambre!

Gazpacho y carnero asado sobre el fuego. Vino y pan duro. Sangre frita. Un pedazo de queso que alguien había mantenido escondido y que decidió compartir. Así transcurrió la primera parte de la velada, los gitanos saciándose alrededor de la hoguera, sus facciones rotas por el titilar de las llamas hasta que el rasgueo de una guitarra anunció la música.

Milagros se estremeció al oír los primeros acordes.

Varios de los gitanos, el viejo Santiago entre ellos, pusieron su mirada en la muchacha, incitándola; un par de gitanillas se apresuraron a cambiar de sitio y se sentaron en el suelo, junto a ella.

La guitarra insistió. Milagros carraspeó y luego respiró profundamente, varias veces. Una de las niñas que había corrido a su lado palmeó con descaro, acompasando su ritmo al del instrumento.

Y Milagros se arrancó con un largo y hondo quejido, el rostro congestionado, la voz quebrada y las manos abiertas frente a sí, en tensión, como si fuese incapaz de alcanzar con su voz todo aquello que pretendía transmitir.

El frenesí se adueñó de aquel claro rodeado de matorrales bajos y pinos: las sombras de figuras de hombres y mujeres que danzaban recortadas contra el fuego en confusos movimientos, las guitarras llorando, las palmas resonando contra los árboles y los cantes arañando sentimientos encogieron el corazón de Caridad.

—Lo has conseguido, morena —susurró junto a su oreja la vieja María, sentada a su vera, adivinando qué era lo que rondaba la cabeza de la otra.

Caridad asintió en silencio, con los ojos clavados en Milagros, que se contorsionaba voluptuosamente en una danza frenética; en algunos de aquellos movimientos lujuriosos reconoció todo lo que durante esos meses le había estado enseñando.

—Enséñale a cantar —le había propuesto un día la curandera, nada más unirse a la partida de Santiago, señalando con el mentón a una Milagros mustia que caminaba con el grupo arrastrando los pies.

Caridad contestó a la propuesta con un gesto de sorpresa.

—A Melchor le gustaba cómo lo hacías y, tal como está, a la muchacha le vendría bien aprender.

Caridad se perdió unos segundos en el recuerdo de Melchor, en aquellas noches placenteras... ¿Dónde estaría ahora?

—¿Qué contestas? —insistió la anciana.

—¿Qué?

—Que si le enseñarás.

—No sé enseñar —se opuso Caridad—, ¿cómo...?

—Pues inténtalo —zanjó la curandera, sabedora ya de que la otra solo atendía a los imperativos.

Por su parte, Milagros se limitó a encogerse de hombros ante el proyecto de María, y desde aquel día, a la menor oportunidad, la vieja curandera arrastraba a las dos lejos del grupo, en busca de algún lugar apartado para cantar y bailar. Los primeros días los gitanillos de la partida las espiaban, pero pronto comenzaron a participar.

«Guineos, cumbés, zarambeques, zarabandas y chaconas», le

explicaron las gitanas a Caridad el primer día, después de que Milagros bailara alguna de ellas a desgana con el único acompañamiento del difícil palmeo de una curandera con los dedos atrofiados. Se trataba de danzas y cantos de negros, traídos a España por numerosos esclavos. Las letras de las canciones nada tenían que ver con las que se cantaban en Cuba, pero Caridad creyó encontrar en ellas los bailes africanos que tan bien conocía.

Caridad no escondió su confusión a las gitanas, los brazos caídos a los costados.

—¡Venga! —la instó María—. ¡Muévete tú ahora!

Hacía tiempo que no bailaba, le faltaban los tambores y los demás esclavos. Sin embargo, paseó la mirada por los alrededores: estaban en el campo, a cielo abierto, rodeadas de árboles. No se trataba del exuberante monte cubano, con sus jagüeyes y sus sagradas ceibas y palmas reales, donde residían los dioses y los espíritus, pero… todo el monte era sagrado. Matorrales y hierbas, hasta el más pequeño de sus tallos, escondía algún espíritu. Y si eso sucedía en Cuba y en las demás islas, en toda África, en Brasil y en muchos otros lugares, ¿por qué iba a ser diferente en España? Un escalofrío recorrió la columna vertebral de Caridad cuando comprendió que allí también estaban sus dioses. Giró sobre sí misma y los percibió en la vida y en la naturaleza que la rodeaba.

—¡Morena…! —empezó a recriminarla la vieja María, impaciente, pero Milagros la acalló poniendo con suavidad una mano en su antebrazo: intuía la transformación que se estaba produciendo en su amiga.

«¿En cuál de estos árboles se hallará Oshún?», se preguntó Caridad. Deseaba sentirla otra vez dentro de sí, ¿sería posible que la montase? Bailar. Lo haría. «Pero el monte es sagrado —se dijo—, al monte se acude con respeto, como a las iglesias.» Necesitaba una ofrenda. Se volvió hacia las gitanas y echó mano de su hatillo, a los pies de María. Bajo la atenta mirada de las otras dos rebuscó en su interior, tenía… ¡Ahí estaba! El resto de un cigarro que les había regalado uno de los gitanos. Se alejó y entre unos pinos alzó la mano con el cigarro en ella.

—¿Qué va a hacer? —susurró María.

—No lo sé.

—Necia —volvió a susurrar la curandera al ver que Caridad deshacía el cigarro entre sus dedos y el tabaco picado volaba—. Era el único cigarro que teníamos —se quejó.

—Calle.

Luego la vieron rebuscar entre los árboles, hasta que volvió a ellas con cuatro palos en las manos. Entregó dos a Milagros.

—Escuchad —les pidió.

Y golpeó los palos entre sí en el ritmo más sencillo que podía recordar: el de clave; tres golpes espaciados y dos seguidos, así una y otra vez. En un par de ejecuciones, Milagros se sumó al golpeteo. Caridad ya movía los pies cuando le ofreció sus palos a María, que los cogió y empezó a entrechocar a su vez.

Entonces, aquella que había sido esclava cerró los ojos. Era su música, diferente a la gitana o a la española, que tenían melodía. Los negros no la buscaban: cantaban y bailaban sobre la simple percusión. Caridad, poco a poco, fue confundiendo aquellos sencillos golpes de clave con el retumbar de los tambores batás. Entonces buscó a Oshún y bailó para la orisha del amor, entre sus dioses, sintiéndolos, en presencia de dos gitanas asombradas, los ojos tremendamente abiertos ante los frenéticos e impúdicos movimientos de aquella mujer negra que parecía volar sobre sus pies.

Un par de días más tarde, con dos gitanillas de las que espiaban entrechocando las claves, Milagros había empezado a imitar a Caridad en sus bailes de negros.

Más difícil fue que la muchacha cantase.

—No sé hacerlo —se lamentó Milagros.

Las tres estaban sentadas en círculo en el suelo, bajo un pino; el atardecer impregnando de tristeza campos y bosques.

—Enséñale —le ordenó la vieja a Caridad.

Caridad titubeó.

—¿Cómo quiere que lo haga? —salió en su defensa Milagros—. Para aprender sus bailes solo tengo que fijarme y repetir lo que hace, pero si digo que no sé cantar es porque me fijo en cómo lo hacen los que saben y, cuanto más me fijo, más sé que no sé.

El silencio se hizo entre las tres. Al final, María abrió sus manos, como cediendo; con el baile ya había conseguido que la muchacha se distrajese. Ese era su objetivo.

—Yo tampoco sé cantar —terció entonces Caridad.

—El abuelo dice que lo haces muy bien —la contradijo Milagros.

La otra se encogió de hombros.

—Todos los negros cantamos igual. No sé..., es nuestra forma de hablar, de quejarnos de la vida. Allí, en las plantaciones, mientras trabajábamos, nos obligaban a cantar para que no tuviésemos tiempo de pensar.

—Canta, morena —le pidió la anciana tras un nuevo silencio.

Caridad recordó a Melchor con nostalgia, cerró los ojos y cantó en lucumí, con voz profunda, cansada, monótona.

Las gitanas la escucharon en silencio, cada vez más encogidas en sí mismas.

—Hazlo tú ahora —le rogó la vieja María a Milagros cuando Caridad puso fin a su murmullo—. Hazlo, niña —insistió cuando esta trató de oponerse.

La anciana no quería hablarle del dolor. Tenía que encontrarlo ella sola. ¿Qué eran sino cantos de angustia las deblas, los martinetes o las quejas de galera? ¿Quién se atrevía a negar que el gitano pertenecía a un pueblo tan perseguido como podía serlo el negro? ¿Acaso aquella niña no había sufrido bastante?

—Acompáñame —la animó Caridad colocándose frente a ella y ofreciéndole unas manos en las que Milagros refugió las suyas.

Caridad empezó de nuevo y al poco Milagros tarareó el cántico con indecisión. Buscó ayuda en los ojillos pardos de su amiga pero, pese a que tenía la mirada clavada en ella, parecían perdidos mucho más allá, como si fueran capaces de traspasar cuanto se interpusiera en su camino. Notó el contacto de sus manos: no apretaban y, sin embargo, sentía las suyas atrapadas. Era..., era como si Caridad hubiera desaparecido convertida en su propia música, confundida con aquellos dioses africanos que le habían robado. Y comprendió la pena que destilaba a través de su voz.

Aquel día finalizó con una Milagros confusa pero con Caridad y la vieja María convencidas de que la muchacha sería capaz de verter su sufrimiento en las canciones.

Y así fue. La primera ocasión en que Milagros arañó sus propios sentimientos con una canción, el grupo de gitanillos que las acompañaban estalló en aplausos.

La muchacha, sorprendida, calló.

—¡Continúa hasta que la boca te sepa a sangre! —le instó la vieja María, recriminando con la mirada a la chiquillería, que desapareció rauda tras los árboles.

A partir de ahí todo fue sencillo. Lo que hasta entonces no habían sido más que tonadillas alegres, cantadas con una malentendida pasión, se convirtieron en desgarros de dolor: por la prisión de sus padres y por sus amores por Pedro García; por la desaparición del abuelo; por la violación de Caridad y la muerte de Alejandro; por la huida constante entre los escupitajos que los payos lanzaban a su paso; por el hambre y el frío; por la injusticia de los gobernantes; por el pasado de un pueblo perseguido y su incierto futuro.

Aquella noche, acampados en las cercanías de la villa de Niebla, Caridad y la vieja María, sentadas alrededor del fuego, la una junto a la otra, experimentaban sentimientos encontrados ante las renovadas danzas de Milagros, lascivas y alegres, y la hondura de los cantes a la desgracia de los gitanos.

18

iebla, la villa que daba nombre al condado perteneciente entonces a la casa de Medinasidonia, había sido un importante enclave militar árabe y medieval. Estaba rodeada de altas y fuertes murallas y de torres defensivas, y contaba con un imponente castillo con su torre del homenaje. A mediados del siglo XVIII, no obstante, había perdido su originaria importancia y su población se reducía a poco más de mil habitantes. Sin embargo, por tradición tenía tres ferias anuales: la de San Miguel, la de la Inmaculada y la de Todos los Santos, las tres dedicadas a la compraventa de ganado, sayal y cuero.

Las ferias habían seguido el mismo camino que la villa y nadie dudaba en calificarlas ya como «captivas», desgraciadas, destinadas principalmente al suministro de animales viejos para el consumo de la cercana ciudad de Sevilla. Hacia allí se dirigía Santiago con su grupo de gitanos. El primero de noviembre, festividad de Todos los Santos, Diego, Milagros, un chaval de unos ocho años, delgado y sucio pero con traviesos ojos negros llamado Manolillo, y otros miembros de la familia de los Fernández, cargados con cestos y ollas como si pretendieran venderlos, llegaron hasta las murallas de la villa, extramuros de las cuales, en una explanada, se celebraba la feria. Centenares de cabezas de ganado —vacas y bueyes, cerdos, ovejas y caballos— se ofrecían a la venta entre el bullicio de la gente. Escondidos en los caminos quedaban el viejo patriarca, Caridad, María, los niños más pequeños y las ancianas.

Manolillo se arrimó a Milagros cuando les salió al paso el alcalde mayor acompañado de un alguacil: los gitanos tenían prohibido acudir a las ferias, más aún si estas eran de ganado. Mientras Diego se quejaba y gesticulaba, suplicaba y rogaba en nombre de Dios Nuestro Señor, la Virgen María y todos los santos, ellos dos se separaron discretamente del grupo para que ni alcalde ni alguacil pudieran fijarse en los sacos que portaban y en cuyo interior, adormiladas, se movían cuatro comadrejas que con mucho esfuerzo habían logrado cazar en el trayecto. Al final, Diego dejó caer un par de monedas en manos del regidor.

—No quiero altercados —advirtió el alcalde a todos tras esconder los dineros.

En cuanto se vieron libres del asedio de las autoridades de Niebla, Diego Fernández hizo un gesto a los gitanos, que se dispersaron por el recinto de la feria; luego guiñó un ojo a Milagros y Manolillo: «Vamos allá, muchachos», les animó.

Más de trescientos caballos se apiñaban en cercados precarios construidos con maderos y cañas. Milagros y Manolillo se dirigieron hacia ellos aparentando una serenidad que no sentían, entre mercaderes, compradores y multitud de curiosos. Alcanzaron el extremo de los cercados, donde se juntaban con el exterior de las murallas de la villa, echaron un vistazo alrededor y se colaron donde los caballos. Resguardados entre ellos, Milagros entregó su saco al muchacho, extrajo de su falda un botellín relleno con vinagre y lo vació en el interior de los sacos. Luego los agitaron con fuerza y los animales, sin alimentos desde que los cazaran, empezaron a chillar y revolverse. Buscaron refugio junto a las murallas y los soltaron. Las comadrejas saltaron alocadas, ciegas, chocando contra los caballos, chillando y mordiéndoles las patas. Los caballos, a su vez, relincharon, se empinaron unos sobre otros, aprisionados como estaban, se cocearon y se mordieron entre ellos. La estampida no se hizo esperar. Los tres centenares de animales rompieron con facilidad los frágiles cercados y galoparon frenéticos por la feria.

En el caos que originaron los caballos, Diego y sus hombres consiguieron hacerse con cuatro de ellos y los condujeron rápidamente a donde los esperaba el patriarca, en las afueras de la villa; Milagros y Manolillo, que no podían evitar la risa después de la tensión, ya estaban allí.

—¡En marcha! —gritó Santiago, sabedor de que el alcalde no tardaría un segundo en culparlos.

Iniciaron la marcha con sus calderos, cestas y cacharros a cuestas, además de algunas ropas y mantas que las gitanas habían logrado hurtar en el desconcierto. Una de ellas mostraba orgullosa unos zapatos con suelas de cuero y hebillas de plata.

El patriarca ordenó dirigirse hacia Ayamonte.

—Ayer me enteré —explicó— de que ha fallecido un hidalgo rico que ha dispuesto en su testamento cerca de cinco mil reales para su funeral: entierro y misas por su alma, ¡más de mil de ellas ha encargado el santurrón!, lutos y limosnas. Están llamados todos los curas y capellanes de la villa así como los frailes y monjas de un par de conventos, que sus buenos dineros se llevarán los gilís. Habrá mucha gente...

—¡Y muchas limosnas! —se escuchó entre las gitanas.

Caminaron en paralelo al camino carretero que llevaba a Ayamonte, si bien antes de llegar a San Juan del Puerto tuvieron que tomarlo para cruzar el río Tinto en barca; el barquero ni siquiera se atrevió a discutir el precio que le ofreció Santiago para que les pasase a la otra orilla. Esa misma tarde lograron malvender dos de los caballos a uno de los clientes y al propietario de una venta en el camino; ninguno de ellos se interesó por su procedencia. También arañaron unas pocas monedas de los escasos parroquianos que se habían dado cita en la venta después de que Milagros cantara y bailara de forma insinuante, como le había enseñado Caridad, y enardeciera el deseo de la concurrencia. No fue el canto quebrado y hondo con el que los gitanos revivían sus dolores y sus pasiones por las noches alrededor del fuego del campamento, pero hasta el viejo patriarca se sorprendió palmeando sonriente cuando la muchacha se arrancó por alegres fandangos y zarabandas.

Pese al frío, el rostro, los brazos y el inicio de los pechos de

Milagros aparecían perlados por el sudor. El ventero la invitó a un vaso de vino cuando la gitana, vigilada por Diego a su paso entre las mesas en las que bebían los clientes, tomó asiento, con un prolongado suspiro de cansancio, a la mesa desde la que Caridad y María habían contemplado su actuación.

—¡Bravo, niña! —la felicitó la curandera.

—Bravo —se sumó el ventero al tiempo que le servía el vino—. Después de la redada —prosiguió, con los ojos distraídos en el escote de la muchacha—, temíamos no poder seguir disfrutando de vuestros bailes, pero tras la liberación…

Saltó la silla, saltó el vino y saltó hasta la mesa.

—¿Qué liberación? —gritó la muchacha, ya en pie frente al ventero.

El hombre abrió las manos ante el círculo de gitanos en el que de repente se vio inmerso.

—¿No lo sabéis? —inquirió—. Pues eso…, que los están poniendo en libertad.

—¡Ni el rey de España puede con nosotros! —se escuchó de entre los gitanos.

—¿Estás seguro? —preguntó Santiago.

El ventero dudó. Milagros gesticuló frenética frente a él.

—¿Estás seguro? —repitió.

—¿Seguro, seguro…? Eso es lo que dicen —añadió encogiéndose de hombros.

—Es cierto.

Los gitanos se volvieron hacia la mesa desde la que había partido la afirmación.

—Los están liberando.

—¿Cómo lo sabes?

—Vengo de Sevilla. Los he visto. Me he cruzado con ellos en el puente de barcas hacia Triana.

—¿Cómo sabes que eran gitanos?

El sevillano sonrió con ironía ante la pregunta.

—Venían de Cádiz, de La Carraca; tenían un aspecto desastrado. Iban acompañados por un escribano que portaba su despacho de libertad y varios justicias que escoltaban al grupo…

—¿Y las mujeres de Málaga? —le interrumpió Milagros.

—De las gitanas no sé nada, pero si liberan a los hombres...

Milagros se volvió hacia Caridad.

—Volvemos a casa, Cachita —susurró con la voz tomada—, volvemos a casa.

En los arsenales los gitanos no eran rentables. No trabajaban, se quejaban los gobernadores. Tanto en Cartagena como en Cádiz, alegaban, se había prescindido del personal experto para sustituirlo por aquella mano de obra ignorante y reacia al esfuerzo que ni siquiera compensaba la comida que recibía. Los gitanos, insistían, eran problemáticos y peligrosos: peleaban, discutían y tramaban fugas. Ellos carecían de tropas suficientes para hacerles frente y temían que la desesperación de unos hombres encarcelados de por vida, alejados de sus mujeres e hijos, les llevara a un motín que no pudieran sofocar. Las gitanas, igual o más problemáticas que sus hombres, ni siquiera trabajaban, y sus gastos de manutención lastraban los escasos recursos de los municipios en los que se hallaban detenidas.

Los memoriales de los responsables de arsenales y cárceles no tardaron en llegar a manos del marqués de la Ensenada.

Pero no solo fueron esos funcionarios quienes se quejaron al poderoso ministro de Fernando VI. Los propios gitanos también lo hicieron y desde sus lugares de detención elevaron quejas y súplicas al consejo. A ellos se sumaron algunos nobles que los protegían, religiosos y hasta cabildos municipales en pleno que veían cómo algunas labores necesarias para su comunidad quedaban huérfanas de trabajadores: herreros, horneros o simples agricultores. Incluso la ciudad de Málaga, que no era uno de los lugares legalmente habilitados para acoger gitanos, decidió apoyar las súplicas de los gitanos herreros avecindados en ella para ser excluidos de la detención.

Las súplicas y peticiones se acumularon en las oficinas del consejo real. En poco menos de dos meses se había puesto de manifiesto la ineficacia, el peligro y el elevadísimo coste de la gran redada. Además, se había detenido a los gitanos asimilados, a quienes vivían arreglados a las leyes del reino, mientras otros tantos, los indeseables, campaban en libertad por las tierras de España. Así, ya a finales de septiembre de 1749, el marqués de la Ensenada rectificaba y culpaba a los subordinados que habían ejecutado la redada: el rey nunca había pretendido dañar a los gitanos que vivían conforme a las leyes.

En octubre, el consejo dictó las órdenes necesarias para proceder a la libertad de los injustamente detenidos: los corregidores de cada lugar debían tramitar expedientes secretos sobre la vida y las costumbres de cada uno de los gitanos detenidos indicando si se ajustaban a las leyes y pragmáticas del reino; a los expedientes debía unirse un informe del párroco correspondiente, también secreto, en el que por encima de todo se debía hacer constar si el gitano se había casado por la Iglesia.

A quienes cumplieran todos aquellos requisitos se les pondría en libertad, se les devolvería a sus lugares de origen y se les restituirían los bienes que les habían sido embargados, con la expresa prohibición de abandonar sus pueblos si no era con licencia por escrito, y nunca para acudir a ferias o mercados.

Quienes no superasen las informaciones secretas continuarían en prisión o serían destinados a trabajar en obras públicas o de interés para el rey; aquellos que huyesen serían inmediatamente ahorcados.

También se dictaron órdenes concretas para los gitanos que no hubieran llegado a ser detenidos en la gran redada: se les concedía un plazo de treinta días para presentarse, en cuyo defecto se les tendría por «rebeldes, bandidos, enemigos de la paz pública y ladrones famosos». A todos ellos se les imponía la pena de muerte.

La gitanería estaba arrasada. Por la noche, Milagros, la vieja María y Caridad se detuvieron en el arranque de la calle que recorría el muro del huerto de los cartujos contra el que se adosaban las chozas. Ninguna de ellas habló. La esperanza y las ilusiones que se habían formado durante dos días de camino, animándose entre ellas, prometiéndose una vuelta a la normalidad, se desvanecieron a la sola visión de la gitanería. Tras la redada y el embargo de bienes, los saqueadores se habían apresurado a hacer suya hasta la miseria. Faltaban techos, incluso los de broza, y algunas paredes se habían desplomado a causa del pillaje de los restos que los soldados no se habían llevado: hierros encastrados, los escasos marcos de madera, alacenas, chimeneas... Aun así, observaron que había barracas habitadas.

—No hay niños —advirtió la anciana. Milagros y Caridad permanecieron en silencio—. No son gitanos, se trata de delincuentes y rameras.

Como si quisieran darle la razón, de una de las chozas cercanas surgió una pareja: él, un viejo mulato; ella, que había salido a despedirle, una mujer desharrapada y desgreñada con los pechos caídos al aire.

Ambos grupos cruzaron sus miradas.

—Vámonos —apremió a las otras dos la curandera—, esto es peligroso.

Perseguidas por una sarta de obscenidades que salían de la boca del mulato y por las carcajadas de la ramera, se apresuraron en dirección a Triana.

Ya lejos de la Cartuja, las tres cruzaron el arrabal a paso lento. La congoja que las había acompañado hasta la iglesia de Nuestra Señora de la O al ver convertidas las que habían sido sus casas, por humildes que fueran, en refugio de proscritos empezó a trocarse en consternación: los Vega no lo habrían permitido. De hallarse en libertad habrían echado de allí a todos aquellos pordioseros. La vieja María afianzó su pesimismo; Milagros, que no se atrevió a expresar en voz alta lo que ambas temían, se aferró a la posibilidad de que su familia la esperase en el callejón; su padre era un Carmona y no vivía en la gitanería, pero si no habían liberado a los Vega...

Aquella fría noche de noviembre, más fría que cualquiera de las anteriores al sentir de las tres mujeres, se les había echado encima. El callejón de San Miguel las recibió con inhóspito silencio; solo el tenue resplandor de algunas velas tras las ventanas, aquí y allá, anunciaba la presencia de moradores. La vieja María negó con la cabeza. Milagros escapó del grupo y corrió hacia su casa. El pozo del patio del corral de vecinos, siempre oculto entre hierros retorcidos y oxidados, la recibió ahora como un fanal erguido y solitario. La muchacha no pudo dejar de mirarlo antes de lanzarse escaleras arriba.

Poco después, Caridad y María la encontraron postrada en el suelo: no se había atrevido a dar ni un paso hacia el interior de la vivienda, como si el espacio totalmente vacío la hubiera golpeado y derribado allí mismo. Temblaba al compás de los sollozos y se tapaba el rostro con las manos con fuerza, aterrorizada por enfrentarse de nuevo con la realidad.

Caridad se agachó a su lado y le susurró al oído:

—Tranquila, todo se arreglará. Verás cómo pronto están en casa.

El martilleo sobre los yunques las despertó ya amanecido. Después de que María consiguió tranquilizar a Milagros y le impidió ir a otras viviendas que podían estar ocupadas por malhechores, habían dormitado las tres juntas, con Milagros llorando de tanto en tanto, cubiertas con una manta y la tela de la tienda que les había regalado Santiago para el camino. La luz del sol las insultó al mostrar el piso sin rastro de muebles; tan solo los pedazos de unos platos rotos en el suelo cubierto de polvo atestiguaban que allí había vivido una familia. Todavía tumbadas, las tres se pararon a escuchar el repiqueteo de los martillos: nada tenía que ver con el frenesí de las herrerías al que estaban acostumbradas; estos eran escasos y lentos, cansinos podría decirse.

Pese a sus dedos agarrotados, la vieja María las sorprendió con una fuerte palmada.

—¡Tenemos que hacer! —exclamó tomando la iniciativa y levantándose.

Caridad la imitó. Por el contrario, Milagros tiró de la tela de la tienda y se tapó la cabeza.

—¿No oyes, niña? —dijo la anciana—. Si trabajan el hierro es que son gitanos. Ningún payo se atrevería a hacerlo aquí, en el callejón. Levántate.

María indicó a Caridad con la mirada que destapase a la muchacha. Tardó unos instantes en obedecer, pero finalmente retiró tela y manta para descubrir a Milagros encogida en posición fetal.

—Tus padres podrían estar en otra casa —continuó la curandera sin excesiva convicción—. Ahora deben de sobrar casas, y aquí… —se volvió y abarcó con la mano el interior del piso— no habrían dispuesto ni de una maldita silla.

Milagros se incorporó con los ojos inyectados en sangre y el rostro congestionado.

—Y si no es así —prosiguió María—, debemos enterarnos de qué es lo que pasa y de cómo podemos ayudarlos.

El martilleo provenía de la herrería de los Carmona, a la que accedieron desde el mismo patio del corral de vecinos. En el interior era evidente el efecto del embargo de bienes decretado por el rey cuando la redada: las herramientas, los yunques y las fraguas, los calderos, los pilones para el templado… todo había desaparecido. Dos jóvenes arrodillados, que no se apercibieron de la entrada de las mujeres, trabajaban en la fragua, y lo hacían, observó Milagros, con una forja portátil como la que llevaba Domingo, el gitano del Puerto de Santa María con el que se habían topado en el Andévalo: un yunque diminuto sobre el que uno de ellos golpeaba una herradura y un fuelle de piel de carnero con el que el otro aventaba el carbón incandescente que resplandecía en un simple hoyo practicado en el suelo de tierra.

La muchacha los conocía, la vieja también. Caridad los tenía vistos. Eran Carmona. Primos de Milagros. Doroteo y Ángel, se llamaban, aunque estaban cambiados: trabajando el hierro con el torso desnudo se les marcaban las costillas y sus pómulos destacaban en unos rostros consumidos. No fue necesario que hicieran notar su presencia. Doroteo, el que martilleaba sobre el yunque, erró el golpe, lanzó una maldición, se levantó de un salto y dejó caer el martillo.

—¡Es imposible trabajar con esta…!

Calló al verlas. Ángel volvió la cabeza hacia donde miraba su primo. María fue a decir algo, pero se le adelantó Milagros.

—¿Qué sabéis de mis padres?

Ángel dejó el fuelle y se levantó también.

—El tío no ha salido —contestó—, continúa detenido en La Carraca.

—¿Cómo está? ¿Lo viste?

El joven no quiso contestar.

—¿Y mi madre? —preguntó Milagros con un hilo de voz.

—No la hemos visto. No está por aquí.

—Pero si no han liberado al tío, tampoco la habrán liberado a ella —añadió el otro.

Milagros se sintió desfallecer. Palideció y le temblaron las piernas.

—Ayúdala —ordenó María a Caridad—. Y vuestros padres —añadió tras comprobar cómo Caridad sostenía a Milagros antes de que se desplomara— ¿son libres? ¿Dónde están? —preguntó al ver que asentían.

—Los mayores —respondió Doroteo— están negociando con el asistente de Sevilla para que nos devuelvan lo que nos han robado. Solo hemos podido conseguir esta... —el joven miró indignado el pequeño yunque— inútil forja portátil. El rey ha ordenado que nos devuelvan los bienes, pero los que los han comprado no quieren hacerlo si no les reintegran los dineros que han pagado por ellos. Nosotros no tenemos dinero, y ni el rey ni el asistente quieren aportarlo.

—¿Y las mujeres?

—Todos aquellos que no están en el cabildo se han ido al amanecer a Sevilla, a pedir limosna, trabajo o a conseguir comida. No tenemos nada. De los Carmona solo estamos nosotros aquí. Esto —volvió a señalar el yunque con desgana— únicamente da trabajo para dos. En otras fraguas también han conseguido viejas forjas como las de los herreros ambulantes, pero nos falta hierro y carbón... y saber manejarlas.

En ese momento, como si el otro se lo hubiera recordado, Ángel se arrodilló de nuevo y aventó el carbón, que lanzó una humareda a su rostro. Luego cogió la herradura que estaba trabajando Doroteo, ya fría, y volvió a introducirla entre las brasas.

—¿Por qué no los han liberado?

La pregunta brotó de labios de Milagros, que, aún pálida, se soltó de los brazos de Caridad y se adelantó titubeante hacia su primo. Doroteo no se anduvo con remilgos.

—Prima, tus padres no estaban casados conforme a los ritos de la Iglesia, lo sabes. Ese es un requisito imprescindible para que los suelten. Al parecer, tu madre nunca lo permitió… —lo soltó sin esconder cierto rencor—. No sé de ningún Vega de los de la gitanería al que hayan liberado. Además del matrimonio, piden testigos que declaren que no vivían como gitanos…

—No reniegues de nuestra raza, muchacho —le advirtió entonces la curandera.

Doroteo no se atrevió a contestar; en su lugar extendió las manos antes de que el silencio se hiciera entre todos ellos.

—Doroteo —intervino Ángel quebrando ese silencio—, se nos terminará el carbón.

El gitano agitó una mano en un gesto que mezclaba los deseos de trabajar con la impotencia ante la situación; les dio la espalda, buscó el martillo e hizo ademán de arrodillarse junto al yunque.

—¿Sabes algo del abuelo Vega, de Melchor? —le preguntó la anciana.

—No —contestó el gitano—. Lo siento —añadió ante aquellas mujeres paradas frente a él y ansiosas por oír alguna buena noticia.

Salieron al callejón por la puerta de la fragua. Tal y como les había anunciado Doroteo, resonaban martilleos inconstantes y apagados en otras herrerías; por lo demás, el lugar estaba desierto.

—Vamos a ver a fray Joaquín —propuso Milagros.

—¡Niña!

—¿Por qué no? —insistió la muchacha encaminándose hacia la salida del callejón—. Ya habrá olvidado aquel disparate. —Se detuvo; la anciana se negaba a seguirla—. María, es un buen hombre. Nos ayudará. Ya lo hizo entonces…

Buscó la ayuda de Caridad, pero esta estaba absorta en sus pensamientos.

—No perdemos nada por probar —añadió Milagros.

Las tranquilizó que la gente no se extrañara de su presencia; sabían que los gitanos habían regresado. En San Jacinto, sin embargo, las esperanzas de Milagros y Caridad volvieron a verse frustradas. Fray Joaquín, les anunció el portero, ya no estaba en Triana. Poca información más parecía estar dispuesto a proporcionarles el fraile, pero la insistencia de Milagros, que llegó hasta tironear de su hábito, llevó al fraile a contar algo más, aunque con recelo, más bien para sacárselas de encima.

—Se ha marchado de Triana —les dijo—. De repente se volvió loco —confesó con un manotazo al aire. Pensó unos instantes y decidió explayarse—: Yo ya lo preveía, sí —afirmó en voz alta, con manifiesta presunción—. Se lo dije al prior en varias ocasiones: este joven nos traerá problemas. El tabaco, sus amistades, sus idas y venidas, su insolencia y esos sermones tan… ¡tan irreverentes! ¡Tan modernos! Quería colgar los hábitos. El prior le convenció de que no lo hiciera. No sé qué extraña predilección tenía el prior por ese muchacho. —Entonces bajó la voz—. Se dice que conocía bastante bien a la madre del hermano Joaquín; algunos sostienen que demasiado bien. ¡Fray Joaquín alegó que ya nada le ataba aquí, a Triana! ¿Y su comunidad? ¿Y su devoción? ¿Y Dios? Que nada le ataba aquí… —repitió con un bufido. El fraile interrumpió su perorata, cerró los ojos y meneó la cabeza, aturdido, enojado consigo mismo al darse cuenta de que estaba dando explicaciones a dos gitanas y una mujer negra que le atendían atónitas.

—¿Adónde ha ido? —inquirió Milagros.

No quiso decírselo. Se negó a continuar hablando con ellas.

Retornaron cabizbajas al callejón. Caridad por detrás, con la mirada en el suelo.

—Conque habría olvidado su disparate, ¿eh? —ironizó María durante el trayecto.

—Quizá no se trate… —empezó a rebatir Milagros.

—No seas ingenua, niña.

Continuaron andando en silencio. Salvo las dos monedas que les había entregado Santiago, no tenían dinero. Tampoco tenían comida. ¡No tenían parientes! No había ningún Vega en Triana, había dicho Doroteo. La vieja curandera no pudo reprimir un suspiro.

—Compraremos de comer e iremos a recoger hierbas —anunció entonces.

—¿Y dónde las preparará? —preguntó con sarcasmo Milagros—. ¿En su...?

—¡Cállate ya! —la interrumpió la anciana—. No tienes derecho. Todas lo estamos pasando mal. Cuando alguien enferme, ya correrán para encontrar dónde pueda prepararlas.

Milagros se encogió ante la reprimenda. Caminaban junto a la Cava, donde seguía amontonándose la basura. María miraba de reojo a la muchacha y, en cuanto oyó su primer sollozo, hizo un gesto a Caridad para que la consolara, pero Milagros aceleró el paso y las dejó atrás, como si escapase.

Caridad no se percató del gesto de la vieja María. Sus pensamientos se mantenían en Melchor. «Lo encontraré en Triana», se había repetido una y otra vez durante el camino de regreso. Se imaginó el reencuentro, volver a cantar para él, su presencia... su contacto. Si estaba detenido, como tantas veces habían supuesto a lo largo de su huida, lo habrían liberado como a los demás, y si no lo habían detenido, ¿cómo no iba a ir a Triana en cuanto se enterara de la liberación de los suyos? Pero no estaba allí, y los jóvenes Carmona aseguraban que ningún Vega había abandonado el arsenal. Mil veces a lo largo de esa misma mañana se le había revuelto el estómago ante la visión de los demacrados rostros y los escuálidos torsos de los primos de Milagros. Si tales eran las consecuencias en unos hombres jóvenes, ¿cómo estaría Melchor? Notó que se le humedecían los ojos.

—Ve con ella —le pidió la curandera señalando a Milagros.

Caridad trataba de esconder su rostro.

—¿Tú también? —preguntó María con desesperación.

Caridad se sorbió la nariz; intentaba contener las lágrimas.

—¿Tú por qué lloras, morena?

Caridad no contestó.

—Si fuese por Milagros ya estarías con ella. Dudo que el Carmona te haya tratado bien una sola vez, y en cuanto a Ana Vega...

—María calló de repente, tensó su viejo cuello y la miró con asombro—: ¿Melchor?

Caridad no pudo reprimirse más y estalló en lágrimas.

—¡Melchor! —exclamó incrédula la vieja María al tiempo que negaba con la cabeza—. ¡Morena! —llamó su atención al fin. Caridad hizo un esfuerzo por mirarla—. Melchor es un gitano viejo, un Vega. Volverás a verlo. —Caridad esbozó una sonrisa—. Pero ahora es ella la que te necesita —insistió la curandera volviendo a señalar a Milagros, que se alejaba.

—¿Volveré a verlo? ¿Seguro? —acertó a balbucir Caridad.

—Con otros gitanos no me atrevería a predecirlo, pero con Melchor, sí: volverás a verlo.

Caridad cerró los ojos, la complacencia asaltaba ya sus facciones.

—¡Corre con Milagros! —la instó la anciana.

Caridad dio un respingo, se adelantó presurosa, alcanzó a su amiga y pasó un brazo por sus hombros.

Nadie consoló a fray Joaquín aquella desapacible mañana mientras se alejaba de Triana poco antes de que Milagros y sus acompañantes regresaran a la gitanería. Llevaba en su bolsa la patente de misionero expedida por el arzobispo de Sevilla; fray Pedro de Salce, el famoso predicador, caminaba a su lado cantando letanías a la Virgen, como hacía siempre cuando salía de misiones. Le acompañaban en sus rezos dos hermanos legos que tiraban de sendas acémilas cargadas con casullas, cruces, libros, hachones y demás objetos necesarios para la evangelización.

Algunos de los caminantes con los que se cruzaban caían de rodillas a su paso y se santiguaban mientras fray Pedro los bendecía sin detenerse, otros acompasaban su ritmo al de los religiosos y rezaban con ellos.

—¿Afligido? —le preguntó el predicador entre canto y canto, consciente del dolor del otro.

—Inmensamente gozoso por la oportunidad de servir a Dios que me ha concedido vuestra reverencia —mintió fray Joaquín.

El fraile, satisfecho, alzó la voz para entonar el siguiente cántico mientras la mente de fray Joaquín se volcaba, una vez más, como venía haciéndolo desde el día posterior a la gran redada, en Milagros. ¡Tendría que haberla acompañado! Milagros iba a enfrentarse al Andévalo hasta llegar a Barrancos. ¿Dónde estaría ahora? Temblaba al pensar en el destino que podía haber sufrido la muchacha a manos de los soldados o de los bandoleros que poblaban aquellas tierras sin ley. La bilis regurgitó en su boca ante la sola imagen de Milagros en manos de una cuadrilla de desalmados.

Mil preguntas punzantes y desazonadoras como esas le habían venido acechando desde el mismo momento en que la espalda de Milagros se perdió más allá de donde alcanzaba su visión. Quiso correr tras ella. Dudó. No se decidió. Perdió la oportunidad. Y de vuelta a San Jacinto se sumió en la melancolía; vivía distraído, inquieto, desconsolado. Milagros no desaparecía de su mente y, por fin, decidió dirigirse al prior para renunciar a los votos.

—¡Por supuesto que tiene sentido que continúes en la orden! —le contradijo este después de que fray Joaquín confesase sus culpas y sus dudas—. Pasará. No eres el primero. Grandes hombres de la Iglesia han cometido mayores errores que el tuyo. No has tenido contacto carnal con ella. El tiempo y santo Domingo te ayudarán, Joaquín.

Con todo, el prior de San Jacinto encontró una solución para aquel espíritu que vagaba por el convento y que, perdido su vigor, impartía las clases de gramática a los niños sin convicción alguna. Fray Joaquín necesitaba un revulsivo, pensó el prior. La solución apareció cuando se enteró de la muerte del compañero de don Pedro de Salce, el más célebre de los misioneros que andaban las tierras del reino de Sevilla predicando el evangelio y la doctrina cristiana. El prior se movió en el arzobispado para que fray Joaquín, también ilustre por sus sermones, fuera nombrado su nuevo compañero. No le costó conseguirlo; tampoco le costó convencer al fraile para que aceptara el nombramiento.

Fray Pedro de Salce y fray Joaquín se dirigían a Osuna. Antes de elegir un pueblo, el experto sacerdote estudiaba aquellos lugares que no habían sido evangelizados durante los últimos años; Osuna y sus cercanías reunían esas características. Tardaron tres días en llegar, y se aproximaron cuando ya había anochecido. Las siluetas de las casas, en el más absoluto de los silencios, se dibujaban a la luz de la luna. Fray Joaquín estaba cansado, y don Pedro se detuvo. El joven se disponía a preguntarle dónde dormirían cuando vio que los hermanos que tiraban de las mulas se habían puesto a revolver en las alforjas.

—¿Qué…? —se extrañó fray Joaquín.

—Tú sígueme —le interrumpió el misionero al tiempo que se revestía con una casulla y le apremiaba a que hiciera lo propio.

Ensamblaron una gran cruz que llevaban desmontada y que fray Pedro ordenó portar a fray Joaquín. Los legos prendieron dos hachas de esparto y alquitrán que ardieron con un humo más negro que la noche, y de tal guisa, el sacerdote armado con una campana en su mano derecha, se encaminaron al pueblo.

—¡Levantaos, pecadores!

El grito de fray Pedro quebró el sosiego a la altura de la primera puerta. Fray Joaquín se quedó pasmado ante la dureza de una voz que durante tres días de camino, casi sin cesar, había estado susurrando salmos, cánticos, oraciones y rosarios.

No parecía que fueran a descansar. Fray Joaquín se resignó mientras el predicador le conminaba a levantar la cruz.

—Elévala, muéstrasela a todos —añadió haciendo sonar la campana—. ¡Ni el adúltero, ni el joven que tiene feos pecados han de entrar en el reino de los cielos! —gritó después—. ¡Levantaos! ¡Seguidme a la iglesia! ¡Acudid a escuchar la palabra del Señor!

Invocaciones y convocatorias a gritos; amenazas de fuego eterno y todo tipo de males a quienes no les siguieran; el tañido de la campana en manos de don Pedro; la gente que salía de sus casas o se asomaba a los balcones, aturdida, sorprendida; la campana de la iglesia, que el párroco se apresuró a hacer tañer tan pronto como escuchó la llamada a misiones; aquellos que ya se habían sumado a la procesión, descalzos, mal vestidos o cubiertos con mantas mientras los frailes, la cruz en alto entre los hachones de los hermanos legos, recorrían las calles de una Osuna sumida en el caos más absoluto.

—¡Vecinos de Osuna: Yo os he llamado, os dice el crucificado —gritaba fray Pedro señalando a la cruz—, y no me habéis atendido; habéis despreciado mis consejos y amenazas, pero yo también me reiré de vosotros cuando la muerte os alcance!

Y las gentes se hincaban de rodillas para santiguarse repetidamente y suplicar perdón también a voz en grito. Fray Pedro los reunió a todos en la iglesia, y allí, tras una fervorosa prédica y el rezo de avemarías, anunció el inicio de una misión que se prolongaría durante dieciséis días. Ni el párroco ni el cabildo podían oponerse, pues portaban patente del arzobispo. El sacerdote ordenó que antes de iniciarse la misión tañese la campana de la iglesia durante media hora y que las autoridades emplazasen a los habitantes de los pueblos de los alrededores para que dejaran sus tierras, oficios y labores y, guiados por sus párrocos, acudieran a la llamada del Señor.

Se trataba, como aquella misma noche explicó fray Pedro a fray Joaquín, de sorprender a la ciudadanía en la noche y atemorizarla para que acudiese a las misiones. Los rumores, que él mismo u otros como él habían sembrado desde el púlpito a lo largo de los años, corrían entre las gentes humildes y analfabetas: un zapatero que murió por no seguir a los misioneros; una mujer que perdió a su hijo; otro cuya cosecha se malogró mientras que aquel que había cumplido y la dejó en manos de Dios vio cómo prosperaba a su regreso.

—¡Son pecadores! Hay que herirlos —le adoctrinaba el sacerdote después de escuchar los civilizados sermones de fray Joaquín—. El miedo al pecado y al infierno tiene que asentarse en sus almas.

Y fray Pedro lo conseguía, ¡vaya si lo conseguía! Aquellas pobres almas abandonaban sus quehaceres durante más de dos semanas para acudir cada día a misa a escuchar sus prédicas. Y los de los pueblos de los alrededores recorrían leguas de distancia y entraban en el pueblo escogido ordenados en procesión y cantando el rosario tras sus respectivos párrocos.

Durante esas semanas se celebraban misas diarias, sermones en las iglesias, en las calles y en las plazas, y procesiones generales, con cánticos y rezos a las que concurrían miles de personas y que culminaban con la procesión de penitencia, perfectamente ordenada: primero los niños de todos los pueblos con sus maestros, llevando a un Niño Jesús en andas y seguidos de los hombres sin traje especial para la procesión. Tras ellos los nazarenos con túnicas blancas, moradas o negras, una simple sábana cubriendo a quien no disponía de túnica, con cruces a cuestas, coronas de espinas en la cabeza y sogas al cuello; les seguían quienes envolvían sus cuerpos en zarzas, se desplazaban de rodillas o incluso arrastrándose por los suelos; luego los aspados, con los brazos en cruz atados a palos; los de la «disciplina seca», entre los que se encontraban hasta niños de diez años que castigaban sus espaldas con cuerdas de cinco lenguas, y entre estos y por delante del clero, las autoridades, las mujeres y el coro que cerraban la procesión, los disciplinantes de sangre, aquellos que se arrancaban la piel a latigazos.

Con anterioridad a esa excelsa manifestación pública de contrición, los misioneros habían ido preparando a los fieles. Mediado el tiempo de la misión, y con el sentimiento de culpa de las gentes exacerbado por las prédicas, la campana de la iglesia llamaba a disciplina por las noches y los hombres acudían al templo. Una vez se hallaban todos en su interior, se cerraban las puertas y fray Pedro subía al púlpito.

—¡No es suficiente con que vuestros corazones se arrepientan! —advertía a gritos durante el sermón—. Es necesario que vuestros sentidos también sufran, porque si dejáis al cuerpo sin castigo, las tentaciones, las pasiones y los malos hábitos os llevarán de nuevo al pecado.

Cuando el sacerdote finalizaba su arenga, hacía sonar una campanilla para indicar que se iban a apagar las velas y hachones que iluminaban la iglesia, momento en que fray Joaquín, como los centenares de hombres que se arracimaban en el templo, se desnudaba. «Los religiosos debemos dar ejemplo», le exhortaba fray Pedro. Ya en la oscuridad, la campanilla repicaba tres veces y el sonido de los golpes de las correas y los látigos sobre las carnes se mezclaba con el miserere entonado por el coro en siniestra ceremonia.

En la oscuridad, tremendamente turbado por el sonido de los latigazos y los lamentos de los congregados, por el miserere incitándolos al arrepentimiento, por la potente voz de fray Pedro llamándolos a expiar sus pecados por encima de todos aquellos sonidos, fray Joaquín apretaba los dientes y castigaba sus carnes con dureza ante el rostro de una Milagros que se le aparecía luminoso, fantasmagórico. Pero cuanto más se flagelaba, más le sonreía la muchacha, y le guiñaba un ojo o se burlaba de él sacándole la lengua con picardía.

Después de abandonar San Jacinto sin que el portero quisiera decirles dónde estaba fray Joaquín, María no consiguió retener a Milagros más que un par de horas recogiendo hierbas. Noviembre no era buena época, aunque encontraron romero y bayas secas de saúco; en cualquier caso, pensó la curandera, nada bueno les proporcionaría la madre tierra con una de ellas rezumando odio, renegando y llorando, pues la muchacha saltaba del dolor y el llanto a los insultos a la Iglesia, a Jesucristo, a la Virgen y a todos los santos, al rey, a los payos y al mundo entero. La vieja sabía que no era esa la disposición con la que había que acercarse a la naturaleza. Las enfermedades las originaban los demonios o los dioses, por lo que no había que contrariar a los espíritus de la tierra que les procuraban los remedios contra la voluntad de aquellos seres superiores.

No logró que Milagros cambiase de actitud. Las dos primeras ocasiones en que le llamó la atención, la muchacha ni siquiera le contestó.

—¿Qué me importan a mí los espíritus y sus malditas hierbas! —saltó la muchacha la tercera vez que la vieja la regañó—. ¡Pídales que liberen a mis padres!

Caridad se santiguó varias veces ante aquella afrenta a la naturaleza; María decidió que regresaran a Triana.

Ya en el arrabal, sin embargo, se preguntó si no hubiera sido preferible permanecer en los campos, aun a riesgo de ofender a los espíritus.

—¿Si sé de tu madre? —repitió Anunciación, una Carmona con la que se toparon en el patio del corral de vecinos, junto al pozo.

Antes de contestar, la gitana interrogó a María con la mirada. La anciana asintió: cualquier cosa que significara aquella mirada, un día u otro la muchacha se enteraría.

—La detuvieron y encarcelaron por sedición al llegar a Málaga. A las demás nos recluyeron en el arrabal, en un barrio cerrado y vigilado. —Anunciación calló unos instantes, bajó la mirada al suelo, suspiró como tomando fuerzas y volvió a alzarla para enfrentarse a Milagros—. La vi un mes antes de que me liberaran: la habían azotado…. ¡no mucho! —añadió rauda ante la expresión aterrorizada de Milagros—, veinte o veinticinco azotes tengo entendido. Le… le habían rapado el cabello. La llevaron con nosotras y la metieron en el cepo durante cuatro días.

Milagros cerró los ojos con fuerza en el intento de espantar la imagen de su madre en el cepo. María, sin embargo, sí que la vio: la espalda sangrante, arrodillada en el suelo, con las muñecas y la garganta atrapadas entre dos grandes maderos con agujeros, la cabeza afeitada y las manos colgando por uno de los lados.

Un lamento agónico atronó el edificio. Milagros se llevó ambas manos al cabello y, mientras gritaba, se arrancó dos tupidos mechones. Cuando iba a repetirlo, como si pretendiese acompañar a su madre en aquella vergüenza, la gitana Carmona se acercó a ella y le impidió continuar.

—Tu madre es fuerte —le dijo—. Nadie se burló de ella en el cepo. Nadie la escupió ni la golpeó. Todas… —se le atragantó la voz—, todas la respetamos. —Milagros abrió los ojos. La gitana soltó las manos de la muchacha y llevó un dedo a su rostro para recoger una lágrima que corría por su mejilla—. Ana no lloró pese a que muchas lo hicimos en su compañía. Siempre se mantuvo firme, con los dientes apretados en cuantas ocasiones estuvo presa en el cepo. ¡Nunca se escuchó un lamento de su boca!

Milagros se sorbió la nariz.

Anunciación calló que a menudo la amordazaban.

—¿En cuantas ocasiones la castigaron? —terció María, extrañada.

—Bastantes —reconoció Anunciación. Entonces apretó los labios como en una media sonrisa y dio un ligero golpe al aire con la cabeza—. No sería extraño que ahora mismo volviese a estar en el cepo. —Incluso Caridad se irguió al escuchar aquellas palabras—. Sí, se enfrenta a los soldados si se exceden con alguna mujer. Exige mejor y más comida, y que el cirujano acuda a tratar a las enfermas, y ropas que no teníamos y… ¡todo! No tiene miedo de nadie, nada la arredra. Por eso no es de extrañar que la castiguen con el cepo.

—¿No os dio ningún recado para la niña? —inquirió María tras un breve silencio.

—Sé que habló con Rosario antes de que nos liberaran.

María asintió con el recuerdo de Rosario en su mente: la esposa de Inocencio, el patriarca de los Carmona.

—¿Dónde está Rosario?

—En Sevilla. No tardará en regresar.

«Nunca olvides que eres una Vega.» Tal fue el escueto mensaje que le transmitió Rosario Carmona a la entrada del corral de vecinos que daba al patio del Conde, Rafael García. Casi todos los gitanos liberados habían vuelto ya al callejón de San Miguel y el Conde había convocado consejo de ancianos.

—¿Eso es todo? —se extrañó Milagros.

—Sí —contestó la vieja Carmona—. Piensa en ello, muchacha —añadió antes de darle la espalda.

Mientras la gente accedía al patio y pasaba por su lado, empujándola incluso, Milagros permaneció quieta. Trataba de entender las palabras de su madre. ¿Qué debía pensar? ¡Ya sabía que era una Vega! «Te quiero», le habría dicho ella, es lo primero que le habría hecho llegar. Le habría gustado…

—Lo encierra todo —escuchó decir a María, que la cogió del antebrazo y tiró de ella para separarla de la entrada.

—¿Qué?

—Que esas palabras encierran cuanto pudiera querer decirte tu madre: que eres una Vega. Que eres gitana, de una familia que se enorgullece de serlo, y que debes ser fuerte y valiente como ella. Que debes vivir como tal, como gitana y con los gitanos. Que debes luchar por tu libertad. Que debes respetar a los ancianos y cumplir su ley. Que…

—¿No me quiere? —la interrumpió Milagros—. No ha dicho que me quiera ni que me eche en falta… ni que le gustaría estar conmigo.

—¿Acaso hace falta que te lo diga, niña? ¿Lo dudas?

Milagros volvió la cabeza hacia la vieja María. Caridad escuchaba la conversación frente a las otras dos, ahora pegadas contra la pared de la casa del Conde mientras continuaba el desfile de hombres y mujeres.

—¿Por qué no? Sé que soy una Vega, ¿acaso hace falta que me lo recuerde?

—Sí, niña, pero eso, lo de que eres una Vega, podrías llegar a olvidarlo algún día. Por el contrario, el amor de tu madre te acompañará hasta la tumba, quieras o no. —La muchacha frunció el ceño, pensativa. María dejó transcurrir unos segundos y luego dijo—: Vamos dentro o nos quedaremos sin sitio.

Se sumaron a los gitanos que ya se acumulaban frente a la puerta y entraban poco a poco, apretujados.

—Tú, no —le advirtió la anciana a Caridad—. Espéranos en la casa.

El patio estaba lleno; las escaleras de acceso a los pisos altos estaban llenas; los corredores que daban al patio estaban llenos. Solo el círculo central, allí donde estaban sentados los ancianos presididos por el Conde, aparecía algo despejado. Tres sillas vacías daban fe de los que todavía permanecían en los arsenales. Cuando ya no cabía nadie más, algunos estaban incluso encaramados a rejas y ventanas, Rafael García dio inicio al consejo.

—Calculamos… —alzó una mano y esperó a que se hiciera el

silencio—, calculamos —repitió entonces— que cerca de la mitad de los gitanos detenidos han sido puestos en libertad.

Un murmullo de desaprobación acogió sus palabras. El Conde volvió a esperar, paseó la mirada entre los asistentes y se topó con la vieja María y Milagros, que habían logrado colarse hasta las primeras filas. Señaló a la muchacha; el dedo en el que antes destacaba un imponente anillo de oro aparecía desnudo tras el embargo de bienes.

—¿Qué haces tú aquí? —Su voz acalló los comentarios que aún podían escucharse.

Muchos se volvieron hacia las mujeres; otros, desde atrás, preguntaron qué sucedía, y algunos se volcaron sobre las barandillas de los corredores para ver mejor.

—No puedes estar en el callejón —añadió.

Milagros se sintió empequeñecer y se arrimó todavía más a la anciana.

—Rafael —intervino María—, guarda tu rencor. ¿No crees que la situación lo merece? Los padres de la muchacha todavía están presos y…

—¡Y lo seguirán estando! —la interrumpió el Conde—. Por su culpa hemos sido detenidos y nos encontramos en esta situación, sin bienes, sin herramientas, sin comida ni dinero, sin… sin siquiera ropa. —El Conde mostró su camisa desharrapada estirando de ella con ambas manos. Los murmullos volvieron a elevarse—. Y todo por el empeño de los Vega y otros como ellos de no acercarse a los payos ni cumplir sus leyes.

—¡La única ley que hay que cumplir es la gitana, la nuestra! —chilló la curandera acallando a los demás.

Los gitanos debatieron consigo mismos: sentían que así debía ser, que siempre había sido así. ¡Eso era lo que todos ellos deseaban! Sin embargo…

—Dejadla. —Fue Rosario quien habló dirigiéndose a su esposo, el patriarca de los Carmona sentado a la izquierda del Conde—. Esa ley de la que habla María Vega es la que ha llevado a la madre de la muchacha a defendernos en Málaga. Y continuará haciéndolo, lo sé. —Luego Rosario buscó entre los presentes a

Josefa Vargas, la madre de Alejandro, el joven que había perdido su vida por el capricho de Milagros—. ¿Qué dices tú? —le preguntó tras dar con ella entre los presentes.

La mujer habló lentamente, como si al tiempo de hacerlo reviviera la escena.

—Ana Vega se peleó con un soldado que se atrevió a tocar a mi hija. —Milagros notó cómo se le erizaba el vello y se le agarrotaba la garganta—. Le costó una paliza. No alcanzo a saber quién tiene razón sobre la ley que debemos cumplir, si los García o los Vega, pero dejad en paz a su hija.

—Así sea —añadió entonces el patriarca de los Vargas, el bisabuelo de Alejandro.

Aquellas palabras significaban el perdón de Milagros; nada podía hacer Rafael García. Cerca de él, la Trianera, su esposa, lo reprendió con la mirada. «Te lo había advertido», parecía decirle. El Conde titubeó unos instantes, pero retomó el hilo de la reunión.

—Yo sí sé qué leyes debemos cumplir. La gitana, por supuesto, la nuestra. ¡Nadie pondrá en duda la sangre de los García! —lo exclamó enfrentándose a María—. Pero también debemos cumplir la de los payos. Nada impide que lo hagamos. Sobre todo, debemos acercarnos a su iglesia, aunque sea engañándolos. Hemos pensado en ello —añadió señalando a los demás patriarcas—, y hemos decidido que debemos crear una cofradía…

—¿Una cofradía? —saltó una voz indignada.

—¡Han sido los curas los que nos han detenido! —gritó otro—. Son ellos quienes nos liberan o nos mantienen encarcelados.

María negaba con la cabeza.

—Sí —afirmó el Conde como si le contestara a ella directamente—. Una cofradía de penitentes. La cofradía de los gitanos. Igual que las de los payos, como la del Cristo del Gran Poder, la de las Cinco Llagas de Cristo o la del Santísimo Cristo de las Tres Caídas; como cualquiera de las muchas cofradías que salen en procesión en Semana Santa. No será fácil, pero tenemos que conseguirlo. Y todo eso —señalaba a María, que continuaba negando— sin dejar de cumplir nuestras leyes ni renunciar a nuestras propias creencias, ¿lo entiendes, vieja?

—¿Con qué dinero vamos a hacer todo eso? —preguntó un gitano.

—Las cofradías son muy caras —advirtió otro—. Hay que conseguir una iglesia que nos acepte, comprar las imágenes, cuidarlas, mantener velas y faroles, pagar a los curas… ¡Una procesión puede llegar a costar dos mil reales!

—Ese es otro tema —contestó el Conde—. No estamos hablando de fundarla ya. Nos llevará tiempo, años probablemente, además de que, tal y como están las cosas, hoy no nos la autorizarían. Y es cierto, no tenemos dinero. No nos van a devolver los bienes que nos embargaron.

El Conde aprovechó el discurso para dejar caer la noticia. Aquel era el verdadero motivo del consejo: los gitanos querían estar al tanto de las gestiones con el asistente de Sevilla. En esta ocasión se alzó un griterío de la concurrencia.

Rafael García y los demás patriarcas esperaron a que la gente se calmase.

—¡Recuperémoslos nosotros! —se escuchó al final.

—No. —Fue Inocencio, el jefe de los Carmona, quien se opuso—. Uno de nosotros ha acuchillado a un panadero de Santo Domingo porque no le devolvía dos mulas. Lo han encarcelado.

—No conseguiríamos nada —se lamentó el patriarca de los Vargas.

Rafael García volvió a tomar la palabra.

—Nos han amenazado con volver a encerrarnos en La Carraca si reclamamos nuestros bienes.

—¡Pero el rey ha dicho…!

—Cierto. El rey ha dicho que nos los devuelvan. ¿Y? ¿Piensas ir a reclamárselos?

Los gitanos volvieron a discutir entre sí.

—¿Esa es la ley que pretendes que acatemos, Rafael García? —fue la voz de María la que se alzó, otra vez, entre las discusiones.

El Conde aguardó con los ojos clavados en la curandera.

—Sí, vieja —espetó al cabo con ira. Milagros llegó a encogerse de temor—. Esa. La misma que llevan aplicándonos toda la vida. ¿Tanto te extraña? Los payos siempre han hecho lo que han querido. El que lo desee puede acudir a la Real Audiencia a reclamar sus bienes. Yo no lo haré. Ya has escuchado lo que ocurre en Málaga con las mujeres. En La Carraca nos trataban peor que a los esclavos moros. No, no los reclamaré; prefiero trabajar para los herreros de Sevilla. Nos necesitan. Nos proporcionarán cuanto necesitemos. Mis nietos no se pudrirán en ese arsenal trabajando de por vida, como perros, para el rey y su maldita armada.

Milagros siguió la mano de Rafael García que, por acompañar sus palabras, señaló hacia su familia. ¡Pedro! ¡Pedro García! No se había percatado de su presencia entre tanta gente. Igual que sus primos Carmona, estaba demacrado y consumido, y sin embargo... todo él seguía irradiando fuerza y orgullo.

La muchacha no llegó a escuchar el resto del consejo. ¿Venderse a los herreros sevillanos? Los sangrarían. ¿Y qué otra posibilidad tenían? Milagros no podía distraer su atención de Pedro García. Rafael, su abuelo, sorprendió a todos anunciando que estaba negociando con los payos para que su familia empezase a trabajar sin más demora. Al final, el joven se sintió observado. ¿Cómo no iba a percibir aquella mirada que parecía querer tocarle? Se volvió hacia Milagros. «¿Qué sucederá con los que todavía están presos?», preguntó alguien. Los ancianos mostraron su pesimismo y bajaron la cabeza, negaron o apretaron los labios como si fueran incapaces de responder. «Insistiremos en su libertad», prometió el Conde sin convicción. Pedro García se mantenía hierático al otro lado del patio, frente a Milagros, que notó una sutil flojedad en las piernas, como un cosquilleo. «¿Cómo vamos a insistir en su liberación si ni siquiera somos capaces de reclamar lo que nos pertenece?», clamó una gitana gorda. Cuando los gitanos volvieron a enzarzarse en discusiones, la muchacha creyó observar que Pedro entrecerraba los ojos unos instantes antes de dejar de mirarla. ¿Significaba algo? ¿Se había fijado en ella?

19

o tenían comida. Las dos monedas que les había proporcionado Santiago les duraron otros tantos días. Tampoco podían acudir a los demás gitanos: todos estaban igual; pocos disponían de dineros y había muchas bocas que alimentar en sus propias familias. Las negociaciones con los herreros sevillanos se alargaban y las fraguas del callejón continuaban trabajando con pequeños fuelles portátiles de piel de carnero. Las autoridades, sin embargo, habían decidido proporcionar carbón a los gitanos y estos trabajaban el hierro martilleándolo sobre simples piedras que terminaban partiéndose. También estaban amedrentados: la amenaza de ser detenidos y volver a Málaga o a La Carraca disuadía a hombres y mujeres de hurtos —aun cuando había quien todavía se arriesgaba— y del resto de sus astutos procedimientos para obtener recursos. Gitanas y niños se limitaban a sumarse al ejército de mendigos que poblaban las calles de Sevilla en espera de una mísera moneda de las que repartía la Iglesia. Pero para conseguir una de ellas —salvo en la angosta calle de los Pobres, en la que los monjes cartujos conseguían que accedieran a ella en fila de a uno para abandonarla por el otro lado con su limosna—, había que pelear no solo con los verdaderamente desahuciados, sino con multitud de artesanos, albañiles y labradores que preferían vivir de la caridad de la generosa ciudad a sudar sus

labores. Sevilla era un hervidero de gentes voluntariamente desocupadas. Incluso el procedimiento hasta entonces más seguro, robar polvo de tabaco, había fracasado.

En la vieja fábrica de tabaco de San Pedro, frente a la iglesia del mismo nombre, trabajaban más de mil personas en turnos de día y noche. Se trataba de la mayor industria manufacturera sevillana y una de las más importantes de todo el reino: contaba con cuadras para doscientos caballos destinados al funcionamiento de los molinos, cárcel propia, capilla y todos los espacios necesarios para la elaboración del tabaco: recepción y almacenaje de los matules con el tabaco en rama, «desmanojado», tendido en las azoteas, nuevo almacenaje una vez seco, trituración en los molinos, cernido en los cedazos, lavado, nuevo secado y una última trituración con molinos de piedra muy fina. Sin embargo, desde el siglo XVII, la fábrica había ido creciendo desordenadamente con la demanda cada vez mayor de tabaco, que en cincuenta años había llegado a multiplicarse por seis en cuanto al consumo de polvo y por quince en el de cigarros, de modo que la fábrica se había convertido en un verdadero barrio en el interior de la ciudad, compuesto por una enrevesada red de pasillos y callejuelas angostas y estancias poco útiles, por lo que se había iniciado la construcción de una nueva fábrica extramuros, junto a la puerta de Jerez, capaz de atender al incremento de la demanda de cigarros, pero las obras, iniciadas hacía veinte años, no habían logrado todavía superar el zócalo. Mientras tanto, la fábrica de San Pedro tenía que continuar trabajando y, sobre todo, controlando los robos y los fraudes. Sus procedimientos de seguridad eran rutinarios pero eficaces: a la salida del trabajo, en fila, uno a uno, todos los operarios eran minuciosamente examinados por los porteros en busca de tabaco. Además, el superintendente nombraba uno o más operarios que elegían a algunos de los que ya habían sido examinados, para un segundo control. Si encontraban tabaco a un trabajador, el portero que no lo había hallado en el primer registro era despedido y sustituido por quien sí lo había hecho, y el empleo de portero, con una buena paga, era ambicionado por todos los trabajadores.

Sobre los gitanos recién liberados recaían la mayoría de los segundos registros. Y quiso la necesidad de obtener dinero para alimentar a su familia que uno de ellos no tomó las precauciones necesarias al confeccionar la camisa de tripa de cerdo que, a rebosar de polvo de tabaco, se había introducido por el ano. «Quítate la ropa. Ven. Siéntate. Ahora en pie. Los zapatos, también los zapatos. Agáchate que te vea el cabello. Más agachado. Mejor arrodíllate.» Y el comprimido tarugo de tabaco en polvo, movimiento va movimiento viene, terminó rasgándose. El gitano aulló de dolor, se dobló por la mitad con las manos agarradas al estómago, y el vigilante se vio sorprendido por una cagalera de polvo de tabaco que se deslizó por los muslos desnudos del ladrón. Tiempo después, el gitano fue condenado a muerte, como desde entonces sucedió con todos los que robaran tabaco con el método del tarugo.

La noticia del gitano y el tarugo llegó a oídos de Milagros el mismo día en que había resuelto acudir a solicitar el favor de la condesa de Fuentevieja. De camino al palacio recordó al abuelo, que ya había pronosticado que tarde o temprano aquello sucedería. ¿Dónde estaría? ¿Viviría siquiera? Se sorprendió a sí misma sonriendo al recuerdo de sus cautelas con respecto al tabaco que salía del culo de los gitanos. Desde su llegada a Triana no había tenido oportunidad de sonreír; todo eran malas noticias, todo eran problemas. A menudo, desde que habían cruzado sus miradas durante el consejo de ancianos, se hacía ilusiones con Pedro García. Por verlo, espiaba a hurtadillas el callejón desde la ventana de su casa y hasta se las había ingeniado para cruzarse con él, pero el joven no parecía reparar en su presencia. Sin embargo, tampoco sonreía cuando se imaginaba paseando o charlando con él; solo... solo sentía un turbador e inquietante vacío en el vientre que desaparecía tan pronto como María la despertaba de su ensueño con alguna de sus quejas.

En cuanto a sus amigas, muchas habían regresado de la prisión malagueña, todas ellas sucias y sin adornos, con sus ropas hechas jirones y la tristeza acomodada en sus almas. Ninguna reía. No había lugar para fiestas en el callejón ni para reuniones o correrías de amigas; el único objetivo que las movía junto a sus madres, hermanas, tías y primas, era el de conseguir unas monedas.

La condesa no la recibió. La vieja María esperó en la calle. Habían decidido que Caridad no las acompañase, y Milagros tuvo problemas para acceder a palacio por la entrada de los criados.

—¿La hija de Ana Vega? ¿Quién es Ana Vega? —le preguntó una desconocida sirvienta tras mirarla con displicencia de arriba abajo.

Después de mucho insistir, alguien tuvo la generosidad de reconocer a la gitana que les leía la buenaventura y le permitieron acceder a un pasillo que daba a las cocinas. La condesa se estaba arreglando, le dijeron. ¿Esperar? Tardaría horas en hacerlo, ¡ni siquiera había llegado el peluquero!

Allí la dejaron, y Milagros se vio obligada a apartarse para permitir el constante desfile de sirvientes y proveedores del conde que entraban y salían. Su estómago gruñía ante las cestas repletas de carnes o verduras, frutas y pasteles que pasaban por su lado; pensó que ellas podrían comer todo un año con aquellas viandas. Al final, alguien debió de quejarse de aquella sucia gitanilla descalza que entorpecía el paso, pero entonces otro debió de acordarse de ella y habló con un tercero, quien a su vez lo hizo con algún mayordomo para que, a la postre, con semblante adusto, como si fuera una pequeña molestia que debía despachar con rapidez, apareciera el secretario del conde. Fue una conversación rápida y cortante, en el mismo pasillo, aunque nadie osó entonces pasar por allí. «Sus excelencias ya han intercedido por los gitanos», afirmó el secretario tras escuchar a una nerviosa Milagros que pugnaba por mantener la firmeza en su tono de voz. ¿Por quiénes? No lo sabía, tendría que revisar la correspondencia y no estaba dispuesto a hacerlo, pero habían sido varios, él mismo había preparado las cartas, comentó con indiferencia. «¿Dos más? ¿Sus padres? ¿Por qué? ¿Amigas de la condesa?», repitió incrédulo.

—Amigas…, no —rectificó Milagros ante el rictus de desprecio con el que el hombre vestido de negro de pies a cabeza recibió tal afirmación—, pero habían estado en sus salones privados, leyéndoles la buenaventura a ella y a la condesi… a la excelencia de su hija y a las excelencias de sus amigas, y habían bailado para los condes y sus invitados en Triana, y ellos les habían premiado con dinero…

—Y si de tantos privilegios habían disfrutado por parte de sus excelencias —dijo el secretario interrumpiendo el atropellado discurso de la muchacha—, ¿por qué tus padres no han sido liberados junto a los demás gitanos?

Milagros dudó, el hombre percibió su indecisión Ella se mantuvo en silencio y el hombre de negro volvió a insistir. «¿Qué más da?», pensó la muchacha.

—No están casados por la Iglesia —soltó.

El secretario negó con la cabeza sin esconder una mueca de satisfacción por poder eximir a sus señores de las súplicas de otra detestable pedigüeña.

—Muchacha, una cosa es interceder por gitanos que cumplen con las leyes del reino, eso… eso no es más que una diversión para sus excelencias. —La humilló haciendo revolotear una mano con afectación—. Pero jamás ayudarán a quienes vulneran los preceptos de nuestra santa madre Iglesia.

Cuando la vieja María la vio abandonar el palacio inflamada por la ira, revolviéndose entre el ansia de llorar o estallar en insultos contra los condes, negó con la cabeza.

—¿Qué esperabas, niña? —masculló por lo bajo antes de que llegara hasta ella.

Habían pensado que aquella era su última oportunidad. Días antes, Inocencio, el patriarca de los Carmona, había resoplado cuando María y Milagros acudieron a él en busca de ayuda.

—Aprecio a tu padre —reconoció ante la muchacha—, es un buen hombre, pero quedan muchos detenidos, y entre ellos varios miembros de nuestra familia. Estamos luchando por su libertad, pero cada vez es más complicado. Las autoridades no hacen más que poner trabas. Parece… parece como si no quisieran permitir más excarcelaciones. Pese a las recomendaciones que hicimos en el consejo de ancianos, son muchos los gitanos de toda España que están reclamando sus bienes, y eso preocupa al rey, que no está dispuesto a pagar. Es como si su conciencia se hubiera tranquilizado lo suficiente con los primeros liberados. Entiéndeme —le dijo entonces adoptando una postura fría—, tenemos poco dinero para comprar voluntades, y como jefe de la familia tengo que volcarme en quienes tienen verdaderas posibilidades de salir. Tu padre es el que menos tiene. —Acompañó esas últimas palabras con una mirada todavía más fría hacia María, sugiriendo que si carecía de posibilidades lo era por haberse casado con una Vega que se había negado a hacerlo por la Iglesia.

Pero Inocencio Carmona también las convenció de que no fuera ella quien suplicase por su libertad cuando Milagros, después de insistir ante el patriarca sin resultado alguno, juró que se presentaría ante el asistente de Sevilla, el arzobispo o el mismísimo rey si se terciaba.

—No lo hagas, muchacha —le aconsejó con sincera preocupación—. No tienes documentos. No constas como detenida en la redada de julio, tampoco como presa en Málaga ni como liberada. Para ellos eres una gitana huida. La nueva pragmática real te obliga a presentarte a las autoridades en el plazo de treinta días. Y, dadas las circunstancias de tus padres…, no sería extraño que te encarcelasen. ¿Estás bautizada?

Milagros no contestó. No lo estaba. Reflexionó unos instantes.

—Por lo menos estaría con mi madre —susurró al cabo.

Ni María ni Inocencio dudaron de la veracidad del sacrificio que la muchacha se planteaba.

—Tampoco —la decepcionó Inocencio—. Hace tiempo que a Málaga ya no envían a ninguna mujer. Tras las primeras expediciones, las demás fueron recluidas aquí mismo, en Sevilla. Te encarcelarían lejos de ella. Milagros: en Triana, entre las demás gitanas, pasas inadvertida, eres una más, y pensarán que de las liberadas, pero si cometes algún error, si te pillan por los caminos, te detendrán y ni siquiera conseguirás que te lleven con tu madre.

Los Carmona, su familia, no las defendían. Los condes tampoco. Fray Joaquín había desaparecido y ellas estaban atadas de pies y manos. Si estuviera el abuelo… ¿qué haría el abuelo? Seguro que liberaba a su hija, aunque tuviera que incendiar Málaga entera para lograrlo.

Mientras tanto ellas tenían hambre.

Regresaban Milagros y la vieja María del palacio de los condes de Fuentevieja. Cruzaron la Cava Nueva por San Jacinto y la bordearon en silencio para dirigirse al callejón de San Miguel. María fue la primera en verla: negra como el azabache al sol de finales de otoño, con su sombrero de paja calado hasta las cejas y los faldones de su camisa grisácea arremangados, revolviendo entre la basura acumulada en la zanja que un día sirviera de defensa del arrabal. La vieja se detuvo y Milagros siguió su mirada en el momento en que un mendigo arrebataba de las manos de Caridad algo que acababa de encontrar. Ella ni siquiera hizo ademán de pelear por su tesoro; humilló la cabeza, sumisa.

Entonces Milagros permitió que las lágrimas que no había llorado a la salida de palacio acudiesen en tropel a sus ojos.

—¡Morena...! —La vieja María trató de llamar a Caridad pero se le atragantó la voz. Milagros se volvió hacia ella sorprendida, los ojos anegados. La otra trató de restarle importancia con un gesto de la mano, carraspeó un par de veces y gritó de nuevo, esta vez con voz firme—: ¡Morena, sal de ahí no te vayan a confundir con una mula negra y se te coman!

Al oído de la voz de la curandera, Caridad, en el hoyo, alzó la cabeza y las miró por debajo del ala de su sombrero. Hundida en la basura hasta las pantorrillas, sonrió con tristeza.

Vendieron lo poco que tenían, cintas de colores, pulseras, collares y pendientes, por una miseria, pero esa no era la solución, y Milagros lo sabía. Si al menos hubieran dispuesto del collar de perlas y el medallón de oro que les había regalado Melchor... Pero aquellas joyas habían quedado en la gitanería, a disposición de la rapiña de los soldados. Seguro que no fueron objeto de inventario y terminaron en la bolsa de alguno de ellos. A medida que pasaban los días, en la casa vacía de muebles y enseres, con la manta, la raída frazada de Caridad y la tela de la tienda extendidas para dormir, Caridad miraba de reojo, compungida, el hatillo que descansaba en un rincón. En su interior estaban el vestido colorado y la piedra de imán que le había regalado Melchor, lo único que había poseído en su vida y que se resistía a vender.

El hambre seguía acuciándolas. El importe de la última venta: un collar de cuentas y una pulserita de plata de Milagros, no había sido destinado a comida sino a una nueva falda, oscura y remendada, para la muchacha. Solo la vieja camisa larga de esclava de Caridad parecía resistir el paso del tiempo; las ropas de las gitanas se deshilachaban y rasgaban. María decidió que la niña no podía ir enseñando los muslos a través de una falda y unas enaguas destrozadas, ni aquellos pechos que ya parecían querer reventar una camisola que pocos meses antes podía parecer holgada. El torso podía tapárselo con el largo pañuelo floqueado de la vieja, pero las piernas, donde los gitanos se encontraban con el deseo, no. Necesitaba una falda a riesgo incluso del hambre.

Por lo menos, trataba de consolarse la vieja, no les cobraban alquiler. Nunca nadie había pretendido rentas por aquellas casas de vecinos del callejón de San Miguel. Y ello no se debía a la raza de sus habitantes: simplemente no se sabía de quién eran realmente. Una situación que se repetía en toda Sevilla, donde la dejadez de los propietarios, en su mayoría instituciones de toda índole —desde obras pías hasta colegios—, había llevado con el tiempo al olvido de su verdadera titularidad.

Sin embargo, con el paso de los días faltó el pan. Milagros no sabía pedir limosna, y María no se lo hubiera permitido. Caridad tampoco sabía, pero lo hubiera hecho si se lo hubieran pedido en lugar de continuar yendo a la Cava a revolver entre las basuras. Por su parte, la curandera, que solo era llamada en casos de extrema gravedad para ejercer su oficio, se veía incapaz de exigir un pago que le constaba no podían efectuarle los gitanos.

Al final, la anciana se vio obligada a aceptar la propuesta que Milagros había dejado caer hacía ya algún tiempo recordando las monedas que de vez en cuando obtenía con la familia de los Fernández.

—Cantarás —le anunció una mañana, tras amanecer y encontrarse con que no tenían qué desayunar.

Milagros asintió con un par de alegres palmadas al aire, como si ya estuviera preparándose para ello. Hacía tiempo que no cantaba, pues en el callejón ya no sonaban las guitarras: nadie tenía una. Caridad resopló tranquilizada: pensaba en su hatillo, que continuaba tirado en un rincón. Era lo último que quedaba por vender, y sus esfuerzos por conseguir restos de comida en la Cava se mostraban de todo punto infructuosos.

Sin embargo, ni la una ni la otra imaginaban el agobio que había supuesto para la anciana adoptar esa decisión: las noches sevillanas eran extremadamente peligrosas, más aún para una muchacha como Milagros y una exuberante mujer negra como Caridad que lo que buscaban era exacerbar el deseo de los hombres para que aflojasen sus bolsas y soltasen unas monedas. Cuando la muchacha había cantado en los caminos, con los Fernández, lejos de alcaldes y justicias, estaban protegidas por gitanos dispuestos a acuchillar a quien se sobrepasase, pero en Sevilla... Además, los gitanos tenían prohibidos sus bailes.

—Esperadme aquí —les dijo a las otras dos—. Y tú —añadió señalando a Caridad con su índice atrofiado—, deja de ir a las basuras o en verdad se te comerán.

Instintivamente, Caridad se llevó una mano al antebrazo y ocultó la dentellada que le había propinado un mendigo cuando decidió defender un pequeño hueso con algo que parecía carne adherida a él. Su oposición, sin embargo, se quedó en un ingenuo giro de cadera para darle la espalda. El pordiosero la mordió, Caridad soltó su hallazgo y el otro terminó saliéndose con la suya.

La posada se alzaba en un pequeño barrio extramuros frente a la puerta del Arenal, entre la Resolana, el río Guadalquivir y el Baratillo, donde se estaba construyendo la plaza de toros de Sevilla. La puerta del Arenal, una de las trece que se abrían en las murallas de la ciudad, era la única que permanecía abierta por las noches. Tras ella estaba la antigua mancebía, donde, pese a la prohibición, se continuaba ejerciendo el oficio. Se trataba de un barrio humilde, de gentes del puerto, agricultores de paso y todo tipo de rufianes, cuyos edificios, mohosos, mostraban los daños ocasionados por las reiteradas inundaciones que provocaban las crecidas del río, contra las que carecía de defensas. No le gustaba, pero María había tenido que pedir favores; le debían muchos.

Bienvenido, el posadero, tan viejo, reseco y encogido como ella, torció el gesto al escuchar la petición de la anciana al tiempo que su esposa, una mujerona con la que se había casado en terceras o cuartas nupcias —la curandera ya había perdido la cuenta—, se deslizaba silenciosa en dirección a la cocina.

—¿Qué las das? —inquirió la vieja señalando a la mujer en un vano intento de agradar a Bienvenido, que no hizo el menor caso al halago.

—¿Sabes lo que me estás pidiendo? —replicó en su lugar.

María respiró el aire viciado del lugar. Aun de mañana, marineros desocupados y gentes del puerto bebían entre prostitutas cansadas que intentaban alargar la jornada de la noche anterior, quizá no todo lo provechosa que les hubiera gustado.

—Bienvenido —contestó al cabo la gitana—, sé lo que puedo pedirte.

El posadero evitó la mirada de María; le debía la vida.

—Una gitana joven —murmuró entonces—, ¡y una negra! Habrá peleas. Lo sabes. Supongo que, como siempre, vendrán acompañadas por gitanos. Me...

—Por supuesto que vendremos con hombres —le interrumpió María pensando en quiénes podrían ser—, y necesitaremos por lo menos una guitarra y...

—María, ¡por Dios!

—¡Y por todos los santos! —lo acalló ella—. Por esos mismos a los que te encomendabas cuando las fiebres. ¿Acaso vinieron en tu ayuda?

—Te pagué.

—Cierto, pero ya te lo dije entonces: no era suficiente. Habías gastado todo lo que tenías en médicos, cirujanos, misas, plegarias y quién sabe qué más tonterías, ¿recuerdas? Y tú consentiste. Y me dijiste que podía contar contigo.

—Ahora te puedo pagar...

—No me interesan tus dineros. Cumple tu palabra.

El posadero negó con la cabeza antes de pasear la mirada por los clientes para evitar la de María. ¿Qué valía la palabra?, ¿acaso alguno de aquellos la cumplía?, parecía preguntarle a su vez.

—Somos viejos, Bienvenido —arguyó María—. Quizá mañana tropecemos el uno con el otro en el infierno. —La anciana dejó transcurrir unos segundos en los que buscó los ojos biliosos del posadero—. Mejor que hayamos saldado nuestras cuentas aquí arriba, ¿no crees?

Y allí, en la posada de Bienvenido, se encontraban las tres un par de noches después de que María le hubiera mentado el infierno: la anciana tanteando en el bolsillo de su delantal el cuchillo de cortar plantas, no había dejado de hacerlo desde que cruzaron el puente de barcas y se internaron en la noche sevillana; Milagros con su falda verde de gitana (María había conseguido que le prestaran una enagua), y Caridad ataviada con el traje colorado que apretaba sus grandes pechos y permitía que se viera una excitante raya negra en su barriga, allí donde la camisa no alcanzaba la falda. Las acompañaban dos gitanos, Fermín y Roque, uno Carmona y otro de la familia Camacho, a los que la anciana había logrado convencer con argumentos similares a los que utilizó con Bienvenido. Ambos sabían tocar la guitarra; ambos eran fuertes y malcarados, y ambos iban armados con sendas navajas que María también le había arrancado al posadero. Aun así, la vieja no estaba tranquila.

Su desconfianza creció al ver el espectáculo que las golpeó nada más entrar en la posada: marineros, artesanos, fulleros, frailes y petimetres se apretujaban en las pequeñas mesas de madera tosca. Jugaban a los naipes o los dados; charlaban; reían a carcajadas como si se retasen a hacerlo con más y más estrepito de una mesa a otra; discutían a gritos o simplemente permanecían absortos con la mirada perdida en algún punto indefinido. Comían, fumaban o hacían ambas cosas a la vez; negociaban trato carnal con las mujeres que iban y venían exhibiendo sus encantos, o echaban mano a las nalgas de las hijas de Bienvenido que servían las mesas, pero todos, sin excepción, bebían.

Un escalofrío recorrió la columna dorsal de la curandera al percatarse, entre el denso manto de humo que flotaba en el aire, de los temblores que habían asaltado a Milagros. La muchacha, asustada, retrocedió un paso hacia el umbral que acababan de cruzar. Chocó con Caridad, atónita. «¡Es una locura!», resolvió al punto María. La anciana se disponía a decirle a Milagros que si no quería no tenía por qué… pero el estallido de gritos y carcajadas provenientes de las mesas cercanas a ellas se lo impidió.

—¡Ven aquí, preciosa!

—¿Cuánto pides por una noche?

—¡La morena! ¡Yo quiero joder a la morena!

—¡Chúpamela, muchacha!

Fermín y Roque se adelantaron hasta flanquear a Milagros y lograron acallar parte de los gritos. Los dos hombres acariciaban amenazadores la empuñadura de la navaja metida en sus fajas y taladraban con la mirada a quienquiera que se dirigiese a la gitana. Protegidas, Milagros logró recuperar el porte y la anciana el aliento. Los dos gitanos, crecidos ante el peligro, despreciando la posibilidad de que se les echasen encima, como si no los creyesen capaces de hacerlo, retaban al gentío. María desvió la atención de la muchacha y la centró de nuevo en el establecimiento hasta localizar a Bienvenido junto a la cocina, más allá de la puerta de entrada, atento al oído de unos gritos que no reconocía como habituales. El posadero, arrimado a la pared, negó con la cabeza. «Te lo advertí», creyó leer la anciana en sus labios. María no se movió, tenía los labios firmemente apretados. Luego, Bienvenido alargó una mano extendida y las invitó a acercarse.

—Vamos —dijo la curandera sin volverse.

—Vamos, niña —escuchó de boca de uno de los gitanos—. No te preocupes, nadie te tocará un pelo.

La firmeza de aquellas palabras tranquilizó a la anciana. En fila, sorteando sillas, toneles, borrachos y prostitutas, los cinco se dirigieron a donde Bienvenido había levantado una mesa para hacerles algo de espacio: María en cabeza, Milagros entre los dos gitanos y, cerrando la marcha, como si careciese de importancia alguna, Caridad. Trataron de acomodarse en el pequeño hueco que había dispuesto Bienvenido; apoyadas contra una de las paredes, a su espalda había dos viejas guitarras.

—Esto es lo que hay —se adelantó el posadero a las quejas de la anciana.

Luego los dejó solos, como si lo que pudiera pasar en adelante no fuera con él. Fermín cogió una de las guitarras. Roque hizo ademán de imitarle, pero el primero negó con la cabeza.

—Con una será suficiente —le dijo—. Tú vigila, pero primero tráeme una silla.

Roque se volvió y, sin mentar palabra, alzó del cuello a un joven petimetre vestido a la francesa que departía con otros dos iguales que él. El afrancesado iba a quejarse pero cerró la boca en cuanto vio el rostro contraído del gitano y su mano en la navaja. Alguien soltó una risotada.

—¡Así tendrás tu culo al aire, invertido! —espetó uno de los de la mesa de al lado.

Roque entregó la silla a su compañero, que apoyó un pie en ella y tanteó la guitarra sobre su muslo, buscando afinarla y hacerse con ella. Nadie en la posada parecía tener el más mínimo interés en escuchar música. Solo las desvergonzadas miradas libidinosas hacia Milagros y Caridad y algún que otro exabrupto daban fe de la presencia de los gitanos en la posada, porque mientras tanto el alboroto continuaba en toda su intensidad. Cuando Fermín le hizo un gesto, la guitarra ya trasteada, María reunió fuerzas para enfrentarse a Milagros. Había rehuido hacerlo hasta entonces.

—¿Preparada?

La muchacha asintió, pero toda ella traicionaba su afirmación: las manos le temblaban, respiraba con agitación y hasta su tez oscura se veía pálida.

—¿Estás segura?

Milagros se agarró las manos con fuerza.

—Respira hondo —le aconsejó la anciana.

—Vamos allá, bonita —la alentó Fermín al tiempo que se arrancaba con la guitarra—. Por seguidillas.

¡La guitarra no sonaba! No se oía entre el escándalo. María

empezó a palmear con sus manos agarrotadas y con un movimiento de mentón indicó a Caridad que hiciera lo mismo.

Milagros no se decidía. En nada se parecía el local de Bienvenido a las ventas en las que, protegida por los Fernández, había cantado ante cuatro parroquianos. Carraspeó en repetidas ocasiones. Dudaba. Tenía que avanzar hasta el diminuto círculo que se abría frente a ella y cantar, pero permanecía inmóvil al lado de María. Fermín repitió la entrada, y tuvo que hacerlo una vez más. El titubeo logró captar la atención del público más cercano. Milagros notó sus miradas sobre ella y se sintió ridícula ante sus sonrisas.

—Vamos, niña —volvió a jalearla Fermín—, o la guitarra se cansará.

—Nunca olvides que eres una Vega —escuchó de boca de María, que la azuzó con el mensaje de su madre.

Milagros avanzó y empezó a cantar. La vieja cerró los ojos con desesperación: la voz de la muchacha temblaba. No alcanzaba. Nadie podía oírla. Carecía de ritmo... ¡de alegría!

Los que antes habían sonreído, golpearon el aire a manotazos. Alguien silbó. Otros abuchearon.

—¿Así es como jadeas cuando te follan, gitanilla?

Un coro de risotadas acompañó la exclamación. Las lágrimas se agolparon en los ojos de Milagros. Fermín interrogó a María con la mirada y la anciana asintió con los dientes apretados. ¡Tenía que arrancarse! ¡Podía hacerlo! Pero cuando volaron restos de verduras en dirección a la muchacha, el gitano hizo ademán de dejar de rasguear la guitarra. María observó a la gente: borracha, enardecida.

—¡Baila, morena! —ordenó entonces.

Caridad parecía hipnotizada con el ambiente y continuó palmeando como una autómata.

—¡Baila, jodida negra! —chilló la anciana.

La aparición de Caridad en el círculo, con sus grandes pechos mostrándose prietos bajo la camisa colorada, arrancó un coro de aplausos, vítores y todo tipo de alaridos soeces. «¡Baila, jodida negra!», resonaba en sus oídos. Se volvió hacia Milagros: las lágrimas corrían por sus mejillas.

—Baila, Cachita —le rogó esta antes de retirarse y dejarle libre el espacio.

Caridad cerró los ojos y el escándalo empezó a colarse en ella como podían hacerlo los aullidos de los esclavos los domingos de fiesta en los bohíos, cuando se alcanzaba el cenit y alguien era montado por un orisha. El sonido de la guitarra arreció a su espalda, sin embargo ella encontró su ritmo en aquellos gritos inconexos, en el golpear de la gente sobre los tableros de las mesas, en la lascivia que flotaba entre el humo y que casi podía tocarse. Y empezó a bailar como si pretendiera que Oshún, la diosa del amor, su diosa, acudiese a ella: mostrándose con desvergüenza, golpeando el aire con su pubis y sus caderas, volteando torso y cabeza. Roque tuvo que emplearse a fondo. Empujaba a cuantos se adelantaban para manosearla, besarla o abrazarla, hasta que no le quedó más remedio que empuñar y mostrar su navaja a fin de evitar que se abalanzasen sobre ella. Sin embargo, cuanto más frenética estaba la gente, más bailaba Caridad.

El público acogió el fin del primer baile en pie: aplaudía, silbaba y reclamaba más vino y aguardiente. Caridad se vio obligada a repetir. El sudor la mostraba brillante y empapaba sus ropas coloradas hasta llegar a contornear sus senos y sus pezones.

Tras el tercer baile, Bienvenido salió al círculo y con los dos brazos alzados, cruzándolos en el aire, anunció el final del espectáculo. La gente sabía cómo se las gastaban el viejo posadero y sus tres hijos encargados de cuidar del orden, y entre murmullos y bromas empezó a ocupar sus mesas.

Caridad jadeaba. Milagros permanecía cabizbaja.

—Ve a cobrar —le dijo María a Caridad—. Deprisa, hazlo antes de que se olviden.

La ingenua mirada con que le respondió Caridad enfureció todavía más a la anciana, que había presenciado los bailes mascullando insultos.

—¡Acompañadla! —ordenó de mala manera a Roque y a Fermín.

Bienvenido permaneció con ellas dos mientras los otros paseaban entre las mesas.

Caridad pasaba con timidez el sombrero de uno de los hombres mientras los gitanos trataban de suplir la candidez de la mujer frunciendo el ceño y amenazando en silencio a todo aquel que rateaba. Cayeron monedas, pero también proposiciones, exabruptos y algún que otro fugaz manoseo que Caridad trataba de evitar y del que los gitanos, seguros de una mayor generosidad, simulaban no percatarse y lo consentían siquiera un segundo. Al fin y al cabo, Caridad no era una mujer gitana.

—¿No decías que cantaba como los ángeles? —preguntó Bienvenido a María, los dos contando desde la distancia los dineros que caían en el sombrero.

—Cantará. Como que todavía no estamos pudriéndonos en el infierno que lo hará. Te lo aseguro —contestó la anciana elevando el tono de voz y sin volverse hacia Milagros, hacia quien realmente iba dirigida su afirmación.

Fermín y Roque quedaron satisfechos con la parte que les entregó María, tanto que al día siguiente fueron varios los hombres y las mujeres que desfilaron por el domicilio de Milagros pretendiendo formar parte del grupo. La anciana los despidió a todos. Iba a hacer lo mismo con una mujer de la familia Bermúdez que se presentó con una criatura en brazos y dos chiquillos casi desnudos agarrados a sus faldas, estropeadas y descoloridas como todas las de las gitanas que habían vuelto de Málaga, pero antes volvió la cabeza al interior del piso: Milagros continuaba tumbada y escondida bajo la manta. Así llevaba el día entero, sollozando de tanto en tanto. Caridad, sentada en un rincón con su hatillo, fumaba un papante de los cuatro con que la anciana había decidido premiarla cuando por fin pudo ir a comprar provisiones: comida y una vela. Decían que los papantes estaban hechos con hoja cubana, y así debía de ser, vista la satisfacción que mostraba Caridad mientras lanzaba grandes bocanadas, ajena a cuanto sucedía a su alrededor. María apretó los labios, reflexionó unos instantes, asintió para sí de forma imperceptible y afrontó de nuevo a la Bermúdez, a la que pilló tratando de mantener quietos a los gitanillos; la tenía vista, la conocía.

—¿Rosa…? ¿Sagrario? —trató de recordar la curandera.

—Sagrario —contestó la otra.

—Vuelve al anochecer.

El agradecimiento de la gitana se manifestó en una amplia sonrisa.

—Pero… —María señaló a los niños—, sola.

—Descuida. La familia se ocupará de ellos.

El resto del día transcurrió con la misma apatía con la que sonaba el martilleo de los herreros, todavía sin herramientas. Caridad y la anciana comieron sentadas en el suelo.

—Déjala —le dijo María ante las constantes miradas que Caridad dirigía al bulto tumbado a un par de pasos de ellas.

¿Qué podía decirle a la muchacha si se levantaba y compartían comida? El regreso la noche anterior había sido taciturno; solo Fermín y Roque se permitieron algún chascarrillo entre ellos. Cansadas, las tres se habían acostado sin hacer mención de lo sucedido en la posada de Bienvenido. ¿Sería capaz de cantar esa noche? Tenía que hacerlo, no podían depender de Caridad; no era gitana, cualquiera podía tentarla y ella las dejaría en la estacada. La anciana observó a la morena: comía y fumaba entre bocados. Sus pensamientos… ¿dónde? ¿Melchor? ¿Estaría pensando en Melchor? Había llorado por él. ¿Sería posible que hubiera algo entre ellos dos? Lo que sí tuvo por cierto la anciana fue que, al ritmo que llevaba, Caridad pronto daría cuenta de los cuatro papantes. Le pidió el cigarro.

—¿Sigues pensando en ese gitano? —preguntó entonces.

Caridad asintió. Había algo en aquella vieja que la empujaba a decirle la verdad, a confiar en ella.

—No sé si le habría gustado verme bailar en la posada —comentó como toda respuesta.

La curandera la observó fijamente. Aquella joven estaba enamorada, no le cabía la menor duda.

—¿Sabes una cosa, morena? Melchor sabría que lo hiciste por su nieta.

La morena quería a Milagros, pensó María tras exhalar una bocanada, pero no era gitana, y ese era motivo suficiente para desconfiar. Las dos fuertes chupadas que propinó al cigarro vinieron a nublarle la mente. Sí, la niña cantaría y bailaría aquella noche, se dijo al tiempo que alargaba el cigarro a Caridad, y sorprendería con su voz y sus contoneos a todos aquellos borrachos. ¡Tenía que hacerlo! Y lo haría, para eso había admitido a Sagrario con ellas: la Bermúdez cantaba y bailaba como las mejores. María la había escuchado y contemplado en algunas de las fiestas que tanto se sucedían con anterioridad a la detención.

Después de comer, Caridad y la vieja gitana holgazanearon en espera de que cayera la noche dirigiendo, de tanto en tanto, su mirada hacia Milagros, María impidiendo que la otra se acercase a la muchacha para consolarla ni siquiera con su presencia. Ya no se la escuchaba sollozar. Milagros permanecía quieta bajo las mantas y la tela de la tienda hasta que en un momento determinado, repentinamente, se movía bajo ellas. Se trataba de bruscas sacudidas, como si pretendiera llamar la atención, igual que una niña enfurruñada y caprichosa, comprendió la anciana, que sonrió al imaginarla deseando saber qué era lo que sucedía en el pertinaz silencio que rodeaba su refugio. Debía de tener hambre y sed, pero era terca como su madre... y como su abuelo. ¡Una Vega que no cedería! Esta noche lo demostrarás, le prometió mientras contemplaba cómo se volvía a estremecer bajo las mantas.

Sagrario y los dos gitanos llegaron juntos. María les hizo esperar en el umbral.

—¡Vamos, Milagros!

La muchacha le respondió con una violenta patada bajo las mantas. María había tenido mucho tiempo para pensar en cómo afrontar aquella previsible situación: solo el orgullo herido, el miedo a una vergüenza mayor la llevaría a obedecer. Se acercó con intención de destaparla, pero Milagros se aferró a la manta. Aun así, la anciana lo consiguió en parte.

—¡Miradla! —les dijo a los de la puerta, todavía tirando de la manta que agarraba la muchacha—. Niña, ¿quieres que todos los gitanos conozcan tu cobardía? ¡Llegaría hasta oídos de tu madre!

—¡Deja a mi madre en paz! —gritó Milagros.

—Niña —insistió María con voz firme; la manta con que se tapaba la muchacha estaba tensa en una de sus manos—, no hay un solo Vega en Triana. En estos momentos yo soy la anciana de la familia y tú no eres más que una joven gitana que no depende de ningún hombre; debes obedecerme. Si no te levantas, les diré a Fermín y a Roque que te lleven en volandas, ¿me has entendido? Sabes que lo haré y sabes que ellos me obedecerán. Y te pasearán por el callejón como a una niña malcriada.

—No lo harán. ¡Yo soy una Carmo…!

Milagros no llegó a terminar la frase. Al oírla, María había abierto su mano y había dejado caer la manta con un desprecio que la muchacha no llegó a ver pero sí a percibir en toda su intensidad. ¿Había estado a punto de renegar de su condición de Vega? Antes de que la anciana diese media vuelta, Milagros se había puesto en pie.

Y cantó. Lo hizo de la mano de Sagrario, quien con voz potente y alegre, ayudada por los efectos de un vaso de vino tinto que la vieja María obligó a beber a la muchacha nada más entrar en la posada, se ocupó de encubrir sus temores y vergüenzas. También volvió a bailar Caridad, y enardeció otra vez a un público algo más numeroso que la noche anterior. La voz había corrido. Pero no tanto como lo hizo a partir de la tercera noche, cuando Sagrario, después de haber bailado con Milagros, se apartó del círculo en el que se movían y presentó a la muchacha con una reverencia exagerada. Lo había pactado con la vieja. Milagros se encontró sola, entre los aplausos que todavía no habían cesado. Jadeaba, resplandecía… ¡y sonreía!, advirtió María con el corazón en vilo. Entonces la muchacha alzó una mano, de la que ya colgaban algunas cintas de colores, igual que en su cabello, y pidió silencio. La curandera notó que un escalofrío recorría sus miembros entumecidos. ¿Hacía cuánto tiempo que no sentía aquel placer? Fermín, con el pie en la silla y la guitarra sobre su muslo izquierdo, intercambió una mirada de triunfo con la anciana. La concurrencia se mostraba reacia a callar; alguien repiqueteó sobre un vaso con un cuchillo y los siseos pidiendo silencio se sucedieron.

Milagros aguantó las miradas sobre ella.

—¡Venga, bonita! —la jalearon desde una de las mesas.

—¡Canta, gitana!

—Canta, Milagros —la animó Caridad—. Canta como solo tú sabes hacerlo.

Y se arrancó a palo seco, antes de que Fermín lo hiciera con la guitarra.

—«Yo sé cantar el cuento de una gitana... —su voz, viva, de timbre brillante, llenó la posada entera; una seguidilla gitana, reconocieron al instante Fermín y los demás, pero le permitieron finalizar la estrofa sin acompañamiento, deleitados en el cante— que enamoró a un mancebo de estirpe clara».

Cuando Milagros iba a atacar la segunda estrofa, la gente recibió con aplausos y piropos hacia la muchacha la entrada de la guitarra y las palmas de las mujeres. María lo hacía llorando, Caridad mordiendo con fuerza uno de sus papantes. Milagros continuó cantando, segura, firme, joven, bella, como una diosa que disfrutara sabiéndose adorada.

Sevilla: escuela del cante; universidad de la música; taller donde se funden los estilos antes de ofrecerse al mundo. Caridad podía excitar a los hombres con sus bailes provocativos, las gitanas también lo conseguían con sus zarabandas sacrílegas al decir de curas y beatos, pero nadie, ninguno de aquellos hombres o mujeres, prostitutas o facinerosos, lavanderas o artesanos, frailes o criadas, podían permanecer ajenos al maravilloso embrujo de una canción que acorralaba los sentimientos.

Y llegó el delirio: vítores, aclamaciones y aplausos. Mil promesas de amor eterno hacia Milagros se convirtieron en el colofón de la actuación de la muchacha.

20

Es una Vega —susurró el Conde para no despertar a los demás de la familia que dormían con ellos.

Rafael García y su esposa permanecían con los ojos abiertos en la oscuridad, tendidos y completamente vestidos sobre un montón de paja y ramas secas que hacía las veces de colchón. Reyes se arrebujó bajo una manta gastada. Era vieja y tenía frío. Las fraguas siempre habían mantenido caldeados los pisos superiores, pero Rafael todavía no había llegado a un acuerdo definitivo con los herreros payos y seguían trabajando con forjas portátiles y agujeros en el suelo.

—Podríamos ganar mucho dinero —insistió la Trianera.

—¡Es la nieta del Galeote! —volvió a oponerse Rafael, que en esta ocasión levantó la voz.

Ruidos de cuerpos removiéndose y alguna que otra palabra ininteligible expresada en sueños respondieron a su grito. Reyes esperó hasta que el rumor de las respiraciones se aquietó.

—Hace meses que no se sabe nada de Melchor. El Galeote debe de estar muerto, alguien habrá dado cuenta de él...

—Hijo de puta —la interrumpió su esposo, de nuevo con un susurro—. Debería haberlo hecho yo mismo hace mucho tiempo. Aun así, la muchacha sigue siendo su nieta, una Vega.

—La muchacha es una mina de oro, Rafael. —Reyes dejó

transcurrir unos instantes y resopló hacia el techo desconchado del piso; sus siguientes palabras le suponían un tremendo esfuerzo—: Es la mejor cantante que he escuchado nunca —logró reconocer.

El éxito de Milagros había corrido de boca en boca, y como muchos otros gitanos, Reyes, movida por la curiosidad, había ido a escucharla a la posada. Lo hizo desde la misma puerta, agazapada tras el cada noche más numeroso público. Y, pese a no verla, la escuchó. ¡Dios si la escuchó!

—De acuerdo, canta bien, ¿y qué? —inquirió el Conde como si quisiera dar la conversación por finalizada—. Sigue siendo una Vega y nos odia tanto como su abuelo y su madre. ¡Así se quede muda!

—Casémosla con Pedro —insistió ella, reiterando la propuesta que había originado la discusión.

—Estás loca —repitió a su vez Rafael.

—No. Esa chica está enamorada de nuestro Pedro. Siempre lo ha estado. La he visto espiarle y perseguirle. Se derrite cuando lo tiene delante. Hazme caso. Sé de lo que hablo. Lo que ignoro es si Pedro estaría dispuesto a...

—¡Pedro hará lo que se le diga!

Después de aquel alarde de autoridad, el Conde permaneció en silencio. Reyes sonrió de nuevo al techo desconchado. Que fácil era dirigir a un hombre por poderoso que fuera... Bastaba con aguijonear su orgullo.

—Si se casa con Pedro, tendrá que obedecerte a ti —dijo Reyes entonces.

Rafael lo sabía, pero le gustó escucharlo: ¡él mandando sobre una Vega!

Sin embargo, Reyes había percibido un cambio de actitud, lejos de la ira que le llenaba la boca tan pronto como mencionaba a los Vega. Rafael ya acariciaba los dineros. «¿Y cómo lo arreglaríamos?», podía preguntar ahora. O quizá: «María, la curandera, se opondrá». «Acudirá al consejo de ancianos si es necesario.» Cualquiera de esas cuestiones podía ser la siguiente.

La vieja. Resultó ser la vieja.

—¿Una anciana cascarrabias? —se limitó a decir Reyes—. En

realidad, la niña es una Carmona. Sin sus padres presentes, será Inocencio, como patriarca de los Carmona, el que decida. No se atrevería si estuvieran el Galeote o la madre, pero sin ellos…

—¿Y la negra? —la sorprendió preguntando el Conde—. Siempre va acompañada de esa negra.

Reyes reprimió una carcajada.

—No es más que una esclava estúpida. Dale un cigarro y hará lo que quieras.

—Aun así, me da mal fario esa negra —gruñó su esposo.

Una tarde, en el callejón, Pedro García salió de la herrería de su familia al paso de Milagros y le sonrió. Muchos eran los que le sonreían o buscaban su conversación desde que cantaba en la posada, pero Pedro no. También sus amigas habían acudido a ella para tratar de engatusarla con zalamerías y formar parte del grupo. «¿Alguna de ellas hizo algo por ti cuando el consejo te prohibió vivir en el callejón?», zanjó el asunto la vieja María.

Aquella tarde, ante un encuentro que la anciana adivinó forzado, frunció el ceño como había hecho al escuchar la idea de Milagros de ampliar los bailes de la posada con alguna de sus amigas. Tiró de la muchacha, que no se movió, embobada, a un par de pasos del joven García. La vio balbucir y acalorarse como… como una ridícula y tímida niña avergonzada.

—¿Qué tal estás…? —pretendió interesarse el gitano antes de que María bufara hacia él.

—¡Hasta ahora, bien! —zanjó la vieja—. ¿No piensas moverte? ¿No tienes nada que hacer?

El joven no hizo caso de la presencia y los gritos de la anciana. Ensanchó la sonrisa y mostró unos perfectos dientes blancos que destacaron en lo oscuro de su tez. Luego, como si se viera forzado a marchar contra su voluntad, entornó los ojos y cerró los labios en lo que pudiera ser el esbozo de un beso.

—Nos veremos —se despidió.

—No te acerques a ella —le advirtió María cuando el joven ya les daba la espalda.

«No es para ti», estuvo a punto de añadir, pero el tremendo palpitar del corazón de Milagros que llegó a sentir en el antebrazo del que la tenía cogida, la turbó y se lo impidió.

—Vamos —la obligó la anciana volviendo a tirar de ella—. ¡Vamos, morena! —le gritó a Caridad.

El empeño que tuvo que poner María para continuar camino contrastó con la mueca de satisfacción de la Trianera, que, escondida tras una pequeña ventana del piso superior de la herrería, asintió satisfecha al tiempo que las observaba cruzar el callejón y dirigirse al edificio donde vivían los Carmona: la curandera maldiciendo de forma ostentosa, Milagros como si flotase sobre el suelo, y la morena... la morena detrás de ellas, como una sombra.

Iban a ver a Inocencio. Si se necesitaba dinero para liberar a los padres de Milagros, ellas lo tenían, y confiaban en tener más, pese a los sobornos que se veían obligadas a pagar a los alguaciles para que les permitiesen seguir cantando en la posada y no rebuscasen en los archivos si habían sido detenidas en la redada y liberadas de Málaga. María tanteó la bolsa con las monedas; solo habían tenido que ceder en un aspecto.

—La negra debe dejar de bailar —le advirtió una noche Bienvenido, contento también con los beneficios.

La anciana masculló.

—Me cerrarán la posada —insistió Bienvenido—. Podemos sobornar a los funcionarios para que permitan cantar a una muchacha, incluso bailar, pero ya han sido varios los frailes y sacerdotes que han denunciado, horrorizados, la impudicia de las danzas de Caridad, y con ellos, María, nada podemos hacer. Me he comprometido con el alguacil a que la negra no vuelva a bailar. No me concederá otra oportunidad.

Y no se la hubieran concedido, reconoció para sí la anciana. Desde que Sevilla perdió el monopolio del comercio con las Indias en beneficio de Cádiz, la riqueza había menguado, los comerciantes se habían empobrecido y se ahondaron las diferencias entre quienes vivían en la más absoluta miseria, la gran mayoría, y una minoría de funcionarios corruptos, nobles soberbios propietarios de grandes extensiones de tierras y miles de eclesiásticos, regulares o seculares. Para ellos era un momento propicio para llevar al pueblo la doctrina cristiana de la resignación con sermones, misas, rosarios y procesiones. Nunca había habido tantos sermones públicos amenazando con todo tipo de penas y males la vida licenciosa de los fieles. Y lo que no sucedía en Madrid, en la corte, con sus dos teatros de comedias y sus compañías fijas de comediantes, la de la Cruz y la del Príncipe, lo había conseguido el arzobispo de Sevilla para el territorio de su archidiócesis: la prohibición del teatro, la ópera y las comedias.

«Mientras en Sevilla no se representen comedias, sus gentes se hallarán libres de la peste», había profetizado ya a finales del siglo anterior un ardoroso padre jesuita. Y la ciudad que había sido cuna del arte dramático, la que había levantado el primer teatro cubierto de España, veía cómo los vecinos tenían que esconderse y acudir embozados para disfrutar del cante de una virtuosa muchacha gitana. Sin embargo, los bailes de Caridad, con sus pechos bamboleándose y su bajo vientre y sus caderas golpeando el aire, eran una provocación carnal merecedora de la condenación eterna.

—Tú no bailarás más —indicó María a Caridad cuando ya la gente requería su presencia.

María escrutó el rostro de la negra en busca de alguna reacción. No la supo encontrar; quizá la noticia le alegraba. Entre el griterío, los abucheos de la gente y la evidente complacencia de un alguacil escondido entre ella, Caridad pareció acoger sus palabras con absoluta indiferencia.

En cuanto a Milagros... todavía se la veía embobada, con una sonrisa estúpida en los labios. Lo cierto era que Pedro García, se vio obligada a reconocer María, podía encandilar a cualquier muchacha: gitano altanero y orgulloso, de tez curtida, cabello largo y negro y ojos de igual color e intensa mirada, guapo y fuerte por más que el hambre se empeñase en mostrar sus efectos en su cuerpo de diecisiete años.

—¡Eres una Vega! —María se detuvo a la puerta de la casa de Inocencio; el reproche surgió de su boca al solo pensamiento de la niña y aquel... aquel sinvergüenza besándose o tocándose o...—. ¡Y él un García! —chilló entonces—. ¡Olvídate de ese muchacho!

El joven Pedro García permanecía plantado en el interior de la herrería, las piernas abiertas y los brazos en jarras frente a su abuelo y a su padre, Elías, los tres apartados de los demás miembros de la familia García que peleaban con las forjas portátiles.

—No tendré problemas con esa niña —alardeó sonriente el joven.

—Pedro, no se trata de un amorío más —le advirtió el Conde, preocupado por el recuerdo de los escarceos de su nieto, todos con mujeres payas, por fortuna, en los que había tenido que acudir en su ayuda. En algunas ocasiones había bastado con amenazar a padres o esposos engañados, en otras había tenido que apoquinar algunos dineros que luego, frente a los demás miembros de la familia, había simulado recuperar con una sobrecarga de trabajo; el joven le gustaba y era su preferido—. Te casarás con la muchacha —sentenció—. Debes cumplir la ley gitana con ella: no la tocarás hasta que se haya consumado la boda.

El joven gitano respondió con un aspaviento burlón. Abuelo y padre endurecieron sus facciones al tiempo, gesto más que suficiente para que el otro entendiera la trascendencia de lo que se estaba fraguando.

—Podrás... deberás hablar con ella, incluso hacerle algún regalo, pero nada más. Prohibido salir juntos del callejón si no os acompañan miembros adultos de las familias; no quiero quejas de la vieja o de los Carmona. Te prometo que no tendrás que soportar un noviazgo largo. ¿Has entendido?

—Sí —confirmó este con seriedad.

—Buen gitano —le felicitó su abuelo palmeándole en la mejilla.

El Conde se disponía a volverse cuando advirtió la expresión de su nieto, que lo interrogaba con las cejas ostensiblemente alzadas sobre sus ojos.

—¿Qué? —preguntó a su vez.

—¿Y mientras tanto? —inquirió Pedro meneando la cabeza de un lado al otro—. Esta noche me espera la esposa de un carpintero sevillano...

Padre y abuelo soltaron una sonora carcajada.

—¡Diviértete cuanto quieras! —le animó el Conde entre risas—. Móntala también por mí. Tu abuela ya no…

—¡Padre! —le recriminó Elías.

—¿Quiere venir conmigo, abuelo? —propuso el nieto—. Le aseguro que esa mujer tiene para los dos.

—¡No digas necedades! —intervino de nuevo el padre del joven.

—¡Usted no la ha visto! —insistió Pedro mientras el Conde sonreía—. Tiene un culo y un par de tetas…

—Quería decir…

El abuelo dio un golpe al aire con su mano.

—Sabemos lo que querías decir —interrumpió a su hijo—. En cualquier caso, tú, Pedro, ten cuidado de no enfadar a la niña Vega; a poco que se parezca a su abuelo, será orgullosa —añadió mudando el semblante con el recuerdo del Galeote—. La muchacha no debe saber tus correrías. —Rafael García aprovechó el momento de seriedad para advertir a su nieto—: Pedro: tu abuela, yo, tu padre, nuestra familia tiene mucho interés en ese matrimonio. No nos falles.

—¡Vieja!

Eran muchos los que la llamaban «vieja», pero María sabía reconocer cuándo lo utilizaban como un apelativo cariñoso y cuándo con ánimo de ofenderla. En aquella ocasión no le cupo duda alguna de que se trataba de lo segundo. No hizo caso al grito que había surgido de la herrería y continuó cruzando el patio del corral de vecinos, sola. Milagros se había negado a acompañarla a comprar y, para su desesperación, se había quedado en el piso superior cuchicheando con Caridad… Sobre Pedro García, sin duda.

Hacía días que el joven la acosaba y, sin disimulo alguno, ni para María ni para quien quiera que lo presenciase, se hacía el encontradizo en el callejón de San Miguel. Solo Milagros parecía no darse cuenta y una y otra vez se deshacía en su presencia, hasta que María espantaba al gitano. Luego venían las discusiones, que la curandera zanjaba mencionando las palabras de la madre de Milagros: «Nunca olvides que eres una Vega». Se refería al odio entre ambas familias. Pero lo que no podía impedir era que Milagros cuchichease con Caridad, siempre atenta a sus palabras, impasible con su cigarro en la boca, y eso la irritaba hasta tal punto que había pensado no comprar más tabaco para la morena.

—¡Vieja! —volvió a oír, esta vez ya desde el mismo patio.

Se volvió y distinguió a Inocencio en la puerta de la herrería que comunicaba interiormente con el patio, donde ya volvían a acumularse algunos hierros viejos y herrumbrosos que los gitanos, sin embargo, eran incapaces de trabajar con los medios de que disponían.

—¡Ten cuidado con la lengua, Inocencio! —se revolvió ella.

—Nada he dicho que pueda molestarte —replicó el patriarca de los Carmona mientras se acercaba.

—Pero lo vas a hacer, ¿me equivoco?

—Eso dependerá de cómo te lo tomes.

Inocencio había llegado a su altura. También era viejo, como todos los patriarcas. Quizá no tanto como el Conde y mucho menos que María, pero lo era: un gitano viejo, acostumbrado a mandar y a que le obedeciesen.

—Di lo que tengas que decir —le animó ella.

—Deja de interponerte entre Milagros y el joven García.

La anciana titubeó. Nunca habría esperado tal advertencia.

—Haré lo que tenga por conveniente —acertó a decir—. Es una Vega. Está bajo mi…

—Es una Carmona.

—¿Los mismos Carmona que la defendisteis en el consejo de ancianos? —rió con sarcasmo—. La expulsasteis del callejón y me la entregasteis. Incluso su padre consintió. La muchacha está bajo mi protección.

—¿Y por qué vive en el callejón, entonces? —replicó Inocencio—. El castigo ha sido anulado, lo sabes. Los Vargas la han perdonado. Es una Carmona y depende de mí, como todos.

«Quizá tenga razón», reflexionó María; no pudo evitar un estremecimiento al pensarlo.

—¿Por qué no has reclamado antes tu autoridad? Va a hacer un mes que estamos...

—La muchacha se siente Vega —reconoció Inocencio—. No me interesan sus dineros ni mucho menos tener un conflicto con los Vega, aunque ahora...

—Melchor volverá —trató de amedrentarle ella.

—No le deseo ningún mal a ese viejo loco.

Parecía sincero.

—Entonces, ¿por qué ahora? ¿Por qué quieres fomentar su relación con Pedro García? ¿No podrías encontrar otro hombre para Milagros? Alguien que no fuera un García, alguien que no fuera ese libertino; todo el mundo conoce sus andanzas. Encontrarías muchos pretendientes para la muchacha y todas las familias estaríamos de acuerdo.

—No puedo.

María le pidió explicaciones extendiendo frente a ella una de sus manos agarrotadas.

—Me habéis pedido la liberación de Ana y José, y para eso necesito la ayuda de Rafael García.

La mano de la anciana, a la altura de sus pechos secos, empezó a crisparse. Inocencio se percató.

—Sí —afirmó entonces—. El Conde ha puesto como condición el matrimonio de la muchacha con su nieto.

María cerró la mano con fuerza y la agitó desesperada. Sus dedos contraídos en forma de garfio no le permitieron convertirla en el puño con el que hubiera deseado golpear al propio Inocencio. Sintió como si a través de aquellos dedos torcidos se le escapasen las razones.

—¿Por qué es necesaria la intervención de Rafael? —inquirió pese a conocer la respuesta.

—Es el único que puede conseguir que los párrocos de Santa Ana aporten una cédula de matrimonio para los padres de la muchacha. Sin ese papel no hay libertad. Siempre ha sido quien ha tratado con ellos en nombre del consejo de ancianos; a mí ni siquiera me recibirían. Y esa es su única condición: Milagros y Pedro deben contraer matrimonio.

—Ana Vega nunca consentirá en recuperar su libertad a cambio de esa unión.

—Ana Vega se plegará a lo que ordene su esposo —zanjó Inocencio—, y los Carmona nada tienen contra los García.

—Hasta que vuelva la madre, no consentiré esas relaciones —se revolvió la curandera.

A la luz de la mañana que entraba en el patio para colarse entre la herrumbre retorcida, los dos se retaron con la mirada. Inocencio negó con la cabeza.

—Escucha, vieja: careces de autoridad. Harás lo que te he dicho; en caso contrario te desterraremos de Triana y me haré cargo de la muchacha aunque sea a la fuerza. Ella desea el regreso de sus padres… y tengo entendido que tampoco ve con malos ojos una relación con el nieto de Rafael. ¿Qué más puedes pretender? José Carmona pertenece a mi familia: es el hijo de mi primo y haré todo lo que esté en mi mano para liberarlo, como a todos los que faltan. No voy a permitir que por tu tozudez el Conde se eche atrás. ¡Está procurando la libertad de una Vega! ¡La hija del Galeote, su enemigo acérrimo! ¿Quieres que hable con Milagros? —María llegó a retroceder un paso, como si Inocencio la hubiera empujado con tal amenaza; sus pies descalzos se arañaron con uno de los hierros—. ¿Quieres que le diga que estás poniendo en peligro la libertad de sus padres?

La anciana sintió un repentino mareo. La boca se le llenó de saliva y el color ocre de la herrumbre, que ahogaba el fulgor de los rayos del sol, bailó confuso ante ella desde todos los rincones del patio. Inocencio hizo ademán de ayudarla, pero ella lo rechazó de un torpe manotazo. ¿Qué sucedería si efectivamente hablaba con Milagros? La niña estaba cautivada por el joven García. La perdería. Se sintió desfallecer. La figura de Inocencio se desdibujó ante ella. Entonces apretó con fuerza el pie sobre el hierro que había pisado, hasta notar cómo se le clavaba una de sus aristas y cómo empezaba a correr la sangre por su planta encallecida. El dolor real, físico, la reanimó para encararse con el Carmona, que contemplaba en silencio cómo alrededor del pie de la anciana se formaba un pequeño charco oscuro que empapaba la tierra.

Los dos comprendieron qué significaba el daño que la anciana se infligía y cuyos signos de dolor trataba de reprimir en su rostro: se rendía.

—Guarda tu sangre… María. Ya eres vieja para despreciarla —le recomendó el patriarca de los Carmona antes de darle la espalda y regresar a la herrería.

Horas después, la anciana se separó de Milagros tan pronto como Pedro García salió a su paso. Lo hizo en silencio y cojeando, con el pie vendado, tratando no obstante de mantener erguida la cabeza. Milagros se sorprendió ante la inesperada libertad que le ofrecía quien hasta entonces había luchado denodadamente por impedirle el trato con el joven. Y además… ¡no mascullaba improperios! La sonrisa y la cálida mirada con que Pedro la invitó a acercarse y charlar con él la llevaron a olvidarse por completo de la anciana e incluso a hacer un imperioso gesto con la mano a Caridad para que también se alejase. Desde ambos lados del callejón, la Trianera en uno, Inocencio en el otro, los dos a la vista, como testigos que quisieran verificar el cumplimiento de un pacto, intercambiaron miradas de asentimiento ante la retirada de María.

Por la noche, la propia anciana se vio forzada a reconocer que la voz con que Milagros embriagó a las gentes que la escuchaban en la posada se alzó matizada por un sentimiento que hasta entonces nunca había existido. Fermín, a la guitarra, volvió la cabeza hacia ella y le preguntó con la mirada qué había sucedido; también lo hicieron Roque y Sagrario. María no contestó a ninguno de ellos. No le había explicado el porqué de su cambio a Milagros, no quería hacerlo, y la muchacha tampoco había preguntado, quizá temerosa de que si lo hacía se rompiese el encanto.

Esa misma noche el Conde volvió a hablar con su esposa, ambos tumbados sobre el jergón de paja y ramas. Había conseguido la cédula de matrimonio y el compromiso de los curas de testificar en el expediente secreto a favor de José Carmona y la mujer

Vega; también contaba con el apoyo del alguacil de Triana. Reyes lo felicitó.

—No te arrepentirás —añadió.

—Eso espero —dijo él—. Ha costado mucho dinero. Más del que Inocencio me ha proporcionado. He tenido que firmar documentos por los que me obligo a pagar esa deuda.

—Recuperarás esos dineros con creces.

—También he tenido que prometer a los curas que el Carmona y la Vega se casarán por la Iglesia en cuanto sean libres, que la muchacha se bautizará y que cantará villancicos en la parroquia de Santa Ana esta Navidad. Habían oído hablar de ella.

—Lo hará.

—Quieren comprobar que efectivamente los gitanos nos acercamos a la Iglesia, que nuestro empeño sea público, que todo el mundo lo vea y se dé cuenta. ¡Me han obligado a confesarme! No sé…

—¿No era eso lo que se acordó en el último consejo? ¿Les has hablado de crear una cofradía?

—Se han reído. Pero creo que en el fondo les ha complacido. —El Conde guardó unos instantes de silencio—. ¿Y si la Vega se niega a contraer matrimonio por la Iglesia?

—¡No seas ingenuo, Rafael! A Ana Vega nunca la pondrán en libertad. Desde que está en Málaga arrastra más condenas que un malhechor. Está detenida entre las gitanas simplemente por no estar en la cárcel. No la liberarán.

—Entonces… no podrá casarse.

—Mejor para ti. Ana Vega nunca lo hubiera hecho.

Reyes se giró hasta darle la espalda, dando por finalizada la conversación, pero Rafael insistió.

—Me he comprometido. Si no se casa…

—¿Y qué puedes hacer si no la liberan? Tú ya tienes la excusa, y para entonces Pedro ya estará casado con la muchacha —le interrumpió ella—. Si tanto desean los curas que la Vega se case, que hablen con el rey para que la indulte.

A mediados de diciembre, cuando tuvieron confirmación de que el expediente secreto ya había sido diligenciado y remitido a La Carraca y a Málaga, las familias García y Carmona se reunieron en el patio del corral de vecinos de la novia, libre de hierros retorcidos y oxidados, como merecía la ocasión; Inocencio había ordenado trasladarlos a la herrería. Días antes, había vuelto a abordar a María.

—¿Se lo dices tú o se lo digo yo? —le preguntó.

—Tú eres el patriarca —soltó la anciana sin pensar. Con todo, antes de que Inocencio le tomara la palabra, rectificó—: Lo haré yo.

El piso seguía tan vacío como cuando regresaron a Triana; la mayor variación desde entonces consistía en un montón de carbón bajo el nicho en el que se hallaba el hornillo para cocinar, un viejo caldero y un cucharón, tres tazones descascarillados de loza de Triana, todos diferentes, y algunos alimentos colocados en una alacena de obra que no habían podido rapiñar los soldados.

—Espéranos abajo —ordenó María a Caridad.

En cuanto Milagros oyó que la anciana echaba a Caridad con aquellas dos palabras pronunciadas severamente, se dirigió a la ventana que abría al callejón y se acodó en el alféizar. No quería escuchar sus monsergas. Era consciente de que llevaban días evitando hablar del asunto, pero ella estaba viviendo los mejores de su vida: Inocencio le había asegurado la libertad de sus padres, cantaba y era admirada casi tanto por su voz como por la relación que mantenía con Pedro García. ¡Las demás gitanas, sus amigas, la envidiaban! Inclinó el busto fuera de la ventana, como si quisiera huir de las quejas de la vieja. ¿Qué sabría ella del amor? ¿Qué sabría del encanto que se creaba entre Pedro y ella cuando se encontraban? Charlaban y reían por cualquier cosa: de los vestidos de la gente, de un simple hierro retorcido, del chiquillo que tropezaba... Reían y reían. Y se miraban con ternura. Y a veces se rozaban. Y cuando sucedía eso era como la quemadura de una pavesa al saltar de la fragua: un alfilerazo. A Milagros nunca le habían alcanzado las chispas de la fragua, pero Pedro le dijo que esa era la sensación que él mismo había sentido un día en que se acercaron el uno al otro más de lo conveniente. Él se separó simulando embarazo, Milagros hubiera deseado que ese instante se alargara de por vida. Los dos se volvieron hacia el callejón por si alguien los había visto. «¡Sí, como una pavesa!», confirmó ella, con las piernas todavía trémulas. Debía de ser eso, sin duda. ¿Qué sabía la vieja de las pavesas que se clavaban como alfileres? ¡No! No quería escuchar los sermones de María.

Sin embargo, la anciana habló.

—Dentro de unos días… —Milagros fue a taparse los oídos—, Inocencio te prometerá en matrimonio al nieto del Conde.

No llegó a tapárselos. ¿Había oído bien? Se volvió de un salto. María olvidó su discurso ante la expresión de alegría de la muchacha.

—¿Qué ha dicho? —preguntó ella casi gritando. El tono agudo en que lo hizo asaeteó a la vieja curandera.

—Lo que has oído.

—Repítalo.

No quería hacerlo.

—Te casarás con él —cedió al cabo.

Milagros emitió otro gritillo agudo y se llevó las manos al rostro; las separó de inmediato para mostrárselas a la anciana, como invitándola a compartir su alegría. Ante la pasividad de la curandera cejó en su intento. Lloró y se movió de un lado al otro con los puños apretados. Giró sobre sí misma y volvió a gritar entre sollozos. Se asomó a la ventana y alzó la mirada al cielo. Luego se volvió hacia María, algo más tranquila pero con lágrimas corriendo por sus mejillas.

—Puedes oponerte —se atrevió a decir la curandera.

—¡Ja!

—Yo te ayudaría, te apoyaría.

—Usted no lo entiende, María: le quiero.

—Eres una…

—¡Le quiero! Le quiero, le quiero, le quiero.

—Eres una Vega.

La muchacha se plantó firme frente a ella.

—Hace muchos años de esas querellas. Yo no tengo nada que ver…

—¡Es tu familia! Si tu abuelo te oyera…

—¿Y dónde está mi abuelo? —El grito llegó a escucharse hasta en el callejón—. ¿Dónde está? Nunca está cuando se le necesita.

—No…

—Y los Vega, ¿dónde están esos Vega con los que se le llena la boca? —la interrumpió Milagros, airada, escupiendo las palabras—. No queda ni uno, ¡ni uno! Todos están detenidos, y los que no, como aquellos que encontramos con los Fernández, prefieren seguir con otra familia a volver a Triana. ¿De qué Vega me habla, María?

La anciana no supo responder.

—Ese joven no te conviene, niña —optó por decir, sabiendo la inutilidad de su advertencia. Pero tenía que hacérsela, a costa incluso de la reacción de la muchacha.

—¿Por qué? ¿Porque es un García que no tiene la culpa de lo que hizo su abuelo? ¿Porque usted lo ha decidido? ¿O quizá lo decidió mi abuelo, esté donde esté?

«Porque es un bellaco hipócrita y un mujeriego que solo quiere tu dinero y que te convertirá en una desgraciada.» La contestación rondó la cabeza de la anciana. No la creería. «Y además un García, sí, nieto del hombre que llevó a tu abuelo a galeras; nieto del hombre que llevó a la muerte a tu abuela y a la miseria a tu madre.»

—No quieres entenderlo —lamentó en su lugar.

María dejó a la muchacha con la réplica en su boca. Dio media vuelta y abandonó el piso.

Ahora Milagros, en el patio limpio de hierros del corral de vecinos, mientras los Carmona y los García se felicitaban y bebían el vino que habían comprado con los dineros de su última noche en la posada, echaba de menos a la anciana. No había vuelto a verla desde entonces. Cinco días en los que se había cansado de preguntar por ella. Hasta se había atrevido a asomarse a la gitanería acompañada por Caridad, sin resultado; luego habían recorrido las calles de Sevilla, también infructuosamente. Salvo por la presencia de Pedro, que había estado unos minutos con ella para después dedicarse a beber, charlar y reír con los demás gitanos, y por la de Caridad, Milagros se sentía extraña entre aquellas gentes. Empezaban a verse de nuevo trajes coloridos y adornos en el cabello, cintas de colores y flores; los gitanos podían pasar hambre, pero no iban a vestir como los payos. Los conocía a todos, cierto, pero... ¿cómo sería la vida con ellos? ¿Cómo sería su día a día una vez cruzado el callejón, en el edificio que habitaban los García? Observó a la Trianera, tan gorda como ufana, paseando como si fuera una verdadera condesa entre la gente, y se le encogió el estómago. Quiso ir en busca del apoyo de Pedro cuando los dos patriarcas, Rafael e Inocencio, reclamaron silencio. Y mientras la gente se arremolinaba a su alrededor, el primero llamó a su lado a su hijo Elías y a su nieto Pedro y el Carmona a ella.

—Inocencio —anunció Elías García en voz alta y tono formal—, en tu condición de jefe de la familia Carmona, quiero pedirte en matrimonio para mi hijo Pedro, aquí presente, a Milagros Carmona, hija de José Carmona. Mi padre, Rafael García, jefe de nuestra familia, ha comprometido en su nombre y en el mío propio el pago de buenos dineros para obtener la libertad de los padres de Milagros, con cuyo desembolso entendemos cumplida la ley gitana y el precio de la muchacha.

Antes de que Inocencio contestara, Milagros cruzó una nerviosa mirada con Pedro. Él le sonrió y la animó. Su serenidad logró tranquilizarla.

—Elías, Rafael —escuchó que respondía Inocencio—, los Carmona consideramos suficiente precio el pago para obtener la libertad de uno de nuestros familiares y su esposa. Yo os entrego a Milagros Carmona. Pedro García —añadió Inocencio dirigiéndose al joven—, te concedo a la muchacha más bella de Triana, la mejor cantante que hasta la fecha ha dado nuestro pueblo. Una mujer que te proporcionará hijos, te será fiel y te seguirá allá donde vayas. La boda se celebrará tan pronto como entre el año nuevo. Sé feliz con ella.

Luego, Inocencio y Rafael García avanzaron y sellaron el pacto públicamente, cara a cara, mediante un vigoroso y largo apretón de manos. En ese momento, Milagros sintió la fuerza de aquella alianza como si cada uno de los patriarcas estuviera atenazando su propio cuerpo. ¿Y si María tenía razón?, le asaltó la duda. «Recuerda siempre que eres una Vega»; las palabras que había querido transmitirle su madre cruzaron por su cabeza como un relámpago. Pero no tuvo tiempo de pensar en ello.

—¡Que nadie ose romper este compromiso! —escuchó que exclamaba Rafael García.

—¡Maldito el que se atreva! —se adhirió Inocencio—. ¡Que no muera ni en el cielo ni en la tierra!

Y con aquel juramento gitano acogido con aplausos, Milagros supo que su destino acababa de decidirse.

Fue la primera fiesta que se celebró desde que se había iniciado la liberación de los gitanos de arsenales y cárceles. Los gitanos del callejón de San Miguel aportaron la poca comida y bebida que tenían. Aparecieron un par de guitarras y algunas castañuelas y panderetas, todas rotas y deterioradas. Pese a ello, hombres y mujeres buscaron su espíritu y arañaron los instrumentos hasta obtener de ellos la música que, tiempos ha, hubieran podido llegar a crear. Milagros cantó y bailó, jaleada por todos, achispada a causa del vino, aturdida ante la sucesión de consejos y felicitaciones que no dejaba de recibir; lo hizo con otras gitanas y en varias ocasiones con Pedro, que en lugar de moverse a su ritmo, la acompañó con movimientos cortos y secos, soberbios y altivos, como si en lugar de bailar para los gitanos que palmeaban estuviera gritándoles a todos que aquella mujer iba a ser suya, solo suya.

Al anochecer, la Trianera se arrancó a palo seco con una debla que alargó y alargó con su voz rota hasta conseguir que las lágrimas apareciesen en los rostros de las gitanas y que los hombres buscasen esconderlos para llevarse un furtivo antebrazo a los ojos. Milagros no fue ajena a aquellos sentimientos de dolor que afloraban en todos ellos y tembló como los demás. En varias ocasiones creyó notar que la abuela de Pedro la retaba. «Hasta ahora tu éxito no es más que fruto de las alegres y tontas tonadas que cantas en una mísera posada», parecía escupirle. ¿Y qué del dolor del pueblo gitano?, le desafiaba la vieja, ¿qué del cante hondo y profundo, aquel que los gitanos guardamos para nosotros?

Milagros aceptó el reto.

El largo quejido que brotó de ella acalló los aplausos en que estallaron los gitanos tan pronto como la voz de la Trianera dejó de acechar sus penas, como si con su repentino silencio les hubiera facilitado el consuelo. Milagros cantó sin siquiera plantarse en el centro del círculo, con Caridad y otras gitanas a sus costados. ¡Ella no se sentía libre! Al contrario, la voz de la vieja Reyes había logrado transportarla a un atardecer en la ribera del río, frente a la iglesia de la Virgen del Buen Aire, la capilla abierta de los mareantes de Sevilla, y a su abuelo postrado de rodillas. «¿Dónde está, abuelo?», pensó mientras la voz se rompía en su garganta y surgía de ella atormentada, como un lamento desgarrado. «Canta hasta que la boca te sepa a sangre», le había dicho María. ¿Y la vieja? ¿Y sus padres? Milagros creyó saborear aquella sangre justo cuando la Trianera rendía la cabeza, vencida. No llegó a verla pero lo supo, porque los gitanos guardaron un prolongado silencio cuando terminó, a la espera de que la reverberación de su último suspiro desapareciera del callejón. Luego la aclamaron tal y como podían hacer los sevillanos en la posada.

—Me voy —Pedro García aprovechó el estruendo para anunciárselo a su abuelo en un aparte.

—¿Adónde, Pedro?

El joven le guiñó un ojo.

—Hoy no es el día… —quiso oponerse aquel.

—Diga usted que me ha enviado a un recado.

—No, Pedro, hoy no puede ser.

—¿Por una Vega? —le echó en cara el joven. Rafael García dio un respingo al tiempo que su nieto dulcificaba las facciones y sonreía antes de continuar—: Usted era igual que yo, ¿me equivoco? Somos iguales. —Pedro le pasó un brazo por los hombros y lo estrujó contra sí—. ¿Va usted a impedir que disfrute para guardar las formas ante una Vega?

—Ve y diviértete —cedió el patriarca al instante.

—A la iglesia. Diga que he ido a rezar el rosario —se burló el joven, camino ya de la salida del callejón.

Cuando Pedro se encontraba cerca de la plaza del Salvador, después de cruzar el puente de barcas e internarse en Sevilla, su abuelo no tuvo más remedio que acercarse a Milagros: la muchacha llevaba bastante rato buscando con la mirada a su prometido.

—Ha ido a hablar con el párroco de Santa Ana sobre tu bautizo —la tranquilizó.

¡Ni siquiera Milagros iba a creerse que Pedro se hubiera unido a alguna de las más de cien procesiones que recorrían las calles de Sevilla cantando avemarías o rezando el rosario! Milagros sabía de la necesidad de su bautizo; se lo había comentado Inocencio cuando le anunció también que por Navidad cantaría villancicos en la parroquia. Se trataba de una condición para la liberación de sus padres. Y justo en el momento en que Pedro cruzaba la plaza del Salvador y llegaba a la calle de la Carpintería, ella aceptó la excusa del Conde y volvió a unirse a la fiesta.

Oculto en la esquina de la plaza del Salvador, Pedro escrutó la calle donde vivían los carpinteros, algunos de ellos reconvertidos en fabricantes de guitarras, antes de lanzarse a cruzarla para llegar hasta la casa donde le esperaba la exuberante pero insatisfecha esposa del artesano. Un minúsculo retal de tela de color amarillo como dejado al azar tras la reja de una de las ventanas del taller le indicaba cuándo estaba sola. El corazón le palpitaba acelerado y no solo por el deseo: el riesgo de que el marido se presentara, generalmente borracho, como ya le había sucedido en una ocasión en que tuvo que esconderse hasta que su esposa logró dormirlo, aumentaba el placer que ambos obtenían. Se permitió una sonrisa en la oscuridad a su recuerdo: «Ahora llegará —chillaba nerviosa la mujer mientras Pedro la montaba frenéticamente, ella con las piernas alzadas, abrazada a sus caderas con los muslos—, abrirá la puerta y escucharemos sus pisadas —reía entre jadeos—, nos pillará y...». Sus palabras se ahogaron en un largo gemido al alcanzar el orgasmo. Esa noche el carpintero no llegó a presentarse, recordó el joven con otra sonrisa cuando la sombra a la que prestaba atención se perdió más allá de la calle de la Cuna y la de la Carpintería quedó solitaria. Entonces se internó en ella presuroso.

Abandonó la casa al cabo de una hora y anduvo la calle distraído, con el tacto, el sabor, el olor y los gemidos de la mujer todavía agarrados a sus sensaciones, hasta llegar a la altura de un retablo dedicado a la Virgen de los Desamparados pintado en la misma calle.

—¡Perro asqueroso!

El insulto le sorprendió. No la había visto: una sombra encogida junto al retablo. La vieja María continuó hablando:

—Ni siquiera el día en que te has comprometido con la niña eres capaz de reprimir tu… tu lujuria.

Pedro García miraba de hito en hito a la vieja curandera, arrogante, pretendiendo un respeto que… ¡Estaba sola en una calle perdida de Sevilla, en plena noche! ¿Qué respeto podía esperar por más gitana anciana que fuera?

—¡Juro por la sangre de los Vega que Milagros no se casará contigo! —amenazó María—. Le contaré…

El gitano dejó de escuchar. Tembló al solo pensamiento de su abuelo y de su padre encolerizados si la muchacha se negaba a contraer matrimonio. No lo pensó. Agarró a la curandera del cuello y su voz mudó en un gorjeo ininteligible.

—Vieja imbécil —masculló.

Apretó con una sola mano. María boqueó y clavó sus dedos atrofiados, como si de garfios se tratase, en los brazos de su agresor. Pedro García no hizo nada por librarse de ellos. Cuán fácil era, descubrió mientras transcurrían los segundos y los ojos de la anciana amenazaban con saltarle de las órbitas. Apretó más, hasta notar cómo crujía algo en el interior del cuello de la anciana. Resultó sencillo, rápido, silencioso, tremendamente silencioso. La soltó y María se desplomó, pequeña y arrugada como era.

La hermandad que cuidaba del culto al retablo se ocuparía del cadáver, pensó antes de dejarla allí tirada, y avisarían a las autoridades, que la exhibirían, o quizá no, en algún lugar de Sevilla por si alguien la reclamaba. Lo más probable es que la enterraran en una fosa común a costa de las dádivas de los piadosos feligreses.

21

La parroquia de Santa Ana de Triana, en el corazón del arrabal, era la que contaba con mayor número de «personas de comunión» en Sevilla —más de diez mil—, y era atendida por tres párrocos, veintitrés presbíteros, un subdiácono, cinco clérigos menores y dos coronas. Pero pese a tal número en fieles y sacerdotes, Santa Ana estremeció a Milagros. La obra era una maciza construcción gótica de planta rectangular y tres naves, la central más ancha y alta que las demás, interrumpida en su mitad por el coro. Había sido erigida en el siglo XIII por orden del rey Alfonso X como muestra de gratitud a la madre de la Virgen María por haberle sanado milagrosamente un ojo.

Milagros la vio oscura y colmada de retablos dorados, estatuas o pinturas de Cristos dolientes y lacerados, santos, mártires y vírgenes que la escrutaban y parecían interrogarla. La muchacha trató de librarse de aquella opresión cuando notó que sus pies descalzos pisaban una superficie rugosa; miró al suelo y saltó a un lado al tiempo que reprimía un juramento que quedó en bufido: se hallaba sobre una de las muchas lápidas bajo las que reposaban los restos de los benefactores de la iglesia. Se arrimó a Caridad y las dos permanecieron quietas. Un sacerdote apareció bajo el arco de Nuestra Señora de la Antigua, en la nave del Evangelio, tras el que se encontraba la sacristía. Lo hizo en silencio, tratando de no molestar a los fieles, mayoritariamente mujeres que durante nueve días seguidos rezaban y se encomendaban a santa Ana, ya para alcanzar la deseada fecundidad ya para proteger sus notorios embarazos; era sabido en Triana y en toda Sevilla que desde antiguo la santa matrona intercedía por la concepción de las mujeres.

Milagros observó a unos pasos de ellas al sacerdote y a Reyes cuchicheando; ella la señalaba una y otra vez, y el cura la miraba con displicencia. La Trianera había venido a sustituir a la vieja María en su vida. «¿Dónde está la terca anciana?», se preguntó Milagros una vez más de las miles que lo había hecho durante aquellos días. La echaba en falta. Podrían perdonarse, ¿por qué no? Trató de desterrar a la vieja de su mente cuando el sacerdote le hizo un autoritario gesto para que le siguiera: a María no le hubiera gustado que se hallase allí, entregándose a la Iglesia y preparando su bautizo; seguro que no. Al pasar junto a Reyes, la Trianera hizo amago de apartar a Caridad.

—Ella me acompaña —dijo Milagros tirando de su amiga para que no se detuviese junto a la gitana.

Tras la huida de la vieja María y hasta el regreso de sus padres, Cachita era la única persona que le quedaba de aquellas con las que había convivido, y la muchacha la buscaba más que nunca, incluso a costa de dejar de encontrarse con Pedro en alguna ocasión, aunque también se había visto obligada a reconocer que desde que las dos familias habían pactado la boda, su joven prometido había variado de actitud siquiera fuera sutilmente: seguía sonriéndole, charlando con ella y dejando caer los ojos en aquel tierno gesto que conseguía emocionarla, pero había algo... algo diferente en él que no acertaba a descubrir.

El sacerdote la esperaba bajo el arco de la Virgen de la Antigua.

—Me acompaña —repitió Milagros cuando este también quiso oponerse al paso de Caridad.

La mueca de reproche con que el hombre de Dios acogió sus palabras indicó a la muchacha que quizá se había excedido en la dureza de su tono, pero aun así accedió a la sacristía con Caridad. Empezaba a estar cansada de que todo el mundo le dijera qué tenía que hacer; María no lo hacía, solo se quejaba y refunfuñaba, pero Reyes… ¡la acompañaba allá adonde fuera! En la posada de Bienvenido incluso le apuntaba las canciones que debía interpretar. Intentó oponerse, pero las guitarras obedecían a la Trianera y no le quedaba más remedio que plegarse a ellas. Fermín y Roque ya no formaban parte del grupo, Sagrario tampoco. Todos habían sido sustituidos por miembros de la familia García, y solo los García participaban. La Trianera hasta había prohibido que Caridad acompañase las canciones y los bailes. «¿Qué sabrá una negra de palmear fandangos o seguidillas?», le espetó a Milagros. Y durante el tiempo que duraba el espectáculo, Caridad permanecía en pie, quieta, como si estuviese adosada a la pared de la cocina de la posada, sin siquiera un mal cigarro que echarse a la boca. Reyes se hacía cargo de todos los dineros que obtenían para entregárselos a Rafael, el patriarca, y a diferencia de la costumbre de la vieja María, el Conde no parecía dispuesto a premiar a Caridad con papantes.

El único momento en que Milagros lograba escapar del control de la Trianera era por la noche, cuando dormía. Inocencio se había negado a que lo hiciese en el corral de vecinos de los García hasta consumada la boda, y Caridad y ella continuaban en la vieja y desolada vivienda en la que había transcurrido su infancia. Con todo, la Trianera les había endosado una vieja tía viuda para que controlase a Milagros. Bartola se llamaba la mujer…

—¿Cuáles son los mandamientos de la Santa Madre Iglesia?

La pregunta logró que Milagros tornase a la realidad: se hallaban las dos en pie, en el interior de la sacristía, frente una mesa de madera labrada tras la que el sacerdote, ya sentado, la interrogaba con gesto adusto. No las invitó a sentarse en las sillas de cortesía. La muchacha no tenía ni idea de aquellos mandamientos. Iba a reconocer su ignorancia, pero recordó el consejo que un día, de muy niña, le había dado el abuelo: «Eres gitana. Nunca digas la verdad a los payos». Sonrió.

—Los sé…, los sé… —respondió entonces—. Los tengo aquí en la puntita de la lengua —añadió tocándosela. El sacerdote esperó unos instantes, los dedos de las manos cruzados sobre el tablero de la mesa—. Pero no quieren salir los muy…

—¿Y las oraciones? —le interrumpió el religioso antes de que la muchacha soltara alguna inconveniencia—. ¿Qué oraciones conoces?

—Todas —contestó ella con seguridad.

—Dime el padrenuestro.

—Su paternidad me ha preguntado si las conozco, no si las sé.

El sacerdote no modificó su semblante. Sabía del carácter de los gitanos. En mala hora le habían encargado que se ocupase de aquella gitana descarada, pero el primer párroco parecía tener mucho interés en bautizarla y en atraer a la comunidad gitana a la iglesia, y él no era más que un simple presbítero sin curato y escasos beneficios. La falta de reacción por parte del religioso envalentonó a Milagros, que llegó a similar conclusión: los curas querían que se bautizase.

—¿Qué tres personas forman la Santísima Trinidad? —insistió el hombre.

—Melchor, Gaspar y Baltasar —exclamó Milagros reprimiendo una risotada. Había escuchado esa expresión de boca de su abuelo, en la gitanería, cuando pretendía burlarse del tío Tomás. Todos se echaban a reír.

En esta ocasión incluso Caridad, que permanecía un paso por detrás de Milagros, parada con su traje de esclava y el sombrero de paja en las manos, dio un respingo. El sacerdote se sorprendió ante aquella reacción.

—¿Tú lo sabes? —le preguntó.

—Sí… padre —contestó Caridad.

El religioso trató de conminarla con gestos a que las enumerara, pero Caridad ya había bajado la mirada y la mantenía en el suelo.

—¿Quiénes son? —terminó inquiriendo.

—El Padre, el Hijo y el Espíritu Santo —recitó ella.

Milagros se volvió hacia su amiga y en esa postura escuchó las siguientes preguntas, todas ellas dirigidas a Caridad.

—¿Estás bautizada?

—Sí, padre.

—¿Sabes el Credo, las demás oraciones y los mandamientos?

—Sí, padre.

—¡Pues enséñaselas! —estalló el hombre señalando a Milagros—. ¿No querías estar acompañada? Como sacerdote, cuando una persona adulta… o que lo parece —agregó con sorna— desea acceder al santo sacramento del bautismo, tengo obligación de conocerla y de atestiguar que rige su vida por las tres virtudes teologales: fe, esperanza y caridad. Escucha: la primera se limita a lo que debe creer todo buen cristiano, y eso está contenido en el Credo. La segunda se refiere a cómo debe obrar, para lo que necesita conocer los mandamientos de Dios y los de la Santa Iglesia, y por último, la tercera: qué puede esperar de Dios, y eso se encuentra en el padrenuestro y las demás oraciones. No vuelvas por aquí sin tener todo eso aprendido —añadió abandonando la idea de adoctrinar a la gitana en el catecismo del padre Eusebio. ¡Se conformaría si aquella desvergonzada fuese capaz de recitar el Credo!

Sin concederle oportunidad de réplica, el sacerdote se levantó de la mesa y movió repetidamente el dorso de ambas manos con los dedos extendidos, como si espantara a un par de animalillos molestos, indicándoles que abandonaran la sacristía.

—¿Cómo ha ido ahí dentro? —se interesó la Trianera, que las esperaba en uno de los accesos a la iglesia, donde había aprovechado para limosnear con discreción, augurando fertilidad a cada una de las jóvenes feligresas que se encaminaban al interior.

—Ya estoy medio bautizada —respondió Milagros con seriedad—. Es cierto —insistió ante la suspicacia que se mostró en el rostro de la vieja gitana—, solo falta la otra mitad.

Pero Reyes no era ninguna paya desaborida y tampoco se quedó atrás.

—Pues vigila, niña —contestó señalándola con un dedo que deslizó en el aire de lado a lado, a la altura de la cintura de la muchacha—, no vaya a ser que te corten de través, para bautizar la mitad que falta, y el gracejo se te escape por algún costado.

A Milagros no le entraban ni las oraciones ni aquellos mandamientos de Dios o de la Iglesia que pretendía enseñarle Caridad y que esta recitaba cansinamente, igual que hacía los domingos en las misas del ingenio cubano. La vieja Bartola, harta de repeticiones entrecortadas matutinas, y sentada en la desvencijada silla que, como si se tratase del mayor tesoro, había traído con ella desde el otro lado del callejón y acomodado junto a la ventana en casa de Milagros, solucionó el problema con un grito.

—¡Cántalas, muchacha! Si las cantas te entrarán.

A partir de aquel día, los apáticos balbuceos se convirtieron en cantinelas y Milagros empezó a aprender oraciones y preceptos a ritmo de fandangos, seguidillas, zarabandas o chaconas.

Fue precisamente esa facilidad natural, ese don que poseía la gitana para absorber música y canciones, lo que le creó los mayores problemas y sinsabores cuando llegó la hora de aprender los villancicos que debía cantar en Santa Ana.

—¿Sabes leer partituras?

Antes de que Milagros contestara, el propio maestro de capilla dio un manotazo al aire al comprender lo ridículo de su pregunta.

—Lo único que sé leer son las líneas de la mano —replicó la joven—, y me ha bastado un suspiro para leer muchas desgracias en la suya.

Milagros estaba tensa. Los miembros de la capilla de música de Santa Ana al completo la juzgaban, y no le había sido difícil imaginar qué era lo que pensaban de ella los niños del coro, el tenor, los demás cantantes y el organista; salvo los niños del coro, todos eran músicos profesionales. ¿Qué hacía una gitana descalza y sucia cantando villancicos en su iglesia?, había podido leer en sus rostros la muchacha.

Y lo que pudo leer ahora en el del maestro, calvo y panzudo, fue una mueca de triunfo que terminó transformándose en un grito atronador.

—¿Leer las líneas de la mano? ¡Fuera de aquí! —El hombre le señaló la salida—. ¡La iglesia no es lugar para sortilegios gitanos! ¡Y llévate a tu negra! —añadió hacia Caridad, apostada lejos de todos ellos.

La propia Trianera, que las esperaba mientras volvía a limosnear en el exterior de la iglesia, esta vez con descaro, como si el hecho de que Milagros fuese a cantar villancicos le concediese una especie de patente, corrió a contarle a su esposo de la expulsión de la muchacha.

—Si ya estuviera casada con Pedro, abofetearía a esa niña caprichosa —le dijo como colofón.

—Ya tendrás oportunidad de hacerlo —se limitó a asegurarle el otro, que se apresuró a acudir a Santa Ana antes de ser llamado a capítulo por el párroco.

Regresó ofuscado: había tenido que pedir mil veces perdón y humillarse frente a un sacerdote colérico. Ya en el callejón, Rafael vio a Milagros, que escuchaba embelesada a Pedro como si nada hubiera sucedido en aquel día radiante de invierno. Desechó la posibilidad de abordarla entonces y buscó la ayuda de Inocencio, con el que regresó a donde charlaban los jóvenes gitanos.

La muchacha ni siquiera los vio llegar, pero Pedro sí, y por los andares y resoplidos de su abuelo pudo prever lo que se avecinaba; se apartó un par de pasos.

—No liberarán a tus padres —le soltó el Conde a Milagros de improviso.

—¿Qué…? —balbució ella.

—Que no los liberarán, Milagros —mintió Inocencio en ayuda del Conde, que había prometido al párroco que Milagros volvería y se comportaría.

—Pero… ¿por qué? Dijeron que los expedientes ya habían salido hacia Málaga y La Carraca.

—Tan sencillo como que van a decir que ha aparecido un nuevo testigo que desmiente todas las demás informaciones secretas —contestó el Conde—. No solo había que estar casado por la Iglesia, también se trataba de acreditar que no se vivía como gitanos, y con los Vega de por medio, poco les va a costar demostrarlo.

Milagros se llevó las manos al rostro. «¿Qué he hecho?», se preguntó desconsolada.

—¿Qué más les da que cante o no cante en la iglesia? —trató de defenderse.

—No lo entiendes, muchacha. Para ellos no hay nada más importante que recuperar para Dios a las ovejas descarriadas. Y esas ovejas descarriadas hoy, después de haber expulsado a los judíos y los moriscos, somos nosotros: los gitanos. Hace varios años que no se cantan villancicos en Santa Ana, y los curas han accedido a recuperar esa tradición ¡cantándolos una gitana! El que tú cantases villancicos en la iglesia significaba mostrar públicamente que habían conseguido atraernos a su seno. ¡Hasta el arzobispo de Sevilla estaba al tanto del proyecto! Pero ahora...

Los dos patriarcas cruzaron una mirada de complicidad tan pronto como se percataron del temblor que asaltó el mentón de Milagros; la muchacha estaba al borde de las lágrimas. Ambos hicieron ademán de marcharse.

—¡No! —los detuvo ella—. ¡Cantaré! ¡Lo juro! ¿Qué se puede hacer? ¿Qué puedo...?

—No lo sabemos, niña —contestó Inocencio.

—Quizá si fueras a pedir perdón... —apuntó Rafael torciendo la boca en señal de que aun así pocas posibilidades tenía.

Y pidió perdón. A los curas. Al maestro. A todos los miembros de la capilla de música, niños incluidos. Caridad la contempló: en pie, cabizbaja, achicada frente a ellos, sin saber qué hacer con aquellas manos acostumbradas a revolotear alegres a su alrededor, arañando cada una de las palabras que le había recomendado Inocencio que dijera.

—Lo siento. Disculpadme. No pretendía ofender a nadie y menos a Jesucristo y a la Virgen en su propia casa. Os ruego que me perdonéis. Me esforzaré por cantar.

La Trianera había dejado de perseguir a los ciudadanos en busca de limosna y había entrado en la iglesia para recrearse en la humillación de la muchacha. «Ya tendrás oportunidad», le había asegurado su esposo, y por Dios que tendría oportunidad de propinarle la bofetada que se merecía.

Después de que varios niños del coro y algunos de los músicos de más edad aceptasen sus disculpas, uno de los presbíteros la conminó a arrodillarse en el suelo frente al altar mayor y a rezar para expiar su falta. Allí, frente a las dieciséis tablas que componían el retablo que se ajustaba a la cabecera ochavada de la iglesia, Milagros, durante las dos horas largas que duraron los ensayos de la capilla de música, balbució la cantinela que llevaba aprendida. Las Navidades se acercaban y había que tener todo preparado.

Pese a sus disculpas, los siguientes días, en los que Rafael dispuso que ya no se cantara en la posada para que Milagros se volcase en Santa Ana, constituyeron un verdadero martirio para una muchacha que, con la libertad de sus padres sobre la conciencia, tenía que morderse la lengua ante los gritos del maestro, que una y otra vez detenía los ensayos para culparla e insultarla, clamando al cielo por la desdicha de tener que bregar con una inculta que nada sabía de solfeo, ni de canto, ni era capaz de sustituir la música de palmas y guitarras por la del órgano.

—¡Una gitana! —se desgañitaba señalándola—, ¡una sucia mendiga que lo que más ha hecho es cantar vulgares romances para borrachos y prostitutas! ¡Ladronas todas las de su ralea!

Milagros, expuesta al escarnio delante de todos, aguantaba sin siquiera esconder las lágrimas que le corrían por las mejillas y cuando volvía a sonar la música se esforzaba en cuerpo y alma. Presentía... tenía la seguridad de que el objetivo del maestro y los demás era impedir que cantase en Navidad y que harían todo lo que fuera para conseguirlo.

Sus sospechas se confirmaron tres días antes de Navidad. El maestro se presentó en el ensayo acompañado por los tres párrocos de Santa Ana; otros presbíteros estaban apostados junto a la sacristía. En esa ocasión no la insultó, pero sus quejas e interrupciones fueron constantes, todas ellas seguidas de desesperadas miradas hacia los párrocos tratando de transmitirles la imposibilidad de que aquello saliera bien.

—Ni siquiera pretendo —se lamentó el maestro en una de las ocasiones— que cante un aria al estilo italiano, aunque eso sería lo que merecería este gran templo. He elegido un villancico español, clásico, con coplas y seguidillas, ¡pero ni así!

Milagros vio a los sacerdotes hablar entre sí y comprobó aterrada cómo su inquietud iba convirtiéndose, con los aspavientos del maestro, en la seguridad de que habían cometido un error.

¡No cantaría! Toda ella tembló. Miró hacia Caridad, quieta en el mismo lugar. Observó horrorizada que el primer párroco abría sus manos en un inequívoco gesto de renuncia.

¡Se iban! Milagros creyó desfallecer. El maestro escondió una sonrisa al tiempo que hacía una pequeña reverencia al paso de los párrocos. «¡Hijo de puta!», masculló por lo bajo la muchacha. El desmayo mudó en ira; ¡perro hijo de puta!

—¡Hijo de...! —estalló antes de que otro grito la interrumpiera.

—¡Maestro! —Reyes, gorda cuan era, cruzaba la iglesia a la carrera. Se detuvo para hacer una torpe genuflexión y santiguarse frente al altar mayor, se levantó y continuó haciéndose cruces sobre la frente y el pecho hasta llegar donde ellos—. Reverendos padres —resopló abriendo los brazos para impedir que continuasen andando—, ¿saben lo que se dice entre mi gente?

El maestro suspiró, los párrocos permanecieron impasibles, como si le concedieran la gracia de exponerlo.

—Al burro viejo, la mayor carga y el peor aparejo —soltó la Trianera.

Alguien de la capilla de música rió, quizá uno de los niños del coro.

—¿Saben lo que significa?

Milagros corría la mirada de unos a otros, incrédula.

—Cuéntanoslo —volvió a concederle el primer párroco con una mirada de aquiescencia.

—Sí. Se lo diré, reverendo padre: significa que los viejos, esos —señaló hacia los cantantes, todos pendientes de la gitana—, son los que tienen que llevar la mayor carga y el peor aparejo. No la niña. No lo conseguirá con ella —añadió hacia el maestro—; solo es una simple gitana, como su merced no se cansa de repetir, una pecadora que pretende ser bautizada. Somos nosotros, los gitanos, los que queremos venir a esta iglesia y escuchar cantar a una de las nuestras para honrar al Niño Jesús en el día en que nació. Escuche. Escuchen todos. Se los sabe. Sabe los villancicos. ¡Silencio todos! —se atrevió a imponer Reyes. Astuta, percibía que su discurso había complacido a los curas, ahora... ahora les tenía que complacer el canto de Milagros—. Canta, niña, canta como tú sabes.

Milagros se arrancó con un villancico, a su manera, dejando de lado las complejas instrucciones que le había venido proporcionando el maestro. Su voz se alzó y resonó en el interior de la iglesia vacía de fieles. Los párrocos se volvieron hacia la muchacha. Detrás de ellos, en la sacristía, uno de los presbíteros se apoyó en la pared y se dejó llevar por el villancico con los ojos cerrados; otro, de más edad, acompañó el ritmo de los cánticos con su mano. No la aplaudieron como en la posada, nadie chilló groserías, pero tan pronto como puso fin al villancico, la muchacha supo que los había cautivado.

—¿La ha escuchado? —Se enfrentó Reyes al maestro.

El hombre asintió con la boca fruncida, sin atreverse a mirar a los curas.

—Pues a partir de ahí, ¡cargue usted a los burros viejos!

Milagros, incapaz de mover un solo músculo para comprobarlo, se preguntó si alguno de ellos sonreiría ahora.

—Que sean los burros viejos los que se adapten al ritmo de la niña, a su tono, a su solfeo o como quiera usted llamar a todas esas zarandajas; ella no es más que una gitana ignorante, la burra joven.

Durante unos instantes tanto Reyes como Milagros creyeron oír hasta cómo meditaban los sacerdotes.

—Así sea —sentenció el primer párroco tras cruzar una mirada con los demás—. Maestro, la muchacha cantará a su manera, tal y como acaba de hacerlo, y que los demás se adapten a ella.

Y allí estaba Milagros la mañana del día de Navidad del año de 1749, vestida de prestado por los curas con un manto negro de paño basto con mangas que le cubría de la cabeza a los pies, descalzos. El día anterior había sido bautizada tras demostrar que sabía murmurar las oraciones y los mandamientos. No le exigieron mayores conocimientos y, como adulta que era, la asperjaron en lugar de sumergirla en la pila bautismal en presencia de sus padrinos: Inocencio y Reyes. Ahora la muchacha miraba de reojo, nerviosa, al gentío que poco a poco se iba acumulando en el interior de Santa Ana, todos limpios, todos con sus mejores galas; los hombres de riguroso negro, a la española, ya que pocos afrancesados que vistieran a lo militar se contaban en el arrabal; las mujeres, sobrias, cubiertas con mantillas negras o blancas, rosarios de nácar y plata, algunos de oro, e infinidad de abanicos que revoloteaban con el constante movimiento de manos enguantadas. Milagros trataba de imaginarse en la posada, donde con la ayuda de la vieja María y Sagrario había logrado dominar el temblor de sus manos y la opresión en el pecho que casi no le permitía respirar, pero el ambiente de la iglesia en nada se parecía al alboroto de los vasos de vino o aguardiente corriendo de mesa en mesa y los hombres abalanzándose sobre las prostitutas. Toda Triana se había dado cita en la iglesia, toda Triana estaba pendiente de los villancicos que iba a cantar la gitana recuperando una tradición perdida hacía bastantes años.

Fijó su atención en el maestro de capilla, panzudo y calvo. Lucía unos anteojos que no le conocía de los ensayos y que le proporcionaban un aspecto grave que contrastaba con sus frenéticas idas y venidas para ordenar y reordenar al coro. No se dignó mirar a Milagros a través de aquellos nuevos anteojos. Entre el rumor de las gentes que esperaban el inicio de la misa y el sonido de los centenares de abanicos y de las cuentas de los rosarios entrechocando, la muchacha añadió al nerviosismo que ya sentía el temor de que el maestro pudiera hacerle una mala jugada. Los últimos ensayos, acomodados a su forma de cantar, habían resultado magníficos, cuando menos eso le había parecido a la gitana, pero ¿quién le aseguraba que el maestro, herido en su orgullo, no se vengaría el día en que toda Triana estaba pendiente de ella? Los curas se enfadarían y la libertad de sus padres volvería a estar en el aire.

Lo que ignoraba la muchacha era que otros habían pensado lo mismo después de que Reyes contara su enfrentamiento público con el maestro de capilla. A Rafael e Inocencio les bastó con una mirada para entenderse, y la misma mañana de Navidad, al amanecer, tres gitanos, dos García y un Carmona, esperaban al maestro a la puerta de su casa. Pocas palabras fueron menester para que el hombre comprendiera que debía hacer de aquella jornada la más esplendorosa de su vida.

En estas había empezado la misa, solemnemente concelebrada por los párrocos titulares de Santa Ana, los tres ataviados con lujosas casullas bordadas en hilo de oro; los demás diáconos seguían la ceremonia desde el mismo altar mayor o desde el coro, casi al final de la nave principal. Milagros observó las filas de fieles más cercanas a la cabecera, en las que se encontraban las familias de los prohombres de Triana. En uno de los extremos de la primera reconoció a Rafael e Inocencio con sus esposas, humildes en sus vestiduras y en su actitud, como si en esta ocasión hubieran dejado la soberbia gitana en sus casas. Los demás, Caridad incluida, debían de hallarse al fondo del templo, suponiendo que hubieran logrado acceder a él, puesto que Santa Ana no era capaz de acoger a todos sus fieles.

Sonó la música y se elevaron los cantos litúrgicos; una música y unos cánticos al estilo italiano que, desde la llegada de los Borbones al trono de España, buscaban más el deleite de los feligreses que elevar en ellos la pasión espiritual como hasta entonces pretendían los compositores con el uso del contrapunto; la razón contra el oído, tal era la discusión en boga entre los maestros de capilla de las grandes catedrales. Milagros encontró la tranquilidad que necesitaba en la leve melodía. En pie, quieta al lado de los músicos, era como si le hablaran a ella antes que a nadie; sus notas le llegaban nítidas, limpias de cuchicheos, ruidos o rumores. Cerró los ojos, escondida en el manto negro que la tapaba de pies a cabeza, y se dejó llevar por la maravillosa polifonía de las voces del coro de niños hasta verse envuelta en un delirio musical en el que, por primera vez desde hacía tiempo, ella no era la protagonista.

Luego, de forma repentina, terminó el maravilloso coro que llenaba la iglesia y dio paso a las palabras de los oficiantes. Milagros contestó al grosero contraste de aquella voz bronca pero pretendidamente melosa abriendo los ojos, humedecidos por unas lágrimas que ni siquiera había sentido brotar. Miró a su alrededor con la visión nublada, sin hacer nada por corregirlo, como si quisiera alargar el momento que acababa de vivir. Entonces percibió su presencia; la percibió igual que hacía unos momentos había vibrado al son de los violines. Por más que sus ojos le mostrasen una mancha borrosa entre Rafael e Inocencio, sabía que era él. Por fin se los limpió con el antebrazo y la sonrisa de su padre restó importancia a su aspecto demacrado, a la herida reseca que le cruzaba una de las mejillas para llegar hasta la frente, al ojo tremendamente hinchado y morado o a las improvisadas y absurdas ropas con las que era evidente que le habían vestido para acudir a la iglesia. Milagros quiso correr hacia él, pero un gesto por su parte se lo impidió. «Canta», silabeó él con los labios. «¿Y madre?», preguntó ella en la misma forma al tiempo que recorría a los presentes sin dar con ella. «Canta», repitió él cuando sus miradas volvieron a encontrarse. «¿Y madre?» La expresión con la que su padre recibió la nueva pregunta la dejó helada. De repente Milagros se dio cuenta: el maestro la miraba incrédulo, los de la capilla también y hasta los sacerdotes ante el altar mayor; los cantantes... ¡La iglesia entera estaba pendiente de ella! No había entrado en el momento en que debía hacerlo. Tembló.

—Canta, mi niña —la animó su padre antes de que fueran los murmullos de las gentes los que rompieran el silencio.

Milagros, hechizada por el inmenso amor en que se vio envuelta por aquellas tres palabras, dio un paso adelante. El maestro volvió a dar entrada a los músicos. La primera nota surgió quebrada y tímida de la garganta de la gitana. La segunda se hinchó ante el llanto con que su padre acogió aquella voz que creía que no volvería a oír nunca. Cantó al niño recién nacido. El estribillo que atacaron los niños del coro le permitió correr la mirada entre los fieles y los reconoció entregados a ella. Luego, cuando el coro cesó, extendió las manos y se irguió como si quisiera que su voz partiera de las mismas nervaduras de los arcos del techo abovedado de Santa Ana para continuar cantando el milagro del nacimiento de Jesús.

El párroco tuvo que carraspear en un par de ocasiones antes de continuar con la misa cuando Milagros puso fin al villancico, pero ella solo prestaba atención a su padre, que se esforzaba por reprimir las lágrimas y mantenerse altivo.

Al fondo de la iglesia, estrujada entre dos hombres, tal era el gentío, Caridad, con el vello erizado, se preguntaba qué había sido de la vieja María y de Melchor. Aunque hubiera sido en una iglesia, estaba segura de que les hubiera gustado escuchar a Milagros.

22

odía desaparecer sin más, como hacía en Triana. ¿Quién le había pedido explicaciones alguna vez? Podría hacerlo en ese mismo momento en que Nicolasa estaba en Jabugo. Ella volvería, encontraría el chozo vacío y comprendería que las amenazas al fin se habían cumplido. «¿No me dijiste que nunca me fiara de un gitano?», «Mientes», «Te quedarás conmigo»… Esas eran las réplicas de la mujer, en algunas ocasiones como si quisiera restar importancia a las amenazas de Melchor, y en otras como si buscara en sus ojos sus verdaderas intenciones. Él le había dicho que le dejase morir. ¡Se lo había dicho! Estaba dispuesto a ello. Le advirtió que la abandonaría y ella decidió no hacerle caso: lo trasladó al chozo, agonizante, eso le contó Nicolasa tan pronto como recuperó la conciencia tras bastantes días de fiebres y de juguetear con la muerte. Había buscado, le dijo también, un cirujano, en el que gastó todos los dineros del Gordo que le quedaban a Melchor.

—¿Todos? —gritó Melchor desde el jergón en el que se hallaba postrado. El dolor por la pérdida de su bolsa fue superior al lacerante desgarro que sintió en las suturas de la herida.

—Los cirujanos no quieren curar a gitanos —le contestó ella—. A fin de cuentas, ¿qué más te da? Si hubieras muerto tampoco los tendrías. Hice lo que consideré oportuno.

—Pero hubiera muerto rico, mujer —se quejó él.

—¿Y?

—¿Quién sabe lo que hay tras la muerte? Seguro que a los gitanos nos permiten regresar a por lo nuestro para pagar al diablo.

Dos meses después, cuando Nicolasa pudo cargar con él desde el jergón hasta la silla dispuesta en la entrada del chozo para que le diese el aire de la sierra y el cirujano dejó de visitarle por considerarlo curado, la mujer confesó a Melchor que también había tenido que entregarle el caballo del Gordo… y sus dos monedas de oro.

—Amenazó con denunciar tu presencia al alguacil.

Enfurecido, Melchor hizo amago de levantarse de la silla, pero ni siquiera consiguió mover las piernas y a punto estuvo de caer al suelo. Los perros ladraron antes de que Nicolasa le reprendiese. Volver a andar con cierta soltura le costaría otro par de meses más.

—Espera a que llegue la primavera —le recomendó ella ante un nuevo intento por partir—. Todavía estás muy débil, el invierno es crudo y la sierra peligrosa. Los lobos están hambrientos. Además, quizá hayan liberado a los tuyos; tómate tiempo.

Nicolasa le había ido transmitiendo las noticias que recogía en Jabugo acerca de la suerte de los gitanos; mochileros y contrabandistas sabían cosas. Primero se vio obligada a confirmarle aquellas palabras del Gordo que a punto habían estado de costarle la vida: sí, todos los gitanos del reino habían sido detenidos a la vez; Sevilla y con ella Triana no habían sido la excepción. Melchor no le preguntó por qué no se lo había dicho en su momento: ya conocía la respuesta. En noviembre, sin embargo, Nicolasa sí corrió a contarle la buena nueva: ¡los liberaban!

—Seguro —reiteró—. La gente habla de partidas de gitanos de Cáceres, Trujillo, Zafra o Villanueva de la Serena que han vuelto a sus pueblos y al tabaco. Los han visto y han hablado con ellos.

»Tómate tiempo —volvió a suplicarle aquel día.

Nicolasa solo pedía tiempo. «¿Para qué?», se preguntaba la mujer sin hallar respuesta. Melchor estaba decidido; lo veía en sus ojos, en los esfuerzos que el perezoso gitano, que antes dejaba transcurrir las horas sentado a la puerta del chozo, hacía para volver a andar; en la melancolía que podía palparse en él cuando perdía la vista en el horizonte. ¿Y ella? Solo rezaba por el día siguiente..., rezaba para que, al regresar de adondequiera que hubiera ido, lo encontrase allí. En secreto, había ordenado a los perros que se quedaran con Melchor, pero los animales, sensibles a su desasosiego, no la obedecían y se pegaban a sus piernas, como prometiéndole que ellos nunca le fallarían. ¿Para qué quería aquel tiempo, se preguntaba, si cuando tenía un presentimiento aciago malvivía corriendo desde la pocilga o el saladero para comprobar, escondida, que todavía no la había abandonado? Pero lo quería; había llorado por él las lágrimas que había negado a sus propios hijos durante las eternas jornadas en que se vio obligada a velar sus fiebres y delirios, lo había alimentado como a un pajarillo, le había lavado el cuerpo y curado la herida y las llagas, ¡mil promesas a Cristo y a todos los santos habían partido de su boca si le permitían vivir! Tiempo... ¡habría dado una mano por solo un día más a su lado!

—De acuerdo —cedió Melchor tras recapacitar. Sentía que debía partir incluso a riesgo del frío y la debilidad. Su instinto le decía que ese era el momento, pero Nicolasa..., el sucio rostro de la mujer le convenció—. Partiré con la primavera —afirmó, seguro de que ya no cabría discusión al respecto.

—¿No me engañas?

—No quieres entender, mujer. ¿Cómo sabrías que no vuelvo a engañarte si te aseguro que no?

Con anterioridad a la llegada de la primavera, sin atreverse a mirar por la ventana, Milagros escuchaba el griterío que formaban en el callejón de San Miguel los centenares de gitanos que habían acudido a su boda. Pese a las circunstancias, la invitación de los García y los Carmona a sus familiares dispersos produjo la llegada masiva de gitanos de todos los puntos de Andalucía y algunos otros más lejanos; ¡hasta de Cataluña se habían desplazado varios de ellos! Milagros observó su sencillo vestido: blanco, como el de las novias payas, adornado con algunas cintas de colores y flores;

después de la misa lo mudaría por otro de color verde y rojo que le había regalado su padre.

Unas lágrimas corrieron por las mejillas de la muchacha. Su padre se acercó a ella y la agarró de los hombros.

—¿Estás preparada?

José Carmona había ratificado el compromiso concertado por Inocencio; era consciente de que su libertad se debía a esa boda y no rompería la palabra que había dado el patriarca.

—Me gustaría que estuviera conmigo —contestó Milagros.

José apretó los hombros de su hija, como si no se atreviese a acercarse a ella y manchar el vestido blanco. Tal y como augurara la Trianera, Ana no había obtenido la libertad y el gitano había acogido la noticia con disimulado agrado. Ana Vega no habría consentido aquella boda, y las discusiones y los problemas se habrían reproducido. Con Ana en Málaga y en ausencia de Melchor, José disfrutaba de su hija como no recordaba haberlo hecho en su vida. Exultante ante su compromiso con Pedro García, Milagros había compartido con su padre aquella felicidad; desde que había regresado de La Carraca, José vivía embelesado en el cariño que en todo momento le manifestaba su hija. ¿Para qué quería él que liberaran a su mujer? Sin embargo, a fin de calmar a Milagros, ambos acudieron a reclamar ante las autoridades, pero sus gestiones fueron baldías. ¿Qué importaba que esa tal Ana Vega estuviera casada y que hubiera testigos que afirmasen que había vivido con arreglo a las leyes? ¡Imposible! ¡Mentían! Había sido condenada por la justicia malagueña y desde entonces la lista de denuncias y castigos que acumulaba era interminable.

—El día antes de que el corregidor de Málaga contestara a nuestro oficio —les dijo un funcionario mientras repicaba con un dedo sobre los papeles extendidos sobre el escritorio—, tu esposa se lanzó a dentelladas contra un soldado y le arrancó media oreja. ¿Cómo quieres que liberen a semejante animal? ¡Atenta a lo que vas a decir, muchacha! —se adelantó el hombre al intento de replicar por parte de Milagros—. Ten cuidado no sea que tú acabes en la cárcel de la ciudad y tu padre vuelva a La Carraca.

Milagros pidió a su padre que fueran a Málaga para intentar ver a Ana.

—Tenemos prohibido viajar —se opuso aquel—. Dentro de poco contraerás matrimonio, ¿qué sucedería si te detuvieran?

Ella bajó la vista.

—Pero…

—Estoy intentando llegar a ella a través de terceros —mintió José—. Todos estamos haciendo lo posible, hija, no te quepa duda.

José Carmona fue de los últimos gitanos puestos en libertad. A partir del año 1750 se sucedieron ante el Consejo las denuncias de presiones por parte de los gitanos para influir en los expedientes secretos, y las autoridades consideraron que todo aquel que con anterioridad al mes de diciembre no hubiera conseguido superar el examen, debía ser considerado culpable… de ser gitano. Miles de ellos, Ana Vega incluida, se enfrentaron a partir de entonces a la esclavitud de por vida.

—Tu madre siempre estará con nosotros —retomó la conversación José el día de la boda, tratando de parecer convincente—. Algún día volverá. ¡Seguro!

Milagros frunció los labios; quería creer a su padre. Su afirmación resonó extraña en el interior del piso de los Carmona, libre del griterío entre el que hasta entonces habían venido conversando. Padre e hija se miraron: el silencio reinaba en el callejón.

—Ya vienen —anunció José.

Reyes y Bartola por parte de los García; Rosario y otra anciana llamada Felisa por los Carmona. Las cuatro gitanas habían cruzado solemnemente el callejón para dirigirse a casa del padre de la novia. La gente les abría paso y callaba a medida que se acercaban al edificio. En el momento en que sus figuras se perdieron más allá del patio de entrada al corral de vecinos, hombres y mujeres se arremolinaron en silencio bajo la ventana del domicilio de Milagros.

—Te quiero, mi niña —se despidió José Carmona al escuchar los pasos de las gitanas ya en la puerta abierta del domicilio. No necesitó que las viejas le conminaran—. Vamos, morena —añadió hacia Caridad encaminándose ya escaleras abajo.

Caridad dirigió una sonrisa forzada hacia Milagros —sabía el porqué de la presencia de las viejas, la muchacha se lo había contado—, y siguió los pasos de José, que, tras enterarse de la ayuda que había prestado a su hija durante la detención y posterior fuga, había terminado aceptándola con ellos.

La Trianera no se anduvo con remilgos.

—¿Estás lista, Milagros? —inquirió.

No se atrevió a mirar a las mujeres a los ojos. ¡Qué diferente hubiera sido si entre ellas estuviera la vieja María! Rezongaría, se quejaría, pero al final la trataría con una ternura que no esperaba de esas. Había rogado a su padre que la buscase, que se interesase por su suerte. Ella misma continuaba preguntando a cuantos gitanos nuevos aparecían por Triana por si hubiera decidido ir a algún otro lugar. Nadie sabía nada; nadie le dio razón.

—¿Estás lista? —repitió la Trianera interrumpiendo sus pensamientos.

—Sí —titubeó. ¿Estaba lista?

—Túmbate en el jergón y levántate la falda —escuchó que le ordenaban.

Le había dolido el manoseo de aquel bellaco joven de Camas, cuando el canalla introdujo uno de sus dedos repugnantes en el interior de su cuerpo. Se había sentido mancillada… ¡y culpable! Y en ese momento el temor volvió a asaltarla.

—Milagros —Rosario Carmona le habló con dulzura—, hay mucha gente esperando en el callejón. No los impacientemos y crean que… Túmbate, haz el favor.

¿Y si el de Camas le había robado la virginidad? No se casaría con Pedro, no habría boda.

Se tumbó sobre el jergón y, con los párpados temblando de la fuerza con que los mantenía cerrados, se levantó falda y enaguas y descubrió su pubis. Notó que alguien se arrodillaba a su lado. No se atrevió a mirar.

Transcurrieron los segundos y nadie hacía nada. ¿Qué…?

—Abre las piernas —interrumpió sus pensamientos la Trianera—. ¿Cómo pretendes…?

—¡Reyes! —reprendió Rosario a la mujer por su tono—. Niña, abre las piernas, por favor.

Milagros se limitó a entreabrirlas con timidez. La Trianera alzó la cabeza y negó en dirección a Rosario Carmona; «¿Qué hago ahora?», le preguntó con gesto impertinente. Unos días antes, Rosario había tratado de hablar con Milagros. «Ya sé lo que es», contestó ella eludiendo la conversación. ¡Todas las gitanas lo sabían! Además, la vieja María le había dicho en qué consistía, pero nunca la preparó para ello ni entró en detalles, y ahora, tumbada en el jergón, desnuda de cintura para abajo, mostraba impúdicamente su intimidad a cuatro mujeres que en aquel momento se le aparecían como unas desconocidas. ¡Ni siquiera su madre la había visto así!

—Niña… —quiso rogarle Rosario.

Pero la Trianera interrumpió sus palabras agarrando las piernas de Milagros y abriéndolas cuanto pudo.

—Ahora encoge las rodillas —le ordenó acompañando sus palabras con el decidido movimiento de sus manos.

—¡No te muerdas el labio, muchacha! —advirtió otra de las mujeres.

Milagros obedeció y dejó de hacerlo justo en el momento en que los dedos de la Trianera envueltos en un pañuelo toquetearon su vulva hasta encontrar el orificio de entrada a la vagina, donde los hincó con tal vigor, que le pareció como si le hubieran asestado una puñalada: se combó sobre la espalda, con los puños cerrados a sus costados y las lágrimas mezclándose con el sudor frío que empapaba su rostro. Al sentir cómo los dedos arañaban su vagina reprimió un aullido de dolor. Sin embargo, abrió desmesuradamente la boca cuando la Trianera hurgó en su interior.

—¡No grites! —le exigió Rosario.

—¡Aguanta! —le conminó otra.

Un aguijonazo. Los dedos abandonaban su interior.

Milagros dejó caer a peso la espalda sobre el jergón. Las cabezas de las cuatro gitanas se cernieron sobre el pañuelo mientras Milagros llenaba sus pulmones de un aire que le faltaba desde el primer momento. Mantuvo los ojos cerrados y gimió al tiempo que ladeaba la cabeza sobre el jergón.

—¡Bien, Milagros! —escuchó que decía Rosario.

—¡Bravo, muchacha! —la felicitaron las demás.

Y mientras Rosario le recomponía falda y enaguas, Reyes García se dirigió a la ventana y en actitud triunfante mostró el pañuelo manchado de sangre a los gitanos que esperaban abajo. Los vítores no se hicieron esperar.

Milagros los había mantenido escondidos y se los entregó por sorpresa antes de salir hacia la iglesia, después de que la Trianera y las otras tres gitanas permitieran que su padre y Caridad accedieran de nuevo al piso; un collar de coral, una pulserita de oro y una mantilla de raso negra estampada con flores coloridas que había conseguido prestados para la boda. La gitana ensanchó la boca en una sonrisa tras entrar en la iglesia de Santa Ana y reparar en Caridad, situada en primera fila, a la vera de su padre, tratando de permanecer tan erguida como los gitanos que la rodeaban y ataviada con su vestido colorado, la mantilla sobre los hombros y las joyas en cuello y muñeca. En lo que no reparó la muchacha fue en lo forzado de la sonrisa con que Caridad respondió a la suya: presentía que tras el matrimonio, su amistad decaería.

—¿Seguiremos siendo amigas después de la boda? —se había atrevido a preguntarle Caridad con voz temblorosa, después de un largo circunloquio plagado de carraspeos y titubeos, algunos días antes de la boda.

—¡Claro que sí! —afirmó Milagros—. Pedro será mi marido, mi hombre, pero tú siempre serás mi mejor amiga. ¿Cómo podría olvidar lo que hemos pasado juntas?

Caridad ahogó un suspiro.

—Vivirás conmigo —había asegurado Milagros después.

El torrente de gratitud y cariño que destilaron los ojillos de su amiga le impidieron reconocer que ni siquiera había planteado aquella posibilidad a Pedro.

—Te quiero, Cachita —susurró en su lugar.

Sin embargo, lo cierto era que ambas se habían ido distanciando. Milagros no había vuelto a cantar en la parroquia ni en la posada después de los villancicos de Navidad. De vez en cuando

Rafael García contrataba para ella saraos particulares en casas de nobles y principales sevillanos, de los que obtenían mayores beneficios que las míseras monedas con que les premiaban los clientes de Bienvenido. Caridad había sido excluida de aquellas fiestas por orden de la Trianera. Con esos dineros y tantos otros que los padres de los novios tuvieron que pedir prestados, pudieron pagar los fastos de una boda que se iba a prolongar tres días; no había familia gitana en España que no se arruinase a la hora de celebrar un enlace matrimonial.

En el fugaz cruce de miradas, Milagros fue incapaz de reconocer la impostura en la sonrisa de su amiga: su atención se centraba en Pedro García, el joven gitano que, vestido con chaquetilla morada, calzón blanco, medias rojas, zapatos de punta cuadrada con hebillas de plata y montera en mano, parecía alentarla con su magnífica presencia a ponerse a su altura, frente al altar. ¿Estaría ella tan guapa y elegante?, dudó la muchacha.

Pedro extendió una mano y con su solo roce la aprensión por su aspecto se desvaneció entre un millar de alfilerazos, como si las pavesas de la mayor fragua trianera hubieran estallado en su derredor. El gitano presionó su mano en el momento en que se volvieron hacia el párroco y Milagros cerró sus sentidos a todo lo que no fuera el contacto de sus manos, a su aroma, a su estremecedora cercanía; no había logrado percibir todo ello en la vorágine de la ceremonia gitana que acababan de celebrar, y en la que el abuelo de Pedro había partido un pan en dos pedazos para que, una vez salados, los intercambiasen entre ellos para considerarse casados conforme a su ley. Allí, en la iglesia, el respetuoso silencio del lugar contrastando con los gritos y las felicitaciones que todavía resonaban en sus oídos, Milagros permaneció ajena a sermones y oraciones, y la misa transcurrió para ella entre sentimientos contradictorios. Frente al altar, dispuesta a contraer matrimonio con un García, su madre, el abuelo y la vieja María arremetieron contra su ánimo; ninguno de ellos habría consentido aquel enlace. «Nunca olvides que eres una Vega», resonó en su memoria. A cada asalto de duda que asomaba a su mente, Milagros se refugiaba en Pedro: apretaba su mano y él respondía; un futuro feliz se abría ante ellos, lo presentía, y le miraba para deshacerse del rostro contrariado del abuelo, ¡qué guapo era! «Se lo dije, madre, lo quiero a él, ¿qué me recrimina? Se lo advertí.» «Lo quiero, lo quiero, lo quiero.»

El repique de campanas al término de la celebración puso fin a su lucha interna. Contempló el anillo que portaba en su dedo; Pedro lo había introducido en él, sonriéndole, acariciándola con la mirada, prometiéndole felicidad con su presencia. ¡Su hombre! Desde la iglesia fue llevada casi en volandas hasta el callejón. No tuvo oportunidad de cambiarse de ropa como tenía previsto. En cuanto llegó, las mujeres la recibieron con cestas repletas de pasteles que los gitanos terminaron lanzándose entre ellos. Bailó con su ya esposo en el patio de los García, sobre un lecho de dulces de yema de huevo que pisotearon hasta convertirlos en una masa que se pegaba a sus pies y salpicaba su cuerpo. Pedro la besó con pasión y ella se estremeció de placer; volvió a besarla y Milagros creyó fundirse. Luego, en el mismo lugar, sobre los dulces de yema, bailó con los demás miembros de las dos familias y, sin tiempo para pensar, se vio obligada a salir al callejón, abarrotado de gitanos que bebían, comían, cantaban y bailaban. Allí, como si el mundo fuera a acabarse, a un ritmo frenético, pasó de mano en mano hasta el anochecer; ni siquiera volvió a ver a Caridad, ni pudo volver a bailar con Pedro para deshacerse en otro de aquellos maravillosos besos.

La gran afluencia de invitados hacía que todas las casas del callejón estuvieran a rebosar. A los novios, sin embargo, les habían reservado una estancia en el piso del Conde. Los comentarios obscenos de los jóvenes que les siguieron hasta la misma puerta, tan pronto como Pedro la agarró de la mano y tiró de ella interrumpiendo públicamente uno más de sus bailes enfrentada a un rostro desconocido, se hicieron ininteligibles para Milagros, agotada, perdida ya la cabeza por el vino, los gritos y las mil vueltas a las que se había visto sometida durante todo el día.

Intentó sentarse en algún lugar en cuanto los dos se quedaron solos; temía desplomarse, pero su joven esposo no se lo iba a permitir.

—Desnúdate —la apremió al tiempo que él se quitaba la camisa.

Milagros lo miró sin verlo, entre una nube espesa, la cabeza dándole vueltas.

Pedro empezó a quitarse los calzones.

—¡Venga!

Milagros llegó a escuchar que la urgía entre el atronador rugido de aquellos mismos jóvenes que los habían acompañado y que ahora estaban bajo la ventana.

El miembro de Pedro, grande y erecto, la hizo reaccionar y retrocedió un paso.

—No tengas miedo —le dijo él.

Milagros no percibió ternura alguna en su voz. Lo vio acercarse a ella y luchar por quitarle el vestido. Su pene la rozó una y otra vez mientras forcejeaba con sus ropas. Entonces se volvió a ver desnuda, como por la mañana con la Trianera, pero en esta ocasión de cuerpo entero. Él le apretó los pechos y mordisqueó sus pezones. Corrió las manos por sus nalgas y su entrepierna. Jadeaba. Chupó algunos restos resecos de yema de huevo azucarada adheridos a su piel mientras jugueteaba con sus dedos entre los labios de su vulva buscando... Un escalofrío recorrió el cuerpo de Milagros cuando él alcanzó su clítoris. ¿Qué era aquello? Sintió que su vulva se lubricaba y que su respiración se aceleraba. El cansancio que la mantenía distante se desvaneció y se atrevió a echar los brazos por encima de los hombros de su esposo.

—No tengo miedo —le susurró.

Sin separar sus cuerpos, trastabillaron y rieron hasta llegar a tumbarse sobre una cama con patas que Rafael e Inocencio habían pedido prestada para la ocasión. Milagros abrió las piernas, como cuando lo de Reyes, y Pedro penetró en ella. El dolor que sintió la muchacha se perdió en sus entrecortadas declaraciones de amor.

—Te quiero..., Pedro. ¡Cuánto... cuánto he soñado con este momento!

Él no contestó a las promesas que surgieron de boca de Milagros. Apoyado en la cama sobre las manos, su torso alzado sobre ella, la miraba con el rostro congestionado mientras procuraba el máximo contacto con su pubis, empujando con firmeza, atrapándola para fundirse con ella. El dolor fue desapareciendo en Milagros al tiempo que sus palabras. Un goce hasta entonces ignorado, imposible de imaginar, empezó a fluir de su bajo vientre para instalarse en el más secreto de los rincones de su cuerpo. Pedro continuaba empujando y Milagros se estremecía ante un placer que se le asemejó terrorífico... por inacabable. Jadeó y sudó. Sintió sus pezones erectos, como si pretendieran reventar y no lo consiguieran. Se apretó contra él y le clavó las uñas en los antebrazos persiguiendo liberarse de unas sensaciones que amenazaban con enloquecerla. ¿Qué fin podía tener aquel placer que reclamaba satisfacción, que exigía alcanzar un cenit desconocido para ella? De repente Pedro estalló en su interior con un aullido que se prolongó durante su última acometida y la incontrolable ansiedad de Milagros terminó desvaneciéndose, decepcionada entre el griterío que no había cesado y que entonces volvió a llenar la estancia para recordarle que todo había terminado. Pedro se dejó caer sobre ella y llenó su cuello de besos.

—¿Te ha gustado? —preguntó arrimando los labios a su oreja.

¿Le había gustado? Deseaba más, ¿o no? ¿Qué era lo que tenía que esperar?

—Ha sido maravilloso —contestó en un susurro.

Súbitamente, Pedro se levantó, se vistió los calzones y con el torso desnudo se asomó a la ventana, desde donde saludó a los gitanos que esperaban abajo. La segunda vez en el mismo día que alguien alardeaba en público a través de la ventana por causa suya, se lamentó Milagros al oír los vítores que arreciaron. Luego, él se acercó a la cama y le acarició la mejilla con el dorso de su mano.

—La gitana más bella del mundo —la halagó—. Duerme y descansa, preciosa, te quedan por delante dos días de fiesta.

Terminó de vestirse y bajó al callejón.

—Ven a calentarme, morena —le ordenó José Carmona.

Caridad dejó de torcer el cigarro. Trabajaba para José casi desde el mismo día en que, tras la fiesta de bodas, el Conde se había negado en redondo a que continuara al lado de Milagros y viviese con los García. Entonces José Carmona la acogió en su casa, conmovido por el llanto de su hija, aunque Caridad llegó a dudar de si las lágrimas de su amiga eran por ella o por la bofetada con que la Trianera había acallado las quejas y lamentos de Milagros en la que sería su nueva casa. Luego, el gitano se procuró hojas de tabaco para que ella las torciese y así engrosar su paupérrima bolsa. De ahí a que la llamara a su lecho para calentarlo ni siquiera transcurrió una semana.

—¿No me has oído, morena?

Los hábiles dedos de Caridad se crisparon sobre la hoja que formaba la capa del cigarro. Las capas eran las mejores, en las que el comprador fijaba su atención. Nunca hubiera hecho algo similar: estropear aquella buena hoja de tabaco que tan cuidadosamente había elegido para cubrir el torcido, pero, como si sus dedos tuvieran vida propia, observó atónita cómo se rasgaba a medida que sus uñas se clavaban en ella.

Se levantó de la mesa en la que trabajaba y se dirigió al jergón donde se encontraba José Carmona. Sabía que el gitano la manosearía durante un rato, la montaría por delante o por detrás, se quejaría de su indiferencia una vez más, «Mejor sería fornicar con una mula», le había dicho en la última ocasión, y terminaría roncando agarrado a ella.

Se despojó de su camisa de esclava con los dientes prietos y los ojos humedecidos y se tumbó al lado del gitano. José metió la cabeza entre sus pechos y le mordisqueó los pezones. Le dolieron sus dentelladas y, sin embargo, nada hizo por impedirlas; merecía aquel castigo, se repetía noche tras noche. Caridad había cambiado. Lo que hasta aquel momento de su vida no le había producido ninguna sensación —pasar de mano en mano como el animal que le habían enseñado a ser en la vega tabaquera— ahora la asqueaba y le repugnaba. ¡Melchor! Lo estaba traicionando. José Carmona recorrió su cuerpo con las manos. Caridad no pudo impedir encogerse, en tensión. El gitano siquiera se apercibió. ¿Qué habría sido de Melchor? Muchos lo daban por muerto, Milagros entre ellos. Los rumores sobre una reyerta entre contrabandistas en la que al parecer se había visto implicado habían llegado hasta Triana, pero nadie estaba en condiciones de afirmar nada con certeza. Todos hablaban de lo que les habían contado otros que a su vez habían recibido la noticia de terceros. Sin embargo ella sabía que no, que Melchor no estaba muerto. José no le permitía cantar, decía que le cansaban los cantos de negros, aunque renunció a impedirle tararear por lo bajo aquellos ritmos que, junto al aroma del tabaco, la transportaban a sus orígenes. Y Caridad canturreaba mientras trabajaba imaginando que el hombre que permanecía tumbado tras ella era Melchor. En las noches cerradas, cuando José dormía profundamente, buscaba a sus dioses: Oshún, Oyá… ¡Eleggua!, el que dispone de las vidas de los hombres a su antojo, el que le había permitido vivir cuando Melchor la encontró bajo un árbol. Entonces fumaba y cantaba hasta embriagar sus sentidos y disponerlos para recibir la presencia del mayor de los dioses. Melchor vivía. Eleggua se lo confirmó.

José Carmona culebreó encima del cuerpo de Caridad tratando de introducirse en ella. Ella no quería abrir sus piernas.

—¡Muévete, maldita negra! —le exigió una noche más el gitano.

Y lo hizo, con la culpa asolando el último rincón de su conciencia, pero ¿qué podía hacer si no? Perdería a Milagros. José la echaría. Rafael García la expulsaría del callejón sin contemplaciones. Era allí, con los suyos, con los gitanos, junto a su nieta, donde debía esperar a Melchor. Cerró los ojos rendida al reencuentro con aquella sensación tan nueva y desconocida para ella ante un hombre que la montaba: repugnancia.

—¡Morena!

Caridad entreabrió los ojos. La incipiente luz del amanecer todavía dejaba en sombras la mayor parte de la casa. Le costó entender. José roncaba abrazado a ella. Trató de desperezar su visión. Una mancha amarilla, desleída, se hallaba en pie junto a ella.

—¿Qué haces ahí?

Caridad se incorporó de un salto al reconocer la voz.

—¿Y mi hija? ¿Dónde está Ana?

¡Melchor! Caridad se encontró sentada en el jergón ante él, con los pechos al aire. Tiró de la manta para tapárselos; una oleada de calor sofocante acudió a su rostro. José refunfuñó en sueños.

El gitano no fue capaz de impedir que su mirada se centrase en aquellos pechos negros y las grandes areolas que rodeaban sus pezones. Él los había deseado… y ahora…

—¿Por qué estás acostada con ese…, ese…? —No le surgieron las palabras; en su lugar señaló hacia José con la mano temblorosa.

Caridad se mantuvo en silencio, la mirada escondida.

—Despierta a ese canalla —le ordenó entonces.

La mujer zarandeó a José, que tardó en comprender.

—Melchor —saludó con voz pastosa al tiempo que se levantaba desgreñado y trataba de recomponer su camisa—, ya era hora de que volvieses. Siempre has tenido el don de desaparecer en los momentos…

—¿Y mi hija? —le interrumpió el abuelo, con el rostro congestionado—. ¿Qué hace la morena en tu lecho? ¿Y mi nieta?

El Carmona se llevó la mano al mentón y se lo frotó antes de contestar.

—Milagros está bien. Ana continúa detenida en Málaga.

José dio la espalda a su suegro y se dirigió a la alacena para servirse un vaso de agua de una jarra que Caridad mantenía siempre llena.

—No hay forma de que la suelten —añadió ya de frente, tras sorber un trago—, parece que la sangre Vega siempre origina problemas. ¿La morena? —añadió con un gesto despectivo hacia Caridad—, calienta mis noches, poco más puede esperarse de ella.

Caridad se sorprendió escrutando a Melchor: las arrugas que surcaban su rostro parecían haberse multiplicado, pero pese a la casaca amarilla que colgaba de sus hombros como un saco, no había perdido su porte de gitano ni aquella mirada capaz de atravesar las piedras. Melchor percibió el interés de Caridad y volvió la cabeza hacia ella, quien no aguantó su mirada y alzó todavía más la manta con la que cubría sus pechos; le había fallado, sus ojos se lo reprochaban.

—Canta bien —dijo entonces Melchor con un tremendo deje de tristeza que erizó el vello de Caridad.

—¿Cantar dices? —rió José.

—¡Qué sabrás tú! —murmuró Melchor arrastrando las palabras, la vista todavía en Caridad. Llegó a desearla, pero había renunciado a su cuerpo para continuar escuchando aquellos cantos que rezumaban dolor, y ahora la encontraba en manos del Carmona. Negó con la cabeza—. ¿Qué has hecho por la libertad de mi hija? —saltó de repente, con voz cansina.

Con esa pregunta Caridad supo que ya no era objeto de atención por parte de Melchor y alzó la mirada para contemplar a los dos gitanos a la luz del amanecer: el abuelo descarnado en su casaca amarilla; el herrero, de pecho, cuello y brazos fuertes, plantado con soberbia frente al viejo.

—Por mi esposa… —le corrigió José arrastrando las palabras— he hecho cuanto se puede hacer. Tú tienes la culpa, viejo: el estigma de tu sangre la ha llevado a la perdición, como a todos los Vega. Solo el indulto del rey la sacaría de la cárcel.

—¿Qué haces entonces aquí, disfrutando de mi negra, en lugar de estar en la corte procurando ese indulto?

José se limitó a negar con la cabeza y a fruncir los labios, como si aquello fuera imposible.

—¿Dónde está mi nieta? —inquirió entonces el abuelo.

Caridad tembló.

—Vive con su esposo —contestó José—, como es su deber.

Melchor esperó unas explicaciones que no llegaron.

—¿Qué esposo? —terminó preguntando.

El otro se irguió amenazador.

—¿No lo sabes?

—He caminado día y noche para llegar aquí. No, no lo sé.

—Rafael García, el nieto del Conde.

Melchor trató de hablar pero sus palabras se convirtieron en un balbuceo ininteligible.

—Olvídate de Milagros. No es tu problema —le espetó José.

Melchor boqueó en busca de aire. Caridad lo vio llevarse una mano al costado y doblarse con un rictus de dolor.

—Estás viejo, Galeote…

Melchor no escuchó el resto de las palabras de su yerno. «Estás viejo, Galeote», las mismas palabras que le había escupido el Gordo en el camino de Barrancos. Caridad entregada al Carmona, su hija detenida en Málaga, y Milagros, su niña, lo que más quería en ese perro mundo, viviendo con Rafael García, obedeciendo a Rafael García, ¡fornicando con el nieto de Rafael García! La herida que creía curada pugnaba ahora por reventar su estómago. Había renunciado a vengarse de Rafael García por Milagros, la criatura que Basilio puso en sus brazos a su regreso de galeras. ¿De qué había servido? Su sangre, la sangre de los Vega, precisamente la de aquella niña, se mezclaría con la de quienes le habían traicionado y robado diez años de su vida. Se retorció de dolor. Deseaba morir. ¡Su niña! Trastabilló. Buscó algún lugar en el que encontrar apoyo. Caridad se levantó de un salto para ayudarle. José dio un paso hacia él. Ninguno de los dos llegó. Antes de que lo consiguieran, el dolor mudado en cólera, enajenado, ciego de ira, sacó la navaja de su faja y tal como la abría se abalanzó sobre su yerno.

—¡Traidor, hijo de puta! —aulló al tiempo que hundía el arma en el pecho del Carmona, allí donde su corazón.

Solo llegó a comprender en toda su magnitud lo que había hecho al enfrentarse a los sorprendidos ojos de José Carmona, que ya presentían su muerte. ¡Acababa de asesinar al padre de su nieta!

Caridad, desnuda, se quedó quieta a medio camino y presenció las convulsiones que anunciaron la muerte del gitano, tendido en el suelo, con un gran charco de sangre formándose a su alrededor. Melchor trató de erguirse, pero no lo consiguió por completo, y llevó la mano ensangrentada que sostenía la navaja a la herida que le había infligido el Gordo.

—Traidor —repitió entonces más para Caridad que hacia el cadáver del Carmona—. Era un perro traidor —quiso excusarse ante la atemorizada expresión de la mujer. Pensó un instante. Recorrió la habitación con la mirada—. Vístete y ve a buscar a mi nieta —la apremió—. Dile que su padre la manda llamar. No le hables de mí; nadie debe enterarse de que estoy aquí.

Caridad obedeció. Mientras cruzaba el callejón y volvía con Milagros, preocupada esta por el pertinaz silencio con que la mujer negra acogía sus preguntas, Melchor arrastró con grandes dificultades el cadáver de José hasta esconderlo en la habitación contigua. ¿Cuál sería la reacción de Milagros? Era su padre y lo quería, pero el Carmona se lo había merecido... No le dio tiempo a limpiar el rastro de sangre que cruzaba la estancia, ni la gran mancha que brillaba húmeda en el centro, ni la hoja de su navaja, ni su casaca amarilla; Milagros solo lo vio a él y se lanzó a sus brazos.

—¡Abuelo! —gritó. Luego las palabras se atragantaron en su boca, mezcladas con sollozos de alegría.

Melchor dudó, pero al final la abrazó también y la meció.

—Milagros —susurraba una y otra vez.

Caridad, tras ellos, no pudo evitar seguir con la mirada el rastro de sangre hasta la habitación, antes de volver a centrarla en nieta y abuelo, y volver otra vez a la mancha de sangre del centro de la habitación.

—Vámonos, niña —soltó de repente Melchor.

—¡Pero si acaba de llegar! —respondió Milagros separándose de él con una amplia sonrisa en su boca, sus brazos todavía agarrándolo, con la intención de contemplarlo por entero.

—No... —rectificó Melchor—. Quiero decir que nos vamos de aquí... de Triana.

Milagros vio la casaca manchada de su abuelo. Torció el gesto y comprobó sus propias ropas, impregnadas de sangre.

—¿Qué...?

La muchacha miró más allá de Melchor.

—Vámonos, niña. Iremos a Madrid, a suplicar la libertad de...

—¿Y esa sangre? —le interrumpió ella.

Se separó del abuelo y evitó que este pudiera retenerla. Descubrió el rastro. Caridad la vio temblar primero y luego llevarse las manos a la cabeza. Ninguno de los dos la siguió a la habitación contigua, desde la que no tardó en llegarles un alarido que se mezcló con el martilleo de los herreros, que ya habían iniciado su jornada. Caridad, como si el desgarrador grito de su amiga la empujara, retrocedió hasta dar con su espalda en la pared. Melchor se llevó una mano al rostro y cerró los ojos.

—¿Qué ha hecho? —La acusación surgió rota de la garganta de Milagros; la muchacha buscaba apoyo en el dintel del hueco entre las habitaciones—. ¿Por qué…?

—¡Nos traicionó! —reaccionó Melchor alzando la voz.

—Asesino. —Milagros destilaba ira—. Asesino —repitió arrastrando las letras.

—Traicionó a los Vega casándote…

—¡Él no fue!

Melchor irguió el cuello y entrecerró los ojos hacia su nieta.

—No, él no fue, abuelo. Fue Inocencio. Y lo hizo para liberar a madre de la cárcel de Málaga.

—Yo… no lo sabía… lo siento… —acertó a decir Melchor, sobrecogido ante el dolor de su nieta. Con todo, rectificó al instante—: Tu madre nunca habría aceptado ese arreglo —afirmó—. ¡Un García! ¡Te has casado con un García! Ella habría elegido la cárcel. ¡Tu padre debería haber hecho lo mismo!

—¡Familias y querellas! —sollozó Milagros, como ajena a las palabras de su abuelo—. Era mi padre. No era ni un Vega ni un García ni siquiera un Carmona…, era mi padre, ¿lo entiende? ¡Mi padre!

—Ven conmigo. Abandona a los…

—Era todo lo que tenía —se lamentó.

—Me tienes a mí, niña, y conseguiremos la libertad de tu…

Milagros escupió a los pies de su abuelo antes de que terminara la frase.

El desprecio de aquel salivazo por parte de la persona a quien más quería en el mundo se reflejó en forma de un temblor en sus facciones y en los párpados que cubrían sus ojos. Melchor calló incluso cuando la vio gritar y abalanzarse sobre Caridad.

—¿Y tú?

Caridad no podía apartarse; tampoco se hubiera movido un ápice paralizada como estaba. Milagros chillaba frente a ella.

—¿Qué has hecho tú? ¿Qué has hecho tú? —le requería una y otra vez.

—La morena no ha hecho nada —intervino Melchor en su defensa.

—¡Eso es! —chilló Milagros—. ¡Mírame! —le exigió. Y como quiera que Caridad no alzara la vista, la abofeteó—. ¡Puta negra de mierda! Eso es: nunca haces nada. ¡Nunca has hecho nada! ¡Has permitido que lo asesinara!

Milagros empezó a golpearla sobre los pechos con los dos puños, de arriba abajo. Caridad no se defendió. Caridad no habló. Caridad no fue capaz de mirar a Milagros.

—¡Nunca haces nada! —aullaba la muchacha a cada golpe. Y cada uno de ellos arrancaba lágrimas de los ojos de Caridad—. ¡Tú lo has matado!

Por primera vez en su vida Caridad sintió el dolor en toda su intensidad y se dio cuenta de que, a diferencia de lo que sucedía cuando el capataz o el amo la maltrataban, aquellas heridas no sanarían jamás.

Una pegaba y gritaba; la otra lloraba.

—Asesina —sollozó Milagros dejando caer los brazos al costado, incapaz de golpear una sola vez más.

Durante unos instantes solo se escuchó el martilleo que venía de las forjas. Milagros se derrumbó en el suelo, a los pies de Caridad, que no se atrevió a moverse; Melchor tampoco.

—Morena —escuchó que le decía este—, recoge tus cosas. Nos vamos.

Caridad miró a la gitana, esperando, deseando que Milagros dijera una palabra…

—Vete —escupió ella sin embargo—. No quiero verte más en mi vida.

—Recoge tus cosas —insistió el gitano.

Caridad fue en busca del hatillo, el traje colorado y el sombrero de paja. Mientras ella se hacía con sus escasas pertenencias, Melchor, sin atreverse a mirar a su nieta, calculó el alcance de sus actos: si los pillaban en el callejón de San Miguel o en Triana, los matarían. Y aun cuando huyesen, el consejo de ancianos dictaría sentencia de muerte contra él y con seguridad contra la morena, y la pondrían en conocimiento de todas las familias del reino. En manos de Milagros estaba el que pudieran escapar vivos de Triana.

Caridad volvió con sus cosas y miró por última vez a quien había sido la única amiga de su vida. Titubeó al pasar a su lado encogida, llorando, maldiciendo entre gemidos. Ella no podía haber detenido a Melchor. Recordaba haber corrido hacia él, y lo siguiente que había visto era el cuerpo malherido de José.

Milagros le había dicho que no quería verla más. Intentó decirle que ella no había tenido ninguna culpa, pero en ese momento Melchor la empujó fuera del piso.

—Lo siento por ti, niña. Confío en que algún día se aplaque tu dolor —dijo a su nieta antes de irse.

Luego ambos abandonaron el edificio, presurosos. Necesitaban tiempo para huir. Si Milagros daba la voz de alarma, no llegarían a la salida del callejón.

III

LA VOZ DE LA LIBERTAD

23

bandonaron Triana por el puente de barcas y se internaron en las callejuelas sevillanas. Melchor se encaminó a la casa de un viejo escribano público que ya no estaba en activo.

—Necesitamos pasaportes falsos para poder movernos por Madrid —escuchó Caridad que pedía, sin disimulo, el gitano al anciano.

—¿La negra también? —inquirió este señalándola desde detrás de un escritorio de madera maciza abarrotado de libros, pliegos y papeles.

Melchor, que se había sentado en una de las sillas de cortesía frente al escritorio, giró la cabeza hacia ella.

—¿Vienes conmigo, morena?

¡Claro que quería ir con él!, pero… Melchor intuyó los pensamientos que cruzaban la mente de Caridad.

—Iremos a Madrid a procurar la liberación de Ana. Mi hija lo arreglará todo —añadió convencido.

«¿Cómo va Ana a arreglar la muerte de José?», se preguntó Caridad. Sin embargo, se aferró a aquella esperanza. Si Melchor confiaba en su hija, ella no era quién para objetar, así que asintió.

—Sí —confirmó entonces Melchor al escribano—, la negra también.

El anciano tardó media mañana en falsificar los documentos que les debían permitir el desplazamiento hasta Madrid. Utilizando una vieja provisión de la Audiencia de Sevilla elevó a Melchor al grado de «castellano viejo» por los méritos de sus ancestros en las guerras de Granada, en las que algunos gitanos acompañaron a los ejércitos de los Reyes Católicos como herreros. Añadió un segundo documento: un pasaporte que le autorizaba a ir a Madrid para procurar por la libertad de su hija. A Caridad, quien le mostró los papeles de manumisión que le habían entregado en el barco, la convirtió en su criada. Aunque no fuera gitana, también necesitaba pasaporte.

Mientras él componía los documentos, la pareja esperaba en el zaguán de entrada a la casa. Caridad se había apoyado en la pared, agotada, sin atreverse a dejar que su espalda se deslizase por los azulejos hasta quedarse sentada en el suelo, poder ocultar el rostro y tratar de poner orden en lo que había vivido aquella mañana; Melchor pretendía huir de la sangre que manchaba su casaca amarilla y recorría de arriba abajo el pequeño espacio.

—Es bueno este hombre —comentó para sí, sin buscar la atención de su oyente—. Me debe muchos favores. Sí, es bueno. ¡El mejor! —añadió con una risotada—. ¿Sabes, morena? Los escribanos públicos se ganan la vida con las tasas que cobran por los papeles de los juicios, a tanto por hoja, a tanto por letra. ¡Salen caras las malditas letras! Y como cobran por garabatear en los papeles, son muchos los escribanos que promueven pleitos, rencillas y querellas entre la gente. Así se hacen juicios y ellos obtienen beneficios por escribir los papeles. Siempre que pasaba por su partido, Eulogio me encargaba que organizase algún altercado: denunciar a uno; robar a otro y esconder el botín en casa de un tercero... En una ocasión me indicó el domicilio de un rufián que explotaba los encantos de su esposa. ¡Magnífica hembra! —exclamó después de detenerse, alzar la cabeza y agitar el aire con el mentón—. Si hubiera sido mía...

Interrumpió su discurso y se volvió hacia Caridad, que mantenía la vista fija en sus manos temblorosas. La esposa del rufián nunca había sido suya, pero Caridad... Al sorprenderla acostada con José había sentido como si efectivamente hubiera sido suya alguna vez y el Carmona se la hubiera robado.

Caridad no desviaba la mirada de sus manos. Poco le importaban los enredos de Melchor y el escribano público. Solo podía pensar en la terrible escena que había vivido. ¡Se había desarrollado con tanta rapidez…! La aparición de Melchor, su propia vergüenza al sentirse desnuda, la pelea, el navajazo y la sangre. Milagros la había seguido hasta la casa de su padre sin dejar de preguntar por las razones, mientras ella balbucía excusas, y luego… Se agarró las manos con fuerza para evitar que temblaran.

Melchor reinició su ir y venir a lo largo del zaguán, ahora en silencio.

Consiguieron los documentos más una carta de recomendación que el viejo escribano dirigió a un compañero de profesión que ejercía en Madrid.

—Creo que todavía vive —comentó—. Y es de toda confianza —añadió al tiempo que guiñaba un ojo al gitano.

Los dos compinches se despidieron con un sentido abrazo.

Para no tener que atravesar Triana, salieron de Sevilla por la puerta de la Macarena y se dirigieron al poniente, hacia Portugal, por el mismo camino que casi un año antes habían tomado Milagros, Caridad y la vieja María. «¿Qué habrá sido de ella?», pensó la antigua esclava tan pronto como su mirada abarcó el campo abierto. Si la vieja María hubiera estado allí quizá no habría sucedido lo que sucedió: que Milagros, a la que tanto quería, la hubiese rechazado, la hubiera echado de su presencia a gritos, la golpeara con violencia. Caridad se acarició uno de los senos pero, ¿qué daño podían causarle los puños de su amiga? Le dolía por dentro, en lo más íntimo y recóndito de su cuerpo. Si por lo menos María hubiera estado ahí… Sin embargo, la vieja había desaparecido.

—¡Canta, morena!

Un sendero solitario entre huertas y campos de cultivo. El gitano caminaba por delante de Caridad con su inmensa y descolorida casaca amarilla colgando de los hombros; ni siquiera se había vuelto hacia ella.

¿Cantar? Tenía motivos para hacerlo, para llorar su tristeza y clamar por su desdicha con la voz, como hacían los esclavos negros, pero…

—¡No! —gritó ella. Era la primera vez que se negaba a cantar para él.

Después de detenerse un instante, Melchor dio un par de pasos.

—¡Has matado al padre de Milagros! —estalló Caridad a sus espaldas.

—¡Con el que tú estabas acostada! —chilló a su vez el gitano volviéndose de súbito y acusándola con el dedo.

La mujer abrió las manos en gesto de incomprensión.

—¿Qué…? ¿Y qué podía hacer? Vivía con él. Me obligaba.

—¡Negarte! —repuso Melchor—. Eso es lo que tendrías que haber hecho.

Caridad quiso responderle que lo habría hecho de haber sabido algo de él. Quiso decirle que había sido esclava durante demasiados años, una obediente esclava negra, pero las palabras se le convirtieron en un sollozo.

En esta ocasión fue el gitano quien abrió las manos. Caridad estaba plantada frente a él, a solo unos pasos; su ya gastada camisa de bayeta se movía al ritmo de su llanto.

Melchor dudó. Se acercó.

—Morena —susurró.

Hizo ademán de abrazarla, pero ella dio un paso atrás.

—¡Lo has matado! —le recriminó de nuevo.

—No es así —replicó el otro—. Él se buscó la muerte. —Antes de que Caridad interviniera, continuó—: Para un gitano hay una gran diferencia.

Dio media vuelta y reemprendió el camino.

Ella lo contempló alejarse.

—¿Y Milagros? —gritó.

Melchor apretó los dientes con fuerza. Estaba seguro de que la niña lo superaría. Tan pronto como él liberara a su madre…

—¿Qué pasa con Milagros? —insistió Caridad.

El gitano volvió la cabeza.

—Morena, ¿vienes o no?

Lo siguió. Con Sevilla a sus espaldas, arrastró los pies descalzos tras los pasos del gitano dejándose llevar por un llanto seco y profundo, igual que aquel que vertió cuando la separaron de su madre o de su pequeño Marcelo. Entonces fueron los amos blancos quienes forzaron su triste destino, pero ahora... ahora había sido la propia Milagros la que había renegado de su amistad. Las dudas sobre su culpa la perseguían: ella solo había obedecido a unos y a otros, como siempre hacía. En el dolor revivió los aplausos con los que Milagros la acogió aquella primera vez en que se vistió su traje colorado. Las risas, el cariño, ¡la amistad! Los padecimientos sufridos tras la detención de los gitanos. Tantos momentos juntas...

Así cavilando llegaron a un convento a cuyas puertas Melchor la obligó a esperar.

Salió de él con dineros y una buena mula aparejada con alforjas.

—Otros frailes que, como los de Santo Domingo de Portaceli —comentó el gitano de nuevo en camino—, no volverán a confiar en mí cuando vean que no les traigo el tabaco que les he prometido.

Caridad recordó el episodio y al prior alto y de pelo canoso que no había tenido las agallas suficientes para enfrentarse a unos gitanos que le traían menos corachas de las que habían acordado. «Todo por mi culpa», se acusó.

—Pero lo primero es mi hija —continuó el gitano—, y necesitamos este dinero para multiplicarlo y comprar voluntades en la corte. Seguro que su Dios lo entiende así, y si su Dios lo entiende, ellos tendrán que entenderlo también, ¿o no?

Melchor hablaba sin esperar respuesta mientras caminaban. Sin embargo, cuando se detenían, caía en la melancolía que Caridad conocía tan bien; entonces hablaba solo, aunque a veces se volvía en busca de una aprobación que ella no le concedía.

—¿Estás de acuerdo, morena? —le preguntó una vez más. Caridad no contestó; Melchor no le dio importancia y prosiguió—: Tengo que conseguir que liberen a mi hija. Solo Ana será capaz de meter en vereda a esa niña. ¡Casarse con un García! ¡El nieto del Conde! Ya verás, morena, que todo volverá a ser igual en cuanto Ana aparezca…

Caridad dejó de escucharle. «Todo volverá a ser igual.» Las lágrimas empañaron la visión del gitano que tiraba de la mula por delante de ella.

—Y si los frailes no están conformes —decía Melchor—, que me busquen. Podrían hacer partido con los García, que también estarán en ello. Seguro, morena. A estas horas ya estará reunido el consejo de ancianos que dictará nuestra sentencia de muerte. Quizá tú te salves, aunque lo dudo. Imagino la sonrisa de satisfacción de Rafael y la de la ramera de su esposa. Esconderán el cadáver del Carmona para que la justicia del rey no intervenga y pondrán en marcha la justicia gitana. En poco tiempo todos los gitanos de España se enterarán de nuestra sentencia y cualquiera podrá ejecutarla. Aunque no todos los gitanos obedecen a los García y a los ancianos de Triana —añadió al cabo de un buen rato.

Cruzaron pueblos sin detenerse. Compraron tabaco y comida con el dinero de los frailes y durmieron a la intemperie, siempre en dirección al noroeste, hacia la raya de Portugal. Durante las noches, Melchor prendía alguno de los cigarros y lo compartía con Caridad. Los dos aspiraban con fuerza hasta llenar sus pulmones; ambos se dejaban llevar por la placentera sensación de letargo que les producía el tabaco. Melchor no volvió a pedirle que cantara y ella tampoco se decidió a hacerlo.

—Milagros lo superará —escuchó que afirmaba Melchor una de aquellas noches, de repente, rompiendo el silencio—. Su padre no era un buen gitano.

Caridad calló. Día tras día, en silencio, en la más profunda intimidad, volvía a sentir los golpes de Milagros sobre sus pechos y sus sueños se veían turbados por el rostro airado de la joven mientras la insultaba y le escupía a gritos su rechazo.

Llegaron a la sierra de Aracena. Melchor evitó transitar por las cercanías de Jabugo y dio un rodeo para llegar a Encinasola y de allí a Barrancos, en aquel territorio de nadie entre España y Portugal del que había hablado el herrero con quien se habían topado durante su huida por el Andévalo.

El gitano fue amistosamente recibido por el propietario del establecimiento que proveía de tabaco a los contrabandistas españoles.

—Te dábamos por muerto, Galeote —le dijo Méndez tras un afectuoso saludo—. Los hombres del Gordo contaron que tu herida…

—No era mi momento. Todavía tenía cosas que hacer por aquí —le interrumpió Melchor.

—Nunca me gustó el Gordo.

—Me robó dos corachas de tabaco en las playas de Manilva, luego ordenó asesinar al nieto de mi primo.

Méndez asintió, pensativo.

Así se enteró Caridad de la muerte del capitán de la partida de contrabandistas que la había engañado en la playa y que tantos disgustos y problemas había ocasionado. Percibió que Melchor la miraba de reojo cuando Méndez le preguntó por la mujer armada con un trabuco que se había enfrentado a toda una partida de hombres y que disparó a un contrabandista, de los dos grandes perros que acabaron a dentelladas con la vida del Gordo, y de cómo aquella mujer había huido con lo que todos consideraban ya el cadáver del Galeote.

—Te salvó la vida —afirmó Méndez—. Estarás agradecido.

Caridad aguzó el oído. Melchor intuyó su interés y volvió a mirarla de soslayo antes de contestar:

—Los payos, incluidas vuestras mujeres, tenéis una idea errónea del agradecimiento.

Se hospedaron en las instalaciones del vendedor de tabaco y, al igual que en la venta de Gaucín, Melchor se ocupó de dejar bien claro a cuantos mochileros y contrabandistas aparecieron por el lugar que Caridad era suya y por lo tanto intocable. Los tres primeros días, Melchor los pasó reunido con Méndez.

—No te alejes mucho, morena —le indicó el gitano—, por aquí siempre ronda mala gente.

Caridad le hizo caso y remoloneó por las cuadras y los alrededores del establecimiento, mirando el paisaje que se extendía a sus pies y pensando en Milagros; curioseando a las gentes que iban y venían con sus sacos y mochilas, y recordando a Milagros de nuevo; buscando refugio a su pena en el tabaco que allí abundaba y pensando en ella... y en Melchor.

—¿Quién era la mujer que te salvó del Gordo? —le preguntó una noche estando los dos tumbados en jergones contiguos en una habitación grande que compartían con otros contrabandistas. No tuvo que bajar la voz; en el otro extremo de la estancia, un mochilero disfrutaba de una de las muchas prostitutas que acudían al olor del dinero. No era la primera vez que sucedía.

Durante unos instantes solo se escucharon los jadeos de la pareja.

—Alguien que me ayudó —contestó Melchor cuando Caridad ya daba por inútil la pregunta—. No creo que volviera a hacerlo —añadió con un deje de tristeza que a la mujer no le pasó inadvertido.

Los jadeos se convirtieron en aullidos sordos antes de alcanzar el éxtasis. Aquellas mujeres disfrutaban con los hombres, pensó Caridad, algo que a ella le parecía vedado.

—Canta, morena —la interrumpió el gitano.

¿Acaso sabía lo que pensaba? Quería cantar. Necesitaba cantar. Deseaba que todo volviera a ser como antes.

Esperaban la llegada de una partida de rapé francés, le explicó Melchor cuando Caridad le preguntó cuánto tiempo estarían allí y por qué no iban a Madrid a procurar la liberación de Ana.

—Generalmente entra por Cataluña —continuó el gitano—, pero los de la ronda del tabaco vigilan cada vez más y es complicado. Es muy difícil y caro conseguirlo, pero obtendremos buenos beneficios.

El consumo de rapé, el grueso tabaco en polvo elaborado en Francia, estaba prohibido en España; solo se permitía sorber el finísimo polvo español, de color oro y perfumado con agua de azahar en la fábrica de tabacos de Sevilla, mejor que cualquier rapé a decir de muchos. Aunque existían otros tipos de polvo, como el de palillos, el de barro, el vinagrillo o el cucarachero, el de color de oro era el mejor. Sin embargo, el gusto por todo lo francés, incluido el rapé, se imponía incluso contra las órdenes de la Corona, y los primeros en saltárselas no eran otros que los mismos cortesanos. El rey había dictado severísimas penas para quien defraudara con rapé: los nobles e hidalgos podían ser castigados con fuertes multas y cuatro años de destierro la primera vez que fueran condenados; el doble de la multa y cuatro años de presidio en África en la segunda ocasión, y destierro perpetuo y pérdida de todos sus bienes a la tercera. A los demás, al pueblo llano, se les sentenciaba a multas, azotes, galeras, e incluso a la muerte.

Pero la elegancia de sorber rapé en lugar de polvo español, unido al riesgo y la atracción por lo prohibido, conllevó que en la mayoría de los salones de la corte y de la nobleza se continuara aspirando. ¿Cómo iba un petimetre a humillarse utilizando polvo español por más que su calidad estuviese reconocida en toda Europa? Y el consumo de rapé se hallaba tan en auge en la propia corte que las autoridades llegaron, ingenuamente, a permitir las denuncias secretas: el denunciante tenía derecho a percibir la multa que se impusiera al acusado y el juez debía entregársela en mano y reservar su identidad; pero España no era país para guardar secretos, y el rapé continuó siendo objeto de contrabando y aspirándose.

Méndez le había prometido una buena variedad: polvo oscuro y grueso como el serrín, elaborado en Francia mediante técnicas que cada fábrica mantenía en secreto. Las hojas de tabaco más carnosas y gruesas se mezclaban con algunos elementos químicos (nitratos, potasas o sales) y con elementos naturales (vino, aguardiente, ron, zumo de limón, melaza, pasas, almendras, higos...). El tabaco y las mezclas de cada fábrica se mojaban, se cocían, se dejaban fermentar durante seis meses, se prensaban en rollos y se volvían a dejar añejar otros seis u ocho meses. Los aristócratas franceses rayaban personalmente los rollos o *carottes* con pequeños raspadores, pero eso en España no se estilaba, por lo que el rapé venía ya preparado y listo para ennegrecer las narices, barbas y bigotes de quienes lo consumían, hasta el punto de que en la corte ya no se usaban pañuelos blancos, sino grises para disimular la mucosidad ocasionada por los constantes estornudos.

—¿Lo llevaremos a Madrid? —preguntó Caridad.

—Sí. Allí lo venderemos.

Melchor dudó, pero al final decidió esconderle las penas que podían imponerles si los detenían en posesión de una partida de rapé. Estaban los dos sentados al sol, sobre una gran roca desde la que se divisaba todo el valle del río Múrtiga, dejando transcurrir las horas con indolencia.

—¿Cuánto tiempo debemos esperar?

—No lo sé. Tiene que llegar de Francia, primero en barco y luego hasta aquí.

Caridad chasqueó la lengua en señal de fastidio: cuanto antes llegaran a Madrid, antes liberarían a Ana y ella, la madre de Milagros, podría arreglar las cosas. Melchor malinterpretó el chasquido.

—¿Sabes una cosa, morena? —dijo entonces—. Creo que podríamos sacar algo de provecho a nuestra espera.

Al despuntar el alba del día siguiente, con las primeras luces, cargando los sacos a las espaldas como simples mochileros, Caridad y Melchor cruzaron la raya y se internaron en tierras españolas. Méndez informó al gitano de que los curas de Galaroza necesitaban tabaco.

—A partir de ahora, morena —le advirtió Melchor nada más iniciar el descenso de Barrancos por un abrupto y escondido sendero de cabras—, silencio, mira bien dónde pisas y… ni se te ocurra cantar.

Ella no pudo reprimir una risilla nerviosa. La idea de contrabandear con Melchor la emocionaba.

Fueron quizá los días más maravillosos en la vida de Caridad. Días mágicos e íntimos: los dos caminando en silencio por veredas solitarias, entre árboles y campos de cultivo, escuchándose respirar el uno al otro, rozándose, escondidos al sonido de alguna caballería que se acercaba. Luego se sonreían al comprobar que no se trataba de la ronda del tabaco. Melchor le habló de los caminos, del tabaco, del contrabando y de sus gentes, explicándole las cosas con más detalle del que jamás había usado con nadie. Caridad escuchaba embelesada; de vez en cuando se detenía a recoger algunas hierbas con intención de secarlas a la vuelta: romero, poleo..., otras muchas no las conocía, pero era tal su aroma que también se hizo con ellas. Melchor la dejaba hacer; soltaba el saco y se sentaba a observarla, atraído por sus movimientos, su cuerpo, su voluptuosidad; atrás fue quedando el recelo por lo del Carmona.

No tenían prisa. El tiempo era suyo. Los caminos eran suyos. El sol era suyo, también la luna que alumbró aquella primera noche al raso que compartieron con el lejano aullar de los lobos y el correteo de los animales nocturnos.

Casi un mes, que se les hizo corto, tardó en llegar el rapé prometido. Melchor y Caridad volvieron a salir de contrabando por la zona en varias ocasiones.

—Canta, morena —le pidió el gitano.

Habían hecho noche de regreso a Barrancos, libres ya de la carga de tabaco y del riesgo de que la ronda les prendiera con ella a cuestas. La primavera estaba en plena eclosión y se escuchaba el correr de las aguas del arroyo junto al que Melchor decidió detenerse. Después de comer algo de carne en adobo, pan y algunos tragos del vino que portaban en un odre de cuero, el gitano se tumbó en el suelo, sobre una vieja manta.

Caridad fumaba cerca de la orilla del arroyo, a pocos pasos. Se volvió a mirarlo. Había accedido a cantar siempre que Melchor se lo pedía a partir de cuando decidió hacerlo días después de llegar a Barrancos. Sin embargo, tan pronto como entonaba los primeros lamentos, el gitano se perdía en su propio mundo y su presencia se desvanecía. Caridad llevaba días compartiendo su vitalidad. No quería que volviera a sumirse en aquel hoyo que con tanta ansia parecía reclamarlo; deseaba sentirlo vivo.

Se acercó a él, se sentó a su lado y le ofreció de fumar. El gitano lo hizo y le devolvió el cigarro. El murmullo de las aguas del arroyo se mezcló con los pensamientos de uno y otro. Poco a poco, su respiración delató el deseo.

—¿Y si después cambia todo y ya no cantas igual?

Caridad no encontraba palabras con las que contestar. Cambiaría, sin duda, pero era algo que anhelaba con todo su cuerpo.

—¿Te refieres a que mi canto ya no sea triste? —preguntó.

—Sí.

—Quisiera ser feliz. Una mujer… feliz.

Melchor se sorprendió acercándose a ella con una ternura que jamás había tenido con mujer alguna, con delicadeza, como temeroso de quebrarla. Caridad se entregó a sus besos y caricias. Gozó y descubrió mil rincones en su ser que parecían querer responder con frenesí al solo roce de la yema de un dedo. Se supo querida. Melchor la amó con cariño. Melchor le habló con dulzura. Lloró, y el gitano se quedó inmóvil hasta comprender que aquellas lágrimas no brotaban acongojadas, y le susurró al oído cosas bonitas que jamás había escuchado. Caridad jadeó y llegó a aullar igual que hacían los lobos en la espesura de las sierras.

Luego, a la luz de la luna, desnuda, con el agua del arroyo lamiéndole las rodillas, insistió hasta conseguir que Melchor se acercase. Le lanzó agua de una patada, igual que hacía Marcelo con ella en la vega tan pronto como pisaban un simple charco. El gitano se quejó y Caridad volvió a patear el agua y a salpicarle. Melchor hizo amago de volver a tumbarse, pero de súbito se volvió y se abalanzó sobre ella. Caridad lanzó un grito y escapó río arriba. Jugaron desnudos en el arroyo, corrieron y se salpicaron como pudieran hacerlo unos chiquillos. Exhaustos, bebieron y fumaron, mirándose, conociéndose el uno al otro, y volvieron a hacer el amor y siguieron tumbados hasta que el sol estuvo bien en lo alto.

—Ya no cantas igual.

Se lo reprochó en la habitación de la casa de Méndez. Habían juntado sus jergones, pero, como si estuvieran de acuerdo sin haberlo hablado, no hacían el amor allí donde contrabandistas y mochileros se acostaban con las prostitutas. Preferían salir en busca del amparo del cielo.

—¿Prefieres que no lo haga? —preguntó ella, interrumpiendo su cántico.

Melchor meditó la contestación; ella le propinó un cariñoso puñetazo en el hombro por el retraso en su respuesta.

—Morena, nunca pegues a un gitano.

—Las esclavas negras podemos pegar a nuestros gitanos —afirmó categórica.

Y continuó cantando.

Existía un camino carretero que unía Madrid con Lisboa a través de Badajoz. Desde Barrancos les hubiera sido sencillo dirigirse a Mérida por Jerez de los Caballeros, seguirlo hasta Trujillo, Talavera de la Reina, Móstoles, Alcorcón y entrar en la capital por la puerta de Segovia; poco más de setenta leguas era lo que los separaba de Madrid, casi dos semanas de camino. Emplearon casi el mismo tiempo moviéndose presurosos por senderos solitarios y desconocidos para Melchor. La tranquilidad de la que habían disfrutado en Barrancos quedaba atrás; tenían el rapé y necesitaban liberar a Ana. Sin embargo, un gitano vestido de amarillo, una negra y una mula cargada con una gran tinaja de barro sellada que olía a tabaco perfumado, no podían circular por los caminos principales.

Pero si el gitano tenía que utilizar todo su instinto y a menudo dejar a Caridad y la mula a resguardo para ir a las ventas o casas de labor a preguntar por la ruta, no sucedía lo mismo con Madrid: había estado en dos ocasiones a lo largo de su vida. «Conozco Madrid», aseguraba. Además, la villa era con frecuencia el objeto de los comentarios de los contrabandistas, quienes intercambiaban todo tipo de experiencias, direcciones y contactos. En Madrid se movía mucho dinero: allí residía el rey rodeado y servido por una nutrida corte; la nobleza de España casi en pleno; embajadores y comerciantes extranjeros; miles de clérigos; un verdadero ejército de altos funcionarios con recursos suficientes y muchas ganas de aparentar una alta cuna de la que carecían, y sobre todo un sinfín de petimetres afrancesados cuyo único objetivo parecía ser disfrutar de los placeres de la vida.

A menos de media legua de Madrid, se detuvieron. Melchor tomó una buena muestra del rapé y enterraron la tinaja en un matorral.

—¿Te acordarás de dónde...? —Caridad se mostró preocupada al comprender que el gitano se proponía dejar allí escondida la tinaja.

—Morena —la interrumpió él con seriedad—: te aseguro que antes me acordaré de volver a este lugar que de cómo se regresa a Triana.

—Pero ¿y si alguien...? —insistió Caridad.

—¡Malaje! —volvió a interrumpirla el gitano—. ¡No llames a la mala suerte!

Más allá, en una venta, vendieron la mula.

—Ya nos mirarán bastante contigo al lado como para ir tirando de este animal —se burló cariñosamente Melchor—. Además, no creo que podamos cruzar de noche con la mula.

A la vista de la ciudad, se escondieron entre las huertas de las afueras. Melchor se sentó contra un árbol y cerró los ojos.

—Despiértame cuando anochezca —le dijo tras exagerar un bostezo.

Desde el otro lado de la vega del Manzanares, donde se encontraban, Caridad dejó correr su mirada por el Madrid que se alzaba frente a ellos. Su punto más alto era un palacio en construcción a cuyos pies se entreveía una gran ciudad abigarrada en su caserío. ¿Qué les depararía ese lugar? Sus pensamientos regresaron a Milagros... y a Ana. ¿Tendría razón el gitano cuando sostenía que Ana lo arreglaría todo?

Pasaron un par de horas hasta que el sol empezó a ponerse sobre Madrid, coloreando sus edificios y arrancando destellos rojizos de los campanarios y de las agujas de las torres que sobresalían por encima de ellos.

A la luz de la luna se encaminaron en dirección al puente de Toledo. Desde Portugal, como venían ellos, deberían haber cruzado por el de Segovia, pero Melchor lo descartó.

—Está muy cerca de lo que fue el alcázar de los reyes y de muchas casas de nobles y principales de la corte, y en esos lugares siempre hay más vigilancia.

Cruzaron el puente con sigilo, encorvados, arrimados al pretil, tanto, que en lugar de salvarlos en línea recta recorrieron los balconcillos semicirculares que se abrían sobre el Manzanares. Si tenía que haber vigilancia, no estaba presente, aunque lo cierto era que entre el río y la puerta de Toledo por la que se accedía a la ciudad todavía se abría una más que considerable extensión de huertas y cerrillos, cuando no verdaderos barrancos sobre los que se elevaban los últimos edificios de Madrid.

Porque Madrid no tenía arrabales y su contorno estaba perfectamente delimitado por aquellos últimos edificios: estaba prohibido construir más allá de la cerca que ceñía la ciudad, y la creciente población se hacinaba en su interior. Melchor recordaba bien aquella cerca. No se trataba de una muralla ancha como la que rodeaba Sevilla o muchas de las ciudades y hasta de los pueblos del reino, por modestos que estos pudieran ser, sino de una simple tapia de mampostería. Y lo cierto era que la cerca de Madrid, interrumpida y combinada en muchos de sus tramos por las propias fachadas de los últimos edificios de la ciudad, solo era respetada por los ciudadanos en caso de epidemias. En esos supuestos sí que se cerraban los accesos a la ciudad, pero mientras no existiera tal peligro, la cerca ofrecía innumerables brechas en su recorrido, brechas que, en cuanto se reparaban, aparecían en otro tramo. Resultaba tan sencillo abrir un hueco en una tapia como contar con la complicidad de alguno de los propietarios de las casas cuyas fachadas se alzaban a modo de cerca.

Melchor y Caridad cruzaron las huertas y llegaron frente a la puerta de Toledo: un par de simples vanos rectangulares, cerrados en la noche, sin adorno alguno y levantados en la cerca que cerraba la calle de igual nombre. A la derecha, en lugar de la tapia, se hallaba el matadero de vacas y carneros, con varias puertas que daban al exterior y que permitían la entrada del ganado directamente desde el campo.

«Solo hay que esperar a que aparezca algún metedor que conozca una forma de entrar —recordaba haber oído Melchor de boca de un contrabandista, en una venta—. Entonces te sumas a él, pagas y entras.» «¿Y si no aparece?», planteó otro. El primero soltó una carcajada. «¡En Madrid! Hay más tránsito nocturno que de día.»

Se apostaron delante del matadero y esperaron escondidos

junto a un corral que servía como pajar y secadero de pieles; Melchor recordaba que le habían asegurado que a través de las puertas de aquel matadero se introducía furtivamente mucha gente.

Sin embargo, pasó el tiempo y nada indicaba que alguien pretendiera franquear esa noche la cerca de Madrid. «¿Y si son aún más silenciosos que nosotros?», pensó Melchor.

—Morena —dijo entonces en voz alta, dispuesto a llamar la atención de cualquiera que se moviera por aquellos lugares e indicando con un dedo sobre sus labios a Caridad que permaneciera en silencio—, de no ser porque te oigo respirar, dudaría de que estuvieras conmigo. ¡Qué negra y callada eres! Detrás de esas puertas y del matadero, en toda esta zona de Madrid, se abren los barrios del Rastro y Lavapiés. Buena gente la que vive ahí, «manolos», los llaman. ¡Menudo nombre! Arrogantes y temerarios, prestos a liarse a navajazos por una palabra mal dicha o una mirada indiscreta a sus hembras. ¡Y qué hembras! —Suspiró al tiempo que abría su navaja procurando silenciar los chasquidos del engranaje; había oído ruidos sospechosos. Luego se acercó a Caridad y le susurró—: Estate atenta y no te acerques a los que vienen. ¡Qué hembras! —repitió casi a voz en grito—, te lo digo yo, ¡solo les falta ser gitanas! La última vez que estuve en Madrid, después de que el rey me honrase con la gracia de remar en sus galeras...

Los atacantes creyeron que iban a pillar desprevenido al gitano. Melchor, en tensión, con los sentidos alerta y empuñando la navaja, no quería matar a ninguno de los dos hombres que intuyó se acercaban; los necesitaba.

—¡Vosotros...! —interrumpió el discurso de Melchor uno de los salteadores.

No logró decir más. Melchor se volvió y asestó un navajazo a la mano en la que percibió el destello de la hoja de un cuchillo, y casi antes de que el arma tocase suelo, ya había rodeado al hombre y apretaba el filo de la navaja contra su garganta.

El gitano quiso lanzar una amenaza de muerte pero no le surgieron las palabras: resoplaba. «¡Ya no soy tan joven!», se resignó. Y, como si pretendiera discutir sus propias sensaciones, apretó la navaja contra el cuello de su presa que fue quien, a la postre, chilló en su lugar.

—¡Quieto, Diego! —suplicó a su compañero, sorprendido este a solo un paso de ellos.

El tal Diego dudó mientras trataba de acostumbrar su visión a la oscuridad.

—Diego… por Nuestra Señora de Atocha… —repitió el primero.

Recuperado el resuello, Melchor se vio capaz de hablar.

—Hazle caso, Diego —le aconsejó el gitano—. No quiero haceros daño. Podemos terminar bien todo esto. Solo queremos entrar en Madrid, como vosotros.

A Melchor se le había olvidado comentar a Caridad que aquellas gentes a las que llamaban «manolos», no solo eran osados, orgullosos e indolentes, sino que también eran fieles. Convertidos en adalides de las atávicas formas de vida española, se hallaban en lucha permanente con lo que consideraban la superficialidad y frivolidad de la nobleza y las clases pudientes afrancesadas. El honor que había llegado a salpicar la historia de España con tantos y tantos episodios épicos y que ahora era puesto en duda por las autoridades, les obligaba a cumplir sus compromisos como si con ello defendiesen la identidad que pretendían robarles.

—¡Palabra de honor! —escuchó Melchor de boca de ambos.

«Esto es lo que diferencia a los "manolos" de los gitanos», se dijo Melchor, sonriente, mientras con total confianza aflojaba su presión sobre la garganta, cerraba la navaja y la escondía de nuevo en su faja: la palabra que pudiera dar un gitano a un payo carecía de importancia.

Melchor incluso ayudó a vendar con un jirón arrancado de la camisa de Pelayo, que así se llamaba el primer asaltante, la herida que este presentaba en su mano. Luego, Caridad y él los siguieron hasta el matadero de la puerta de Toledo, donde tras un intercambio de contraseñas, un hombre les franqueó el paso. Melchor regateó en el pago que le exigió el hombre del matadero.

—No pretendo comprarte una de las vacas —le echó en cara al tiempo que contaba algunas monedas.

Diego y Pelayo no pagaron con dineros; en su lugar abrieron el saco que portaban, rebuscaron en su interior y le entregaron una diminuta piedra que destelló rojiza a la luz de la linterna con la que les había recibido el matarife. Entre los dineros del uno y la piedra de los otros, el hombre se dio por satisfecho y los acompañó hasta la calle Arganzuela a través de un estrecho callejón que cruzaba entre las casas que lindaban con la parte posterior del matadero.

—Piedras falsas, ¿a eso os dedicáis? —inquirió Melchor ya en la calle.

—Sí —reconoció Pelayo—. Buen negocio; aun falsas, se venden por mucho dinero.

Melchor lo sabía, de sobra conocía el precio de los abalorios. Excepto las perlas, que no eran consideradas piedras preciosas, el rey había prohibido el uso y compraventa de todas las que fueran falsas: diamantes, rubíes, esmeraldas, topacios.

—A las mujeres y a los hombres que no pueden comprar las finas, que son la gran mayoría de la gente de Madrid —prosiguió Pelayo—, les sigue gustando lucirlas aunque sean falsas. Es una mercadería muy rentable.

El gitano tomó nota del negocio mientras Caridad permanecía atenta al entorno. La oscuridad era casi absoluta: solo algunas velas y candiles iluminaban mezquinamente el interior de unas casas que, contra la luna, lucían un solo piso, aunque a diferencia de las chozas de la gitanería, tenían tejado a dos aguas. Entre las sombras, sin embargo, percibió la presencia de gente que se movía de un lado a otro y oyó risas y conversaciones. En la calle, más allá de donde se encontraban, una pareja iluminaba sus pasos con un farol. Pero lo que más llamó su atención fue el hedor que se respiraba y se preguntó a qué sería debido. Entonces comprendió que lo que pisaba con sus pies descalzos no era otra cosa que los excrementos que se acumulaban en el suelo de tierra.

—Tenemos que irnos —anunció Pelayo—. ¿Adónde os dirigís vosotros?

Melchor conocía a un gitano emparentado con los Vega que vivía en Madrid: el Cascabelero, un miembro de la familia de los Costes que se había casado con una prima Vega hacía más de veinticinco años; varios de los Vega de la gitanería de la huerta de la Cartuja, él incluido, habían acudido a la gran boda con la que se selló la alianza entre las dos familias. Aun así, la duda le había venido persiguiendo desde que pergeñara su plan ya en Barrancos, cuando Méndez le habló de la partida de rapé que estaba esperando. ¿Y si habían detenido también a los gitanos de Madrid y no encontraba a ninguno? Se dijo que la capital era diferente: no estaba considerada oficialmente lugar de residencia autorizada de gitanos, por lo que allí no se habría detenido a nadie, como había sucedido en lugares similares. Pese a ello y estar prohibido vivir en Madrid, las pragmáticas reales ordenando la expulsión de los gitanos madrileños se repetían una y otra vez, tal era la obstinación de estos por permanecer en la villa.

Seguro que habría gitanos descendientes de aquella prima en Madrid, pero desde su última visita, antes de ser condenado a galeras, bien podían haber emparentado con otras familias enemigas de los Vega. Tendría que comprobarlo. De lo que sí estaba seguro Melchor era de que, hasta que no lo hiciese, los gitanos de Madrid no debían saber de la presencia de Caridad; la sentencia de muerte que con toda seguridad habría dictado el consejo de ancianos de Triana ya sería conocida incluso allí. Milagros..., su niña, había escupido a sus pies y Ana estaba encarcelada en Málaga. No podía arriesgarse a perder también a la morena.

—Pelayo —dijo el gitano—, os compro una piedra de esas si nos acompañáis a algún lugar de confianza en el que podamos dormir. Sobre todo que sea discreto.

Accedieron. Siguieron todos juntos por la calle de Toledo y algo más adelante giraron a la derecha por la del Carnero. Con los chillidos de los animales que eran sacrificados durante la noche, llegaron al cerrillo del Rastro, un montículo de tierra que se alzaba entre los edificios, junto al matadero viejo, y que se mantenía inculto para orear aquella zona. En la noche, chapotearon en el reguero de sangre que descendía desde el matadero por la calle de

Curtidores y, siempre en dirección a la derecha, atravesaron Mesón de Paredes y Embajadores. Allí se despidieron de Diego, que se introdujo con las piedras falsas en una casa. Pelayo continuó con Melchor y Caridad hasta una posada secreta en la calle de los Peligros. Según les dijo, conocía a Alfonsa, la viuda que la regentaba, así que no tendrían problemas. Ella no daría parte a los alguaciles, como estaban obligados a hacer los posaderos con todos los huéspedes que alojaban.

Les costó despertar a Alfonsa.

—¿Acaso esperabas al duque de Alba? —le espetó Melchor ante la mirada torcida que les dirigió la posadera después de hablar con Pelayo.

La mujer fue a contestar, pero enmudeció a la vista de los dineros que le mostró el gitano. Pelayo se despidió. Alfonsa cobró lo suyo, y Caridad y Melchor siguieron sus pasos y ascendieron por una oscura escalera, tan estrecha como empinada, los tres en fila rozando las paredes húmedas y desconchadas, hasta llegar al desván: un cuartucho inmundo que tendrían que compartir con otros tres huéspedes que ya dormían. Alfonsa les señaló un camastro.

—No dispongo de más —adujo sin ánimo alguno de excusarse antes de volver la espalda para bajar a su casa, en el piso inferior.

—¿Y ahora? —preguntó Caridad.

—Ahora espero que te acurruques en un ladito de esa cama para que podamos dormir un poco. Ha sido un día duro.

—Quiero decir…

—Ya sé lo que quieres decir, morena —la interrumpió Melchor al tiempo que tiraba de ella y trataba de sortear los enseres esparcidos por el suelo de los otros huéspedes—. Mañana iré a ver quién nos puede echar una mano.

24

Llevaba cinco días allí encerrada. Nada podía hacer en el cuartucho infecto que compartía con un albañil, la hermana del albañil, que aseguraba dedicarse a lavar ropa en el Manzanares, y un tercer huésped sin duda dedicado a actividades turbias por más que el hombre sostuviese, con igual empeño que la lavandera, que era tajador.

—Voy en busca del escribano. No salgas de la posada —le había susurrado Melchor la primera mañana, cuando los demás huéspedes estaban todavía desperezándose—. No hables con nadie ni les cuentes de mí y mucho menos del rapé.

Hizo ademán de marcharse, pero se detuvo. Toqueteó la empuñadura de su navaja y lanzó una mirada asesina a los demás, lavandera incluida, los tres pendientes de ellos. Entonces se volvió y besó en la boca a Caridad.

—¿Has entendido, morena? Quizá me retrase, pero volveré, no te quepa duda. Espérame y vigila la cama, no vaya a ser que la amiga de Pelayo la venda como «media con limpio».

«Media con limpio» —Caridad ignoraba el significado y Melchor tampoco se lo explicó antes de andar escaleras abajo— era una expresión acuñada en el Madrid de los suplicantes, de los mendigos y holgazanes, malhechores y todo tipo de gentes que, sin recursos económicos, vagabundeaban por la gran ciudad, unos a la espera de alguna merced real —una renta, un empleo en la administración, el resultado de un pleito—, otros pendientes del azaroso negocio que los tenía que enriquecer en aquella magnífica corte y los más, atentos al rateo y al chamarileo, cuando no al robo. Muchos de ellos, llegada la noche, acudían a algunas casas donde por dos cuartos se les alquilaba una cama que tenían que compartir con un compañero, siempre que este fuese limpio, es decir, que no tuviese piojos, sarna o tiña.

Madrid era incapaz de absorber la incesante inmigración. Encerrada en la cerca que la rodeaba, más allá de la cual estaba prohibida la construcción, dos tercios de la propiedad de su superficie se los repartían la Corona y la Iglesia; el tercio restante, amén del que aquellas dos instituciones decidían arrendar, tenían que disputárselo los cerca de ciento cincuenta mil habitantes que colmaban la Villa y Corte a mediados de siglo; además, tenían que hacerlo sobre unas casas mal compuestas, de estancias minúsculas, oscuras y carentes de cualquier comodidad, fruto todo ello de la construcción de «casas a la malicia», ardid que durante los siglos anteriores habían utilizado los madrileños para burlar la regalía de aposento por la que estaban obligados a ceder gratuitamente al rey parte de sus viviendas para el uso de los miembros de la corte, De esa forma, y pese a las pragmáticas reales acerca de la calidad en las construcciones que debían ornar la capital del reino, más de la mitad de las diez mil casas que se alzaban en Madrid en el siglo anterior eran de un solo piso, inhábiles por lo tanto para acoger a los ministros y criados de la Corona. Ya entrado el siglo XVIII, con la total conversión de la regalía de aposento en contribuciones económicas, el caserío de Madrid fue reformándose y las edificaciones de una sola planta fueron reconstruidas o simplemente elevadas para acoger a la inmigración que no cesaba de llegar a la capital.

Al albur de esa necesidad nacieron las posadas secretas, como la que alojaba a Melchor y Caridad. Si bien la ciudad disponía de suficientes mesones y botillerías, no abundaban las posadas públicas, que además de ser caras estaban constantemente vigiladas y fiscalizadas por los alcaldes de corte y los alguaciles durante sus rondas. Por eso surgieron las posadas secretas, que aunque nadie sabía a ciencia cierta cuántas eran sí se sabía que todas se asemejaban al sucio y desordenado cuartucho del desván donde Caridad dejaba correr las horas sin un cigarro que llevarse a los labios y con el que acallar el hambre que no lograba saciar la inconsistente olla podrida con la que Alfonsa pretendía alimentar a sus huéspedes, y en la que los garbanzos, los nabos, las cebollas y las cabezas de ajo parecían no haber dejado sitio al puerco, el carnero, la ternera o la gallina.

Hacía cinco días que Melchor había salido de la posada y Caridad vivía atenazada por la angustia. ¿Le habría sucedido algo? Milagros y su madre habían ido desvaneciéndose en sus pensamientos a medida que transcurrían los días. Melchor, Melchor y Melchor. ¡El gitano constituía su única preocupación! Le había dicho que no saliera de la posada, se recordaba una y otra vez mientras recorría el cuartucho arriba y abajo, oprimida entre aquellas paredes, asqueada del hedor que ascendía de la calle. No tenía más contacto con el exterior que el bullicio y el tránsito a través de un ventanuco en lo alto del desván, muy por encima de su cabeza. Insultó a aquella ventana inútil. Se sentó en la cama. Le había dicho que la vigilase... Ella sonrió con tristeza. «¿Dónde te has metido, maldito gitano?» Podía salir, pero no sabía adónde ir ni qué hacer. No iba a acudir a los justicias para denunciar la desaparición de un gitano contrabandista. Además, Melchor también le había dicho que no hablara de él con nadie. Hasta el fulgor del falso zafiro que le había regalado y que apretaba en su mano parecía haberse apagado.

A lo largo de esos días, el albañil y la que se decía su hermana habían cejado en sus intentos de obtener de ella más allá de un monosílabo, pero Juan, el tajador, insistía en sonsacarle y la interrogaba una y otra vez, persistente pese al silencio y la mirada baja con la que Caridad recibía sus preguntas.

—¿Dónde está tu amo? ¿Qué negocios le han traído a Madrid?

El tajador sorprendió a Caridad regresando a la posada la mañana del quinto día cuando ya los otros dos se habían marchado. Juan era un hombre de mediana edad, alto, calvo, de rostro picado por la viruela y de dientes tan negros como las largas uñas que sobresalían de sus dedos y que en ese momento contrastaban con la hogaza de pan blanco que agarraba. Caridad no pudo impedir que sus ojos se desviasen un breve instante hacia la hogaza: tenía hambre. El otro se percató de ello.

—¿Quieres un pedazo?

Caridad vaciló. ¿Qué hacía allí el tajador?

—La he comprado en la Red de San Luis —dijo el hombre al tiempo que la partía en dos y le ofrecía una de las mitades—. Tú y yo podríamos conseguir muchas como esta. Cógela —insistió—, no voy a hacerte nada.

Caridad no lo hizo. El tajador se acercó a ella.

—Eres una mujer deseable. Quedan pocas negras en España, todas se han ido blanqueando.

Ella retrocedió un par de pasos hasta que su espalda dio contra la pared. Vio cómo los ojos encendidos del tajador, taladrándola, se adelantaron a su llegada.

—Toma, coge el pan.

—No lo quiero.

—¡Cógelo!

Caridad obedeció y lo agarró con la mano libre del zafiro falso.

—Así me gusta. ¿Por qué ibas a rechazarlo? Me ha costado mis buenos dineros. Come.

Ella mordisqueó la media hogaza. El tajador la miró hacerlo unos segundos antes de lanzar la mano hacia uno de sus pechos. No llegó a tocarlo; Caridad lo había previsto y la apartó de un manotazo. El tajador insistió y ella volvió a rechazarle.

—¿Quieres ponérmelo difícil? —mascculló el hombre, al tiempo que, visiblemente excitado, lanzaba el pan sobre uno de los camastros y se frotaba las manos. Los dientes negros destacaban tras una sonrisa procaz.

El pan y el zafiro cayeron al suelo en el momento en que Caridad extendió los brazos para repeler la embestida del tajador. Tras un forcejeo, logró detenerlo agarrándolo de las muñecas. Su propia reacción la sorprendió y la hizo dudar: ¡era la primera vez que se enfrentaba a un blanco! El hombre aprovechó su indecisión: se soltó, gritó algo incomprensible y la abofeteó. No le dolió. Lo miró a los ojos. Volvió a golpearla y ella continuó mirándole. La pasividad de la mujer ante su violencia excitó todavía más al tajador. Caridad pensó que volvería a pegarle, pero en vez de eso se abrazó a ella y empezó a morderle cuello y orejas. Trató de librarse de él, pero no lo consiguió. El hombre, frenético, la agarraba ahora del pelo rizado y buscaba su boca, sus labios...

De repente la soltó y se dobló. Ella ladeó la cabeza, como si quisiera escuchar con mayor atención el sordo y largo quejido que surgía directamente de la garganta del tajador. Había visto hacerlo a su amiga María, la mulata con la que hacía los coros, un domingo de fiesta en el ingenio azucarero: María había permitido que el negro que la acosaba se acercase a ella, que la abrazase, que se encelase y entonces le había golpeado con la rodilla en los testículos. Aquel negro se había doblado y había aullado igual que el tajador, con ambas manos agarrando su entrepierna. Caridad respiraba con agitación mientras buscaba el zafiro con la mirada. Se agachó y extendió el brazo para cogerlo; le temblaban las manos. No podía controlarlas. El sofoco parecía querer reventar dentro de ella. Cogió la piedra, también el pan, a su lado, y se levantó, confusa ante el cúmulo de sensaciones tan nuevas para ella.

—¡Te mataré!

Fijó la atención en el tajador: se estaba reponiendo y casi lograba mantenerse erguido. Lo haría, la mataría; sus facciones contraídas lo proclamaban; la navaja que destelló en una de sus manos la azuzó como si ya se dispusiera a clavársela. ¡La posadera era su única posibilidad de salvación! Caridad corrió escaleras abajo. La puerta del piso estaba cerrada. La aporreó con fuerza, pero sus golpes se vieron superados por los gritos del tajador que descendía tras ella.

—¡Puta! ¡Te voy a cortar el cuello!

Caridad se lanzó por el último tramo de escaleras. Chocó con dos mujeres al irrumpir en la calle de los Peligros, una vía estrecha que no superaba los cinco pasos. Las quejas de las mujeres se enredaron en aquella algarabía que había estado escuchando durante cinco días y que ahora estallaba en toda su crudeza. Miró repetidamente hacia ambos lados de la calle sin saber qué hacer. Una de las mujeres trataba de recoger un sinfín de garbanzos que se habían desparramado por el suelo a causa del tropiezo; la otra la insultaba. La gente permanecía atenta; muchos de los transeúntes se habían detenido y contemplaban la escena, igual que el tajador, parado a la puerta del edificio. Tres pasos escasos los separaban. Cruzaron sus miradas. Allí, en público, Caridad trató de serenarse: no se atrevería a matarla. En el semblante resignado del hombre, que guardó la navaja y se llevó una mano al mentón, vio que él había llegado a la misma conclusión. Caridad dejó escapar el aire con un bufido, como si lo hubiese estado reteniendo desde que empezara a descender por las escaleras.

—¡Ladrona! —reverberó entonces entre los edificios—. ¡El pan! ¡Me ha robado el pan!

Caridad corrió su mirada desde la media hogaza de pan, todavía en su mano, al tajador, que sonreía.

—¡A la ladrona!

El grito que escuchó a sus espaldas acalló su intento de negar la acusación. Alguien trató de agarrarla del brazo. Se soltó. La mujer que recogía garbanzos la miraba, la que la insultaba se abalanzó sobre ella, igual que el tajador. Caridad esquivó a la mujer y la empujó contra el hombre, momento en que aprovechó para escapar y precipitarse calle abajo.

Los otros salieron en su persecución. Ella corrió, ciega. Chocó contra hombres y mujeres, sorteó a algunos y manoteó para liberarse de otros que pretendían detenerla. El ruido y los gritos de quienes trataban de darle alcance la espoleaban en una carrera inconsciente. Superó la bocacalle de los Peligros y se encontró en una amplia avenida. Allí estuvo a punto de ser atropellada por un lujoso carruaje tirado por dos mulas enjaezadas. Desde el pescante, el cochero la insultó al tiempo que chasqueaba el látigo en su dirección. Caridad trastabilló. Circulaban más carruajes: carrozas, calesas y curiosas literas con una mula delante y otra detrás. Caridad serpenteó entre ellas hasta que encontró una bocacalle y se adentró en ella corriendo; parecía que el griterío se le hubiera adherido a los oídos, no era consciente de que este quedaba ya muy lejos.

Había cesado la persecución. No merecía la pena molestarse por una vulgar morena que había robado un pedazo de pan. El tajador, pues, se encontró en mitad de la calle de Alcalá rodeado de todo tipo de carruajes, cocheros y lacayos, los de los nobles ataviados con librea; otros, los que acompañaban a quienes sin pertenecer a la nobleza gozaban del permiso real para utilizar carrozas, sin ella. Los alaridos con que había azuzado a quienes hasta ese momento creía que lo acompañaban se ahogaron en su garganta ante la mirada de desprecio de la mayoría de los cocheros y de los lacayos que acompañaban a pie las carrozas de sus señores. Él, un sucio y vulgar rufián, tenía más que perder si se significaba precisamente allí, entre los grandes.

—¡Aparta! —le conminó a gritos un cochero.

Uno de los lacayos hizo ademán de dirigirse hacia él. El tajador disimuló y desapareció por donde había venido.

Solo el ahogo y la opresión que atenazó su pecho lograron poner fin a la frenética carrera de Caridad. Se detuvo, apoyó las manos en sus rodillas y empezó a toser. Superó una arcada entre tos y tos. Volvió la cabeza y solo alcanzó a ver a algunas personas que curioseaban antes de proseguir su camino, indiferentes. Se irguió y buscó el aire que le faltaba. Frente a ella, al final de una calle estrecha, se alzaban, una a cada lado, dos torres coronadas por chapiteles con cruces. En la de la izquierda se veía también un campanario: una iglesia. Pensó, antes de volver una vez más la mirada atrás, que quizá pudiera refugiarse en ella. Nadie la perseguía, pero ignoraba dónde se encontraba. Cerró los ojos con fuerza y notó el acelerado palpitar de su corazón en las sienes. Le parecía que había cruzado todo Madrid. Se había alejado de la posada y no sabía cómo regresar a ella. No sabía dónde estaba la posada. No sabía dónde estaba ella. No sabía dónde estaba Melchor. No sabía...

Justo delante de donde se encontraba, a escasos pasos, vio una verja de hierro que daba acceso a un gran patio de la parte trasera de la iglesia. Estaba abierta. Se encaminó hacia ella preguntándose si la admitirían en el templo. Solo era una negra descalza, sudorosa y vestida con harapos de esclava. ¿Qué contestaría al cura si la interrogaba? ¿Que huía porque la acusaban de robar pan? Una hogaza de pan que todavía llevaba en las manos.

Un olor putrefacto, más incluso que el de las calles de Madrid rebosantes de los excrementos que sus vecinos lanzaban por las ventanas, golpeó sus sentidos al traspasar la verja de hierro y acceder al cementerio anejo a la iglesia. Nadie vigilaba en aquel momento los enterramientos. «Quizá esté más segura aquí que en la iglesia», pensó al tiempo que se escondía entre un pequeño monumento funerario y una pared de nichos. Conocía el origen de aquel hedor: era el que desprendían los cadáveres en descomposición, como los de los esclavos huidos, los cimarrones que a veces encontraban entre los cañaverales.

Mordió el pan con el olor a muerto mezclado en su saliva, como si pudiese masticarse de lo denso que era, y se dispuso a ordenar los acontecimientos y pensar qué era lo que podía hacer a partir de entonces. Tenía tiempo hasta el anochecer, cuando salieran los fantasmas... y allí debía de haberlos a cientos.

No muy lejos del cementerio de la parroquia de San Sebastián, donde cinco días después iba a hallar refugio Caridad, estaba la de Santa Cruz, cuya torre de ciento cuarenta y cuatro pies de altura dominaba la plazuela de igual nombre. Era en este lugar donde el sábado de Ramos, antes de proceder a su inhumación en el cementerio de la iglesia, la cofradía de la Caridad exponía las calaveras de aquellos que habían sido condenados a muerte y degollados, tras rescatarlas de los caminos en los que se exhibían para intimidar a los ciudadanos. La parroquia de San Ginés se ocupaba de los ahorcados y la de San Miguel de los ajusticiados por garrote vil.

En la misma plazuela de Santa Cruz, bajo sus soportales, se encontraba el mayor mercado de mano de obra doméstica. Allí se apostaban los criados sin trabajo y sobre todo las nodrizas y las amas de cría a la espera de que acudieran a contratarlas. Madrid necesitaba muchas nodrizas para la cría del cada vez más elevado número de niños expósitos y abandonados, pero sobre todo eran contratadas por las mujeres que no querían dar de mamar a sus hijos para no castigar sus pechos. Las «vanidades de la teta», lo llamaban quienes propugnaban la lactancia materna.

Pero en aquella plazuela se hallaba también uno de los estancos para la venta de tabaco al por menor que mayores beneficios procuraban a la hacienda real, junto a los de Antón Martín, Rastro y Puerta del Sol, del total de veintidós que se contaban en Madrid. La venta de tabaco se complementaba con dos tercenas: almacenes del Estado que vendían al por mayor, nunca por debajo de un cuarterón de tabaco en polvo o en hoja, por lo que solo los consumidores capaces de comprar tal cantidad, con el dispendio que ello significaba, accedían a ellas.

La misma mañana en que dejó a Caridad en la posada, Melchor comprobó que el de Santa Cruz, con la venta de tabaco en polvo como única actividad, parecía más una botica destinada al suministro de medicinas y remedios que los que comerciaban con el incipiente pero ya imparable tabaco de humo que consumían las clases más humildes. En el centro del mostrador, a la vista del público, como estaba ordenado, se veía una balanza de precisión para pesar el polvo de tabaco; en las estanterías de las paredes se alineaban las vasijas de barro vidriado o de hojalata que lo contenían e impedían que perdiera su fragancia, como sucedía si se guardaba en bolsitas de papel, algo que estaba terminantemente prohibido.

Ramón Álvarez, el estanquero, torció el gesto ante el gitano, su desvaída casaca amarilla, sus aros en las orejas, las miles de arrugas que surcaban su rostro atezado y aquellos ojos que parecían escudriñar en el interior de la gente, pero de mala gana se prestó a hablar con él ante la insistencia de Carlos Pueyo, el viejo escribano público que lo acompañaba y con el que ya había llevado a cabo algunos tratos tan oscuros como fructíferos. La esposa de Álvarez quedó al cuidado del negocio mientras Carlos y Melchor seguían el apático ascenso del estanquero al piso superior del establecimiento, donde estaba su domicilio.

Con todo, cualquier atisbo de suspicacia en Ramón Álvarez desapareció en cuanto sorbió una muestra del rapé que le proporcionó Melchor. Su rostro se iluminó con la sola mención de la cantidad de libras de las que disponía el gitano.

—Nunca te arrepentirás de tratar conmigo —le recriminó el escribano al estanquero por su recelo inicial.

Melchor fijó su mirada en el viejo escribano: con esas mismas palabras había puesto fin a su reunión cuando, tras presentarse en su escritorio, habían estado tratando, por recomendación de Eulogio, de la situación de su hija Ana en el presidio de gitanos de Málaga. Le habló de la vasija de rapé a la hora de negociar el coste y pago de sus honorarios y los del embudista que sería necesario para mediar ante las autoridades para la liberación de la gitana. «Son caros los embudistas, pero se mueven bien en la corte y saben a quién hay que comprar», sentenció Carlos Pueyo.

En ese momento, en aquel piso que escondía el hedor de las calles de Madrid en los aromas del tabaco que durante años se había almacenado en los bajos, Melchor reconoció en el rostro del estanquero la misma codicia que mostrara el escribano.

—¿Dónde tienes el rapé?

Idéntica pregunta le había efectuado el otro. El gitano, con igual gravedad, repitió la respuesta:

—No te interesa. Está a tan buen recaudo como puedan estarlo tus dineros para comprarlo.

Ramón Álvarez se movió con diligencia: conocía el mercado, conocía a quien pudiera estar interesado en aquella mercancía prohibida y, sobre todo, conocía a quien pudiera pagar su elevado coste. Él no era más que un estanquero, a sueldo de la Corona, que percibía unos reales al día, como todos los que se hallaban al frente de establecimientos con ventas elevadas. Existían otros, aquellos que vendían menores cantidades o los que, en los pueblos y por no soportar el negocio el sueldo y los gastos de un estanco, eran obligados por la Corona a suministrar tabaco en tiendas de artículos diversos e iban a la décima: un diez por ciento del total vendido.

Pero por más que los estanqueros gozasen de una posición

privilegiada, pues estaban libres de cargas y obligaciones, de repartos, de bagajes o de ser llamados al ejército; exentos del pago de portazgos, pontazgos o barcajes y no podían ser agraviados u ofendidos, aquellos reales resultaban insuficientes para acomodar su vida al boato y lujo de quienes gozaban de similares prerrogativas. Madrid era una ciudad cara, y una partida de rapé de la calidad que acreditaba la de Melchor era uno de los mejores negocios que podían llegar a hacer porque, además, no influía sobre ventas de polvo de tabaco español.

Mientras el estanquero se dedicaba a conseguir los dineros —«Esta misma noche dispondré de ellos y cerraremos el trato», se comprometió ante la posibilidad de que se le escapase el negocio—, Melchor se dispuso a ir en busca de sus parientes.

La calle de la Comadre de Granada. Siempre recordaría ese nombre. Chocante; ¿por qué una calle de la capital se llamaba de forma tan rara? Allí vivía el Cascabelero con su familia, como muchos otros gitanos, y si ya no lo hacían, seguro que obtendría noticias. Preguntó para llegar. «Hacia abajo. Bastante cerca», le indicaron. La calle de la Comadre pertenecía al Madrid humilde de los jornaleros. A ambos lados de lo que no era más que un simple camino de tierra que iba a parar al barranco de Embajadores se abrían con monotonía decenas de casas bajas y míseras, de estrechas fachadas y con pequeños huertos en sus traseras, cuando no algunos otros edificios que se añadían a los primeros, con los que compartían habitaciones y salida. Melchor se daba cuenta de que iba a descubrir su presencia en Madrid, pero lo cierto era que no podía afrontar aquella operación él solo. Podían robarle, sin más, hacerse con la tinaja y matarle.

—Sigue hacia arriba —le indicó una mujer después de recorrer la calle en un par de ocasiones sin dar con la vivienda—, y una vez superes la calle de la Esperancilla, la segunda o la tercera de las casas…

Y aun cuando no le robasen, ¿cómo iba a transportar la tinaja hasta Madrid y moverse con ella? Podía contar con la ayuda de Caridad, pero no quería mezclarla; prefería correr el riesgo de ser traicionado. Tenían que ser otros, y nadie mejor que alguien emparentado con él, por escasa que fuera la sangre Vega que corriera por sus venas.

Cualquier asomo de duda se desvaneció al insondable cruce de miradas que se produjo entre Melchor y el Cascabelero, ambos agarrados de los antebrazos, apretando, transmitiéndose afecto, prometiéndose lealtad. Al mero contacto con su pariente, convertido en patriarca de los suyos como lo demostraba el respetuoso silencio de cuantos rodeaban a la pareja, Melchor supo que estaba enterado de su sentencia de muerte.

—¿Y la tía Rosa? —se interesó Melchor después de decirse todo con los ojos.

—Falleció —contestó el Cascabelero.

—Era una buena gitana.

—Lo fue, sí.

Melchor saludó uno por uno a los miembros de la extensa familia del Cascabelero. Su hermana, viuda. Zoilo, el hijo mayor, picador de toros, lo presentó con orgullo su padre antes de indicarle a su nuera y a sus nietos. Dos hijas más con sus respectivos maridos, una de ellas con un bebé en brazos y otros chiquillos escondidos tras sus piernas, y el cuarto, Martín, un muchacho que recibió su saludo con rostro de admiración.

—¿Usted es el Galeote?

—Últimamente hemos hablado bastante de ti —le confió el Cascabelero mientras Melchor asentía a la pregunta y le palmeaba la mejilla.

Cerca de veinte personas se hacinaban en aquella pequeña casa de la calle de la Comadre.

Mientras las mujeres preparaban la comida, Melchor, el patriarca y los demás hombres se acomodaron en el pequeño huerto trasero, bajo un voladizo, unos en sillas desvencijadas, otros sobre simples cajones.

—¿Qué edad tienes? —preguntó Melchor a Martín, el muchacho asomado por la cortinilla que a modo de puerta daba acceso al huerto.

—Voy a cumplir quince años.

Melchor buscó el consentimiento del Cascabelero.

—Ya eres todo un gitano —le dijo al ver que su padre asentía—, ven con nosotros.

Esa misma tarde, en la escribanía, Carlos Pueyo le confirmó que el estanquero disponía de los dineros para comprar el rapé.

—Habría sido capaz de vender a su esposa y a su hija por conseguirlo para esta misma noche —afirmó el escribano ante el gesto de sorpresa con el que el gitano recibió la noticia—. Por la esposa poco le hubieran dado —bromeó—. La hija, sin embargo, tiene sus encantos.

Pactaron la venta a partir de las once de la noche, hora hasta la que tenía que estar abierto el estanco.

—¿Dónde? —preguntó Melchor.

—En el estanco, por supuesto. Tiene que comprobar la calidad, pesar el rapé... ¿Algún problema? —añadió el escribano ante la actitud reflexiva del gitano.

Quedaban siete horas.

—Ninguno —afirmó este.

Junto al Cascabelero y todos los hombres de su familia, el joven Martín incluido, Melchor abandonó Madrid por la puerta de Toledo. Sonrió con Caridad en la mente al llegar al matorral en el que permanecía escondida la tinaja. «¿Ves como está, morena?», se dijo mientras Zoilo y sus cuñados la desenterraban. ¿Qué harían después de cerrar el negocio? Zoilo y su padre habían sido tajantes.

—Desde que has puesto los pies en la calle de la Comadre, ten por seguro que los García ya saben que estás en Madrid.

—¿Hay Garcías aquí?

—Sí. Una rama de ellos, sobrinos del Conde. Vinieron desde Triana.

—Debió de ser...

—Más o menos mientras estabas en galeras. Tu tía Rosa los odiaba. Nosotros empezamos a odiarlos y ellos nos odian a nosotros.

—No quisiera crearos problemas —dijo Melchor.

—Melchor —el patriarca le habló con seriedad—, los Costes y los que están con nosotros te defenderemos. ¿Pretendes que el fantasma de tu tía venga a apalearme por las noches? Los García se lo pensarán dos veces antes de meterse en este lío.

¿Defenderían también a Caridad? Al hablarle de la sentencia habían incluido a la mujer; sin embargo nadie le preguntó por ella; no era gitana. Mientras estuviera en Madrid tendría que andar siempre protegido por los hombres del Cascabelero, vivir con ellos, pero dudaba que estuvieran dispuestos a buscarse problemas por una morena.

Hicieron tiempo hasta el anochecer para regresar con la tinaja. Abandonarían Madrid, decidió Melchor durante la espera. Dejaría arreglado lo de Ana y ellos dos irían a contrabandear con tabaco, mano a mano, sin unirse a partida alguna. ¡Jamás había disfrutado tanto pasando tabaco como lo había hecho con la morena en Barrancos! El riesgo... el peligro adquiría otra dimensión ante la sola posibilidad de que la detuvieran a ella, y eso le insuflaba vida. Sí. Harían eso. De vez en cuando él volvería a Madrid, solo, a comprobar cómo iban las gestiones para liberar a su hija.

Accedieron a la capital por el hueco de una casa que hacía de cerca. Ni siquiera pagaron.

—Otro picador de toros —explicó el Cascabelero.

Se dirigieron a la plazuela de Santa Cruz cargados con la tinaja. Si alguien en la oscuridad de las calles de Madrid tuvo la tentación de hacerse con aquel tesoro, a buen seguro desistió ante el cortejo que lo acompañaba.

Pasadas las once de la noche, Melchor y sus gitanos se hallaban en el piso superior del estanco, serios y en silencio, amenazadores, tanto como los dos acompañantes que se había procurado el estanquero. Este y su esposa comprobaron la calidad y pesaron a satisfacción las libras de rapé. Ramón Álvarez asintió y, en silencio, entregó a Melchor una bolsa con los dineros. El gitano desparramó las monedas sobre una mesa y las contó. Luego tomó algunas de oro y se las ofreció al escribano.

—Quiero a mi hija Ana libre en un mes —exigió.

Carlos Pueyo ni se dejó amedrentar ni cogió los dineros.

—Melchor, los milagros ahí delante, cruzada la plazuela, en la iglesia de Santa Cruz. —Ambos enfrentaron sus miradas un instante—. Haré cuanto esté en mi mano —añadió el escribano—, es lo más que puedo prometerte. Te lo he dicho en varias ocasiones.

El gitano dudó. Se volvió hacia Zoilo y el Cascabelero, que se encogieron de hombros. Se lo había recomendado Eulogio y le había parecido una persona capaz de moverse —la rápida venta del rapé era buena prueba de ello—, sin embargo, llegado el momento de la entrega de dineros, su confianza flaqueaba. Pensó en Ana encarcelada en Málaga y en el rechazo de su querida nieta Milagros, unida a los García por matrimonio, y se dijo que aquellos dineros tenían poca importancia. ¡Miles podía conseguir si los suyos los necesitaban!

—De acuerdo —cedió.

La tensión desapareció tan pronto como el escribano alargó la mano y Melchor dejó caer en ella las monedas. Luego, allí mismo, entregó otras a los Costes, sin olvidar al joven Martín que solo se atrevió a cogerlas cuando su padre le hizo un gesto afirmativo.

—¡Habrá que celebrarlo! —levantó la voz Zoilo.

—Vino y fiesta —añadió uno de sus cuñados.

El estanquero se llevó las manos a la cabeza y su mujer palideció.

—La ronda..., los alcaldes... —advirtió el primero—. Si nos encuentran con rapé... Silencio, os lo ruego.

Pero los gitanos no callaron.

—Melchor, ahí delante —intervino entonces el escribano señalando hacia un lado— está la cárcel de Corte y la Sala de Alcaldes. Allí hay alguaciles y es donde se reúnen las rondas. Exceptuando el palacio del Buen Retiro, con el rey y sus guardias, estáis eligiendo el sitio menos indicado de la ciudad para armar bulla.

Melchor y el Cascabelero comprendieron y acallaron con gestos de las manos a los gitanos. Luego, empujados por el estanquero y su esposa, abandonaron el edificio sin poder reprimir algunos comentarios y risas por lo bajo.

—En unos días pasaré por tu escribanía para saber de los trámites del asunto de mi hija —advirtió Melchor al escribano, parapetado este junto al estanquero tras la puerta del estanco.

—No tengas tanta prisa —contestó aquel.

Melchor se disponía a replicar cuando la puerta se cerró y quedaron ante el majestuoso edificio —dos pisos más la buhardilla y tres grandes torres coronadas por chapiteles— destinado a la cárcel de Corte y Sala de Alcaldes, allí donde se administraba justicia. Lo habían evitado y rodeado cuando llegaron cargados con la tinaja y ahora advirtieron que el escribano tenía razón: por sus alrededores se movían los alguaciles que iban y venían, con varas gruesas en sus manos y ataviados con trajes de golilla, como los que se usaban en épocas anteriores, los cuellos erectos y aprisionados en las tiras de cartón forrado, y que habían sido prohibidos por el rey al común de la gente.

—Vamos con los jóvenes a divertirnos —le propuso el Cascabelero a Melchor.

El Galeote dudó. Caridad le estaría esperando.

—¿Tienes algo mejor que hacer? —insistió el otro.

—Vamos —cedió Melchor, incapaz de decirle que le esperaba una negra, por hermosa que esta fuera. Al fin y al cabo, al día siguiente abandonarían Madrid.

Se apostaron junto a una de las paredes de la iglesia de Santa Cruz, allí donde, por encima del nivel de la calle de Atocha, se alzaba la lonja que daba acceso al pórtico principal del templo y en la que dormían algunos desahuciados que no debían de ser de interés para los alguaciles. A una señal de Zoilo se escabulleron rodeando la lonja y se encaminaron calle Atocha abajo. Sabían que corrían un riesgo: en las calles de Madrid, pasadas las doce de la noche (hora que las campanas ya habían anunciado hacía rato), todo ciudadano que fuera sorprendido armado, como lo iban ellos, y sin farol que alumbrase sus pasos, debía ser detenido. Sin embargo, cuando dejaron atrás la lonja del convento de los Trinitarios Calzados y se hallaban lejos de la cárcel y de sus muchos funcionarios, empezaron a charlar con indolencia, seguros de que ninguna ronda iba a atreverse con seis gitanos. Rieron a carcajadas al cruzar la plazuela de Antón Martín, donde a menudo se apostaba uno de los alcaldes de cuartel, y continuaron descendiendo despreocupadamente por la calle de Atocha haciendo caso omiso a hombres y mujeres borrachos, tropezando con mendigos tirados en el suelo y llegando incluso a retar a aquellos que reconocían embozados en sus capas largas, los rostros ocultos en la noche bajo sus sombreros chambergos de ala ancha, apostados a la espera de algún incauto a quien atracar.

Al final de la calle, pasaron por el hospital General y se internaron en el prado de Atocha. En aquel lugar, la cerca que rodeaba Madrid no finalizaba con los últimos edificios de la ciudad sino que se abría por detrás de huertas y olivares para llegar a rodear el sitio real del Buen Retiro con sus muchas construcciones y jardines anexos. No tardaron en oír la música y el alboroto: los vecinos de Lavapiés y del Rastro se juntaban en los descampados para beber, bailar y divertirse.

Llevaban dinero. La inquietud por Caridad desapareció en Melchor al ritmo de la fiesta, del vino, el aguardiente o incluso el chocolate, de Caracas, escuchó Melchor que exigía el Cascabelero, el mejor, con azúcar, canela y unas gotas de agua de azahar. Comieron los dulces que anunciaban los vendedores ambulantes: rosquillas, «tontas» o «listas», según las endulzasen o no con un baño de azúcar, clara de huevo y zumo de limón; bartolillos a la crema y los deliciosos barquillos que voceaban los vendedores. A la vista de unas bolsas que parecían no menguar por más monedas que salieran de su interior, se les unieron otros gitanos y algunas mujeres con las que los hombres no fueron más allá del flirteo, ya que el patriarca siempre estaba atento a la honra de sus hijas.

—Ve tú —animaron sin embargo los demás al joven Martín—, tienes dinero y estás soltero. ¡Disfruta de estas payas!

Pero el gitano se excusó y permaneció junto a Melchor, el Galeote que había sobrevivido a la tortura y que contrabandeaba con tabaco, capaz de matar a su propio yerno por el honor de los Vega. Martín lo escuchaba con atención, riendo sus bromas, sintiéndose orgulloso cuando se dirigía a él. A lo largo de la noche, Melchor y Martín hablaron de los Vega, del honor, del orgullo, de la libertad, de la gitanería y de lo que hubiera complacido al gitano de Triana que su nieta eligiera a alguien como él en lugar de a un García. «Debía de estar perturbada», alegaba Melchor. «Seguro», asentía el muchacho. Fandangos y seguidillas los acompañaron hasta el amanecer junto a todo tipo de gentes. Los gitanos, ataviados con sus ropas coloridas, se mezclaron con manolos y manolas, ellos con su chaquetilla y su chaleco coloreados, faja de seda, calzón ajustado, media blanca, zapato con gran hebilla casi en la punta, capa franjeada y montera, siempre armados con una buena navaja y un perenne cigarro en los labios; las mujeres: jubón, brial y basquiña, muy volanteada, cofia o mantilla y zapato de seda.

Melchor echó en falta el sentimiento gitano más que sus acompañantes; el hechizo de aquellas voces rotas que surgían espontáneas desde el rincón más insospechado de la gitanería de la huerta de la Cartuja. Sin embargo, la alegría y el jaleo continuó resonando en sus oídos cuando la música cesó y la luz del día vino a encontrarles en un prado en el que ya solo remoloneaban los rezagados.

—¿Tenéis hambre? —preguntó entonces Zoilo.

Saciaron su apetito en el mesón de San Blas, en la misma calle de Atocha, entre carreteros, arrieros y ordinarios de Murcia y La Mancha, que eran los que paraban en aquel lugar. Igual que habían hecho durante la fiesta de la noche anterior, alardearon de su bolsa e hicieron tiempo con pan con manteca en rebanadas previamente tostadas, mojadas en agua, fritas con la manteca y espolvoreadas con azúcar y canela. Luego prosiguieron con pollo guisado en salsa hecha con sus propios higadillos machacados hasta que estuvo cocinado el plato principal: una hermosa cabeza de cordero partida por la mitad, aderezada con perejil, ajos majados, sal, pimienta, y lonchas de tocino por debajo de las ternillas, atada de nuevo para ser asada envuelta en pliegos de papel de estraza. Dieron buena cuenta de los sesos, la lengua, los ojos y las carnes adheridas, algunas tiernas, otras gelatinosas, todo ello regado con vino de Valdepeñas, fuerte y recio, sin aguar, como correspondía a aquel mesón repleto de hombres sucios y vocingleros que les miraban de reojo con la envidia patente en sus rostros y ademanes.

—¡Una ronda para todos los presentes! —gritó Melchor, saciado, achispado por el vino.

Antes de que aquellos hombres pudieran agradecer la generosidad, un grito retumbó en el local:

—¡No queremos beber tu vino!

Melchor y el Cascabelero, sentados de espaldas, percibieron la tensión en el rostro de Zoilo y sus dos cuñados, enfrentados estos a la puerta. Martín, junto a Melchor, fue el único del grupo que volvió la cabeza.

—No creía que fueran tan rápidos —comentó el patriarca a Melchor.

La mayoría de los clientes, fascinados ante la reyerta que se avecinaba, se arrinconaron en el lado opuesto a aquel donde se hallaban los gitanos y abrieron espacio a los recién llegados. Pocos fueron los que abandonaron el local. El Cascabelero y Melchor mantenían la mirada al frente.

—Cuanto antes, mejor —dijo este al tiempo que reprimía un suspiro por no haberse retirado antes. De haberlo hecho, estaría con Caridad, a salvo. ¿O no? Igual no, ¿quién sabía? Chasqueó la lengua—. Lo hecho, hecho está —murmuró para sí.

—¿Qué dices?

—Que nos esperan —contestó el Galeote poniéndose en pie, la mano ya en la empuñadura de su navaja.

El Cascabelero lo imitó, los demás también. Los García debían de ser ocho, quizá más, no podía saberse con seguridad al verlos arracimados en la puerta.

—¡Estúpidos! —escupió Melchor tan pronto como cruzó su mirada con el que parecía el jefe de la partida—. El vino que paga un Vega únicamente irá a mojar las tumbas de los García, allí donde todos deberíais estar.

—Manuel —se escuchó de boca del Cascabelero, ya rodeado de su gente—, vas a cometer el mayor error de tu vida.

—La ley gitana… —trató de replicar este.

—¡Deja ya de hablar! —le interrumpió Melchor—. Ven a por mí si tienes cojones.

Uno de los allí presentes jaleó la bravata.

El chascar de las navajas abriéndose al tiempo restalló en el interior del mesón; las hojas brillaron aun en la penumbra.

—¿Por qué…? —empezó a preguntar el Cascabelero a Melchor.

—Aquí no tienen espacio suficiente —contestó el otro—. Estaremos más o menos igualados. Fuera nos machacarían.

Tenía razón. Por más que los García apartaron mesas y sillas a su paso, su grupo no pudo llegar a abrirse frente a los Vega. Seis contra seis, siete a lo más. «El resto vendrá luego», pensó Melchor al lanzar el primer navajazo, que sajó con asombrosa facilidad el antebrazo del García que tenía frente a sí. Los demás seguían tentándose, sin llegar a entrar en liza. Entonces se dio cuenta de otra circunstancia aún más importante: no sabían pelear. Aquellos gitanos no habían corrido sierras y campos; vivían en Madrid, acomodados, y sus pendencias no eran contra contrabandistas o delincuentes que luchaban con saña, despreciando incluso sus vidas. Lanzó otro navajazo, el brazo extendido, y el García herido retrocedió hasta empujar al pariente que tenía a su espalda.

Con todo, un sudor frío empapó la espalda de Melchor en aquel preciso instante. ¡Martín! Permanecía a su lado, como siempre, y mientras el resto continuaba sin decidirse, entrevió cómo el joven se lanzaba trastornado, ciego, sobre otro de los García. ¡La navaja! ¡No dominaba…! Escuchó el aullido aterrorizado que surgió de boca del Cascabelero cuando el golpe del adversario hirió la muñeca de su hijo menor y lo desarmó.

—¡Quietos! —gritó Melchor justo en el momento en que el García se disponía a atacar el cuello del muchacho.

La navaja se detuvo. El mundo entero pareció detenerse para Melchor. Dejó caer su arma y esbozó una sonrisa triste en dirección al rostro atemorizado del joven gitano Vega.

—Aquí me tenéis, perros malnacidos —se rindió entonces, abriendo los brazos.

No lo miró, no quiso humillarlo, pero supo que el Cascabelero mantenía la vista en el suelo, quizá en su propia navaja. Se acercó a los García, y antes de que estos se abalanzasen sobre él, tuvo oportunidad de revolver el cabello de Martín.

—La sangre de los Vega tiene que continuar viviendo en ti, no en los viejos como yo —sentenció antes de que lo sacaran del mesón entre insultos, patadas y empellones.

No se atrevió a carraspear para no ser descubierta por más que sintiera el hedor a muerto agarrado a su boca reseca. La noche primaveral se le había echado encima y tenía sed, mucha sed, un apremio que sin embargo desaparecía tan pronto como la más suave de las brisas acariciaba su cuerpo y erizaba su vello; entonces temblaba sintiéndose asediada por los fantasmas que, estaba convencida, surgían de las muchas tumbas de aquel cementerio. Y mientras los hombres situados tras la lápida contra la que Caridad se protegía efectuaban sus apuestas y posturas en unos susurros que a ella se le antojaban aullidos, los escalofríos por el contacto con los muertos vivientes se sucedían una y otra vez.

Habían accedido al cementerio justo cuando ella se disponía a abandonarlo para correr en busca de una fuente en la que saciar su sed. Cinco, seis, siete hombres, no llegó a contarlos, a los que el propio sacristán les franqueó el paso; luego, a lo largo de la noche, oyó que algunos abandonaban el cementerio, probablemente limpios de sus dineros, y que otros nuevos se sumaban a la partida. Un simple farol sobre una cruz funeraria iluminaba la lápida sobre la que llevaban ya un par de horas jugando a los naipes. El sacristán vigilaba el paso de la ronda por la calle. En un par de ocasiones les advirtió de la cercanía de los alguaciles y, en la repentina y más absoluta oscuridad, Caridad aguantó la respiración, igual que todos ellos, hasta que el peligro pasaba y se reanudaba el juego prohibido.

Fue en aquellas dos ocasiones, la tenue iluminación del farol atajada entre prisas y temores, cuando Caridad sintió con más ímpetu la presencia de los espíritus. Rezó. Rezó a Oshún y a la Virgen de la Caridad del Cobre, porque los muertos no solo descansaban en sus tumbas, sino que estaban mezclados en la tierra sobre la que ella se sentaba, la misma tierra con la que había jugueteado para pasar el tiempo, aquella sobre la que se le había caído el resto de la hogaza de pan que había limpiado distraídamente antes de continuar mordisqueándola. Lo había oído de boca de los jugadores furtivos:

—Este olor es insoportable —susurró uno de ellos.

—Precisamente por eso estamos aquí —obtuvo como contestación—. Este es el peor de Madrid. Poca gente se acerca.

—Pero tanto… —quiso insistir el primero.

—Puedes ir a otro cementerio si lo deseas —replicó una voz diferente, calma—. El de San Sebastián es el mejor para burlar la prohibición de jugar. Aquí no caben los muertos y cada primavera se hace una monda, la última fue hace pocos días: retiran los cadáveres que llevan enterrados dos años y los trasladan a la fosa común, muchos de los restos se mezclan con la tierra y nadie le da la menor importancia. Por eso huele así: ¡a muerto, joder! ¿Juegas o no juegas?

Y Caridad no podía hacer nada por liberarse de todos esos muertos que la rodeaban, del hedor que le arañaba la garganta y la sumía en oscuros presagios. ¡Melchor! ¿Qué habría sido de él? ¿Por qué la había abandonado en la posada? Algo grave debía de haberle sucedido, ¿o no? ¿Podía… habría sido capaz el gitano de…? No. Seguro que no. El último beso que le dio antes de despedirse y los momentos felices de Barrancos acudían en tropel a su mente para ahuyentar esa posibilidad. Y mientras tanto, igual que hizo en Triana, en silencio, con la mano prieta sobre la piedra que le había regalado, trataba de concentrarse y emplazar a sus dioses: «Eleggua, ven a mí, dime si Melchor aún vive, si está sano». Pero todos sus esfuerzos eran vanos y sentía que los fantasmas la toqueteaban… De repente dio un brinco. Se levantó del suelo como si una gran ballesta la hubiera lanzado hacia el cielo. Temió que fueran los muertos que venían a por ella. Se restregó con fuerza el cabello, el rostro, el cuello… Un pringoso líquido caliente empapaba su cabeza.

—¡Virgen santísima! —resonó en el cementerio—. ¿Qué es esto!

La exclamación surgió del hombre que se había encaramado a la tumba tras cuya lápida se escondía Caridad y que, por lo demás, ni siquiera osó moverse, sorprendido, aterrorizado, incapaz de reconocer en la oscuridad qué era aquella mancha negra que se movía con frenesí. El chorro de orina que consiguió lo que no habían logrado los espíritus, que Caridad descubriese su escondite, menguó paulatinamente hasta convertirse en un hilillo.

Caridad tardó en reaccionar tanto como el hombre en adaptar su visión a la oscuridad. Cuando ambos lo lograron, se encontraron frente a frente: ella oliéndose el brazo al comprender lo que había sucedido; él con el pene, ahora encogido, todavía en la mano.

—¡Es una negra! —se escuchó entonces de uno de los jugadores que habían acudido al escándalo.

—Pero que muy negra —añadió otro.

Una sonrisa apareció en el rostro de Caridad, que mostró sus dientes blancos en la noche. A pesar del asco que sentía, esos eran humanos, no fantasmas.

Allí parada frente a los hombres, el candil en manos de uno de ellos iluminándola, los comentarios se sucedieron:

—¿Y qué hacía ahí escondida?

—Ahora entiendo mi mala suerte.

—¡Tiene unas buenas tetas la jodida!

—Lo tuyo no es mala suerte. Ni siquiera sabes aguantar los naipes en la mano.

—Hablando de manos, ¿vas a quedarte toda la noche con el rabo en ella?

—¿Qué hacemos con la morena?

—¿Nosotros?

—Que vaya a lavarse. ¡Está empapada en orines!

—A las negras les da igual.

—Señores, los naipes nos esperan.

Un murmullo de aprobación se alzó de entre los hombres y, sin conceder mayor importancia a la presencia de Caridad, le dieron la espalda para volver a reunirse en torno a la tumba sobre la que jugaban.

—Un poco más abajo, siguiendo la calle de Atocha, en la plazuela de Antón Martín, encontrarás una fuente. Allí podrás lavarte —dijo el hombre que había orinado sobre ella y que acababa de esconder su miembro bajo el calzón.

Caridad giró la cabeza a la mención de la fuente: la tremenda sensación de sed que había venido acuciándola y la sequedad de su boca aparecieron de nuevo, junto a la imperiosa necesidad de lavarse. El jugador se disponía a ir con sus compañeros cuando Caridad le interrumpió.

—¿Dónde? —preguntó.

—En la plazuela de… —empezó a repetir antes de comprender que Caridad no conocía Madrid—. Escucha: sales del cementerio y doblas la esquina hacia la izquierda… —Ella asintió—. Bien. Es esta calle estrecha de aquí detrás. —Señaló la pared de nichos que cerraba el cementerio—. La del Viento. Continúas andando y rodeas la iglesia, siempre hacia la izquierda, y llegarás a una calle más grande, esa es la de Atocha. Desciendes por ella y encontrarás la fuente. No tiene pérdida. Está muy cerca.

El hombre no esperó respuesta y también le dio la espalda.

—¡Ah! —exclamó no obstante, volviendo la cabeza—, y lo siento. No sabía que estabas escondida ahí.

La sed azuzó a Caridad.

—Adiós, morena —escuchó que le decían los jugadores cuando se escabullía a paso vivo del cementerio, ante la mirada extrañada del sacristán que vigilaba.

—Límpiate bien.

—No digas a nadie que nos has visto.

—¡Suerte!

«Dos veces a la izquierda», se repitió Caridad al rodear el campanario y la iglesia de San Sebastián. «Y ahora descender por la calle grande.» Superó una nueva bocacalle y a la luz de los faroles de dos edificios vislumbró la plazuela y, en su centro, la fuente: un alto monumento coronado por un ángel, estatuas de niños por debajo y el agua brotando de la boca de grandes peces.

Caridad no pensó en otra cosa más que en lavarse y saciar su sed. No se fijó en un par de embozados que se escondían del resplandor de los hachones de dos grandes construcciones. Ellos, sin embargo, no le quitaron ojo cuando se introdujo en el pilón de la fuente para acercar sus labios al caño que surgía de la boca de uno de los delfines. Bebió, bebió copiosamente mientras los dos hombres se acercaban a ella. Luego, ya mojadas las piernas y los bajos de su camisa de esclava, se arrodilló, metió la cabeza bajo el chorro y dejó que el agua fresca corriera por su nuca y su cabello, por sus hombros y por sus pechos, sintiendo que se purificaba, que se liberaba de la suciedad y de todos los espíritus que la habían asediado en el cementerio. ¡Oshún! La orisha del río, la que reina sobre las aguas; eran muchas las veces que le había rendido tributo en Cuba, allá en la vega. Se levantó, alzó la vista al cielo, por encima del ángel que coronaba la fuente.

—¿Dónde estás ahora, mi diosa? —suplicó en voz alta—, ¿por qué no acudes a mí? ¿Por qué no me montas?

—Si no lo hace ella, yo estaré encantado de montarte.

Caridad se volvió sorprendida. Los dos hombres, al pie del pilón, abrieron sobremanera los ojos en una mirada libidinosa ante el cuerpo que se les mostraba bajo la empapada camisa grisácea que se adhería a sus voluptuosos senos, a su estómago y a sus anchas caderas.

—Puedo darte ropa seca —ofreció el otro.

—Pero primero tendrás que quitarte esa —rió el primero en tono procaz.

Caridad cerró los ojos, desesperada. Huía de un tajador que había querido forzarla y ahora…

—Ven aquí —la incitaron.

—Acércate.

No se movió.

—Dejadme tranquila.

Su petición se quedó entre el ruego y la advertencia. Escrutó el lugar más allá de ellos: solitario, oscuro.

Los dos hombres se consultaron con la mirada y asintieron con una sonrisa, como si se planteasen un vulgar juego.

—No tengas miedo —dijo uno.

El otro agitó su mano, llamándola a acercarse.

—Ven conmigo, negrita.

Caridad retrocedió hacia el centro de la fuente hasta que su espalda dio contra el monumento.

—No seas necia, te lo pasarás bien con nosotros.

Uno saltó por encima del pilón.

Caridad miró a ambos lados: no podía escapar, estaba atrapada entre dos de los grandes delfines de los que surgía el agua.

—¿Adónde irías? —preguntó el otro hombre al darse cuenta de sus intenciones, al tiempo que también superaba el pilón, por el lado opuesto, cerrándole cualquier posibilidad de huir—. Seguro que no tienes adónde ir.

Caridad se apretó todavía más contra el monumento y notó la piedra arañando su espalda justo antes de que los dos al tiempo saltaran sobre ella. Intentó defenderse a patadas y puñetazos, con la joya falsa de Melchor aprisionada en su puño. No pudo. Gritó. La agarraron y sintió asco al escuchar cómo reían a carcajadas, como si no bastara con forzarla y tuvieran que humillarla todavía más con sus burlas. La manosearon y tironearon de su camisa, peleando por desnudarla: uno trataba de romper la prenda, el otro pretendía sacársela por la cabeza. Notó que le clavaban las uñas en la entrepierna y le apretaban los pechos mientras continuaban riendo y escupiendo procacidades…

—¡Alto! ¿Quién va?

De repente se sintió sola; la camisa sobre su rostro le impedía ver. El violento chapoteo de los hombres corriendo le indicó que huían. Cuando se quitó la camisa de los ojos, se encontró frente a dos hombres vestidos de negro alumbrados por el candil que portaba uno de ellos. El otro llevaba un bastón en la mano. Ambos lucían rígidos cartones que pretendían ser blancos en sus cuellos.

—Tápate —le ordenó el del candil—. ¿Quién eres? —inquirió mientras ella se esforzaba por cubrir uno de sus pechos al aire—. ¿Qué estabas haciendo con esos hombres?

Caridad bajó la mirada al agua. El tono autoritario del blanco la llevó a reaccionar como hacía en la vega. No contestó.

—¿Dónde vives? ¿En qué trabajas?

—Acompáñanos —decidió el otro con voz cansina ante el infructuoso interrogatorio, al tiempo que repicaba con la vara sobre el pilón.

Se encaminaron calle Atocha abajo.

25

rostitución!

Tal fue el cargo que alegó uno de los alguaciles al portero de la Galera después de que este les franquease el acceso a la cárcel de mujeres de Madrid, en la misma calle de Atocha, poco más allá de la plaza donde la habían detenido. Caridad, cabizbaja, no llegó a ver el inmediato aspaviento con que el portero acogió a los alguaciles tras echarle un rápido vistazo.

—No caben más —adujo aquel.

—Claro que cabe —se opuso uno de los alguaciles.

—Ayer liberasteis a dos mujeres —le recordó el otro.

—Pero…

—¿Dónde está el alcaide? —interrumpió las quejas del portero el alguacil del bastón.

—¿Dónde va a estar? Lo sabes perfectamente: durmiendo.

—Ve a por él —le ordenó.

—¡No me jodas, Pablo!

—En ese caso, te la quedas.

—Las salas están llenas —insistió el portero, ya sin mucha convicción; era la misma cantinela de cada noche—. No tenemos ni para darles de comer…

—Te la quedas —le interrumpió el tal Pablo con similar tono de voz al utilizado por el otro.

El portero dejó escapar un prolongado suspiro.

—¡Es negra! —bromeó el segundo alguacil—. ¿Cuántas como esta tienes ahí dentro?

Los tres hombres se encaminaron hacia un cuartucho a la izquierda de la entrada, donde el humo negro y espeso que desprendía una vela de sebo nublaba la luz destinada a iluminar un escritorio decrépito. Caridad caminó entre ellos.

—Negras, negras, lo que se dice negras como esta... —contestó el portero al tiempo que daba la vuelta al escritorio para sentarse—, ninguna. Lo más que tenemos son un par de mulatas. ¿Cómo se llama? —añadió después de mojar la pluma en el tintero.

—No ha querido decírnoslo. ¿Cómo te llamas?

—Caridad —respondió ella.

—Pues resulta que sabe hablar.

—Caridad, ¿qué más? —preguntó el portero.

Ella solo se llamaba Caridad. No había más. No contestó.

—¿No tienes apellido? ¿Eres esclava?

—Soy libre.

—En ese caso tienes que tener un apellido.

Hidalgo, recordó entonces que había leído en sus papeles el alcaide de la puerta de Mar de Cádiz; el apellido de don José.

—Hidalgo. Ese es el apellido que me pusieron en el barco, cuando murió el amo.

—¿Barco? ¿Eras esclava? Si ahora dices que eres libre, debes de tener la escritura de manumisión. —El portero la miró de arriba abajo: todavía mojada, descalza, con su camisa gris por todo atuendo. Resopló—. ¿Tienes la escritura?

—Está en mi hatillo, con mis cosas, en la habitación...

Enmudeció.

—¿Qué habitación?

Caridad se limitó a gesticular con las manos al recordar la advertencia de Melchor. «No digas nada a nadie», le había advertido.

—¿Qué llevas en la mano? —la sorprendió el portero, extrañado ante el hecho de que la mantuviera permanente y férreamente cerrada. Ella bajó la mirada—. ¿Qué llevas ahí?

Caridad no contestó, el mentón tembloroso, los dientes apretados. El bastón golpeó su espalda.

—Enséñanoslo —le ordenó el alguacil.

Sentía que aquella piedra era lo último que la ligaba a Melchor, a los días que habían vivido en Barrancos y durante el camino a Madrid. El hatillo, su vestido colorado, sus documentos y aquellos dineros que Melchor había compartido con ella por el contrabando en Barrancos y que ella había guardado con celo; todo cuanto tenía había quedado en la posada. El bastón golpeó con mayor fuerza sobre sus riñones. Abrió la mano y mostró el zafiro falso.

—¿Dónde lo has obtenido? —saltó el portero inclinándose por encima de la mesa para cogerlo.

—¿Qué más da todo eso ahora? —terció el alguacil—. Es tarde y tenemos que continuar la ronda. No vamos a estar toda la noche aquí. Limítate a consignar nombre, apellidos, fecha y hora en la que entra, bienes que se le encuentran y motivo de la detención. No interesa más.

Con la mirada fija en la piedra azul que el portero dejó sobre el escritorio, Caridad escuchó el rasgueo de la pluma al deslizarse por el papel.

—¿Y cuál es el motivo de la detención? —preguntó al fin el hombre.

—¡Prostitución! —resonó en la estancia.

La cárcel real de la Galera para mujeres deshonestas y escandalosas se hallaba en un edificio rectangular de dos pisos con un patio central. A su lado, en la misma manzana, se alzaba el hospital de la Pasión, también exclusivo para mujeres, que a su vez, mediante un arco que cruzaba por encima de la calle del Niño Perdido, se unía al hospital General, última de las construcciones de Madrid que daba a la puerta de Atocha.

Una vez que los alguaciles firmaron en el registro y se marcharon a continuar su ronda, Caridad siguió los pasos del portero hasta el piso superior. El hombre había tomado un bastón y la vela del escritorio, con la que trató de iluminar una sala alargada, una galería con ventanas al patio interior y a la calle llena de mujeres durmiendo, algunas en camastros, las más sobre el suelo. Caridad escuchó renegar al portero de una celadora que debía estar controlando a las reclusas. Dormía. «Lo de siempre», pareció conformarse el hombre. Como si no desease dar un paso más, iluminó con la vela a su derecha, al rincón que daba a la puerta, donde dos mujeres se acurrucaban la una junto a la otra. Utilizó el bastón para despertarlas. Las dos refunfuñaron.

—¡Haced sitio! —les ordenó.

La que estaba más cerca de la pared empujó a la otra ante el golpeteo sobre su espalda con que el portero las instaba a obedecer y que cesó en cuanto se abrió un pequeño hueco entre la mujer y la pared.

—Apáñate ahí —le indicó a Caridad con el bastón.

Antes de que ella llegara a agacharse, el hombre ya había desaparecido y, con él, la luz de la linterna humeante, que poco a poco fue sustituida por el vislumbre de la luna y las mil sombras que conformaba.

Caridad se tumbó en el suelo, aprisionada entre la pared y la otra mujer. Pugnó por mover su brazo para llevarlo bajo la cabeza, a modo de almohada. La acusación de prostitución acudió a su mente tan pronto como logró acomodarse. Ella no era ninguna prostituta. Estaba cansada. Se sintió reconfortada por el contacto con la mujer contra la que se arrimaba. Sus temores arreciaron: miedo a lo que iba a sucederle, miedo por Melchor, que regresaría a la posada y no la encontraría allí. Escuchó los ruidos de la noche. Toses y ronquidos. Suspiros y palabras reveladas en sueños. Como en el bohío, en la vega, cuando dormía con los demás esclavos. Los mismos sonidos. Solo le faltaba Marcelo... Se acarició el cabello igual que hacía con el de su hijo y cerró los ojos. Seguro que alguien estaría cuidando de él. Y, pese a todo, agotada, cayó dormida.

Las obligaron a ponerse en pie a las cinco de la mañana, cuando una punta de claridad empezaba a colarse por las ventanas. Varias celadoras escogidas entre reclusas de confianza recorrieron las diversas galerías del segundo piso y despertaron a gritos a las demás. Caridad tardó unos instantes en comprender dónde estaba y el porqué de las treinta o cuarenta mujeres que por delante de ella, en pie en el rincón junto a la puerta, bostezaban, se desperezaban o increpaban a las celadoras.

—Nueva, ¿eh?

Las palabras provinieron de la mujer que había dormido a su lado: rondaba los cuarenta años y era enjuta, de rasgos forjados por la miseria y desgreñada como la compañera hacia la que se volvió para señalarle a Caridad. No hubo más palabras ni presentaciones; en su lugar, el parloteo fue subiendo de tono, confundido aquí y allá con algún grito o discusión. Caridad observó a las mujeres: muchas de ellas se habían puesto en fila para orinar en el interior de un bacín. Una tras otra las vio levantarse las faldas sin recato alguno y acuclillarse sobre el orinal, las demás urgiendo a aquella que le tocaba el turno y que se retrasaba por hacer mayores. Luego cogían el bacín, se encaramaban a un cajón para alcanzar la alta ventana y vertían la orina a través de ella antes de reponerlo en su lugar para la siguiente.

—¡Agua va! —oyó gritar a alguna de las mujeres al lanzar la orina a la calle.

—¡A ver si aciertas en la calva del alcaide!

Un par de carcajadas acogieron la ocurrencia.

Caridad sintió la necesidad de orinar y se sumó a la fila.

—Ayer no teníamos ninguna negra, ¿no?

El comentario provino de una gorda que se había colocado tras ella.

—Yo no recuerdo ninguna —se escuchó de entre la fila.

—Pues esta es como para recordarla —rió la gorda de detrás.

Caridad se sintió observada por muchas de las mujeres. Trató de sonreír, pero ninguna le hizo caso. La reclusa que utilizaba el bacín justo antes que ella la miró con descaro durante todo el rato que tardó en evacuar.

—Todo tuyo —le dijo tras levantarse. No vació el orinal.

Caridad dudó.

—Morena —intervino la gorda que la seguía—, Frasquita es

una meona. A ver si con lo tuyo va a rebosar el bacín, te mojas el coño y lo manchas todo. ¡Que luego hay que limpiarlo!

Caridad lanzó las aguas de Frasquita por la ventana, orinó y repitió la operación. Se apartó de la fila. Nadie le había indicado qué debía hacer a continuación, así que observó cómo muchas de las reclusas descendían escaleras abajo y volvió a sumarse al grupo. A su espalda, los gritos de las celadoras apremiaban a las que quedaban arriba.

Misa. Escuchó misa en una pequeña capilla, en el piso inferior, abarrotada por cerca de ciento cuarenta reclusas en pie, a las que el sacerdote no dejó de recriminar su irrespetuoso comportamiento durante la ceremonia, sus charlas y hasta alguna que otra sonora carcajada. Luego rezaron la estación al Santísimo, una oración que Caridad desconocía. Salieron de la capilla y volvieron a formar una larga fila a la entrada de otra estancia en la que había dispuesto un hogar para cocinar y donde les entregaron un pedazo de «pan sentado», cocinado hacía días, correoso. También podían beber con un cucharón de un cubo de agua. Mientras avanzaba en la fila, Caridad vio que el portero de la noche anterior la señalaba al tiempo que hablaba con un par de celadoras que asentían a sus palabras sin dejar de mirarla. Dio buena cuenta del pan incluso antes de volver a la galería del piso superior.

—¿Sabes coser, morena? —le preguntó allí una de las celadoras.

—No —contestó ella.

Y mientras las demás reclusas se dedicaban a coser la ropa blanca del hospital de la Pasión y del General, sábanas, fundas de almohada y camisas, Caridad fue destinada a fregar y limpiar. A las doce la llamaron a comer: algo de carne y otro pedazo de pan sentado. Vuelta al trabajo hasta las seis de la tarde, hora en la que cenaron unas pocas verduras, rezaron el rosario y la salve y se retiraron a dormir. Ella volvió al mismo rincón de la noche anterior.

Al día siguiente, antes del almuerzo, la celadora de su galería la llevó donde el portero. Allí la esperaba un alguacil que sin mediar palabra la condujo calle Atocha arriba. Caridad se detuvo en la calle; el sol, en lo alto, la deslumbró. El alguacil la empujó, pero a ella le importó poco. Por primera vez desde que había llegado, reparó en esa ciudad que tan importante era al decir del Melchor; en las demás ocasiones había transitado por ella de noche o como alma que lleva el diablo perseguida por el tajador. Frunció los labios con tristeza al recuerdo: había logrado escapar de él para acabar encarcelada como prostituta. Eso era lo que había anotado el portero en los papeles.

—¡Vigila, morena!

El grito provino del alguacil. Caridad se detuvo antes de chocar con un carro de dos ruedas, desvencijado, cargado de arena y tirado por una mula que ascendía en su misma dirección. Paseó la mirada por la calle y le asaltó la angustia: la multitud iba y venía. Las casas, la mayoría con comercios en sus bajos, se extendían a ambos lados de una de las calles más anchas de Madrid. Dejaron atrás el hospital General y el de la Pasión, la cárcel de la Galera y el convento de Clérigos Agonizantes frente a ella. Tras los pasos del alguacil, desvió la mirada hacia los comercios: una cerería, una zapatería, carpinterías, botillerías, tabernas y hasta uno de libros, también un beaterio y el orfanato de los Desamparados. Las gentes entraban y salían cargadas con cestas o tinajas de agua; charlaban, reían o discutían en un universo que se le escapaba. Al poco, entrevió por delante de ella la fuente coronada por el ángel a la que se había lanzado sedienta antes de ser detenida. A partir de allí cambiaba el aspecto de la calle: entre las casas se alzaban imponentes construcciones. Caridad no pudo dejar de contemplarlas a su derecha e izquierda: el hospital de Convalecientes poco antes de llegar a la plaza; el de Nuestra Señora del Amor de Dios, destinado al tratamiento de enfermedades venéreas, o el de Nuestra Señora de Montserrat, que acogía a los naturales de la corona de Aragón y que la empequeñeció con su fachada extremadamente decorada; el colegio de Loreto a la derecha, ya pasada la plaza. Luego el hospital de Antón Martín y la iglesia de San Sebastián, con el cementerio trasero en el que se había escondido. Allí casi llegó a detenerse a la vista de la lonja de la iglesia: en la plataforma elevada sobre la calle que daba acceso al templo se amontonaban un sinfín de petimetres que charlaban. En Sevilla los había visto, pero no tantos y en un mismo sitio... Le sorprendieron los trajes coloridos, las pelucas blancas, su manera de moverse, reírse, gesticular mientras charlaban unos con otros.

—Venga, morena —escuchó que la apremiaba el alguacil, que le había permitido recrearse unos instantes en la contemplación del espectáculo.

A la lonja le sucedieron el convento de la Trinidad y el de Santo Tomás, en la siguiente manzana. La iglesia de la Santa Cruz...

—Ya hemos llegado.

—¿Adónde? —preguntó ella sin pensar.

—A la cárcel de Corte.

Caridad se volvió hacia la izquierda: el imponente edificio de ladrillo colorado se alzaba en una plaza triangular, la de la Provincia, con una fuente en su centro. Cruzaron la plaza sorteando a la gente y a los carruajes que la colmaban y accedieron a él.

—¿Me cambian de cárcel? —preguntó entonces Caridad.

—Aquí te juzgarán —explicó el alguacil.

El sosiego repentino que asaltó a Caridad al traspasar el frontón clásico que cubría las tres puertas del edificio —después del escándalo que formaba la multitud en la plaza—, se desvaneció tan pronto como se encontró a los pies de la escalinata que dividía el edificio en dos: porteros de maza, alguaciles, escribanos, abogados, procuradores y fiscales; detenidos y reos, familiares de aquellos; comerciantes y hasta nobles. Todos iban y venían, con prisas, crispados, hablando a gritos, cargados con legajos o arrastrando a los presos. Caridad se encogió; muchos la miraban, otros la apartaban de su paso sin contemplaciones. Siguió al alguacil hasta una antesala en la que esperaron en pie. El alguacil habló con uno de los porteros de maza y señaló hacia Caridad; el hombre la observó, luego comprobó en sus papeles y asintió.

Cada mañana, temprano, los diversos alguaciles daban cuenta a los alcaldes de los cuarteles en los que se dividía Madrid, y a cuyas órdenes se sometían, del resultado de sus rondas nocturnas, de los detenidos y de cualquier incidente que se hubiera producido. Cada mañana, los alcaldes de cuartel de Madrid, reunidos en la Sala de Alcaldes, preparaban un informe para el Consejo en el que dejaban constancia de todos esos incidentes: las muertes, incluidas las naturales o accidentales; los heridos que habían ingresado en los hospitales; los sucesos acaecidos en las comedias o en los paseos; los resultados de la inspección del alcalde del repeso, haciendo especial mención del estado de abastecimiento y precio de los víveres que se vendían en la plaza Mayor, en la Carnicería y en los demás puestos públicos. Cada mañana, después de oír misa en la capilla, los alcaldes, divididos en dos salas, juzgaban a los delincuentes y veían los pleitos civiles.

Caridad fue llevada a la sala segunda.

Después de presenciar junto al alguacil cómo entraban los delincuentes en la sala para salir a los pocos minutos, algunos compungidos, otros airados, llegó su turno. Hundió la mirada en el entablado de madera oscura tan pronto como vislumbró su interior: hombres vestidos de negro con birretes y pelucas, todos a un nivel superior, sentados tras imponentes mesas desde las que se sintió escrutada. Sin embargo, no le concedieron la menor importancia. Una prostituta. Un tema menor de aquellos que juzgaban y sentenciaban al instante, sin mayores trámites, fulminando al reo.

—Don Alejandro —dijo uno de los hombres que se sentaban frente a ella—, abogado de pobres. Don Alejandro te defenderá.

Desconcertada, Caridad alzó la mirada y, en lo que se le presentó como una distancia insalvable en aquella gran sala, acomodado en un estrado que se elevaba por encima de todos los demás, vio a un hombre que señalaba a su derecha. Siguió la dirección de su dedo para toparse con otro hombre que ni siquiera le devolvió la mirada, absorto como estaba en la lectura de unos papeles. «Caridad Hidalgo...» Antes incluso de que hubiera tenido tiempo de volver a esconder su mirada, el escribano había dado comienzo a la lectura de la denuncia efectuada por el alguacil que la había detenido. Luego, el fiscal la interrogó:

—Caridad Hidalgo, ¿qué hacías a altas horas de la noche, sola, en las calles de Madrid?

Ella titubeó.

—¡Contesta! —gritó el alcalde.

—Yo… Tenía sed —murmuró.

—¡Tenía sed! —resonó en la sala—. ¿Y pretendías saciar tu sed con dos hombres? ¿Esa es la sed que tenías?

—No.

—¡Te detuvieron casi desnuda junto a dos hombres que te besaban y manoseaban! ¿Es eso cierto?

—Sí —titubeó ella.

—¿Acaso te forzaban?

—Sí. Yo no quería…

—¿Y esto? ¿Qué es esto? —aulló el fiscal.

Caridad levantó la mirada del suelo y la dirigió hacia el fiscal. En su mano brillaba el zafiro falso.

Transcurrieron unos segundos antes de que intentara contestar.

—Eso… no… Es un regalo.

El fiscal soltó una carcajada.

—¿Un regalo? —preguntó con cinismo—. ¿Pretendes que creamos que alguien regala piedras, por falsas que sean, a una mujer como tú? —Alzó la mano y enseñó el zafiro a los miembros del tribunal.

Caridad se encogió ante todos ellos, descalza, sucia, con su camisa de esclava por todo vestido.

—¿No es acaso más cierto —escupió el fiscal— que esta piedra era el pago por entregar tu cuerpo a esos dos hombres?

—No.

—¿Entonces?

No quería hablar de Melchor. Aquellos hombres que mandaban en Madrid no debían saber de él… si es que todavía vivía. Calló y bajó la mirada. Tampoco llegó a ver cómo el fiscal se encogía de hombros y abría las manos en dirección a los alcaldes que presidían la sala: poco más hay que juzgar, les transmitió con aquel gesto.

—¿En qué trabajas? —preguntó uno de los alcaldes—. ¿De qué vives? —insistió sin darle tiempo a contestar.

Caridad permaneció en silencio.

—¿Eres libre? —inquirieron.

Decían que sostenía que era libre.

—¿Dónde están tus documentos?

Las preguntas se sucedieron, hirientes, a gritos. No contestó a ninguna de ellas, cabizbaja. ¿Por qué la había dejado sola Melchor? Hacía rato que las lágrimas corrían ya por sus mejillas.

—¡Solo comparable con el más nefando de los pecados! —escuchó que gritaba el fiscal para poner fin a un breve discurso iniciado tan pronto como dejaron de interrogarla.

—Señor defensor de pobres, ¿tiene algo que alegar? —preguntó uno de los alcaldes.

Por primera vez desde que se había iniciado el juicio, el abogado de pobres alzó la mirada de los papeles en los que estaba enfrascado.

—La mujer se niega a hablar ante esta ilustre sala —arguyó con monotonía—. ¿Qué argumento podría sostener en su defensa?

Bastó un cruce de miradas entre los alcaldes.

—Caridad Hidalgo —sentenció el presidente—: te condenamos a dos años de reclusión en la cárcel real de la Galera de esta Villa y Corte. Que Dios se apiade de ti, te proteja y te guíe por el recto camino. ¡Llévensela!

26

ilagros se dejó caer en una silla y apretó las manos sobre la barriga, como si pretendiera impedir que la criatura que llevaba en ella la abandonara antes de tiempo. Calculaba que le faltaban entre cinco y seis meses para alumbrarla; sin embargo, la sucesión de bruscas y violentas contracciones que había padecido cuando se enteró de que el abuelo había sido detenido en Madrid la llevaron a temer por su pérdida. Tal era la noticia que había corrido de boca en boca por el callejón de San Miguel hasta llegar a la herrería de los García y de allí a los pisos superiores, donde se celebró con vítores y abrazos. La gitana respiró hondo. El dolor menguó y el palpitar de su corazón fue recuperándose.

—¡Muerte al Galeote! —escuchó desde una de las habitaciones contiguas.

Reconoció la voz, aguda y chillona: la de un niño, uno de los sobrinos de Pedro; no contaría más de siete años. ¿Qué podía tener en contra de su abuelo aquel mocoso? Los sentimientos encontrados la atenazaron una vez más desde que la ira por la muerte de su padre había dejado paso al dolor hondo, solitario, atenazador. El abuelo lo mató, sí, ¿pero debía también él morir por ello? «Un arrebato, fue eso, un arrebato», se decía a menudo en pugna con su pena. Admitía que merecía un castigo, pero la idea de verlo muerto se le hacía terrorífica.

Prestó atención a las conversaciones de la habitación contigua, llena con la llegada de los hombres que trabajaban en la herrería. Un ordinario de confianza que hacía el trayecto de Madrid a Sevilla, de esos hombres que transportaban bultos o hacían recados por cuenta de otros, había traído la noticia: «Los familiares de Madrid se han apoderado de Melchor Vega», anunció el ordinario. «¿Cómo se ha dejado atrapar, abuelo? —se lamentó Milagros entre los gritos de alegría—. ¿Por qué lo ha permitido?» Alguien comentó que los familiares querían saber qué debían hacer con él: no podían llevarlo en una galera, con otra gente, y el viaje hasta Sevilla con un hombre aherrojado sería lento y peligroso. «¡Que lo maten!» «¡Cuanto antes!» «¡Que lo castren primero!» «Y que le arranquen los ojos», apostilló el mocoso entre los gritos de los demás.

—La venganza es de los Carmona. Que lo traigan aquí, como sea, tarden lo que tarden. Debe ser aquí, en Triana, ante todos los presentes, donde se ejecute la sentencia.

La orden de Rafael García puso fin a la discusión.

¿Por qué?, lloró en silencio Milagros. ¿Quiénes eran aquellos García para decidir sobre la suerte de su abuelo? Sintió hervir el odio hacia su nueva familia, podía casi tocarlo; todo estaba impregnado de rencor. Se acarició la barriga queriendo notar a su hijo; ni siquiera aquel niño, fruto del matrimonio entre una Vega y un García, parecía atenuar ese odio atávico entre las dos familias. Su madre se lo había advertido: «Nunca olvides que eres una Vega». Lo había discutido con la vieja María, de la que nada sabía desde hacía tanto tiempo pero a la que recordaba cada vez más a medida que avanzaba su embarazo. Las palabras de su madre llegaron a horadar su conciencia incluso frente al altar, pero ella buscó refugio en Pedro. Ingenua. ¡Ahí, en los gritos de alegría por la desgracia de su abuelo que se sucedían en la habitación contigua estaba la respuesta! No había sabido de su madre hasta que se produjo la muerte de su padre. Reyes, la Trianera, disfrutó haciéndole llegar a Málaga la noticia del matrimonio de Milagros con un García y la muerte de José Carmona a manos de Melchor. «Decidle a mi hija que ya no pertenece a los Vega.» Milagros tenía grabado a fuego en el recuerdo el rostro de satisfacción con el que la Trianera le trasladó el mensaje de su madre.

No quiso creerlo. Sabía que era cierto; tenía la certeza de que aquella había sido la respuesta de su madre, pero se negó a admitir que renegase de ella, que llegara a repudiarla. Trabajaba cada noche, a destajo. Cantaba y bailaba donde decidía el Conde: mesones, casas y palacios, saraos... Milagros de Triana, la bautizó la gente. Robó algunas de las monedas, sus propios dineros, que controlaba la Trianera, que estaba siempre junto a ella, avariciosa, y en secreto convenció a un gitano de los Camacho para que fuese a Málaga. «Hay suficiente para ti, para sobornar a quien haya que hacerlo y para que mi madre disponga de algo de dinero», le dijo.

—Lo siento. No quiere saber nada de ti —le comunicó este a su vuelta—. Ya no te tiene por hija suya. No los quiere —agregó al tiempo que le devolvía los dineros destinados a Ana.

—¿Qué más? —preguntó Milagros con un hilo de voz.

Que no tirase más dineros en comunicarse con ella; que se los diese a los García para que estos pudieran pagar a quienes tenían que matar a su abuelo.

—Dijo que era irónico —añadió el Camacho negando con la cabeza casi imperceptiblemente— que una Vega estuviera manteniendo a los García. Y que prefería estar en Málaga, presa, sufriendo junto a las mujeres y sus hijos pequeños que no habían podido obtener la libertad por ser gitanas, que volver a Triana para encontrarse con una traidora.

—¡Traidora yo! —saltó Milagros.

—Muchacha —el hombre adoptó un semblante serio—: los enemigos de alguien de tu familia, los enemigos de tu abuelo, de tu madre, son también tus enemigos, todos los miembros de esa familia lo son. Esa es la ley de los gitanos. Traidora, sí, yo también lo creo. Y son muchos quienes opinan lo mismo.

—¡Soy una Carmona! —trató de excusarse ella.

—Tu sangre es Vega, muchacha. La de tu abuelo, el Galeote...

—¡Mi abuelo mató a mi padre! —chilló Milagros.

El Camacho dio un manotazo al aire.

—No deberías haberte casado con el nieto de quien era tu enemigo; tu padre no debería haberlo consentido, aunque solo fuera por la sangre que corre por tus venas. Él sabía cuál era el trato: su libertad por tu compromiso con el García. Debía haberse negado y haberse sacrificado. Tu abuelo hizo lo que debía.

No le quedaba ninguno de los suyos: su madre, el abuelo, su padre, María..., Cachita. Aguzó el oído: nadie en la habitación contigua hablaba de Cachita. También fue condenada, pero poco parecía importarles una negra. Le hubiera gustado compartir con ella la maternidad. El abuelo dijo que no había hecho nada. Seguro que era cierto: Cachita era incapaz de hacerle daño a alguien. Había sido injusta con ella. ¡Cuántas veces se había arrepentido por haberse dejado llevar por la ira! Y ahora, al enterarse de que su abuelo estaba secuestrado, no podía dejar de pensar en la morena: si no la habían detenido junto a él... ¿Dónde estaba Cachita? ¿Sola?

Sola o no, probablemente estaría mejor que ella, quiso convencerse. Esa misma noche cantaría, puesto que poco podía bailar en su estado. Lo haría en un mesón cercano a Camas, le había dicho la Trianera como de pasada, sin pedirle su opinión ni mucho menos su consentimiento. Iría rodeada de miembros de la familia García, sin Pedro, que nunca la acompañaba: «Temo que terminaría matando a alguno de esos engreídos que babean al verte bailar», se había excusado desde el principio de su matrimonio. «Con los primos estarás bien.» Pero lo cierto era que tampoco la acompañaba cuando no cantaba o bailaba para los payos. Pedro ya casi no trabajaba en la herrería; las ganancias de su esposa, cuya parte bien se ocupaba de reclamar a Rafael y Reyes, le permitían no hacerlo. Holgazaneaba en los mesones y botillerías de Triana y Sevilla, y eran muchas las noches que volvía de madrugada. ¡Cuántas veces había tenido que cerrar sus oídos a las murmuraciones de algunas arpías acerca de las correrías de su esposo! ¡No quería creerlas! ¡No eran ciertas! Solo era envidia. ¡Envidia! ¿Qué tenía Pedro que solo con rozarla anulaba su voluntad? El simple esbozo de una sonrisa en aquel atezado y bello rostro de duras facciones, un halago, un piropo: «¡Guapa!», «¡Bonita!»,

«¡Eres la mujer más hermosa de Triana!», algún insignificante regalo, y Milagros olvidaba su enfado y veía trocado en gozo el malhumor que la angustiaba por el abandono al que su marido la tenía sometida. Y al hacer el amor… ¡Dios! Se sentía morir. Creía enloquecer. Pedro la llevaba al éxtasis, una, dos, tres veces. ¿Cómo no iban a murmurar las demás mujeres cuando sus jadeos inundaban la casa de los García, el edificio, el callejón de San Miguel entero? Pero luego él desaparecía de nuevo y Milagros continuaba viviendo en un tránsito inacabable, desesperanzador, entre la soledad y la pasión desenfrenada, entre la duda y la entrega ciega.

Milagros no tenía a nadie con quien hablar y a quien confiarse. La Trianera la controlaba día y noche, y tan pronto como la veía charlar con alguien en el callejón, acudía rauda a terciar en la conversación. A menudo pasaba por delante de San Jacinto y contemplaba con melancolía la iglesia y el ir y venir de los frailes. Con fray Joaquín sí que hubiera podido hablar, contarle su vida, sus preocupaciones, y él la hubiera escuchado, no le cabía la menor duda. Pero también él había desaparecido de su vida.

Fray Joaquín llevaba casi un año de misiones, recorriendo Andalucía junto a fray Pedro, sorprendiendo a las gentes humildes por la noche, amenazándolos con todos los males imaginables, obligando a los hombres a castigar sus cuerpos en las iglesias mientras las mujeres debían hacerlo en la intimidad de sus hogares con ortigas escondidas entre sus ropas, ajenjo en la boca, chinas en los zapatos y sogas ásperas, cuerdas nudosas o alambres ceñidos con fuerza y sajando sus vientres, sus pechos o sus extremidades.

Milagros no desaparecía de su mente.

La confesión general, fin último de las misiones, terminó quebrando la voluntad y el ánimo del fraile. La patente expedida por el arzobispo de Sevilla le facultaba para perdonar todos los pecados, incluidos aquellos que por su extrema gravedad quedaban reservados al exclusivo criterio de los grandes de la Iglesia. Escuchó cientos, miles de confesiones a través de las cuales la gente pretendía obtener la absolución general de unos pecados que jamás habían contado a sus párrocos habituales, ya que estos no podían perdonarles. Pero, pobres y humildes como eran, tampoco podían confesar con obispos y prelados, a los que no podían acceder, pecados como incestos y sodomías. «¿Con un niño? —llegó a gritar fray Joaquín en una ocasión, despertando la curiosidad de los que aguardaban—. ¿De qué edad?», añadió bajando la voz. Luego lamentó haberlo preguntado. ¿Cómo podía perdonarle después de oír la edad? Pero el hombre permaneció en silencio a la espera de la absolución. «¿Te arrepientes?», inquirió sin convicción. Asesinatos, raptos y secuestros, bigamias, una retahíla de maldades que estaban trastocando sus principios y le iban acercando, paso a paso, misión a misión, al concepto que de todos ellos tenía fray Pedro: pecadores irredimibles que solo reaccionaban ante el miedo al diablo y al fuego del infierno. ¿Qué quedaba de las virtudes cristianas, de la alegría y la esperanza?

—Has tardado en darte cuenta de que no es este el camino por el que Nuestro Señor te ha llamado —le dijo fray Pedro cuando le comunicó su intención de abandonar las misiones—. Eres una buena persona, Joaquín, y después de este tiempo te aprecio, pero tus prédicas y sermones no llaman a la contrición y al arrepentimiento de las gentes.

Fray Joaquín no deseaba regresar a Triana. La ilusión con que lo hizo transcurridos algunos meses desde su primera salida —la liberación de los gitanos asimilados en boca de las gentes— se truncó tan pronto como se enteró del matrimonio de Milagros. Se encerró en su celda, ayunó y castigó su cuerpo tanto como en las misiones. Airado, decepcionado, frustradas sus fantasías, llegó a entender los arrebatos con los que los penitentes trataban de excusar sus graves pecados en el momento de la confesión: celos, ira, despecho, odio. No volvió; prefería seguir soñando con la niña que se burlaba de él sacándole la lengua que enfrentarse al martirio de cruzarse algún día con la gitana y su esposo por las calles del arrabal sevillano. Los siguientes descansos los pasó con fray Pedro, lejos de su tierra, mientras el predicador especulaba con unas razones que su ayudante se negaba a desvelar.

—Me han llegado noticias de un noble de Toledo, cercano al

arzobispo, que requiere un maestro de latín y preceptor para sus hijas —le propuso cuando fray Joaquín reconoció que no sabía qué hacer a partir de entonces.

Fray Pedro se ocupó de todo: su prestigio le abría cuantas puertas deseaba. Se puso en contacto con el noble, proporcionó a Joaquín documentación, tanto de los justicias seglares como de la Iglesia, una mula y dinero suficiente para el viaje, y la mañana en que iba a partir se presentó a despedirle con un bulto bajo el brazo.

—Consérvala para que guíe tu vida, aplaque tus dudas y calme tu espíritu —le deseó ofreciéndole el bulto.

Fray Joaquín sabía de qué se trataba. Aun así, apartó el lienzo que cubría su parte superior. La cabeza coronada de una Inmaculada apareció entre sus manos.

—Pero esto…

—La Virgen desea acompañarte —le interrumpió el sacerdote.

Fray Joaquín contempló la talla y el perfecto rostro sonrosado que le miraba con dulzura: una valiosa imagen de tamaño considerable, trabajada con maestría, con una corona de oro y brillantes. Muchos eran los regalos y dineros con los que los fieles agradecían a los misioneros la absolución de sus pecados. Fray Pedro, sobrio en sus costumbres, rechazaba todos aquellos que no fueran imprescindibles para su subsistencia, pero su integridad se tambaleó ante la imagen que puso en sus manos un rico terrateniente. «A fin de cuentas, ¿dónde mejor estará Nuestra Señora que procurando por las misiones?», se dijo para justificar la quiebra de su austeridad. Al entregársela a fray Joaquín, parecía que él mismo se liberaba de una carga.

27

n el cuartel del Barquillo de Madrid, al noroeste de la ciudad, en humildes casas bajas de un solo piso, vivían los llamados «chisperos», gentes tan altivas, orgullosas y soberbias como los manolos del Rastro o de Lavapiés, pero dedicadas a la herrería y al comercio de utensilios de hierro. Allí era donde vivían los García junto a otros muchos gitanos, y por allí, desde hacía diez días, deambulaba el joven Martín Costes con su brazo vendado, procurando no llamar la atención cuando recorría una y otra vez aquellas callejas solitarias y sucias.

Su padre y su hermano Zoilo le dijeron que comprendían lo que hacía, que estaban con él, pero que las cosas eran así. «No ha salido bien», reconoció el Cascabelero, avergonzado. Luego intentaron convencer al joven de que no siguiera. «Será una pérdida de tiempo», dijo uno. «El tío Melchor ya estará muerto o camino de Triana», aseguró el otro. «¿Qué pierdo con probar?», replicó el joven.

Preguntó con discreción y dio con la casa de Manuel García, en la calle del Almirante. Desde el primer momento supo que el Galeote estaba todavía allí dentro: a diferencia de las demás viviendas, siempre había un par de gitanos entrando y saliendo de esta o remoloneando por sus alrededores sin apartarse mucho de la puerta. A mitad del día, como si de un cambio de guardia se tratase, los sustituían otros: cuchicheaban entre ellos, señalaban hacia la casa; a menudo uno de los recién llegados entraba en ella, salía y reanudaban los cuchicheos hasta que los primeros abandonaban el lugar con una sonrisa en la boca, golpeándose la espalda como si ya estuvieran saboreando los vinos que pensaban beber.

—¿Tú lo has visto? —preguntó el Cascabelero a su hijo menor.

No. No lo había visto, tuvo que reconocer. Debía cerciorarse. Una noche, con la calle del Almirante en la más absoluta oscuridad, Martín se arrimó bajo la ventana que se abría a ella.

—Están esperando instrucciones de Triana —le soltó a su padre tras despertarlo intempestivamente a su regreso—. Está dentro, seguro.

No iban a desatar una guerra de familias. Esa fue la decisión que, para desesperación del joven gitano, le comunicó su padre después de tratar la cuestión con los jefes de otras familias amigas.

—Hijo —trató de excusarse el Cascabelero—, vi la muerte en tus ojos. Hacía mucho tiempo que no vivía una sensación similar. No quiero que mueras. No quiero que ninguno de los míos muera. ¡Nadie está dispuesto a que mueran los suyos a causa de un gitano de Triana condenado por asesinar al marido de su hija! El tío Melchor... El Galeote está hecho de otra pasta. Él se entregó por ti. ¿Qué crees que pensaría si después de todo, después de entregarse a los García, tú mismo u otros Vega muriesen por su culpa?

—Pero... ¡Lo matarán!

—Contéstame: ¿hoy está vivo? —preguntó su padre con voz grave.

—Sí.

—Eso es lo que cuenta.

—¡No!

El joven gitano se levantó de la silla.

—Prométeme —le rogó su padre tratando de retenerlo agarrándolo de la camisa— que no harás nada que pueda ponerte en peligro.

—¿Quiere que se lo prometa por el recuerdo de mi madre, una Vega?

El Cascabelero lo soltó y bajó la mirada al suelo.

Desde entonces, Martín no hacía más que rondar la casa donde retenían a Melchor. No podía enfrentarse a los García. Si los pillaba por sorpresa quizá pudiera con uno, pero no con ambos vigilantes. Además, dentro había mujeres, quizá más hombres. Pensó hasta en provocar un incendio, pero el Galeote moriría con los demás. Trató de acceder por la parte posterior. Se coló en una herrería en ruinas y estudió los huertos interiores. Imposible. Lo más que había era un ventanuco tras el que ni siquiera sabía si se encontraba el Galeote. ¿Y si cogía el caballo de su padre, el que usaba para picar los toros? Sonrió al imaginarse asaltando la casita a caballo. También se le ocurrió la posibilidad de denunciarlo a los alguaciles, mas sacudió los hombros al solo pensamiento, como si con ello pudiera alejar de sí tal idea. Los días pasaban y Martín no lograba concebir más que planes descabellados. Un joven de quince años, solo, contra toda una familia. Y cuando anochecía, regresaba a la calle de la Comadre, vencido, mudo, para encontrar un silencio todavía más opresivo; hasta los niños parecían haber perdido el ánimo que los empujaba a gritar, jugar y pelearse.

No cedió. Continuó yendo al Barquillo a insultar entre dientes a los García. Por lo menos estaría ahí. «Más de un mes pueden tardar en recibir de Triana las instrucciones que dices que esperan», le decía Zoilo. «¿Estarás allí todo ese tiempo?» No contestó a su hermano mayor. Estaría, ¡claro que estaría! ¡Le debía la vida al Galeote! Quizá entonces tuviera una oportunidad, cuando lo sacasen para llevarlo a Triana o cuando… ¿Acaso iban a matarlo en su casa?

La noche del décimo día, después de desesperar rondando la casa de los García, Martín se encaminó de nuevo hacia la calle de la Comadre. El murmullo que le había parecido oír se hizo presente tan pronto como dobló la esquina de Real del Barquillo: un rosario callejero, el mismo que tantas veces había oído a lo lejos. Dos veces al día, por la mañana y por la noche, de las muchas iglesias de la villa partían procesiones de madrileños que recorrían las calles rezando el rosario. Cerca de mil quinientas cofradías de todo tipo podían contarse en Madrid. La procesión se desplazaba calle Barquillo arriba, en sentido opuesto al que él tenía que recorrer. Pensó en cambiar de dirección y dar un rodeo, como siempre hacía. Los rosarios callejeros se distinguían porque sus miembros conminaban a cuantos ciudadanos encontraban a su paso a sumarse a ellos, a veces hasta a bofetadas si no lo hacían de buena voluntad. ¡Solo le faltaba terminar aquella noche rezando el rosario junto a una reata de brutos! No era inusual que si dos de aquellas procesiones cruzaban sus caminos, los devotos de una u otra advocación terminaran a palos y puñetazos, cuando no a cuchilladas.

Martín hizo amago de cambiar de dirección, pero se detuvo. Una idea acababa de cruzar por su mente; «¿Por qué no?», pensó. Corrió hacia ellos y se mezcló entre las gentes del rosario.

—Por la calle del Almirante —dijo entre dientes.

Alguien por delante de él preguntó por qué.

—Allí... esas gentes son las que más necesitan... —Vaciló, no recordaba cómo se decía—. ¡La iluminación de Nuestra Señora! —acertó a explicar por fin, originando un murmullo de asentimiento.

«Por la calle del Almirante», escuchó entonces que se transmitían de uno a otro cofrade hasta la cabeza de la procesión. Entre la cantinela de misterio y misterio, Martín se sorprendió tratando de mirar la imagen de la Virgen que abría camino entre unos hachones. ¿Pretendía su ayuda?

Notó que le flojeaban las piernas mientras se acercaban a la casa de los García, caminando con lentitud, todos apretujados en el estrecho callejón. ¿Y si no tenía éxito? La duda le atenazó. Los cánticos monótonos, repetitivos, le impidieron pensar con claridad. ¡Ya llegaban! El Galeote. Él le había salvado de la muerte. Salió de la fila y en la oscuridad de la noche propinó una fuerte patada sobre la puerta de la casa, que se abrió de par en par, saltó dentro y, sin ni siquiera preocuparse de los sorprendidos García que se hallaban en su interior, gritó cuan fuerte pudo:

—¡Puta Virgen! ¡Me cago en la Virgen y en todos los santos!

Los García no tuvieron oportunidad de echarle la mano encima. Acababan de levantarse de las sillas cuando una riada de gente airada y vociferante se coló en la casa. Martín hincó las rodillas en tierra y empezó a santiguarse con desesperación.

—¡Ellos! ¡Han sido ellos! —aulló, señalándolos con la mano libre.

De nada sirvieron las navajas que mostraron Manuel García y su gente. Decenas de personas indignadas, encolerizadas, se abalanzaron sobre los gitanos. Martín se levantó y buscó a Melchor. Vio una puerta cerrada y rodeó a la gente que se ensañaba con los García hasta llegar a ella. La abrió. Melchor esperaba en pie, atónito, con las manos atadas a la espalda.

—¡Vamos, tío!

No le permitió reaccionar: lo empujó fuera de la habitación y tiró de él. Los de la procesión estaban pendientes de los García; aun así, algunos trataron de impedirles el paso. «¡Son aquellos, son aquellos!», gritaba Martín, distrayéndolos y colándose entre ellos. En unos pasos se plantaron ante la puerta que daba a la calle, taponada por el gentío.

—Este hombre... —empezó a decir Martín señalando a Melchor.

Los de la puerta lo miraron con expectación, en espera de sus siguientes palabras. Melchor comprendió las intenciones del joven y los dos al tiempo se abalanzaron contra ellos como si de un muro se tratase.

Varios de los hombres cayeron al suelo. Martín y Melchor también. Los de atrás retrocedieron. Otros trastabillaron. En el exterior reinaba la oscuridad. La Virgen se tambaleó. La mayoría de los cofrades desviaron su atención hacia la imagen. Martín, envuelto entre piernas y brazos, volvió a agarrar a Melchor, que no podía moverse con las manos atadas a la espalda, lo ayudó a levantarse, pisotearon a varios y corrieron.

Fueron muchos los que no entendieron lo sucedido; entre quejidos e imprecaciones se escuchó el sonido de unas carcajadas que se alejaban calle del Almirante abajo.

El joven Martín se sorprendió cuando Melchor, después de agradecer su ayuda con un par de besos sinceros, se negó a ir a casa del Cascabelero y en su lugar le pidió que lo guiara hasta la calle de los Peligros.

—De acuerdo, tío —asintió el muchacho reprimiendo su curiosidad—, pero los otros García… en cuanto sepan de su fuga…

—No te preocupes. Tú llévame allí.

Once días con sus noches enteras. Melchor llevaba la cuenta. «¿Continuará la morena en la pensión?», pensaba al tiempo que apremiaba al muchacho. Una desgreñada Alfonsa, a la que levantaron del lecho tras aporrear repetidas veces la puerta de su piso, dio al traste con las esperanzas del gitano. «Se fue con el tajador —dijo—; eso aseguró la lavandera.» Ya no estaba; sus huéspedes iban y venían al capricho de sus bolsas, que era mucho, por cierto, añadió cuando Melchor quiso ver a la lavandera. Del tajador tampoco sabía nada. ¿Acaso le había pedido a él referencia alguna cuando se presentó en plena noche acompañado de una negra y de Pelayo? Fueron innumerables las posibilidades que llegó a barajar Melchor acerca de la suerte de Caridad durante su encierro, a cual más inquietante; ninguna de ellas era, sin embargo, que se hubiera ido voluntariamente con otro hombre.

—¡No puede ser! —espetó.

—Gitano —replicó la posadera con simulado hastío—, la abandonaste, la dejaste sola durante varios días. ¿Por qué te extraña que se fuera con otro hombre?

Porque la escuchaba cantar. Porque era la única compañía que tenía. Porque la amaba y ella… ¿Lo amaba Caridad? Nunca se lo había confesado, pero estaba seguro, porque por más mujeres que hubiera conocido a lo largo de su vida, jamás llegó a sentir como había sentido con Caridad la unión del cuerpo y el espíritu para proporcionar al placer una dimensión desconocida para él. Algo así como si no pudiera llegar a saciar su deseo, ansia que, sin embargo, quedaba satisfecha con el simple roce del dorso de su mano sobre la mejilla de la morena. Absurdo y turbador: deseo y satisfacción constantes, entrecruzándose sin cesar. ¡Claro que la morena lo amaba! Porque la escuchó gritar de placer, porque le sonreía y lo acariciaba; porque sus cantos empezaron a desprenderse de la pena y de la aflicción que parecían perseguirla sin tregua.

Alfonsa sostuvo la mirada del gitano, entristecida ahora, desvanecido ya el fulgor que desprendía la noche en que se presentó con Caridad. Había echado al tajador tras tener conocimiento de lo sucedido; no le interesaban los escándalos en su pensión. Luego recogió las cosas de Caridad y dio buena cuenta de los dineros que guardaba en el hatillo. Los documentos terminaron ardiendo en el fogón, y el traje colorado y el sombrero malvendidos en una prendería. Si algún día la mujer volvía y negaba su versión, no tenía más que insistir en que aquello era lo que le había dicho la lavandera. Y si preguntaban por el hatillo, le bastaría decir que debían habérselo repartido entre el tajador y la lavandera...

—Tío... —Martín trató de llamar la atención de Melchor ante la consternación que percibió en él—. Tío —tuvo que insistir.

—Vamos —terminó reaccionando el gitano no sin antes clavar sus ojos, de nuevo centelleantes pero con un brillo aterrador, en la posadera—: Mujer, si me entero de que me has engañado, volveré para matarte.

El muchacho se encaminó hacia la calle de la Comadre.

—Espera —le conminó Melchor a la altura de la de Alcalá.

Era noche cerrada, reinaba un silencio casi absoluto. El Galeote cogió de los hombros a Martín y lo miró de frente.

—¿Pretendes llevarme a casa de tu padre?

Martín asintió.

—No creo que deba ir —se opuso el gitano.

—Pero...

—Tú me has liberado y te estaré agradecido de por vida, pero allí no había nadie más que tú, ningún otro Costes, ningún gitano aliado de los Costes. —Melchor dejó transcurrir unos instantes—. Tu padre... tu padre decidió no luchar por mí, ¿cierto? —La mirada del muchacho, clavada en el suelo, fue suficiente respuesta para Melchor—. Acudir ahora a su casa no significaría más que humillarlo y avergonzarle, a él y a toda tu familia.

Melchor ahorró a Martín los recelos que asimismo le asaltaban: si no le habían ayudado, ¿qué garantías tenía de que no le vendiesen de nuevo a los García? Quizá no el Cascabelero, pero sí todos aquellos que le rodeaban y con los que debía haber consultado antes de tomar la decisión de abandonarlo a su suerte. No era algo que hubiera podido resolver él solo.

—¿Lo entiendes? —añadió.

Martín alzó la cabeza. Él mismo se sentía avergonzado por la actitud de su familia.

—Sí —contestó.

—No te preocupes por mí, ya me espabilaré. Debo… debo encontrar a una persona…

—¿La morena? —le interrumpió Martín.

—Sí.

—¿Es a la que también condenaron en Triana?

—Sí. No lo comentes con nadie.

—Se lo juro por la sangre de los Vega —afirmó el muchacho.

Cumpliría, se dijo Melchor.

—Bien. El problema eres tú.

Martín acogió las palabras con extrañeza.

—Tienes que desaparecer, muchacho. Aquí, en Madrid, un día u otro te matarán. Sé que te dolerá lo que voy a decir, pero no te fíes de nadie, ni siquiera de tu padre. Él, probablemente… seguro que no te desea ningún mal, pero podría verse obligado a elegir entre tú y el resto de la familia. Debes marcharte de Madrid. Ve a despedirte de tu padre y márchate, esta misma noche si es posible. No busques protección en los de tu familia aunque sea en otras ciudades, aunque tu padre insista, porque te encontrarán. Tampoco sé dónde hay otros Vega, me temo que todos están detenidos. Sin embargo, hay un lugar en la raya de Portugal, Barrancos, donde encontrarás protección. Toma el camino a Mérida y después desvíate hacia Jerez de los Caballeros. Desde allí es fácil llegar. Busca a un estanquero llamado Méndez y dile que vas de mi parte; él te ayudará y te enseñará el arte del contrabando. Tampoco te fíes de él, pero mientras le seas útil no tendrás problemas.

Melchor miró al muchacho de arriba abajo. Solo contaba

quince años, pero acababa de demostrar mayor arrojo y valía que su propio padre. Era gitano. Un Vega, y los de su estirpe salían adelante.

—¿Me has entendido?

Martín asintió.

—Pues aquí nos separamos, aunque presiento que si el demonio no me reclama antes, volveremos a encontrarnos.

Melchor todavía lo mantenía agarrado de los hombros. Un ligero temblor se trasladó a las palmas de sus manos. Acercó al muchacho y lo abrazó con fuerza. ¡El nieto que su hija no le había concedido!

—Otra cosa —le advirtió después de separarse—: ahí fuera hay gente peor que los García. No empuñes la navaja hasta que hayas aprendido a utilizarla con soltura. —Melchor lo zarandeó al recuerdo de su embate en el mesón, la navaja por delante como si se tratase de una pica—. No te dejes cegar por la ira en las reyertas, eso solo te llevará al error y a la muerte, y piensa que de nada sirve el valor si no se pliega a la inteligencia.

El amanecer alcanzó a Melchor recostado contra la pared del almacén de bacalao del portillo de Embajadores, con el barranco que había detrás de la cerca abriéndose a sus pies. Ahí terminaba la ciudad; ahí se había escondido para pasar el resto de la noche tras despedirse del joven Martín. La noche y el cansancio le habían sumido en un sueño constantemente interrumpido por la imagen de Caridad. En unas ocasiones, Melchor trataba de convencerse de la imposibilidad de que la morena hubiera escapado con el tajador; en otras, se veía atenazado por la angustia cuando daba vueltas a su paradero. Sin moverse, trató de ordenar sus ideas: lo buscarían, los García y los suyos lo estarían buscando; no podía acudir a nadie y no tenía ni un real. Ni siquiera su navaja o la casaca amarilla. Resopló. Mal comienzo. Los García se lo habían quitado todo. Debía encontrar a Caridad. «No es posible que se haya ido con otro hombre», se dijo una vez más a la luz del sol, pero entonces… ¿por qué no había esperado en la posada? Diez, once, veinte días si fuera necesario. La morena era capaz de ello, era paciente como la que más y contaba con dineros suficientes como para haber hecho frente a los gastos. Al tiempo que un escalofrío recorría su columna vertebral, desechó de su mente la posibilidad de que le hubiera sucedido alguna desgracia, de que alguien la hubiera forzado y matado. No. La justicia, tal vez. ¿La habrían detenido? En ese caso habrían detenido también a Alfonsa por esconderla en una posada secreta; además la morena tenía sus documentos en regla y nunca se metía en líos, cuando menos voluntariamente, sonrió el gitano al recuerdo de las playas de Manilva y las corachas de tabaco que le habían robado. Solo se le ocurría... Era una mujer tremendamente deseable, voluptuosa, negra como el ébano, llamativa, fascinante para un Madrid entregado a la lujuria. Cualquier rufián podría obtener muy buenos beneficios de ella. Se le encogió el estómago y tembló al imaginar a Caridad de mano en mano, ignominiosamente vendida en cualquier tugurio asqueroso. ¡Daría con ella! Se levantó entumecido, apoyándose en la pared. Absorto en sus pensamientos, no se había percatado de que las gentes de Madrid ya estaban en pie, trabajando. Debajo del barranco, en un llano, se comerciaba con caballerías. Estiró el cuello y la brisa le trajo la algarabía del mercadeo y los relinchos y rebuznos de los animales, no así su olor, velado por el que provenía del almacén de bacalao. Las aguas con las que los empleados de la Junta de Abastos remojaban el bacalao salado para su venta posterior se vertían al barranco. Madrid consumía bacalao, más que cualquier otro pescado, como sardinas, merluzas o bonitos. Los piadosos cristianos españoles pagaban a sus enemigos acérrimos, los heréticos ingleses, ingentes cantidades de dinero por el abasto del suficiente bacalao salado para sus innumerables días de abstinencia. Los caballos, el olor a pescado le trajo a la memoria Triana, el Guadalquivir, el puente de barcas que la unía con Sevilla, el callejón de San Miguel y la gitanería. Allí, entre naranjos, había encontrado a Caridad. Y Milagros, ¿qué sería de su niña? ¿Le habría perdonado ya? El Carmona mereció aquel navajazo. Suspiró mientras pensaba que Ana era la única que podía arreglarlo. Era su madre. A ella la escucharía... si conseguía su liberación.

Madrid vivía en las calles, que terminaron convirtiéndose también en el hogar del gitano, confundido entre el ejército de mendigos que las poblaban; llevaba la pierna derecha entablillada por debajo del calzón para simular una cojera, e iba ataviado con una vieja montera y una manta raída, ambas hurtadas, con la que se tapaba hasta cubrir parte del rostro incluso en el calor del verano.

Melchor se lanzó en busca de Caridad. Recorrió los barrios de los once cuarteles en los que se dividía Madrid. Ya fuera en Lavapiés, en Afligidos, en Maravillas o en cualquier otro, dejaba transcurrir los días sentado en calles y plazas, atento a las rondas de los alcaldes que podían detenerle, tanto como al diario ir y venir de las mujeres madrileñas: a misa, a comprar comida, con cántaros a por agua, a hornear el pan, a lavar la ropa, a vender los remiendos que hacían en sus casas o a todo tipo de mandados; pocas de ellas permanecían en el interior de sus lúgubres viviendas más de lo estrictamente necesario, y el gitano escuchaba el bullicio de sus conversaciones y presenciaba sus numerosas disputas.

Los hombres. Ellos eran la causa de las riñas más enconadas entre las mujeres de una sociedad en la que solteras, viudas y abandonadas superaban por millares a las casadas. Se repetía que no sería difícil reconocer a una negra entre todas aquellas mujeres. Vio varias; a unas las desechó incluso desde la distancia, a otras las persiguió cojeando hasta llevarse una decepción. En los días festivos, casi cien al año gracias al celo eclesiástico, veía a las madrileñas abandonar sus casas sonrientes, coquetas, acicaladas y ataviadas a la española: cinturas estrechas y generosos escotes, mantillas y peinetas, y las seguía al soto de Migascalientes, a la pradera del Corregidor o a la fuente de la Teja, donde flirteaban con los hombres y merendaban, cantaban y bailaban hasta que estos se liaban a pedradas entre ellos. Tampoco allí encontró a la morena.

Sin embargo, era por la noche cuando Melchor más se movía. Buscaba prostitutas.

—Todavía eres bella —las halagaba—. Pero… —simulaba dudar—, quisiera algo especial.

Antes de que le insultaran o le escupieran como habían hecho algunas de ellas, Melchor les mostraba sus dineros.

—¿Como qué? —podían responder a la vista de las monedas.

—Una niña virgen…

—En tu vida tendrás dinero suficiente.

—Pues… una negra. Una negra, sí. ¿Sabes de alguna?

Las había. Lo llevaron de aquí para allá, a callejones oscuros y a habitaciones míseras. En todas las ocasiones, malbarató con las celestinas los pocos dineros que tanto le costaba reunir a base de trapicheos.

—¡No! Una negra de verdad —insistía después si percibía que aquella mujer conocía del oficio—. Quiero una negra, negra. Joven, hermosa. Pagaré lo que sea. Encuéntramela y te pagaré bien.

Dinero. Aquel era su mayor problema. Sin dinero no podía alimentar la avidez de las varias meretrices a las que había encargado que buscasen a Caridad. Su sustento lo tenía arreglado con la Iglesia, pero hacía ya tiempo que no fumaba un cigarro o bebía una buena jarra de vino. «¡Mucho debo de quererte, morena!», se decía al pasar de largo cualquiera de los numerosos mesones y botillerías. Si el hambre acuciaba, se sumaba a las largas colas de indigentes que se plantaban a las puertas de un convento en espera de la sopa boba que diariamente se repartía en la mayoría de ellos. También estaba atento a la ronda de pan y huevo que noche tras noche salía de la iglesia de los Alemanes para atender a los necesitados. Tres hermanos de la cofradía del Refugio —uno de ellos sacerdote—, junto a un criado que iluminaba las calles con un farol, alternaban en sus rondas los barrios de Madrid para recoger a los muertos, trasladar a los enfermos a los hospitales, ofrecer consuelo espiritual a los agonizantes y alimento a los demás: un pedazo de pan y dos huevos cocidos; huevos grandes como correspondía a una hermandad de prestigio, porque los pequeños, los que pasaban por un agujero que los cofrades tenían hecho en una tablilla de madera para comprobar su grosor, los desechaban.

Hurtaba, y todo, salvo una navaja que decidió guardar, lo destinaba a pagar la búsqueda de Caridad. Recordó la forma en que Martín le había liberado y, al igual que hizo el muchacho, se introducía en las filas de los rosarios callejeros hasta que mediante insidias logró enfrentar a dos de ellos, uno que había partido de San Andrés, el otro del convento de San Francisco, que fueron a cruzarse en la plazuela de la puerta de Moros. En el caos que se originó con la pelea logró hacerse con varios objetos que luego revendió. Ardid similar utilizó con un grupo de ciegos. Melchor se sentía atraído por aquel ejército de invidentes que recorría las calles y plazas de Madrid; España era país de ciegos, tantos que algunos médicos extranjeros achacaban ese mal a la costumbre de sangrarse para presentar la piel pálida o restablecer los humores del cuerpo. Los ciegos se desplazaban en grupos llamando a la gente para recitarles historias, tocar música y cantar, siempre con una ristra de pliegos pinzados a un cordel en los que constaban las letras de las canciones o el texto de las obras que recitaban y que imprimían en pequeños talleres clandestinos, sin autorización, sin pago de tasas reales y sin someterlos a censura. Vendían los pliegos a muy bajo precio a quienes los escuchaban, y los humildes los compraban; hablaban de ellos mismos, de los manolos de la capital, ensalzaban su gallardía, sus costumbres y su denuedo por mantener vivo el espíritu español al tiempo que se mofaban y despreciaban todo lo que tuviera aire afrancesado. Los ciegos eran desconfiados por naturaleza, y bastaba con colarles una moneda falsa para que se liasen a bastonazos y las gentes que los rodeaban a puñetazos. El gitano lo consiguió en dos ocasiones, en las que aprovechó el barullo para hurtar cuanto pudo, pero la tercera vez que lo intentó fue como si los ciegos lo olieran y le insultaron a gritos antes de que se acercase.

También lo reconocieron algunas prostitutas. «¿Sigues empeñado en tu negra?», le soltó una de ellas. «¡No me molestes!», gritó una segunda. «¡A otra con ese cuento, imbécil!»

¿Cuánto tiempo llevaba tras la morena? El verano y parte del otoño habían quedado atrás; el frío arreciaba y hasta había tenido que buscar refugio por las noches en alguno de los muchos hospitales de Madrid. Añoró el clima templado de Triana. En ocasiones no lo admitieron, aduciendo que ya estaba lleno, y tenía que dirigirse al gran hospital de los Alemanes, de donde partía la ronda de pan y huevo, y que ocupaba toda una manzana entera entre la Corredera Baja de San Pablo y la calle de la Ballesta.

Caridad no estaba, tuvo que convencerse un día que amaneció plomizo y frío. De vez en cuando interrumpía su búsqueda para conocer las gestiones para la liberación de su hija; iba tan a menudo a la escribanía de Carlos Pueyo, en el portal de Roperos de la calle Mayor, que el escribano ya no le atendía y le remitía a un oficial malcarado que lo despedía de malos modos. Un día que lo recibió fue para decirle que el embudista quería más dinero, echando por tierra las ilusiones que se había hecho Melchor. El gitano protestó. El otro se encogió de hombros. Melchor gritó.

—Si prefieres dejarlo aquí y que no continuemos... —le interrumpió el escribano.

Melchor echó mano de su navaja. El oficial que atendía al escribano, advertido, se plantó tras él y le encañonó con un mosquete.

—No es ese el camino, Melchor —cortó con calma Carlos Pueyo—. Los funcionarios son avaros. Exigen más dinero, eso es todo.

—Lo tendrá —le escupió el gitano al tiempo que guardaba su navaja y sopesaba si lanzarle o no una amenaza. No lo hizo—. Deme tiempo —pidió en su lugar.

Todo el del mundo, obtuvo. ¿Qué le quedaba? No daba con Caridad pese a haber recorrido una y otra vez Madrid y sus lupanares. Ver libre a su hija había ido ganando terreno en sus anhelos hasta convertirse en una obsesión, y dependía de aquel escribano que le sangraba amparado tras un embudista al que ni siquiera conocía. Ese día gastó los pocos reales que le quedaban en cigarros y vino, a rostro descubierto, sin manta alguna que le cubriera, con la pierna derecha cosquilleando sin cesar, libre de la presión de las tablas que la habían mantenido inútil durante meses. El tabaco, concluyó para sí mientras giraba y giraba en sus manos una jarra de vino ya vacía; esa era la única manera de obtener el dinero que le exigía el escribano. Luego, con los sentidos embotados, ajeno al bullicio de la gente, cruzó la ciudad en dirección a la puerta de Segovia. Nada tenía que recoger para afrontar el viaje, de nadie tenía que despedirse. Estaba solo. Antes de cruzar el puente sobre el ruin Manzanares, volvió la vista hacia Madrid.

—No lo he conseguido, morena —susurró con la voz tomada; el palacio real en construcción se alzaba en un cerro sobre él, nublado a causa de las lágrimas que acudían a sus ojos—. Lo siento. De verdad lo siento, Cachita.

28

Caridad cumplía el primer año de condena en la cárcel real de la Galera.

Esa mañana, trabajando sentadas en el suelo de la galería en la que dormían, Frasquita desvió su atención de la sábana para fijarla en Caridad. Frasquita, que superaba los cincuenta, sintió una sacudida de ternura a la vista de aquella mujer absorta en la prenda y que con dedos ágiles cosía sin cesar. Ella misma había tratado de mortificarla cuando la devolvieron a la Galera tras la sentencia dictada por la Sala de Alcaldes. Cada mañana, en la fila que se formaba ante la bacina, se colaba justo delante de Caridad para que esta vaciase sus deposiciones. Y Caridad lo hacía, sin quejarse, hasta que logró ablandarla con su paciencia. Y el día que Frasquita decidió poner fin a la humillación y ocupó un puesto diferente en la fila, Caridad la llamó para que lo hiciera en el sitio que había ocupado día tras día. Quizá con otra reclusa hubiera respondido airada, pero aquel rostro redondeado y negro como el azabache le sonrió sin el menor asomo de rencor, burla o desafío. Se puso donde le indicaba Caridad, orinó y ella misma lanzó el líquido por la ventana al grito de «¡Agua va!». Muchas de las demás reclusas agradecieron su decisión; a fin de cuentas, decían en silencio, todas eran iguales: mujeres que compartían la desgracia.

Y sin embargo... a Caridad no se la veía desdichada; se lo había confesado hacía tiempo, cuando Frasquita tuvo que explicarle la razón de las quejas de algunas de las mujeres.

—No se les ha señalado plazo de reclusión en sus sentencias. Llevan años encarceladas sin saber cuándo las pondrán en libertad. —Caridad asintió como si eso fuera normal; para quien había sido esclava, no era tan extraño—. Pero aunque te fijen plazo —continuó la otra—, si no tienes a ningún hombre respetable que se haga cargo y responda por ti, tampoco te dejan libre.

Caridad levantó la mirada de la labor.

—Es cierto —terció Herminia, una mujer rubia y menuda que había enseñado a coser a Caridad.

Las otras dos cruzaron una mirada al ver que Caridad retomaba la labor como si pretendiera consolarse con ella.

—¿Tienes a alguien ahí fuera? —inquirió Herminia.

—No... no creo —respondió al cabo de unos instantes.

En su vida solo había tenido a su madre, unos hermanos y un primer criollito de quienes la separaron, luego a Marcelo, a Milagros y a Melchor... Hacía un año que no sabía nada de él. A veces sus dioses le decían que estaba vivo, que estaba bien, mas las dudas seguían asaltándola. De vez en cuando se le encogía el estómago, pero las lágrimas que corrían por sus mejillas arrastraron al olvido los recuerdos felices. A fin de cuentas, ¿qué podía esperar una esclava negra? ¿Cómo había podido ser tan ingenua como para fantasear con un futuro dichoso?

—Estoy bien aquí —murmuró.

Sí. Aquella forma de vida era la suya, la que conocía y le correspondía, la que le habían enseñado los blancos a latigazos: dormir, levantarse, escuchar misa, desayunar, trabajar, comer, rezar... Cumplir con unas obligaciones marcadas, rutinarias. No tenía mayores preocupaciones. A veces incluso podía fumar. Los sábados, las reclusas podían coser para ellas y ganaban algunos dineros, una miseria, pero suficiente para que el portero o la «demandera», la que hacía los recados fuera de la Galera, les proporcionase algo de tabaco.

Además, desde que Frasquita lanzó sus propios orines por la ventana, la mayoría de las demás reclusas parecían haberla aceptado.

—No te acerques a según quien —le advirtió un día Frasquita, paseando por el patio central; con el buen tiempo les permitían hacerlo antes de acostarse. Luego le señaló a una reclusa solitaria, de rostro y mirada coléricos—. Isabel, por ejemplo. No es una buena mujer: mató a su hijo recién nacido.

—En Cuba muchas madres matan a sus hijos. No son malas personas; lo hacen para salvarlos de la esclavitud.

Frasquita analizó las palabras. Luego habló con calma, como si nunca hasta entonces hubiera llegado a planteárselo.

—Isabel dice algo parecido: el padre no quiso hacerse cargo, ella no podía mantenerlo, y en la inclusa mueren ocho de cada diez huérfanos antes de llegar a los tres años. Dice que no pudo soportar imaginar a su niño enfermo y sin cuidados, agonizando hasta la muerte.

Pese a todo, Caridad evitó a Isabel y a otras dos mujeres recluidas que habían hecho lo mismo. No pudo hacerlo sin embargo con una prostituta contra la que también le había prevenido Frasquita. Coincidió que una mañana la mujer se hallaba a su espalda en misa, rodeada por otras rameras con las que formaba un grupo temido en el interior de la Galera. Caridad las oía cuchichear sin recato hasta que el sacerdote les llamaba la atención a gritos; entonces reían por lo bajo y, transcurridos unos instantes, retomaban sus enredos. ¿Quién era aquella María Magdalena, a la que sermón tras sermón las llamaba a imitar el religioso?, pensaba Caridad. En Cuba no hablaban de ella.

—¡Pecadoras!

El aullido resonó en la pequeña capilla en la que se amontonaba la forzada feligresía. Sobrecogida ante los gritos con los que el sacerdote les exigía penitencia, arrepentimiento, contrición y mil sacrificios más, Caridad se sobresaltó al notar que alguien ponía una mano sobre su hombro. No se atrevió a mirar atrás.

—Dicen que te han condenado por puta —escuchó.

Temió que el religioso se fijase en ella y le gritase. No contestó. La otra la zarandeó.

—Morena, te estoy hablando.

Frasquita no estaba con ella. Esa mañana se había retrasado y se había quedado en una de las filas del fondo de la capilla. Caridad bajó la mirada, temerosa, lamentando no haber esperado a quien podía protegerla.

—Déjala tranquila —salió en su defensa la reclusa que estaba a su lado.

—Tú no te metas donde no te llaman, perra.

Otra de las prostitutas empujó con fuerza a la que había terciado. La mujer salió despedida contra las que le precedían, quienes a su vez trastabillaron.

El cura detuvo su sermón ante el alboroto; el portero se abrió paso entre las mujeres en dirección a ellas.

—Las putas negras exóticas como tú son las que nos roban los clientes —escuchó Caridad que la acusaba aquella que la había tomado del hombro, indiferente al bastón con el que el portero se iba abriendo camino entre las reclusas—. Dime cuánto te pagan por acostarte con ellos.

—¡Herminia, ven conmigo! —ordenó el hombre al llegar.

—Yo no…

—¡Silencio! —gritó el cura desde el altar.

El bastón señalándola fue suficiente para que Herminia cediera y se dispusiera a acompañarlo. Caridad le dirigió una mirada de agradecimiento. Aquella mujer había tratado de defenderla y se sintió en deuda con ella.

—Yo no robo —le espetó Caridad a la prostituta—. ¡Nunca me han pagado nada!

Su sorpresa aumentó al volverse y ver a una mujer dócil que abría las manos hacia el portero en gesto de inocencia.

—Morena, acompáñame tú también —escuchó que le ordenaba este.

—Negra imbécil.

El insulto de la prostituta a su espalda se confundió con las palabras del sacerdote, que continuaba con la misa.

Así fue como Caridad intimó con Herminia: compartiendo con ella una semana a pan y agua como castigo.

—¿Quién es María Magdalena? —preguntó un día a su nueva amiga.

—¿Cuál de las dos?

Caridad mostró extrañeza.

—Aquí tenemos dos Magdalenas que nos traen por la calle de la amargura —explicó la otra.

—La de misa, esa de la que siempre habla el cura.

—¡Ah! ¡Esa! —rió Herminia—. Una puta. Dicen que fue amante de Jesucristo.

—¡Jesús!

—El mismo. Por lo visto terminó arrepintiéndose y la hicieron santa. Por eso la ponen como ejemplo día sí y día también. ¿No os hablaban de ella en Cuba?

—No. Allí no nos pedían que nos arrepintiéramos de nada, solo nos decían que debíamos obedecer y trabajar duro porque así lo quería el Señor. —Caridad dejó transcurrir unos instantes—. ¿Y la segunda Magdalena? —preguntó al cabo.

Herminia resopló antes de contestar.

—¡Esa es peor que la primera! Sor Magdalena de san Jerónimo —arrastró las palabras con repulsión—, una monja de Valladolid que creó las galeras para mujeres hace más de cien años. Desde entonces todos los reyes han seguido sus instrucciones con fervor: castigos iguales que los de los hombres y disciplina severa hasta conseguir doblegarnos; humillación, crueldad si es menester; trabajo duro para pagar nuestra manutención. ¿Te has dado cuenta de que no podemos ver la calle por lo altas que están las ventanas? —Caridad asintió—. Idea de la tal Magdalena: aislarnos de las buenas gentes. Y junto a todo ello, misas y sermones para que nos convirtamos y seamos útiles como buenas criadas… Ese es nuestro destino si algún día salimos de aquí: servir. ¡Dios nos guarde de las Magdalenas!

Pero exceptuando a las que habían decidido atajar con la muerte el triste y seguro destino de sus hijos, al grupo de prostitutas y alguna que otra delincuente violenta y malcarada, la gran mayoría del centenar y medio de encarceladas estaban ahí como resultado de insignificantes errores fruto de la ignorancia o la necesidad.

Conocía la condena de Frasquita: vida torpe, sentenciaron los alcaldes.

—Me detuvieron una noche andando con un zapatero —le explicó a Caridad—. Buena persona… ¡No hacíamos nada! Yo tenía frío y hambre y solo pretendía dormir en algún lugar a cubierto. Pero me pillaron con un hombre.

Frasquita le señaló muchas otras que penaban en la Galera sus atentados contra ese catálogo, tan extenso como difuso, de faltas contra la moral. Las condenaban por abandonadas, escandalosas, mal entretenidas, libertinas, relajadas, lujuriosas, incontinentes, perjudiciales para el Estado… Una sarta de infelices que a diferencia de los hombres no podían ser destinadas al ejército o a las obras públicas y que por lo tanto terminaban en la cárcel para mujeres.

Herminia, la rubia pequeña que provenía de un pueblo cercano, no había cometido otro delito que el de intentar vender por las calles de Madrid un par de ristras de ajos. Necesitaba aquellos dineros, confesó a Caridad con resignación. Se contaban bastantes regatonas como ella entre las presas: mujeres que solo pretendían procurarse la vida con la reventa de cebollas y todo tipo de verduras u hortalizas, algo que estaba prohibido.

Caridad conoció a otras dos mujeres. Una simple riña sin mayores consecuencias las había llevado a la Galera. También estaban prohibidos los insultos y las peleas; frecuentar los mesones o andar solas por la noche. Se las encarcelaba por no tener domicilio o trabajo conocidos; por ser pobres y no querer prestarse a servir; por mendigas…

Un sábado, el día en que se repartían las tareas de la semana entre las presas —fregar, limpiar, encender o apagar los candiles, servir la comida—, a Caridad le tocó entregar el pan correoso. La emparejaron con una joven cuya lozanía no había tenido tiempo todavía de marchitarse. Caridad se había fijado en la muchacha: parecía aún más tímida y desamparada que ella misma. Esperaban las dos junto a la cesta del pan a que el portero autorizase la entrada de las demás.

—Me llamo Caridad —se presentó ella por encima del alboroto procedente de la fila de mujeres.

—Jacinta —contestó la joven.

Caridad sonrió y la otra se esforzó por hacerlo. Con un movimiento de su bastón, el portero dio inicio al reparto.

—¿Por qué estás aquí? —inquirió Caridad al tiempo que iba entregando los mendrugos. Tenía curiosidad. Deseaba que la muchacha le contestara que por algo sin importancia, como tantas otras. No quería tener que considerarla una mala mujer.

—¿A qué esperas, niña? —Una de las reclusas apremió a Jacinta, que se había distraído con el interés de Caridad.

No había querido yacer con su patrono. Eso le explicó Jacinta cuando dejaron de servir el pan y recogían las cestas, las demás ya comiendo. Caridad la interrogó con la mirada: le parecía un extraño delito cuando la mayoría estaban condenadas precisamente por lo contrario.

—Cedí en otras ocasiones y me quedé preñada. La esposa de don Bernabé me pegó y me insultó, me llamó puta y marrana y muchas cosas más; luego me obligó a entregar el niño a la inclusa. —La explicación surgió de boca de la muchacha como si aún no fuera capaz de entender qué era lo que había sucedido—. Después… ¡Yo no quería tener otro niño!

Sofocó un sollozo. Caridad conocía ese dolor. Acarició el antebrazo de la joven y la sintió temblar.

Miles de muchachas como Jacinta corrían idéntica suerte en la gran capital; se calculaba que un veinte por ciento de la población trabajadora de Madrid estaba compuesta por sirvientes. Las jóvenes eran enviadas por sus familias desde todos los rincones de España para servir en las casas o en los talleres. La gran mayoría de ellas sufrían el acoso de los señores o de sus hijos y no podían negarse. Luego, si llegaba el embarazo, algunas se atrevían a pleitear para conseguir una dote para casarse si aquel que las había dejado embarazadas estaba casado o era noble o para que cumpliera su palabra de matrimonio si era soltero. Las esposas y madres acusaban a las criadas de tentar a sus hombres para obtener dinero o posición, y eso fue de lo que culpó la esposa de don Bernabé a Jacinta tras insultarla y golpearla. Ella no era más que una niña venida de un pequeño pueblo asturiano que bajó la mirada hacia sus jóvenes y turgentes pechos cuando la mujer los señaló como causa de la lascivia y del consecuente error de su marido. Y llegó a sentirse culpable, allí en pie, asediada, en el salón de una casa que se le antojaba un palacio en comparación con la mísera barraca de la que provenía. ¿Qué iban a decir sus padres? ¿Qué pensaría aquel pariente asturiano que vivía en Madrid y que la había recomendado? Y consintió. Calló. Una noche parió en el hospital de los Desamparados, en la misma calle de Atocha. Allí acogían a los huérfanos de más de siete años, se amontonaban en sus cuarenta camas las ancianas desahuciadas, las «carracas», las llamaban, que acudían a morir al único lugar que existía en la capital para ellas, y había también una habitación para que las desgraciadas como Jacinta encontrasen ayuda para dar a luz. Eran muchas las madres que morían en el parto; muchos los hijos que corrían esa misma suerte. Jacinta lo superó. La Congregación del Amor de Dios escondió el fruto de su vientre en la inclusa, donde el niño acabaría falleciendo, y la muchacha regresó a servir.

—Pero si no quisiste yacer con tu amo... —insistió Caridad—, ¿por qué te han encarcelado?

—Don Bernabé decidió hacerlo. Dijo que no quería servir en la casa, que era una mala criada y que le desobedecía.

Así se enteró Caridad de que, junto a las delincuentes y las desesperadas, existía otro grupo de reclusas cuyo único delito había sido el de nacer hembra sometida al hombre. Mujeres que, como Jacinta, habían sido encarceladas por la simple voluntad de su esposo, padre o amo. Como María, casi una anciana, recluida por haber vendido una camisa sin el consentimiento de su hombre; Ana, que estaba allí por haber abandonado el domicilio conyugal sin permiso, y una tercera cuyo único crimen había sido trabar amistad con un pescadero. La mayoría de aquellas mujeres decentes que terminaban recluidas por querella de sus maridos eran enviadas a las cárceles de San Nicolás y de Pinto, pero algunas terminaban en la Galera. La única diferencia entre ellas y quienes habían cometido algún delito era que el hombre que solicitaba su internamiento era consultado por la Sala de Alcaldes acerca de la pena que debía imponerse a la mujer. Aquel hombre también debía hacer frente a los costes de mantenimiento de la reclusa mientras permaneciese encarcelada. En algunas ocasiones, transcurrido un tiempo, las perdonaban y salían de prisión.

—Eso me advirtió don Bernabé antes de que me metieran aquí dentro —terminó confesando Jacinta—: que cuando estuviera dispuesta para él, me perdonaría.

Caridad miró de arriba abajo el cuerpo de la muchacha. ¿Cuánto tardaría en perder la belleza que tanto atraía a su señor encerrada en un lugar como aquel?

El día que Herminia le preguntó si tenía a alguien fuera de la cárcel, Caridad, sabiéndose observada por sus compañeras, continuó cosiendo la ropa del hospital en silencio. Aquellos dedos expertos en acariciar las hojas de tabaco y después torcerlo con delicadeza se acostumbraron con rapidez a la costura. Estaba bien ahí dentro: se sentía acompañada por muchas mujeres con las que hablaba y hasta reía; la mayoría eran buenas personas. La alimentaban, por escasa y mala que fuera la comida. Algunas reclusas se quejaban y hasta se rebelaban, algo que solo les reportaba un severo castigo. Caridad trataba de entender su actitud: las había escuchado hablar del hambre y la miseria a las que muchas de ellas achacaban su prisión y no comprendía sus quejas. Ella recordaba el funche y el sempiterno bacalao con el que día tras día, durante años, la habían alimentado en la vega.

«Y la libertad…», pensaba Caridad. Esa libertad cercenada de la que tanto hablaban unas y otras, a ella solo la había llevado a unas tierras inhóspitas y proporcionado la compañía de unas gentes extrañas que habían terminado abandonándola. ¿Qué habría sido de Milagros? A veces pensaba en la joven gitana, aunque cada vez la sentía más lejos. Y Melchor… Notó que se le humedecían los ojos y lo escondió a sus compañeras con un ataque simulado de tos. No, la libertad no era algo que ella echara de menos.

IV

PASIÓN CONTENIDA

29

Sevilla, 1752

ilagros no había vuelto al palacio de los condes de Fuentevieja desde el día en que lo hizo en solicitud de ayuda para liberar a sus padres. Habían transcurrido casi tres años y aquella muchacha a la que el malcarado secretario de su excelencia no le había permitido superar el lúgubre pasillo que llevaba a las cocinas, se desenvolvía ahora con soltura en uno de sus lujosos salones. Entre aquellas mujeres nobles y ricas que se sangraban con asiduidad con el único objetivo de dar palidez a sus mejillas e iban vestidas con faldas ahuecadas mediante miriñaques, mujeres de cintura y torso encorsetados, peinados altos, complicados y profusamente ornamentados, que amenazaban con vencer los armazones de alambres sobre los que descansaban y derrumbarse sobre sus cabezas, siempre enjoyadas y encintadas, la gitana se sabía observada y deseada por los hombres invitados a la fiesta que celebraba el conde. El secretario, al recibirla esa noche de finales de febrero junto a uno de los porteros, había desviado una mirada lasciva sobre sus pechos.

—Tú —quiso vengarse la gitana al tiempo que se preguntaba si reconocía en ella a la niña de la que se burló años antes—, ¿a qué viene ese babeo?

El hombre reaccionó e irguió la cabeza azorado.

—No está hecha la miel para la boca del asno —le escupió Milagros.

Algunos gitanos que la acompañaban mostraron su sorpresa. El portero reprimió una carcajada. El secretario se disponía a replicar cuando Milagros clavó sus ojos en él y le retó en silencio: «¿Quieres ofenderme y arriesgarte a que me vaya? ¿En qué posición quedarían entonces tus señores ante sus invitados?». El secretario cedió, no sin antes dirigir una mueca de desprecio al grupo de gitanos.

¡Claro que no la había reconocido! Tres años y la maternidad de una hija preciosa habían configurado el esplendoroso cuerpo de una mujer de diecisiete, joven pero pleno. Atezada, de bellas facciones pronunciadas y largo cabello castaño cayendo revuelto a su espalda, toda ella emanaba orgullo. Milagros no necesitaba cotillas ni prendas elegantes para lucir sus encantos: una sencilla camisa verde y una larga falda floreada que caía hasta casi cubrir sus pies descalzos insinuaban la voluptuosidad de piernas, hombros, caderas, estómago... y pechos firmes y turgentes. El tintineo de sus muchos abalorios siguió los pasos de portero y secretario hasta el gran salón donde, después de la cena, los condes y sus ilustres invitados los esperaban charlando, bebiendo licores y sorbiendo rapé. Después de saludar a los anfitriones y a cuantos curiosos desearon acercarse a conocer a la famosa Milagros de Triana, mientras los gitanos se acomodaban y afinaban sus guitarras, ella deambuló de aquí para allá, entre la gente, contemplándose en los inmensos espejos o toqueteando con indolencia alguna figurilla, exhibiéndose a la luz de la imponente lámpara de cristal que colgaba del techo ante hombres y mujeres, alardeando de aquella sensualidad que estallaría en breve.

El rasgueo ya acompasado de varias guitarras reclamó su presencia donde estaban sus acompañantes, en una esquina del salón expresamente despejada para acoger al grupo de cuatro hombres y otras tantas mujeres. La Trianera permanecía vigilante, con sus muchas carnes aposentadas en un sillón de madera labrada en dorados y tapizado en seda colorada, como si de un trono se tratase y que, encaprichada de él nada más verlo, había obligado a fuerza de aspavientos a desplazar desde el otro extremo del salón a un par de criados.

Reyes y Milagros cruzaron miradas frías y duras; sin embargo, cualquier sensación perturbadora desapareció del ánimo de la joven tan pronto como se arrancó con su primera canción. Aquel era su universo, un mundo en el que nada ni nadie tenían la menor importancia. La música, el cante y el baile la hechizaban y la transportaban al éxtasis. Cantó. Bailó. Brilló. Embelesó a la concurrencia: hombres y mujeres que a medida que transcurría la noche fueron perdiendo sus rígidos portes y sus aristocráticos aires para sumarse al jaleo, los gritos y las palmas de los gitanos.

En los breves descansos, los gitanos de la familia de los García dejaban las guitarras y acudían a rodearla mientras ella flirteaba, coqueta, con los hombres que se le acercaban. Pedro no estaba, él nunca estaba. Y Milagros escrutaba en el rostro de los hombres, en el deseo que podía llegar a oler, cuál de ellos estaba dispuesto a premiarla a cambio de un guiño pícaro, un gesto atrevido, una sonrisa o una atención superior a la que prestaba a los demás. Algunas monedas, una pequeña joya o cualquier accesorio que llevaran: un botón de plata, quizá una tabaquera ricamente labrada. Aquellos nobles civilizados y cultos satisfacían su vanidad pretendiéndola con desvergüenza en presencia de sus mujeres, que, algo apartadas, como si se tratara de otro espectáculo, cuchicheaban y reían los ímprobos esfuerzos de sus maridos por elevarse sobre los demás y obtener la presa.

Un reloj de bolsillo. Tal fue el trofeo que conquistó esa noche y que rápidamente pasó a manos de la Trianera, que lo sopesó y lo escondió entre sus ropas. Milagros permitió que el vencedor la tomara de la mano y rozara los labios en su dorso. De reojo, comprobó cómo una mujer con un gran lazo dorado en el escote, a juego con una multitud de otros lazos pequeños que adornaban su moño, recibía las felicitaciones de algunas compañeras mientras gesticulaba con displicencia, restando toda importancia a la joya de la que acababa de desprenderse su hombre. «Se divierten con ello», pensó Milagros: nobles acaudalados, civilizados y corteses unidos entre ellos por matrimonios de inclinación.

Los gitanos continuaron tocando sus guitarras, entrechocando castañuelas y palmas, y Milagros cantó y bailó para los nobles. Lo harían hasta que don Alfonso y sus ilustres invitados se cansaran, aunque a la vista de los caldos, pasteles, dulces y chocolate que durante toda la noche fueron sirviendo los criados, Milagros supo que sería eterna. Así fue; el sarao se alargó hasta el amanecer, mucho después de que la gitana, extenuada, se hubiera visto obligada a ceder el puesto a las que la acompañaban, que pugnaron sin éxito por emularla.

La Trianera, que dormitaba en su trono, se levantó por primera vez en la noche cuando don Alfonso puso fin a la fiesta. La vieja gitana despertó de forma instintiva en el momento en que el conde dirigió un gesto casi imperceptible hacia su mayordomo. El conde debía pagarles, aunque solo él decidía la cuantía. Muchos invitados se habían retirado ya. Entre los que quedaban, algunos habían perdido su porte señorial a causa del licor. Don Alfonso, con la bolsa de los dineros en la mano, no parecía contarse entre estos últimos, ni tampoco el hombre con el que se acercó hasta el grupo de gitanos.

—Una grata velada —les felicitó el conde extendiendo la bolsa.

Reyes se la arrancó de la mano.

—Una noche interesante —agregó su acompañante.

Sin prestar atención a la Trianera, don Alfonso se dirigió entonces a Milagros.

—Creo haberte presentado ya a don Antonio Heredia, marqués del Rafal, de visita en Sevilla.

La gitana observó al hombre: viejo, peluca blanca empolvada, rostro serio, casaca negra abierta, estrecha y bordada en las bocamangas, chupa, corbata de encaje, calzón, medias blancas y zapatos bajos con hebilla de plata. Milagros no se había fijado en él, no había sido uno de los que la asediaran.

—Don Antonio es el corregidor de Madrid —añadió el conde tras conceder a la gitana aquellos instantes.

Milagros acogió las palabras con una levísima inclinación de cabeza.

—Como corregidor —explicó entonces don Antonio—, también soy juez protector y privativo de los teatros cómicos de Madrid.

Ante la mirada expectante del corregidor, Milagros se preguntó si debía mostrarse impresionada por aquella revelación. Enarcó las cejas en señal de incomprensión.

—Me ha impresionado tu voz y... —el corregidor giró un par de dedos en el aire— tu forma de bailar. Deseo que vengas a Madrid a cantar y bailar en el Coliseo del Príncipe. Formarás parte de la compañía...

—Yo... —le interrumpió la gitana.

En esta ocasión fue el conde quien enarcó las cejas. El corregidor irguió la cabeza. Milagros calló, sin saber qué decir. ¿Ir a Madrid? Se volvió hacia los gitanos, a sus espaldas, como si esperase ayuda por su parte.

—Mujer —la voz del conde sonó áspera en sus oídos—, don Antonio te acaba de hacer una oferta generosa. ¿No pretenderás desairar al corregidor de su majestad?

—Yo... —volvió a titubear Milagros, perdido cualquier atisbo de la altivez con que se había desenvuelto a lo largo de la noche.

Reyes se adelantó un paso.

—Excúsenla sus excelencias. Solo está abrumada... y confundida. Comprendan sus mercedes que no esté acostumbrada a tan gran honor. Cantará en Madrid, por supuesto —terminó afirmando.

Milagros no podía apartar la mirada del rostro del corregidor, que fue templando la rigidez de sus facciones a medida que escuchaba las palabras de la Trianera.

—Excelente decisión —llegó a ver que pronunciaban sus labios.

—Mi secretario y el de don Antonio se ocuparán de arreglarlo todo —terció entonces el conde—. Mañana... —detuvo sus palabras, sonrió y miró hacia uno de los grandes ventanales por el que ya se colaban los primeros rayos de luz—. Bueno, ya es hoy —se corrigió—. Antes del anochecer acudid a su presencia.

Los aristócratas no les concedieron más tiempo. Se despidieron, y el uno con la mano apoyada en el hombro del otro, charlando, encaminaron sus pasos hacia la gran puerta de doble hoja que cerraba la estancia. La carcajada del conde antes de cruzarla despertó a Milagros de la conmoción: solo quedaban ellos en el salón, aparte del mayordomo que los vigilaba y un par de criados que, tan pronto como el eco de las carcajadas se perdió en los pasillos del gran palacio, se separaron de las paredes junto a las que permanecían hieráticos. Uno suspiró, el otro desentumeció sus músculos. La luz del sol y de las velas todavía encendidas en la gran lámpara de cristal revelaron una estancia que reclamaba ser devuelta al esplendor con que los había recibido; los muebles estaban en desorden; había vasos aquí y allá, jícaras manchadas de chocolate, bandejas, platillos con restos de comida y hasta abanicos y algunas prendas olvidadas por las señoras.

—¿Madrid? —alcanzó a preguntarse entonces Milagros.

—¡Madrid! —La voz de la Trianera reverberó contra el alto techo del salón—. ¿O acaso pretendías desairar el corregidor y enemistarnos de nuevo con los principales del reino?

Milagros frunció el entrecejo hacia la Trianera. Sí, iría a Madrid, se convenció entonces. «A cualquier lugar lejos de ti y los tuyos», pensó.

Se dispusieron a viajar a Madrid en una larga galera de las que semanalmente recorrían el trayecto que unía Sevilla con la Villa y Corte, un carro de cuatro ruedas cubierto con un toldo de lienzo y tirado por seis mulas. La galera estaba capacitada para el transporte de quince viajeros con sus respectivos equipajes, que aquella mañana de marzo de 1752 se habían reunido alrededor de ella.

En esta ocasión, los gitanos iban a salir de Triana con todos los permisos y pasaportes en regla, firmados y sellados por cuantas autoridades eran precisas, y bajo la salvaguarda del mismísimo corregidor de Madrid, como acreditaba la carta que su secretario les había expedido, no sin antes mostrar su extrañeza por la gitana vieja que los García pretendían incluir en la comitiva. «¿Quién si no cuidará de la niña mientras canta para su excelencia?», arguyó Rafael el patriarca. El secretario negó con la cabeza, pero lo cierto era que le importaba poco el número de gitanos que se desplazasen a Madrid, así que accedió. En cambio, no se calló ante la referencia hecha a su amo.

—No te equivoques —le avisó—. La mujer no cantará para el señor corregidor; lo hará en el Coliseo del Príncipe para todos los que acuden a presenciar las comedias.

—Pero algún día acudirá su excelencia, ¿no? —Rafael García guiñó un ojo al funcionario pretendiendo hacerle partícipe de la fascinación que Reyes, su mujer, había exagerado al contar la escena del palacio de los condes.

El secretario suspiró.

—Y hasta el rey —ironizó—. Su majestad, también.

Rafael García mudó el semblante y reprimió una réplica.

—¿Cuántos dineros le pagará el señor corregidor? —preguntó en su lugar.

El secretario sonrió avieso, molesto por tener que tratar con gitanos.

—Lo ignoro, pero de lo que sí estoy seguro es de que no ocupará la plaza de primera dama. Supongo que una ración de unos siete u ocho reales al día sin derecho a partido.

—¿Siete reales! —protestó el Conde. ¡Solo el reloj que había conseguido Milagros la noche anterior valía cien veces más!

El otro ensanchó la sonrisa.

—Eso es lo que hay. Las nuevas no cobran a partido —silabeó ante la mueca de ignorancia del gitano—: un sueldo que perciben trabajen o no. Cobrará exclusivamente por día de trabajo, a ración... Sí, siete u ocho reales.

Rafael García no pudo evitar un gesto de decepción. Su hijo y dos gitanos más que lo acompañaban también mostraron su descontento.

—En ese caso... —El gitano dudó, pero terminó expresando su amenaza—: Por ese sueldo Milagros no irá a Madrid.

—Escucha —anunció el otro con seriedad—, no sería la primera cómica que termina en la cárcel por negarse a acatar las órdenes del corregidor y de la junta que rige los teatros de la corte. Madrid no se mide en reales, gitano. Madrid es... —El hombre hizo revolotear sus manos en el aire—. Son muchos los cómicos de compañías ambulantes o de teatros menores de todo el reino que pierden dinero al ser llamados a Madrid. Tú eliges: Madrid o la cárcel.

Rafael García eligió, y un mes después su nieto Pedro contemplaba fumando cómo Milagros cargaba las escasas pertenencias de la familia en la galera, mientras Bartola, su niñera, sostenía en brazos a la hija de ambos.

Entre bulto y bulto, Milagros miraba a la pequeña. Era igual que su madre, decían unos, mientras que otros afirmaban que había salido a su padre y algunos más buscaban parecidos con los García. Nadie mencionó a los Vega. Se secó el sudor de la frente con una de las mangas. No se atrevió a bautizar a la niña con el nombre de Ana. Muchos eran los gitanos que traían noticias de las detenidas en Málaga, ninguna para ella. Nunca llegó a pedirles que hablasen con Ana Vega. ¡No soportaría otra respuesta como la que recibió cuando mandó al Camacho! Quizá algún día... Mientras tanto, nada sabía de su madre, y eso la atormentaba. Sin embargo, sí que bautizó a su hija con el nombre de María, en secreto homenaje a la vieja curandera que había sido sustituida por Bartola, que iba a acompañar al matrimonio en su viaje a la corte.

Doce personas más subieron al carro tras ellos: varios ordinarios cargados con bultos; un petimetre afrancesado que miraba con asco cuanto le rodeaba; una muchacha tímida que iba a servir a la capital; un hombre que decía ser comerciante de telas, dos frailes y un matrimonio. Ninguno de los gitanos había viajado en galera, y salvo los ordinarios, que iban y venían de ciudad en ciudad, era evidente que tampoco lo habían hecho los demás pasajeros. Tal era la aversión a los viajes en la época. La galera iba repleta y todos ellos trataron de acomodarse en un espacio sin bancos, entre la multitud de variopintas mercancías y enseres que llevaban consigo, sobre un suelo que no era de tablas como el de los carros que conocía Milagros, sino que consistía en un entramado de resistentes cuerdas en forma de red encima de las cuales se amontonaron sin orden ni concierto personas y equipajes. Debían viajar tumbados, como comprobó la joven que hacía uno de los ordinarios. Entre empujones, las dos gitanas extendieron los jergones que llevaban junto a uno de los laterales del carro y se sentaron sobre ellos con la espalda apoyada contra el precario apoyo de unas esteras de esparto a modo de barandas.

De tal guisa, acompañados por un carro que transportaba aceite de oliva y otro arriero al frente de una recua de seis animales cargados de mercaderías, afrontaron el largo camino. Milagros respiró hondo en el momento en que el carretero arreó a las mulas para que tirasen de la pesada galera e iniciasen la marcha. Luego se dejó mecer por el cascabeleo de las guarniciones que adornaban a las caballerías y el repiqueteo metálico de las ollas y sartenes que colgaban del exterior de la galera. Cada uno de los tintineos de aquellos cascabeles la alejaba un paso más de Triana, del Conde, de la Trianera, de los García y de las desgracias que habían asolado su vida. De vez en cuando, el restallar del látigo obtenía de los animales un empujón que se alargaba unos instantes, hasta que recuperaban su caminar apático. Madrid, evocó una vez más la gitana. Llegó a odiar a la villa cuando se enteró del secuestro del abuelo, pero al cabo de un mes llegó otro ordinario con la noticia de que había escapado, y ella, al ritmo de los juramentos e imprecaciones de los miembros de su nueva familia, se reconcilió con aquella ciudad. ¿Sería igual en un teatro de Madrid, junto a cómicos y músicos profesionales que en los mesones o los saraos sevillanos? Esa incertidumbre era lo único que la inquietaba. Recordaba el suplicio que le supuso cantar villancicos en la parroquia de Santa Ana, con el maestro de capilla amonestándola sin tregua y los músicos despreciándola, y temía que le sucediera lo mismo. Solo era una gitana, y los payos..., los payos siempre se comportaban igual con los gitanos. Con todo, Milagros estaba dispuesta a sufrir aquel escarnio, cien como ellos si menester fuese, para apartar a Pedro de su familia de Triana, de su vida indolente y de sus noches perdidas en... Mejor no saberlo. Cerró los ojos con fuerza y apretó a su pequeña contra el pecho. En Madrid, Pedro solo la tendría a ella. Cambiaría. ¿Qué más daban los dineros que tanto importaban a los García? Sin ellos no habría vino, ni mesones, ni botillerías, ni... mujeres.

Pedro se había opuesto enérgicamente a trasladarse a Madrid, pero ni con su nieto favorito transigió el Conde. Suspendidas las liberaciones de gitanos poco después de la de José Carmona, muchos eran los que confiaban en que algún día el rey se replantearía la situación. Y ellos se estaban esforzando por conseguirlo. «¡Es el corregidor de Madrid!», había gritado el Conde a su nieto.

—Escucha, Pedro —prosiguió con otro tono de voz—, todos estamos acercándonos a los payos. Dentro de poco, unos meses a lo sumo, presentaremos al arzobispo de Sevilla las reglas de lo que será la hermandad de los gitanos; hemos elegido como sede el convento del Espíritu Santo, aquí, en Triana. Estamos trabajando en ello. ¡Los gitanos con una hermandad religiosa! —añadió como si estuviese planteando una locura—. ¿Quién podía imaginárselo? Ya no solo somos los García, sino todas las familias de la ciudad, unidas. ¿Pretendes indisponerte... indisponernos a todos con un personaje tan cercano al rey como el corregidor de Madrid? Ve allí. No será para toda la vida.

Tanta era la proximidad de los gitanos a aquella Iglesia capaz de encarcelar o liberar a la gente que hasta los frailes que acudían a hacer confesiones generales a Triana habían llegado a destacar, por encima de la de los demás ciudadanos, la piedad y el espíritu religioso con que estos habían acudido a hacerlo.

—¡Niégate! —lo azuzó un día Milagros ante las constantes quejas de su esposo—. Vayámonos, escapemos de Triana. Yo me casé contigo contra la voluntad de parte de mi familia, rebélate tú también. ¿Quién es tu abuelo para decidir lo que debemos o no debemos hacer?

Tal y como presumía, Pedro no osó desobedecer a su abuelo y a partir de aquel día no se produjeron más discusiones, aunque Milagros se guardó mucho de mostrar su alegría.

Emplearon once inacabables días en llegar a Madrid. Jornadas a lo largo de las cuales se les fueron uniendo otros transportes y viajeros con igual destino al tiempo que otros se apeaban en alguna encrucijada. Los caminos eran malos y peligrosos, por lo que las gentes se buscaban unas a otras. Además, los carreteros y arrieros gozaban de ciertos privilegios que molestaban a los lugareños: podían dejar que sus caballerías pastasen, o hacer leña en tierras comunales, y siempre era preferible defender unidos esos derechos. Entumecida, tratando constantemente de acallar el llanto lastimero de una niña de año y medio incapaz de soportar el tedio y la monotonía, Milagros se animó al presentir la cercanía de la gran ciudad. Incluso las mulas aligeraron su paso cansino a medida que el estrépito se hizo más y más perceptible. Hacía poco que el sol había superado el amanecer, y la galera donde viajaban se vio embutida entre los centenares de carros y las miles de bestias de carga que diariamente entraban en la ciudad para abastecer a la Villa y Corte. Una multitud de labradores, agricultores, hortelanos, comerciantes y trajineros, con sus carros, pequeños o grandes, a pie, cargados o tirando de mulas y bueyes, tenían que acceder personalmente a Madrid para vender sus productos y mercaderías. A fin de impedir el acaparamiento y los aumentos de precio, el rey había prohibido que tratantes, chalanes o regatones de la corte adquirieran comestibles para su reventa en las cercanías de Madrid o en los caminos que llevaban a la ciudad; solo podían hacerlo a partir de las doce del mediodía, en las plazas y mercados, después de que los ciudadanos hubieran tenido oportunidad de adquirirlos en los cajones y puestos de venta a sus precios de origen.

A través de una rendija del toldo que tapaba el lateral de la galera, Milagros contempló el barullo de gentes y animales. Se encogió ante el griterío y el desorden. ¿Qué les esperaba en una ciudad que día tras día requería de todo aquel ejército de proveedores?

Accedieron a Madrid por la puerta de Toledo, y en la calle del mismo nombre, en uno de los muchos mesones establecidos en ella, el de la Herradura, pusieron fin a un viaje que se les había hecho interminable. Les habían dicho que, en cuanto llegaran, acudieran al Coliseo del Príncipe para recibir instrucciones. Milagros y la vieja Bartola se pelearon con los demás viajeros para descargar los jergones y demás enseres mientras Pedro se informaba a través del carretero y los ordinarios.

El sol de un día fresco pero radiante iluminó la variopinta muchedumbre que accedía a la ciudad y a la que se sumaron ellos. Pedro en cabeza, libre de equipaje, y las dos mujeres arrastrando los bultos y cargando a la pequeña María. Pocos fueron los que prestaron atención al grupo de gitanos mientras estos recorrían la calle de Toledo en dirección a la plaza de la Cebada, en uno de los barrios más poblados y humildes de Madrid. Los ciudadanos deambulaban entre los mesones, botillerías, colchonerías, esparterías, herrerías y barberías que flanqueaban la calle de Toledo.

Milagros y Bartola se turnaban para llevar a María. En ello estaban, pasando a la niña de los brazos de una a los de la otra, cuando Pedro, que había girado la cabeza ante su retraso, se precipitó sobre ellas a tiempo de impedir que la pequeña agarrase una de las camisas que colgaban de la puerta de un mísero cuchitril que exponía ropas usadas.

—¿Queréis que la niña enferme? —les recriminó a las dos—. ¡Malaje! —anunció después con la mirada fija en el rostro demacrado del propietario de la tienda.

Porque en la calle de Toledo se abrían prenderías llevadas por comerciantes cuyos rostros enjutos mostraban el destino que les esperaba a los muchos que, llevados por la necesidad, se veían obligados a adquirir a bajo precio las ropas de los fallecidos en los hospitales. Si los gitanos quemaban las prendas de sus muertos tras el entierro, los payos las compraban sin importarles que en sus costuras estuviera la simiente de todo tipo de males y enfermedades, y las faldas, los calzones y las camisas retornaban una y otra vez a las prenderías en espera de un nuevo desgraciado al que contagiar en un vicioso círculo de muerte.

Milagros aupó a su niña hasta acomodarla contra su cadera; comprendía lo que había originado la reacción de Pedro y asintió antes de continuar andando. Así llegaron hasta la plaza de la Cebada, un gran espacio irregular en el que, además de ejecutarse a los reos condenados a morir ahorcados, se vendía grano, tocino y legumbres. Muchos de los labradores que ascendían junto a ellos por la calle de Toledo se desviaron hacia la plaza. Alrededor de los cajones del mercado holgazaneaban centenares de personas. Otros campesinos continuaron en dirección a la plaza Mayor.

Pedro, sin embargo, los guió hacia la derecha, hacia una calleja que bordeaba la iglesia y el cementerio de San Millán; continuaron por ella hasta la plaza de Antón Martín. Allí, mientras las mujeres y los niños se refrescaban en la fuente que echaba agua por boca de los delfines, volvió a preguntar por el Coliseo del Príncipe. Sin éxito. Un par de hombres eludieron al gitano y avivaron el paso. Pedro crispó la mandíbula y acarició la empuñadura de su navaja.

—¿Qué buscas? —se oyó cuando se disponía a interrogar a un tercero.

Milagros observó a un alguacil de negro que, vara en mano, se dirigía hacia su esposo. Ambos hombres hablaron. Algunos viandantes se detuvieron para presenciar la escena. Pedro le mostró los documentos. El alguacil los leyó y preguntó por la cómica a la que se referían los papeles.

—Mi esposa: Milagros de Triana —respondió con sequedad el gitano al tiempo que la señalaba.

Junto a la fuente, Milagros se vio escrutada de arriba abajo por alguacil y curiosos. Dudó. Se sintió ridícula con el jergón enrollado bajo un brazo, pero alzó el mentón y se irguió frente a todos ellos.

—¡Orgullosa gitana! —la premió a gritos el alguacil—. Veremos si eres capaz de ser igual de engreída en el tablado, cuando los mosqueteros te abucheen. En Madrid nos sobran mujeres bellas y nos faltan buenas cómicas.

La gente rió y Pedro hizo ademán de revolverse contra ellos. El alguacil le detuvo alzando la vara a la altura de su pecho.

—No seas tan susceptible, gitano —le advirtió arrastrando las palabras—. Dentro de pocos días, cuando se inaugure la temporada de comedias, todo Madrid y sus alrededores censurará… o ensalzará a tu esposa. De ella dependerá. No hay término medio. Acompañadme —se ofreció en el momento en que Pedro depuso su actitud—, el Príncipe está muy cerca. Me viene de ronda.

Desde la misma plaza ascendieron un trecho para rodear el colegio de Loreto e introducirse en una callejuela situada a su derecha. Milagros se esforzó por mantener el mismo porte altivo con que su esposo desfiló frente al coro de madrileños que habían presenciado la escena, pero, cargada con María a un lado y el jergón al otro, seguida por Bartola resoplando y renegando en su nuca con los otros dos jergones y el resto de los bultos, los pocos pasos que el alguacil y Pedro les llevaban por delante le parecieron una distancia insalvable. «¡Te iremos a ver, gitana!», oyó Milagros, y se volvió hacia un hombre bajo y gordo tocado con un gran sombrero negro que le daba aspecto de seta. «No nos hagas gastar nuestros dineros en balde», escuchó de otro. «¿Dónde queda ahora el lujo y el boato del palacio de los condes de Fuentevieja?», se lamentó, molesta ante las risotadas y comentarios que se sucedieron a su paso.

Una manzana más y se plantaron en la bocacalle de la del Príncipe; poco más allá, desde la esquina de la calle del Prado el alguacil señaló a su derecha, hacia un edificio de líneas rectas y sobria fachada de piedra cuyo tejado a dos aguas sobresalía muy por encima de los colindantes.

—Ahí lo tenéis —indicó con orgullo—, el Coliseo del Príncipe.

Milagros trató de hacerse una idea de las dimensiones del teatro, pero la estrechez de la calle a la que hacía frente se lo impidió. Volvió la cabeza a su izquierda, hacia un muro corrido y sin ventanas que se extendía a lo largo de la calle del Prado.

—La huerta del convento de Santa Ana —explicó el alguacil al percatarse de hacia dónde dirigía la mirada la joven gitana. Luego señaló en dirección a la parte alta de la misma calle—. Allí, en la lonja que da acceso al convento, hay una hornacina con la imagen de la madre de la Virgen a la que acuden a venerar muchos de los de vuestra raza. Deberías encomendarte a ella antes de entrar —terminó riendo.

Milagros dejó a María en el suelo de tierra. ¡Santa Ana! En su parroquia trianera había cantado villancicos para los payos después de haber sido humillada por el maestro de capilla y los músicos. ¡Qué lejos le parecían aquellos días! Sin embargo, ahora reaparecía la misma santa junto al teatro donde tendría que volver a cantar delante de los payos. No podía ser simple casualidad, debía de tener algún significado…

—¡Vamos! —La orden del alguacil distrajo sus pensamientos. Los gitanos se disponían a dirigirse al teatro cuando el alguacil les detuvo con un movimiento de su vara y explicó—: Por allí entra el público. Los cómicos acceden por una puerta trasera, en la calle del Lobo.

Rodearon la manzana hasta dar con la puerta. El alguacil habló con un portero que vigilaba la entrada y que le franqueó el paso al instante.

—¿Piensas entrar con un jergón bajo el brazo? —se mofó el hombre tras invitar a Milagros a seguirle—. ¡Los demás no podéis entrar! —advirtió acto seguido Pedro y a Bartola.

Pedro lo consiguió, aduciendo que era su esposo. «¿Quién va a impedir que la acompañe?», dijo con arrogancia. El jergón quedó fuera, con Bartola, María y los demás bultos. En cuanto se cerró la puerta a su espalda, se encontraron en una amplia estancia a la que se abrían una serie de habitaciones.

—Los vestuarios —comentó el alguacil.

Milagros no los miró; tampoco miró las varias sillas de manos dispuestas junto a una de las paredes y que habían captado el interés de su esposo. La atención de la gitana permanecía fija en la cara posterior del decorado: un inmenso y simple lienzo blanco que, entre tramoyas, ocupaba casi todo el frente del lugar reservado a los espectadores. A su trasluz vislumbró sombras de personas: algunas se movían y gesticulaban, otras permanecían quietas. No logró entender lo que decían. ¿Declamaban? Se oyó un grito autoritario y se hizo el silencio, al que siguió una nueva orden. La figura de una mujer que hacía aspavientos. Una sombra que se acercaba a la mujer. Discutían. La voz de la mujer, terca, impertinente, se alzaba por encima de la otra hasta lograr acallarla. El hombre se quedaba solo. Milagros llegó a percibir los brazos caídos a sus costados. La mujer desapareció de su visión, no así sus alaridos, que ganaban fuerza a medida que se acercaban a ella por el lateral del telón.

—¿Quién se habrá creído que es ese gañán! —El grito precedió a la intempestiva aparición de una mujer de mediana edad, rubia, bien vestida, tan exuberante como acalorada—. ¡Decirme a mí, a mí, cómo debo cantar mi papel! ¡A mí, la gran Celeste!

Camino del vestuario, la mujer pasó junto a Milagros sin siquiera mirarla.

—¡Ni dos días aguantará esta comedia en cartel! —prosiguió Celeste, indignada, pero su ofuscación se desvaneció como por ensalmo al toparse con Pedro García unos pasos más allá.

El alguacil, a su lado, se destocó con deferencia.

—¿Y tú quién eres? —interrogó la mujer al gitano plantándose en jarras frente a él.

Milagros no llegó a observar la sonrisa con la que su esposo acogió aquel repentino interés: a su espalda, desde el mismo lugar por el que había aparecido la mujer, más de una veintena de personas se apresuraban tras ella. «Celeste —clamaba un hombre—, no te molestes.» «Celeste…» Tampoco ellas se preocuparon por su presencia; pasaron por su lado, a derecha e izquierda, hasta llegar a rodear a Celeste, a Pedro e incluso al alguacil. Mientras, la mirada gitana de Pedro, con los ojos levemente entrecerrados, había conseguido hacer titubear a la mujer.

—No… —trató de oponerse esta a los ruegos de los que habían llegado; su voluntad atrapada en el bello rostro del gitano.

—Celeste, por favor, recapacita —se escuchó—. El primer galán…

A la sola mención del primer galán, la mujer reaccionó.

—¡Ni hablar! —aulló apartando a los demás de su lado—. ¿Dónde están mis silleteros? ¡Que vengan mis silleteros! —Miró a su alrededor hasta localizar a dos hombres desastrados que atendieron prestos a su llamada. Luego hizo ademán de dirigirse a una de las sillas de manos, pero antes se acercó a Pedro—. ¿Nos volveremos a ver? —inquirió en un dulce susurro, los labios rozando la oreja del gitano.

—Como que me llamo Pedro —aseguró aquel en igual tono.

Celeste sonrió con un deje de picardía, se volvió y se introdujo en la caja de la silla de manos dejando tras de sí el aroma de su perfume. Los silleteros agarraron las dos varas, alzaron la silla y enfilaron la puerta que daba a la calle del Lobo entre murmullos.

—Demasiada mujer para ti —le advirtió el alguacil cuando la puerta volvió a cerrarse y los murmullos trocaron en discusiones—. Medio Madrid la pretende y el otro medio quisiera tener las agallas necesarias para hacerlo.

—Siendo así —alardeó Pedro con la mirada todavía puesta en la puerta—, medio Madrid terminará envidiándome y el otro medio aclamándome. —Luego se volvió hacia el alguacil, que se estaba calando el sombrero y lo taladró con la mirada—. ¿Usted en qué mitad se cuenta?

El hombre no supo qué responder. Pedro presintió un arranque de autoridad y se adelantó.

—Alrededor de este tipo de mujeres siempre revolotean otras muchas. ¿Me entiende? Si usted está conmigo… —el gitano dejó transcurrir unos instantes—, también podría ser envidiado.

—¿Quién será envidiado?

Los dos se volvieron. Milagros había logrado abrirse paso entre la gente y se hallaba junto a ellos.

—Yo —contestó Pedro—, por poseer a la mujer más bella del reino.

El gitano pasó un brazo por encima de los hombros de su esposa y la atrajo hacia sí. Su atención, sin embargo, permanecía fija en el alguacil: necesitaba alguien que le introdujera en la capital, y quién mejor que un representante del rey. Por fin, el hombre asintió.

—Vamos en busca del director de la compañía —dijo de inmediato, como si aquel movimiento de su cabeza no hubiera sido exclusivamente dirigido al gitano—. ¿Dónde está don José? —preguntó a un cómico al que agarró del brazo sin contemplaciones.

—¿Para qué quiere saberlo? —soltó este tras zafarse con violencia de la mano que le atenazaba.

El alguacil dudó ante la resuelta actitud del cómico.

—Ha llegado una nueva —explicó señalando a Milagros.

Los que estaban a su alrededor se volvieron como impulsados por un resorte. La voz corrió entre los demás.

—¡Eh...! —trató de llamar la atención de sus compañeros el cómico.

—¿Dónde está el director? —insistió el alguacil.

—Llorando —ironizó el hombre—. Debe de estar llorando sus penas en el tablado. No hay manera de que Nicolás y Celeste se pongan de acuerdo a la hora de dirigir los ensayos.

—Si el primer galán la tratase con más respeto, el director no tendría de qué lamentarse.

—¿La gran Celeste? —En el rostro del cómico apareció una mueca de burla—. ¡Excelsa, soberbia, magnífica! Si las obras dependieran del capricho de esa mujer, o del de la segunda dama incluso, ninguno de vosotros disfrutaríais de las comedias.

El alguacil optó por no discutir, golpeó el aire con una mano y se encaminó al escenario. Accedieron a él por uno de los laterales del decorado junto a los demás miembros de la compañía. Todavía abrazada por su esposo, que la apretaba como si quisiera protegerla de las miradas y los cuchicheos que se sucedían a su paso, Milagros se detuvo tan pronto como pisó las tablas. Pedro la instó a seguir los pasos del alguacil. Ella se negó y se deshizo del brazo del gitano con un movimiento de su hombro. Luego, sola, se adelantó hasta casi el borde del escenario, donde se elevaba por encima del patio. Sintió un escalofrío. Como si aquel estremecimiento hubiera circulado libremente, algunos de los cómicos callaron y observaron a la gitana en pie frente al coliseo vacío, descalza, sus sencillas ropas sucias y arrugadas por el largo viaje, el cabello enmarañado pegado a su espalda. Conocían muy bien sus sentimientos: pasión, anhelo, ansiedad, pánico... Y Milagros, con la garganta agarrotada, sentía a unos y otros donde posaba la mirada: en los bancos de la luneta a sus pies, el patio por detrás, la cazuela para las mujeres o los alojeros; en la tertulia superior, escondrijo de curas e intelectuales, en las decenas de lámparas apagadas, en las magníficas columnas, en los aposentos laterales y en los palcos fronteros que se elevaban sobre ella en tres órdenes, de madera dorada y ricamente trabajada, redondeados y salientes... ¡Amenazantes!

—¡Dos mil personas!

Milagros se volvió hacia un hombre calvo, enjuto y con barba, que era quien había hablado.

—Don José Parra, el director de la compañía —lo presentó el alguacil.

Don José la saludó con un imperceptible movimiento de su cabeza.

—Dos mil —repitió entonces en dirección a Milagros—. Ese es el número de personas que estarán pendientes de ti cuando subas al tablado. ¿Te atreverás? ¿Estás dispuesta?

Milagros apretó los labios y reflexionó unos instantes antes de contestar. Con todo, fue Pedro quien lo hizo:

—Si ella contestara que no se atreve, ¿nos daría usted licencia para regresar a Triana?

El director sonrió con paciencia antes de extender los brazos; en una mano llevaba los papeles de Milagros enrollados en forma de tubo.

—¿Y contrariar a la junta? Si estáis aquí es que ya sabéis que eso no es posible. Son muchos los cómicos de fuera que no desean venir a Madrid porque pierden dinero. ¿No es así? —preguntó dirigiéndose hacia Milagros, que asintió—. El corregidor me anunció tu llegada y parecía entusiasmado. ¿Qué es lo que tanto impresionó a su señoría, Milagros?

—Canté y bailé para él.

—Hazlo para nosotros.

—¿Ahora? —objetó sin pensar.

—¿No te parecemos un auditorio adecuado?

Con la mano en la que portaba los papeles don José señaló a la gente que se hallaba en el escenario. Serían cerca de una treintena; miembros de la compañía: damas y galanes, los sobresalientes de todos ellos, el guardarropa, el «barbas», el supernumerario y los «graciosos», el que hacía de viejo, el apuntador, los cobradores y el maestro de música. A ellos había que sumar a los músicos de la orquesta, a quienes no se consideraba parte de las compañías, al tramoyista y al personal del teatro que se había apresurado a curiosear en el escenario al aviso de que había llegado la nueva.

—Mi esposa está cansada —terció Pedro García.

Milagros no prestó atención a la excusa: su mirada permanecía clavada en don José, que tampoco hizo caso al gitano y que se la sostuvo sonriente, provocativo.

Ella afrontó el reto. Estiró su brazo derecho y con la mano abierta, los dedos rígidos, a palo seco, se arrancó con un fandango al estilo de los que se cantaban en los campos del reino de Granada cuando llegaba el tiempo de recoger la aceituna verde. El sonido de su voz en el teatro vacío la sorprendió y tardó unos segundos de más en imprimir a sus manos y a sus caderas el ritmo alegre de aquellas coplas. El director ensanchó su sonrisa, muchos otros sintieron cómo se les erizaba el vello. Uno de los músicos hizo ademán de correr a coger su guitarra, pero don José lo detuvo alzando el tubo que formaban los documentos de Milagros y, volteándolos en el aire, indicó a la gitana que se volviese, que cantara hacia el patio desierto.

30

ilagros se alzó sobre las puntas de los dedos de sus pies descalzos, con los brazos combados sobre la cabeza, para poner fin al fandango. Sin embargo, el aplauso que esperaba no llegó. Jadeaba, sudaba, se había entregado como nunca, pero las ovaciones y los vítores que creía merecer se quedaron en unas simples palmas mezcladas con impertinentes murmullos de desaprobación que fueron subiendo peligrosamente de tono. Observó a los centenares de hombres que se arracimaban en pie, en el patio, por debajo del tablado, sin comprender a qué venía aquella apatía. Miró hacia la cazuela, un gran balcón cerrado por detrás del patio en el que se sentaban las mujeres, que charlaban distraídamente entre ellas. Levantó la vista hacia los aposentos, a rebosar de público: nadie parecía prestarle atención.

—¡Vuélvete a Triana!

Milagros buscó con la mirada al mosquetero que había gritado desde el patio.

—¡No vales lo que ha costado tu viaje!

—¡Aprende a bailar!

Volvió la cabeza hacia el otro costado, sin poder creer lo que oía.

—¿Esta es la gran cantante que anunciaba el cartel de la Puerta del Sol?

Sintió flaquear las piernas.

—¡Con tonadilleras como tú, estarán contentos los «chorizos» del teatro de la Cruz! —Una mujer era la que se desgañitaba señalándola por encima de la baranda de la cazuela.

Milagros creyó que iba a desplomarse y buscó a Pedro con la mirada; le había dicho que presenciaría el espectáculo, pero no lograba encontrarlo. Se le nubló la visión. Los gritos arreciaban y las lágrimas corrían por su rostro. Una mano la agarró del codo justo cuando estaba dispuesta a dejarse caer.

—¡Señores —gritó Celeste, zarandeando a Milagros para que recobrase el ánimo—, ya les hemos dicho…! ¡Señores…!

El escándalo no cesaba. Celeste interrogó con la mirada al alcalde de corte, que, junto a dos alguaciles y un escribano, permanecía sentado en el mismo tablado, en una de las esquinas, para cuidar del orden en el teatro. El alcalde suspiró porque sabía lo que pretendía la primera dama. Asintió. No había terminado de mover la cabeza cuando don José ya daba instrucciones a los músicos para que tocasen de nuevo la pieza que acababa de hundir a Milagros.

Celeste permitió que los acordes de los violines sonaran en un par de ocasiones antes de empezar a cantar. El público cambió de actitud, los hombres del patio se tranquilizaron.

—¡Tú sí que eres grande! —resonó antes de que se arrancase.

—¡Guapa!

Celeste cantó la primera estrofa. Luego, cuando le tocaba iniciar la segunda, se encaró con los mosqueteros, mientras la música se repetía, a la espera de su decisión.

—¿Esa es la clemencia que os hemos pedido durante la presentación de una nueva cómica?

Milagros, todavía agarrada del codo por Celeste, recordó la entrada de la tonadilla, un entreacto musical que no podía superar la media hora y que se ejecutaba entre el primer y segundo acto de la obra principal, aunque le habían comentado que el público iba más al teatro por las tonadillas, los entremeses y los sainetes que se sucedían entre el segundo y tercer acto, que por la obra principal. Le dijeron que muchos de ellos incluso lo abandonaban después del sainete y renunciaban al tercer acto de la comedia. Durante la presentación, la propia Celeste, después de presentar a Milagros y ensalzar unas virtudes que habían arrancado aplausos y silbidos, se había dirigido al público rogando clemencia para ella, para la nueva. «¡Solo tiene diecisiete años!», gritó levantando exclamaciones. Después varias de las cómicas habían cantado y bailado juntas para dejar el cierre a Milagros, en solitario, que se había lanzado a ello con la confianza que le proporcionaba la experiencia de sus años cantando para los sevillanos. Con todo, en momento alguno de la actuación su cuerpo llegó a acompañar a la magnífica interpretación vocal. Se lo habían advertido.

—¡Alto! —le había gritado Celeste nada más verla bailar en los ensayos—. A nosotros nos acarrearás la ruina y a ti te encarcelarán como te presentes así ante la gente.

Cuando preguntó, extrañada, le explicaron que las autoridades no permitían aquellos bailes tan extremadamente lascivos.

—La sensualidad —trató de instruirle don José, a pesar de la duda que apareció en su semblante ante el desparpajo de la gitana— debes mostrarla más… más… —buscó la palabra adecuada para ella al tiempo que sacudía una mano en el aire—, más celada…, encubierta, disimulada…, íntima. Eso es, sí: ¡íntima! Tus bailes tienen que ser sensuales porque tú lo eres, porque sale naturalmente de ti, nunca porque quieras excitar al público. Algo así como si tuvieras necesidad de esconder los favores que Dios te ha concedido y alimentar el recato para no pecar de grosería. ¿Entiendes? Pasión contenida. ¿Lo comprendes?

Milagros contestó que sí aunque ignoraba cómo hacerlo. También contestó que sí cuando le explicaron que aquellos mosqueteros y las mujeres de la cazuela, los nobles y los ricos de los aposentos, y los curas e intelectuales de la tertulia no solo esperaban una buena actuación: también pretendían lo que ahora presenciaba por parte de la primera dama. Pero en realidad no había entendido nada; sus movimientos al bailar habían sido rígidos y toscos, ella misma lo había notado, y en cuanto a lo que podían esperar de ella aquellos madrileños…

—Te quejas de la torpeza de la muchacha, ¿tú? —vio cómo

replicaba Celeste con descaro a un herrero conocido por su intransigencia con las cómicas y que había vuelto a quejarse de la actuación de la gitana—. Se dice por ahí que la primera reja que forjaste no sirvió ni para proteger la virtud de tu hija.

La gente estalló en carcajadas.

—¿Estás poniendo en duda…? —trató de revolverse el hombre.

—¡Pregúntaselo al ayudante del panadero! —se le adelantó alguien desde el mismo patio—, él sabrá decirte dónde quedó la reja y dónde la virtud de la niña.

Unas nuevas risotadas acompañaron el garboso desplazamiento de Celeste a lo largo del escenario. A una señal de don José, la música aumentó de volumen cuando el herrero trató de abrirse paso a empujones y codazos entre los mosqueteros abigarrados en el patio en busca de aquel que había insultado a su hija. Uno de los alguaciles se asomó para evitar que la cosa fuera a mayores. Milagros quedó sola en el centro del escenario, con la mirada entre el herrero y Celeste, ahora en uno de los extremos. No se atrevía a volver la espalda al público, ni tampoco a andar hacia atrás para retirarse. Permanecía inmóvil como una estatua en un teatro lleno a rebosar en el primer día de comedias de la temporada.

Celeste, en la esquina, retomó la canción. La gente empezó a corear la tonada, ella volvió a callar y señaló a un hombre obeso, patizambo y descuidado de mejillas encendidas y sudorosas.

—¿Cómo podemos los cómicos pretender generosidad de quienes la agotan consigo mismos?

Antes de que la gente estallara en carcajadas, cantó de nuevo y corrió hacia donde se hallaba Milagros.

—Suéltate —la animó entre estrofa y estrofa—, puedes hacerlo.

Por un instante Milagros recordó a la vieja María y a Sagrario, la que le había dado la entrada en la posada sevillana de Bienvenido. Entonces se había superado y llegó a triunfar. ¡Era una gitana! Respiró hondo y cantó con Celeste, hasta que esta le dio un pequeño empujón hacia el público, animándola.

Miles de ojos se posaron en ella.

—¿Qué miráis? —soltó Milagros en dirección al patio. Estuvo tentada de contonear su cuerpo con voluptuosidad, pero en su lugar cruzó los brazos por delante de sus pechos con simulado recato—. ¿Acaso vuestras mujeres no os satisfacen? —El alcalde de corte dio un respingo—. ¿O quizá sois vosotros quienes no las satisfacéis a ellas?

La insinuación le granjeó los aplausos y los vítores de la cazuela de las mujeres. Milagros fingió turbación ante la retahíla de frases obscenas que surgían de boca de aquellas.

—Y ahora —gritó para hacerse oír por los mosqueteros—, ¿qué ha sido de vuestra hombría?

Tras la incitación, muchos de ellos se volvieron hacia la cazuela para discutir con las mujeres. El alcalde de corte se puso en pie y ordenó a don José que finalizase la tonada. Uno de los alguaciles se plantó en el borde del tablado y el otro, a espaldas del alcalde, susurró al escribano:

—No anote usted estas últimas palabras. —El escribano levantó la cabeza, extrañado—. La conozco. Es joven. No es mala chica, solo es nueva. Démosle una oportunidad. Usted ya sabe que el corregidor...

El funcionario entendió y cesó de escribir.

Nobles, ricos y religiosos se divirtieron con la pelea y el cruce de acusaciones entre mosqueteros y mujeres. Poco a poco, a falta de música, los ánimos se fueron calmando y el público volvió a centrar su atención en las dos mujeres que permanecían quietas en el escenario.

—¡Mi esposo no sabría qué hacer contigo, gitana! —resonó en el teatro.

—¡El mío se acobardaría!

Retornaron las risas y unos aplausos que fueron en aumento cuando la mayoría de los mosqueteros, complacidos por la fiesta y el escándalo, se sumaron a ellos.

—¡Hermosa! —piropeó a Milagros alguien desde el patio.

El domingo de resurrección de 1752, fecha de inicio de la temporada teatral, a partir de las tres de la tarde, Pedro García presenciaba la función inaugural de su esposa confundido entre los mosqueteros, callado, sin significarse, reprimiendo la ira ante los abucheos. Luego fue en su busca. Un par de soldados de guardia le impidieron el acceso por la entrada de la calle del Lobo.

—Ni esposos ni nadie —le espetó uno de ellos.

—Tampoco puedes quedarte ahí parado esperando; está prohibido que la gente se congregue a la salida de los cómicos —le soltó el otro después.

Pedro esperó más allá de la esquina, junto a un grupo de curiosos. Vio salir la silla de manos de Celeste y sonrió mientras los muchos admiradores de la primera dama se arremolinaban alrededor de ella y entorpecían su paso. Él la poseería en solo una hora. Ya habían concertado una cita, como tantas otras que habían mantenido desde su llegada a Madrid. Las gentes siguieron acosando a las demás cómicas y al final, cuando las calles empezaban a despejarse, hizo su aparición Milagros.

La gitana pareció sorprenderse de la luz solar que todavía iluminaba. Dudó. Paseó una mirada cansina a lo largo de la calle del Lobo hasta reconocer a su esposo, hacia el que se encaminó con andares resignados y rostro inexpresivo.

—¡Anímate! —la recibió Pedro—. Es la primera vez.

Ella frunció la boca por toda respuesta.

—Mañana lo harás mejor.

—El alcalde me ha llamado la atención por el desplante.

—No hagas caso —la animó él.

—Don José también lo ha hecho.

—¡Maldito viejo!

—Abrázame —imploró ella abriendo tímidamente los brazos.

Pedro asintió levemente, se acercó y la estrechó con fuerza.

—¡Milagros —gritó alguien que pasaba por su lado—, yo sí que sabría qué hacer contigo!

Un coro de risas acompañó la insolencia al tiempo que Milagros afirmaba su abrazo para impedir que Pedro se abalanzase sobre él.

—Déjalos —le rogó al tiempo que le acariciaba la mejilla para que se centrase en ella y no en el grupo de hombres del que había surgido la ofensa—. No nos busquemos problemas. Vamos a casa, por favor.

Ella misma le empujó con delicadeza y continuó haciéndolo a lo largo de la manzana que los separaba de la calle de las Huertas; desde allí hasta su casa tan solo quedaban unos pasos, que Milagros aprovechó para buscar el contacto de su esposo. Necesitaba su cariño. Los nervios, el teatro a rebosar de gente malcarada, las prisas, los gritos, el alcalde, la gran ciudad... Solo disponía de un par de horas antes de reunirse con Marina y otras cómicas para estudiar la nueva obra, un par de horas en las que deseaba estar con los suyos e incluso... ¿por qué no? Tenía tiempo. El suficiente como para olvidarlo todo y sentir dentro de ella la fuerza de su hombre, su vigor, su empuje.

Aquel anhelo que cosquilleaba en su espalda se vio interrumpido por Bartola y la niña, con las que se toparon nada más volver la esquina de la calle del Amor de Dios. La vieja gitana vigilaba a María mientras esta jugaba. Pedro agarró a la pequeña y la alzó por encima de su cabeza, donde la zarandeó durante un buen rato ante la tierna mirada de su madre. Su hombre parecía contento, quizá había sido un acierto venir a Madrid. Luego, entre risas, Pedro entregó la niña a su madre.

—Debo irme —le anunció.

—Pero... Yo... Pensaba... Sube con nosotras, por favor.

—Mujer —la atajó él—, tengo negocios que atender.

—¿Qué nego...?

Las facciones de su esposo se tensaron un solo instante y Milagros calló.

—Cuida de la niña —dijo él a modo de despedida.

«¿Qué negocios?», se preguntó Milagros con la mirada fija en la espalda que se alejaba. ¿Cómo podía Pedro hacer negocios si no tenían dinero?

Pedro García suspiró por el placer que le producían las yemas de los dedos que se deslizaban por su espalda. Desnudo, satisfecho tras la cópula, permanecía tumbado boca abajo en la cama de Celeste.

—No lo habría hecho por ninguna otra cómica —susurró en ese momento la primera dama, atusándose el cabello rubio—, aunque en verdad tampoco lo he hecho por ella sino por ti. No quiero que la despidan.

—Mujer —la interrumpió el gitano—, has ayudado a Milagros para poder seguir disfrutando conmigo. En verdad, lo has hecho por ti.

Ella, sentada a su lado, le propinó un sonoro manotazo en las nalgas.

—¡Engreído! —le recriminó antes de volver a corretear con los dedos por su espinazo—. Dispongo de cuantos hombres pueda desear.

—¿Y alguno de ellos te ha proporcionado el mismo placer?

Celeste no contestó.

—Al final se ha defendido bien tu gitanilla... —comentó en cambio.

—Es lista. Aprenderá. Sabe provocar, excitar el deseo.

—Ya lo he visto, pero tiene que andarse con tiento, no vaya a ser que el alcalde o alguno de los censores la denuncie.

—¿No es esa diversión la que se pretende? —inquirió Pedro antes de emitir un prolongado gemido cuando ella empezó a acariciarle la nuca.

Celeste, también desnuda, se sentó a horcajadas sobre la espalda del gitano para continuar masajeando hombros y cuello.

—Esa es la diversión que se ha pretendido en el teatro, en las fiestas y hasta en las iglesias cuando las nobles señoras o las doncellas flirtean con sus amantes mientras simulan escuchar misa; es la historia de la humanidad. Las comedias están mal vistas por los curas... aunque muchos de ellos acuden a verlas. El rey y sus consejeros las permiten porque consideran que así el pueblo se divierte, y si se divierte y está alegre y en paz, tendría mucho que perder si se rebelase contra la autoridad. ¿Entiendes? —preguntó al tiempo que apretaba las manos sobre sus hombros. El gitano asintió en un murmullo—. Es solo una forma más de tener bajo cuerda a sus súbditos. Pero no debemos excedernos: hay que encontrar el equilibrio entre lo que piden las autoridades y lo que están dispuestos a permitir religiosos y censores. Todas las obras, incluidos sainetes, entremeses y tonadillas, tienen primero que obtener la licencia del juez eclesiástico de la villa. Después pasan a la Sala de Alcaldes donde las vuelven a censurar. Y aun después, el alcalde del teatro controla la interpretación sobre el tablado. Solo el interés de las autoridades por divertir al pueblo y los muchos dineros que se obtienen de los teatros con destino a los hospitales nos permiten ciertas licencias que en otro caso jamás podríamos tomarnos en esta España de inquisidores, curas, frailes, monjas y beatas. Lo más importante para una cómica es saber cuál es ese equilibrio: si te quedas corta, te abuchean y te insultan; si te pasas, te cortan las alas. ¿Has entendido, pajarillo mío?

Celeste se inclinó sobre la espalda del gitano hasta llegar a mordisquear su nuca. Luego se tumbó sobre él.

—Por más que tu alguacil esté vigilando en la calle, no creo que mi marido tarde en regresar. Hazme volar hasta el cielo de nuevo —le dijo al oído— y yo enseñaré a tu gitanilla.

«Lo que menos me interesa es que aprenda —le habría gustado replicar a Pedro mientras notaba cómo ella pugnaba por pasar los brazos por debajo de su cuerpo—. Quizá así nos dieran licencia para regresar a Triana.»

—¿Qué murmuras? —preguntó Celeste.

El gitano comprendió que sus deseos habían ido más allá de un mero pensamiento. Con esfuerzo, giró sobre sí, volteó a Celeste y se acomodó sobre un codo a su lado.

—Digo —contestó, desviando la mirada de los grandes pechos de la cómica— que el único cielo que existe está entre tus piernas.

Ella sonrió, ronroneó como una gata, le agarró del cuello y lo atrajo hacia sí.

No había transcurrido media hora y Pedro García abandonaba la casa de Celeste en la calle de las Huertas. Blas, el alguacil, que ya esperaba ante la puerta incluso antes de que él llegase tras dejar a Milagros, se acercó a él.

—Has tardado demasiado —le reprochó—. Tengo que continuar la ronda.

—Tu primera dama es una zorra insaciable.

El gitano se apresuró a hurgar en su bolsa para contener la rabia que mostró el rostro del funcionario, como siempre sucedía cuando se refería a Celeste con grosería. Le divertía provocarlo. «¿Cómo es posible que este gilí —pensó en la primera ocasión— esté a pie de calle vigilando cómo fornico con el objeto de sus anhelos y después se enfade si hablo mal de ella?» Extrajo un par de cuartos de la bolsa y se los entregó. Celeste le daba más dineros: era la única cómica de la compañía que disponía de ellos, porque los demás vivían en la miseria, como les sucedía a Milagros y a él mismo. «El alguacil tiene que cobrar por su trabajo... y su silencio», le había exigido Pedro, pero él se quedaba con la mayor parte. Aunque hasta aquel momento no le había proporcionado mujer alguna con la que solazarse, Blas se conformaba con el par de cuartos; lo hubiera hecho solo para hallarse cerca de Celeste. «Esta debe de ser la razón por la que se enfada», concluyó el gitano tras los primeros días. Blas la adoraba, admitía sus caprichos como si se tratase de una diosa, pero no consentía que otro la menospreciase por sus caprichos.

—Si vuelves a hablar así de Celeste... —empezó a amenazarle el alguacil antes de que el otro le interrumpiese.

—¿Qué? A ella también se lo digo. Zorra insaciable —Pedro arrastró las palabras—. Mi putita. Mil cosas similares le susurro al oído cuando la tengo debajo...

No tuvo oportunidad de finalizar la frase. Blas enrojeció y, sin despedirse, se marchó calle arriba. El repiqueteo de la vara golpeando con fuerza las paredes se fue perdiendo en la distancia para dar paso al toque de oración de las campanas de las iglesias de Madrid. Pedro refunfuñó. Después del tañido de las campanas surgiría de las casas la cantilena del rosario: todos los piadosos ciudadanos rezando simultáneamente antes de acostarse, como mandaban las buenas costumbres. Tenía hambre. Celeste se preocupaba exclusivamente por su placer; decía que la olla solo la compartía con su marido, ya que, dado que le ponía los cuernos, cuando menos lo alimentaba. «Buen consuelo», rió Pedro mientras enfilaba la calle de las Huertas en busca de un mesón donde tomar un par de vinos y cenar algo, quizá hasta acompañado por el marido. Lo conocía: trabajaba en la compañía como tercer galán y ya se había topado con él en otras ocasiones desde que habían llegado a Madrid hacía poco más de un mes; al hombre no parecía importarle demasiado la olla con la que su esposa pretendía restituirle el honor mancillado.

Antes de llegar a la bocacalle de la del León, Pedro desvió su mirada hacia la izquierda, donde desembocaba la calle del Amor de Dios, donde vivía con Milagros, la niña y la vieja Bartola en dos míseras, húmedas y oscuras habitaciones en el tercer piso de una antigua casa a la malicia, cuyo alquiler mermaba la mayor parte de la ración que percibía su esposa. La calle de las Huertas, la del León, la del Amor de Dios, San Juan, del Niño, Francos y Cantarranas, callejuelas todas ellas en las que se apiñaban vetustos edificios en los que desde el siglo anterior habían vivido cómicos, poetas y escritores.

—¡Cervantes habitó en un cuarto en peores condiciones! —replicó el portero del teatro que les había acompañado a su nuevo domicilio desde el Príncipe cuando Pedro protestó—. Lope de Vega, Quevedo, Góngora, todos ellos vivieron y honraron estas calles y sus edificios. ¿Os vais a comparar vosotros, una cuadrilla de gitanos, con los más grandes de las letras españolas, qué digo españolas, universales?

Y allí los dejó el hombre, que marchó entre gritos y aspavientos. Desde aquel día, Milagros había entrado en la rutina de las cómicas: ensayos por la mañana y las tardes dedicadas al aprendizaje de los papeles de la obra principal, los sainetes y los bailes y canciones de las tonadillas. A partir del inicio de la temporada, como ya le había anunciado don José, las mañanas seguirían estando dedicadas a los ensayos, dirigidos estos por Celeste como primera dama y por Nicolás Espejo, aquel con el que se había peleado Celeste el día de su llegada a Madrid, como primer galán. Las tardes se dedicarían a las representaciones, que debían durar un máximo de tres horas, y las noches, al estudio.

Milagros casi no intervenía en la comedia principal ni en el sainete que le sucedía en uno de los dos entreactos; a ella la habían llamado para cantar y bailar, pero para descargar de trabajo a las otras cómicas le otorgaban algún papel insignificante, aunque fuera mudo: servir unas jarras de vino, aparecer como lavandera o como regatona... En cualquier caso, y como había pronosticado Celeste antes de abandonar airada el Coliseo del Príncipe, la obra con la que se había estrenado la temporada no permaneció más de dos días en cartel, por lo que la misma noche de su presentación, Milagros tuvo que aprender el papel y las canciones de la tonadilla de la obra que la iba a sustituir.

—A partir del inicio de la temporada de teatro —le había explicado Celeste a Pedro—, el trabajo de los cómicos es frenético. La permanencia de las obras en cartel depende de lo dispuesto que esté el público a calentar los asientos; algunas se representan solo un día, otras un par o tres, la mayoría se quedan en cinco o seis, y si superan los diez pueden considerarse todo un éxito. Mientras tanto, nosotras tenemos que aprender o recordar a uña de caballo las nuevas obras, los entremeses, sainetes y tonadillas.

—¿Y cómo las aprendéis? —se interesó el gitano.

—Eso es más complicado todavía. Por si fuera poco tener que aprenderlas, muchas veces no existe más que un ejemplar de la obra manuscrito por el autor y corregido por los diversos censores sobre el que todos tenemos que trabajar. Lo mismo ocurre con los sainetes y las tonadillas. Nos reunimos... se reúnen, hay incluso quien no sabe leer.

Pedro García entró en una taberna todavía abierta de la calle San Juan. Milagros era de las que no sabían leer, así que tenía que trabajar muchas más horas que Celeste, quien por otra parte tampoco parecía preocuparse en exceso por aprender sus papeles. «¿Para qué están los apuntadores?», alegaba. Hasta el inicio de la temporada, la sobrecarga de trabajo de su esposa le había proporcionado una libertad que ahora...

—¡Gitano!

Pedro se sacudió los pensamientos con los que había accedido a la taberna. Miró en derredor. Guzmán, el marido de Celeste, y otros dos miembros de la compañía de cómicos estaban sentados a una mesa, pendientes de él.

—¡Págate una ronda!

Pedro acompañó su sonrisa con un movimiento de la mano hacia el tabernero en señal de asentimiento. Buscó asiento entre los otros y, cuando el hombre les sirvió el vino, alzó su jarra, miró a los ojos a Guzmán y brindó irónico:

—¡Por tu esposa, la más grande!

«Y la que paga estos vinos», añadió para sí el gitano mientras entrechocaban los vasos. Sin embargo, al tiempo que paladeaba aquel vino aguado, se vio obligado a reconocer que las cosas habían cambiado. Aunque no precisamente para mejor: en Triana era él quien satisfacía el capricho de las mujeres con los dineros que Milagros obtenía. En Madrid, sin embargo, debía proporcionar placer a una mujer que podía doblarle la edad para conseguir unos míseros reales. Todo… ¡todo por congraciarse con los payos!

—¡Tabernero! —gritó al tiempo que estrellaba con violencia la jarra sobre la mesa y salpicaba a los demás—. ¡O nos sirves vino de calidad o te abro en canal aquí mismo!

«La Descalza.» Ese fue el apodo con el que los mosqueteros del Coliseo del Príncipe terminaron bautizando a Milagros. La gitana se negó a vestir los mismos trajes que lucían Celeste y las demás damas de la compañía.

—¿Cómo queréis que baile con eso? —alegó señalando y toqueteando corsés y miriñaques—. Te cuesta hasta respirar —le dijo a una—, y tú ni moverte con esa falda… ahuecada.

Aceptó, sin embargo, sustituir sus sencillas prendas por las vestimentas de las manolas madrileñas: jubón amarillo ajustado al talle, sin ballenas, mangas ceñidas, falda blanca con volantes verdes, larga casi hasta los tobillos, delantal, pañuelo verde anudado al cuello y cofia recogiendo su cabello. De lo que nadie logró convencerla fue de que se calzase. «Nací descalza y moriré descalza», afirmaba una y otra vez.

—¿Qué importancia puede tener? —trató de poner fin a la

discusión don José dirigiéndose al alcalde—. ¿Acaso no hay ya un listón al borde del tablado para que el público no pueda ver los tobillos de las cómicas? Luego, si no los ve, ¿qué más dará que vaya calzada o descalza?

Milagros perdió en poco tiempo el respeto a aquel imponente teatro que había llegado a agarrotar sus músculos el día del estreno, y lo perdió porque, excepción hecha de censores y alcaldes, nadie parecía tenérselo. El público gritaba y pataleaba. Se enteró de la rivalidad entre los dos teatros de Madrid: el del Príncipe y el de la Cruz, que no estaban muy lejos el uno del otro. Existía un tercer teatro, el de los Caños del Peral, donde se representaban composiciones líricas. Las gentes que gustaban del teatro del Príncipe se llamaban «polacos» y los que por el contrario se inclinaban por el de la Cruz, se denominaban «chorizos». Entre ellos no solo se peleaban, sino que regularmente acudían al teatro contrario para echar por tierra la comedia que se representaba y abuchear sin piedad a cómicos y cantantes.

Y no solo comprendió que, por bien que lo hiciera, por más pasión que pusiese en sus cantos y bailes, siempre habría algún chorizo de los de la Cruz que la increparía, sino que descubrió que los mismos cómicos de la compañía tampoco se esforzaban en su trabajo. Una sencilla cortina blanca al fondo del escenario y otras dos laterales constituían todo el decorado de las comedias diarias, aunque otras representaciones como las comedias de teatro o los autos sacramentales, de precio más elevado para el público, gozaban de una escenografía algo más elaborada. Entre las cortinas, apenas se disponía una mesa con sillas alrededor y un pozo o un árbol como decoración para ambientar la escena.

Cuando no intervenía en la comedia principal, Milagros presenciaba el espectáculo sentada en uno de los bancos de la luneta. Como una espectadora más, le defraudaba cómo recitaban las obras sus compañeros: ampulosos y afectados en sus gestos y movimientos; monótonos y hasta desagradables en sus voces. Detrás del decorado se veía la sombra del apuntador y el resplandor de la luz de la lámpara con la que se ayudaba para leer, que se desplazaban sin cesar de un extremo al otro para soplar el texto que los actores olvidaban o simplemente ignoraban. No era inusual que las palabras del apuntador se escucharan por encima de la voz del cómico que las repetía. Los espectadores soportaban el tedio de un repertorio de escasa calidad, cuando no una de las infinitas reposiciones de obras del insigne Calderón, con unos cómicos que ni siquiera se esforzaban por identificarse con sus personajes: filósofos griegos ataviados con chupa, calzones y medias verdes; diosas mitológicas con tontillo y sombrero emplumado…

Se aburrían hasta que llegaban los entreactos y, con ellos, los sainetes y las tonadillas. Era entonces cuando disfrutaban tanto el público como los cómicos. Los sainetes eran obras cortas, populares, costumbristas, jocosas; parodias de las relaciones sociales y familiares. En ellos, los cómicos se encarnaban a sí mismos, a sus amigos, parientes o conocidos; la mayoría de los espectadores se sentían aludidos y con sus gritos y sus risas, sus aplausos y silbidos, los llevaban en volandas a lo largo de la obra.

En cuanto a las tonadillas… ¡medio Madrid lucía ya, en señal de admiración hacia Milagros, anudadas o cosidas en sus prendas cintas verdes, el color del pañuelo que ella siempre lucía en su cuello! El consejo de don José había estado machacando sus oídos durante días: «Pasión contenida, pasión contenida». Y Milagros le había ido dando vueltas y vueltas en su cabeza hasta que una tarde, en pie en el tablado, antes de empezar a cantar, había cruzado la mirada con un hombre sucio y mal vestido, de aquellos que gastaban los seis cuartos de real que no tenían por una entrada de patio, probablemente antes de volver a su pueblo de las cercanías de Madrid —Fuencarral, Carabanchel, Vallecas, Getafe, Hortaleza o cualquier otro—, donde alardearía de haber acudido al teatro para alzarse en objeto de envidia y atención por parte de sus vecinos. El agricultor, porque tenía que ser un agricultor, quizá de vino de moscatel de Fuencarral, la contemplaba embelesado. Milagros dio unos pasos por el tablado sin dejar de mirar al hombre, que siguió sus andares gitanos con ojos desorbitados y la boca medio abierta. Luego se plantó frente a él y le dedicó un atisbo de sonrisa. El hombre, embobado, no fue capaz de reaccionar. La música de los dos violines que surgía desde detrás de uno de los telones laterales, donde se escondía la exigua orquesta compuesta por estos, un violonchelo, un contrabajo y dos oboes, se repetía en espera de la entrada de Milagros. Sin embargo, ella la retrasó unos instantes, los suficientes para pasear la mirada por el patio de mosqueteros y encontrarse con otros tantos rostros similares al del vinatero de Fuencarral. Alguien la animó a cantar, otros la piropearon a gritos de «¡bonita!», «¡guapa!». Muchos le pidieron que se arrancase. Al final lo hizo, consciente de que aquellas gentes la admiraban y la deseaban sin necesidad de exagerar su voluptuosidad. De piel atezada, tan distinta de la palidez que se empeñaban en lucir las damas a costa incluso de su salud; vestida de manola, con unas prendas que simbolizaban la terca y silenciosa lucha contra las costumbres importadas de Francia; orgullosa como los madrileños, igual de soberbia que unas gentes que no tardaron en encumbrarla a representante del pueblo.

«Pasión contenida.» Por fin lo entendió. Cantó y bailó sintiéndose bella, sin exhibirse, alzándose por encima del teatro entero como una diosa que nada tuviera que demostrar. Comprendió que un suspiro, un guiño o una caída de ojos en dirección hacia la luneta o el patio, el revoloteo de una mano en el aire, un simple quiebro de cintura o el resplandor de las gotas de sudor corriendo abajo desde el cuello hasta sus pechos eran capaces de enardecer todavía más el deseo que el descaro o la desvergüenza.

—Ni hombres ni mujeres lo pretenden —le explicó Marina, una rubia menuda que hacía de tercera dama y con la que Milagros había intimado una noche en la que le confió sus desvelos—. Necesitan ídolos inaccesibles; tienen que excusar ante sí mismos el hecho de no poder conseguirte. Si bajas al patio y te mezclas con ellos, no les sirves; serás igual que cualquiera de las mujeres con las que se relacionan. Si te muestras soez, te compararán con una de las muchas prostitutas que se les ofrecen por las calles y perderás su interés.

—¿Y las mujeres de la cazuela? —inquirió Milagros.

—¿Esas? Es muy simple: envidian todo aquello que pueda atraer a sus hombres más que ellas.

—¿Envidia? —se extrañó la gitana.

—Envidia, sí. Una comezón que las llevará a hacer cuanto esté en su mano por parecerse a ti.

Milagros no solo aprendió a controlar su sensualidad; también supo proporcionar al público el diálogo que esperaban de una buena cómica. Desconcertaba a la orquesta que, poco a poco, ciegos tras la cortina lateral pero advertidos por las indicaciones del propio don José, fue acostumbrándose al ritmo y desorden que originaba la gitana. Milagros actuaba de acuerdo con el texto de las tonadas que le tocaba cantar y bailar.

—¿Dónde está ese sargento? —preguntó en una ocasión, interrumpiendo una copla que lloraba el infructuoso galanteo del soldado con una condesa—. ¿Hay algún sargento de los gloriosos ejércitos del rey en el patio?

Don José indicó a la orquesta que sostuviese la música y un par de manos se alzaron entre los mosqueteros.

—No te preocupes —le dijo entonces a uno de los militares—, ¿para qué aspirar a una dama de noble cuna con todas las bellas mujeres que desde la cazuela anhelan que les demuestres cómo usas tu… espada?

El alcalde negó con la cabeza al tiempo que don José, con gesto autoritario, ordenaba a los músicos que atacasen el siguiente compás para que Milagros se lanzase a cantar entre todo tipo de propuestas deshonestas que surgían desde la cazuela.

Cantó para las gentes humildes. Habló con ellas. Rió, gritó, lloró y simuló rasgarse las vestiduras ante la desgracia de los menos favorecidos. Al ritmo de infinidad de tonadas populares, señaló con coraje a los nobles y ricos de los aposentos mientras cientos de miradas seguían su dedo acusador hacia la víctima escogida, y los interrogó acerca de sus costumbres y sus lujos desmedidos. Entre risas, ironizó sobre los cortejos de las damas y sobre los frailes y la multitud de abates holgazanes que poblaban las calles de Madrid buscando su sustento en la compañía de las mujeres con posibles. Los silbidos y abucheos de patio y cazuela acompañaron su desprecio hacia los petimetres amanerados que, imperturbables, como si nada pudiera afectarles, respondían a sus burlas con ademanes displicentes.

En esos instantes, mientras el público aplaudía, Milagros cerraba los ojos; al hacerlo el teatro entero se desvanecía y en su mente solo aparecían imágenes de aquellos a quien habría querido ver entre el público. «Cachita, María… miradme ahora», llegaba a susurrar entre vítores y alabanzas. Una extraña congoja la atenazaba, sin embargo, al recordar a su madre y a su abuelo.

El éxito trajo más dinero. La Junta de Teatros decidió duplicarle la ración e incluirla en los miembros de la compañía que cobraban a partido. Don José se extrañó ante la reacción de la gitana cuando le comunicó esta decisión.

—¿No estás contenta?

Milagros reaccionó y se lo agradeció con un titubeo que no convenció al director.

El éxito alejó más a Pedro. Tampoco era mucho dinero, pero sí el suficiente como para que su esposo se lanzase con afán a las calles de Madrid. «¿Dónde está Pedro?», preguntaba a la hora de comer o cenar, cuando regresaba del teatro a las habitaciones que tenían alquiladas. «Deberíamos esperarle.» En ocasiones, Bartola torcía el gesto y la miraba como si fuera una extraña. «Estará con sus cosas», le contestaba con frecuencia.

—Es un hombre —llegó a excusarle Bartola—. Quien no está nunca en casa eres tú. Qué quieres, ¿que tu esposo te espere tejiendo como una vieja? ¡Pues deja de cantar y ocúpate de él y de tu hija!

Entonces, en aquella mujer que defendía los desmanes de Pedro a costa incluso de las necesidades que llegaban a padecer cuando el gitano dilapidaba los dineros que ella ganaba, veía a los García, a Reyes la Trianera y al Conde, a todos los de su familia y la nunca disimulada animadversión hacia ella.

—Estábamos mejor en Triana —oía gruñir a la vieja—. Tantos hombres revoloteando a tu alrededor con sus cintas verdes en señal de…, de… —Bartola gesticuló sin encontrar la palabra—. ¿Cómo crees que debe sentirse tu esposo?

Milagros trató de averiguarlo luchando contra el sueño en

espera de Pedro, casi siempre de madrugada. La mayoría de las noches caía rendida, pero las pocas veces que conseguía vencer al cansancio, y al sopor al que la invitaba el silencio solo quebrado por la acompasada respiración de su hija y los ronquidos de la vieja gitana, recibía a un hombre tambaleante, que apestaba a alcohol, a tabaco y en ocasiones a otros olores que solo podían engañar a quien, como ella, estaba dispuesta a no prestarles atención.

¿Cómo se sentía Pedro ante los hombres que mostraban las cintas verdes en sus vestimentas? Pronto lo supo.

—¿Ninguno de tus admiradores te hace regalos?

Él se lo preguntó una noche, los dos tumbados en el jergón, desnudos, después de haberla llevado una vez más al éxtasis. El gozo, la satisfacción, aquel ápice de esperanza en recuperarlo para sí que sentía en las ocasiones en las que la tomaba, se desvanecieron incluso antes de que hubiera finalizado su pregunta. Dinero. ¡Eso era lo único que pretendía! Todo Madrid estaba prendado de ella, lo sabía, los hombres lo proclamaban en el teatro y en las calles cuando se abalanzaban sobre su silla de manos. Le mandaban billetes a los vestuarios, papeles que, como ella no sabía leer, los leía Marina: proposiciones y todo tipo de promesas por parte de nobles y ricos. Con los días decidió romperlos directamente y devolver los presentes. Claro que le hacían regalos, pero ella sabía que si los aceptaba, Pedro los convertiría en más noches de soledad. Las cómicas tenían bien ganada la fama de frívolas y promiscuas; la gran mayoría de ellas lo eran. «La Esquiva», mudaron algunos el apodo de Milagros. Madrid entero la deseaba y el único hombre al que ella se entregaba sin vacilar solo quería su dinero.

—Lo intentan —contestó Milagros.

—¿Y? —pregunto él ante su silencio.

—Ten por seguro que nunca pondré en duda tu honor y tu hombría aceptando regalos de otros hombres —respondió ella tras unos instantes de vacilación.

—¿Y qué me dices de los saraos o de las funciones privadas que da la compañía? Las pagan bien, ¿por qué no las haces tú?

Los saraos podía imaginarlos, pero ¿cómo se había enterado

Pedro de las funciones privadas que daban las compañías en los salones y teatrillos de las grandes mansiones?

—Aquí... —respondió—, aquí no está tu familia para defenderme. En Sevilla mi honra está a salvo; tus primos y tu abuela bien se ocupaban de ello. Madrid no es como los mesones o los palacios andaluces. Lo sé porque me lo cuentan. ¿Quién se puede oponer a los deseos de un grande de España? ¿Quieres que tu esposa esté en boca de todo el mundo, como Marina o Celeste?

Los ronquidos de Bartola asolaron la estancia durante un buen rato mientras ella contenía la respiración a la espera de su réplica. No la hubo. Poco después, Pedro murmuró algo ininteligible, le dio la espalda y se dispuso a dormir.

Algo cambió aquella noche para Milagros. Su cuerpo, usualmente rendido tras alcanzar el éxtasis, permanecía ahora en tensión, los músculos agarrotados, toda ella inquieta. No logró conciliar el sueño. Las lágrimas no tardaron en aparecer. Había llorado, muchas veces, pero nunca como esa noche en que comprendió que su marido no la quería. Ella, que había pensado que en Madrid estaba la salvación de su matrimonio, se percataba de que la gran ciudad era peor que Triana. Allí, Pedro charlaba con otros gitanos en el callejón y se movía por calles y lugares conocidos, mientras que aquí... Milagros sabía que había gitanos de su familia. El propio Pedro encontró a sus parientes García; se lo había contado con las facciones contraídas por la ira. Uno de ellos había muerto a causa de la paliza que le propinaron los miembros de una hermandad por los insultos a la Virgen en la calle del Almirante. El resto de la familia, hombres y mujeres, permanecían encarcelados en las mazmorras de la Inquisición por delitos contra la fe.

—Todo ha sido cosa de... —dudó un instante. Milagros malinterpretó su silencio; creyó que no quería acusar a su abuelo cuando lo que no deseaba Pedro era que ella supiera que había otros Vega en la capital—. Todo ha sido culpa del Galeote. Te juro que algún día lo encontraremos y lo mataremos allí mismo.

Ella no dijo nada. Hacía dos años que Melchor había escapado de los García. «No se deje pillar, abuelo», anheló. Entre gritos,

Pedro le dio a entender que Melchor ya no estaba en Madrid; eran muchos los gitanos que recorrieron la ciudad entera buscándolo. Sí, la vida de Melchor corría peligro. Se consolaba pensando que eso le gustaba al abuelo. Sin embargo, ¿qué decir de ella? Todo le había salido mal: no tenía a nadie a quien acudir. Un padre muerto, una madre en prisión que además había renegado de ella, un abuelo perseguido. Cachita y la vieja María, desaparecidas. ¡Hasta la pequeña que llevaba el nombre de la curandera parecía haber tomado más cariño a Bartola! ¿Cómo no iba a ser así si nunca estaba con ella? Y en cuanto a Pedro... Él no la quería: solo pensaba en el dinero que podía obtener de ella para divertirse con otras mujeres, reconoció para sí por primera vez.

Al día siguiente, en el Príncipe, Milagros alzó uno de sus brazos al cielo. Con el otro levantó la falda palmo y medio por encima de sus tobillos y empezó a girar con gracia sobre sí misma, contoneando las caderas al tiempo que vaciaba sus pulmones en un final que se confundió con el estrépito del público. Era lo que le quedaba: cantar y bailar; refugiarse en aquel arte como en Triana, cuando se concedía una tregua en las disputas con su madre y bailaba con ella. Quienes las vieron, aplaudieron con mayor fuerza en la creencia de que las lágrimas que corrían por sus mejillas eran de felicidad.

31

Casi dos años llevaba presa Caridad cuando se produjo un motín en la Galera. La indisciplina de un par de viejas prostitutas reincidentes había llevado al alcaide a disponer un castigo tan ejemplar como humillante para ellas: raparles el cabello y las cejas. La decisión indignó a todas las reclusas; podían maltratarlas, pero raparlas... ¡Nunca! Muchas, aprovechando la agitación, insistieron en una vieja reclamación: que se les señalase tiempo de condena, puesto que veían transcurrir los años sin saber cuándo finalizaría. Los ánimos se encendieron y las mujeres de la Galera se rebelaron, rompieron cuanto estaba a su alcance, se armaron con tablas, con las tijeras y demás objetos punzantes que usaban para coser, y se hicieron con el control de la prisión.

Cuando se cerraron las puertas de la Galera y las reclusas se vieron dueñas del edificio, una jadeante y enardecida Caridad se encontró con una estaca en las manos. En su memoria temblaban todavía las correrías y los griteríos en los que había participado. Había sido... ¡había sido fantástico! Un tropel de mujeres, que hasta entonces vivía sin voluntad ni conciencia propias, igual que las negradas de esclavos, de repente, en lugar de someterse a las órdenes del amo, peleaban todas a una, enajenadas. Caridad miró a su alrededor y vio vacilación en los semblantes de sus compañeras. Ninguna sabía qué hacer a continuación. Alguna apuntó que debían preparar un memorial dirigido al rey, unas lo apoyaron y otras no; algunas propusieron fugarse.

Mientras discutían, apareció en la calle un destacamento militar dispuesto a asaltar la cárcel. Como todas, Caridad corrió a las galerías superiores tan pronto como retumbó el primer golpe sobre la puerta que daba a la calle de Atocha. Muchas reclusas se encaramaron a los tejados. Al poco tiempo, la puerta fue arrancada de sus goznes y cerca de un centenar de soldados con las bayonetas caladas se desperdigó por el patio central y el interior de la Galera. Sin embargo, para sorpresa de las reclusas y enojo de autoridades y oficiales, los soldados actuaron con benevolencia. En una de las galerías superiores, entre los gritos de los oficiales que azuzaban a sus hombres, Caridad se vio acorralada por dos de ellos. Pecó de ingenua y opuso su estaca a las bayonetas. Uno de los soldados se limitó a negar con la cabeza, como si la perdonara. El otro le hizo un casi inapreciable gesto con la punta de su bayoneta, como si quisiera darle a entender que podía escapar. Caridad blandió la estaca y se coló entre ellos, que se limitaron a simular que trataban de agarrarla. Algo similar sucedía entre los demás soldados y el resto de las reclusas, que corrían de un lado al otro ante la pasividad, cuando no la complicidad, de la tropa.

La situación se alargó. La desesperación apareció en los rostros de unos oficiales que se desgañitaban reclamando obediencia, pero ¿cómo obligar a unos soldados levados en míseros pueblos de la Castilla profunda a que reprimiesen a las mujeres? Muchos de ellos habían sido condenados a servir en el ejército durante ocho años por faltas iguales que las cometidas por aquellas desgraciadas contra las que se les había enviado, y las reclusas no dejaban de recordárselo durante el asedio. Las autoridades decidieron replegar a aquel destacamento y las mujeres aclamaron su retirada. Los gritos de reivindicación resonaron durante toda la noche. La puerta y los alrededores de la Galera quedaron fuertemente vigilados por la misma tropa que no había actuado contra ellas pero que sí lo hacía para despejar a la multitud de curiosos que se arremolinaba en la calle de Atocha.

Al amanecer del día siguiente, sin embargo, los alcaldes de

corte se personaron en la Galera al frente de una milicia urbana compuesta por una cincuentena de buenos ciudadanos, temerosos de Dios, fornidos todos ellos, con vergajos, palos y barras de hierro en las manos. Aquellos entraron a machacarlas sin contemplaciones y ellas corrieron despavoridas. Caridad, aún armada con la estaca, vio que dos de los milicianos golpeaban a su compañera Herminia con una barra de hierro. A la vista de la saña con que descargaban su ira, le hirvió la sangre. Herminia, encogida en el suelo, tapándose el rostro, suplicaba piedad. Caridad gritó algo. ¿Qué fue? Nunca llegaría a recordarlo. Pero se abalanzó sobre los dos hombres y golpeó a uno con la estaca. Entre la lluvia de palos que se volvió contra ella, pudo ver cómo Herminia, desde el suelo, se agarraba a la pierna de uno de los hombres e hincaba los dientes en su muslo. La reacción de su amiga enardeció su ánimo y continuó golpeando a ciegas con la estaca. Solo la intervención de uno de los alcaldes la libró de morir apaleada.

Una a una, el centenar y medio de reclusas fue agrupado en el patio de la cárcel, unas cojeando, otras doliéndose de los riñones, el pecho o la espalda, con la nariz rota y los labios sangrantes. La mayoría cabizbajas, derrotadas. Silenciosas.

Un par de horas fueron suficientes para que el alcaide volviera a tomar posesión de la cárcel de mujeres de Madrid. Sofocado el motín, se prometió a las presas revisar caso por caso todas aquellas sentencias que no establecían plazo de condena; también se les advirtió de las duras penas que padecerían las instigadoras de la revuelta.

Caridad, la negra de la estaca que se había enfrentado a los dos probos ciudadanos, fue la primera en ser señalada. Cincuenta latigazos, tal era el castigo que recibiría en el patio de la Galera, en presencia de las demás, junto a otras tres reclusas delatadas como incitadoras del motín por una regatona traidora que fue recompensada con la libertad.

Los latigazos fueron inmisericordes, restallando sobre las espaldas de las mujeres después de un silbido que cortaba el aire. El verdugo siguió las estrictas instrucciones de las autoridades; ¿cómo acabar si no con un motín en la Galera cuando se enviaba precisamente allí como castigo a las mujeres que se amotinaban en otras cárceles?

El último recuerdo de Caridad fueron los gritos de sus compañeras cuando el alcaide puso fin al tremendo castigo y la arrastraron fuera de la cárcel. «¡Aguanta, Cachita!» «¡Te esperamos de vuelta!» «¡Ánimo, morena!» «¡Te guardaré un cigarro!»

—Alégrate y da gracias, pecadora. Nuestro señor Jesucristo y la santísima Virgen de Atocha no desean tu muerte.

Oyó esas palabras sin entender que se referían a ella. Caridad, después de permanecer varios días inconsciente, acababa de abrir los ojos. Tumbada boca abajo en un camastro, con el mentón apoyado sobre la almohada, su visión fue aclarándose hasta llegar a percibir la presencia de un sacerdote a su cabecera, sentado en una silla y con un libro de oraciones en sus manos.

—Recemos —llegó a escuchar que le ordenaba el capellán de agonizantes antes de lanzarse a una letanía.

Lo único que brotó de labios de Caridad fue un largo y sordo quejido: el simple aliento del religioso sobre su espalda despellejada le causó tanto dolor como los latigazos. Sin atreverse a mover la cabeza, giró los ojos: estaba en una gran sala abovedada con camas alineadas; el aire viciado, difícil de respirar; los lamentos de las enfermas entremezclándose con la cantinela en latín del sacerdote. Se hallaba en el hospital de la Pasión, pared con pared con la Galera, para el que las presas cosían la ropa blanca.

—De momento… tu alma no requiere de mí —le comunicó el capellán cuando terminó sus oraciones—. Reza por que no tenga que volver a velar tu agonía. Una de tus compañeras ya ha pasado a mejor vida. Que Dios se apiade de ella.

Tan pronto como el capellán de agonizantes se plantó en medio de la sala paseando la mirada en busca de alguna otra moribunda, apareció otro sacerdote, este empeñado en confesarla. Caridad ni siquiera podía hablar.

—Agua —logró articular ante la insistencia del religioso.

—Mujer —replicó el confesor—, la salud de tu alma está por

encima de la de tu cuerpo. Esa es nuestra misión y el objetivo de este hospital: el cuidado de las almas. No debes perder un instante en alcanzar la paz con Dios. Ya beberás después.

Confesiones, comuniones, misas diarias por las ánimas en las mismas salas; lecturas de las sagradas escrituras; sermones y más sermones para procurar la salvación de las enfermas y su arrepentimiento, todos en tono enérgico, alzándose por encima de las toses, los gritos de dolor, los lamentos de las mujeres… y sus muertes. Así transcurrió el mes en que Caridad permaneció en el hospital. Después de que el capellán de agonizantes hubo perdido una vida y de que el confesor quedara complacido con su balbuciente y ronca confesión, uno de los cirujanos se esforzó en coser sus heridas, remedando con torpeza aquella masa sanguinolenta en que se había convertido su espalda. Caridad aulló de dolor hasta desmayarse. De vez en cuando, el médico y sus practicantes, siempre bajo el atento control de un sacerdote, le aplicaban en la espalda un ungüento que lograba que su espalda ardiese como si la hubieran vuelto a azotar con un hierro candente. Más a menudo, sin embargo, aparecía el sangrador, uno de los varios practicantes adelantados que iban de cama en cama por ambos hospitales —el General y el de la Pasión— robando la sangre de los enfermos. Aquel le perforaba la vena con una cánula mientras ella, impotente, la veía escapar de su cuerpo y gotear en una bacía. Presenció cómo fallecía la segunda de las presas castigadas, a dos camas de la suya. Debilitada, pálida y macilenta, murió entre rezos y santos óleos después de que uno de los adelantados le practicase dos sangrías: una en el brazo izquierdo y otra en el derecho. «Para igualar la sangre», le oyó decir Caridad en tono jactancioso. La tercera presa decidió fugarse aprovechando el alboroto en torno a un grupo de mujeres nobles y adineradas que cada domingo, ataviadas con bastas prendas de hilo de estambre para la ocasión, acudían a la Pasión para ayudar a las enfermas en su higiene y llevarles dulces y chocolate. Con el rabillo del ojo, Caridad la vio levantarse y escapar, tambaleante, mientras ella, postrada en la cama, asentía una y otra vez, prometiendo corregir su conducta, ante aquella gran dama, tan humildemente vestida como costoso era el perfume que desprendía, que le recriminaba sus faltas como si de una chiquilla se tratase, para luego premiar su contrición con algunos dulces o con unos sorbos de las jícaras de chocolate que portaban. Al menos, el chocolate era delicioso.

De la fugada, Sebastiana creía recordar que se llamaba, no supo más, ni siquiera en la Galera cuando los médicos decidieron devolverla allí. Se interesó por ella, pero nadie le dio razón. «¡Suerte, Sebastiana!», repitió para sí, como la noche de aquel domingo en que la hermana que ejercía de celadora se percató de la ausencia y dio la voz de alarma. La envidiaba. A medida que mejoraba llegó incluso a considerar huir ella también, pero no sabía adónde ir, qué hacer... Se le escaparon las lágrimas al reencontrarse con Frasquita y con el resto de las reclusas, que la recibieron con ternura, compadeciéndose de quien había sufrido en sus carnes un castigo que correspondía a todas por igual. Buscó a Herminia con la mirada y la reconoció un tanto apartada, escondida entre las demás. Caridad esbozó una sonrisa. Muchas de las reclusas volvieron la cabeza hacia la pequeña rubia y abrieron un pasillo entre ellas. Tras unos instantes de silencio, algunas las animaron; otras, las que se encontraban detrás de Herminia, la empujaron con ternura; todas aplaudieron en el momento en que se encontraron frente a frente. La rubia fue a abrazarla, pero Caridad se lo impidió, no habría podido soportar que le tocase la espalda; en su lugar se besaron entre las lágrimas y la emoción de muchas de ellas.

«¿Qué iba a hacer yo fuera de aquí?», se preguntó en aquel momento Caridad. La Galera continuaba siendo su casa y las reclusas su familia. Hasta el portero y el siempre malcarado alcaide la trataron con cierta bondad recordando el reguero de sangre que había dejado al ser trasladada al hospital. Caridad no había instigado el motín ni participado en él más que las otras, ambos lo sabían. Aquella condescendencia se tradujo en la dispensa de los trabajos más duros y en cierta tolerancia cuando las reclusas pagaron con sus propios dineros unos cuartos de aceite y hierbas de romero para preparar un ungüento con el que aliviar la deforme y todavía maltrecha espalda de Caridad.

Herminia fue quien se ofreció para masajear a su amiga después de que las celadoras apagasen las escasas y humeantes velas de sebo que pugnaban por iluminar la galería de las mujeres.

No le dolieron las cicatrices que cruzaban su espalda, le dolieron las manos de su amiga deslizándose con suavidad por su espalda: la dulzura con que lo hacía le traía al recuerdo sensaciones que ya creía olvidadas. «¡Gitano! —pensaba noche tras noche—, ¿qué habrá sido de ti?»

—No es necesario que continúes —le comunicó una noche Caridad—. Las heridas están cicatrizadas; el aceite y las hierbas cuestan dinero y ya no noto mejoría.

—Pero… —objetó Herminia.

—Te lo ruego.

Un día Herminia fue puesta en libertad. Alguien que dijo ser su primo fue a buscarla tan pronto como cumplió su pena. Caridad sabía quién era aquel primo, el mismo que le había proporcionado las ristras de ajos por las que la habían detenido y condenado. Ella también había cumplido los dos años de condena, pero no tenía primos que pudieran sacarla de allí. Algunas hermandades que se ocupaban de la suerte de aquellas desgraciadas se interesaron en colocarla como criada, mas Caridad se mantenía en un silencio pertinaz, cabizbaja, cuando le preguntaban por sus habilidades domésticas, preguntándose qué sentido tenía salir de allí para caer en manos de algún otro blanco que la maltratase. «No es más que una negra necia», terminaban diciendo quienes se habían ofrecido a ayudarla.

Herminia también la había abandonado.

—Baila para nosotras, Cachita —le rogó Frasquita una noche, preocupada por el estado de abatimiento en que había caído su compañera desde hacía un par de meses.

Caridad se negó, pero Frasquita insistía, coreada por muchas otras. Sentada en su jergón, continuó meneando la cabeza. Frasquita la zarandeó del hombro; ella se zafó. Otra le revolvió el cabello. «Canta», le pidió. Una tercera le pellizcó en el costado.

«¡Baila!» Caridad trató de apartar con torpes manotazos a las mujeres que la rodeaban, pero dos reclusas se abalanzaron sobre ella y empezaron a hacerle cosquillas.

—Hazlo, por favor —insistió Frasquita, contemplando cómo se revolcaban las otras tres encima del jergón.

Hasta que no consiguieron que Caridad dejase de pelear y se sumase a sus risas, jadeante y con los andrajos con que vestía revueltos, las dos mujeres no cejaron en su empeño.

—Por favor —repitió entonces Frasquita.

Desde aquel día, Caridad decidió buscar a sus dioses a través de danzas frenéticas y voluptuosas que amedrentaban incluso a las reclusas más curtidas. ¿A quién más podía encomendarse? A veces creía que efectivamente sus dioses la montaban, y entonces caía al suelo, trastornada, pateando y gritando. El portero la advirtió una, dos, tres veces. El cepo, tal fue el castigo que al final se vio obligado a imponerle el alcaide ante los escándalos que organizaba. Sin embargo, ella reincidía.

«Y la negrita lo hizo», cantó entonces Caridad con voz monótona, arrodillada, el cuello y las muñecas apresadas entre los maderos del cepo instalado en el patio de la prisión en la última de las ocasiones en que había sido castigada por el alcaide, rememorando la noche en que cedió a los ruegos de Frasquita y las demás. Igual que hacían los esclavos en la vega, cantaba sus penas cuando la castigaban al cepo. «La negrita bailó para sus amigas.» Inmóvil en el patio en aquellas noches interminables, sus lamentos rompían el silencio y se colaban en las galerías superiores, meciendo los sueños de sus compañeras.

—¡Calla, morena —gritó el portero desde la entrada—, o terminaré azotándote!

—Y llegó el portero —continuó ella en un susurro—, ¡malo el portero! Y agarró a la negrita del brazo…

El amanecer la sorprendió derrotada, la cabeza colgando por detrás de los maderos en incómoda duermevela. Le dolía la espalda. Le dolían las rodillas, despellejadas, y el cuello, y las muñecas… ¡Le dolía cada segundo que transcurría de aquella malhadada vida que le acercaba a la felicidad para después negársela! Aletargada, creía escuchar los primeros movimientos en la Galera: el caminar de las reclusas dirigiéndose a misa, el desayuno. Cuando las demás subieron a la galería para trabajar, Frasquita le llevó agua y un mendrugo de pan que desmigó para introducírselo con cariño, pacientemente, en la boca. «No deberías desafiar al portero», le aconsejó.

Caridad había vuelto a elevar la voz en la noche; lo hizo al recuerdo de Melchor, de Milagros, de Herminia. Caridad no contestó; masticaba con desgana.

—No vuelvas a bailar —continuó la otra con sus consejos—. ¿Quieres agua?

Caridad asintió.

Frasquita buscó la mejor manera de acercarle el cazo a los labios, aunque derramó la mayor parte en el suelo.

—No lo hagas te lo pida quien te lo pida. ¿Entiendes? Siento haber sido yo…

—¿Qué es lo que sientes, Frasquita?

La mujer se volvió. Caridad trató de alzar la cabeza. Portero y alcaide se hallaban tras Frasquita.

—Nada —contestó la reclusa.

—Ese es el problema de todas vosotras: nunca os arrepentís de nada de lo que habéis hecho —replicó el alcaide de malos modos—. Aparta —añadió al tiempo que hacía una indicación al portero.

El hombre se acercó a uno de los extremos del cepo y trasteó con la vieja cerradura que mantenía firmes los maderos. Frasquita lo observó extrañada; a Caridad le quedaban aún dos días de castigo. Un repentino sudor enfrió su cuerpo mientras el portero alzaba sobre sus goznes el madero superior y la liberaba. ¿Y si habían decidido azotarla por cantar durante la noche? Caridad no lo resistiría.

—No… —empezó a decir.

—¡Silencio! —ordenó el alcaide.

Caridad se levantó lentamente, entumecida, apoyándose en los maderos que la habían mantenido cautiva.

—Pero… —insistió Frasquita.

—Vete a trabajar.

En esta ocasión fue el portero el que la interrumpió, golpeándole las piernas con la vara, que había vuelto a sus manos tan pronto como terminó con el cepo.

—No la azote vuestra merced —suplicó Frasquita hincándose de rodillas frente al alcaide—. Yo tengo la culpa de sus bailes. Yo soy la culpable.

El alcaide, hierático, mantuvo la mirada un buen rato sobre la mujer, luego la desvió hacia el portero.

—En tal caso —ordenó a este—, que sea ella quien cumpla los dos días de cepo que le quedaban a la morena.

—No es cierto —acertó a decir Caridad—. No ha sido ella…

El alcaide golpeó el aire con una mano y, mientras Caridad continuaba tartamudeando, presenció cómo el portero indicaba con la vara a su amiga que se arrodillase y encajase cuello y muñecas en los huecos del madero inferior. Los goznes volvieron a chirriar y la tabla superior cayó sobre Frasquita.

—Y tú —anunció entonces el alcaide dirigiéndose a Caridad—, recoge tus cosas y vete. Quedas en libertad.

Frasquita se arañó el cuello al volver la cabeza instintivamente hacia su amiga. Caridad dio un respingo.

—¿Por qué? —preguntó ingenuamente, con un hilo de voz.

Alcaide y portero soltaron una risotada.

—Porque así lo ha ordenando la Sala de Alcaldes, morena —contestó el primero en tono burlón—. Sus señorías se han apiadado de nosotros y nos libran de tus bailes y cantos de negros.

No le permitieron que se despidiera de Frasquita. El portero volvió a utilizar su vara para impedírselo.

—Suerte, Cachita —oyó no obstante que le gritaba aquella desde el cepo—. Nos veremos.

—Nos veremos —contestó Caridad cruzando el patio camino de las escaleras.

Volvió la cabeza pero el portero, a sus espaldas, le tapó la visión. Quizá no la había oído, dudó Caridad.

—¡Nos veremos, Frasquita! —repitió.

La vara que golpeó sobre uno de sus costados le impidió continuar mirando hacia atrás. Ascendió las escaleras con el estómago encogido y lágrimas en los ojos, porque sabía que aquel era un deseo que difícilmente se vería cumplido. Después de más de dos años en aquella cárcel, ¿qué sabía en realidad de Frasquita? ¿Cómo podrían encontrarse de nuevo?

—¿Quién...? —carraspeó—. ¿Quién se ha hecho cargo de mí? —preguntó al portero antes de cruzar la puerta de acceso a la galería.

—¿Y yo qué sé? —contestó este—. Un hombre casi tan moreno como tú. A mí no me interesa quién es. Trae el oficio de la Sala de Alcaldes; eso es lo único que tengo que saber.

¿Casi tan moreno como ella? Un único nombre le vino a la cabeza: Melchor. Solo conocía al gitano, pensó Caridad al tiempo que obedecía a la vara y entraba en la sala. La atención de las reclusas, que dejaron de coser sorprendidas al verla libre del cepo, distrajo sus pensamientos. No supo cómo responder; frunció los labios, como si se sintiera culpable, y recorrió la galería con la mirada. Muchas otras que no se habían dado cuenta de la situación abandonaron también sus labores. Algunas se levantaron pese a las órdenes de las celadoras.

—No te entretengas —la apremió el portero—. Tengo mucho que hacer. Recoge tus cosas.

—¿Te vas?

Fue Jacinta quien lanzó la pregunta. Caridad asintió con una triste sonrisa. La muchacha no había querido ceder a las pretensiones de don Bernabé y buscar un perdón que ahora, marchitada, probablemente no conseguiría.

—¿Libre, libre?

Caridad asintió de nuevo. Las tenía a todas frente a ella, apelotonadas a una distancia que parecían no atreverse a superar.

—Tus cosas —insistió el portero.

Caridad no le hizo caso. Tenía los ojos fijos en aquellas mujeres que la habían acompañado durante más de dos años: algunas viejas y desdentadas, otras jóvenes, defendiendo su lozanía con ingenuidad, todas sucias y desharrapadas.

—Morena... —quiso advertirle el hombre.

—¿De verdad soy libre? —inquirió ella.

—¿Acaso no te lo he dicho ya?

Caridad dejó atrás al portero, su vara y sus exigencias, y cruzó aquel par de pasos que simbolizaban el abismo que se abría entre la libertad y quienes, en su mayoría injustamente, continuarían sometiéndose a la vara que en aquel momento se alzó amenazadora tras ella. Caridad lo percibió en los semblantes atemorizados de sus compañeras.

—Cachita es libre —se escuchó de entre las reclusas una voz escondida—. ¿Nos castigará a todas? ¿Igual que en un motín?

Caridad supo que la vara se rendía cuando la que estaba frente a ella abrió sus brazos. Con la garganta agarrotada y las lágrimas brotando de sus ojos, se lanzó a ellos. La rodearon. Palmearon su espalda, ya curada. La abrazaron y estrujaron. La felicitaron. La besaron. Le desearon suerte. Caridad no quiso enardecer a un portero que contenía su furia, por lo que recogió una manta deshilachada y los restos todavía más deteriorados de su ropa de esclava, que todavía conservaba y que había ido logrando sustituir por otras, y descendió las escaleras de la galería entre los ensordecedores aplausos y vítores de las que quedaban atrás.

No era Melchor. Por un momento había llegado a imaginar... pero no conocía al hombre que, papeles en mano, visiblemente incómodo, esperaba junto al cubículo del portero emplazado más allá de las puertas de entrada de la Galera. Era más bajo que ella, delgado, fibroso, negro el cabello que se entreveía bajo la montera de la que no se había destocado. Negra se veía también su barba descuidada, en un semblante adusto y de piel atezada, curtida por el sol. Vestía como un agricultor: abarcas de cuero atadas a los tobillos, calzones pardos de bayeta sin medias y una sencilla camisa que quizá algún día había sido blanca. El hombre la inspeccionó de arriba abajo sin disimulo alguno.

—Aquí la tienes —anunció el portero.

El otro asintió.

—Vamos, pues —ordenó resolutivo.

Caridad dudó. ¿Por qué tenía que fiar su persona a ese extraño? Se disponía a preguntar, pero los rayos del sol que iluminaron la lúgubre estancia carcelaria a medida que el portero les franqueaba la salida confundieron su visión y hasta su voluntad. Inconscientemente siguió al agricultor y traspasó el umbral para dejar atrás más de dos años de su vida. Se detuvo tan pronto como puso el pie en la calle de Atocha y cerró los ojos deslumbrada por un sol de julio que percibió diferente a aquel que se colaba por las altas ventanas de las galerías o en el patio de la cárcel: este era más limpio, vital, tangible incluso. Respiró hondo; lo hizo de forma espontánea, una, dos, tres veces. Luego abrió los ojos y descubrió la sonrisa de la menuda Herminia parada al otro lado de la calle, como si tuviera miedo de acercarse a la Galera. Corrió hacia ella sin pensarlo. Muchos se quejaron a su paso. Caridad no los oyó. Abrazó a su amiga, con la respiración acelerada, mil preguntas atascadas en su garganta, mientras las lágrimas de una y otra se mezclaban en sus mejillas.

—¡Tú…! ¿Aquí? Herminia… ¿Por qué…?

No pudo continuar. Se sintió desfallecer. La larga noche en el cepo, la despedida de Frasquita y de las demás reclusas, los abrazos, los aplausos, los llantos, la libertad… Herminia agarró a Caridad justo cuando le cedían las rodillas.

—Ven, Cachita. Vamos —le dijo mientras la sostenía de la cintura y la acompañaba hasta un carretón de mano de dos ruedas cargado con melones—. Agárrate de aquí —añadió llevando la mano de su amiga a uno de los tablones de madera de los laterales del carro.

—¿Ya estamos? —preguntó no sin cierta acritud el agricultor.

—Sí, sí —contestó Herminia. Luego se volvió hacia Caridad, aferrada al tablón de madera—. Ahora tengo que ayudar a Marcial a empujar el carro. Tú no te sueltes. Iremos a la plaza Mayor para vender los melones y…

—Vamos muy tarde, Herminia —la apremió el otro.

—No te sueltes —repitió esta, ya corriendo hacia una de las varas del carretón para empujarlo junto a Marcial por la empinada cuesta de la calle de Atocha.

Agarrada al madero, Caridad se dejó arrastrar. El bullicio del gentío y los carros que iban y venían eran como un zumbido en sus oídos. Entrevió lugares por los que había pasado: hospitales e iglesias, la fuente de los peces coronada por un ángel donde la habían detenido, el inmenso edificio de la cárcel. Más de dos años en Madrid y era el único lugar que conocía de la ciudad: la calle de Atocha. De la fuente del angelito a la Galera, de la Galera a la Sala de Alcaldes y vuelta a la cárcel de mujeres.

Nunca había estado en la plaza Mayor de Madrid, de la que tanto había oído en boca de las demás reclusas. Despertó de su confusión en un lugar que le pareció inmenso, con cajones y tinglados para el mercado dispuestos en su centro, rodeados en sus cuatro costados por los edificios más altos que nunca había visto: de seis pisos y cubiertas, estrechos todos ellos, de ladrillo colorado, rejas labradas en sus balcones, negros y dorados en sus fachadas. Le sedujo la armonía y uniformidad de las construcciones, solo quebrada por dos suntuosos edificios enfrentados en sus lienzos, aunque sabía que el interior de todas aquellas casas desmerecía su majestuosidad. Había oído que se trataba de viviendas pequeñas, estrechas y lúgubres, destinadas al alquiler o habitadas por los comerciantes que regentaban los negocios de los soportales de la plaza: el portal de paños, el de cáñamos y el de sedas, hilos y quincallería que abarcaba dos lienzos enteros y que fue por el que accedieron a ella.

—¿Mejor? —inquirió Herminia cuando Marcial las dejó solas y se internó entre los tinglados para vender los melones.

—Sí —contestó Caridad.

La gente no cesaba de pasar junto a ellas. El sol de julio empezaba a quemar y se refugiaron en las sombras de los soportales.

—¿Por qué…?

—Porque te aprecio, Cachita —se adelantó la otra—. ¿Cómo iba a dejarte ahí dentro?

«Te aprecio.» Caridad sintió un escalofrío; todos aquellos que decían haberla apreciado, querido o amado, habían ido desapareciendo de su vida.

—Me ha costado mucho —interrumpió Herminia sus pensamientos— encontrar un ciudadano serio y solvente que quisiera prestarse a responder por ti ante la Sala de Alcaldes. ¿Fumamos? —Sonrió y rebuscó en una bolsa que llevaba hasta extraer un cigarro.

Pidió lumbre a un hombre que pasaba por allí. El silencio se hizo entre ambas mientras aquel encendía la yesca y la acercaba a la punta del cigarro. Herminia chupó con fuerza y el tabaco prendió.

—Toma —ofreció a su amiga.

Caridad cogió el cigarro, delgado y mal torcido, extremadamente oscuro y sin aroma. Chupó de él: tabaco fuerte y agrio de lenta y difícil combustión. Tosió.

—¡Era mejor el de la Galera! —protestó—. Ni siquiera allí dentro se fuma tabaco tan malo como este.

Sonrió la una. Lo hizo también la otra. No se atrevieron a fundirse en un abrazo a la vista de la gente, pero en un solo segundo se dijeron mil cosas en silencio.

—Pues es a este tabaco asqueroso al que debes tu libertad —dijo Herminia rompiendo el hechizo.

Caridad miró el cigarro. Una pequeña plantación de tabaco clandestina, de eso se trataba, le explicó Herminia. El cura de Torrejón de Ardoz mantenía unas cuantas plantas en unas tierras propias de la parroquia. Hasta entonces, con la ayuda de Marcial, que tenía arrendadas a la parroquia las vides tras las que se escondía el tabacal, el sacerdote las había explotado por medio del sacristán, pero el hombre era ya demasiado viejo para continuar con ello. «Tengo una amiga...», aprovechó Herminia la casualidad al enterarse de la situación. Le costó convencer a Marcial y a don Valerio, el párroco, pero poco a poco los recelos de ambos se atenuaron con la falta de una alternativa. ¿A quién podían contratar para una actividad tan severamente castigada por las leyes? Aceptaron, y don Valerio utilizó viejos contactos en la Sala de Alcaldes para que atendieran a Marcial y le otorgasen la custodia de la reclusa. No hubo problema: Caridad había cumplido sus dos años de reclusión y el agricultor acreditaba medios de vida y buena conducta. Un día les avisaron de que ya disponían de los documentos.

Marcial regresó a los pórticos con el carretón todavía cargado de melones.

—¡Hemos llegado tarde! —se quejó en tono severo, culpando a Herminia.

El retraso originado por las gestiones en la Sala de Alcaldes y en la Galera le había impedido vender su mercancía.

—Ninguno de los puestos quiere melones a estas horas de la mañana. —Luego examinó a Caridad igual que había hecho en la cárcel y negó con la cabeza—. No me habías advertido de que era tan negra —recriminó a Herminia.

—De noche no se nota tanto —saltó Caridad.

Herminia estalló en una carcajada. El agricultor enarcó las cejas.

—No pretendo pasar las noches contigo.

—Tú te lo pierdes —terció Herminia al tiempo que guiñaba un ojo a su amiga.

No. Marcial no era su esposo, ni su amante, ni siquiera pariente, satisfizo Herminia la curiosidad de Caridad mientras caminaban tras el agricultor con su carretón cargado de melones. Era solo un vecino. La casa de los tíos de Herminia, donde ella vivía y donde también lo haría la morena, lindaba pared con pared con la de Marcial, y pese a que lo del tabaco debía ser un secreto, medio pueblo lo sabía. Había prometido a sus tíos una pequeña renta a cambio de acoger a Caridad.

—Pero no tengo dinero —se quejó ella.

—Da igual. Lo conseguirás con lo del tabaco. ¡Seguro! Te darán una parte de lo producido. Ya decidirá el párroco lo que te corresponde a la vista de los resultados —explicó Herminia—. Aunque tu parte siempre será sobre lo manufacturado... Porque sabes trabajar la hoja y los cigarros, ¿no? Eso me dijiste.

—Es lo único que sé hacer —contestó ella cuando accedían a una plaza irregular en la que se acumulaba tanta o más gente que en la Mayor—, aunque ahora también me han enseñado a coser.

—La Puerta del Sol —le explicó Herminia al notar que la otra aminoraba el paso.

—Esperad aquí —gritó Marcial a las dos mujeres.

Herminia se apartó en silencio del camino del carretón; sabía lo que iba a hacer el agricultor, que torció por una de las callejuelas que desembocaban en la plaza. En Madrid había diez puestos autorizados por la Sala de Alcaldes para la venta de melones y era allí donde se debían vender bajo el control de las autoridades, que fiscalizaban su calidad, su peso y su precio, pero también existían numerosas regatonas que, sin puesto fijo ni autorización, arriesgándose a ser detenidas y acabar en la Galera, compraban y revendían frutas y verduras a espaldas de la ley. Las meloneras se diseminaban por los alrededores de la Puerta del Sol, y Marcial, renegando por lo bajo, fue en su busca.

«¿Esta es la famosa Puerta del Sol?», se preguntó Caridad. También había oído hablar de ese sitio en la Galera: mentidero en el que las gentes charlaban hasta llegar a convencerse de la certeza de los rumores que ellos mismos concebían; lugar de reunión de ociosos y holgazanes, de albañiles sin trabajo o de músicos soberbios e impertinentes en espera de que algún madrileño —con posibles o sin ellos pero decidido a emular a quienes los tenían— les contratase para alegrar alguna de las tertulias que acostumbraban a celebrar por las tardes en sus casas.

Ambas mujeres se quedaron paradas junto al convento conocido por las gentes como de San Felipe el Real, al inicio de la plaza. Debido al desnivel de la calle Mayor, el atrio de la iglesia, una gran lonja que desde siempre había sido centro de reunión y esparcimiento de los madrileños, se elevaba por encima de las cabezas de Herminia y Caridad. Ninguna de ellas, sin embargo, prestó atención a las risas y los comentarios que surgían del mentidero.

—¿Quieres entrar? —invitó Herminia.

Caridad permanecía absorta en la hilera de cuevas que se abrían bajo las gradas de San Felipe. También existían covachuelas bajo el atrio de la iglesia del Carmen y en algunos otros lugares de aquel Madrid construido sobre cerros, pero las más conocidas eran las de la Puerta del Sol. En alguna se vendía ropa usada, pero la mayoría estaba destinada a la venta de juguetes, artículos que los comerciantes exponían al público amontonados junto a las puertas o colgando de sus dinteles en una atractiva y colorida feria capaz de captar la atención de cuantos pasaban.

—¿Podemos?

Herminia sonrió ante la ingenuidad que se reflejó en el rostro redondo de Caridad.

—Por supuesto que podemos… siempre y cuando no rompas nada. Marcial todavía tardará un rato.

Entraron en una de las cuevas, estrecha y alargada, lóbrega, oscura, sin más luz natural que la que se colaba por la puerta. Los juguetes aparecían desparramados hasta por los suelos: carrozas, calesas, caballos, muñecas, pitos, cajas de música, espadas y fusiles, tambores… Las dos se asustaron como niñas cuando una culebra saltó del interior de una caja para picar el dedo de la mujer que la estaba toqueteando. La vieja gorda que llevaba el negocio soltó una carcajada mientras volvía a forzar la culebra hacia el interior. La mujer se repuso de la sorpresa y preguntó cuánto costaba, ya dispuesta a comprarla. Mientras las dos negociaban el precio, Caridad y Herminia se distrajeron entre las cuatro o cinco personas que se apelotonaban dentro, algunas peleándose con los niños que las acompañaban y que reclamaban la tienda entera.

—Mira esto, Cachita. —Herminia señaló una muñeca rubia—. ¿Cachita? —insistió ante su falta de respuesta.

Se volvió hacia Caridad y la descubrió hechizada ante un juguete mecánico que descansaba encima de una balda: sobre una pequeña plataforma pintada de verde y ocre, varias figurillas de hombres, mujeres y niños negros, algunos cargados con corachas, otros con palos largos de los que colgaban las hojas del tabaco, y un capataz blanco con un látigo en su mano que cerraba la composición, se disponían alrededor de lo que representaba una ceiba y varias plantas de tabaco.

—¿Te gusta? —inquirió Herminia.

Caridad no respondió.

—Espera, ya verás.

Herminia giró repetidamente una diminuta llave que sobresalía de la base del juguete, la soltó al llegar al tope y empezó a sonar una musiquilla metálica al tiempo que la negrada giraba alrededor de la ceiba y las plantas de tabaco, y el capataz blanco levantaba y bajaba el brazo en el que sostenía el látigo.

Caridad no dijo nada; una de sus manos estaba extendida, como si dudase en tocar o no aquel juguete. Herminia no se percató del estado casi de trance en que se hallaba su amiga.

—Voy a preguntar el precio —dijo por el contrario, exultante, animada, dirigiéndose a la vieja que las vigilaba desde el mostrador ahora que la mujer de la caja y la culebra ya habían salido de la cueva—. ¡Ni que ahorrásemos todo el dinero ganado en varios años! —se lamentó de vuelta—. ¡Ven a ver la muñeca!

Marcial tuvo que recorrer varias covachuelas antes de dar con ellas. Su rostro, contraído, fue suficiente para que Herminia tirara de Caridad. Sabía lo que había sucedido: las regatonas le habían comprado los melones por menos de la mitad de lo que habría podido conseguir. Siguieron al carretón vacío a través de la plaza de la Puerta del Sol, lentamente, por más juramentos que lanzara Marcial a la multitud para que les dejara el paso libre.

Caridad vio a los aguadores, asturianos todos ellos, reunidos alrededor de la fuente a la que llamaban la Mariblanca, con sus cántaros dispuestos para transportar el agua allí donde los requirieran. Jacinta era asturiana y le había hablado de ellos. ¿Sería uno de aquellos hombres el pariente que la había traído a Madrid y al que no quiso defraudar cuando su primer embarazo? Los observó; gente brava y dura, le había asegurado, la mayoría dedicada a trabajos tan severos como los de aguador, apeador de carbón o mozo de cuerda. Los viernes, desde un púlpito instalado en la plaza, entre la iglesia del Buen Suceso y la Mariblanca, curas y frailes los sermoneaban. Por lo visto lo necesitaban: las rencillas entre los aguadores y los vecinos que pretendían surtirse en las fuentes eran constantes, tanto como las que ellos mismos mantenían entre sí cuando alguno intentaba cargar en su turno más de un «viaje»: un cántaro grande, dos medianos o cuatro pequeños; aquello era lo máximo que se permitía cargar por vez. También, le había contado Jacinta, no sin cierta añoranza, que los asturianos se reunían en el prado del Corregidor a bailar la «danza prima» de su tierra. Acudían todos y bailaban unidos, pero siempre terminaban peleándose a palos o pedradas, agrupados en bandos correspondientes a sus pueblos de origen.

Como en la plaza Mayor, alrededor de la fuente de la Mariblanca se alzaban tinglados y cajones para la venta de carnes y frutas, pero al contrario de la uniformidad y gran altura de los edificios de la plaza, la Puerta del Sol solo tenía unas pocas construcciones importantes: el convento de San Felipe el Real y una gran casa que ocupaba toda una manzana con una torre esquinera que acreditaba la nobleza de su propietario, el señor de la villa de Humera, en su acceso por la calle Mayor; la iglesia y el hospital del Buen Suceso, enfrentado a la torre en el otro extremo; en uno de los lienzos estaba la inclusa para los niños huérfanos, y algo más allá, al otro lado de la calle del hospital, el convento de la Victoria, cuyo atrio también servía de punto de reunión a los petimetres afrancesados. El resto de las construcciones no eran más que casas bajas, la mayoría de un solo piso, estrechas, viejas y apelotonadas, en cuyas fachadas se aireaban las ropas, puestas a secar, y la intimidad de sus habitantes. Las basuras se acumulaban en los portales, y los excrementos que no habían sido lanzados despreocupadamente por las ventanas permanecían frente a sus puertas, en los bacines, a la espera de que pasase el carro de las letrinas... si llegaba a hacerlo.

Entre las gentes y un bullicio que le resultaba extraño después de dos años de reclusión, Caridad tuvo que llevar cuidado para no perder el paso con que Marcial tiraba del carretón. Pasaron la Puerta del Sol y se adentraron en la calle de Alcalá, con su tráfago de carrozas y carros arriba y abajo de la calle, cruzándose, deteniéndose para que sus ilustres ocupantes charlaran unos instantes, se saludaran o simplemente exhibieran sus riquezas. Caridad trató de imaginar qué la esperaba. ¿Torrejón de qué? No recordaba el nombre del pueblo mencionado por Herminia; lo olvidó tan pronto como la otra le habló del tabaco, unas cuantas plantas tan solo, un sacerdote y un sacristán ya viejo. «Mal tabaco», añadió para sí. Las prisas, los coches, las órdenes e insultos que proferían los cocheros y los criados de librea que los acompañaban a pie, obligaron a Caridad a olvidarse de sus cuitas y hasta le impidieron prestar atención a los ostentosos edificios erigidos por todo tipo de ricos y de órdenes religiosas en la más noble de las vías de Madrid, que finalizaba en su puerta oriental, la de Alcalá. Por su único arco, flanqueado por dos torrecillas, Caridad abandonó la ciudad tan solo unos pocos meses después de que Milagros hubiera entrado en ella.

Cuatro leguas por el camino real les separaban de Torrejón de Ardoz. Las cumplieron en igual número de horas, abrasados por un sol estival que se ensañó con ellos mientras cruzaban entre extensos trigales. «¿Aquí cultivan tabaco?», se preguntó Caridad recordando la fértil vega cubana. Tuvo oportunidad de recordar su viejo sombrero de paja: no lo había necesitado en la Galera, pero en ese camino, bajo el sol ardiente, lo echó de menos. Debió de quedar abandonado en la habitación de la posada secreta, junto a su vestido colorado, los documentos y el dinero. «Curiosa libertad», se dijo. En dos años no había echado de menos su vestido colorado, ni siquiera cuando tenía que pagar algo de dinero por una de las viejas camisas ajadas de las que las surtía la demandadera, y sin embargo había respirado solo cuatro bocanadas de libertad y ya los recuerdos se abrían paso en su memoria.

Tras un irritado y silencioso Marcial, que tiraba de ellas sin compasión después de haber culpado a gritos a Herminia del quebranto sufrido en la venta de sus melones, las dos mujeres tuvieron tiempo suficiente para explicarse la una a la otra qué había sido de ellas.

—¿Cómo está tu espalda? —se interesó Herminia justo cuando cruzaban un puente—. El río Jarama —anunció moviendo el mentón hacia el cauce casi seco.

Caridad fue a responder acerca del estado de su espalda, pero la otra no le dio oportunidad.

—Tendremos que conseguirte unos zapatos —dijo señalando sus pies descalzos.

—No sé andar con zapatos —replicó ella.

Dejaron atrás el puente de Viveros. Quedaba una legua para llegar a Torrejón de Ardoz y Caridad ya sabía de toda la familia con la que iba a vivir: los tíos de Herminia, Germán y Margarita. Él era agricultor, como la casi totalidad de los habitantes del pueblo, y su esposa le ayudaba cuando podía.

—El tío es un buen hombre —murmuró Herminia—, como mi padre, aunque él era algo tozudo. Me acogió de niña, cuando mi madre no pudo hacerse cargo de sus hijos y nos repartió por ahí.

Caridad conocía la historia, sabía también que Herminia no había vuelto a tener noticias de su madre, igual que ella. Recordó que aquella noche las dos habían llorado.

—La tía Margarita ya es vieja —le explicó—, cuando no está enferma por una cosa lo está por otra, pero te tratará bien.

También estaban Antón y Rosario. Caridad percibió cierto nerviosismo en su amiga cuando se explayó en elogios hacia su primo Antón, que labraba con su padre las tierras que tenían en arriendo, aunque a menudo también ayudaba en la fabricación de tejas o acarreaba paja hasta Madrid.

—Si tus parientes son agricultores —interrumpió su discurso Caridad—, ¿por qué no se ocupan ellos del tabaco?

—No se atreven —contestó.

Anduvieron unos pasos en silencio.

—Porque tú sabes que lo del tabaco es peligroso, ¿no? —preguntó Herminia.

—Sí.

Caridad lo sabía. Había conversado con una reclusa condenada por traficar con él.

—Con Rosario hay que llevar cuidado —advirtió Herminia un rato después—. Es engreída, rencorosa y mandona.

La esposa de su primo no ayudaba en los campos. Tenía cuatro hijos cuyos nombres Caridad ni siquiera intentó retener en la memoria, y desde hacía años venía obteniendo unos buenos dineros quitándoles la leche que les correspondía para venderla a los hijos de los madrileños adinerados. Según le contó Herminia, desde hacía cerca de seis meses vivía con ellos el hijo de un fiscal del Consejo de Guerra al que sus padres habían llevado recién nacido a Torrejón para que Rosario lo amamantase.

—¿Y tú? —preguntó Caridad.

—Yo, ¿qué?

—¿Qué haces allí, en casa de tus tíos?

Herminia suspiró. Marcial escapó unos pasos cuando Caridad se detuvo; no le había contado la razón por la que continuaba en casa de sus tíos.

—Ayudo —se limitó a responder.

Caridad entrecerró los ojos con la silueta de su amiga recortada contra los campos mientras aquel sol tan diferente del de la Galera acariciaba su figura.

—¿Nunca te has casado?

Herminia le impulsó a seguir adelante.

—Falta poco para... —trató de zafarse.

—¿Por qué? —insistió Caridad interrumpiéndola.

—Una criatura —confesó al fin Herminia—. Hace varios años, antes de lo de la cárcel. Nadie en Torrejón se casará conmigo. Y en Madrid..., en Madrid los hombres tienen miedo de contraer matrimonio.

—No me contaste nada de eso.

Herminia evitó mirarla y continuaron en silencio. Caridad sabía que los hombres no querían casarse. Muchas de las reclusas de la Galera se quejaban de lo mismo, de que en aquel Madrid de la civilidad y del lujo desaforado los hombres tenían miedo a casarse. El número de matrimonios descendía año tras año y con él una natalidad que se reemplazaba con gentes venidas de todos los rincones de España. La razón no era otra que la imposibilidad de hacer frente a los gastos suntuarios, principalmente vestidos, a los que las mujeres se lanzaban en vehemente competición en cuanto se casaban, tanto las nobles como las humildes, cada cual en su medida. Muchos hombres se habían arruinado; otros trabajaban sin descanso por complacer a sus esposas.

Torrejón de Ardoz era un pueblo de algo más de mil habitantes que se hallaba al pie del camino real que llevaba a Zaragoza. Pasaron ante el hospital de Santa María, a la entrada, y sortearon a un par de mendigos que los acosaron. Otra manzana y se adentraron por la calle de Enmedio hasta llegar a la plaza Mayor. En la calle del Hospital, entre la iglesia de San Juan y el hospital de San Sebastián, se detuvieron ante unas casas bajas de adobe, con huertos traseros que lindaban ya con las eras. Todavía brillaba el sol.

Marcial emitió un gruñido a modo de despedida, entregó a Caridad los papeles que acreditaban su libertad, arrimó el carretón a la fachada de una de las casas y entró en ella. Caridad siguió los pasos de Herminia hacia la que lindaba con aquella.

—Ave María Purísima —saludó esta en voz alta tras cruzar el umbral.

32

l 13 de septiembre de 1752, tres años después de que se hubiera perpetrado la gran redada de gitanos, llegaban a la Real Casa de la Misericordia de Zaragoza quinientas cincuenta y una gitanas más un centenar largo de niños. Todos ellos habían sido embarcados en el puerto de Málaga con destino al de Tortosa, en Tarragona, en la desembocadura del río Ebro, desde donde remontaron el río en barcazas hasta Zaragoza, siempre custodiadas por un regimiento de soldados.

Ana Vega apretó la mano del pequeño Salvador a la vista del caserío de la ciudad y de las torres que sobresalían por encima de él. El niño, de casi nueve años, respondió a la presión de su tía con igual fuerza, como si fuera él quien pretendiese infundirle valor. Ana dejó escapar una triste sonrisa. Salvador pertenecía a la familia de los Vega y Ana lo había ahijado hacía poco más de un año, tras la muerte de su madre en la epidemia de tabardillo que asoló Málaga. El tifus había causado estragos entre la población de la ciudad costera y las gitanas encarceladas en la calle del Arrebolado no se libraron de la catástrofe. Los muertos se contaron por millares, más de seis mil se decía, tantos que el obispo prohibió el toque de campanas a la salida del viático y en los entierros. Los sacerdotes repartían raciones de carnero en las casas de los enfermos, pero ninguna fue para las gitanas y sus hijos pequeños. Luego, pasada la epidemia, llegó la hambruna de 1751 debida a las malas cosechas. Ninguna de las numerosas rogativas y procesiones de penitencia que convocaron frailes y sacerdotes a lo ancho y largo de Andalucía lograron poner fin a la terrible sequía.

Ana soltó la mano del pequeño, acarició con ternura su cabeza rapada y lo atrajo hacia sí. Zaragoza se abría ante ellos; el más de medio millar de gitanas contemplaba la ciudad en silencio, cada vez más cercana. La mayoría de aquellas mujeres, demacradas, consumidas, enfermas, muchas de ellas desnudas, sin un mal harapo con el que tapar sus vergüenzas, ignoraban qué les depararía el destino a partir de ese momento. ¿Qué otros tormentos pensaba ofrecerles su majestad Fernando VI?

El marqués de la Ensenada tenía la respuesta. El noble no cedía en su obsesión por el extermino de la raza gitana. Muchos de los detenidos en la Carraca habían sido llevados desde Cádiz hasta el arsenal del Ferrol, en el otro extremo de España, al norte. En cuanto a las gitanas, el marqués tuvo que pugnar con la junta que gobernaba la Casa de la Misericordia para trasladarlas allí. La Misericordia había nacido como establecimiento asistencial para los pobres y vagabundos que poblaban la capital del reino de Aragón. Se les privaba de libertad, se les obligaba a trabajar para ser útiles a la sociedad y hasta en ciertos casos se admitía el castigo corporal, pero aun así la junta no quería ver convertida su obra en una cárcel para malhechores. Desde siempre, Zaragoza se había considerado una ciudad extremadamente caritativa, virtud que no conseguía sino atraer a mayor número de indigentes a sus calles. El «padre de huérfanos» velaba por los niños desprotegidos y, de vez en cuando, organizaba las rondas del «carro de pobres»: una galera enrejada que recorría la ciudad con el fin de detener a los mendigos y vagabundos que haraganeaban o limosneaban, y que eran encerrados en la Casa de la Misericordia. ¿Cómo iban a admitir a esas quinientas desahuciadas, más otros doscientos gitanos aragoneses que permanecían detenidos en la cárcel del castillo de la Aljafería y que el marqués también pretendía destinar a la institución, cuando tenía ya casi seiscientos mendigos que la abarrotaban?

La pugna entre la junta y Ensenada se inclinó a favor del marqués: el Estado se haría cargo de la manutención de las gitanas. Asimismo, se construiría una nueva nave para su alojamiento, se cuidaría de que estuvieran siempre separadas del resto de los internos y el capitán general destinaría a veinte soldados de guardia para su vigilancia.

La larga fila de mujeres sucias y desnudas, escoltadas por soldados, levantó tal expectación que una multitud se sumó a la comitiva que se dirigió hasta la puerta del Portillo, frente al castillo, por donde accedieron a la ciudad. No muy lejos de esa entrada se hallaba el campo del Toro, al que se abría el huerto de la Casa de la Misericordia. Largas naves de ladrillo y madera de uno o dos pisos, con cubiertas a dos aguas y ventanas sin rejas dispuestas sin orden aparente, componían el conjunto. Diseminadas entre ellas, patios y espacios libres, pequeñas construcciones para servicios y, en uno de sus extremos, una humilde iglesia de una sola nave, también de ladrillo y madera.

El regidor de la Misericordia negó con la cabeza a la vista de las mujeres y los niños que cruzaban la puerta escoltados por los soldados. El sacerdote, a su lado, se santiguó en repetidas ocasiones ante los cuerpos desnudos, los rostros demacrados, el hambre destacando los huesos, los pechos lacios mostrándose sin recato; brazos, piernas y nalgas escuálidos.

Tal y como entraban, eran empujados a la nave expresamente construida para ellos. Ana y Salvador, agarrados de la mano, accedieron confundidos entre el resto de las mujeres y los niños. Un simple vistazo bastó para que las gitanas se cerciorasen de que no cabrían. El lugar era lóbrego y angosto. El suelo de tierra estaba húmedo por aguas estancadas, y el hedor malsano que resultaba de aquellas aguas en el calor de septiembre y en un lugar carente de ventilación resultaba insoportable.

Las quejas empezaron a elevarse de boca de las mujeres.

—¡No pueden meternos aquí!

—¡Hasta los establos de los animales están mejor!

—¡Enfermaremos!

Muchas de las gitanas desviaron la mirada hacia Ana Vega. Salvador le apretó la mano para infundirle ánimos.

—No nos quedaremos —afirmó ella. El niño le premió con una sonrisa esplendorosa—. ¡Salgamos!

La gitana dio media vuelta y encabezó la salida. Las gitanas que todavía estaban accediendo al interior, retrocedieron al toparse con Ana Vega. Pocos minutos después estaban todas otra vez en la explanada que se abría frente a la nave, quejándose, gritando, maldiciendo su suerte, retando a unos soldados que interrogaban a su capitán. El oficial se volvió hacia el regidor, que de nuevo negó con la cabeza: lo sabía, preveía aquel problema. No hacía ni dos meses que la junta de gobierno había advertido al marqués de la Ensenada de la insalubridad de la nueva construcción: las aguas de la Misericordia no corrían y se pudrían en la nave de las gitanas. No podía haber un comienzo peor.

—¡Adentro con ellas! —ordenó entonces por encima del alboroto.

El rugido no había dejado de resonar cuando Ana Vega se lanzó a golpes y dentelladas contra un sargento que tenía al lado. El pequeño Salvador atacó a otro soldado, que se libró de él de un bofetón antes de enfrentarse a muchas de las gitanas que siguieron a Ana. Otras, incapaces de pelear, animaban a sus compañeras. Tras unos instantes de desconcierto, los soldados retrocedieron, se reagruparon y sus disparos al aire consiguieron frenar la ira de las mujeres.

La solución que ofrecía la revuelta satisfizo al regidor: demostraría su autoridad y resolvería lo del alojamiento. Ana Vega y otras cinco mujeres que fueron identificadas como revoltosas serían azotadas y después inmovilizadas en el cepo durante dos días; los demás podrían dormir fuera de la nave, a la intemperie, en los patios y en la huerta, al menos mientras durase el calor que pudría las aguas estancadas. Al fin y al cabo, estaban ya en septiembre, la situación no podía prolongarse demasiado.

En presencia de las mujeres y sus hijos, Ana presentó su espalda desnuda al portero; los omoplatos, la columna vertebral y las clavículas que sobresalían no lograban esconder las cicatrices de otros muchos castigos recibidos en Málaga. El látigo silbó en el aire y la gitana apretó los dientes. Entre azote y azote volvió la mirada hacia Salvador, en primera fila, como siempre. El pequeño, puños y boca apretados, cerraba los ojos cada vez que el cuero hería la espalda de la gitana. Ana trató de dirigirle una sonrisa, para tranquilizarlo, pero solo consiguió dibujar en sus labios una mueca forzada.

Las lágrimas que vio correr por las mejillas del pequeño le dolieron más que cualquier latigazo. Salvador la había tomado como sustituta de su madre muerta y Ana se había refugiado en el pequeño para volcar en él unos sentimientos que todos parecían querer robarle. Dos veces llegó a renegar de su propia hija. Se enteró de los sucesos del callejón de San Miguel: bien se ocupó la Trianera de ponerlos en su conocimiento. La boda de Milagros con el nieto de Rafael García, aquel joven pendenciero al que había abofeteado, la sumió en la desdicha. ¡Su niña entregada a un García! Por otra parte, su propia indiferencia ante la noticia del asesinato de su esposo, no sentir nada después de tantos años de vida en común, le extrañó y le preocupó, pero concluyó que José no merecía otro final: había consentido ese matrimonio. Y en cuanto a la sentencia de muerte contra su padre…

—¿Tienes algo que decir?

El recuerdo de la conversación con el soldado de Málaga interrumpió sus pensamientos.

—¿Esperan respuesta? —preguntó ella a su vez.

El hombre se encogió de hombros.

—El gitano me ha dicho que volviese una vez hubiera hablado contigo.

—Que le diga a mi hija que ha dejado de pertenecer a los Vega.

—¿Eso es todo?

Ana entornó los ojos.

—Sí. Eso es todo.

Tiempo después Milagros insistió a través del Camacho. «Dile que ya no la tengo por hija mía», afirmó. ¿Era cierto?, se preguntaba Ana muchas noches, ¿en verdad eran esos sus sentimientos? En ocasiones, cuando la rabia al pensar en Milagros en brazos de uno de los García afloraba, el odio de familia, el orgullo de raza gitana la llevaba a contestarse que sí, que ya no era su hija; en muchas otras, las más, lo que se abría paso en su interior no era sino un amor de madre infinito, indulgente, ciego ante los errores. ¿Por qué había dicho tal barbaridad?, se martirizaba entonces. La rabia y la pena se alternaban o llegaban a entremezclarse en la oscuridad de las largas noches de cautiverio consiguiendo siempre, sin embargo, que Ana tuviera que esconder a sus compañeras el llanto y los sollozos que la asaltaban en tales momentos.

33

os edificios en los que vivía la aristocracia madrileña no se parecían a las casas nobles sevillanas, erigidas al impulso del auge comercial con las Indias, con sus luminosos y floridos patios centrales circundados de columnas como eje y alma de la construcción. Salvo algunas excepciones, la multitud de nobles que se acumulaba en la Villa y Corte, algunos con títulos que se enraizaban en la historia de España, los más encumbrados por la nueva dinastía borbónica, habitaban casas señoriales cuyo aspecto exterior era severo y en poco difería de muchas otras que componían el Madrid del setecientos.

Felipe V, nieto del Rey Sol y primer monarca Borbón, culto y refinado, tímido y melancólico, piadoso, educado en la sumisión que correspondía al segundón de la casa real francesa, se expresaba en latín con fluidez pero tardó años en hablar español. Nunca le gustó el alcázar que hasta su llegada había sido la residencia de sus antecesores en el trono: los Habsburgo. ¿Cómo comparar aquella sobria fortaleza castellana encajonada en un cerrillo de Madrid con los palacios en los que el joven Felipe había vivido su infancia y juventud? Versalles, Fontainebleau, Marly, Meudon, rodeados todos de inmensos y cuidados bosques, jardines, fuentes o laberintos. El Gran Canal construido en Versalles, donde el joven Felipe navegaba y pescaba en una flotilla real servida por trescientos remeros, disponía de mayor caudal que el mísero río Manzanares que serpenteaba al pie del alcázar. Rodeado de cortesanos y criados franceses, el rey alternó sus estancias en la fortaleza castellana con el palacio del Buen Retiro, hasta que en la Nochebuena del año 1734 un incendio que prendió en los cortinajes de la habitación de su pintor de cámara devoró la totalidad del alcázar y propició el traslado definitivo de los reyes al Retiro. Pese a que el propio Felipe V había ordenado que sobre el solar del alcázar se construyese un nuevo palacio acorde con sus gustos, algunos acaudalados siguieron los pasos de los monarcas hasta el entorno del palacio del Buen Retiro y a los paseos que se urbanizaban en los prados adyacentes. Con todo, la gran mayoría de los nobles continuaba viviendo en lo que había sido el centro neurálgico de la ciudad: los alrededores del nuevo palacio real que ya mostraba su colosal fábrica aquel año de 1753.

No era la primera vez que Milagros acudía a una de aquellas casas señoriales los últimos meses. Durante mucho tiempo había rechazado cuantas invitaciones le hacían, diciéndose que esos dineros solo servirían para las diversiones y amoríos de su esposo, hasta que llegó una que no pudo rechazar: el marqués de Rafal, corregidor de Madrid y juez protector de los teatros, ordenó que cantase y bailase en un sarao que organizaba para unos amigos.

—Esta no la podrás rehusar, gitana —le advirtió don José, el director de la compañía, después de comunicarle los deseos del marqués.

—¿Por qué? —preguntó ella con soberbia.

—Terminarías en la cárcel.

—No he hecho nada malo. Negarse a...

El director la interrumpió con un manotazo al aire.

—Siempre hay algo que se hace mal, muchacha, siempre, y más cuando dependes de que un noble al que has desdeñado tenga que decidirlo. Primero serán unos días de cárcel por algo sin importancia..., un desplante al público o una expresión que consideren inapropiada. En cuanto salgas de la cárcel, volverán a invitarte, y si continúas en tu negativa, será un mes.

Las facciones de Milagros mudaron del desdén inicial a un temor intenso.

—E insistirán en cuanto vuelvan a liberarte; los nobles no olvidan. Para ellos será como un juego. Tu obligación es cantar y bailar en el Príncipe. Si no lo haces o si lo haces mal a voluntad, te encarcelan; si lo haces bien, encontrarán algo que no les guste...

—Y me enviarán a la cárcel —se le adelantó Milagros.

—Sí. No te compliques la vida. Terminarás cantando y bailando para ellos, Milagros. Tienes una hija pequeña, ¿me equivoco?

—¿Qué pasa con ella? —saltó la gitana, indignada—. ¡No se meta usted...!

—Las cárceles están llenas de mujeres con sus pequeños —le interrumpió el otro—. No es civilizado separar a un hijo de su madre.

Milagros aceptó, no tenía alternativa. La mera posibilidad de que su niña entrase en la cárcel la horrorizaba. Los ojos de Pedro chispearon cuando recibió la noticia.

—Te acompañaré —afirmó.

Ella quiso oponerse:

—Don José...

—Ya hablaré yo con ese hombre; además, ¿no eras tú la que decías que necesitabas protección? Encontraré guitarristas y mujeres gitanas; los músicos del Príncipe no entienden lo que quiere esa gente, no tienen salero.

Don José consultó con el marqués, que no solo consintió sino que acogió la propuesta de Pedro con entusiasmo. Don Antonio, el corregidor, recordaba cómo Milagros enardeció a la audiencia reunida en el palacio sevillano de los condes de Fuentevieja, y eso era precisamente lo que quería de ella: los voluptuosos bailes gitanos que los censores prohibían en el Príncipe, las lascivas zarabandas tan denostadas por beatos y puritanos, y aquellos otros ritmos que Caridad le había enseñado a comprender y sobre todo a sentir, bailes guineos, bailes de negros, atrevidos y provocadores, que celebraban la fertilidad: chaconas, cumbés y zarambeques. Ningún miembro de la compañía de cómicos formó parte de aquel grupo, ni siquiera Marina, pese a la insistencia de Milagros, o la gran Celeste, con quien Pedro había roto los últimos lazos. Salvo Marina, que aceptó sus excusas, esa decisión granjeó a Milagros la antipatía del resto de la compañía, pero Pedro no atendió sus quejas. «Es a ti a quien aclama el público del Príncipe», arguyó.

Y era cierto: por ella acudía la gente al teatro, de modo que cuando finalizaban las tonadillas y aparecían Celeste y los demás para representar el tercer y último acto de la comedia, la mayor parte lo había abandonado y los cómicos se topaban con un coliseo medio vacío y distraído.

Desde esa primera actuación a instancias del corregidor, fueron muchas las ocasiones en las que nobles, acaudalados o funcionarios de alto rango requirieron la presencia de la famosa Descalza en las numerosas fiestas que celebraban. Don José se dirigía directamente a Pedro, que aceptaba todas las invitaciones, y Milagros, terminada su actuación en el teatro, por las noches, se desplazaba a aquellas casas señoriales para complacer la sensualidad de los civilizados dignatarios del reino y sus esposas.

Por eso aquella noche de primavera de 1753 la gitana hizo caso omiso del anodino aspecto exterior del inmueble. Sabía que su interior rebosaría de lujos: estancias inmensas, comedor, biblioteca, sala de música y juego, gabinetes, salones de altos techos con espectaculares arañas de cristal que iluminaban un sinfín de muebles embellecidos con concha, marfil, bronce, vidrios pintados o marqueterías de maderas exóticas, todos ellos dispuestos contra las paredes, casi siempre con una mesa en el centro acompañada a lo sumo de alguna silla; cornucopias cuyos grandes espejos reflejaban la luz que surgía de los velones de sus brazos; alfombras, estatuas, cuadros y tapices con motivos que nada tenían que ver con la Biblia o la mitología como los que había contemplado en las casas sevillanas. Lo mismo podía decirse de las chimeneas. En Madrid ya no se estilaban las grandes, al modo español, sino las francesas: pequeñas, de mármol, de líneas delicadas. Imperaba el gusto por lo francés hasta extremos insospechados.

A los salones y muebles, a la infinidad de criados que pululaban por las casas nobles había que sumar la profusión de objetos y adornos en oro, plata, marfil o maderas nobles; vajillas de porcelana china y copas de cristal de roca que vibraban agudas por encima de todo alboroto al chocar entre ellas, alzadas en brindis alrededor de una competición de sedas, terciopelos, muarés y tisús; vuelos, volantes, flecos, cabos, lazos, cintas y blondas; perfumes; extravagantes peinados las mujeres, pelucas empolvadas sus acompañantes. Lujo, ostentación, vanidad, hipocresía...

Milagros se mostraba indiferente a todo ese boato. En aquellas ocasiones ni siquiera utilizaba los vestidos que lucía en el Príncipe, sino sus sencillas y cómodas ropas de gitana, combinadas con cintas de colores y abalorios. Desde que se vio obligada a acudir a las casas de los nobles, había recibido regalos, algunos valiosos, aunque no habían servido de nada a quienes trataban de halagarla o seducirla. Todos los regalos y los dineros que cobraba por las representaciones iban a manos de Pedro, que a diferencia de ella había mejorado mucho su aspecto; aquella noche iba ataviado con chaquetilla corta ricamente bordada, al estilo de los manolos madrileños, camisa y medias de seda y zapatos con hebillas de plata que obligaba a bruñir una y otra vez a Bartola; Milagros, viéndolo tan esplendoroso, elegante y arrebatador, sintió una punzada de algo que no sabía si era dolor o rabia. Pedro, en un alarde de gitanería, se dirigía de igual a igual al marqués de Torre Girón: hablaban, reían y hasta se dieron golpecitos en la espalda, como si les uniese una vieja amistad. Percibió que muchas de las damas allí presentes cuchicheaban con la mirada descaradamente puesta en su esposo. ¡Incluso los petimetres afrancesados que cortejaban a las señoras parecían envidiarlo!

Milagros paseó por delante de ellos con altanería, como si los desafiase. Conocía el juego del cortejo. Marina le había explicado que la mayoría de las damas que ocupaban los aposentos del Coliseo del Príncipe no iban acompañadas por sus esposos, sino por los *chevaliers servants* que las pretendían.

—¿Y sus esposos lo permiten? —inquirió extrañada la gitana.

—Por supuesto —contestó Marina—. Cada tarde las acompañan al teatro y les pagan un buen aposento —le comentó en los vestuarios—, aunque a veces la señora prefiere mezclarse en la cazuela de las mujeres oculta bajo un buen manto. Cuando está de luto, por ejemplo, y no resulta apropiado que la vean divirtiéndose en el teatro o escuchando los chismorreos de tenderas y regatonas. En ese caso el galán también debe pagarle la entrada y esperarla a la salida del teatro. ¡Fíjate bien! —animó a Milagros—, seguro que aunque vayan tapadas las reconoces.

—¿Qué más tiene que hacer el galán? —se interesó la gitana.

—Pues tiene que complacer a su galanteada —explicó la otra—. Solo puede hablar con ella, no debe hacerlo con ninguna otra mujer, incluso cuando su señora no esté presente. Por la mañana, temprano, tiene que acudir a su alcoba a despertarla, llevarle el desayuno, ayudarla a vestirse y darle conversación mientras el peluquero la peina y la arregla; luego van a misa. Por las tardes, la acompañan hasta aquí, a ver las comedias. —Marina enumeraba las obligaciones del galán mientras contaba con sus dedos—. Después, dan juntos un largo paseo por el prado de San Jerónimo en un buen coche descubierto, y por la noche toca tertulia, juegos de naipes y bailes de contradanza antes de dejarla en su casa. Si algún día la dama cae enferma, el galán tendrá que permanecer a su lado día y noche para cuidarla y darle las medicinas. En fin, para cualquier cosa que quiera hacer el galán, deberá obtener licencia de su señora.

—¿Eso es todo? —preguntó la gitana en tono de burla.

Pero, para su sorpresa, Marina reanudó su discurso.

—¡No! —respondió alargando exageradamente la vocal—. Solo estaba tomando aire. —Rió con fingida afectación—. Eso es lo que debe hacer. Luego está lo que debe pagar: el peluquero, las flores que debe mandarle cada día, y sobre todo, las ropas y demás adornos que debe vestir la cortejada. Las hay que, ante el dispendio, pactan antes con el galán el importe máximo de todos esos gastos, pero esos son los galanteos baratos. El galán de verdad debe abrir cuenta en las mejores tiendas para que su dama se adorne como es preciso, y también debe estar al tanto de lo último en la moda de la corte y de todo aquello que llega de París para proporcionárselo antes de que otras lo exhiban…

—Se arruinarán —comentó Milagros.

—Madrid está lleno de galanes que han dejado su fortuna en el cortejo de una dama.

—Desgraciados.

—¿Desgraciados? Disfrutaron de la sonrisa y compañía de sus señoras, de su conversación y sus confidencias... ¡hasta de su desdén! ¿A qué más puede aspirar un hombre?

Al recuerdo de aquellas palabras, a Milagros se le escapó una sonrisa que fue malinterpretada por uno de los jóvenes petimetres invitados a la fiesta del marqués. «¿Cuántos dineros te quedan?», estuvo tentada de preguntarle justo en el momento en que un par de las señoras, atrevidas, se separaron del grupo y se acercaron zalameras al marqués y al gitano. Milagros dudó si interponerse en su camino. ¡Era su hombre! ¿O no? Cada vez eran más las noches que ni siquiera se presentaba a dormir, pero eso no tenían por qué saberlo aquellas bobas que la envolvieron en una vaharada de perfume al pasar junto a ella. No lo hizo. Volvió la cabeza y perdió la mirada en los reflejos de una gran araña de cristal tan pronto como las dos mujeres se lanzaron al asedio de Pedro.

Con una fiesta para casi doscientos invitados, el marqués de Torre Girón celebraba aquella noche el hecho de que el rey le hubiera concedido, como grande de España, el privilegio de permanecer cubierto en su presencia. Milagros, igual que en otras ocasiones, cantó y bailó con tanta pasión como hacía en el teatro. En esos momentos ella era la reina. Lo sentía, ¡lo sabía! Duques, marqueses, condes y barones se rendían a su voz, y en sus ojos, desnudos entonces de nobleza alguna, de dineros y hasta de autoridad, ella no percibía más que el deseo, el anhelo por poseer aquel cuerpo de diecinueve años que se les mostraba sensual, impúdico en bailes y revoloteos. ¿Y qué decir de ellas? Sí, de las mismas que se habían lanzado sobre Pedro. Bajaban la vista, la desviaban hacia sus propias manos o sus pies, alguna hacia sus senos encorsetados, probablemente lamentándose de que tan pronto como los liberasen de sus ataduras, caerían flácidos. Hasta las más jóvenes, conscientes de que ninguna de ellas era capaz de utilizar sus encantos como lo hacía aquella gitana, la envidiaban. ¡La contradanza!, ¿cómo emularla, igualarse a ella, a través de los grotescos y ceremoniosos bailes cortesanos?, pensaban. Ni siquiera en la intimidad de sus aposentos osarían girar sobre sí mismas golpeando el aire con las caderas.

El sarao debía prolongarse hasta bien entrada la madrugada, probablemente hasta el amanecer. Con todo, Milagros tuvo oportunidad de descansar cuando el marqués, exultante tras la ceremonia de cobertura ante su majestad Fernando VI, complació a sus invitados con un teatro de títeres.

Así, mientras los muñecos articulados representaban ante más de un preboste de la Iglesia episodios bíblicos en tono desenfadado, burlesco incluso, Pedro García se hallaba cómodamente sentado entre el público, arrimado a una de las mujeres que habían ido a conquistarlo, y Milagros y sus acompañantes se refrescaban en las cocinas después de una primera actuación. Las risas del auditorio ante lo que más de un moralista habría calificado de blasfemias o los gritos de admiración de las damas sorprendidas ante la humareda levantada por una explosión de pólvora cuando apareció el demonio, resonaban en la distancia.

—¡Qué deshonra!

Algunos criados que entraban y salían de las cocinas, con una bandeja en las manos y una vela encendida en su centro para que los invitados vieran qué era lo que les ofrecían, trastabillaron ante la repentina aparición del marqués. El resto se encogió ante el alarido con que había irrumpido ante ellos.

—No puedo permitir que una princesa como tú sea atendida en las cocinas —añadió alargando su antebrazo hacia Milagros—. Acompáñame, te lo ruego.

La gitana dudó antes de apoyar la mano sobre el antebrazo que el marqués mantenía extendido frente a ella, pero el noble insistió y Milagros sintió clavadas en ella las miradas de criados, guitarristas y bailarinas. «¿Será capaz de rechazar la cortesía con la que la honra el señor de la casa?», parecían preguntarse. «¿Y por qué no?», se dijo ella. Ladeó la cabeza con picardía, sonrió y aceptó la invitación.

Joaquín María Fernández de Cuesta, marqués de Torre Girón, rozaría los cuarenta años. Culto y agraciado, de verbo fácil, disimulaba una casi imperceptible cojera debida a la caída de un caballo. Milagros se vio envuelta en el perfume que exhalaba el noble mientras recorrían los pasillos.

—No me agrada el teatro de títeres —le explicó él—. Los titiriteros no son más que una cuadrilla de disolutos que se burlan y ponen en duda las más íntimas convicciones del pueblo. El Estado debería prohibirlos.

—Entonces, ¿por qué los ha traído? —preguntó ella.

—Por la marquesa y sus amigas —contestó el noble—. Las entretienen y hay que complacerlas. Además, ¡no pretenderás compararlas con el populacho ignorante! —Se detuvieron frente a una puerta y don Joaquín María anunció—: Mi gabinete.

Entraron en la estancia, quizá grande, quizá no. Milagros no fue capaz de hacerse una idea de sus verdaderas dimensiones ante la infinidad de libros, muebles y objetos que se acumulaban en aquella: en una de las paredes un oratorio con su reclinatorio y varias imágenes talladas; un aguamanil en la pared frontera; a su lado, un reloj de pie con infinidad de figurillas; tapices pintados con bosques y campos; espejos y esculturas de diosas mitológicas; figurillas de cristal; mesas; sillas y sillones... La gitana se quedó absorta ante una gran jaula dorada en cuyo interior había varios ruiseñores de metal. El marqués se acercó y accionó un mecanismo. Al instante, los pajarillos empezaron a trinar.

—Te gustará todo lo que hay aquí —le dijo tomándola del codo.

Sortearon una mesa con pliegos de dibujos esparcidos sobre ella y el noble encendió una luz en el interior de una caja.

—Mira por aquí —le indicó señalando un agujero dispuesto en un cañón que sobresalía de uno de sus frontales.

Milagros se tapó el ojo izquierdo y arrimó el derecho al cañón.

—Versalles —anunció el marqués.

Ella lanzó una exclamación ante la visión en profundidad del inmenso palacio. El noble le permitió recrearse en ella unos instantes y luego introdujo otro cristal en una ranura por delante del cañón.

—Fontainebleau —dijo entonces.

¡Parecían reales! El marqués continuó insertando cristales al tiempo que explicaba su contenido. «¡Qué bonito!», «¡Maravilloso!», exclamaba ella ante los palacios, los inmensos y cuidados jardines o los bosques que se le mostraban a través de aquella caja. De repente, aún con el ojo pegado al cañón, notó el contacto del noble: un simple roce. Contuvo la respiración y tal debió de ser la rigidez que mostró su cuerpo que el marqués se separó.

—Disculpa —murmuró.

Cuando terminaron con la linterna mágica, él la invitó a beber vino dulce en unas pequeñas copas de cristal que extrajo de un mueble.

—Por ti —brindó insinuando alzar su copa—, la Descalza, la mejor cómica de Madrid... y la más bella.

Tras el primer sorbo, el marqués se dedicó a mostrarle, con detenimiento y con un orgullo que no podía esconder, la multitud de objetos raros y curiosos que se amontonaban en el gabinete. Al principio Milagros casi no prestó atención a las explicaciones que surgían con fluidez de la boca del noble. Después de hacer girar en sus manos, con cuidado y delicadeza extremas, la figurilla de una diosa, don Joaquín María abrió un libro de hojas inmensas.

—Observa —la invitó.

Ella trató de guardar las distancias y lo hizo algo alejada, incómoda por encontrarse a solas con un noble en su gabinete. Él no le concedió importancia y continuó pasando las hojas, señalándole unos magníficos dibujos, mientras Milagros daba cuenta del excelente vino dulce.

«¿Por qué tengo que sentirme culpable?», se preguntó ella. Había visto a Pedro sentado entre el público, flirteando descaradamente con una de las busconas. Ella no hacía nada malo y el marqués parecía respetarla: no había intentado manosearla ni le había lanzado impertinencias, como acostumbraba a suceder en los mesones. La trataba con cortesía, y salvo aquel leve roce ni siquiera había hecho ademán de acercarse a ella. Milagros dio un paso hacia la mesa en la que descansaba el gran libro y observó los dibujos. Aceptó más vino, bebió, y se deleitó en la visión de cuanto atesoraba aquella habitación. Se interesó por objetos y muebles con ingenuidad, por su procedencia, por su valor, por su uso, y asistió complacida, entre las risas de ambos, a los esfuerzos de don Joaquín María por traducir sus cultas explicaciones a un lenguaje comprensible.

—¿Te gusta?

Milagros mantenía en la palma de su mano un camafeo de oro en el que aparecía la figura de una mujer grabada en una piedra blanca.

—Sí —contestó ella distraída, sin apartar la mirada del medallón; su recuerdo estaba puesto en aquel otro que el abuelo regaló a la vieja María allá en Triana.

—Tuyo es.

El marqués cerró la mano de la gitana sobre el camafeo. Milagros permaneció en silencio unos instantes, sorprendida al tacto de aquella mano suave, tan diferente a las de las gitanas o los herreros, ásperas y callosas.

—No... —trató de reaccionar.

—Me harías un gran honor si lo conservases —insistió él apretando el puño con su mano—. ¿Lo merezco?

Milagros asintió. ¿Cómo no iba a merecerlo? Había pasado unos momentos deliciosos. Jamás nadie la había tratado con tal galantería y atención en una sala llena de enseres preciosos, en una gran mansión...

—Ya es la hora —comentó de repente el noble tras consultar un gran reloj de pared, soltando su mano e interrumpiendo sus pensamientos.

Milagros alzó las cejas.

—Debemos volver —sonrió él ofreciéndole su antebrazo, como había hecho en las cocinas—. Los titiriteros deben de estar poniendo fin a su espectáculo, y nada más lejos de mi intención que ser causa de rumores malintencionados.

Sin embargo, los rumores corrieron al ritmo de los espectaculares ramos de flores que a partir de entonces y a diario llegaban al Príncipe, a la atención de Milagros, y que se multiplicaba cuando ella cantaba y bailaba con la vista puesta en el aposento del noble.

—¡No lo he vuelto a ver desde el sarao! —se defendió cuando Pedro le exigió explicaciones tras soltar un manotazo a uno de aquellos ramos de flores con los que ella aparecía día tras día.

Era cierto. Don Joaquín María se mantenía alejado, como si esperase... ¿Quizá que fuera ella quien diera el primer paso? Marina le incitó a hacerlo, exultante primero, visiblemente contrariada ante la negativa de la gitana. «¿Estás loca? ¿Cómo voy a tener relaciones con otro hombre por más rico y noble que sea?», le soltó Milagros. Y sin embargo por las noches, sola, mientras Pedro recorría los mesones de Madrid divirtiéndose con sus mujeres, ella acariciaba el camafeo que guardaba entre sus ropas y se preguntaba qué le impedía hacerlo. El amanecer, el alboroto que ascendía desde las calles, las risas y los correteos de María por la casa aventaban las fantasías por las que se había dejado llevar en la oscuridad. Era gitana, estaba casada y tenía una hija. Quizá algún día Pedro cambiara.

—En el sarao —insistió en ese momento su esposo— estuviste con el marqués en su gabinete. Me lo han dicho.

—¿Y dónde estabas tú entonces? —replicó ella con voz cansina—, ¿quieres que te lo recuerde?

Pedro alzó su mano con intención de abofetearla. Milagros se irguió y aguantó el envite quieta, con el ceño fruncido.

—Pégame, y acudiré a él.

Cruzaron sus miradas, coléricas ambas.

—Si te encuentro con otro hombre —la amenazó el gitano con la mano suspendida en el aire—, te cortaré el cuello.

34

Podía irse, perseguir el rastro dorado que la luna llena de esa noche primaveral apuntaba sobre la era y los trigales que se extendían por detrás de la casa. Con el pueblo sumido en el más absoluto de los silencios, aquel resplandor mágico la invitó a abandonar el cuartucho anexo al huerto que le habían cedido, y Caridad caminó hacia la luna con la mirada perdida en los llanos que se extendían frente a ella. Una sombra en los campos, en ocasiones quieta, acobardada ante la inmensidad, otras andando sin rumbo, como si pretendiera encontrar un camino que la llevase… ¿adónde?

El recibimiento meses atrás en su nueva casa había sido diverso. Los tíos de Herminia silenciaron su sorpresa. Demasiado negra, gritaban sus ojos. Antón la contempló con un deje de lascivia que Herminia atajó interponiéndose presta entre ambos; Caridad no comprendió del todo aquella súbita reacción. Los niños no tardaron en mudar sus recelos en curiosidad, y Rosario la acogió con una mueca de disgusto.

—¿Está sana? —espetó a Herminia—. ¿Estás segura de que no contagiará ninguna enfermedad de negros a Cristóbal?

El temor del ama de cría la desterró al huerto, a un cobertizo lleno de aperos de labranza, anexo a la casa, que le recordó aquel donde la confinaron los buenos cristianos a quienes se dirigió fray

Joaquín en busca de asilo durante la redada. Yugos y azadones sustituían a las redes y cañas de pesca.

Cristóbal, el hijo del fiscal…, ¿cómo iba ella a contagiarle nada? El pequeño guardaba más semejanzas con el capullo de una mariposa que con el hijo de Rosario de similar edad al que la madre reemplazaba parte de su leche por «sopa borracha» —pan mojado en vino— y que, cuando no estaba por los suelos, andaba libre de mano en mano. Cada mañana, después de bañar a Cristóbal en agua fría y untarle harina entre las piernas, Rosario lo fajaba con una tela de lienzo blanco desde los pies hasta los hombros, con los bracitos bien pegados a ambos costados para no causarle deformidades con la tela ceñida. De tal guisa, como un capullito blanco del que solo sobresalía la cabeza, el pequeño pasaba las horas tumbado en una rústica cuna de madera de la que Rosario únicamente lo levantaba para que se agarrase a uno de sus pezones. Una vez saciada su hambre, Cristóbal dormitaba, pero la mayor parte del día transcurría entre los berridos del niño, oprimido, incapaz de moverse, irritado por los orines y excrementos atrapados en su piel y de los que no era liberado más que a regañadientes, porque el trabajo de fajarlo de nuevo se convertía en un estorbo que retrasaba su higiene. Caridad compadecía a Cristóbal. Lo comparó con las demás criaturas que correteaban por la casa, con los gitanillos a los que había visto deambular en los patios de los corrales de vecinos de Triana y hasta con los criollitos que nacían en los bohíos de Cuba; a estos los alimentaban sus madres durante dos o tres meses y luego quedaban al cuidado de las esclavas ancianas que ya no rendían en la vega. Libres siempre, desnudos.

—Todas las amas de cría y las nodrizas, incluso las señoras, fajan a los niños —le explicó un día Herminia—. Siempre se ha hecho así.

—Pero… ¡no es natural!

Herminia se encogió de hombros.

—Lo sé —afirmó—. A nadie se le ocurre fajar a un cordero o a un lechón para que crezca mejor y más sano. Hay amas que han llegado a romperles un brazo, una pierna, hasta alguna costilla… Muchos niños acaban deformes o contrahechos.

—Entonces, ¿por qué lo hacen? —preguntó Caridad, horrorizada.

—Porque así no tienen que vigilarlos. Y porque evitan accidentes. Si el ama sabe fajar, devolverá el niño vivo a sus padres, las deformidades aparecerán o no, pero en todo caso más tarde, con los años, y nadie podrá decir que han sido culpa suya. Si no lo fajan, se arriesgan a tener que decir a sus padres que el niño se ha caído y se ha quebrado algún hueso, o que ha tragado algún objeto que ha causado su asfixia, o que se ha abierto la cabeza, o...

Caridad la acalló con una mueca de disgusto.

El pequeño Cristóbal ocupó sus pensamientos algunas de esas noches en los campos: ella no era más que una esclava que gozaba de libertad a causa de la «peste de las naos» que puso fin a la vida de su amo, si bien diríase que esa misma desgracia, insaciable, había venido pretendiendo cobrarse en ella los sufrimientos que la frágil naturaleza de don José no le había permitido infligirle. Y sin embargo podía contemplar la seductora luna de los campos castellanos. Por el contrario, Cristóbal, hijo de un funcionario de alto rango, rico, permanecía esclavo en el lienzo que lo fajaba. En ocasiones se sintió tentada de robar al niño y dejarlo correr por los campos... ¿Sabría moverse? Recordó a su pequeño Marcelo: aun siendo esclavo y con la mirada y la mente extraviada, había vivido en mayor libertad que aquel pobre niño.

—Las madres con posibles no quieren amamantar a sus hijos, por eso los entregan a extraños —le explicó Herminia—. No desean perder su figura, ese talle estrecho por el que tanto pelean con las cotillas, o que sus pechos se les endurezcan hasta reventar de leche para con el tiempo desplomarse flácidos. No quieren ataduras que les impidan acudir a los actos sociales, a las comedias, a los bailes o a las tertulias. Pero por encima de todo —añadió que eso se lo había confesado Rosario un día— tienen miedo al llanto de unos hijos que no saben cómo tranquilizar y la posibilidad de que sus pequeños mueran en sus manos.

«¡Prefieren, si tiene que suceder, que les muestren su cadáver!», recordó Caridad la imprecación de Herminia con los verdes ojos chispeando de rabia, quizá lamentando alguna experiencia propia.

Caridad no le preguntó por la suerte de aquel hijo del que le había hablado por el camino y menos por la identidad de un padre que desde hacía ya tiempo le costaba poco presumir que era su primo Antón. Se trataba de un acuerdo tácito de todos los miembros de aquella familia: Rosario no deseaba quedarse preñada de nuevo, puesto que eso conllevaría que el fiscal le retirase el niño y se perdiera el dinero; mientras tanto, Antón se acercaba con descaro a una Herminia tan incómoda cuando se hallaba presente su amiga como risueña y solícita cuando no. Alguna noche Caridad había apresurado sus pasos hacia las eras cuando oía sus retozos. Entonces, a la luz de la luna, con los cuchicheos de los amantes repiqueteando en sus oídos, añoraba y lloraba a Melchor y las noches bajo las estrellas en las que el gitano la descubrió como mujer.

En los meses transcurridos desde su llegada, conoció a don Valerio, el párroco de Torrejón. También a Fermín, el viejo sacristán que ya no podía hacerse cargo del cultivo del tabaco. Don Valerio la escrutó de arriba abajo, como hacían todos, al tiempo que ella trataba de despejar los recelos del sacristán, que la acribillaba a preguntas como si le doliese dejar sus plantas en manos de una negra desconocida.

—Señor —terminó interrumpiéndole Caridad con cierta acritud, ya cansada de preguntas—, sé cultivar y trabajar el tabaco. Lo he hecho toda mi vida…

—¡Cuida tu soberbia! —la reprendió don Valerio.

Herminia se disponía a intervenir, pero Caridad se le adelantó.

—No es soberbia —replicó al sacerdote, dulcificando no obstante su tono de voz—. Se llama esclavitud. Los blancos como sus señorías me robaron en África de niña y me obligaron a aprender a cultivar y trabajar el tabaco. Todo lo que era quedó atrás por esa planta: mi familia, mis hijos… dos tuve; uno todavía sigue allí, lo presiento —añadió entrecerrando los ojos unos instantes—, el otro fue vendido de muy niño a un ingenio propiedad de la Iglesia…

—Tu actitud no es la de una esclava —volvió a reprenderle el religioso.

—No, padre. Es la de una reclusa que ha pagado dos años al rey por dejarse tratar como una esclava por aquellos que se llaman «buenos cristianos».

—Tienes la lengua muy suelta —insistió don Valerio alzando la voz.

Herminia agarró a Caridad del antebrazo exigiéndole que no continuara, mas en esta ocasión fue el sacerdote quien no quiso.

—Déjala —le pidió—. Deseo oírla.

Caridad, sin embargo, no pudo librarse de la repentina sensación de aquel contacto en su brazo y de la suplicante mirada de su amiga. Quizá fuera cierto, quizá tenía la lengua suelta... Mucho había cambiado tras dos años de cárcel en la Galera, lo sabía, pero en ese momento decidió callar.

—Lamento haberle ofendido —optó por excusarse.

—Algo que tendrás que confesar.

Ella bajó la mirada.

Esa misma tarde Herminia la acompañó al tabacal. Las viñas que cultivaba Marcial se hallaban donde el arroyo Torote vertía sus aguas al Henares y el paisaje llano se veía roto por algún cerrillo, olivos y vides que venían a sustituir a los extensos trigales, todo ello ya en el término de Alcalá de Henares, vecina de Torrejón, de la que esta se había segregado en el siglo XVI. Una hondonada tras las viñas de Marcial servía de refugio a la plantación de tabaco, que así permanecía escondida.

Caridad la observó desde arriba: desordenada, salvaje, pobre. Corría el mes de julio cuando llegó a Torrejón y Marcial, siguiendo instrucciones del sacristán, estaba cosechando; el hombre ni siquiera se percató de su presencia. Caridad lo vio cortar las plantas por su pie, de un machetazo, casi violentamente, como hacían los esclavos cuando cortaban la caña de azúcar. Luego, con las hojas unidas al tallo, las iba apilando una a una sobre el suelo, al sol.

—¿Qué te parece? —le preguntó Herminia.

—Allí en la vega elegíamos hoja por hoja, unos días unas, otros días otras, las preparadas, las que estaban en su punto exacto de madurez, hasta que la planta quedaba como un tallo enhiesto y limpio.

Al oído de las voces, Marcial se volvió hacia ellas y les hizo seña de que bajasen.

—Caridad dice que en Cuba las cosechan hoja por hoja —anunció Herminia nada más llegar a la altura del hombre.

Para sorpresa de ambas, el hombre asintió.

—Eso he oído, pero toda la gente que tiene que ver con el tabaco asegura que en España siempre se ha hecho así. Lo cierto es que, como todas las plantaciones son secretas, nadie puede comprobarlo, aunque don Valerio sostiene que en las de los monasterios y conventos se sigue este procedimiento. Algo sabrá el hombre tratándose de religiosos.

—¿Qué diferencia hay entre…? —empezó a preguntar Herminia.

—Las hojas de arriba reciben más sol que las de abajo —se le adelantó Caridad.

—Eso sucede con todas las plantas. —terció Marcial, y añadió con una sonrisa—: Crecen hacia arriba. El problema está en que recolectar hoja por hoja requiere mucho trabajo… y conocimientos.

Como si quisiera demostrarlos, Caridad se había separado de ellos y palpaba y olía las hojas de las plantas que todavía quedaban en pie. Arrancó pedacitos y los masticó. Marcial y Herminia la dejaron hacer, hechizados ante la transformación producida en esa mujer que se desplazaba entre las plantas, extasiada, ajena a todo, tocando una, limpiando otra, hablándoles…

Decidieron no variar el sistema de recolección en las pocas plantas que quedaban. «Ya no vale la pena», afirmó Caridad. Marcial confió en ella y le permitió elegir algunas para obtener la simiente para la campaña del año por venir y, con el carro cargado a rebosar, esperaron en la viña a que llegara la noche cerrada para transportar el tabaco hasta el pueblo. Compartieron pan, vino, queso, ajos y cebollas y charlaron y fumaron, observando con deleite cómo se estrellaba el inmenso cielo que los cubría.

El secadero de tabaco no era sino el desván de la sacristía de la iglesia, al que un somnoliento Fermín les franqueó el paso. A la luz del candil que portaba el sacristán, que permaneció más allá de la puerta de acceso al desván, Caridad entrevió gran cantidad de plantas amontonadas sobre las que volcaron apresuradamente aquellas que portaban. ¿Cómo pretendían obtener buen tabaco con tal desidia? Se irguió en el interior del desván. Cogió una de las plantas y quiso acercarla a la luz para...

—¿Qué haces, morena? —inquirió el sacristán apartando el candil.

—Yo...

—Por la noche no se puede trabajar aquí —la interrumpió el hombre—, es peligroso con velas o candiles. Don Valerio solo permite hacerlo con luz natural.

Tentada estuvo Caridad de replicarle que no parecía que con luz natural se trabajase en demasía allí dentro, pero calló y a la mañana siguiente, temprano, se presentó en la sacristía. Discutió con Fermín hasta que don Valerio subió al desván a poner orden.

—¿No decías que ya no podías ocuparte? —le reprochó al sacristán—. Deja pues que sea ella quien decida.

Y Fermín la dejó hacer y decidir, pero no por ello le quitó ojo de encima, sentado sobre un cajón y criticando por lo bajo cada movimiento que hacía Caridad.

—¿Sabe, Fermín? —dijo Caridad mientras cortaba las hojas de una de las plantas—. Cuando llegué a Triana conocí a una anciana que se parecía bastante a usted: todo le parecía mal. —El sacristán gruñó—. Pero era una buena persona. —Caridad dejó transcurrir unos instantes en silencio—. ¿Es usted buena persona? —le preguntó al cabo, sin mirarlo.

Esa noche de primavera, en la era, oliendo a tabaco, Caridad se sorprendió recordando a la vieja María. Algunas veces, en la Galera, le había venido a la mente, de forma fugaz; ahora creía poder sentirla a su lado y llegó a escuchar cómo rompían el silencio sus juramentos.

—¿Por qué dijiste que aquella vieja era una buena persona? —le preguntó el sacristán la mañana siguiente, nada más verla llegar al amanecer.

—Porque creo que usted también lo es —contestó ella.

Fermín pensó unos instantes y reprimió una sonrisa, antes de entregarle los palos que ella había echado en falta la jornada anterior. A diferencia del trabajo en la vega cubana, el desván estaba preparado para colgar la planta entera de unos ganchos clavados en las vigas de madera del techo. «En Cuba colgamos las mancuernas en cujes —le había dicho—, que son unos palos largos en los que las ensartamos para su secado.» De todas aquellas plantas y algunas más que Marcial había traído esa misma noche, Caridad pretendía elegir las mejores hojas y curarlas como ella sabía, pero no tenía dónde colgarlas.

—Buenos cujes —mintió sopesando los bastos y largos palos que le entregó Fermín—. Ahora tendremos que encontrar la manera de colgarlos.

—Ya sé cómo. —El sacristán trató de acompañar su afirmación con un guiño, pero su intento quedó en la burda mueca de un anciano ya torpe. Caridad lo miró con ternura y le premió con una sonrisa.

Con la ayuda de un animado Fermín, contagiado de su pasión, Caridad eligió una por una las hojas y las colgó ensartadas por parejas en aquellos palos nudosos; lo hizo en silencio, comparándolos con los cujes que utilizaban en la vega, cuidadosamente elegidos en los manglares, pacientemente trabajados para que ni siquiera transmitieran olor de madera a las hojas. Sin embargo, ¿para qué intentar que aquel tabaco tosco no cogiera olor a madera cuando el incienso con el que don Valerio trataba de ocultar sus actividades se colaba por todos los resquicios de la techumbre que daba al desván? Ordenó las hojas por sus características, por su aroma y textura, por su humedad. Controló la temperatura y el ambiente del lugar abriendo en mayor o menor medida los ventanucos, permitiendo o impidiendo que corriese el aire según el momento. Ventiló y movió sin cesar las hojas o las plantas enteras que colgaban del techo para obtener el mejor secado. Vigiló la presencia de insectos o parásitos. A todo ello se dedicó con ahínco hasta que la vena central de las hojas estuvo completamente seca. Entonces fue escogiéndolas de los cujes para amontonarlas y amarrarlas entre ellas en pequeños pilones a fin de que fermentasen; poco sabía Fermín de aquel procedimiento. Caridad calculó la temperatura y la humedad del ambiente, el agua de la que habían dispuesto las plantas en el tabacal, y fue aumentando el tamaño de los pilones, pasando a la parte de arriba el tabaco que había estado previamente en el interior y a la parte central el nuevo, atando y desatando constantemente los pilones, oliéndolos, tocándolos, masticando las hojas, cambiándolos de lugar, moviéndolos más o menos cerca de las corrientes de aire, salpicando las hojas con betún: un preparado que previamente había obtenido de la fermentación de los tallos de las plantas en agua.

Durante esa temporada, su vida se limitó a andar al amanecer los pocos pasos de distancia que separaban la casa de los tíos de Herminia de la iglesia de San Juan. Regresaba a comer, lo que hacía sola en el pestilente y repleto cobertizo del huerto; Rosario no la quería rondando por la casa, y Herminia vivía cada día más encelada de su primo Antón, por lo que a ella le prestaba poca atención. A Caridad le hubiera gustado decírselo, pero sus reproches se desvanecían cuando recordaba que Herminia la había liberado de la Galera. Le debía gratitud. Se obligó pues a respetar los sentimientos de su amiga y dejó de buscarla hasta con la mirada. Tan pronto daba cuenta del pedazo de pan y del cuenco con garbanzos, judías o habas, casi siempre huérfano de carnes, volvía a la iglesia, que abandonaba ya confundida con las sombras, en la noche.

Don Valerio hizo correr el bulo de que un personaje de la corte —«¿Cómo voy a revelar su nombre?», se revolvía el sacerdote cuando le presionaban— le había rogado que se hiciera cargo de aquella desgraciada injustamente condenada a la cárcel de mujeres. Para ello había buscado la ayuda de Marcial y procurado la casa en la que se alojaba, con lo que los documentos oficiales de Caridad encajaban con la historia. Con todo, la obligó a limpiar la iglesia para excusar su presencia en ella, mientras las siempre dispuestas feligresas chismorreaban, preguntándose quién sería aquel cortesano y qué relación tendría con la morena. Don Valerio tampoco quedaba al margen de esas habladurías: algunas creyeron al cura; muchas otras dudaron, y cuantas sabían lo del tabaco entendieron sin más. Lo cierto fue que poco a poco aquella mujer negra, pacífica y solitaria, que andaba descalza y con parsimonia de aquí para allá, se fue convirtiendo en parte del paisaje y hasta los niños dejaron de perseguirla e importunarla, y Caridad salía sola a pasear por los senderos y los campos, pensando en Melchor, en Milagros, en Marcelo, acunada por la brisa de la primavera.

35

a reclusión de las gitanas con sus pequeños en la Real Casa de la Misericordia de Zaragoza convirtió la institución benéfica en un correccional, por más que la junta que la regía se negase a admitirlo. Los castigos se generalizaron: azotes, cepo, grilletes y encierros a pan y agua. Se suspendieron las salidas de los internos de confianza; se impidió el traslado de los enfermos al hospital y se instaló una precaria enfermería; se separó a las gitanas de los menores y de las muchachas que podían trabajar y se les impidió el más mínimo contacto con los demás reclusos; hasta se suspendieron las misas y sermones porque no había sacerdote que osase ponerse delante de centenares de mujeres medio desnudas. Los soldados vigilaban para impedir la fuga de las gitanas, pero, pese a ello, estas conseguían lo que no lograban sus esposos e hijos en los arsenales y agujereaban la tapia de adobe que trataba de proteger el lugar. Luego corrían por Zaragoza hasta que eran detenidas o lograban burlar a soldados y alguaciles y se lanzaban a los caminos.

En una ocasión llegaron a escapar una cincuentena de ellas. El regidor, encolerizado, ordenó que todas las gitanas fueran alojadas en los sótanos de las galerías, que no tenían ventanas al exterior. No había dinero para instalar rejas; no había dinero, por más que lo hubiera prometido Ensenada, para alimentar a todo aquel ejército de desharrapadas; no había dinero para proporcionarles camas, que llegaban a compartir de tres en tres, ni ropa, ni mantas, ni siquiera platos o cuencos para comer.

Y la situación estalló. Las gitanas se quejaron del execrable rancho que les proporcionaban y de las condiciones de los sótanos en los que se hacinaban: húmedos y sin ventilación, lúgubres, malsanos. Nadie prestó atención a sus reclamaciones y ellas la emprendieron con todo cuanto se hallaba a su alrededor: destrozaron los camastros y los lanzaron junto con sus jergones a los dos pozos ciegos de la Misericordia. La insalubridad que siguió a la obstrucción de los pozos originó una epidemia de sarna que se cebó en las mujeres. La picazón, que les impedía hasta dormir y que empezó entre los dedos, los codos, las nalgas y sobre todo en los pezones, vino a convertirse en costras de sangre reseca debido a las rascaduras, costras bajo las que se escondían miles de ácaros y sus huevos y que había que arrancar para poder tratarlas con el ungüento a base de azufre con que el médico trató de atajar la dolencia; también intentó sangrarlas, pero ellas se opusieron. Meses después, la sarna reapareció. Algunas ancianas fallecieron.

Ana Vega no fue de las que huyeron de aquella cárcel. Cada día, mañana y noche, intentaba vislumbrar a Salvador cuando, con otros gitanillos y niños de las calles, lo llevaban a trabajar las propiedades de la Misericordia. Salían de Zaragoza para cultivar grano o cuidar los olivares y recolectar aceitunas para elaborar aceite. Pese a que el contacto estaba prohibido, Ana y otras gitanas se acercaban cuanto podían a la fila de niños que marchaban a los campos. Las castigaron. Algunas abandonaron, pero ella continuó haciéndolo. Castigaron a los niños; les advirtieron que lo harían, se lo dijeron: «Ayer estuvieron a pan y agua por vuestra culpa». Aunque entonces las demás desistieron, Ana no se dejó convencer: algo la impulsó a sortear al portero y acercarse otra vez. Salvador la premió ensanchando su boca en una espléndida sonrisa, orgulloso.

Una mañana el portero que acompañaba a los niños no hizo sus acostumbrados aspavientos para que Ana se apartase del paso de los muchachos. Ella se extrañó, más todavía cuando escuchó risas en la fila. Buscó a Salvador. Uno de los niños lo señaló escondido entre otros que reían y que se apartaron para permitirle la visión: Salvador portaba un collarín de madera a modo de gorilla que envolvía todo su cuello y que le obligaba a andar erguido, con el mentón grotescamente alzado. El niño evitó cruzar su mirada con ella. Ana logró ver los dientes crispados del pequeño entre unos labios que temblaban y se contraían al ritmo de las burlas de los otros.

—Puedes quitárselo —logró decirle al portero con voz trémula; las lágrimas que no habían brotado con azotes y mil otros castigos corrían por sus mejillas.

El portero, panzudo y malcarado, Frías se llamaba, se dirigió a ella.

—¿Dejarás de acercarte?

Ana asintió.

—¿Lo prometes?

Asintió de nuevo.

—Quiero oírtelo decir.

—Sí —cedió ella—. Lo prometo.

La humillación llegó a convertirse en la peor de las penas que las cultivadas autoridades de la época impusieron a los menores. Sucedió que las muchachas gitanas que habían sido destinadas a los talleres de costura de la Misericordia se negaron a trabajar al no recibir la comida que les correspondía. La decisión del regidor fue quitarles las ropas y el calzado que les habían proporcionado y enviarlas con las demás. Decenas de jóvenes gitanas se encontraron de repente completamente desnudas en patios y galerías, avergonzadas, tratando de ocultar su cuerpo, su pubis y sus pechos, nacientes en unas, turgentes en otras, a las miradas de sus madres y de los demás internos. En unos días la medida fue anulada por la junta de gobierno, pero el daño estaba hecho.

Ana Vega, como muchas otras, padeció durante esos días no solo la deshonra de las muchachas sino la suya propia. Aquellos jóvenes cuerpos, el pudor con que defendían su honra la llevó a fijarse en sí misma.

—¿Qué nos han hecho? —se lamentó ante sus pechos flácidos y resecos, la piel de barriga, cuello y antebrazos colgándole, marcada por los verdugones de los azotes y las secuelas de la sarna.

«Todavía soy joven», se dijo. No hacía cuatro años sus andares despertaban el interés de los hombres y sus bailes levantaban pasiones entre ellos. En vano, trató de revivir los chispazos de vanidad que acompañaban aquellas miradas impertinentes a su paso, o los jaleos, las palmas y los gritos del público ante un voluptuoso golpe de cadera; la respiración acelerada de algún hombre cuando bailaban juntos y ella le rozaba con sus pechos. Miró sus manos despellejadas. No disponía de espejo.

—¿Cómo es mi rostro? —preguntó repentinamente inquieta, en el sótano en donde se hacinaban, sin dirigirse a nadie en particular.

Tardaron en contestarle.

—Mírame a mí y lo sabrás.

La respuesta venía de una gitana de Ronda. Ana la recordaba en Málaga: una mujer hermosa de cabello negro azulado y ojos de igual color, rasgados, brillantes, inquisitivos. No quiso verse reflejada en la rondeña, en sus arrugas, en sus dientes oscuros y sus pómulos salientes, en las ojeras moradas quc ahora circundaban unos ojos apagados.

—¡Perros! —maldijo.

Muchas de las gitanas que se hallaban junto a ella se miraron, reconociéndose las unas en las otras, compartiendo en silencio el dolor por la belleza y la juventud que les habían arrebatado.

—¡Ahora mírame a mí, Ana Vega!

Se trataba de una anciana consumida, casi calva, desdentada. Luisa se llamaba y pertenecía a la familia Vega, como casi una veintena de las que habían sido detenidas en la gitanería de la huerta de la Cartuja. Ana la miró. «¿Ese es mi destino?», pensó. ¿Era eso lo que pretendía decirle la vieja Luisa? Se obligó a sonreírle.

—Mírame bien —insistió la otra no obstante—. ¿Qué ves?

Ana abrió las manos en gesto de incomprensión, sin saber qué contestarle.

—¿Orgullo? —se preguntó la anciana a modo de respuesta.

—¿Para qué nos sirve?

Ana acompañó su pregunta con un gesto displicente.

—Para que seas la mujer más bella de España. Sí —afirmó Luisa ante la indolencia con que la otra acogió el elogio—. El rey y Ensenada pueden separarnos de nuestros hombres para que dejemos de tener hijos. Eso es lo que dicen pretender, ¿no? Acabar con nuestra raza. Pueden también apalearnos y matarnos de hambre; pueden hasta robarnos la hermosura, pero nunca podrán quitarnos el orgullo.

Las gitanas habían dejado de compadecerse y escuchaban erguidas a la anciana.

—No aflojes, Ana Vega. Nos has defendido. Has luchado por las demás y te han roto la piel por hacerlo. ¡Esa es tu belleza! No pretendas ninguna otra, niña. Algún día se olvidarán de nosotros, los gitanos, como siempre ha sucedido. Yo no lo veré.

La anciana calló un instante y nadie se atrevió a romper su silencio.

—Cuando llegue ese día, no deben haber conseguido doblegarnos, ¿entendéis todas? —añadió con voz ronca, paseando una triste mirada por el sótano—. Hacedlo por mí, por las que quedaremos atrás.

Esa misma noche, Ana corrió a ver a los niños que volvían de trabajar los campos.

—Me prometiste... —empezó a quejarse el portero.

—Frías, nunca te fíes de la palabra de una gitana —le interrumpió ella, ya buscando a Salvador entre los demás con la mirada.

36

Nos vamos.

Era de noche; las campanas ya habían llamado a la oración. Milagros dio un respingo y se volvió hacia su esposo, que había aparecido repentinamente en el vano de la puerta. En cuanto oyó el tono de voz del gitano, Bartola, que dejaba pasar el rato sentada, perezosa e insolente, se apresuró a refugiarse en la habitación donde dormía la niña.

—¿Dónde pretendes ir a estas horas? —inquirió Milagros.

—Tenemos una cita.

—¿Con quién?

—Un sarao.

—No sabía… ¿qué fiesta?

—¡No preguntes y acompáñame!

En la calle los esperaba un coche tirado por dos mulas ricamente enjaezadas. En la puerta lucía grabado un escudo de armas con oro. El cochero aguardaba en el pescante y, pie en tierra, un par de criados de librea con linternas en sus manos.

—¿Y los demás? —se extrañó la gitana.

—Nos esperan allá. Sube.

El gitano la empujó por la espalda.

—¿Adónde…?

—¡Sube!

Milagros se sentó sobre un duro asiento tapizado en seda roja. Las mulas empezaron a trotar en cuanto Pedro cerró la portezuela.

—¿Quién da la fiesta? —insistió la gitana mientras Pedro se acomodaba frente a ella.

Él permaneció en silencio. Milagros indagó en la mirada que su esposo fijó en ella y un fuerte escalofrío se confundió con el traqueteo del coche; se trataba de una mirada inexpresiva, que no mostraba odio, ni rencor, ni ilusión, ni siquiera ambición. Habían transcurrido pocos días desde la discusión sobre el marqués de Torre Girón. Pedro había dejado de dormir en casa y ella fantaseaba todavía más a menudo con los halagos de aquel noble que con tanta cortesía la había tratado cuando actuaban los titiriteros. Marina la incitaba, día tras día.

—¿No vas a contestarme?

Pedro no lo hizo.

Milagros vio que cruzaban la plaza Mayor; a partir de ahí, el carruaje giró una y otra vez a lo largo del oscuro y silencioso entramado de calles angostas y tortuosas que rodeaban el palacio real en construcción. El carruaje se detuvo ante una gran casa cuya puerta secundaria iluminó uno de los criados cuando ella descendía. Lo que sí supo tan pronto como apoyó su pie descalzo en el suelo y alzó la mirada es que allí no se iba a celebrar sarao alguno: el lugar estaba desierto y en silencio, la calle tenebrosa, y ninguna luz se advertía en las ventanas de la casa.

Le asaltó el pánico.

—¿Qué vas a hacerme?

La pregunta se perdió en un sollozo cuando Pedro la empujó al interior y la condujo a empellones tras un criado provisto de un candelabro con el que recorrieron pasillos, dejaron atrás estancias y ascendieron escaleras; solo el taconeo de los hombres y el llanto sordo de Milagros quebraron el silencio en el que se hallaba sumida la mansión. Al cabo se detuvieron frente a una puerta, la luz de las velas arañaba reflejos en sus maderas nobles.

El criado golpeó la puerta con delicadeza y, sin esperar respuesta, la abrió. Milagros entrevió un lujoso dormitorio. Esperó a que entrase el criado, mas este se apartó y le franqueó el paso. Ella trató de hacer lo mismo para que Pedro la precediera, pero él la empujó de nuevo.

En ese momento la mirada impávida de su marido que la había acompañado a lo largo del trayecto cobró un sentido estremecedor; Milagros comprendió el error que había cometido al seguirle: Pedro no iba a consentir que ella se lanzara en brazos del marqués. Pensaba que un día u otro se convertiría en su amante, dejaría de cantar para otros nobles; entonces él perdería el control... y sus dineros. En previsión de todo eso, su marido se había anticipado a los acontecimientos. ¡La había vendido!

—No... —alcanzó a suplicar la gitana, intentando retroceder.

Pedro la empujó con violencia al interior y cerró la puerta.

—No tengas miedo.

Milagros desvió la mirada de la inmensa cama con dosel al lado opuesto de la estancia, donde, en un sillón con brazos, junto a una chimenea de delicadas líneas en mármol rosado, permanecía sentado un hombre grande, de rostro nacarado y pelo pajizo, vestido con una simple camisa blanca, calzón y medias. Lo conocía de algunas fiestas. ¿Cómo no recordar aquellas mejillas que parecían brillar? Se trataba del barón de San Glorio. El hombre colocó una pizca de rapé en el dorso de una mano, sorbió, estornudó, se limpió la nariz con un pañuelo y, mediante un simple gesto, la invitó a sentarse en el sillón que había frente a él.

Milagros no se movió. Temblaba. Volvió la cabeza hacia la puerta.

—No puedes hacer nada —le advirtió el noble con una calma que la sobrecogió más todavía—. Tienes un hombre demasiado codicioso... y derrochador. Pésima combinación.

Mientras el barón hablaba, Milagros se lanzó hacia un ventanal y corrió el pesado cortinaje.

—Son tres pisos —avisó él—. ¿Preferirías dejar huérfana a tu hija? Ven aquí conmigo —añadió.

Milagros, acorralada, inspeccionaba la inmensa habitación.

—Ven —insistió él—, charlemos un rato.

La gitana volvió a prestar atención a la puerta.

El barón suspiró, se levantó con fastidio, se dirigió allí y la abrió de par en par: un par de criados estaban apostados tras ella.

—¿Nos sentamos? —propuso—. Me gustaría…

—¡Pedro —alcanzó a gritar Milagros entre sollozos—, por tu hija!

—Tu esposo está besando su oro —escupió el otro al tiempo que cerraba la puerta—. Es lo único que le interesa y tú lo sabes. ¿Acaso no te ha traído aquí?

Las pocas esperanzas que Milagros hubiera podido alimentar acerca de Pedro se desvanecieron ante la crudeza de tales palabras. ¡El dinero! Lo sabía. Con todo, escucharlo en boca del aristócrata fue como un navajazo.

—Descalza —interrumpió su reflexión el barón—, mis criados se echarían encima de ti como animales en celo, y tu esposo no es más que un vulgar rufián que te vende como a una ramera. En esta casa, el único hombre que te va a tratar con gentileza soy yo. —Dejó transcurrir un instante—. Siéntate. Bebamos y charlemos antes de…

El escupitajo que lanzó Milagros acertó en una de las piernas del barón. El hombre miró su media; al alzar el rostro, sus mejillas nacaradas aparecieron rojas de ira. Solo cuando lo tuvo frente a sí, enardecido, resoplando, la gitana se percató de su verdadera corpulencia: le sacaba más de una cabeza y debía de pesar el doble que ella.

El barón la abofeteó.

—¡Perro asqueroso, hijo de puta, ruin malnacido! —chilló Milagros al tiempo que intentaba golpearle con puños y piernas.

El barón soltó una carcajada y volvió a abofetearla con una fuerza que a ella le pareció descomunal. Milagros trastabilló y por un instante creyó que iba a perder el sentido. Cuando empezaba a recuperar el equilibrio, el hombre le arrancó la camisa.

—¿Prefieres comportarte como una puta! —gritó él—. ¡Sea! ¡He pagado una fortuna por esta noche!

La apaleó. De poco sirvieron a Milagros los gritos y el forcejeo con los que, tumbada en el suelo, intentó oponerse a que la desnudase. Le mordió. Ella notó el sabor de su sangre; él, ciego, no parecía sentir sus dentelladas. Despojada de sus ropas, hechas jirones, el barón la arrastró hasta el lecho, la alzó en volandas y la arrojó sobre él. Entonces empezó a desvestirse con fingida parsimonia, interponiéndose entre la cama y los ventanales, por si la joven fuera capaz de lanzarse a través de ellos. Por un instante, aquella posibilidad cruzó por su mente, pero finalmente hundió el rostro en la mullida colcha de la cama y estalló en llanto.

—¡Vete ya!

El grito venía de la cama, desde la que el aristócrata había contemplado sus esfuerzos por intentar cubrirse con las ropas destrozadas, esparcidas por la estancia. «¿Prefieres que te vistan mis criados?», se había burlado cuando la expulsó del lecho ante una indecisión como la que ahora mostraba frente a la puerta del dormitorio. Lloraba. Pedro estaría fuera, y no sabía cómo enfrentarse a él después de aquello. Sentimientos contradictorios la acechaban: culpa, odio, asco…

Los gritos del noble acallaron sus dudas:

—¿No me has oído? ¡Fuera!

El hombre, desnudo, hizo ademán de levantarse. Milagros abrió la puerta. Su esposo se abalanzó sobre ella apartando a los dos criados y la recibió con una bofetada que le volteó la cabeza.

—¿Por qué? —acertó a preguntar la gitana.

¡El camafeo! Pedro mantenía suspendida en el aire la joya que le había regalado cl marqués de Torre Girón.

—No… —intentó explicarse.

—No eres más que una puta —la interrumpió él—. Y así vivirás a partir de ahora.

Esa noche Pedro volvió a golpearla. Y la insultó; la llamó puta de mil formas, como si pretendiera convencerse de que eso era. Milagros se sometió al castigo: la violencia de su esposo distraía de su mente los recuerdos; el dolor alejaba de ella el contacto de las manos del barón sobre su cuerpo, sus besos y suspiros, sus jadeos mientras la penetraba como un animal cegado por la lujuria.

—¡Continúa! ¡Mátame!

Trastornada, no llegó a oír el llanto de su hija en la habitación contigua; tampoco los gritos de los vecinos que aporreaban las paredes y amenazaban con llamar a la ronda. Pedro sí advirtió estos últimos. Levantó una vez más la mano para abofetearla, pero la dejó caer. Debía respetar el rostro de Milagros, lo que el público admiraba.

—Furcia —mascullo antes de encaminarse hacia la puerta que daba a las escaleras—, no pienso acabar contigo. No tendrás esa suerte —añadió de espaldas—. ¡Juro que morirás en vida!

Al día siguiente Milagros cantó y bailó en el Príncipe con el espíritu lejos de las emociones que acostumbraban a embargarla al pisar el tablado. Buscó con la mirada al marqués de Torre Girón en su aposento; no había acudido, aunque sí llegaron unas flores que ella olió acongojada.

Para su desgracia, poco tardó el barón de San Glorio en alardear de una conquista de la que calló el precio. Milagros pudo comprobarlo al cabo de algunos días, cuando se enteró de la presencia del marqués en el teatro. ¡Él podría ayudarla! Lo había pensado a lo largo de sus noches en vela. ¡Tenía que escapar con su niña, abandonar a Pedro, alejarse de los García! Si no, ¿qué sería lo siguiente que le harían?

—Dice su excelencia —le informó don José, a quien rogó que le mandase recado de que necesitaba verlo— que solo el rey está por encima de él.

Milagros negó con la cabeza, no comprendía aquella respuesta.

—Muchacha, te has equivocado —le explicó el director de la compañía ante su evidente confusión—. Los grandes de España nunca aceptan segundos platos, y tú, al consentir en yacer con el barón, te has convertido en uno de ellos.

¡Consentir! Milagros no escondió las lágrimas a ninguno de los cómicos que se movían por los vestuarios y la miraban, algunos de reojo, otros, Celeste entre ellos, sin el menor recato. ¿Consentir?

—Es mentira —sollozó—. Tengo que decirle al marqués…

—Olvídate —la interrumpió don José—. Sea como fuere, el marqués no te atenderá. No te debe nada, ¿o sí?

Celeste, que remoloneaba por delante de los camerinos, esperaba una respuesta que Milagros no quiso brindarle.

Igual que en Sevilla, cuando hacía años acudió a suplicar por la libertad de sus padres al palacio de los condes de Fuentevieja. Nobles, todos eran iguales...

La negativa del marqués acabó con sus esperanzas. Recordó al abuelo, a su madre, a la vieja María... Ellos habrían sabido qué hacer. Aunque también parecía saberlo su esposo, que se presentó esa misma tarde en la casa de la calle del Amor de Dios, a la vuelta de Milagros.

—¿Qué ha sido de tu marqués? —se burló como saludo—. ¿Se ha peleado con otro noble por ti?

La cínica sonrisa de su marido enardeció a la gitana.

—Te denunciaré.

Él, como si esperase aquella amenaza, como si la hubiera buscado expresamente, sonrió con un brillo de triunfo en los ojos; Milagros conoció su réplica antes de que se la escupiese. Ella misma lo había pensado.

—¿Y qué dirás? ¿Que un aristócrata ha pagado por poseerte? ¿Crees que algún alcalde de sala daría crédito a tal acusación? El barón puede disponer de las mujeres que desee.

—¡A mí, nunca!

—¿Una gitana? —Pedro soltó una sonora carcajada—. ¿Una cómica? Las gitanas sois viles y deshonestas, libertinas y adúlteras. Lo dice el rey, y está escrito en sus leyes. Y por si eso no fuera suficiente, además eres cómica. Todos conocen la impudicia de las cómicas, sus amoríos están en boca de todo Madrid, como los tuyos con el marqués...

—¡No son ciertos!

—¿Qué importancia tiene? ¿Sabes lo que dicen del marqués ese y de ti en los mesones de Madrid? ¿Quieres que te lo diga? Hay hasta alguna copla sobre vosotros. —Hizo una pausa y prosiguió con voz fría—: Denuncia. Hazlo. Te condenarán por adúltera sin pensárselo dos veces. El barón se ocupará de que sea de por vida... y yo le apoyaré.

Así que continuó con los saraos y cantando y bailando en el

Príncipe, insatisfecha, descontenta de sí misma, aunque para su sorpresa el público la premiaba con aplausos y vítores, que ella acogía con apatía. Luego regresaba a casa, donde Bartola la vigilaba; ni siquiera en el interior de la habitación la dejaba a solas. «Son órdenes de tu esposo —replicaba la vieja de malos modos ante sus insultos—. Díselo a él.» Y la acompañaba con la pequeña María si salía a la calle. Los pocos dineros de los que podía disponer desaparecieron, y la García, igual que hiciera Reyes en Triana, terciaba en sus conversaciones en el mercado, en la calle o en la confitería de la calle del León, en la que gustaba de comprar algún dulce, para terminar con ellas.

—Tienes mal aspecto, Milagros —comentó una vez la confitera al tiempo que servía un par de lenguas de gato del obrador—. ¿Te sucede algo?

El titubeo con el que ella acogió la observación fue interrumpido por Bartola.

—¡Preocúpate de tus asuntos, entrometida! —exclamó.

Había transcurrido mes y medio desde la noche en que fue forzada por el barón cuando Pedro la agarró del cabello y la sacó casi a rastras de la habitación. Abajo esperaban dos chisperos, algunos de los guitarristas que acostumbraban a acompañarlos a los saraos y un par de mujeres a las que no conocía y que la recibieron con indiferencia. Milagros no las identificó, no eran las bailarinas que la acompañaban a los saraos. Pedro había mencionado otra fiesta antes de empujarla escaleras abajo. ¿Quiénes eran aquellas mujeres?

Lo supo después de un rato de cantar y bailar para un reducido grupo de cinco aristócratas en otra gran casa señorial con su despliegue de muebles, alfombras y todo tipo de objetos. En cierto momento interrumpieron la actuación aplaudiendo enardecidos desde sus sillones. «El baile no ha terminado —se extrañó Milagros—. ¿Por qué aplauden?» Se volvió hacia las desconocidas que bailaban a su espalda: una de ellas lo hacía con los pechos descubiertos. Un sudor frío empapó todo su cuerpo. Balbució.

Dejó de cantar y bailar, pero las otras continuaron al ritmo de la guitarra y de las palmas de los chisperos. La segunda abrió también su camisa y sus grandes pechos se mostraron bamboleantes. Se apartó de ellas en busca de un rincón.

—¿Qué puede importarte ya, puta? —le dijo Pedro, interponiéndose en su camino y empujándola al centro.

Un par de nobles acogieron la maniobra con vítores y carcajadas.

—¡Ahora tú, Descalza! —gritó otro.

Milagros se quedó quieta delante de ellos, el frenético rasgueo de la guitarra y las palmas de los chisperos tronaba en sus oídos. Intentó pensar, pero el barullo la abrumaba.

—¡Desnúdate gitana!

—¡Baila!

—¡Canta!

Las otras dos lo hacían de forma impúdica, ambas despojadas ya de todas sus ropas. Bailaron en torno a Milagros, tocándola, incitándola a sumarse a su desvergüenza. Trató de librarse de aquellas caricias repugnantes y apartó una mano que se había lanzado a su entrepierna. Otras hurgaron en sus pechos y en sus nalgas, tiraban de su camisa y de su falda mientras giraban y giraban para regocijo de los nobles. A su espalda, alguien la cogió de los codos y la inmovilizó. Milagros alcanzó a ver que se trataba de uno de los chisperos. Pedro, junto a él, rasgó la camisa de su mujer de un solo tajo con la navaja y tiró de la ropa, que fue separándose lentamente de su cuerpo, al ritmo de sus burlas. Milagros forcejeó y lanzó infructuosas dentelladas contra los brazos que la aprisionaban, pero su actitud solo consiguió excitar la lujuria de los nobles, que se acercaron para ayudar a Pedro cuando este se empeñó con la falda y con el resto de sus prendas hasta dejarla completamente desnuda. Ella, con el rostro anegado en lágrimas, intentó taparse con manos y brazos. No se lo permitieron: la empujaron y la golpearon mientras las dos mujeres continuaban girando en una danza vertiginosa, alzando los brazos sobre la cabeza para mostrar los pechos, dando golpes de cadera para exhibir su pubis. La tez oscura de la gitana destacaba entre la palidez de las otras y llamaba a la lascivia de los nobles, que se sumaron al baile con torpeza. Entonces las abrazaron, las manosearon y las besaron con Milagros como presa favorita.

Allí mismo, sobre las alfombras, los nobles fornicaron con las dos mujeres y luego, una, dos, tres veces… violaron a una Milagros cuyas súplicas y aullidos de dolor se perdieron entre el tañer de las guitarras y las palmas y los jaleos de Pedro y sus chisperos.

V

LA VOZ ROTA

37

En cuántas ocasiones más la vendió Pedro a lo largo de casi un año? Bastantes, cinco más, ¿siete quizá? El gitano, consciente de que aquella situación estallaría en cualquier momento; de que los ricos madrileños prescindirían de la Descalza tan pronto como los rumores se extendieran en sus círculos de amistades y disfrutar de ella ya no constituyera un triunfo del que vanagloriarse ante los demás, la vendió al mejor postor.

María. La gitana buscó refugio en su hija, era todo cuanto tenía. Se abrazaba a la niña reprimiendo el llanto, susurrándole con voz rota canciones al oído, acariciando su cabello hasta que la pequeña caía dormida y ella la acunaba horas y horas.

Aprendió a acoger sus risas con fingida alegría y a atender sus juegos con ánimo, incluso aunque aquel día todavía sintiese el asqueroso roce de la sucia mano de un indeseable en su entrepierna, en sus pezones... o en sus labios. Al final, la mayoría de los nobles la montaban con violencia, cegados, gritando, mordiendo y arañándola. Era como si la apaleasen. Pero cuando trataban de convencerla, seguros de que sus caricias o sus palabras de amor podían torcer su voluntad como si fueran dioses, ella se sentía aún peor. ¡Canallas engreídos! Aquellos y no los violentos eran los recuerdos que Milagros llevaba consigo; solo la manita morena de

María corriendo con torpeza por su rostro lograba atenuar sus amargas sensaciones. Milagros mordisqueaba sus deditos mientras la pequeña, riendo, presionaba sobre uno de sus ojos con los de la otra mano. Y ella buscaba una y otra vez el contacto de la suave piel de su hija, bálsamo donde los hubiere para la tristeza y la humillación que la abrumaban.

«Juro que morirás en vida.» Finalizaba el otoño cuando la amenaza de Pedro reventó en su cabeza después de que a su regreso del Príncipe llamara en repetidas ocasiones a su hija y no la vio correr hacia ella.

—¿Y la niña? —inquirió con recelo a Bartola.

—Con su padre —respondió la García.

—¿Cuándo la traerá?

La otra no contestó.

Al anochecer, Pedro compareció, solo.

—María no debe vivir con una puta —le contestó de malos modos—. Es un mal ejemplo para una niña tan pequeña.

—¿Qué...? ¿Qué quieres decir? No soy ninguna puta; tú lo sabes. ¿Dónde está María? ¿Dónde la has llevado?

—Con una familia temerosa del Señor. Allí estará bien.

El gitano contempló a su esposa: rozaba la desesperación y parecía querer quebrar sus dedos unos contra otros retorciéndolos entre sí, clavándose las uñas.

—Te lo ruego, no me hagas eso —imploró Milagros.

—Puta.

Ella cayó de rodillas.

—No me quites a mi hija —sollozó—. No lo hagas...

Pedro la contempló unos instantes.

—No mereces otra cosa —dijo él, interrumpiendo sus súplicas antes de dar media vuelta.

Milagros se agarró a su pierna y gritó, desgarrada.

—Haré lo que desees —prometió—, pero no me separes de mi niña.

—¿Acaso no haces ya lo que quiero?

Pedro luchó por librarse de su esposa, pero como no lo consiguió, la agarró del cabello y tiró de ella hacia atrás hasta que poco a poco, con el cuello torcido, Milagros fue soltando la pierna. Luego corrió tras él; Pedro la abofeteó en el descansillo hasta que ella se introdujo de nuevo en la casa.

A la mañana siguiente, un par de chisperos malcarados del barrio del Barquillo esperaban en la calle del Amor de Dios y escoltaron la silla de manos que fue a buscar a Milagros para llevarla al teatro. Luego remolonearon en la calle del Lobo y la del Príncipe hasta que terminó el ensayo. Por la tarde, durante la función, había otros dos tan hoscos como los primeros; Pedro disponía del suficiente dinero como para contratar a un ejército de chisperos.

Milagros trató de dar con María. No sabía dónde se encontraba, pero si localizaba a Pedro y lo seguía... Se movía por el Barquillo, tenía entendido. Una noche esperó hasta escuchar el rítmico respirar de la García en la habitación contigua y enfiló las escaleras tanteando las paredes con las manos. Bartola abrió un ojo al chirrido de la puerta, pero dio media vuelta en su jergón, sin preocuparse. Milagros no logró superar el rellano; en la oscuridad tropezó y cayó sobre un chispero que dormitaba en él.

—Tu esposo ha ordenado que si es necesario, te matemos —la amenazó el joven malcarado cuando ambos lograron levantarse—. No me lo hagas difícil, mujer.

La empujó al interior del piso. Desesperada, Milagros llegó a ofrecer su cuerpo al chispero de turno para que la ayudase a encontrar a su niña. El hombre, cínico, sopesó uno de sus pechos.

—No lo entiendes —arguyó mientras lo apretaba entre sus dedos—: no existe mujer que me tiente lo bastante para correr ese riesgo. Tu esposo es muy diestro con la navaja; ya lo ha demostrado en varias ocasiones.

Otro día llegó a arrodillarse a los pies de Bartola y suplicó, con el rostro surcado por las lágrimas. Lo único que obtuvo fueron insultos y recriminaciones:

—Nada de esto te sucedería si no te hubieras entregado al marqués, puta.

Prostituida a palos, privada de su hija, controlada allá donde fuera o estuviese, Milagros se transformó en una mujer vacía, derrotada, silenciosa, ajena a todo, de ojos hundidos en unas profundas cuencas que Bartola ni siquiera conseguía disimular cuando debía acudir al teatro.

—Manténgala bella y deseable, tía —le exigió Pedro cuando se enteró de que Milagros rechazaba la comida—. Aliméntela a la fuerza si es necesario; vístala bien; oblíguele a aprender las canciones. Tiene que continuar encandilando a la gente.

Pero la gitana García desesperaba. Cada vez que Pedro vendía a su esposa a alguno de aquellos nobles, le devolvía un despojo humano. Mordiscos, arañazos, moratones... y sangre; sangre en sus pezones, en su vagina y hasta en su ano. Bartola no gastaba en pócimas o remedios; se limitaba a lavar y tratar de esconder las heridas de una mujer trastornada. Odiaba la idea de curar a una Vega, pero tampoco deseaba enfrentarse a Pedro, y día tras día Milagros volvía al Príncipe, donde acabó pensando que podría encontrar refugio y consuelo; entonces se esforzaba por obtener el caluroso aplauso de su público, los halagos que brotaban espontáneamente desde el patio o los que le dirigían los hombres que se apelotonaban en la calle del Lobo a su paso en el interior de la silla de manos.

Sin embargo, cuando desde el tablado alzaba la vista hacia los aposentos y veía centellear las joyas y los adornos de los nobles, se distraía y pensaba que alguno de ellos la había forzado y que quizá en ese mismo momento estuviera alardeando de haberla poseído. Y la voz le flaqueaba hasta que volvía a pensar en el público del patio y la cazuela. Probablemente muchos no llegaban a percibirlo, pero ella sí, y también Celeste, y Marina, y los demás cómicos que aguardaban su turno para salir a escena tanto como la oportunidad de vengarse de aquella gitana, tenida por ellos por soberbia y egoísta, que los había excluido de los saraos que celebraban los poderosos.

Una tarde, mientras las afectadas voces de los demás cómicos declamaban los versos compuestos por Calderón para *El Tuzaní de la Alpujarra*, junto a los vestuarios, Milagros encontró una frasca que todavía contenía algo de vino. Recorrió con la mirada el espacio que se abría entre los vestuarios y el decorado tras el que se movía Celeste en su papel de doña Isabel. La presencia del apuntador, que por el lado del vestuario perseguía a la primera dama para recordarle los versos, no le preocupó: el hombre parecía bastante ocupado. Sin embargo, fueron las carreras del apuntador tras la cortina, linterna y libreto en mano, las que le impidieron percatarse de la presencia de un instrumentalista de viola de gamba que permanecía junto al cortinaje que escondía a la orquesta.

—Bebió con desesperación… de la misma frasca —contó luego el músico a todo aquel que quiso escucharle—. Estuvo a punto de caer de espaldas de tanto como torció el cuello para meterse hasta la última gota.

¿Qué le importaba a Milagros quién era el que, a partir de entonces, le dejaba cada día una frasca de vino en el vestuario? Quizá el propio don José, pensó, porque ella misma sentía que cantaba mejor y se movía con mayor soltura por el tablado, despreocupada de los aposentos y los hombres que los ocupaban. «Olvidar», se repetía la gitana a cada trago, hasta que el rostro de su pequeña se difuminaba en alcohol.

Bartola no tardó en percatarse del estado en que Milagros regresaba del Príncipe; también los chisperos: las dos buenas frascas de vino sin aguar les obligaban a sostenerla cuando se apeaba de la silla de manos.

—¿Y qué quieres que hagamos? —se defendieron ante Pedro—. Le dan de beber en el teatro.

La vieja García estaba hastiada de aquella vida, más desde que ya no estaba la niña. Solo las obligaciones de Milagros en el Príncipe los retenían en Madrid. Añoraba Triana. Pedro ya casi solo ponía los pies en la casa de la calle del Amor de Dios cuando iba a por los dineros que Milagros ganaba en el teatro.

—¡Ya no hay quien pague por ella! —le confesó un día el gitano al tiempo que apartaba unas monedas para que ellas pudieran seguir viviendo—. Gana más cantando y bailando que si la prostituyese en las calles… y me es más cómodo —añadió con una mueca de cinismo.

—Pedro —arguyó Bartola—, va a hacer dos años que estamos en Madrid y a lo largo de este último has ganado mucho dinero con la Vega. ¿Por qué no volvemos ya a Triana?

El gitano se llevó la mano al mentón.

—¿Y qué hacemos con ella? —preguntó.

—Va a durar poco —contestó la otra.

—Pues mientras dure, la aprovecharé —sentenció.

Bartola no lo pensó dos veces: ella se ocuparía de que no durase mucho. Un día, a expensas de la comida, compró un cuartillo de vino y lo dejó en la cocina. Otro llevó aguardiente. Y mistela. Tampoco faltó el especiado hipocrás a base de aguardiente o vino, azúcar, clavo, jengibre, canela...

Todo al alcance de Milagros, todo lo bebía Milagros.

—¡Necios!

Milagros creyó notar cómo le reventaba el cerebro por el brusco movimiento de cabeza que hizo hacia la cortina tras la que se encontraba la orquesta. «¿Por qué no tocan bien?», se preguntó a la espera de que se le aclarara la vista y consiguiera enfocar aquella parte del tablado. «¿Acaso pretenden fastidiarme?», pensó.

—¡Necios! —gritó de nuevo a los músicos con torpes aspavientos de manos y brazos antes de volverse de nuevo hacia su público.

La música volvió a sonar en el Coliseo del Príncipe a una indicación de la gitana, pero se le escapó y su voz pastosa quedó atrás. «¡Esta no es la pieza! ¿O sí? ¡Persiguen mi ruina!» Se enfrentó otra vez a la cortina cuando los abucheos ya se elevaban en el teatro. ¡Cobardes! ¿Por qué se escondían?

—Repetid —ordenó.

Le pareció oír la música y trató de cantar. La voz se le agarró a la garganta, seca, ardiente. Las palabras se atascaron entre su lengua y los dientes, presas de una saliva viscosa, incapaces de librarse de ella y deslizarse más allá. Los gritos de los mosqueteros horadaron su cabeza. ¿Dónde estaban? Podía ver a uno, dos a todo lo más, tres ya se confundían con las luces, los reflejos dorados de los aposentos y las alhajas de aquellos que la habían violado. Se reían. ¿Acaso no entendían que era culpa de la orquesta? Balbució la primera estrofa de la tonada con voz ronca y trapajosa, intentando oír la música. Prestó atención. Sí. Sonaba. Bailar; debía bailar. Alzó los brazos con torpeza. No respondían. Se mareó. Tampoco podía controlar las piernas. Cayó de rodillas frente al público. Algo la golpeó, pero no le importó en absoluto. El teatro entero aullaba contra ella. ¿Y los aplausos? Rindió la cabeza. Dejó caer los brazos a los costados. «¿Dónde está mi niña? ¿Por qué me la han robado?», sollozó.

—¡Malnacidos, todos! —masculló cuando otro objeto, blando, pegajoso, impactó sobre su cuerpo. Rojo, como la sangre. ¿Sangraba? No sentía nada. Tal vez estuviera muriendo, tal vez morir fuera así de sencillo. Lo deseaba. Morir para olvidar... Notó cómo la cogían de los codos y la arrastraban fuera del tablado.

—Milagros García —logró escuchar ya en los vestuarios, mientras el alcalde de comedias la agarraba del mentón sin miramientos y le alzaba la cabeza—, quedas detenida.

38

Blas Pérez apoyaba su vara de alguacil en la tierra sucia de la calle de Hortaleza una soleada mañana de primavera por la que caminaba presuroso en dirección a la puerta de Santa Bárbara, en el extremo nordeste de Madrid. No llegó a ver a José hasta que casi se dio de bruces con él: el alguacil del Barquillo salía por la bocacalle de San Marcos.

—¿Qué te trae lejos de tu cuartel, Blas?

Reprimió una mueca de disgusto; no deseaba entrar en conversación, tenía prisa por encontrar a Pedro García. El gitano le había ordenado que estuviera pendiente de las noticias sobre Milagros.

—Un mandado —contestó entonces alzando una mano, como si a él mismo le molestase encontrarse allí.

Iba a despedirse y continuar camino cuando se vio obligado a detenerse.

—¡Maldita suerte! —masculló.

Delante de él, procedente de la iglesia de las Recogidas, el sonar de unas dulzainas y el redoble de un tamborcillo anunciaron el paso de un sacerdote tocado con sombrero negro y una simple bolsa en una de sus manos en la que llevaba el viático para algún agonizante. Mucha gente que transitaba por la calle se iba sumando en silencio a la procesión detrás del religioso; los demás, los que no lo hacían, se descubrían, hincaban las rodillas en tierra y se santiguaban al paso de esta. A la altura de donde Blas se postró, se detuvo un coche tirado por dos mulas. Tres caballeros bien vestidos se apearon y ofrecieron el carruaje al sacerdote, que subió. Los caballeros engrosaron la comitiva y siguieron a pie al Santísimo tan pronto como un monaguillo indicó al cochero la dirección del moribundo y este arreó a las mulas.

Blas permaneció de rodillas mientras la procesión discurría por delante de él.

—La esposa de Rodilla —murmuró el otro alguacil, que había venido a arrodillarse a su lado—. El contador de la congregación de Nuestra Señora de la Esperanza, ¿lo conoces? Está muy mal.

Blas negó con la cabeza; sus pensamientos estaban en otro lugar.

—Sí, hombre —insistió José—, uno de los hermanos de la ronda del pecado mortal.

—¡Ah! —se limitó a asentir el otro.

Debía de conocerlo; más de una noche se había cruzado con aquellos hermanos de la congregación que recorrían las calles de Madrid limosneando y llamando al orden a los ciudadanos promiscuos, tratando de interrumpir con su presencia, sus cánticos y sus plegarias las indecentes relaciones carnales, advirtiendo a unos y otras de que se hallaban en grave pecado y de que si la muerte les llamaba en aquel momento…

Seguro que conocía a Rodilla, como muchos de los que andaban tras el cura y se apretujarían en la habitación de la enferma mientras este la auxiliaba. «El rito de la muerte», pensó. ¡Hasta el rey había llegado a ceder su carruaje al viático y continuado a pie tras él! De lo que Blas no tenía constancia era de si su majestad había entrado en la habitación del moribundo después de rendir homenaje al Santísimo. Él, por razón de su cargo, sí lo había hecho en varias ocasiones: protestas de fe y actos de contrición que los sacerdotes arrancaban del enfermo para ayudarle a bien morir a costa incluso de su precaria salud; salmos penitenciales; jaculatorias; letanías; plegarias a los santos… Un despliegue de oraciones para cada uno de los instantes de la agonía que los dolientes acompañaban con su compasión, hasta que algún indicio —quizá ojos de espanto en quien ve acercarse a la muerte, tal vez un balbuceo incomprensible, un espumarajo en la boca o convulsiones incontrolables— señalaba la presencia del demonio. Entonces el sacerdote rociaba lecho y habitación entera con agua bendita y, ante el terror de quienes lo presenciaban, alzaba al Santísimo sobre su cabeza y se enfrentaba a Satanás.

—¿Necesitas que te ayude en tu mandado? —interrumpió sus pensamientos el alguacil del Barquillo.

Ambos se levantaron y limpiaron de tierra sus medias a manotazos. Blas no necesitaba ayuda. Ni siquiera quería que el otro supiese adónde se dirigía.

—Te lo agradezco, José, pero no es necesario. ¿Cómo van las cosas? —se interesó para no parecer descortés.

El otro bufó y se encogió de hombros.

—Ya puedes imaginar… —empezó a decir.

—Se te escapa la procesión —le interrumpió Blas—. No quisiera entretenerte.

José desvió la mirada hacia las espaldas que se alejaban por la calle de Hortaleza. Suspiró.

—Era una mujer piadosa la esposa del contador.

—Seguro que sí.

—A todos nos llegará la hora.

Blas no quiso entrar en aquella discusión y calló.

—Bien —añadió José tras un chasquido de su lengua—, ya nos veremos.

—Cuando tú quieras —accedió el otro en el instante en que José se dispuso a seguir los pasos del viático.

Esperó un instante y reinició su camino hasta discurrir por delante de la casa de recogidas de Santa María Magdalena: de su iglesia había partido el viático, de allí partía también la ronda del pecado mortal. Aminoró el paso y hasta golpeó con cierta preocupación su vara sobre la tierra. La muerte que a todos llegaría, el pecado, el diablo al que los sacerdotes trataban de expulsar hicieron que dudase de lo que iba a hacer. Podía echarse atrás. Sonrió ante la idea de arrepentirse justo junto al lugar donde cerca de cincuenta mujeres de mala vida pero tocadas por la mano de Dios habían decidido voluntariamente recluirse bajo la advocación de María Magdalena para vivir en estricta clausura, rezar, disciplinarse y no abandonar el lugar de por vida si no era para abrazar la religión o casarse con aquellos hombres honestos que les procuraban los hermanos de la Esperanza.

¡Cien reales de vellón y cuatro libras de cera debían pagar las arrepentidas para ingresar en la casa de María Magdalena y encerrarse de por vida! Había que pagar para arrepentirse. Él ni siquiera disponía de esa cantidad. Así que no podía arrepentirse, concluyó encontrando cierta satisfacción en el argumento: los pobres no podían hacerlo. Además, tampoco quería renunciar a los dineros que esperaba obtener ese mismo día.

Siguió adelante, dobló a la derecha por la calle de los Panaderos y se dirigió a la de Regueros.

—Ave María Purísima —saludó tras abrir la puerta de una casita de un solo piso, encalada por fuera, limpia y aseada por dentro, con un huerto trasero, incrustada entre nueve viviendas similares.

—Sin pecado… —se oyó desde el interior—. ¡Ah! Eres tú —Una gitana joven y hermosa salió de una estancia interior. Detrás de ella asomó la cabeza de una niña.

—¿Pedro? —se limitó a preguntar el alguacil.

La muchacha se había vuelto a introducir en la habitación, no así la pequeña, que permanecía quieta, con los grandes ojos fijos en Blas.

—En el mesón —gritó la gitana desde la habitación en la que trasteaba—, ¿dónde si no?

El alguacil guiñó un ojo hacia la chiquilla, que ni siquiera mudó el semblante.

—Gracias —contestó con una mueca de decepción.

La niña ya no sonreía como antes, cuando vivía con su madre, en la calle del Amor de Dios. Blas lo intentó de nuevo con igual resultado. Frunció los labios, negó con la cabeza y se marchó.

La calle de los Regueros era una sola manzana que recorrió

con unos cuantos pasos hasta el mesón en la esquina de San José y Reyes Alta, donde se abría un descampado que lindaba con la cerca de Madrid; allí se alzaban el convento de Santa Bárbara, los Mercenarios Descalzos y Santa Teresa, de religiosas carmelitas. Junto a ellos, la reina Bárbara de Braganza, esposa de Fernando VI, tan enfermiza como amante de la lectura, había mandado construir en 1748 un nuevo convento dedicado a la instrucción de niñas nobles bajo advocación de san Francisco de Sales. Se decía que la reina había destinado parte del edificio, el que miraba a los jardines, a residencia personal para refugiarse de la madrastra de su esposo, Isabel de Farnesio, y retirarse allí en caso de que el rey la premuriese, dado que carecían de descendencia y la corona pasaría a Carlos, hijo de Isabel, por aquel entonces rey de Nápoles. En 1750 se dio inicio a las obras; iba a ser el mayor y más fastuoso convento que nunca se había erigido en Madrid: junto a la nueva iglesia dedicada a santa Bárbara, se construía un colosal palacio con influencias francesas e italianas en el que se utilizaban los más ricos materiales. El conjunto estaría rodeado de jardines y huertas que se extenderían junto a la cerca, desde el prado de Recoletos y su puerta, hasta casi la de Santa Bárbara.

Esa primavera de 1754, Blas contempló la construcción, muy adelantada. La reina no había reparado en gastos. Más de ochenta millones de reales se decía que costaría la obra, aunque había también quienes lamentaban, y Blas era uno de ellos, que aquel dispendio se dedicase a mayor gloria y tranquilidad de la reina en lugar de a la construcción de una gran catedral. Alrededor de ciento cuarenta iglesias en las que diariamente se celebraba misa, treinta y ocho conventos de religiosos y casi otros tantos de religiosas, hospitales, colegios se hallaban encajonados entre las cercas que rodeaban Madrid... Sin embargo y pese a toda esa magnificencia religiosa, la mayor y más importante ciudad del reino carecía de catedral.

Blas se abrió paso por el interior del mesón a golpes de vara hasta que dio con Pedro, sentado a una mesa y bebiendo vino junto a varios chisperos que forjaban el hierro de aquella magna obra.

El gitano, siempre avizor, percibió la presencia del alguacil a medida que la gente se apartaba ante la vara. Algo importante sucedía para que Blas se presentara allí, tan lejos de su cuartel. Ambos se apartaron cuanto pudieron del bullicio.

—La han liberado —susurró el alguacil.

Pedro mantuvo la mirada en el rostro de su compañero; tenía los labios fruncidos, le rechinaban los dientes.

—¿Continúa contratada en el Príncipe? —preguntó tras unos instantes.

—No.

—Solamente puede darme problemas —comentó como para sí—. Hay que acabar con ella.

Blas estaba seguro de que esa iba a ser la reacción del gitano. Casi dos años junto a él habían sido más que suficientes para conocer su carácter. Violentas reyertas, venganzas con muertes incluidas. ¡Hasta había vendido a su propia esposa!

—¿Estás seguro? —dudó.

—Si la han soltado es para impedir un escándalo que salpique a algunos de los grandes. ¿Crees que a alguien le importará lo que le suceda a una puta borracha?

Todo había sucedido como supuso el gitano: arrastraron a Milagros fuera del tablado del Príncipe después de que el alcalde de comedias ordenara su detención. Los alguaciles la llevaron directamente a la cárcel de Corte, donde durmió la borrachera. A la mañana siguiente, excitada, nerviosa, intranquila por la falta de alcohol pero sobria, Milagros accedió a la sala de justicia.

—Pregunte su señoría al barón de San Glorio —se enfrentó al alcalde que presidía el juicio por escándalo y otra larga retahíla de delitos, después de que este iniciara el proceso interesándose por su nombre.

—¿Por qué debería hacerlo?

Al instante el alcalde se arrepintió de aquella pregunta espontánea, fruto del desconcierto ante el desparpajo de la gitana.

—Porque me violó —contestó ella—. Seguro que sabe mi nombre. Pagó mucho dinero por ello. Pregúntele a él.

—¡No seas impertinente! Nada tenemos que preguntarle al señor barón.

—Entonces hacedlo al conde de Medin…

—¡Cállate!

—O al de Nava…

—¡Portero! ¡Hazla callar!

—¡Todos ellos me forzaron! —logró chillar Milagros antes de que el portero de vara llegase hasta ella.

El hombre le tapó la boca. Milagros propinó una fuerte dentellada en su mano.

—¿Queréis que os diga cuántos más de vuestros aristócratas me han violado? —escupió, aprovechando que el portero había retirado la mano.

La última pregunta de la gitana flotó en la sala de justicia. Los tres alcaldes que la componían se miraron. El fiscal, el escribano y el abogado de pobres estaban pendientes de ellos.

—No —respondió el presidente—. No queremos que nos lo digas. ¡Se suspende la sesión! —resolvió acto seguido—. Llevadla a las mazmorras.

Varios días estuvo Milagros en la cárcel de Corte, los suficientes para que los alcaldes de sala consultaran con consejeros del rey y principales de la villa. Aunque algunos no estuvieron de acuerdo, la mayoría rechazó que ciertos apellidos ilustres se vieran mezclados en asunto tan desagradable. Al final, alguien llegó a sostener que el asunto salpicaba al propio rey, porque uno de sus consejeros era pariente de un implicado, así que se ordenó enterrar el asunto y Milagros fue puesta en libertad.

Por más que los alcaldes procuraron y reclamaron discreción y que el escribano destruyó las actas del juicio y toda referencia a la detención, el asunto trascendió e, igual que a los de muchos otros, llegó a oídos de Blas.

—Esta misma noche —dispuso Pedro mientras andaban de vuelta a la casa de la calle de Regueros—. Lo haremos esta misma noche.

«¿Lo haremos?» La afirmación sorprendió al alguacil. Fue a oponerse, pero calló. Recordó la promesa del gitano el día en que llegó a Madrid: mujeres. Había disfrutado de algunas en los escarceos nocturnos con Pedro; sin embargo, no le importaban tanto aquellos devaneos como el dinero que le proporcionaba. Pese a ello... ¿participar en un asesinato? ¿Tendría razón el gitano y a nadie le interesaría?

Con tales pensamientos accedió a la casa que Pedro compartía con su nueva compañera.

—¡Honoria! —gritó él como todo saludo—. ¡Venimos a almorzar!

Olla podrida y, de postre, compota de castañas y jalea de membrillo preparados por la gitana. Blas observó que Honoria trataba de controlar la avidez de la pequeña María por el dulce. No lo consiguió; su nerviosismo fue en aumento a medida que la niña la desobedecía. Por más que lo intentara, pensó el alguacil mientras María apartaba las manos de la gitana con las suyas, no era capaz de sustituir a su madre. ¡Aunque oficialmente lo fuera! Pedro había conseguido documentos falsos en los que Honoria constaba como madre de la pequeña. Se los había enseñado: «Pedro García y Honoria Castro. Casados con una hija».

—¿Estás loco? —le había preguntado Blas al verlos.

El gitano contestó con un despreocupado movimiento de su mano.

—¿Y si te descubren? La gente conoce a Honoria, sabe que no está casada contigo. Cualquiera podría...

—¿Denunciarme?

—Sí.

—Ya se cuidarán de ello.

—Aun así...

—Blas. Somos gitanos. Un payo nunca llegará a entenderlo. La vida es un momento: este.

Ahí quedó la conversación, aunque Blas trató de encontrar una razón que explicara la actitud del gitano. No lo consiguió, tal y como este había augurado, pero sí consiguió entender el porqué de aquel permanente brillo en los ojos de la gente de esa raza: lo arriesgaban todo a una sola apuesta.

Tras el almuerzo, Pedro satisfizo las expectativas del alguacil y le gratificó con generosidad prometiéndole otro tanto después de que acabasen el «trabajo».

—Recuerda —le dijo al despedirse—, esta noche, después del toque de campanas.

Encontraron a Milagros postrada y abatida en una esquina de la habitación, con la mirada perdida en algún lugar del techo y una botella de aguardiente vacía a su lado.

—Tía —anunció Pedro en dirección a Bartola—, regresamos a Triana; recoja sus cosas y espéreme abajo.

La García hizo un gesto con el mentón hacia Milagros.

—¿A esa? —Pedro soltó una carcajada—. No se preocupe, nadie la echará en falta.

La carcajada quebró el largo silencio que habían guardado durante todo el día Milagros y Bartola después de que la primera, compulsivamente, hubiera dado cuenta del aguardiente.

Milagros reaccionó y los miró con los ojos inyectados en sangre. Balbució algo. Ninguno logró entenderla.

—¡Calla, puta borracha! —soltó Pedro.

Ella dio un torpe manotazo al aire e intentó levantarse. Pedro no le hizo caso; esperaba con una paciencia mal disimulada a que Bartola recogiera y se fuese.

—Venga, venga, venga —la apresuró.

El alguacil, alejado, parado casi en el vano de la puerta, contempló cómo Milagros buscaba apoyo en las paredes y volvía a caer desmadejada. Negó con la cabeza al comprobar el nuevo intento de la muchacha. Con la mujer precariamente apoyada contra la pared, pugnando por levantarse, Blas trató de recordar si alguna vez había presenciado el asesinato de una joven. Buceó en sus recuerdos en aquel Madrid donde se mezclaba una variopinta multitud de nobles, ricos, mendigos y delincuentes, de gente arrogante pronta a las peleas. Como alguacil conocía todo tipo de delitos y perversidades, pero nunca había presenciado el asesinato a sangre fría de una mujer joven y bella. Se le encogió el estómago en el momento en que se apartaba para dejar paso a Bartola, que iba con un jergón bajo un brazo y atados de ropas y enseres en las manos. La vieja no pronunció palabra; ni siquiera miró atrás. Los escasos segundos que tardó en arrastrar sus pies fuera de la estancia se multiplicaron en los sentidos del alguacil. Luego se volvió y palideció ante la inmediata reacción de Pedro, que se acercó a Milagros y terminó de levantarla alzándola del cabello sin contemplaciones.

—¡Mírala! —le dijo manteniéndola erguida—. ¡La mayor puta de Madrid!

Blas no pudo apartar los ojos de la muchacha: rendida, indefensa, hermosa aun desastrada y sucia. Si Pedro soltase su cabello sería incapaz de sostenerse en pie. «¿Tan necesario es acabar con ella?», se preguntó.

—Te prometí mujeres —le sorprendió entonces el gitano, recordando su primera conversación—. Toma, aquí tienes una: ¡la gran Descalza!

El alguacil acertó a negar con la cabeza. Pedro no lo vio, más interesado en desgarrar la camisa de Milagros.

—¡Jódela! —gritó cuando lo consiguió, tirando hacia atrás del cabello de Milagros para que exhibiese sus pechos turgentes, insólitamente esplendorosos.

Blas sintió asco.

—No —se opuso—. Pon fin a todo esto. Mátala si quieres, pero no continúes con este... este...

No encontró la palabra y se limitó a señalar los pechos de la joven. Pedro lo fulminó con la mirada.

—No voy a participar en tamaña vileza —añadió en contestación al desafío que le lanzaba el gitano—. Acaba ya, en caso contrario te dejaré solo.

—Te pago bien —recriminó al alguacil.

No lo suficiente, se dijo este. Y si en verdad el gitano volvía a Triana, ya no habría más dineros. Contempló a Milagros intentando ver en sus ojos un destello de súplica. Ni siquiera distinguió eso. La mujer parecía hallarse entregada a la muerte.

—¡Que te den por el culo, gitano!

Blas dio media vuelta y salió escaleras abajo con el oído esperando los últimos estertores de Milagros y compadeciéndola. No los oyó.

Con la mano libre, Pedro García extrajo la navaja de su faja y la abrió.

—Puta —masculló el gitano en cuanto las pisadas del alguacil se perdieron escaleras abajo.

Deslizó la hoja desde el cuello a los pechos desnudos de Milagros.

—Tengo que matarte —continuó hablando—, igual que maté a la curandera. La vieja luchó más de lo que lo harás tú, seguro. Fanfarrones... Los Vega no sois más que unos gilís fanfarrones. Te voy a matar. ¿Qué pasaría si aparecieras por Triana? Honoria se enfadaría conmigo, ¿sabes?

Milagros pareció reaccionar al contacto de la punta de la navaja sobre sus pezones. El gitano sonrió con cinismo.

—¿Te gusta? —Jugueteó con la punta de la navaja mientras él mismo notaba crecer su excitación cuando el pezón se endurecía.

Cortó su falda y siguió deslizando la navaja por el vientre y el pubis de Milagros hasta que una fétida vaharada de aguardiente le alcanzó el rostro cuando ella suspiró.

—Estás podrida. Hueles peor que las marranas. Espero que te encuentres con todos los Vega en el infierno. —Volvió a alzar el arma hasta el cuello, dispuesto ya a henderla en su yugular.

—¡Detente! —resonó de súbito en la estancia.

39

Una semana antes

stá borracha!

—No se tiene en pie.

—¡Qué vergüenza!

Los comentarios de las damas que lo acompañaban en uno de los aposentos laterales del Coliseo del Príncipe se unieron a los abucheos y al griterío que surgía del patio repleto de mosqueteros y de la cazuela de las mujeres. La orquesta había atacado la tonadilla en varias ocasiones sin que Milagros consiguiese unir su voz a la música. En las dos primeras, la gitana gesticuló impetuosamente hacia la cortina lateral tras la que estaban los músicos y les culpó con torpes aspavientos; en las demás, a medida que las palabras se atoraban en una boca pastosa, y piernas y brazos se negaban a obedecer sus órdenes, la cólera de Milagros fue transformándose en desaliento.

Fray Joaquín, con el estómago encogido y la garganta cerrada, procuró esconder a las señoras y sus acompañantes el temblor de sus manos y miró a Milagros. Ya no había música en aquel tablado que si ayer se quedaba pequeño al ritmo de sus bailes, sus sonrisas y sus desplantes, entonces parecía inmenso con ella arrodillada en el centro, derrotada y cabizbaja. Alguien lanzó una hortaliza podrida contra su brazo derecho. Los mosqueteros venían preparados. Hacía algunos días que se rumoreaba en Madrid el estado de la Descalza: sus últimas actuaciones ya habían rozado el escándalo. Algunos dijeron que estaba enferma, muchos otros reconocieron en su voz cascada y sus movimientos inconexos los efectos del alcohol. Milagros ni siquiera reaccionó ante la hortaliza, ni tampoco cuando un tomate reventó sobre su camisa y provocó una carcajada general en el teatro. Por encima del patio, apoyado en la barandilla del palco, fray Joaquín desvió la mirada buscando al que había lanzado el tomate.

—¡Estúpido! —masculló.

—¿Decía algo, reverendo?

El fraile hizo caso omiso a la pregunta de la dama que se sentaba a su lado. Desde el patio se lanzaban ya todo tipo de verduras y hortalizas podridas, y la gente se arrancaba las cintas verdes que habían adornado sus sombreros y vestidos como muestra de admiración hacia la Descalza. El alcalde encargado de las comedias mandó a dos alguaciles a que retiraran a Milagros, resignada, sumisa ante el castigo. «¿Por qué no se va?», se preguntó el religioso.

—¡Vete, niña! —explotó fray Joaquín.

—¿Niña? —se extrañó la dama.

—Señora —contestó sin meditar, su atención fija en el tablado—, todos somos niños. ¿Acaso no aseguró Jesucristo que el que no fuera como un niño no entraría en el reino de los cielos?

La mujer iba a cuestionar las palabras del fraile pero lo que hizo fue abrir un precioso abanico de nácar con el que empezó a darse aire. Mientras tanto, los dos alguaciles arrastraban de los codos a Milagros entre una lluvia de hortalizas. Tan pronto como la gitana se perdió tras la cortina y los gritos que surgían del patio y la cazuela se transformaron en rumor de conversaciones indignadas, Celeste hizo su aparición en el tablado mientras tres hombres seguían limpiándolo. La victoria brillaba en los ojos de la cómica.

—El de Rafal —comentó uno de los nobles que se hallaba en pie, al fondo del aposento, refiriéndose al corregidor de Madrid— nunca debería haber sustituido a la gran Celeste.

—¡Y menos por una gitana que se prostituye por dos reales! —exclamó otro.

Fray Joaquín dio un respingo cuando Celeste empezó a cantar

y los dos nobles se sumaron con afectación a los aplausos del público.

—¿No lo sabía, reverendo? —La dama del abanico le habló con el rostro escondido tras él, ligeramente inclinada en la silla—: Si su paternidad nos honrase más con su presencia en las tertulias…

«Me habría enterado», terminó él para sus adentros la frase que había quedado colgada en el aire.

—Personalmente —dijo la mujer—, no alcanzo a imaginar lo que diría Nuestro Señor Jesucristo de esa niña —alargó despectivamente las dos últimas palabras y, acercando su silla a la del fraile y al amparo del abanico, como si con ello pretendiera excusar su atrevimiento, se lanzó a enumerar una lista de amoríos, multiplicada en los cuchicheos de las tertulias.

Entre los cantos de una rutilante Celeste, los aplausos y gritos de un público siempre voluble, de nuevo rendido a la primera dama, fray Joaquín interrumpió a la mujer, la cual se volvió hacia el religioso y de forma inconsciente empezó a abanicar por delante de su rostro. Conocía la sensibilidad del fraile, todas sus conocidas lo ensalzaban por esa cualidad, pero nunca hubiera sospechado que la noticia de los devaneos de una simple gitana pudiera producirle esa palidez casi cadavérica que presentaba.

Fray Joaquín pensaba en Milagros: hermosa, risueña, encantadora, astuta, alegre… limpia… ¡virginal! Los recuerdos habían acudido en tropel para clavarse en su estómago y paralizar el flujo de su sangre. Ella colmó sus fantasías nocturnas y le hizo conocer esa culpa que tantas veces trató de expiar con oraciones y disciplinas: su rechazo, tras proponerle que huyera con él, le arrojó a los caminos, dudando de que existiera sacrificio capaz de purificarle a los ojos de Dios. Desde entonces, aquel rostro atezado le había acompañado allá adonde fuera, desbocadamente bello: animándole, sonriéndole en los momentos adversos. Y ahora, ¿en qué rincón habían quedado aquellos alientos? Era una borracha. Eso lo había visto. Y una prostituta, según aseguraban…

Hasta la tarde del desplome de Milagros en el Coliseo del Príncipe, la imagen de la gitana solía asaltar la mente de fray Joaquín por las noches, mientras caminaba con los sentidos alerta por las peligrosas calles de Madrid hacia su casa. Cuando eso sucedía, el recuerdo de Milagros se agarraba a su memoria. Fray Joaquín habitaba un piso en una diminuta manzana de solo tres edificios, todos ellos estrechos y tan largos que iban desde la fachada que daba a las Platerías, en la calle Mayor, hasta la plazuela de San Miguel por detrás. Francisca, la vieja criada que lo atendía, se levantaba somnolienta para ayudarle pese a conocer la respuesta que recibiría: «Que Dios te lo pague, Francisca, pero puedes retirarte». Con todo, la mujer insistía una y otra noche, eternamente agradecida por disponer de un techo bajo el que cobijarse, comida y hasta por el escaso salario con el que el fraile retribuía sus esforzados pero también parcos servicios. Francisca nunca había servido. Viuda, con tres hijos ingratos que la abandonaron en su senectud, había dedicado su vida y sus esfuerzos a lavar ropa en el Manzanares. «Tanta lavaba —llegó a jactarse ante fray Joaquín—, que necesitaba un mozo de cuerda para que me ayudase a transportarla a sus dueños.» Pero como sucedía con todas aquellas mujeres, que día tras día, año tras año, acudían a sus cajones en el río para limpiar la suciedad de otros, ya fuera bajo el frío invernal y con el agua helada, ya en plena canícula, su cuerpo había pagado un alto precio: manos hinchadas y agarrotadas; músculos atrofiados; huesos permanentemente doloridos. Y fray Joaquín corría para recoger del suelo ese cazo que había resbalado de sus torpes manos para evitar el martirio que suponía para la mujer el agacharse. El religioso la había rescatado de las calles cuando la moneda que le dio como limosna se coló entre sus atrofiados dedos de lavandera, tintineó sobre una piedra y rodó lejos. Ambos se miraron: la anciana, incapaz de perseguir el dinero que se escapaba; fray Joaquín vislumbrando a la muerte ya instalada en sus ojos apagados.

Después de ordenarle que se retirara, el fraile comparaba los lentos movimientos que llevarían a Francisca hasta su jergón, a los pies de la maravillosa imagen de la Inmaculada Concepción, con la vitalidad y la alegría con las que esa misma tarde, quizá la anterior o la otra, Milagros había obsequiado a su público. Él se sentaba en uno de los aposentos, como casi a diario hacían las mujeres nobles y ricas con sus cortejos y acompañantes. ¡Prodigiosa! ¡Maravillosa! ¡Encantadora! Tales fueron las alabanzas que resonaban en sus oídos cuando pisó por primera vez el Coliseo del Príncipe, recién llegado a Madrid desde Toledo. La Descalza. Y aquel primer día saltó en la silla.

—¿Sucede algo, padre? —le preguntaron.

¿Algo? ¡Era Milagros! Fray Joaquín se hallaba casi de pie. Balbució algo ininteligible.

—¿Se encuentra mal?

«¿Qué hago en pie?», se preguntó. Se disculpó con su pupila, volvió a tomar asiento y escuchó arrebatado los cantos de Milagros mientras, discretamente, pugnaba por atajar las lágrimas que se acumulaban en sus ojos.

Desde su llegada a Madrid, el Coliseo del Príncipe y las actuaciones de Milagros se convirtieron en lugar de peregrinación para fray Joaquín. Si alguna de las tardes de función, Dorotea, la joven toledana a la que por imposición de su padre había acompañado a la Villa y Corte tras su matrimonio con el marqués viudo de Caja, decidía no asistir, el fraile se disculpaba con los marqueses y satisfacía de su bolsillo una entrada de patio o acudía a la tertulia con los demás religiosos. En la primera ocasión se sintió perdido ante las ocho puertas que llevaban a las diferentes zonas, independientes unas de otras —el patio, la tertulia, los aposentos, la destinada exclusivamente a las mujeres que iban a la cazuela—, pero en poco tiempo se había ganado el aprecio de los vendedores de entradas y los alojeros que en la parte trasera del patio ofrecían dulces y bebidas con miel y especias, bajo la cazuela de las mujeres. El fraile soportaba las funciones enteras y en muchas ocasiones, ante una obra mala y peor interpretada, se esforzaba por no incorporarse a la riada de personas que despreciaban el último acto de la comedia y abandonaban el coliseo tras la actuación de la Descalza. No deseaba ser reputado como uno más de quienes solo acudían al teatro por los sainetes o los entremeses. A su término, ensalzaba al autor y a los cómicos aunque solo tenía en mente la voz de la gitana, sus bailes medidos que no querían pero sí consentían provocar el deseo y las fantasías del público con su voluptuosidad. Temblaba al recuerdo de sus pícaros desplantes en dirección al patio, a los mosqueteros entre los que él se escondía. Y se achicaba ante la mirada que Milagros paseaba por todos ellos, temiendo que le reconociera.

—¿Qué decís vosotros al corregidor injusto? —preguntaba la gitana interrumpiendo la canción en la que un pobre campesino era encarcelado por el corregidor real.

Los abucheos y silbidos, brazos en alto, permitían que el religioso se irguiera de nuevo entre el barullo.

—¡Más alto, más! ¡No os oigo! —gritaba Milagros, animándolos con las manos justo antes de lanzarse a cantar de nuevo en competición con el griterío.

Y vencía. Su voz se alzaba potente por encima del alboroto y fray Joaquín se sentía desfallecer al tiempo que se le agarrotaba la garganta. Una tarde de comedia, quizá tras un exceso de vino en la comida con los marqueses, el fraile se acercó algo más al tablado y se mantuvo firme cuando Milagros buscó la complicidad del patio. Le temblaban las rodillas y no tuvo tiempo de volver la cabeza cuando la gitana paseó la mirada por los mosqueteros que la vitoreaban, justo donde él se encontraba. Quizá deseaba que lo descubriese. Ella no se percató de su presencia y fray Joaquín se sorprendió a sí mismo tranquilizándose al soltar el aire que había retenido en sus pulmones. No sabía por qué lo había hecho, pero ese día la sintió cerca, creyó olerla incluso.

Después de esa visita al teatro, antes de la cena y de la tertulia a la que asistiría acompañando a Dorotea, fray Joaquín se encerró en la sala de los relojes de la casa del marqués abrumado por sentimientos encontrados. Se recriminó que aquella estancia en la que el marqués mostraba su poderío y sobre todo su buen gusto, al decir de cuantos contemplaban su colección, y en la que él acostumbraba a buscar refugio, le apaciguara en mayor medida que la oración o la lectura de libros sagrados. Se detuvo ante un reloj de caja tan alta como él, en madera de ébano adornada con bronces dorados cincelados. El inglés John Ellicott lo había fabricado; firmaba en su dial, sobre el que se veía un calendario lunar y un globo celeste.

Milagros era feliz, tuvo que reconocer al ritmo del segundero. ¡Había triunfado! «¿A qué entrometerme en su vida?», se preguntó después, ante un elaborado reloj de sobremesa con figurillas bucólicas de Droz; obra de un relojero suizo, según le había explicado el marqués. ¿Cómo conseguían fabricar tales maravillas? Más de una docena se exponían en la sala. Relojes con música. ¿Le gustarían a Milagros? Algunos tenían hasta una docena de pequeñas campanas… ¿Cómo sonaría su voz de gitana junto a ellas? Relojes de péndulo, inmensos, con un mecanismo de órganos o de movimiento perpetuo; había uno que hasta realizaba operaciones aritméticas. Autómatas que tocaban la flauta: le encantaba escuchar la flauta del pastor o los ladridos del perro…

Milagros ya le había rechazado en una ocasión. ¿Qué le dijo entonces? «Lo siento… Nunca habría podido ser.» Sí, esas fueron sus palabras antes de huir hacia el Andévalo. «¿Por qué te empeñas, fraile idiota?», se dijo a sí mismo. Si en aquel momento de desesperación, cuando la gran redada, asustada por tener que huir de Triana, con sus padres detenidos y su abuelo desaparecido, Milagros no había sido capaz de encontrar en su interior un ápice de cariño hacia él, ¿qué podía esperar ahora, cuando triunfaba en la escena y era adorada por todo Madrid?

Con todo, nunca dejó de ir al teatro, ni siquiera cuando, meses después de su llegada, tuvo que abandonar la casa del marqués y de quien había sido su pupila para trasladarse a la estrecha y alargada vivienda de la calle Mayor que compartía con Francisca. Durante ese tiempo, poco a poco, Dorotea había ido introduciéndose en las seductoras costumbres de la Villa y Corte, tan distintas de las toledanas, y empezó a prescindir de quien hasta entonces había sido su maestro, confidente y amigo. Don Ignacio, el marqués, padre de tres hijos habidos en su anterior matrimonio, era un hombre tan rico como despreocupado.

—Me duele decirlo, don Ignacio —se explayó con él fray

Joaquín, los dos sentados en la sala de los relojes, una mañana, tomando café y dulces—, pero considero mi deber advertirle que su esposa está tomando unos caminos preocupantes.

—¿Da motivo de escándalo? —saltó ofuscado el otro, con tanto ímpetu que estuvo a punto de derramar el café sobre su chaleco.

—No, no. Bueno..., no lo sé. Supongo que no, pero en las tertulias... siempre está cuchicheando y riéndose con uno u otro. Sé que la pretenden, lo he oído; es joven, bella, culta. Doña Dorotea no es como las demás mujeres...

—¿Por qué no?

En esta ocasión fue el fraile quien se sobresaltó.

—¿Admite el cortejo?

El marqués suspiró.

—¿Y quién no, páter? Los hombres de nuestra posición no podemos oponernos a ello por más que nos incomode. Sería... sería incivilizado, descortés.

—Pero...

El marqués alzó con elegancia una de sus manos rogándole silencio.

—Sé que no es la doctrina de la Iglesia, páter, pero en estos tiempos el matrimonio ya no es la institución sagrada de nuestros ancestros. El matrimonio, cuando menos el de los afortunados como nosotros, se fundamenta en la cortesía, el respeto, la educación, la sensibilidad... No son más que meras uniones de inclinación.

—Antes tampoco abundaban los matrimonios por amor —trató de refutar el fraile.

—Cierto —se apresuró a reconocer el otro—. Pero ya no podemos hablar de esas mujeres atemorizadas y encerradas en casa de sus esposos. Hoy en día hasta las mujeres menesterosas, por humildes que sean, quieren mostrarse a los hombres; quizá no tengan la sensibilidad y la cultura de las damas, pero eso no les impide exhibirse en calles, teatros y fiestas. Reconozcamos que tampoco tienen tantas necesidades sentimentales, la precariedad de su vida se lo impide, pero no hay madre que además de educar a su hija en la virtud cristiana no se preocupe también de enseñarle a bailar y cantar, amén del arte de ese lenguaje corporal y silencioso que tan bien sabe encandilar a los hombres con ese sí pero no, cuando no pero sí.

Fray Joaquín carraspeó, presto a contestar, pero el marqués continuó hablando.

—Piense en doña Dorotea. Usted le enseñó latín en casa de su padre; sabe leer y lo hace. Es culta, delicada, sensible, sabe cómo agradar a un hombre. —Don Ignacio cogió un bizcocho y lo mordió—. ¿Qué cree usted que es lo que más complace a mi esposa del juego del cortejo? —preguntó después. El fraile negó con la cabeza—. Se lo diré: es la primera vez en su vida que tiene la oportunidad de elegir. El matrimonio le vino impuesto, como todo desde que nació, pero ahora ella escogerá a su cortejo y en un tiempo lo dejará por otro, y flirteará con un tercero para encelar al primero, o al segundo…

—¿Y si…? —fray Joaquín titubeó—. ¿Y si llegase al adulterio? —Se arrepintió de la pregunta de inmediato—. Doña Dorotea es íntegra y honesta —se apresuró a añadir golpeando el aire como si hubiera dicho una sandez—, sin embargo, la carne es débil, y la de las mujeres… más todavía.

Con todo, el noble no reveló la cólera que hubiera cabido esperar de alguien de quien se acababa de poner en duda la virtud de su esposa. Don Ignacio sorbió café y durante unos instantes perdió la mirada en aquellos relojes que tanto admiraba. Terminó su inspección con una mueca.

—Se dice que es amor blanco, páter, y la mayoría de los cortejos así lo son. No crea que no lo hablamos entre muchos de nosotros, pero ¿quién sabe qué es lo que sucede en el interior de la alcoba de una mujer? Públicamente solo se trata de un galanteo, simple coquetería. Y eso es lo que importa: lo que ven los demás.

Libre pues del estorbo de aquel fraile que había llevado desde Toledo a modo de tutor, la marquesita aprendió el uso del abanico para comunicar en un idioma secreto por todos conocido aquellas señales que deseaba transmitir a los petimetres: tocarlo, abrirlo, abanicarse con fuerza o lánguidamente, dejarlo caer al suelo, cerrarlo con violencia… Cada acción significaba una u otra cosa. Poco tardó también en llegar a utilizar los lunares en el rostro para exteriorizar su estado: si lo era en la sien izquierda mostraba que ya tenía cortejo, si en la derecha, que estaba cansada de su cortejo y podía aceptar otros; junto a los ojos, los labios o la nariz, distintas formas todas ellas de mostrar el estado de ánimo de la señora.

La brecha entre fray Joaquín y aquella joven toledana a la que había enseñado latín y a entender los clásicos había ido haciéndose más y más grande a medida que Dorotea se introducía en el juego del cortejo. Por las mañanas, ni siquiera su marido podía acceder a la alcoba de su esposa. «La señora marquesa está con el peluquero», le contestaba su doncella a modo de carcelera, ante la puerta del dormitorio cerrada con llave. Fray Joaquín veía acceder a la casa al galán de turno, joven, afeitado y empolvado, oliendo a lavanda, jazmín o violeta, en ocasiones con peluca, en otras con el cabello moldeado por un peluquero con sebo y manteca, pero siempre dispuesto con mil adornos: corbatín, reloj, anteojos, bastón, espadín al cinto, encajes, puntas y hasta lazos en trajes de seda coloridos con abotonaduras doradas. El marqués, también lo percibía el fraile, hacía por no cruzarse con el galán mientras este, con fingida dignidad, sorbía rapé a la espera de que el mayordomo fuera avisado para acompañarlo hasta la alcoba. «¿Qué hacen allí dentro?», se preguntaba fray Joaquín. Dorotea estaría todavía en el lecho, con ropas de dormir. ¿De qué hablarían durante las horas que tardaba la marquesa en salir de su dormitorio? ¿Para qué se había esforzado él en enseñar a su pupila las más modernas doctrinas acerca de la condición femenina? Todos aquellos relamidos petimetres que perseguían a las damas eran tan jactanciosos como incultos, algo que había comprobado en las tertulias, atónito ante las estupideces que llegaba a escuchar.

—Señora —alardeaba uno de ellos—, Horacio era demasiado sentencioso.

—Sin Homero, ¿qué habría sido Virgilio? —decía otro un poco más allá.

Nombres y citas aprendidas de memoria para asombrar a sus oyentes: Periandro, Anacharsis, Theofrastes, Epicuro, Aristipo, se escuchaba aquí y allá en los lujosos salones de las señoras. ¡Y Dorotea sonreía boquiabierta! Todos ellos despreciaban con soberbia la más leve de las críticas y se burlaban de aquellas que se les presentaban como opiniones autorizadas, hasta que a través de esos ardides algunos llegaban a alcanzar la condición de sabios a ojos de una audiencia femenina entregada a sus fanfarronadas.

Ignorancia. Hipocresía. Frivolidad. Vanidad. Fray Joaquín estalló al escuchar cómo un petimetre que pugnaba por conseguir el favor de Dorotea le rogaba que le hiciera llegar un frasco que contuviera el agua con la que se había lavado para utilizarla como medicamento con una criada enferma. La sangre abandonó el rostro del fraile para concentrarse en su estómago, toda ella, en aluvión, dejándole lívido, al presenciar cómo la joven con la que declinase el latín y disfrutara leyendo al padre Feijoo accedía exultante a la ridícula petición, apoyada por algunas de las señoras que aplaudieron la iniciativa y otras que le rogaron encarecidamente, por el bien de aquella desgraciada criada enferma, que consintiese en la cura.

Fray Joaquín conocía las modernas y controvertidas teorías sobre los tratamientos a base de agua. Los «médicos del agua», llamaban a sus defensores. Ni siquiera Feijoo había sido capaz de ponerlas en entredicho, pero de ahí a darle de beber a una enferma el agua sucia de una dama, por más marquesa, joven y bella que fuera, existía un abismo.

—No puedo continuar habitando su casa.

Don Ignacio curvó sus labios en algo parecido a una sonrisa. «¿Triste, melancólica?», se preguntó fray Joaquín.

—Lo comprendo —dijo aquel, dando por sobrentendida la causa que llevaba al religioso a esa decisión—. Ha sido un verdadero placer tenerlo aquí y haber conversado con usted.

—Ha sido realmente generoso, don Ignacio. En cuanto a su capilla...

—Continúe con ella —le interrumpió el marqués—. Tendría que buscar otro sacerdote y eso sería una molestia —añadió torciendo el gesto—. Además, si se fuera, no podría contemplar los relojes, y sabe que eso satisface mi vanidad.

El marqués sonrió en una actitud que el fraile advirtió franca.

—Le considero una buena persona, páter. Estoy convencido de que la señora marquesa no pondrá ninguna objeción.

Dorotea no lo hizo. De hecho, la despedida se zanjó de forma fría y apresurada —la esperaban sus amigas, se excusó ella dejándolo con la palabra en la boca—, por lo que fray Joaquín continuó atendiendo la capilla particular de la casa del marqués, generosamente beneficiada por este con dineros suficientes a cambio de unas cuantas misas por las ánimas de los ancestros del noble a las que solo acudían un par o tres de criados.

¿Dónde estaba Milagros? En una sola tarde, fray Joaquín vio cómo todos sus principios se desmoronaban. Pese a sus deseos, había conseguido mantenerse al margen: idolatrar a Milagros. Sin embargo, tras ser testigo de su caída, le asaltaron las dudas sobre lo que debía hacer. Estaba casada, ¿cómo podía permitir su esposo…? ¿De verdad se había prostituido? La mueca con que el marqués de Caja acogió la pregunta cuando el fraile se decidió a hacérsela se lo confirmó.

—¡No puede ser! —se le escapó.

—Sí, padre. Pero no conmigo —añadió el noble con prontitud ante la expresión del fraile—. ¿A qué viene su interés? —inquirió cuando fray Joaquín le preguntó si sabía dónde vivía la Descalza.

El fraile apretó los labios y no respondió.

—De acuerdo —cedió don Ignacio ante su silencio.

El marqués envió a su secretario a interesarse por la situación y en unos días hizo llamar al fraile. Le contó de la sentencia de la Sala de Alcaldes.

—Sin duda es la más oportuna —añadió como de pasada—. Hoy mismo la han puesto en libertad.

Luego le proporcionó una dirección en la calle del Amor de Dios.

Allí se apostó el fraile. Solo quería verla y ayudarla si era preciso. Alejó de su mente la preocupación acerca de qué haría cuando eso sucediese… si sucedía. No quería hacerse ilusiones como el día en que corrió tras ella en Triana. El problema con el que se topó fue que existían tres edificios marcados con el número cuatro en la calle del Amor de Dios.

—No se puede saber —le contestó un parroquiano al que preguntó—. Mire, padre, el asunto es que al que se le ha ocurrido numerar los edificios lo ha hecho rodeando las manzanas de casas, por lo que efectivamente muchos números se repiten. Sucede en todo Madrid. Si en lugar de rodear las manzanas lo hubieran hecho por calles, linealmente, como en otras ciudades, no tendríamos ese problema.

—¿Sabe… sabe en cuál de ellos vive la Descalza?

—¿No me dirá que un religioso como usted…? —le reprochó el hombre.

—No me juzgue mal —se defendió fray Joaquín—, se lo ruego.

—Allí era donde se detenían las literas para llevarla a las comedias —gruñó el hombre señalando un edificio.

Fray Joaquín no se atrevió a subir. Tampoco preguntó a un par de vecinos que entraron y salieron del inmueble. «En realidad, ¿qué pretendo?», se preguntó. Paseando de arriba abajo la calle una y otra vez, le pilló el anochecer. La noche era templada pero, pese a ello, cerró el cuello de su hábito y se refugió en un portal frontero. Quizá al día siguiente podría verla… En aquella duda estaba cuando vio a dos hombres que se dirigían hacia el edificio. Uno era un alguacil, con su vara repicando sobre el suelo; el otro, Pedro García. No le costó reconocerlo. Más de una vez se lo había señalado alguna piadosa parroquiana en Triana a causa de aquellos amoríos que después tenía que correr a arreglar el Conde, su abuelo. «El esposo de Milagros», se lamentó. Poco podía hacer si estaba él. ¿Cómo había consentido que su mujer se prostituyese? ¿Era eso lo que le diría si salía a su paso? Ambos hombres accedieron al edificio y él se quedó a la espera, sin saber bien por qué. Algo después, salió una vieja cargada con un jergón y dos atados.

Gitana también, pudo verle el rostro a la luz de la luna: su tez la delataba. Parecía que se preparaban para marcharse, para abandonar la casa. Fray Joaquín estaba nervioso. Le sudaban las manos. ¿Qué sucedía allí arriba? Al poco vio salir del inmueble al alguacil.

—¡Apártate de esa bestia o te matará a ti también! —escuchó que advertía a la vieja gitana.

«¿Te matará a ti también?»

De repente, fray Joaquín se encontró en el centro de la calle.

—¿La matará? —balbució frente al alguacil.

—¿Qué hace usted aquí, padre? No son horas…

Pero el fraile ya había echado a correr escaleras arriba. «La matará», resonaba frenéticamente en sus oídos.

—¡Detente! —jadeó tras asomarse a la única puerta abierta y ver a Pedro dispuesto a degollar a una mujer.

El gitano volvió la cabeza y reconoció, sorprendido, a fray Joaquín.

—Triana queda muy lejos, padre —escupió, liberando a Milagros y enfrentándose a él navaja en mano.

La visión del cuerpo desnudo de Milagros distrajo por un instante a fray Joaquín.

El gitano se acercaba a él.

—¿Te gusta mi esposa? —preguntó con cinismo—. Disfruta de ella porque será lo último que veas antes de morir.

Fray Joaquín reaccionó pero no supo qué hacer contra aquel hombre fuerte y armado que destilaba ira por todos sus poros. En un solo segundo se le encogieron los testículos y un sudor frío le empapó la espalda.

—¡Socorro! —acertó a gritar entonces mientras reculaba hacia el rellano.

—¡Calla!

—¡Ayuda!

El gitano lanzó un primer navajazo. Fray Joaquín trastabilló al esquivarlo. Pedro atacó de nuevo, pero fray Joaquín logró atenazar su muñeca. No resistiría mucho, comprendió sin embargo.

—¡Socorro! —Utilizó la otra mano en ayuda de la primera—. ¡A mí! ¡La ronda! ¡Llamad a la ronda!

Pedro García le pateaba y golpeaba con la mano libre, pero fray Joaquín solo estaba pendiente de aquella en la que tenía la navaja, cerca, rozando ya su rostro. Continuó chillando, ajeno a la paliza que estaba recibiendo.

—¿Qué sucede? —se escuchó en las escaleras.

—¡Avisad a la ronda! —exclamó una mujer.

A los gritos de fray Joaquín en la noche se sumaron los de los propios vecinos del edificio y hasta los de los fronteros, hombres y mujeres asomados a los balcones.

Se oyeron pasos en las escaleras y más gritos.

—¡Allí!

—¡Socorro! —El auxilio que preveía próximo dio fuerzas a fray Joaquín para continuar gritando.

Alguien llegó al rellano.

Pedro García supo que estaba perdido. Soltó la navaja y el fraile cedió en un pulso que se veía incapaz de soportar por más tiempo, momento en que el gitano aprovechó para empujarlo y lanzarse escaleras abajo, llevándose por delante a la gente que subía por ellas.

40

astaban un par de troncos para calentar la pequeña casa de un solo piso, comedor junto al hogar y dormitorio, en las afueras de Torrejón de Ardoz. En el silencio de la noche, el aroma a leña quemada se mezclaba con el del tabaco que Caridad exhalaba en grandes volutas. Sola, sentada a la mesa, dejó reposar el cigarro sobre un platito de barro cocido para hacer funcionar, una vez más, el mecanismo del juguete que representaba la plantación de tabaco. La repetitiva musiquilla metálica que tan bien conocía inundó la estancia tan pronto como Caridad soltó la llavecita que había girado hasta su tope. Cogió el cigarro, chupó fuerte y lanzó una lenta bocanada de humo sobre las figurillas que giraban en torno a la ceiba, el árbol sagrado, y las plantas de tabaco. En el otro extremo del mundo, más allá del océano, muchos negros estarían en ese mismo momento cortando y cargando tabaco. Los jesuitas de la Casa Grande de Torrejón le habían asegurado que las horas iban al revés, que cuando aquí era de noche, allí era de día, pero por más que intentaron explicarle la razón, ella no llegó a entenderla. Sus pensamientos volaron hacia los esclavos con los que había compartido sufrimientos: hacia María… María era la tercera de aquella fila de figuras de hojalata que giraban y giraban; había creído encontrar cierto parecido con ella, aunque poco lograba recordar ya de las facciones

de su amiga. Terminó identificando al pequeño Marcelo con el muchacho que daba vueltas sin cesar cargado con una coracha. Cuando Marcelo pasaba al lado del capataz que levantaba y bajaba el brazo con el látigo, Caridad cerraba los ojos. «¿Qué habrá sido de mi niño?», sollozó.

—Todos los negros lo quieren, siempre ríe —le había comentado al padre Luis, uno de los jesuitas de la Casa Grande un día que le llevó una partida de buen tabaco.

—Caridad, por poco que se parezca a ti, no me cabe duda alguna —afirmó el otro.

El padre Luis le prometió que buscaría noticias de Marcelo, «siempre que me sigas trayendo tabaco», añadió al tiempo que le guiñaba un ojo.

La Compañía de Jesús, como otras órdenes religiosas, era propietaria de aquellos ingenios azucareros en los que se explotaba a los negros. Se sintió contrariada al escuchar al jesuita recitar con orgullo algunos de sus nombres: San Ignacio de Río Blanco, San Juan Bautista de Poveda, Nuestra Señora de Aránzazu y Barrutia... ¿Por qué alguien que creía que la esclavitud era buena iba a preocuparse por la suerte de un criollito?

—¿Sucede algo, Cachita? —preguntó el padre Luis ante el repentino cambio de expresión en el semblante de Caridad.

—Recordaba a mi niño —mintió ella.

Pero cuando sí lo recordaba, como a tantos otros, como a Melchor y a Milagros, era mientras contemplaba el juguete mecánico en aquella pequeña casita que, a través del padre Valerio, tenía arrendada a los jesuitas. El silencio y la soledad de las largas noches castellanas la entristecían. Por eso, a pesar de su elevado precio, se decidió a comprar el artilugio que había visto en la covachuela de la Puerta del Sol y que la acercaba a los suyos, a los negros y a los que no lo eran. Al fin y al cabo, ¿para qué quería ella el dinero?

No había transcurrido un año desde que Caridad había llegado a Torrejón de Ardoz cuando Herminia huyó con su primo Antón. Lo hizo una noche, sin tan siquiera despedirse de ella. Instintivamente, Caridad protegió sus sentimientos. ¡Otra persona que desaparecía de su vida! Se volcó en el trabajo del tabaco, y al volver a casa los gritos de Rosario y la permanente ira que rezumaba la nodriza por la traición de su esposo la mantenían en constante tensión, siempre pendiente de lo que pudiera suceder. Durante unos días, los tíos de Herminia no supieron qué hacer con Caridad, que aún vivía en aquel cobertizo anexo a la casa. Fue el fiscal del Consejo de Guerra, el padre de Cristóbal, quien decidió por ellos. Enterado por las autoridades del pueblo de lo sucedido con Rosario, el hombre se personó de improviso, acompañado de un médico, un secretario y un par de criados. Sin conceder excesiva importancia al pequeño Cristóbal, envuelto como un capullo en sus lienzos blancos, exigió la presencia de cuantos allí vivían y, en ese mismo lugar, sin dejar de lanzar insolentes miradas a Caridad, el médico sometió a la nodriza a un examen exhaustivo. Inspeccionó su cuerpo, sus caderas, sus piernas y sus grandes pechos, que sopesó de conformidad. Luego se centró en sus pezones.

—¿Con qué los cuidas? —inquirió.

—Con cera virgen, aceite de almendra dulce y grasa de ballena —contestó con seriedad Rosario, al tiempo que le alcanzaba un frasco con el ungüento, que el médico olió y palpó—. Luego me los lavo con jabón —explicó la nodriza.

Lo más importante, no obstante, era la leche. El galeno, como si de una compleja operación se tratara, extrajo de su maletín una botella de cristal y cuello alargado cuyo fondo calentó al fuego. Agarró la botella con un trapo, introdujo el pezón por la boca del cuello y presionó contra el pecho para que no entrase aire. A medida que la ampolla se enfriaba, la leche de Rosario fue vertiéndose en su interior.

Con el fiscal a su lado, el médico la observó al trasluz, la removió, la olió y la cató.

—No huele —comentó mientras el otro aprobaba con la cabeza—, es mantecosa y dulce; blanca azulada y no muy espesa.

»Acércate. Ven aquí —ordenó luego al hijo mayor de Rosario, que no se adelantó hasta recibir un empujón por parte de su abuelo. El médico echó la cabeza del niño hacia atrás, abrió uno de sus ojos y vertió algunas gotas de leche en él—. Tampoco irrita —sentenció al cabo de unos minutos.

Aconsejado por su médico, el fiscal permitió que Rosario continuara amamantando a Cristóbal.

—Su excelencia no consiente que su hijo conviva con una negra —añadió de malos modos sin embargo el secretario cuando ya los demás se encaminaban hacia la puerta.

Don Valerio acudió raudo en su ayuda y le proporcionó la casita: no iba a permitir que Caridad tuviese el menor problema. A base de dedicación y un trabajo que no parecía cansarla en absoluto, había conseguido excelentes resultados. El párroco confió en ella, la dejó hacer y Caridad modificó todo el sistema que hasta entonces habían utilizado Marcial y Fermín. Escogió las semillas y plantó las posturas. A lo largo del mes que tardaban en crecer preparó y aró el terreno a conciencia para trasplantar las posturas que consideró mejores. Día tras día vigiló el crecimiento del tabacal; utilizó una azada corta para desherbar el terreno; desbotonó y deshijó los chupones de las plantas para que las hojas crecieran más y mejor, y hasta se la vio cargada con cubos de agua cuando creía que el cultivo lo necesitaba. Recolectó hoja por hoja, como se hacía en Cuba; las palpaba, las olía y no cesaba de cantar. Apremió al viejo Fermín para que le consiguiera buenos cujes y, junto al sacristán, selló las ranuras de las maderas del desván para que no se colase entre ellas el olor a incienso de la iglesia. Cuidó pacientemente de la desecación, el curado y la fermentación del tabaco, y con este aún joven, a diferencia de cómo trabajaban en Cuba, en el mismo desván, elaboró con él unos cigarros que, si bien no la satisfacían, nada tenían que ver en aspecto y calidad con el que le había dado Herminia tras liberarla de la Galera.

Don Valerio alabó su trabajo y se mostró generoso. De repente Caridad se encontró con dineros y viviendo en una casa sin nadie que le diera órdenes. «Eres libre, negra», se decía a menudo en voz alta. «¿Para qué?», venía a contestarse ella misma al instante. ¿Dónde quedaban los suyos? ¿Y Melchor? ¿Qué había sido del hombre que le había descubierto que más allá de esclava podía ser una mujer? A menudo lo lloraba por las noches.

Los algo más de mil habitantes de Torrejón de Ardoz contaban con dos hospitales con un par de camas cada uno de ellos para refugio de peregrinos, enfermos y desamparados; también tenían iglesia, carnicería y una pescadería que además vendía aceite, así como mercería, taberna y tres mesones. No existían más comercios, ni siquiera disponían de horno de pan. Quienes, como Caridad, no lo amasaban en casa, lo adquirían de los vendedores que lo llevaban diariamente de los pueblos cercanos. En aquel ambiente cerrado, tuvo que desenvolverse Caridad. La protección de don Valerio y la simpatía de los jesuitas le garantizaban libertad de movimientos, pero la mayoría de las mujeres recelaban de ella, y las que no, se topaban con una mujer de pocas palabras que no buscaba la compañía de nadie y que, por más que hubiera cambiado, todavía tenía el instinto de clavar la mirada en tierra cuando un blanco desconocido se dirigía a ella. En cuanto a los hombres... era consciente de la lascivia con la que muchos de aquellos toscos agricultores contemplaban sus andares. Un mundo nuevo se abrió para ella y fue el viejo Fermín quien la acompañó en su andadura: le enseñó a comprar y a utilizar aquellas monedas cuyo valor desconocía.

—Herminia me dijo que costaba mucho dinero —dijo Caridad el día en que, enterada de que el sacristán iba a Madrid y, para consternación del hombre, le entregó cuanto tenía con el encargo de que comprase el juguete mecánico.

Fermín también le enseñó a cocinar olla podrida, en la que Caridad, tarareando con alegría, terminaba vertiendo indiscriminadamente todos los ingredientes de los que disponía y que, junto al pan y algunas frutas, pasó a convertirse en su dieta habitual. Con todo, lo que más le complacía eran las almendras garrapiñadas que elaboraban las monjas del convento de San Diego de Alcalá de Henares y que solo podían comprarse a través del torno. Don Valerio, incluso don Luis o cualquier otro de los jesuitas, acostumbraban a regalarle aquellos sabrosos dulces cuando acudían a realizar alguna gestión en la población vecina, y en esas ocasiones, terminado el trabajo, ella se sentaba por las noches a la puerta de su casa con los extensos trigales, la luna y el silencio como toda compañía, y se deleitaba saboreándolos. Se trataba de unos momentos de calma en los que la soledad en la que vivía dejaba de torturarla y Melchor, Milagros, la vieja María, Herminia y su pequeño Marcelo se desvanecían al sentir el placer del almíbar en su boca y al debatirse en esa pugna constante que mantenía consigo misma por reservar alguna de las garrapiñadas para el día siguiente. Nunca lo conseguía.

Una de esas noches en que Caridad se encontraba distraída como una niña, la voz de un hombre la sobresaltó.

—¿Qué comes, morena?

Caridad escondió el paquete de garrapiñadas a su espalda. Pese al silencio que reinaba, no los había oído llegar: dos hombres, sucios, desharrapados. «Mendigos», se dijo.

—¿Qué has escondido? —inquirió el otro.

Fermín la había advertido. Don Valerio y don Luis también. «Una mujer como tú, sola... Atranca la puerta de tu casa.» Los mendigos se acercaban. Caridad se levantó. Era más alta que ellos. Y debía de ser más fuerte, pensó ante aquellos cuerpos demacrados por el hambre y la miseria, pero eran dos, y si iban armados, poco podría hacer ella.

—¿Qué queréis? —El tono enérgico de su voz la sorprendió.

A los otros también. Se detuvieron. No empuñaban ningún arma, quizá no tenían, aunque Caridad vio que portaban toscos bastones. Le dolió soltar el paquete de garrapiñadas pero lo hizo; luego agarró la silla y la interpuso en su camino, algo alzada, amenazante. Los mendigos se miraron.

—Solo queríamos algo de comer.

El cambio de actitud infundió valentía en Caridad. El hambre era una sensación que conocía bien.

—Tirad esos palos. Lejos —exigió cuando los otros se disponían a obedecerla—. Ahora podéis acercaros —añadió sin soltar la silla.

—No pretendemos hacerte daño, morena, solo...

Caridad los contempló y se sintió fuerte. Ella estaba bien alimentada y llevaba mucho tiempo trabajando los campos, esforzándose, arando, cargando plantas y plantas. Soltó la silla y se agachó a recoger las garrapiñadas.

—Sé que no me haréis daño —aseveró entonces dándoles la espalda—, pero no porque no queráis, que eso no lo sé, sino porque no podéis —añadió para borrar la sonrisa con que se topó al enfrentarse de nuevo a ellos.

Servando y Lucio, así se llamaban los mendigos a los que Caridad alimentó con los restos de la olla podrida.

La noche siguiente atrancó la puerta; ellos la aporrearon y suplicaron, y al final les abrió. Al otro día ni siquiera esperaron a que finalizara su trabajo en el desván de la sacristía: holgazaneaban alrededor de la casa cuando ella llegó.

—¡Fuera! —les gritó desde lejos.

—Caridad...

—Por Dios...

—¡Largo!

—Una última vez...

Se hallaba ya junto a ellos. Iba a amenazarles con avisar al alguacil, eso le había aconsejado Fermín al saber de quiénes se trataba, pero se fijó en una pequeña brasa en la mano de Servando.

—¿Qué es eso? —inquirió señalándola.

—¿Esto? —preguntó a su vez el otro mostrando un cigarrillo.

Caridad se lo pidió. Servando le entregó un pequeño canuto de tabaco picado liado en papel basto y grueso que Caridad examinó con curiosidad. Conocía las tusas, cigarrillos como aquellos liados con hojas de maíz seco. Nadie quería fumarlas.

—Es barato —terció Lucio—. Es lo que fumamos los que no podemos comprar cigarros como los que tú fumas.

—¿Dónde los venden? —preguntó ella.

—En ningún sitio. Está prohibido. Cada uno elabora el suyo.

Caridad fumó del cigarrillo. Caliente. Tosió. Repugnante. En cualquier caso..., pensó, disponía de abundantes restos que cuando tenía tiempo picaba y liaba en cigarros que ya ni don Valerio aceptaba. Esa noche, Servando y Lucio volvieron a comer olla podrida. Repitieron otras muchas. Le proveyeron de papel, el que fuera, que Caridad cortaba en pequeños rectángulos y rellenaba con la picadura. Los primeros cigarrillos se los fió. Le pagaron al volver a por más. En poco tiempo, Caridad tuvo que empezar a seleccionar las peores hojas de tabaco, que antes habría destinado a la elaboración de cigarros, para hacer picadura con ellas y envolverla en los rectángulos de papel. Continuó con los cigarros que correspondían a don Valerio y con los de los jesuitas, escogiendo las hojas de mejor calidad; respetó también su propia fuma, por supuesto, pero el resto y todos los sobrantes los dedicó a los cigarrillos.

Llegó el día en que Fermín tuvo que desplazarse hasta Madrid para canjearle dos saquillos a reventar de reales de vellón y maravedíes por unos maravillosos doblones de oro. El sacristán no aprobaba las actividades de Caridad y la previno.

—No sé la razón por la que te he cobrado afecto —reconoció sin embargo después de regañarla y entregarle los doblones de oro.

—Porque eres como aquella vieja de la que te hablé cuando nos conocimos: gruñón, pero buena persona.

—Esta buena persona no podrá hacer nada por ti si te detienen…

—Fermín —le interrumpió ella alargando la última vocal—, también me podían detener cuando hacía cigarros solo para don Valerio, pero entonces no me advertiste de nada.

El viejo sacristán escondió la mirada.

—No me gustan esos dos con los que trabajas —dijo al cabo—. No me fío de ellos.

En esta ocasión fue Caridad la que guardó silencio unos instantes. Luego sonrió y, sin saber por qué, el rostro de Melchor volvió a su memoria. ¿Qué habría contestado el gitano?

Esa noche de primavera, mientras contemplaba los giros de aquel juguete mecánico, Caridad recordó la respuesta que entonces le dio al sacristán.

«Hoy no me han fallado. Mañana… ya veremos.»

41

Avisad a la ronda.

—¿Qué ha sucedido?

Muchos de los vecinos del inmueble se arremolinaron alrededor del fraile. Un par de ellos portaban candiles. «¿Está herido?», repetía una mujer que no dejaba de tocarle. Fray Joaquín jadeaba, congestionado, tembloroso. No conseguía ver a Milagros en el interior del piso. Sí, ahí estaba: había resbalado por la pared y permanecía acuclillada, desnuda. Alcanzó a entrever la luz tenue, la gente apiñada en el descansillo. «¿Le ha hecho daño ese canalla?», insistió la mujer. «Mirad», escuchó él entonces. Le asaltó la angustia al percibir cómo la mayoría de los presentes se volvía y fijaba su atención en la gitana. ¡No debían verla desnuda! Se zafó de la impertinente que palpaba sus brazos y logró abrirse paso a empujones.

—¿Qué miran ustedes? —gritó antes de cerrar la puerta a su espalda.

Llegó a notar el repentino silencio y observó a Milagros. Quiso acercarse a ella, pero en vez de eso permaneció un instante junto a la puerta. La gitana no reaccionaba, como si nadie hubiera entrado.

—Milagros —susurró.

Ella continuó con la mirada perdida. Fray Joaquín se acercó y se acuclilló. Luchó por evitar que sus ojos se desviasen hacia los pechos de la muchacha o hacia...

—Milagros —se apresuró a susurrar de nuevo—, soy Joaquín, fray Joaquín.

Ella alzó un rostro inexpresivo, vacío.

—Virgen Santa, ¿qué te han hecho?

Deseó abrazarla. No se atrevió. Alguien golpeó la puerta. Fray Joaquín escudriñó la habitación. Con una mano alzó la camisa rasgada de la gitana, en el suelo. La falda... Llamaron con mayor ímpetu.

—¡Abrid a la justicia!

No podía consentir que la vieran desnuda, aunque tampoco se atrevía a vestirla, a tocar...

—¡Abrid!

El religioso se puso en pie y se despojó del hábito, que acomodó sobre los hombros de la gitana.

—Levántate, te lo ruego —le susurró.

Se agachó y la tomó del codo. La puerta reventó al impetuoso empuje del hombro de uno de los alguaciles justo cuando Milagros obedecía con docilidad y se ponía en pie. Con manos temblorosas, ajeno a la gente que entraba en la habitación, el fraile abrochó el corchete del hábito por encima de los pechos de Milagros y se volvió para encontrarse con un par de alguaciles y los vecinos del rellano, que observaron la escena, perplejos y desconcertados, aunque la sotana, cerrada, caía a plomo hasta el suelo e impedía que se entreviera el cuerpo de la mujer. De repente fray Joaquín comprendió que no la miraban a ella, sino a él. Despojado del hábito, una vieja camisa y unos simples calzones raídos constituían toda su vestimenta.

—¿Qué es este escándalo? —inquirió uno de los alguaciles después de escrutarle de arriba abajo.

El examen al que se vio sometido avergonzó al religioso.

—El único escándalo que me consta —se revolvió como si con ello pudiera imponerse— es el que han hecho ustedes al romper la puerta.

—Reverendo —replicó el otro—, está usted en paños menores con… con la Descalza —arrastró las palabras antes de continuar—: una mujer casada que viste su sotana y que al parecer…

El alguacil señaló entonces las piernas de Milagros, allí donde el hábito se abría ligeramente y permitía atisbar la forma de sus muslos.

—Está desnuda. ¿No le parece suficiente escándalo?

Los murmullos de los vecinos acompañaron la declaración. Fray Joaquín exigió calma con un movimiento de sus manos, como si pudiera así frenar las acusaciones de quienes le observaban.

—Todo tiene una explicación…

—Eso es precisamente lo que le he pedido al principio.

—De acuerdo —cedió él—, pero ¿es necesario que se entere todo Madrid?

—¡A sus casas! —ordenó el alguacil tras reflexionar unos instantes—. Es tarde y mañana tendrán que trabajar. ¡Fuera! —terminó gritando ante su remoloneo.

A la postre no supo cómo explicarlo. ¿Debía denunciar a Pedro García? No la había herido; nadie lo tendría en cuenta. El gitano volvería… Por otra parte, si creyesen la denuncia, ¿qué sucedería entonces con Milagros? Se daba el caso de testigos a los que se les encarcelaba hasta que llegaba el juicio, y Milagros… ya había tenido bastantes problemas con la justicia. ¿Qué hacía él, un fraile, allí, en la casa de la Descalza?, le preguntó de nuevo el alguacil sin dejar de mirar a Milagros, que seguía indiferente a cuanto sucedía, embutida en la sotana. Fray Joaquín continuaba pensando: quería estar con Milagros, ayudarla, defenderla…

—¿Quién le ha atacado en el descansillo? —quiso saber el alguacil—. Los vecinos decían…

—¡Su excelencia el marqués de Caja! —improvisó el religioso.

—¿El marqués le ha atacado?

—No, no, no. Quiero decir que el señor marqués les proporcionará cuantas referencias deseen sobre mí; dispongo del beneficio de su capilla particular…, soy… he sido el tutor de su señora esposa, la marquesa, y…

—¿Y ella?

El alguacil señaló a Milagros.

—¿Conocen su historia? —Fray Joaquín frunció los labios al volverse hacia la gitana. No vio a los alguaciles, pero supo que ambos habían asentido—. Necesita ayuda. Yo me haré cargo.

—Tendremos que dar parte de este incidente a la Sala de Alcaldes, ¿lo comprende?

—Hablen primero con su excelencia. Se lo ruego.

La despertó el bullicio de la calle Mayor, extraño, diferente al de la calle del Amor de Dios. La luz que entraba por la ventana dañó sus ojos. ¿Dónde estaba? Un camastro. Una habitación estrecha y alargada con… Trató de fijar la visión: una imagen de la Virgen presidiendo la estancia. Se movió en la cama. Gimió al sentirse desnuda bajo la manta. ¿La habían forzado otra vez? No, no podía ser. Su cabeza quería reventar, pero poco a poco recordó vagamente la punta de la navaja de Pedro recorriendo su cuerpo, sobre su cuello, y la mirada asesina de su esposo. Y luego, ¿qué había sucedido después?

—¿Ya has despertado?

La imperiosa voz de la vieja desconocida no acompañaba sus movimientos, lentos, dolorosos. Se acercó con dificultad y dejó caer ropa sobre la cama; la suya, comprobó Milagros.

—Va a dar el mediodía, vístete —le ordenó.

—Dame un poco de vino —pidió ella.

—No puedes beber.

—¿Por qué?

—Vístete —repitió, hosca.

Milagros se sintió incapaz de discutir. La vieja anduvo cansina hasta la ventana y la abrió de par en par. Una corriente de aire fresco se coló junto con el escándalo del trajinar de los mercaderes y del transitar de los carruajes. Luego se encaminó hacia la puerta.

—¿Dónde estoy?

—En casa de fray Joaquín —contestó ella antes de salir—. Parece que te conoce.

¡Fray Joaquín! Ese era el eslabón que le faltaba para engarzar sus recuerdos: la pelea, los gritos, el fraile acuclillado delante de ella, los alguaciles, la gente. Había aparecido de improviso y la había salvado de la muerte. Habían transcurrido cinco años desde la última vez que se vieron. «Le dije que era buena persona, María», murmuró. Los tiempos felices en Triana arañaron una sonrisa de su boca, pero de pronto recordó que cuando el fraile irrumpió en la casa ella estaba desnuda. Lo volvió a ver en cuclillas frente a ella, frente a sí misma desnuda y borracha. El ardor de estómago ascendió hasta su boca. ¿Cuánto más sabría de su vida?

La tranquilizó el saber por Francisca que fray Joaquín había salido temprano. «A casa del marqués, su protector», añadió la anciana. Milagros quería verlo, pero al mismo tiempo temía encontrarse con él.

—¿Por qué no aprovechas ahora? —interrumpió sus pensamientos la anciana tras acercarle un cuenco de leche y un pedazo de pan duro; la gitana ya estaba vestida.

—Aprovechar… ¿para qué?

—Para marcharte, para volver con los tuyos. Yo le diría al fraile que…

Milagros dejó de escucharla, se sentía incapaz de explicarle que no tenía a nadie a quien acudir ni lugar adonde ir. Pedro había intentado matarla en su propia casa, por tanto allí no podía volver. Fray Joaquín la había salvado y, aunque todavía no encontraba explicación a su presencia, estaba segura de que la ayudaría.

—Tengo que encontrar a mi hija.

Con esas palabras, titubeantes, recibió la gitana al fraile. Lo esperaba en pie, de espaldas a la ventana que daba a las Platerías. Escuchó que se abría la puerta de la vivienda y cómo fray Joaquín cuchicheaba con Francisca. Miró sus ropas y se empeñó en alisar la falda con una mano. Lo oyó andar por el pasillo. Se atusó el cabello, áspero, hiriente.

Él sonrió desde la puerta de la habitación. Ni él ni ella se movieron.

—¿Cómo se llama tu niña? —preguntó.

Milagros cerró los ojos con fuerza. Se le agarrotó la garganta. Iba a llorar. No podía. No quería.

—María —logró articular.

—Bonito nombre. —Fray Joaquín acompañó la afirmación con un sincero y cariñoso gesto de su rostro—. La encontraremos.

La gitana se derrumbó ante la simple promesa. ¿Cuánto tiempo hacía que nadie le mostraba afecto? Lascivia, codicia; todos deseaban su cuerpo, sus cantes, sus bailes, sus dineros. ¿Cuánto hacía que no le procuraban consuelo? Buscó apoyo en el marco de la ventana. Fray Joaquín dio un paso hacia ella, pero se detuvo. A sus espaldas apareció Francisca, que le adelantó sin mirarle siquiera y se acercó a Milagros.

—¿Qué piensa hacer con ella, padre? —inquirió con disgusto al tiempo que acompañaba a la gitana hasta la cama.

Fray Joaquín reprimió el impulso de ayudar a la anciana y contempló cómo la otra lograba recostar a Milagros con dificultad.

—¿Está bien? —preguntó a su vez.

—Estaría mejor fuera de esta casa —replicó la otra.

Milagros dormitó lo que quedaba del día. Aunque su cuerpo lo necesitaba, los sueños la atormentaban y no la dejaban descansar. Pedro, navaja en mano. Su niña, María. Su cuerpo en manos de los nobles, ultrajado. Los mosqueteros del Príncipe abucheándola... Sin embargo, cuando abría los ojos y reconocía dónde se encontraba, se tranquilizaba y sus sentidos se aletargaban hasta caer de nuevo en la somnolencia. Francisca la veló.

—Puedes descansar un rato si lo deseas —ofreció el fraile a la anciana al cabo de unas horas.

—¿Y dejarlo a solas con esta mujer?

Desde su cuarto, Milagros oía las voces de fray Joaquín y Francisca, que discutían.

—¿Por qué? —repetía él por tercera vez.

No lo había visto a lo largo de toda la mañana. «Está fuera», se limitó a contestarle Francisca antes de ir a misa y dejarla sola. Milagros los había oído regresar a ambos, pero cuando iba a salir al pasillo, las voces la habían detenido. Sabía que ella era la causa de la discusión y no quería presenciarla.

—¡Porque es gitana —estalló al fin la vieja lavandera ante la insistencia del religioso—, porque es una mujer casada y porque es una puta!

Milagros se clavó las uñas en las manos y cerró los ojos con fuerza.

Lo había dicho. Si fray Joaquín no se había enterado de ello antes, a partir de ese momento ya lo sabía.

—Es una pecadora que necesita nuestra ayuda —le oyó contestar.

«¡Fray Joaquín lo sabe!», pensó Milagros. No lo había negado, sus palabras no denotaron sorpresa alguna: «pecadora», se había limitado a decir.

—Te he tratado bien —aducía fray Joaquín—. ¿Así es como me lo agradeces, abandonándome cuando más te necesito?

—Usted no me necesita, padre.

—Pero ella…, Milagros… Y tú, ¿adónde irás?

—El cura de San Miguel me ha prometido… —confesó la vieja luego de unos segundos de silencio—. Es pecado vivir bajo el mismo techo que comparten una prostituta y un religioso —pretendió excusarse.

La parroquia de San Miguel era donde acudía Francisca cada día a misa. La anciana le rogó con gesto cansino que le dejase salir y fray Joaquín se apartó.

Don Ignacio, el marqués de Caja, se había quedado corto. «Se le cerrarán todas las puertas de Madrid», le había advertido cuando él insistió en continuar con Milagros. Por suerte, el noble había arreglado lo de la denuncia.

—Puedo mediar ante los ministros de su majestad y ante la Sala de Alcaldes —le había dicho—, pero no puedo acallar los rumores que han sembrado los vecinos y los alguaciles…

—No hay nada pecaminoso en mi proceder —se defendió él.

—No seré yo quien le juzgue. Le aprecio, pero la imaginación de las gentes es tan vasta como su maledicencia. La insidia le impedirá el acceso a todas aquellas personas que hasta ahora le premiaban con su amistad o simplemente con su compañía. Nadie querrá verse relacionado con la Descalza.

¡Cuánta razón tenía! Pero no eran únicamente los nobles. Ni siquiera Francisca, aquella lavandera a la que había salvado de una muerte segura en las calles de Madrid, aceptaba la situación. «Está arruinando su vida, padre», le avisó don Ignacio.

El silencio se hizo en la casa cuando fray Joaquín cerró la puerta. Miró hacia la habitación que daba a las Platerías, donde se encontraba Milagros. ¿Seguro que no había nada pecaminoso en su actuar? Acababa de renunciar a la capellanía del marqués por esa mujer. Todo el beneficio de una iglesia perdido por una gitana... De repente, la traición de Francisca había convertido las advertencias del marqués en una dolorosa realidad y las dudas le asaltaron.

Milagros oyó al fraile dirigirse hacia la habitación que daba a la plazuela de San Miguel, en el extremo opuesto de la angosta vivienda. La gitana creyó percibir las sensaciones que embargaban al religioso en la lentitud de sus pasos. Fray Joaquín conocía su vida; ella llevaba toda la mañana haciendo cábalas acerca de la repentina e inesperada aparición del fraile y no se explicaba... Creyó escuchar un suspiro. Salió de la habitación; sus pies descalzos apagaron el sonido mientras recorría el pasillo. Lo encontró sentado, cabizbajo, las manos entrelazadas a la altura del pecho. Él percibió su presencia y giró la cabeza.

—No es cierto —aseveró Milagros—. No soy ninguna puta.

El religioso sonrió con tristeza y la invitó a sentarse.

—Jamás me he entregado voluntariamente a un hombre que no fuera mi esposo... —empezó a explicar la gitana.

Ni siquiera comieron; el hambre desapareció al compás de las confesiones de Milagros. Bebieron agua mientras hablaban. Él observó su primer sorbo con cierto recelo; ella se sorprendió paladeando una bebida que no le arañaba la garganta ni le secaba la boca. «Cachita», susurró con nostalgia fray Joaquín ante el relato de la muerte de su padre. «¡No llore usted!», llegó a recriminarle la gitana con la voz atrapada al contarle de su primera violación. La oscuridad los sorprendió a los dos sentados, la una frente al otro: él tratando de encontrar en aquel semblante marcado por las penalidades un rastro de la picardía de la muchacha que le sacaba la lengua o le guiñaba un ojo en Triana; ella explayándose, revoleando frente a sí unas manos de dedos descarnados, permitiéndose llorar sin temor alguno mientras vomitaba su desconsuelo. Cuando se quedaban en silencio, Milagros no rendía su mirada; fray Joaquín, turbado por su presencia y su belleza, terminaba desviándola.

—¿Y usted? —le sorprendió ella rompiendo uno de aquellos momentos—. ¿Qué le ha traído hasta aquí?

Fray Joaquín le contó, pero silenció cómo intentó librarse de su recuerdo flagelándose durante las misiones, en la oscuridad de las iglesias de pueblos perdidos de Andalucía, o cómo poco a poco terminó refugiándose en su sonrisa, o el afán con que, ya en Madrid, acudía al Coliseo del Príncipe para escucharla y verla actuar. ¿Por qué ocultaba sus sentimientos?, llegó a recriminarse. Tanto tiempo soñando con ese momento… ¿Y si lo rechazaba de nuevo?

—Hasta aquí mi vida —sentenció poniendo fin a sus dudas—. Y ayer renuncié al beneficio de la capilla del marqués —añadió a modo de epílogo.

Milagros irguió el cuello al oír la noticia. Dejó transcurrir un segundo, dos…

—Ha renunciado… ¿por mí? —preguntó al cabo.

Él entornó los ojos y se permitió el esbozo de una sonrisa.

—Por mí —afirmó con rotundidad.

Ambos coincidieron en que Blas, el alguacil, era la persona que acompañaba a Pedro cuando este intentó matar a Milagros. Fray Joaquín le habló de la gitana que había visto salir del edificio cargada con el jergón y unos atados. «Bartola», aclaró Milagros. «Abandonaba el piso», sostuvo el religioso. También le habló del alguacil cuyas palabras le habían puesto sobre aviso de lo que iba a suceder arriba.

—Blas. Seguro que era él —dijo Milagros, aunque ni siquiera recordaba su presencia—. Siempre va con Pedro. Si alguien conoce el paradero de mi espo... de ese canalla —se corrigió—, no es otro que Blas. Él tiene que saber dónde está mi niña.

A la mañana siguiente, temprano, después de comprar pan blanco recién horneado, algunas verduras y carnero en la plaza Mayor, así como de pagar a un asturiano de la Puerta del Sol para que le acompañara de vuelta a casa con un cántaro de agua de los grandes, fray Joaquín por fin se dispuso a partir en busca del alguacil. Milagros estaba en la puerta. «¡Vaya usted ya!», le ordenó ella para poner fin a las advertencias del religioso: «No salgas; no abras a nadie; no contestes...».

«¡Váyase de una vez!», gritó la gitana esperando oír sus pasos que se alejaban.

Fray Joaquín se apresuró escaleras abajo como un niño sorprendido en una travesura. El bullicio de la calle Mayor y el imperativo de encontrar al alguacil, de ayudar a Milagros, de procurar que no se apagara aquella chispa que apareció en sus ojos mientras él le prometía solemnemente que encontrarían a María, le llevaron a arrinconar toda incertidumbre. No sucedió lo mismo con la gitana, que no paraba de caminar por la casa desde la habitación que daba a la plazuela de San Miguel, donde había dormido fray Joaquín, hasta la de las Platerías, donde se había acostado ella.

Durante la noche no había logrado conciliar el sueño. Y él, ¿dormía?, se había preguntado una y otra vez en la cama. En ocasiones le pareció que sí. Debía de ser la primera vez en su vida que pasaba la noche sin la compañía de alguno de los suyos, y eso la intranquilizaba. Al fin y al cabo el fraile era un hombre. Tembló ante la sola posibilidad de que fray Joaquín... Encogida en el lecho dejó transcurrir las horas, pendiente de cualquier movimiento que se produjese en el pasillo, mientras los rostros de los nobles que la habían forzado desfilaban frente a ella. Nada sucedió.

«¡Claro que no! —se dijo ella por la mañana, tras la partida de fray Joaquín; la luz borrando recelos y pesadillas—. Fray Joaquín es un buen hombre. ¿Verdad que sí?», preguntó a la Virgen de la

Inmaculada que presidía su estancia; deslizó un dedo por el manto azul y dorado de la imagen. La Virgen la ayudaría.

María era lo único que importaba ahora. Pero ¿qué sucedería tras recuperar a la niña? Fray Joaquín ya le había hecho una proposición años atrás, así que no podía estar segura de sus pretensiones. Milagros vaciló. Sentía por él un profundo aprecio, pero...

—¿Por qué me miras? —Se dirigió de nuevo a la talla—. ¿Qué quieres que haga? Es todo lo que tengo; la única persona dispuesta a ayudarme; el único que me... —Volvió la cabeza hacia el jergón. Un manto, un pañuelo, la sábana... Tiró de ella y tapó la imagen—. Cuando recupere a María ya decidiré qué hacer con relación a fray Joaquín —afirmó en dirección al bulto que quedaba por delante de ella.

«¿Ves allí, niña? —Las palabras de Santiago Fernández cuando caminaban por el Andévalo resonaron entonces en sus oídos, como si lo tuviera al lado, como si por delante de ella se abriesen aquellas inmensas extensiones áridas, el viejo patriarca señalando al horizonte—. Ese es nuestro rumbo. ¿Hasta cuándo? ¡Qué más da! Lo único que importa es este instante.»

—Lo único que importa es el ahora —soltó a la Virgen.

A fray Joaquín le costó dar con el alguacil. «Hace la ronda por Lavapiés», le había asegurado Milagros, pero aquel día se inauguraba la plaza de toros de obra nueva de Madrid, construida más allá de la puerta de Alcalá, y la gente se había lanzado a la calle ante la que se presumía una gran corrida. El religioso anduvo por las calles de Magdalena, la Hoz, Ave María y otras tantas hasta que, de vuelta a la plaza de Lavapiés, distinguió a un par de alguaciles ataviados con sus trajes negros, golillas y varas. Blas lo reconoció y, antes de que el fraile llegara hasta ellos, se excusó con su compañero, se separó de él y acudió a su encuentro.

—Felicito a su paternidad —exclamó, ya el uno frente al otro—. Hizo usted lo que no me atreví a hacer yo.

Fray Joaquín titubeó.

—¿Lo reconoce?

—He pensado mucho en ello, sí.

¿Eran sus palabras fruto del temor a una posible denuncia o nacían de la sinceridad? El alguacil imaginó lo que pasaba por la cabeza del fraile.

—A menudo cometemos errores —trató de convencerle.

—¿Llamas error al asesinato de una mujer?

—¿Asesinato? —Blas fingió contrariedad—. Yo dejé a los gitanos en una discusión entre marido y mujer…

—Pero a la gitana de la calle le advertiste que tuviera cuidado, que también la mataría a ella —le interrumpió el otro.

—Una forma de hablar, una forma de hablar. ¿De verdad pretendía matarla?

Fray Joaquín negó con la cabeza.

—¿Qué sabes de Pedro García? —preguntó, y al instante acalló con un gesto de la mano las evasivas del alguacil—. ¡Necesitamos encontrarlo! —añadió con firmeza—. Una madre tiene derecho a recuperar a su hija.

Blas resopló, frunció los labios y miró al punto en el suelo donde apoyaba la vara; recordaba la tristeza de la niña.

—Se ha marchado de Madrid —decidió confesar—. Ayer mismo montaron en una galera con destino a Sevilla.

—¿Estás seguro? ¿Iba la niña con él?

—Sí. Iba la niña. —Blas enfrentó su mirada a la del fraile antes de proseguir—: Ese gitano es mala persona, padre. Ya nada podía obtener en Madrid, y después de que usted interviniera, los problemas se le iban a echar encima. Se refugiará en Triana, con los suyos, pero matará a la Descalza si osa acercarse, se lo aseguro; nunca permitirá que ella descubra ante los demás lo que ha sucedido estos años y le complique la vida. —Hizo una pausa y luego agregó con seriedad—: Padre, no le quepa duda de que antes de montar en esa galera con destino a su tierra, Pedro García ha pagado a alguno de sus parientes para que mate a la Descalza. Lo conozco, sé cómo es y cómo actúa. Seguro, padre, seguro. Y ellos cumplirán. Es una Vega que ya no interesa a nadie. La matarán… y a usted con ella.

Triana y muerte. Con el estómago encogido y el corazón desbocado, Fray Joaquín se apresuró a regresar. Era del dominio público que había cobijado a Milagros: Francisca, el cura de San Miguel, los alguaciles, todos lo sabían; el marqués se lo había advertido. ¿Qué haría quien quisiera conocer el paradero de la gitana? Empezaría por acudir a los vecinos y a partir de ahí cualquiera podía enterarse de dónde vivía. ¿Y si en ese preciso momento alguien estaba irrumpiendo en su casa? Desesperado, se lanzó a la carrera. Ni siquiera cerró la puerta tras de sí cuando corrió a la habitación de Milagros llamándola a gritos. Ella lo recibió en pie, la preocupación reflejada en su rostro ante el escándalo.

—¿Qué…? —quiso preguntar la gitana.

—¡Rápido! Tenemos… —Fray Joaquín calló al ver la imagen de la Inmaculada cubierta con la sábana—. ¿Y eso? —inquirió señalándola.

—Hemos estado hablando y no llegamos a un acuerdo.

El fraile abrió las manos en señal de incomprensión. Luego negó con la cabeza.

—¡Debemos escapar de aquí! —urgió.

42

omo venía sucediéndole a lo largo de aquel día, Melchor olvidó, una vez más, sus propias preocupaciones y contuvo el aliento como hicieron la mayoría de las miles de personas que presenciaban la corrida de toros, como hizo Martín, tenso, en pie junto a él, al presenciar cómo el caballo de Zoilo, su hermano mayor, era volteado en el aire por un toro que, después de hincar sus astas en la barriga del animal, lo alzó por encima de su recia testuz como si de una marioneta se tratara. El caballo quedó tendido en la plaza, pateando agonizante en un inmenso charco de sangre, tal y como permanecían otros dos a los que ya había dado muerte aquel decimonoveno toro del día, y el picador, que había salido despedido de su montura, se convirtió en unos segundos en el nuevo objetivo de un animal embravecido, agresivo, encolerizado. Zoilo trató de levantarse, cayó, y gateó presuroso hasta que llegó a hacerse con la larga vara de detener que había perdido. Los vítores estallaron de nuevo en el ruedo cuando, pie a tierra, el gitano se enfrentó al toro en el momento en que este lo embestía. Alcanzó a clavar la vara en uno de sus costados. Insuficiente para detenerlo, bastante para esquivarlo. Con todo, el animal se revolvió, y se disponía a cornear a Zoilo, ya indefenso, cuando dos toreros de a pie salieron al quite y con sus muletas desviaron su atención, logrando que se encelara en uno de los capotes y se olvidara del gitano.

Martín respiró, ya tranquilo. Melchor también, y confundidos ambos entre el público madrileño de aquel día de primavera de 1754, aplaudieron y vitorearon a Zoilo, que saludaba victorioso al gentío antes de montar en otro caballo que su padre, el Cascabelero, se apresuró a introducir en la plaza. Melchor golpeó la espalda de Martín.

—Es un Vega —le dijo.

El joven asintió y sonrió, no sin cierto aire de cansancio. Empezaba a oscurecer y llevaban todo el día presenciando la corrida. Diecinueve toros que, con excepción de uno, habían sido picados seis, siete y hasta diez veces. Once caballos habían fallecido esa jornada junto a algunos perros de los varios que echaron a aquel que, por manso, fue condenado a morir a dentelladas.

Las gentes llanas de Madrid estaban de fiesta: con aquella corrida de toros se inauguraba la plaza fija, de obra de fábrica, que sustituía a la vieja de madera. Ya fuera en la gradería, ya en el exterior de la plaza, en el campo que se abría junto a la puerta de Alcalá, ese día se habían dado cita los manolos y chisperos de la Villa y Corte, ellos y ellas, alegres todos, galanamente vestidos. Los Borbones franceses no gustaban del sangriento espectáculo, tan distante de la elegancia y el preciosismo de la corte versallesca. Felipe V lo prohibió durante cerca de veinticinco años, pero su sucesor, Fernando VI, volvió a conceder tal entretenimiento a sus súbditos, quizá con el objetivo de distraerlos, como sucedía con las comedias; quizá por las rentas que para beneficencia se obtenían de las corridas, o quizá por ambas razones al tiempo. Sin embargo, en una época en que regía la razón y la civilidad, la gran mayoría de los nobles, principales e intelectuales se oponían a las corridas de toros y clamaban por su prohibición. Ese año de 1754, cuando Martín y Melchor asistieron a la corrida, ya no había nobles altaneros que se enfrentaran al toro en una cuestión de honor y prestigio, con criados pendientes de atenderlos en todo momento. El pueblo había hecho suya la fiesta, los caballeros fueron sustituidos por picadores que solo pretendían detener una y otra vez la embestida del animal, en lugar de matarlo, como hacían los nobles, y los mozos y criados se vieron convertidos en toreros de a pie que arponeaban, lidiaban y terminaban con la vida del animal a golpes de espada.

Superado el trance que había puesto en riesgo la vida de Zoilo, Melchor tornó a ensimismarse en sus preocupaciones. Llevaba más de tres años contrabandeando en Barrancos, donde se reencontró con un Martín que en pocos meses había conseguido hacerse útil para Méndez, tal y como le había aconsejado el Galeote cuando el joven tuvo que huir de Madrid. Con Martín trabajó a lo largo de la raya de Portugal, en Gibraltar y allí donde hubiera la más mínima posibilidad de obtener algunos dineros. El tabaco fue la mercadería por excelencia, pero la necesidad de obtener beneficios los llevó a dedicarse a todo tipo de productos, desde pedrería, telas, herramientas y vinos que mano a mano introducían en España, hasta cerdos y caballos que hurtaban y con los que hacían el tornaviaje a Portugal. Jamás en su vida llegó a trabajar Melchor con tanto ahínco; nunca, a pesar de los dineros que tintineaban en su bolsa, había llevado una vida tan austera como la que decidió soportar para obtener la libertad de su hija. Martín apoyó la obsesión de Melchor como lo habría hecho un nieto, e hizo suyos los odios y las esperanzas del gitano, aunque seguía teniendo dudas de cómo podría arreglar Ana la situación de Milagros y el García. Una sola vez se atrevió a insinuárselo a Melchor.

—¡Porque es su madre! —masculló el otro, zanjando la discusión.

La misma obstinación que había mostrado a los pocos meses de su llegada a Barrancos, cuando en una salida por la sierra de Aracena se toparon con un grupo de gitanos que hablaba de los de Triana. Melchor escondió su identidad y se presentó como natural de Trujillo, pero a medida que transcurría la conversación, Martín percibió la duda en el semblante del Galeote: quería saber, pero no se atrevía a preguntar.

—¿Milagros Carmona? —contestó uno de ellos al muchacho—. Sí. ¿Cómo no iba a conocerla? Todo el mundo la conoce en Sevilla. Canta y baila como una diosa, aunque ahora acaba de parir una niña y ya no…

¡Una hija! Sangre Vega, la propia de Melchor Vega, unida a la de los García. Eso era lo último que Melchor deseaba oír. Nunca más preguntaron.

En el rigor de los caminos y las sierras, Martín fue convirtiéndose en un hombre fuerte y bien plantado, gitano donde los hubiera; un Vega que bebía del espíritu del Galeote y que escuchaba con respeto, fascinado, cuanto el otro le contaba y enseñaba. Solo una reserva parecía interponerse en la confianza y fraternidad con la que recorrían permanentemente escondidos esas tierras inhóspitas: aquella que a menudo turbaba los sueños de Melchor. «Canta, morena», le oía susurrar el joven en la noche mientras giraba inquieto sobre sí, tumbados ambos sobre unas simples mantas dispuestas en la tierra, a cielo raso. La negra a la que había ido a buscar a la posada secreta, se decía Martín, a la que habían condenado en Triana, aquella de la que le había pedido que no hablara. No preguntó. Quizá algún día le contara.

Cada año habían regresado furtivamente a Madrid con los dineros obtenidos. Melchor corría a entregárselos al escribano mientras Martín esperaba su regreso en las afueras de Madrid: no deseaba correr el riesgo de toparse con alguno de sus familiares o con otros gitanos que pudieran reconocerlo. Discutió con su padre y con sus demás parientes cuando les habló de la liberación de Melchor. Pese a las advertencias que el Galeote le había hecho en el momento de su despedida, el muchacho no pudo evitar explayarse en su hazaña, con vanidad juvenil, orgulloso, ante una audiencia que fue mudando su semblante de la sorpresa a la indignación. «¡Todos sabrán que has sido tú!», espetó su hermana. «¡Te dije que las demás familias habían decidido no intervenir!», añadió su padre. «Nos has traído la ruina», apostilló Zoilo. Gritaron. Le insultaron, y terminaron por repudiarlo. «¡Vete de esta casa! —le ordenó el Cascabelero—, quizá así consigamos excusarnos.»

—¡Tardan años en conceder indultos! —trató de tranquilizarle Martín, al reunirse más allá del río Manzanares con un Melchor desesperanzado tras su segunda reunión con el escribano—. Se sabe de gente que lleva años suplicando: indultos, rentas, trabajos, mercedes... Todo un ejército de postulantes se mueve por Madrid, pero el rey es lento. Son muchos los gitanos que ruegan por sus familiares. No se preocupe, tío, lo conseguiremos.

Melchor conocía la apatía de la administración real. Más de año y medio había permanecido él en la cárcel hasta que decidieron a qué galera llevarlo y llegaron los documentos para su traslado. También sabía que las solicitudes de gracia se perpetuaban hasta que, transcurridos los años, se resolvían en uno u otro sentido. No. No era eso lo que le preocupaba, sino la posibilidad de que el escribano estuviera engañándole. La duda y el recelo le corroían cada día que renunciaba a un mesón o a una buena cama: ¿se quedaba el escribano con aquellos dineros que tanto le costaba ahorrar?

Pero nunca hubiera podido imaginar que las cosas iban a terminar como lo hicieron. Había soñado con las palabras: «Tu hija está libre». Aunque quizá algún día el escribano le mostrase un papel que él no podría leer en donde dijera que el rey no accedía al indulto. En ocasiones se veía acuchillándolo, arrancándole los ojos, una vez puesta al descubierto su perfidia. Pero la noticia de la muerte del escribano le llenó de desconcierto. Muerto. Simplemente muerto. Jamás había llegado a barajar esa posibilidad. «Unas fiebres, tengo entendido», había dicho la mujer que ocupaba ahora lo que había sido su escribanía. «¿Qué sé yo de los papeles o del oficial que trabajaba con él? Cuando me arrendaron la casa ya estaba vacía.» Melchor tartamudeó. «¿Embudista?», se extrañó la otra. «¿Qué embudista?» Allí no había nadie. Su esposo era pastelero. Melchor insistió hasta pecar de ingenuo:

—¿Y ahora qué hago?

La mujer lo miró con incredulidad, luego se encogió de hombros y cerró la puerta.

El gitano preguntó a otros vecinos del inmueble. Nadie le dio razón.

—Era un hombre turbio —trató de explayarse una anciana—. Poco claro. No era de fiar. En una ocasión yo misma...

Melchor la dejó con la palabra en la boca. Lo primero que hizo fue dirigirse a un mesón y pedir vino. Igual que cuando puso fin a la búsqueda de Caridad, se lamentó con el vaso entre las manos. Madrid no le traía suerte. Entonces, hacía ya más de tres años, había escapado en busca de dinero, ¿y ahora?

—¿Te gustaría acudir a la corrida de toros? —había preguntado a Martín, para su sorpresa, cuando se enteró de que al día siguiente se celebraría una en la plaza nueva—. Quizá intervenga tu hermano.

El joven lo pensó. ¿Cuánto tiempo hacía que no veía a ninguno de los suyos? En la plaza estaría confundido entre la gente; no lo reconocerían, así que aceptó la invitación. Volvieron sobre sus pasos con la puesta de sol a su espalda. Melchor intentó pasar el brazo por los hombros de Martín, pero este le superaba ya en altura. Contempló al joven: fuerte, recio... Quizá fuera ya el único apoyo que le quedaba.

Ni siquiera buscaron lugar donde alojarse. Alargaron una cena a base de rebanadas de pan, tostadas mojadas en agua, fritas con manteca y espolvoreadas con azúcar y canela; pollo guisado en salsa hecha con sus propios higadillos machacados; mantecados y rosquillas de postre, vino a espuertas y, saciados, durmieron al raso las escasas horas que quedaban de la noche.

Terminó la corrida y las gentes se lanzaron a la diversión en el campo que rodeaba la plaza. A millares, ataviados a la española, cantaron y bailaron como españoles, chillaron y rieron, apostaron y jugaron; bebieron y se pelearon, unos a bastonazos, otros a pedradas. En el barullo y la barahúnda, Melchor continuó gastando sus dineros. «No hay nada que hacer», le había comentado a Martín durante la corrida. Luego se lo explicó. No. No conocía al embudista, contestó al muchacho. Nunca había sabido quién era... si es que existía.

—¿Y si nos reconocen? —inquirió Martín mientras Melchor alardeaba de su dinero y pedía más vino—. Podrían andar por aquí... los García.

Melchor se volvió lentamente y respondió con una calma que pareció acallar el griterío.

—Muchacho: llevo ya tiempo suficiente contigo y te aseguro que en esta ocasión no tendría que acudir en tu ayuda. Que vengan todos los García de Madrid y de Triana juntos. Tú y yo daremos cuenta de ellos.

Martín sintió un escalofrío. Melchor asintió tras sus palabras. Luego se volvió y reclamó su vino a gritos.

—¡Y tabaco! —exigió—. ¿Tienes buen tabaco?

El hombre, tras el cajón desde el que vendía, negó con la cabeza al tiempo que rebuscaba bajo el mostrador.

—Solo tengo esto. —Mostró unos cuantos cigarrillos de papel en la palma de su mano.

Melchor soltó una carcajada.

—Te he pedido tabaco, ¿qué es esto?

El otro replicó con un gesto de indiferencia.

—Cigarrillos —contestó.

—¿Ahora los venden ya liados?

—Sí. La mayoría de la gente no tiene dinero para comprar un pedazo de cuerda del Brasil y rasparla cada vez que quiere liar un cigarrillo. Así, ya liados, compran solo lo que quieren fumar.

—Pero entonces no pueden comprobar el tabaco que fuman —reparó Melchor.

—Ya, así es —convino el otro—. Pero son de buena calidad. Dicen que los elabora una negra cubana que entiende de tabaco.

Un temblor sacudió al gitano.

—Los cigarrillos de la negra, los llaman.

La música cesó en los oídos de Melchor y la gente pareció desvanecerse. Presentía… Cogió con extrema delicadeza uno de los cigarrillos y lo olió.

—Morena —susurró.

43

n el año de 1754 se multiplicaron los memoriales y las peticiones de indulto dirigidas a las autoridades por parte de los gitanos detenidos. Nunca habían dejado de llegar súplicas. En los pueblos continuaban tramitándose los expedientes secretos, por más que el marqués de la Ensenada hubiera dispuesto años atrás que ya no eran pertinentes, y los concejos reclamaban a los gitanos avecindados en sus términos, la mayoría de ellos herreros de profesión, labor esta a la que no se dedicaban los cristianos viejos por considerarla ruin.

Habían transcurrido más de cuatro años desde la gran redada, y ese era el tiempo de cárcel al que eran condenados los vagabundos. A falta de señalamiento del plazo de reclusión, los gitanos pretendieron equipararse a estos últimos. No habían cometido ningún delito, sostenían en sus súplicas, y llevaban años de trabajos forzados.

El gobernador del arsenal de Cartagena llegó incluso a apoyar la libertad de los gitanos, y propuso que, de no atenderse sus peticiones, se les señalara plazo de condena.

Los ruegos de los gitanos no prosperaron. De hecho, las autoridades ordenaron a los gobernadores de los arsenales dejar de dar curso a sus instancias, como si de una simple molestia se tratara. Prosperaron algunos indultos particulares, promovidos con tesón por mujeres que no cejaban en su empeño por liberar a sus parientes, pero aquellas decisiones arbitrarias no conseguían más que enfurecer a la gran mayoría que continuaba presa.

Mientras, las condiciones de vida de hombres y mujeres empeoraban. Los arsenales de Cádiz, así como los de Cartagena y El Ferrol, adonde habían sido trasladados parte de los presos del primero tras una penosa travesía marítima que acabó con la vida de muchos de ellos, seguían careciendo de instalaciones para acogerlos, y aquellos hombres separados de sus familias, maltrechos, peor tratados que los esclavos, desesperados ante una condena de por vida, continuaban rebelándose, amotinándose e incluso fugándose. Pocas de esas evasiones llegaron a buen fin, pero no por ello dejaron de intentarlo los gitanos, aun cargados de cadenas.

Las mujeres, encarceladas en la Misericordia de Zaragoza y en el depósito de Valencia, sufrían, si cabe, mayores penalidades. Ellas no eran productivas; nadie había conseguido hacerlas trabajar, y los dineros del rey para mantenerlas no llegaban. Hambre y miseria. Enfermedades. Intentos de fuga, algunos consumados. Desobediencia e insumisión permanentes. Si a los hombres se los aherrojaba, a las mujeres se las mantenía casi desnudas, cubiertas las más con simples harapos incluso a riesgo de no encontrar sacerdotes dispuestos a predicar ante aquel rebaño de almas perdidas. Las autoridades sostenían que en cuanto se les proporcionaban ropas, escapaban.

Familias dispersas y matrimonios alejados por cientos de leguas de distancia. Las niñas continuaron junto a sus madres, si las tenían, y el azar las había llevado por los mismos derroteros; los niños sufrieron las mayores injusticias. En la gran redada, los mayores de siete años acompañaron a sus padres, tíos y hermanos mayores a los arsenales, pero los que inicialmente estuvieron en el grupo de las mujeres crecieron en cautiverio. Ya en el depósito de Málaga, antes de ser trasladadas a la Misericordia de Zaragoza, las gitanas intentaron esconder a los muchachos que superaban la edad apta para el trabajo. Como habían requisado sus papeles, las autoridades de los depósitos no podían saber su edad exacta, que sus madres disminuían aprovechando su escaso desarrollo, fruto de la mala alimentación. Con todo, antes de su partida, veinticinco chicos mayores de once años fueron separados a la fuerza de sus madres para ser conducidos a los arsenales. Lo mismo sucedió en Valencia, donde se hacinaban casi quinientas mujeres. Allí fueron cuarenta los muchachos a los que se separó violentamente de sus madres y familiares. Algunos llegaron a encontrarse con sus padres y hermanos, otros descubrieron que los habían llevado a un arsenal diferente, o que sus familiares habían sido trasladados a otro —como sucedió con los de Cádiz, que fueron llevados al Ferrol—, o simplemente que ya habían fallecido.

Los muchachos detenidos en la Real Casa de la Misericordia de Zaragoza no fueron una excepción. Aquel año de 1754, cerca de una treintena, Salvador entre ellos, fueron destinados a los arsenales; el campo en el que habían dormido al raso se aprovechó para plantar trigo, de acuerdo con las instrucciones que dio la condesa de Aranda al conocer la decisión.

Cerca de medio millar de gitanas presenciaron la partida de los chicos entre las fuertes medidas de seguridad adoptadas por el regidor, que pidió refuerzos y dispuso a los soldados entre unos y otras. Las bayonetas caladas, las armas prestas a abrir fuego contra los jóvenes. La actitud de los militares amedrentó a las desharrapadas mujeres, que, agarradas de las manos, llorando, buscaban apoyo las unas en las otras mientras contemplaban en silencio el lento caminar de una fila de muchachos que pugnaban por mantener la entereza. Todas se sentían madres o hermanas. Casi cinco años de penalidades, de hambre y de miserias; sus esfuerzos, su resistencia, la lucha de todas ellas parecían desvanecerse con la marcha de unos muchachos cuya única ofensa era haber nacido gitanos. Ana Vega, en primera fila, con los ojos anegados en lágrimas clavados en Salvador, lo sintió igual que muchas otras: aquellos jóvenes habían simbolizado el futuro y la pervivencia de su raza, de su pueblo; la única esperanza que les quedaba en esa prisión sin sentido.

Un quejido roto, largo y hondo se alzó de entre la abigarrada masa de mujeres. Las hubo que temblaron, encogidas. «¡Deblica barea!», escuchó Ana Vega gritar al poner fin a la primera copla.

Los muchachos afirmaron el paso e irguieron la cabeza ante la alabanza a su magnífica diosa; algunos de ellos se llevaron las manos a los ojos, rápida, furtivamente, mientras tomaban la puerta de la Misericordia. La debla acompañó sus pasos y continuó desgarrando el ánimo de las gitanas, ya libres del acoso de los soldados, pero quietas, hasta mucho después de que las sombras de sus hijos se perdieran en la distancia.

Melchor comprendió que de nada le servirían allí las amenazas con las que había conseguido que el vendedor de vino de las afueras de la plaza de toros revelase cómo obtenía los cigarrillos que llamaban de la negra. El hombre se opuso, pero la punta de la navaja de Melchor sobre sus riñones le hizo cambiar de opinión. Los cigarrillos se distribuían a través de los traperos de Madrid, que recorrían las calles de la Villa y Corte recogiendo trapos, papeles y todo tipo de desechos y desperdicios con los que comerciaban. Desde antiguo, además, los traperos también tenían que hacerse cargo de los muchos animales que morían en el interior de la ciudad y transportar los cadáveres hasta un muladar en las afueras, más allá del puente de Toledo, donde los despellejaban para aprovechar el cuero de las caballerías.

Melchor observó el lugar en la noche: confundidos entre el humo de las hogueras en las que ardían los huesos y demás restos de los animales, cerca de un centenar de traperos daban cuenta de los caballos muertos ese día en la plaza de toros: unos los despellejaban, otros se esforzaban por mantener a distancia a las jaurías de perros que pretendían hacerse con los despojos. Había preguntado a uno de ellos, un tipo cubierto de sangre que sostenía un gran cuchillo de desollar en sus manos.

—¿Cigarrillos? ¿Qué cigarrillos? —le contestó de malos modos, sin tan siquiera detenerse—. Aquí nadie sabe de eso. No te busques problemas, gitano.

Se trataba de hombres y mujeres duros, curtidos en la miseria, que no vacilarían en enfrentarse a ellos. Melchor dudó en ofrecerles dinero por la información. Se lo robarían sin más, luego los descuartizarían allí mismo y los echarían al fuego… Quizá ni se tomasen esa molestia. Vio cómo el trapero al que había preguntado hablaba con otros y les señalaba. Un grupo acudió a su encuentro.

—Vete, Martín —susurró al tiempo que le golpeaba en el costado.

—Tío, llevo años oyéndole suspirar por las noches por esa mujer…

—¡Vosotros dos! —gritó entonces uno de los traperos.

—No me perdería esto por nada del mundo —terminó de decir el joven.

—Tienen tanto miedo de que los denunciemos como de perder el negocio —logró advertir Melchor antes de que los cinco traperos, sucios y desharrapados, cubiertos de sangre, se plantaran a un paso de ellos, todos provistos de cuchillos y herramientas.

—¿A qué ese interés por los cigarrillos? —inquirió uno arrugado y calvo, menudo entre los demás.

—Mi interés no es por los cigarrillos, sino por la negra que los hace.

—¿Qué tienes tú con la negra? —terció otro.

Melchor esbozo una sonrisa.

—La amo —confesó abiertamente.

Uno de los traperos dio un respingo; otro ladeó la cabeza y entornó los ojos para escrutarlo en la oscuridad. Incluso Martín se volvió hacia él. La sinceridad con la que Melchor llegó a proclamar su amor pareció suavizar la tensión. Se escuchó una risa, más alegre que cínica.

—¿Un gitano ajado y una negra?

Melchor apretó los labios y asintió antes de contestar:

—¿La conocéis?

Ellos negaron.

—Si la escuchaseis cantar, lo entenderíais.

La conversación captó la atención de otros traperos; hombres y mujeres se acercaron al grupo.

—El gitano dice que ama a la negra de los cigarrillos —explicó uno de ellos a los demás.

—Y ella… —fue una mujer la que formuló la cuestión al vuelo—, ¿te corresponde? ¿Te ama a ti?

—Creo que sí. Sí —afirmó rotundo después de pensarlo durante un instante.

—¡Terminemos con ellos! —propuso el calvo menudo—. No podemos fiarnos…

Un par de hombres se adelantaron resueltos hacia los gitanos, con los grandes cuchillos por delante, mientras otros los rodeaban.

—Gonzalo, ¡vosotros! —una mujer, a cuya pierna se agarraba una pequeña desnuda, interrumpió el ataque—, no estropeéis la única cosa bonita que ha pasado dentro de… —abarcó con un movimiento de la mano el muladar pestilente, el humo alzándose de las hogueras en la noche, todo él sembrado de cadáveres y despojos—, de esta inmundicia.

—El gitano se hará con el negocio —se quejó uno de los hombres.

Melchor decidió callar ante la amenaza de los cuchillos de aquellos dos hombres; sabía que su suerte y la de Martín dependían de la sensibilidad de un grupo de mujeres que probablemente hacía mucho tiempo que ni siquiera escuchaban la palabra amor. «Morena —pensó entonces, tenso—, otro lío en el que estoy metido por tu causa—. ¡Debo de quererte!» Percibió el nerviosismo en Martín; podrían repeler a los dos que tenían delante, pero los demás se abalanzarían sobre ellos sin piedad. Olía ya la muerte cuando una tercera mujer intervino.

—¿Y qué haría, vender él cigarrillos a lo largo y ancho de la ciudad? Eso solo podemos hacerlo nosotros.

—Algún día nos descubrirán y nos arrepentiremos —opinó con desánimo la de la niña, al tiempo que acariciaba la sucia mejilla de la pequeña—. Ya se habla demasiado de los cigarrillos de la negra. La próxima vez quizá venga la ronda en lugar del gitano; ya veis lo fácil que es enterarse de a qué nos dedicamos. Las penas son duras en esto del tabaco, lo sabéis. Perderemos esposos e hijos. Casi preferiría que el gitano se quedase con el negocio.

—No pretendo quedarme con nada —intervino entonces Melchor—. Solo quiero encontrarla.

En el centellear del fuego de las hogueras sobre los rostros de los hombres, Melchor los vio consultarse con la mirada.

—Tiene razón —escuchó de boca de uno de ellos, por detrás—. El otro día, un mesonero de la calle Toledo me advirtió de que los alguaciles de la ronda andaban haciendo preguntas sobre los cigarrillos. No tardarán en dar con quien nos delate. ¿Para qué vamos a matar a estos dos si mañana igual ya no tenemos nada?

Amanecía cuando llegaron a Torrejón de Ardoz. Servando, uno de los mendigos que actuaba como intermediario y que esa misma noche acudió a pasar unas cuentas que iban a ser abultadas debido a la corrida de toros, se obcecó en defender el secreto que tan buenos beneficios le reportaba.

—Gitano —saltó una de las mujeres, harta de discusiones que retrasaban el trabajo con las caballerías muertas—, consigue tú solo que te lleve hasta tu amada.

Servando retrocedió un par de pasos tan pronto como los traperos se retiraron a sus menesteres y quedó a solas con Melchor y Martín.

—¿Cómo se llama la negra?

Esto fue lo único que hablaron con el mendigo ya de camino a Torrejón. Melchor necesitaba oírlo, confirmar sus presentimientos.

—¿Quieres encontrarla y no sabes cómo se llama?

—Contesta.

—Caridad.

Cuando Servando les señaló la pequeña casa de adobe que lindaba con los trigales, Melchor se arrepintió de no haberle sonsacado más información al mendigo. Había transcurrido mucho tiempo. ¿Continuaría sola? Podría... podría haber encontrado otro hombre. El tropel de fantásticas ilusiones que habían animado sus pasos al oír el nombre de Caridad se tambaleó ahora a la vista de aquella casita que parecía refulgir a la luz de los primeros rayos de sol primaverales. ¿Le querría? Quizá le guardase rencor por haberla abandonado en la posada secreta... Los tres se hallaban parados a cierta distancia de la casa. Servando los apremió a continuar, pero Martín lo detuvo con un autoritario gesto de su mano. ¿Cómo habría sido su vida durante esos años?, se decía Melchor, incapaz de controlar su ansiedad. ¿Qué derroteros la habían llevado hasta allí? ¿Qué…?

La puerta de la casita se abrió y Caridad apareció en ella, su atención fija en los campos, saludando al día.

—Canta, morena.

La voz le surgió ronca, tomada, débil, ¡inaudible!

Transcurrió un segundo, dos… Caridad volvió lentamente la cabeza hacia donde estaban ellos…

—Canta —repitió Melchor.

—Quieto —conminó Martín a Servando en un murmullo cuando este hizo ademán de seguir al gitano, que caminaba erguido hacia una Caridad en cuyo rostro negro y redondo ya punteaban, brillantes, las lágrimas.

Melchor también lloraba. Luchó por no lanzarse a la carrera, por no gritar, por no aullar al cielo o al infierno; nada hizo sin embargo por contener el llanto. Detuvo sus pasos allí donde podría tocarla con solo extender el brazo. No se atrevió.

Parados el uno frente al otro, se miraron. Él mostró la palma de una mano atezada con los dedos extendidos. Ella esbozó una sonrisa que pronto volvió a confundirse con los temblores del llanto. Él frunció los labios. Caridad alzó la mirada al cielo, un solo instante, luego trató de sonreír de nuevo, pero las lágrimas le pudieron y devolvió a Melchor la visión de un rostro agarrotado por la vorágine de sentimientos que reventaban en su interior. Él, con todo, creyó reconocerlos: alegría, esperanza, amor…, y se acercó.

—Gitano —balbució ella entonces.

Se fundieron en un abrazo y acallaron las mil palabras que se amontonaban en sus gargantas con otros tantos besos.

44

Tras abandonar el piso de las Platerías, fray Joaquín tiró de Milagros hasta una vivienda de la calle del Pez, donde se amontonaban los edificios en los que vivían madrileños tan altivos y orgullosos como los de Lavapiés, el Barquillo o los demás cuarteles de Madrid. El religioso, temiendo levantar rumores innecesarios, ni siquiera se atrevió a acudir a una posada secreta, por lo que negoció y alquiló un par de habitaciones desastradas a la viuda de un soldado que se prestó a dormir junto al hogar y que no hizo preguntas. De camino, contó a la gitana su conversación con Blas.

—Pues vayamos a Triana —saltó ella agarrándolo de la manga para detenerle mientras ascendían por la calle Ancha de San Bernardo.

La muchedumbre descendía alegre, en sentido contrario, en busca de la calle de Alcalá y la plaza de toros.

—Pedro te mataría —se opuso el religioso mientras examinaba edificios y bocacalles.

—¡Mi hija está allí!

Fray Joaquín se detuvo.

—¿Y qué haríamos? —inquirió—, ¿entrar en el callejón de San Miguel y raptarla? ¿Crees que tendríamos la más mínima posibilidad? Pedro llegará antes que nosotros, y tan pronto como lo haga lanzará todo tipo de insidias contra ti; la gitanería entera te considerará una... —El fraile dejó la palabra colgada en el aire—. Ni siquiera llegarías... llegaríamos a cruzar el puente de barcas. Vamos —agregó con ternura unos instantes después.

Fray Joaquín continuó andando, pero Milagros no lo siguió, la riada de gente pareció engullirla. Al percatarse de ello, el fraile volvió sobre sus pasos.

—¿Qué importa que me mate? —murmuró ella entre sollozos, las lágrimas corriendo ya por sus mejillas—. Ya estaba muerta antes de...

—No digas eso. —Fray Joaquín hizo ademán de cogerla por los hombros pero se contuvo—. Tiene que haber otra solución, y la encontraré. Te lo prometo.

¿Otra solución? Milagros frunció los labios mientras se aferraba a esa promesa. Asintió y caminó a su lado. Era cierto, reconoció para sí misma cuando doblaban la calle del Pez: Pedro la difamaría, y Bartola confirmaría, obediente, cuantas injurias se le ocurrieran al malnacido. Un escalofrío recorrió su espalda al imaginar a Reyes la Trianera vilipendiándola a voz en grito. Los García disfrutarían repudiándola públicamente; los Carmona también lo harían, ultrajados en su honor. Milagros había conculcado la ley: no existían prostitutas en la raza gitana, y todos los gitanos se pondrían en su contra. ¿Cómo iba a presentarse en el callejón de San Miguel en esas condiciones?

Sin embargo, pasaban los días y la promesa de fray Joaquín no se cumplía. «Dame tiempo», le pidió una mañana cuando ella insistió. «El marqués nos ayudará», aseguró al día siguiente a sabiendas de que no sería capaz de ir a su casa. «He escrito una carta al prior de San Jacinto, él sabrá qué hacer», mintió la tercera vez que ella le recordó lo prometido.

Fray Joaquín tenía miedo de perderla, de que le hiciesen daño, de que la matasen; pero para no enfrentarse a sus preguntas la dejaba sola en un cuartucho inmundo con un desvencijado camastro y una silla rota como todo mobiliario. «No debes salir, la gente te conoce y los García te estarán buscando por encargo de Pedro.» Como eco de sus excusas, con la risa de su niña resonando constantemente en sus oídos, Milagros se entregaba al llanto. Estaba segura de que los García la maltratarían. Las imágenes de su niña en manos de aquellos desalmados resultaron demasiado para sus fuerzas. Sobria no podría soportarlas... Pidió vino, pero la viuda se lo negó. Discutió con ella en vano. «Vete si quieres», le dijo. «¿Adónde?», se preguntó ella. ¿Adónde podía ir?

Él regresaba siempre con algo: un dulce; pan blanco; una cinta de color. Y charlaba con ella, la animaba y la trataba con cariño, aunque no era eso lo que ella necesitaba. ¿Dónde estaban las agallas de los gitanos? Fray Joaquín era incapaz de sostenerle la mirada como hacían los de su raza. Milagros percibía que la seguía con los ojos siempre que estaban juntos, pero en cuanto ella se le encaraba, el fraile disimulaba. Parecía conformarse con su sola presencia, con olerla, con rozarla. Las pesadillas no abandonaron las noches de la gitana: Pedro y el desfile de nobles que la violentaban se sucedían en ellas; con todo, empezó a desechar la idea de que fray Joaquín pudiera llegara a actuar como ellos.

En un par de semanas se quedaron sin dinero para pagar el abusivo alquiler con el que la viuda garantizaba su silencio.

—Nunca llegué a sospechar que lo necesitaría —se excusó el religioso, contrito, como si le hubiera fallado.

—¿Y ahora? —preguntó ella.

—Buscaré...

—¡Miente!

Fray Joaquín quiso defenderse, pero la gitana no se lo permitió.

—Miente, miente y miente —gritó con los puños cerrados—. No hay nada, ¿cierto? Ni marqués, ni cartas al prior, ni nada. —El silencio le dio la razón—. Me voy a Triana —decidió entonces.

—Eso sería una locura.

La resolución de Milagros, la necesidad de abandonar las habitaciones antes de que la viuda los echase o, peor aún, los denunciase por adúlteros, la falta de dinero y, por encima de todo, la mera posibilidad de que la gitana lo dejase, hicieron reaccionar a fray Joaquín.

—Es la última vez que confío en usted; no me defraude, padre —cedió ella.

No lo hizo. Lo cierto era que durante aquellos días no había hecho otra cosa que pensar en cómo solucionar el asunto. Se trataba de una idea descabellada, pero no tenía alternativa: llevaba años soñando con Milagros y acababa de renunciar a todo por ella. ¿Qué actitud más descabellada que esa podía existir? Se dirigió a una prendería y cambió el mejor hábito de los dos de los que disponía por bastas ropas negras de mujer, incluidos guantes y una mantilla.

—¿Pretende que me ponga esto? —trató de oponerse Milagros.

—No puedes andar los caminos como una gitana sin papeles. Lo único que pretendo es que no nos detengan durante nuestro viaje… a Barrancos. —Las ropas resbalaron de las manos de Milagros y cayeron al suelo—. Sí —se le adelantó él—. Tampoco nos desviamos mucho. Solo es otro camino; unos días más. ¿Recuerdas lo que dijo la vieja curandera? Dijo algo así como que si hay algún lugar en el que se pueda encontrar a tu abuelo, ese es Barrancos. El día que hablamos, me contaste que no llegasteis a ir tras la detención, y las cosas no han cambiado mucho desde entonces. Quizá…

—Escupí a sus pies —recordó entonces Milagros como muestra de la ira con la que lo había tratado—. Le dije…

—¿Qué puede importar lo que hicieras o le dijeras? Siempre te quiso y tu hija lleva sangre Vega. Si lo encontrásemos, Melchor sabría qué hacer, seguro. Y si él ya no está, quizá encontremos a algún otro miembro de la familia al que no hubieran detenido en la gran redada. La mayoría de ellos se dedicaban al tabaco y probablemente logremos saber de alguno.

Milagros ya no escuchaba. Pensar en su abuelo la llenaba a la vez de esperanza y de temor. No había atendido a sus advertencias; ni tampoco a las de su madre. Ambos sabían lo que sucedería si se entregaba a un García. Lo último que había sabido del abuelo era que le habían detenido en Madrid y que había logrado escapar. Quizá… sí, quizá siguiera vivo. Y si alguien podía enfrentarse a Pedro, ese era Melchor Vega. Sin embargo…

La gitana se agachó a recoger las ropas negras del suelo. Fray

Joaquín dejó de hablar al verla. Milagros no quería pensar en la posibilidad de que su abuelo la hubiera repudiado y le negara su ayuda, movido por el rencor.

—Ave María Purísima.

—Sin pecado concebida —dijo Milagros, cabizbaja, a la joven criada que abrió la puerta de la casa. Sabía qué era lo que tenía que hacer después, lo mismo que había hecho una legua más allá, en Alcorcón: entrelazar los dedos de sus manos enguantadas, mostrando el rosario de fray Joaquín que llevaba entre ellos, y musitar lo que recordaba de aquellas oraciones que le había enseñado Caridad en Triana, para su bautizo, y que el fraile le repetía machaconamente durante el camino.

—Una limosna para el ingreso de esta infeliz viuda en el convento de las dominicas de Lepe —imploró fray Joaquín alzando la voz entre la cantinela de ella.

A través de la mantilla negra que cubría su cabeza y escondía su rostro atezado, la gitana miró de reojo a la criada. Respondería igual que todas: negándose en principio para terminar abriendo desmesuradamente los ojos en el momento en que fray Joaquín descubriese el bellísimo rostro de la Inmaculada Concepción con la que cargaba. Entonces titubearía, les diría que esperasen, cerraría la puerta y correría en busca de su ama.

Así había sucedido en Alcorcón y también en Madrid, antes de que tomasen la puerta de Segovia. Fray Joaquín decidió aliviar su pobreza sumándose al ejército de peregrinos y santeros que limosneaban por las calles de España, aquellos disfrazados con esclavina adornada con conchas, sayal, bordón, calabaza y sombrero para supuestas peregrinaciones a Jerusalén o un sinfín de lugares extraños; estos de fraile, sacerdote o abate reclamando un óbolo para todo tipo de obras pías. La gente contribuía con sus limosnas a los primeros a cambio de besar las reliquias o los escapularios que sostenían como auténticos de Tierra Santa. Con los segundos, rezaban frente a las imágenes que portaban, las acariciaban, las besaban y las acercaban a los niños, a los ancianos y sobre todo a los enfermos antes de dejar caer unas monedas en el cepillo o la bolsa del santero.

Y por lo que atañía a imágenes sagradas, ninguna como la de la Inmaculada Concepción que destapaba fray Joaquín ante el estupor de las criadas de las casas acomodadas. Como preveía Milagros, en Móstoles, a poco más de tres leguas de Madrid, sucedió lo mismo que en Alcorcón. Poco después, abrió la puerta la señora de la casa, que se quedó prendada ante la belleza y opulencia de la talla de la Virgen, y los invitó a entrar. Milagros lo hacía encogida, como le había instruido fray Joaquín, murmurando oraciones y escondiendo sus pies descalzos bajo la larga falda negra que arrastraba por tierra.

Ya en el interior, la gitana buscaba el rincón más alejado del sitio en que a modo de altar colocaban a la Virgen mientras fray Joaquín la presentaba como su propia hermana, que acababa de enviudar y había hecho promesa de recluirse en un convento. Ni siquiera la miraban, atentos todos a la Inmaculada. «¿Se puede tocar?», preguntaban cautelosos. «¿Y besar?», añadían emocionados. Fray Joaquín dirigía los rezos antes de permitírselo.

Y si bien obtenían el dinero suficiente para seguir camino, comer y hospedarse en los mesones o en aquellas mismas casas si no los había —Milagros siempre separada de los demás, amparándose en un supuesto voto de silencio—, el avance era lento, irritantemente pausado. Buscaban siempre con quien viajar para evitar malos encuentros, y a veces tenían que esperar, como cuando en las casas las mujeres se empeñaban en reclamar la presencia de esposos, hijos y en ocasiones hasta del párroco del pueblo, con el que fray Joaquín conversaba hasta convencerlo de la bondad de sus intenciones. Las muestras de devoción y los rezos se eternizaban. En el momento en que necesitaban dinero perdían días enteros mostrando a la Virgen, como les sucedió en Almaraz, antes de cruzar el río Tajo, donde les pagaron bien por permitir que la imagen amparase a un enfermo en su habitación.

—¿Y si no sanase? —preguntó Milagros a fray Joaquín aprovechando que este le llevó de comer a la estancia que le habían cedido para que observase su voluntario silencio.

—Deja que sea Nuestra Señora quien decida. Ella sabrá.

Luego sonrió y Milagros, sorprendida, creyó entrever un atisbo de picardía en el rostro de fray Joaquín. El fraile había cambiado... ¿o era ella quien lo había hecho? Quizá los dos, se dijo.

Milagros no era capaz de soportar las noches; las pesadillas la despertaban bruscamente, sudorosa, aturdida, en busca de un aire que le faltaba: hombres forzándola; el Coliseo del Príncipe entero riéndose de ella; la vieja María... ¿Por qué soñaba con la curandera tantos años después? Pero si aquello sucedía durante la noche, la sola posibilidad de reencontrarse con su abuelo la animaba a soportar durante el día aquellas bastas ropas negras que le escocían. El tedio de las oraciones y de las horas que pasaba sola en casas o mesones, para que no se descubriera el engaño, se convertía en fantasías al pensar en Melchor, en su madre, y en Cachita. A menudo tenía que hacer esfuerzos por no lanzarse a cantar aquellas oraciones que Caridad le había enseñado a ritmo de fandangos. ¿Cuánto hacía que no cantaba? «El mismo tiempo que no bebes», le había contestado fray Joaquín dando por concluido el tema un día en que ella se lo comentó. El sol y sus anhelos lograban que todos aquellos momentos amargos que la martirizaban en sueños quedasen atrás, como encerrados en una burbuja, y abría ante ella la esperanza de volver con su gente. Eso era lo único que importaba realmente: su hija, su abuelo. Los Vega. En el pasado no había llegado a comprenderlo, aunque se consolaba con la excusa de la juventud. En algunos momentos también recordaba a su padre. ¿Qué le había dicho el Camacho cuando regresó de hablar con su madre en el depósito de Málaga? «Él sabía cuál era el trato: su libertad por tu compromiso con el García. Debía haberse negado y haberse sacrificado. Tu abuelo hizo lo que debía.»

Cuando rememoraba esas palabras del gitano, Milagros pugnaba por alejar los recuerdos y volcarse de nuevo en el abuelo. Solo con su ayuda podría recuperar a su niña y, con ella, la alegría de vivir. Cada pueblo que dejaban atrás la acercaba un poco más a esa ilusión.

A veces, después de escucharle mentir a los cándidos beatos

que se acercaban a la Virgen, Milagros también pensaba en fray Joaquín, y al hacerlo la invadían sensaciones contradictorias. Los primeros días en Madrid, cuando empezaron con lo de la Virgen para conseguir dineros con los que liquidar la onerosa cuenta de la viuda, la gitana se exasperaba ante sus titubeos. Mentalmente le pedía firmeza y convicción, pero todavía se ponía más nerviosa al vislumbrar, a través de las puntillas y los encajes de la mantilla, sus constantes miradas de reojo para cerciorarse de su comportamiento. «Preocúpese por usted, fraile. ¿Cómo cree que alguien va a reconocerme dentro de estas ropas que cuelgan de mis hombros y mis caderas?» A medida que fray Joaquín ejercía con más seguridad su papel de santero, varió su actitud hacia Milagros, como si encontrase fuerzas en su propia seguridad. No parecía tan turbado por su presencia y en ocasiones hasta sostenía la mirada de la gitana. Entonces ella, aunque fuera durante unos instantes, se sentía niña, como en Triana.

—¿Ya no le atraigo vestida de negro? —se le descaró un día.

—¿Qué...? —Fray Joaquín enrojeció hasta las orejas—. ¿Qué quieres decir?

—Pues eso, si ya no le gusto con estos... estos trapos que me obliga a vestir.

—Debe de ser la Inmaculada, que pretende evitar las tentaciones —se burló él señalando hacia la imagen.

Ella fue a replicar pero se calló, y él creyó entender por qué no llegó a hacerlo: asomaba en ella la mujer maltratada, humillada por los hombres.

—No quería decir... —empezó a excusarse Milagros antes de que él la interrumpiera.

—Tienes razón: no me gustas con esas ropas de castellana viuda. Pero sí que me gusta —se apresuró a añadir ante su triste expresión— que vuelvas a bromear o a preocuparte por tu aspecto.

Milagros mudó de nuevo su rostro. Una sombra de tristeza enturbió su mirada.

—Fray Joaquín, las mujeres hemos venido a este mundo para parir con dolor, para trabajar y para sufrir la perversión de los hombres. Calle —le instó ante su ademán por replicar—. Ellos...

ustedes se revuelven, luchan y pelean ante la infamia. A veces ganan y se convierten en el macho victorioso; otras muchas pierden y entonces se ensañan con los débiles para engañarse y vivir con la venganza como único objetivo. Nosotras tenemos que callar y obedecer, siempre ha sido así. He terminado aprendiéndolo y me ha costado la juventud. Ni siquiera me veo capaz de luchar por mi hija sin la ayuda de un hombre. Sí, se lo agradezco —añadió antes de que él interviniese—, pero es la verdad. Nosotras solo podemos luchar por olvidar nuestros dolores y sufrimientos, para vencerlos, pero nunca vengarlos. Aferrarnos a la esperanza, por pequeña que esta sea, y mientras tanto, de vez en cuando, solo de vez en cuando, intentar volver a sentirnos mujeres.

—No sé qué...

—No diga nada.

Fray Joaquín se encogió de hombros al tiempo que negaba con la cabeza, las manos extendidas.

—Alguien que le dice a una mujer que no le gusta —alzó la voz Milagros—, por más de negro que vaya vestida, por vieja y fea que pueda ser, no tiene derecho a decir nada.

Y le dio la espalda tratando de que el golpe de cadera con que lo hizo llegara a revelarse bajo sus informes ropajes.

La cercanía, el objetivo común, la constante ansiedad ante el peligro de que alguien descubriese que la respetable y piadosa viuda que se escondía bajo aquel disfraz no era más que una joven gitana —la Descalza del Coliseo del Príncipe de Madrid, por más señas— y que el fraile mentía al limosnear para su ingreso en un convento, los unía cada día un poco más. Milagros no hacía nada por evitar el roce; sentía la necesidad de ese contacto humano, respetuoso y cándido. Reían, se sinceraban, se examinaban el uno al otro; ella como no lo había hecho nunca hasta entonces, observando al hombre que se escondía bajo los hábitos: joven y apuesto, aunque no parecía fuerte. Salvo por aquella calva redonda que lucía en la coronilla, podía decirse que era atractivo. Aunque quizá el cabello volviera a crecerle... Sin duda le faltaba gitanería, decisión, soberbia, pero a cambio le sobraba entrega, dulzura y cariño.

—Aquí no creo que saquemos limosnas —se lamentó en voz baja fray Joaquín un atardecer, al arribar a un miserable grupo de barracas hasta las que les había conducido una pareja de agricultores que retornaban de sus labores, la única compañía que encontraron en el camino.

—Quizá no las obtengamos por la Virgen, pero seguro que daríamos con quien pagase por escuchar la buenaventura —apostó ella.

—Sandeces —soltó el fraile, espantando el aire con las manos.

Milagros agarró una de ellas al vuelo, instintivamente, igual que tantas otras veces había hecho en Triana ante hombres o mujeres reacios a soltar unas monedas.

—Su eminencia reverendísima —bromeó—, ¿desea saber lo que le deparan las líneas de su mano? Veo...

Fray Joaquín intentó retirarla, pero ella no se lo permitió y él acabó cediendo. Milagros se encontró con la mano del fraile entre las suyas, repasando ya con el índice enguantado una de las rayas de su palma. Al ritmo al que deslizaba su dedo, un perturbador cosquilleo asaltó su vientre.

—Vaya... —carraspeó y se movió inquieta.

Trató de justificar su nerviosismo en las incómodas ropas que vestía. Se despojó del guante y apartó la mantilla de su rostro con un manotazo. Encontró la mano del fraile todavía extendida frente a ella. Volvió a tomarla y notó su calor. Observó la piel blanca, casi delicada, de un hombre que nunca había trabajado el hierro.

—Veo...

Por primera vez en su vida, Milagros careció del desparpajo necesario para clavar sus ojos en aquel al que pretendía leer la buenaventura.

Se acercaban al río Múrtiga, con Encinasola a su espalda y Barrancos erigiéndose por encima de sus cabezas. Milagros se arrancó la mantilla y la arrojó lejos; luego hizo lo mismo con los guantes y alzó el rostro al cielo radiante de finales de mayo como si pretendiera atrapar toda la luz que durante casi mes y medio de camino le había sido negada.

Fray Joaquín la contempló embelesado. Ahora ella forzaba los corchetes de su jubón negro para que los rayos de sol acariciaran el nacimiento de sus pechos. El largo peregrinaje, extenuante en otras circunstancias, había obrado en Milagros los efectos contrarios: el cansancio llamó al olvido; la constante preocupación por ser descubiertos eliminó cualquier otra inquietud, y la ilusión del reencuentro suavizó unos rasgos antes contraídos y en permanente tensión. La gitana se supo observada. Lanzó un grito espontáneo que rompió el silencio, zarandeó la cabeza y se volvió hacia el fraile. «¿Qué sucederá si no encontramos a Melchor?», se preguntó entonces fray Joaquín, temeroso ante la abierta sonrisa con que le premiaba Milagros. Ella luchaba por deshacer el moño y liberar unos cabellos que se negaban a caer sueltos. El mero pensamiento de no dar con Melchor hizo que fray Joaquín dejase la imagen de la Inmaculada en el suelo para dedicarse a recoger la mantilla y los guantes.

—¿Qué hace ahora? —se quejó Milagros.

—Podríamos necesitarlos —respondió él con la mantilla en la mano; los guantes continuaban perdidos entre los matorrales.

Tardó en encontrar el segundo. Cuando se alzó con él, Milagros había desaparecido. ¿Dónde…? Recorrió la zona con la mirada. En vano, no la encontró. Rodeó un cerrillo que le permitió asomarse al cauce del Múrtiga. Respiró. Allí estaba, arremangada y arrodillada, introduciendo una y otra vez la cabeza en el agua, frotando sus cabellos con frenesí. La vio levantarse, empapada, con la abundante melena castaña cayéndole por la espalda, chispeando al sol en contraste con su tez oscura. Fray Joaquín se estremeció al contemplar su belleza.

Las gentes de Barrancos acogieron su entrada en el pueblo con curiosidad y recelo: un fraile cargado con un bulto y una bella gitana altanera, atenta a todo. Fray Joaquín dudó. Milagros no: se encaró al primer hombre con el que se cruzó.

—Buscamos al que vende el tabaco para contrabandear en España —apabulló a uno ya entrado en años.

El otro balbució unas palabras en la jerga local, sin poder apartar la mirada de aquel rostro que le interrogaba como si fuera culpable de algún delito.

Fray Joaquín percibió la tremenda ansiedad de Milagros y decidió terciar.

—La paz sea contigo —saludó con sosiego—. ¿Nos entiendes?

—Yo sí —se oyó detrás del primero.

«Es muy peligroso», repitió fray Joaquín una decena de veces mientras se acercaban al conjunto de edificios que les habían indicado y que componían el establecimiento de Méndez. El lugar era un nido de contrabandistas. Milagros caminaba resuelta, con la cabeza erguida.

—Por lo menos vuelve a cubrirte el rostro —le rogó él, apresurando el paso para ofrecerle la mantilla.

Ni siquiera obtuvo contestación. Un sinfín de posibilidades, todas aterradoras, rondaban la cabeza del fraile. Melchor podía no encontrarse allí, podía incluso ser enemigo del tal Méndez. Temía por él, pero sobre todo por Milagros. Pocos eran los que permanecían ajenos a la presencia de la gitana; se detenían, la miraban, algunos incluso la piropearon en aquel idioma extraño de los barranqueños.

«¿En qué apuro he metido a Milagros?», se lamentó justo al traspasar los portalones del establecimiento de Méndez. Varios mochileros holgazaneaban en el gran patio de tierra que se abría frente al cuartel del contrabandista; uno de ellos silbó al ver a Milagros. Un par de mujeres de aspecto turbio asomadas a una de las ventanas del dormitorio corrido sobre las cuadras torcieron el gesto ante la llegada del fraile, y una pandilla de chiquillos semidesnudos que correteaban entre las mulas somnolientas atadas a postes dejó de hacerlo para acercarse a ellos.

—¿Quiénes sois? —preguntó uno de los niños.

—¿Tenéis dulces? —inquirió otro.

Llegaban ya a la casa principal. Ninguno de los hombres que

los contemplaban hizo ademán de moverse. Milagros fue a liberarse del acoso de los chiquillos cuando fray Joaquín intervino de nuevo.

—No —se adelantó al gesto brusco de ella—, no tenemos dulces, pero tengo esto —añadió mostrándoles un real de a dos.

Los niños se arremolinaron alrededor del fraile con los ojos brillantes a la vista de la moneda de cobre.

—Os la daré si avisáis al señor Méndez de que tiene visita.

—¿Y quién pregunta por él?

Los niños callaron; algunos de los mochileros se irguieron y las prostitutas de la ventana se asomaron todavía más.

—La nieta de Melchor Vega, el Galeote —contestó entonces Milagros.

Méndez, el contrabandista, apareció en la puerta de la casa principal; examinó a la gitana de arriba abajo, ladeó la cabeza, volvió a escrutarla, dejó transcurrir unos segundos y sonrió. Con un resoplido, fray Joaquín soltó el aire que había retenido en sus pulmones.

—Milagros, ¿no? —preguntaba en ese momento el contrabandista—. Tu abuelo me ha hablado mucho de ti. Sé bienvenida.

Uno de los niños reclamó la atención de fray Joaquín estirando de la manga de su hábito.

—Por esa moneda les llevo con el Galeote —le propuso.

Milagros dio un respingo y se abalanzó sobre el mocoso.

—¿Está aquí? —chilló—. ¿Dónde? ¿Sabes dónde...? —De repente desconfió. ¿Y si el chaval les estaba engañando por un real? Se volvió hacia el contrabandista y le interrogó con unos ojos capaces de traspasar el edificio entero.

—Llegó hace un par de semanas —confirmo Méndez.

Con el contrabandista todavía frente a ella, Milagros balbució algo que tanto podía ser un agradecimiento como una despedida, agarró el extremo de la larga falda negra dejando a la vista sus pantorrillas y, con la prenda terciada, se dispuso a seguir a los chiquillos, que ya les esperaban entre risas y gritos junto a los portalones de acceso al establecimiento del contrabandista.

—¡Vamos! —les animó uno de ellos.

—Vamos, fray Joaquín —le apresuró la gitana, ya unos pasos separada de él.

El religioso sí que se despidió.

—No puedo correr cargado con la Virgen —se quejó después.

Pero Milagros no lo escuchó. Una niña le agarraba de la mano y tiraba de ella hacia el camino.

Fray Joaquín los siguió con parsimonia, exagerando el peso de una imagen que había trasladado sin problema alguno por media España. Melchor estaba en Barrancos, gracias a Dios. Nunca llegó a creer en serio que lo encontrasen. «Mataría por ella. Usted es payo… y además fraile. Lo segundo podría tener arreglo, lo primero, no.» La advertencia que un día le hizo el gitano a la orilla del Guadalquivir, ante la posibilidad de una relación con su nieta, se le agarró al estómago tan pronto como Méndez confirmó su presencia. ¡El Galeote haría cualquier cosa por ella! ¿Acaso no había matado ya al padre de Milagros por consentir su matrimonio con un García?

—¿Qué hacéis?

Dos de los chiquillos pugnaban por descargarle del peso de la imagen de la Inmaculada.

—¡Désela! —le conminó Milagros por delante de él—. ¡No llegaremos nunca!

No se la entregó; no estaba seguro de querer encontrarse frente a frente con Melchor Vega.

—Fuera de aquí. ¡Largaos! —gritó a la pareja de mocosos que, pese a todo, seguían acompañándole e intentaban ayudarle a portar el bulto con unas manos que eran más un estorbo que otra cosa.

Milagros lo esperó, sujetándose el borde de la falda, impaciente. La niña que la acompañaba se quedó a su lado, en jarras, imitando el gesto de la gitana.

—¿Qué le sucede? —inquirió extrañada la gitana.

«Que voy a perderte, eso es lo que sucede. ¿No te das cuenta?», quiso decirle él.

—No vendrá de unos minutos después de todo lo que hemos

recorrido —contestó en cambio, con mayor brusquedad de la que hubiera deseado.

Ella malinterpretó su actitud y torció el gesto. Miró a los chiquillos, que seguían correteando alegres por delante, contra el sol. Le asaltaron las dudas.

—¿Cree usted...? —Dejó caer los brazos. Cayó la falda—. Usted dijo que el abuelo me perdonaría.

—Y lo hará —aseguró fray Joaquín por no proponerle que huyeran juntos de nuevo, que regresaran a los caminos para recorrerlos mostrando la imagen de la Virgen.

El desánimo traicionó sin embargo la voz del fraile. Milagros lo percibió y acomodó sus pasos a los de él.

—También es una García —murmuró ella.

—¿Qué?

—La niña. Mi niña. María. También es una García. El odio del abuelo hacia ellos es superior... ¡a todo! Incluso al cariño que pudo tenerme en su día —agregó con un hilo de voz.

Fray Joaquín suspiró, consciente de las contradicciones que azotaban su propio ánimo. Si la veía contenta, ilusionada, él se desmoronaba aterrorizado ante la idea de perderla, pero si la veía sufrir, entonces..., entonces deseaba ayudarla, darle ánimos para que acudiera con su abuelo.

—Ha pasado mucho tiempo —dijo sin convicción.

—¿Y si no me perdona que me casara con Pedro García? El abuelo...

—Te perdonará.

—Mi madre me repudió por hacerlo. ¡Mi madre!

Llegaron al pie de un cerro, fuera del pueblo. El mayor de los niños los esperaba allí, los demás corrían ya sendero arriba.

Una solitaria casita en lo alto del cerro, a los cuatro vientos, dominaba las tierras; en esa dirección señalaban varios chiquillos.

—¿Es allí? —inquirió fray Joaquín, aprovechando esa pausa para depositar la imagen en el suelo.

—Sí.

—¿Qué hace Melchor ahí arriba, solo? —se preguntó, extrañado.

—No está solo —saltó el chaval—. Vive con la negra.

Milagros quiso decir algo pero no le surgieron las palabras. Tembló y buscó apoyo en el fraile.

—Caridad —susurró este.

—Sí —afirmó el niño—, Caridad. Siempre están ahí, ¿los ven?

Fray Joaquín aguzó la vista hasta vislumbrar dos figuras sentadas delante de la casa, al borde de un barranco.

Milagros, con los ojos húmedos y los sentidos extraviados, no logró ver nada.

—Desde que llegaron —continuó explicando el muchacho— han salido un par de noches a contrabandear. ¡Las dos veces volvieron con dulces! A Caridad le gustan mucho los dulces... y los repartió con nosotros. Y a Gregoria, la niña... —el chaval oteó el sendero de ascenso—, aquella, ¿la ven?, la primera, la pequeñita que más corre, pues a Gregoria le trajeron unas abarcas porque no podía caminar, tenía unas heridas enormes en las plantas de los pies. ¡Miren cómo corre ahora! —Fray Joaquín contempló saltar a la pequeña Gregoria—. Pero el resto del tiempo lo pasan ahí sentados, abrazados, fumando y mirando los campos. Muchas veces subimos a escondidas, pero siempre terminan pillándonos. ¡Gregoria no sabe estarse quieta!

—¿Abrazados?

La pregunta surgió de boca de Milagros, que intentaba secarse los ojos para enfocarlos en lo alto del cerro.

—Sí. ¡Siempre! Se arriman mucho el uno al otro y entonces el Galeote le dice a Caridad: «¡Canta, morena!».

¡Canta, morena! Milagros empezaba a vislumbrar la cumbre. ¡Cachita! Aquella amiga a quien golpeó, insultó, a quien le dijo que no quería volver a verla en su vida.

—¡Gregoria ya ha llegado arriba! —exclamó el niño—. ¡Vamos!

Tanto fray Joaquín como Milagros se irguieron. Las dos figuras que permanecían sentadas se pusieron en pie a la llegada de la pequeña. Gregoria señalaba al pie del cerro. Milagros sintió la mirada de Melchor sobre sí, como si, pese a la distancia, se hallase a solo un paso de él.

—¡Vamos! —insistió el chaval.

Fray Joaquín se agachó para coger la imagen de la Virgen.

—No puedo —gimió entonces la gitana.

Caridad agarró la mano de Melchor y apretó en busca del tacto de aquella palma dura y áspera, curtida por diez años a los remos de una galera y que tanto la tranquilizaba. Eran las mismas palmas que habían recorrido infinidad de veces su cuerpo desde que Melchor apareció en Torrejón; las mismas que ella había bañado en lágrimas mientras las besaba; las que él había llevado a sus mejillas a la espera de una respuesta cuando solo unos días después don Valerio le prohibió que conviviera en pecado mortal con un gitano. «Lo de los traperos no funcionará —le advirtió Melchor—, nos pillarán; terminarán deteniéndonos. Vámonos lejos de aquí. A Barrancos.» La sonrisa con la que accedió Caridad selló el compromiso entre aquel gitano de brillo en la mirada y rostro surcado de arrugas y la antigua esclava negra. Barrancos, donde había nacido su amor, donde se sintió mujer por primera vez, donde la justicia no alcanzaba. Pagaron bien, viajaron rápido en una galera con destino a Extremadura, con la urgencia de dejar atrás tiempos y lugares que solo los habían maltratado.

Melchor, quieto, expectante, con la mirada y los demás sentidos puestos en el pie del cerro, respondió y apretó la mano a su vez. En esta ocasión el contacto del gitano no la tranquilizó: Caridad se supo partícipe del torbellino de inquietudes que asolaban al gitano, porque ella también las sufría. ¡Milagros! Después de tantos años… Sin soltar la mano, desvió la mirada de aquella figura vestida de negro al universo que se abría a sus pies: campos, ríos, vegas, eriales y bosques; todos y cada uno de ellos habían absorbido sus canciones cuando los dos sentados, la vista en el horizonte, en aquella nueva vida que la fortuna les brindaba, complacía a Melchor y alzaba su voz, una voz que a menudo dejaba colgada en el aire para perseguir su reverberación por los senderos que habían recorrido juntos, cargados de tabaco y de un amor que aceleraba sus pasos, sus movimientos, sus sonrisas. Habían vuelto a salir por la noche con las mochilas llenas de tabaco. No necesitaban el dinero; tenían más que suficiente. Solo pretendían volver a pisar aquellos caminos, cruzar el río de nuevo, correr a esconderse al crujido de una rama, dormir al raso... hacer el amor bajo las estrellas. Vivían fundidos el uno en el otro sin más que hacer que mirarse mientras fumaban. Noches de caricias, de sonrisas, de charlas y de largos silencios. Se consolaban de los malos recuerdos, se prometían con un simple roce que jamás nada ni nadie volvería a separarlos.

—¿Por qué no sube? —escuchó de boca del gitano.

Caridad sintió un escalofrío: la brisa que desde los campos golpeaba su rostro le advertía de que la llegada de Milagros trastocaría su felicidad. Deseó que no lo hiciera, que volviera sobre sus pasos... Volvió a fijar la mirada en el pie del cerro justo cuando la gitana iniciaba el ascenso. Melchor apretó con mayor fuerza su mano y se mantuvo así mientras los otros se acercaban.

—¿Fray Joaquín? —dijo con tono de extrañeza el gitano—. ¿Es fray Joaquín?

Caridad no contestó, aunque también reconoció al fraile. Hasta los niños callaron y se hicieron a un lado, serios, graves, ante la llegada de Milagros. Los sollozos contenidos de la gitana taparon cualquier otro sonido. Caridad notó el temblor en la mano de Melchor, en todo él. Milagros se detuvo a unos pasos de distancia, con fray Joaquín detrás de ella, y levantó la vista hacia su abuelo; luego la posó en Caridad y de nuevo la llevó a Melchor. La situación se prolongó. Caridad dejó de sentir los temblores del Galeote. Ella era ahora la que temblaba ante las lágrimas de la gitana, ante la tempestad de recuerdos que acudieron en tropel a su mente. Escuchó aquellas primeras palabras de una joven gitana, ella postrada en el patinejo del corral de vecinos del callejón de San Miguel después de que Melchor la encontrase febril bajo un naranjo; el puente de barcas y la iglesia de los Negritos; la gitanería de la huerta de la Cartuja; los cigarros y su vestido colorado; la vieja María; la detención; la huida por el Andévalo... Desdeñó sus miedos y soltó la mano de Melchor. Se adelantó un paso, corto, indeciso. Los ojos de Milagros suplicaron el siguiente, y Caridad corrió a lanzarse en sus brazos.

—Ve con él —le dijo después del primer abrazo.

Milagros desvió la mirada hacia Melchor, hierático en lo alto.

—Te quiere —añadió Caridad ante la duda que percibió en la joven—, pero, por más que lo esconda o lo niegue, sé que teme que no le hayas perdonado lo… lo de tu padre. Olvidad lo que sucedió —insistió empujándola con suavidad por la espalda.

Milagros dejó atrás a Caridad y a fray Joaquín. Sus propias lágrimas le impidieron percatarse de los ojos húmedos de Melchor. ¿Cuántas veces había tratado de convencerse de que lo de su padre había sido fruto de un arrebato? Quería perdonarlo, sin embargo no podía estar segura de que él hubiera olvidado lo que consideró la máxima traición a la sangre Vega: su matrimonio con Pedro, un eslabón más en la cadena de odios que enfrentaban a ambas familias. ¿Cómo iba Melchor a olvidar a los García? Hacía solo unos años que los García habían intentado matarle…

—¡Maldita sea la Virgen del Buen Aire!

La gitana se detuvo ante la imprecación de su abuelo. Miró horrorizada a Melchor y luego miró hacia atrás y a los lados. ¿Qué pretendía…?

—¿Qué haces disfrazada de cuervo?

Ella se miró las ropas negras como si fuese la primera vez que las veía. Al levantar la vista se encontró con la sonrisa de Melchor.

45

e equivoqué de hombre.

La sentencia de Melchor consiguió que Caridad se encogiese en sí misma, más incluso de lo que había venido haciéndolo a medida que escuchaba la cruel y larga historia de Milagros. Los cuatro se hallaban alrededor de la mesa: ellos dos sentados en sus habituales sillas de fondo de tiras de sauce, mientras que la gitana ocupaba un taburete que tenían dispuesto para las visitas que Martín les hacía siempre que volvía de contrabandear por la zona; el fraile permanecía de pie, incómodo, buscando apoyo aquí y allá, hasta que Melchor le traspasaba con la mirada y se quedaba quieto un rato.

Caridad buscó un ápice de la ternura con que Melchor la había mirado hasta ese mismo día, pero encontró unos ojos contraídos y unas pupilas gélidas. Pocas fueron las palabras que el gitano pronunció a lo largo del discurso de su nieta: un escueto «Gracias» en dirección al fraile cuando se enteró de que salvó la vida de Milagros, y breves preguntas sobre la hija que esta había tenido con el García. La más importante, «¿Sabes algo de tu madre?», fue respondida con un sollozo por parte de Milagros. Caridad percibió cómo su hombre reprimía sus emociones. «¡Insulta!», quiso alentarle aun sobrecogida por las palabras de Milagros, a la vista de la tensión que invadía el cuerpo de Melchor, que apoyaba sobre la mesa los puños crispados. «¡Maldice a todos los dioses del universo!», estuvo a punto de gritar cuando consiguió dejar de prestar atención al terrible relato de las violaciones que salía de boca de Milagros y se volvió con la garganta agarrotada hacia el gitano: las venas de su cuello hinchadas, palpitantes. «Reventarán, gitano —se acongojó todavía más—. Reventarán.»

Supo que no debía seguirle cuando, terminada la conversación, él se levantó y se encaminó hacia la puerta de la casa.

—Me equivoqué de hombre —dijo antes de salir.

Al eco de aquellas palabras, Caridad contempló cómo el gitano salía al atardecer rojizo que flotaba sobre las cumbres, retando al mundo entero, en un momento en que incluso el aire que respiraba se había convertido en su enemigo. Mil punzadas vinieron entonces a recordarle las cicatrices de su espalda, aquellas que Melchor había acariciado y besado. El látigo restalló de nuevo en sus oídos. La esclavitud, la vega tabaquera, la cárcel de la Galera... Creía... creía que había dejado atrás definitivamente todo aquello. ¡Ingenua! Disfrutaba de la felicidad junto al gitano, en Barrancos, lejos de todo, «cerca del cielo», susurró agradecida e ilusionada cuando Melchor le indicó la casa que había alquilado en lo alto del cerro. ¡Estúpida! ¡Necia! Luchó contra las lágrimas que le anegaban los ojos. No quería llorar, ni rendirse... Notó la mano de Milagros sobre la suya.

—Cachita —sollozó la gitana, perdida en su propio dolor.

Caridad tardó en responder al contacto. Apretó los labios con fuerza, aunque ni así lograba controlar su temblor. Se sintió débil, mareada. Había escuchado la historia de Milagros con el espíritu roto entre el dolor de la nieta, la ira del abuelo, y el presentimiento de su propia desdicha, saltando frenéticamente del uno al otro siguiendo sus palabras, gestos y silencios. Milagros presionó su mano en busca de un consuelo que Caridad no estaba segura de querer ofrecerle. Enfrentó su mirada a la de ella y las dudas se desvanecieron ante el rostro congestionado de su amiga, los ojos inyectados en sangre, las lágrimas que corrían por sus mejillas. Se abandonó al llanto.

Desde una esquina, angustiado, fray Joaquín presenció cómo

las dos mujeres se levantaban con torpeza, y se abrazaban, y lloraban, y trataban de mirarse para balbucir palabras atropelladas, ininteligibles, antes de fundirse de nuevo la una en la otra.

Cayó la noche sin que Melchor hubiera regresado, y Caridad preparó la cena: una buena hogaza de pan blanco, chacina, ajos, cebollas, aceite y carne de membrillo que les había traído Martín. Hablaron poco. Fray Joaquín quiso romper el silencio interesándose por la vida de Caridad. «He sobrevivido», ofreció ella por toda explicación.

—¿Qué estará haciendo Melchor? —preguntó de nuevo el fraile, pasado un largo rato de silencio.

Caridad miró el pedazo de cebolla que sostenía entre los dedos, como si se extrañara de su presencia.

—Reclamando al diablo que le devuelva su espíritu gitano.

La mezcla de amargura y tristeza en la respuesta llevó al fraile a desistir de cualquier otro intento. Aquella no era la esclava recién liberada que rendía la mirada ante los blancos, ni la que dejaba caer un pedacito de hoja de tabaco en la iglesia de San Jacinto mientras canturreaba y se movía adelante y atrás postrada ante la Candelaria. Se trataba de una mujer curtida en unas experiencias que no deseaba contarles, diferente a la que había conocido en Triana. Poco le había costado a fray Joaquín comprender las inquietudes de Caridad: su llegada había roto la felicidad duramente conseguida que había alcanzado. Se volvió hacia Milagros, preguntándose si también ella lo notaba: la gitana masticaba la carne salada y seca con apatía, como si la obligaran a comer. No había hecho comentario alguno acerca de la convivencia de Caridad y Melchor. La casa solo contaba con una habitación, y en ella había un único jergón. Aquí y allá, las escasas pertenencias de uno y otro se veían mezcladas: una brillante chaquetilla roja con ribetes y botonadura dorada que Melchor había olvidado, junto a un mantón de lana que sin duda pertenecía a Caridad. Un único objeto destacaba entre la cotidianidad de los demás: un juguete mecánico en una alacena de piedra. En numerosas ocasiones a lo largo de la tarde, fray Joaquín había mirado el juguete tan pronto como Melchor desviaba sus ojos hacia él con las alusiones que salían de boca de Milagros. «¿Funcionará todavía?», se preguntaba tratando de alejar de sí los recelos que percibía en la actitud del gitano. Fray Joaquín sabía que no había sido bien recibido. Melchor nunca lo aceptaría; era fraile y además payo, como le había advertido en Triana, pero ¿acaso no vivía él con una negra? Pero Melchor jamás consentiría que su nieta, una Vega, de los Vega de la gitanería de la huerta de la Cartuja trianera, se relacionase con él. Lo que fray Joaquín ignoraba era qué opinaba la gitana.

—Necesito descansar —murmuró Milagros.

Fray Joaquín la vio señalar el jergón de la habitación contigua, pidiendo permiso a Caridad, que consintió con la cabeza.

Caridad abandonó la casa en cuanto escuchó la respiración pausada de Milagros. Fray Joaquín erró al creer que salía en busca de Melchor. La mujer se dirigió al establecimiento de Méndez, pidió por él, y le encareció a dar con Martín esa misma noche.

—Sí, esta misma noche —insistió—, que partan en su busca todos los mochileros de los que puedas disponer. ¡El pueblo entero de Barrancos si es menester! Tienes nuestros dineros metidos en el tabaco —le recordó Caridad—, paga cuanto te pidan por encontrarlo.

Luego volvió con el fraile y se sentó frente a él, atenta al más mínimo sonido que pudiera venir del exterior. Nada sucedió, y con las primeras luces de la mañana, se desperezó y empezó a preparar un hatillo con sus pertenencias y algo de comida.

—¿Qué haces? —preguntó fray Joaquín.

—¿Todavía no se ha dado cuenta, padre? —contestó de espaldas, escondiéndole las lágrimas—. Volvemos a Triana.

Un simple cruce de miradas bastó a Melchor y Caridad para decirse cuanto necesitaban. «Debo hacerlo, morena», explicó la del gitano. «Voy contigo», replicó la de ella. Ninguno discutió la decisión del otro.

—En marcha —ordenó después Melchor, dirigiéndose a Milagros y al fraile, ambos de nuevo sentados a la mesa en espera de su regreso.

Melchor vistió su chaquetilla roja con parsimonia; no necesitaba más. Caridad se echó el hatillo a la espalda y se dispuso a seguirle. Milagros nada tenía, y el fraile se sintió grotesco al coger la imagen de la Virgen.

—¿Y…? —preguntó fray Joaquín señalando aquel objeto que destacaba solitario en la alacena: el juguete mecánico.

Caridad frunció los labios. «¡Van a matar a Melchor!», hubiera podido contestarle. «Quizá a mí también. Esta es nuestra casa y aquí es donde debe estar», hubiera añadido. «Es su lugar.» Dio media vuelta y enfiló hacia la puerta.

Caridad y Melchor abrían la marcha, con Milagros tras ellos y fray Joaquín algo retrasado, como si no formara parte del grupo, todos en silencio, los primeros eligiendo los mismos senderos que tantas otras veces habían corrido con el tabaco a la espalda, pisando allí donde se escondieron de lo que sospechaban una ronda, cruzando el río por el mismo lugar donde se entregaron el uno al otro por primera vez.

La gitana, a diferencia de Caridad, que había aceptado ya el destino que le marcaba su hombre, caminaba sumida en las dudas: ni ella ni su abuelo se habían recriminado lo que ocurrió en Triana. No hablaron de la muerte de su padre, tampoco del matrimonio con Pedro García. Se limitaron a abrazarse como si el gesto por sí solo ya dejara atrás todos los sinsabores vividos. ¿Cómo pretendía el abuelo recuperar a María?, se preguntaba una y otra vez Milagros. «Me equivoqué de hombre», había dicho. Parecía que lo único que le interesaba era vengarse de Pedro, de los García… ¿Él solo?

Aminoró el paso hasta que fray Joaquín, que no hacía más que preguntarse si había hecho bien en ir a Barrancos, llegó a su altura.

—¿Qué pretende hacer? —inquirió Milagros al tiempo que señalaba con el mentón hacia la espalda de su abuelo.

—Lo ignoro.

—Pero… no va a entrar en el callejón, así, solo, sin ayuda. ¿Qué va a hacer?

—No lo sé, Milagros, pero me temo que sí, que esa es su idea.
—Lo matarán. ¿Y mi niña? ¿Qué será de ella?
—¡Melchor! —El grito del fraile interrumpió a Milagros.
El gitano volvió la cabeza sin detenerse.
—¿Qué planes tienes?

VI

QUEJA DE GALERA

46

El único plan que Melchor tenía en mente era acceder a Triana por el camino que provenía de Camas y cruzarla hasta llegar a la entrada del callejón de San Miguel. Y ese fue el que ejecutó tras una semana de viaje, por más dudas e inconvenientes que a lo largo de esos días opusieron tanto Milagros como el religioso, que, pese a ello, siguieron sus pasos a través del arrabal sevillano.

El sol de principios de verano estaba en lo alto y arrancó destellos de los dorados de la chaqueta roja del gitano. Parado a la entrada del callejón, delante de los otros y con Caridad a su lado, Melchor acarició la empuñadura de la navaja que sobresalía de su faja mientras algunos hombres y mujeres lo miraban sorprendidos y otros corrían a las herrerías y a los corrales de vecinos a advertir de su llegada.

Poco después cesaba el repiqueteo de los martillos sobre el hierro. Los herreros salieron a las puertas de las forjas, las mujeres se asomaron a las ventanas y la chiquillería, contagiada por la tensión que percibía en sus mayores, detuvo sus juegos.

Caridad reconoció a algunos hombres y mujeres y poco a poco, a medida que se acallaban los rumores, llegó a escuchar el silencio. En aquel callejón había empezado todo, y allí terminaría todo, lamentó. De repente se sintió fuerte, invencible, y se preguntó si era eso lo que sentía Melchor, lo que le llevaba a actuar como lo hacía, despreciando el peligro. Había llegado a vacilar ante las constantes quejas de Milagros y del fraile a lo largo del camino; sus advertencias estaban teñidas de un temor que también ella compartía. No habló, no confesó sus miedos, apoyó a Melchor con su silencio, y ahora, rendida al destino que esperaba a su hombre, y probablemente también a ella, frente a hombres y mujeres que mudaban en cólera su inicial semblante de sorpresa, creyó entender por fin el carácter del gitano. Se irguió y notó sus músculos en tensión. Extrañada ante su propio aplomo, compartió el desafío de Melchor. Vivió el presente, el mismo instante, ajena por completo a lo que pudiera suceder el siguiente.

—Gitano —Melchor no se movió, pero ella supo que la escuchaba—: te amo.

—Y yo a ti, morena. Echaré de menos tus cantos en el infierno.

Caridad iba a responder cuando lo que esperaban los del callejón se produjo: Rafael García, el Conde, y su esposa, Reyes la Trianera, se abrían paso lentamente hacia ellos, los dos envejecidos, encorvados, seguidos por varios miembros de la familia de los García y otros gitanos que se iban sumando. Caridad y Melchor aguardaron quietos; Milagros, detrás, retrocedió; buscaba a Pedro con ojos inquietos. No lo veía. Fray Joaquín trataba de mantener firme a la Inmaculada, que resbalaba de sus manos sudorosas. La aparición del patriarca envalentonó a los demás. «¡Asesino!», se escuchó de entre ellos. «¡Hijo de puta!», insultó alguien a Melchor. «¡Perro!» Un grupo de mujeres se acercó a Milagros y escupió a sus pies al grito de «¡Ramera!». Una anciana intentó agarrarla del cabello y ella se arrimó a fray Joaquín, que logró espantar a la agresora. Los improperios, las amenazas y los gestos obscenos continuaron mientras el Conde avanzaba hacia Melchor.

—Vengo a matar a tu nieto —espetó este por encima del griterío antes de que los otros llegaran a su altura.

Al oír las palabras frías, aceradas e hirientes de Melchor, Caridad cerró los puños. Sin embargo, la amenaza no amedrentó al patriarca que, sabiéndose protegido, continuó andando con el rostro impasible y los ojos clavados en Melchor.

—Un condenado a muerte como tú... —replicó Rafael García antes de que los gritos de la gente volviesen a atronar en el callejón.

—¡Matémoslo!

Caridad se volvió hacia Melchor cuando ya algunos de los gitanos se dirigían hacia ellos entre maldiciones y juramentos. ¿Cómo pretendía enfrentarse al callejón entero?

—Melchor —susurró. Pero él no se movió; permanecía quieto, en tensión, desafiante.

Caridad se estremeció ante su arrojo.

—¡Gitano! —exclamó ella entonces con la voz muy clara y potente—. ¡Cantaré para ti en el infierno!

Aún no había terminado la frase cuando apartó de un manotazo a un hombre que ya llegaba hasta ellos y se abalanzó sobre Rafael García, al que derribó. El ataque sorprendió a los gitanos que, pendientes de Melchor, tardaron en reaccionar. Enredados en el suelo, Caridad rebuscó con frenesí la navaja que había visto relucir en la faja del patriarca. ¡Lo mataría por su hombre!

Melchor también se vio sorprendido por la inesperada acometida de Caridad. Tardó un par de segundos en empuñar su navaja y enfrentarla a varios de los gitanos que lo rodeaban. Trató de pensar, de mantenerse frío, como sabía que debía hacer frente a las armas que se le oponían, pero el griterío que le llegaba desde detrás de sus contrincantes, donde estaba Caridad, nubló sus sentidos y le llevó a perderse en un sinfín de navajazos a bulto para abrirse paso hasta ella.

—¿Quieres que matemos a tu negra ahora mismo?

Melchor ni siquiera oyó la amenaza. Entonces los gitanos que le rodeaban abrieron una brecha y se encontró dando cuchilladas al aire frente a una Caridad que pugnaba por zafarse de los brazos de dos hombres que la tenían inmovilizada. Detuvo la última cuchillada, de súbito, a medio recorrido.

—¡Continúa! —le exhortó ella.

Alguien la abofeteó. Melchor creyó oír el silbar de aquel brazo en el aire y sintió el golpe, sobre sí, con mayor ímpetu que los que recibía del látigo en galeras. Se encogió de dolor.

—¡Sigue, gitano! —chilló Caridad.

Nadie la golpeó en esta ocasión. Melchor, trastornado ante la visión del hilillo de sangre que brotó de la comisura de los labios de Caridad y que recorría su mentón, rojo sobre negro, se arrepintió por haber permitido que le acompañara. Fueron necesarios dos hombres más ante las violentas sacudidas y gritos con los que Caridad respondió al ver que otros se abalanzaban sobre Melchor, indefenso y rendido, lo desarmaban y, como si se tratase de un animal al que llevan al sacrificio, el torso inclinado, lo presentaban, entre los vítores y aclamaciones de la gitanería, ante Rafael García, ya repuesto del ataque.

—Lo siento, morena, perdóname.

Las disculpas de Melchor se perdieron entre los sollozos de esta y las órdenes con las que el Conde acogió a su enemigo.

—¡La puta! —gritó este señalando a Milagros—. ¡Traedme también a la puta!

Las mujeres que se encontraban junto a Milagros se lanzaron sobre ella y la atenazaron sin que opusiera resistencia alguna, turbada la atención en su abuelo, sus esperanzas frustradas al ritmo de cuatro simples gritos y otras tantas amenazas.

Fray Joaquín, cargado con la imagen de la Virgen, nada pudo hacer en aquella ocasión y contempló cómo Milagros se dejaba llevar entre empellones, gritos y escupitajos. De repente, hombres y mujeres fijaron su atención en el fraile, que había quedado solo a la entrada del callejón.

—Váyase, padre —le conminó Rafael García—, este es un asunto entre gitanos.

Fray Joaquín se asustó ante el odio y la ira que se reflejaba en el semblante de muchos de ellos. El temor, sin embargo, se convirtió en desazón al ver a Milagros junto a Melchor, cabizbaja como él. ¿Dónde quedaban las promesas que le había hecho a la muchacha?

—No —replicó el fraile—. Este es un asunto que corresponde a la justicia del rey, como todos los que suceden en sus tierras, haya o no gitanos implicados.

Varios de ellos corrieron hacia él.

—¡Soy un hombre de Dios! —alcanzó a gritar fray Joaquín.

—¡Quietos!

La orden de Rafael García detuvo a los hombres. El patriarca entrecerró los ojos y buscó la opinión de los demás jefes de familia: los Camacho, los Flores, los Reyes… Alguno mostró indiferencia y se encogió de hombros, la mayoría negó con la cabeza. Era improbable que alguien del callejón violara la ley gitana y hablase de Melchor, de Milagros o hasta de Caridad, pensó después el Conde, y si lo hacían, las autoridades no dirían una palabra. Rencillas de gitanos, sería su conclusión. Pero la detención de un religioso era diferente. Quizá una de las mujeres o alguno de los niños llegara a desvelarlo, y entonces las consecuencias serían terribles para todos. Habían trabajado duro con la Iglesia; los jóvenes acudían a aprender las oraciones, y el callejón casi por entero asistía a misa simulando devoción. La cofradía estaba en marcha. Hacía menos de un año de la aprobación por parte del arzobispo de las reglas de la Hermandad de los Gitanos y los problemas ya eran considerables. No habían logrado establecerse en el convento del Espíritu Santo de Triana y pretendían hacerlo en el de Nuestra Señora del Pópulo. No lo conseguirían si los agustinos sevillanos se enteraban de aquello. Necesitaban mantener buenas relaciones con quienes podían encarcelarlos. No. No podían arriesgarse a agraviar a la Iglesia en uno de los suyos.

Rafael García hizo un gesto a los hombres y estos se alejaron del religioso. Sin embargo, no pensaba hacer lo mismo con los Vega…

—Suéltalos —interrumpió sus pensamientos fray Joaquín.

El Conde negó con la cabeza, terco, y entonces Reyes se acercó y le habló al oído.

—Ella —señaló a Milagros el patriarca luego de que su mujer se retirase— se queda aquí con su esposo, que es donde debe estar. ¿Me equivoco, padre?

Fray Joaquín palideció y fue incapaz de contestar.

—No. Veo que no me equivoco. En cuanto a los otros dos…

Reyes tenía razón: ¿quién podía saber o demostrar el asesinato de José Carmona más allá de los gitanos? Nadie lo denunció a las autoridades, lo enterraron en campo abierto y el delito se trató en la privacidad del consejo de ancianos. ¿En qué podía intervenir la justicia de los payos?

—En cuanto a ellos —repitió con aplomo—, se quedarán con nosotros hasta que los funcionarios del rey de los que habla su paternidad vengan en su busca. Compréndalo —añadió, ufano, entre las sonrisas de algunos de los gitanos—, cuidamos de su seguridad. Podrían hacerle daño.

—Rafael García —amenazó fray Joaquín—, volveré a por ellos. Si algo les sucede… —Titubeó, sabía que nada lograría solo, que necesitaba ayuda—. Si algo les sucede, el peso de la ley y de la justicia divina caerá sobre ti. ¡Y sobre todos vosotros!

47

e han marchado —anunció Rafael García.

—¿Cómo…! —gritó fray Joaquín airado, gesticulando con aspavientos.

Calló, no obstante, tras una imperativa seña del prior de San Jacinto.

—¿Cuándo se han marchado? —preguntó este.

—Poco después de que fray Joaquín se fuese —respondió con naturalidad Rafael García, parado a la entrada de la herrería, en los bajos del corral de vecinos que ocupaba, donde su extensa familia seguía trabajando sin conceder la menor importancia a la visita de los cinco frailes, incluido el prior del convento de San Jacinto, que acompañaban a fray Joaquín.

Tampoco los gitanos que deambulaban por el callejón parecían prestar atención a la escena. Solo Reyes, por encima de ellos, escondida tras la ventana del primer piso, aguzaba el oído para escuchar la conversación.

—Dijeron que iban a buscarle —añadió Rafael mirando directamente a fray Joaquín—. ¿No se han encontrado?

—¡No! ¡Mientes! —acusó el fraile, que volvió a callar a instancias de su superior.

—¿Y por qué los has dejado marchar?

—¿Por qué no iba a permitírselo? Son libres, no han cometido delito alguno. No sé…, pueden volver en cualquier momento.

—Fray Joaquín sostiene que los habías retenido con intención de matarlos. Y…

—Reverendo padre… —le interrumpió el Conde mostrando las palmas de sus manos.

—Y yo le creo —se adelantó el prior a su vez.

—¿Matarlos? ¡Qué barbaridad! Va contra las leyes, ¡contra los preceptos divinos! Nosotros no hacemos daño a nadie, eminencia. No sé qué decirle. Se han ido, simplemente. Pregunten ustedes. —Rafael García indicó entonces a varios de los gitanos del callejón que se acercasen—. ¿Es cierto que el Galeote, su nieta y la negra se han ido? —les preguntó.

—Sí —contestaron al unísono dos de ellos.

—Les oí decir que iban a San Jacinto —agregó una gitana vieja y desdentada.

El prior negó con la cabeza, igual que dos de los frailes que les acompañaban. Fray Joaquín continuaba mostrando el semblante encendido, los puños crispados.

—Registren sus reverencias el callejón —propuso entonces el Conde—, ¡todos los corrales si lo consideran oportuno! Comprobarán que no están aquí. No tenemos nada que esconder.

—¿Quieren empezar por mi casa? —ofreció la gitana vieja con fingida seriedad.

Fray Joaquín iba a aceptar la propuesta cuando la voz del prior lo frenó.

—Rafael García, la verdad siempre termina conociéndose, tenlo en cuenta. Estaré pendiente, y pagarás caro si algo llegara a sucederles.

—Ya les he…

El prior alzó una mano, volvió la espalda y le dejó con la palabra en la boca.

Esa noche sonaron las guitarras en el callejón de San Miguel. El tiempo era espléndido; la temperatura, benigna, y los gitanos, los

García y los Carmona principalmente, tenían ganas de fiesta. Hombres y mujeres cantaban y bailaban por fandangos, seguidillas y zarabandas.

—Mátalos ya —le conminó la Trianera a su esposo—. Los enterraremos lejos de aquí, más allá de la vega, donde nadie pueda encontrarlos —añadió ante el silencio de Rafael—. Nadie se enterará.

—Estoy de acuerdo con Reyes —afirmó Ramón Flores.

—Los tiene que matar Pascual Carmona —sentenció Rafael, que todavía recordaba la ira y violencia con la que Pascual, el jefe de los Carmona tras la muerte del viejo Inocencio, había irrumpido en su casa al enterarse de la huida de Melchor en Madrid. Lo zarandeó, le amenazó y de no ser por la intervención de sus propios parientes hubiera llegado a golpearlo—. Me gustaría hacerlo yo, pagaría por ejecutar al Galeote, pero la venganza corresponde a los Carmona; les pertenece por derecho de sangre. Fue a un Carmona a quien mató el Galeote, precisamente al hermano de Pascual. Debemos esperar a su regreso. No creo que tarde. Además... —El Conde señaló con el mentón más allá de los gitanos que bailaban, donde fray Joaquín permanecía quieto, apoyado contra la pared de uno de los edificios—. ¿Qué hace ese aún por aquí?

Fray Joaquín se había negado a acompañar al prior y a los demás frailes de vuelta a San Jacinto. Permaneció en el callejón, preguntando a cuantos encontraba y obteniendo siempre la misma respuesta.

—Padre —se quejó una gitana cuando agarró de los hombros y zarandeó a un gitanillo que le contestó con la duda en la mirada—, deje usted tranquilo al chiquillo. Ya le ha dicho lo que quería saber.

Entró en algunos corrales de vecinos. Los gitanos condescendieron. Anduvo por su interior con niños y ancianas escrutándolo. Inspeccionó pisos y cuartuchos y, desesperado, llegó a llamar a gritos a Milagros: sus voces reverberaron extrañamente en el patio del corral. Alguien quiso burlarse del grito desgarrado de aquel fraile impertinente y se arrancó con un martinete. El incesante y monótono golpear de los martillos acompañó unas coplas que azuzaban al fraile a abandonar el corral. «No me iré», decidió sin embargo. Permanecería allí, en el callejón, atento, el tiempo que fuera necesario: alguien cometería un error; alguien le diría dónde encontrarlos. Se lanzó a rezar, contrito, arrepentido por acudir en busca de una ayuda divina que creía no merecer después de haber escapado con Milagros y haber utilizado a Nuestra Señora para engañar a las gentes.

—¿El fraile? —escupió la Trianera—. Veremos si es capaz de continuar ahí cuando vuelva Pedro.

Al oído del nombre del nieto de la Trianera, Ramón Flores hizo una mueca que no pasó desapercibida a Rafael, que a su vez negó con la cabeza, los labios fruncidos. Había mandado a un par de chiquillos para que trataran de encontrarlo y le comunicaran la llegada de Milagros. Debían, les dijo, buscarlo en alguno de los muchos mesones o botillerías de Sevilla donde dejaba transcurrir las horas y donde gastaba los muchos dineros que se había traído de Madrid haciendo correr el vino y atrayendo a las mujeres. «¿Dónde ha obtenido tanto dinero?», se preguntaba el Conde. Los gitanillos habían regresado a media tarde sin noticias. Rafael insistió, en esta ocasión envió a dos jóvenes capaces de moverse en la noche, pero continuaban sin saber de él.

—Melchor Vega es afortunado —apuntó la Trianera, interrumpiendo los pensamientos de su esposo—. Salió con vida de galeras. Durante años ha contrabandeado con el tabaco sin que le pille la ronda, y hasta escapó de los García de Madrid. Parecía imposible, pero lo hizo. Yo que tú no tardaría ni un minuto en terminar con él.

Rafael García volvió de nuevo la mirada hacia fray Joaquín. Recelaba de su presencia, la amenaza del prior de San Jacinto seguía presente en su recuerdo.

—Te he dicho que es a Pascual a quien corresponde matarlo. Lo esperaremos.

El amanecer encontró a fray Joaquín somnoliento, sentado en el suelo y apoyado en la pared, en el mismo lugar en el que había permanecido en pie hasta altas horas de la madrugada, cuando los gitanos se fueron retirando a sus casas. Algunos hasta se despidieron de él con sorna; otros lo saludaron por la mañana con igual actitud. El fraile no contestó en ningún caso. Tenía la sensación de no haber dormido nada, pero sí lo había hecho; lo suficiente como para no haberse dado cuenta de la llegada de Pedro García. La oscuridad era casi absoluta. El gitano lo había examinado con asombro, allí tirado. No le veía el rostro, así que no podía estar seguro de quién era. Pensó en darle unas patadas, pero finalmente se dirigió al corral de vecinos.

—¿Ese fraile es quien creo que es? —preguntó a su abuelo tras despertarlo con rudeza.

—Es fray Joaquín, de San Jacinto —contestó el otro.

—¿Qué hace aquí? —quiso saber Pedro.

La Trianera, que dormía al lado de su esposo, cerró los ojos con fuerza ante la agitación que vislumbró en los de su nieto. Por más que Bartola lo confirmase, por mucho que hombres y mujeres de las familias García o Carmona insultasen a Milagros y renegasen de ella, la Trianera había dudado de la historia de Pedro nada más verlo aparecer con aquella guapa gitana madrileña, la pequeña María... y la bolsa llena de dineros. «Se los habrá robado a la puta al descubrirla», contestó a su esposo cuando este le mostró sus dudas. Pero la Trianera sabía que no era así. Después de acompañarla en fiestas y saraos, creía conocer a la Vega... y nunca se hubiera prostituido voluntariamente; había mamado los valores gitanos. Días después de su llegada, interrogó a Bartola, a solas; sus evasivas bastaron para convencerla.

—¿Dónde está Milagros? —preguntó Pedro aun antes de que su abuelo finalizase el relato.

Rafael García se liberó con violencia de la mano con que su nieto le atenazaba el brazo y se levantó del jergón con inusitada agilidad. Pedro estuvo a punto de caer al suelo.

—No te atrevas a tocarme —le advirtió el Conde.

Pedro García, ya en pie, retrocedió un paso.

—¿Dónde está, abuelo? —repitió sin poder esconder su ansia.

Rafael García volvió la cabeza hacia la Trianera.

—En el foso de la herrería —aventuró entonces Pedro—, los tiene ahí, ¿cierto?

Un simple agujero bajo tierra, disimulado, cubierto con tablas en el que los García escondían las mercaderías, sobre todo las robadas, por si algún alguacil entraba en la forja. No era la primera vez que lo habían utilizado para esconder a alguien, incluso lo intentaron cuando la gran redada, pero fueron tantos los que se amontonaron en su boca, que los soldados del rey los detuvieron entre carcajadas.

Milagros alzó la cabeza al oír cómo corrían los tablones. La tenue luz de un candil descubrió a los tres sentados en el suelo, atados de pies y manos, apiñados en el exiguo espacio que conformaba el foso. Por encima, la gitana entrevió la figura de varios hombres que discutían. El candil arrancó destellos de la chaquetilla de uno de ellos, y Milagros gritó. Caridad percibió el terror en los ojos de su amiga antes de que esta encogiera las rodillas hasta el pecho y tratara de ocultar la cabeza entre ellas. Luego levantó la vista y miró hacia donde lo hacía Melchor: la discusión arreciaba y los hombres forcejeaban entre sí. Tardaron en reconocer a Pedro, que se zafó de los demás y saltó al foso con una navaja resplandeciente entre las manos.

—¡No la mates! —se oyó a Rafael García.

—¡Puta!

El grito de Pedro se confundió con los de Caridad y Melchor. Uno de los gitanos se lanzó al suelo y consiguió agarrar la muñeca de Pedro justo cuando se disponía a descargar una cuchillada sobre su esposa. En un instante fueron dos más las que lo atenazaron.

—¡Subidlo! —ordenó el conde.

Una violenta patada en el rostro nubló la visión de Milagros. Su cabeza rebotó con violencia contra la pared.

—¡Dejadme! ¡Puta! ¡Acabaré con ella! —gritaba Pedro García que, incapaz de liberar su brazo, la emprendió a patadas con la gitana.

Entre la paliza y los gritos, Milagros creyó escuchar el alarido de su abuelo.

—¡Perro cabrón! —reaccionó y, aun con los pies atados, los levantó para patear a su esposo. Lo alcanzó en un muslo, casi sin fuerza, pero aquel golpe calmó el dolor de los otros que recibía: en el rostro, en el pecho, en el cuello... Intentó propinarle otro, pero los dos jóvenes gitanos que vigilaban el foso ya alzaban al gitano, que continuó pateando, esta vez al aire.

Las miradas de Milagros y Pedro se cruzaron. Él escupió, ella ni siquiera se movió. Sus ojos destilaban ira.

—¿Te has vuelto loco? —recriminó Rafael García a su nieto antes incluso de que todo su cuerpo hubiera abandonado el foso—. ¡Callaos! —exigió poniendo fin al forcejeo con el que Pedro volvió arriba—. Que no vuelva a acercarse por aquí, ¿habéis entendido? —ordenó a los dos que quedaban de vigilancia. Y, volviéndose hacia su nieto, añadió—: Vete de Triana. No quiero verte de vuelta hasta que recibas un mensaje mío.

Mientras el Conde se dirigía hacia la puerta de la herrería para asomarse al callejón, Milagros y Caridad se hablaron en silencio. Melchor permanecía con la mirada baja, mortificado por no haber podido defender a su nieta. «Moriremos», se anunciaron entre ellas. Endurecieron sus semblantes, pues no querían ofrecer sus llantos a esos malnacidos.

Rafael García comprobó que el callejón estuviera tranquilo. En silencio. Aguzó el oído para percibir cómo esa quietud se quebraba por un rumor que el patriarca tardó en reconocer: el canto ahogado de Caridad y Milagros allá abajo. Una empezó a tararear sus cantos de negros y la otra le siguió y pretendió vencer al miedo con un fandango. Un ritmo monótono, otro alegre. Los tablones sobre sus cabezas fueron negándoles los reflejos del candil.

—¡Callad! —les ordenaron los gitanos.

No lo hicieron.

Melchor escuchó el canto de las dos personas a las que más quería y negó con la cabeza, la garganta agarrotada. ¡Tenía que ser en una situación como aquella cuando las escuchara cantar juntas! Ellas continuaron en la oscuridad, Caridad imprimiendo poco a poco alegría a sus sones y Milagros bebiendo de la tristeza de las melodías de los esclavos. Luego acompasaron sus cánticos. Un escalofrío recorrió la columna de Melchor. Sin música, sin palmas, sin gritos ni jaleos, el canto ya único de ambas rebotaba en los tablones que cerraban el foso e inundaba su encierro de dolor, de amistad, de traiciones, de amor, de vivencias, de ilusiones perdidas…

Arriba, cuando Pedro ya estaba lejos de la herrería, los dos jóvenes gitanos interrogaron con la mirada al patriarca, que no contestó, hechizado por la voz de las mujeres.

—¡Silencio! —gritó nervioso, como si le hubieran cogido en un renuncio—. Callad o seré yo mismo quien termine con vosotros —añadió pateando los tablones.

Tampoco hicieron caso. El Conde terminó encogiéndose de hombros, ordenó a los jóvenes que atrancaran las puertas de la herrería y volvió a su casa. Caridad y Milagros continuaron cantando hasta un amanecer del que no pudieron apercibirse.

Sentado en el suelo, fray Joaquín notó cómo el transcurso de las horas transformaba el espacio que lo rodeaba: el bullicio del martilleo y las humaredas que escapaban de los bajos de las fraguas; los gritos y juegos de la chiquillería y el transitar de los gitanos que entraban y salían, o que simplemente charlaban o haraganeaban.

No podía impedir lo que estaba seguro que iba a suceder. Ni siquiera podía contar con su comunidad. Una plaga de langosta asolaba los campos sevillanos, y se reclamaba a los frailes para hacer rogativas frente a aquel castigo divino que tan frecuentemente arrasaba las cosechas, dejando tras de sí hambre y epidemias. El prior, maravillado ante la imagen de la Inmaculada, se la había pedido para llevarla en procesión. Siempre sería mejor que excomulgar a las langostas, como hacían algunos sacerdotes. Pensó acudir a las autoridades, pero desistió al pensar en las preguntas que le harían. Él no sabía mentir, y las rencillas de los gitanos no interesaban a los funcionarios. Descubrirse no serviría de nada.

Reyes y Rafael lo observaban desde la ventana de su casa.

—No me gusta tenerlo ahí —comentó el patriarca.

—¿Y Pedro? —preguntó ella.

—Se fue. Le he ordenado que no vuelva hasta que yo lo diga.

—¿Cuándo regresa el Carmona?

—Ya he mandado a por él. Según su esposa está en Granada. Confío en que lo encuentren pronto.

—Tenemos que resolver esto con rapidez. ¿Cuándo entregarás a la Vega a Pedro?

—Cuando haya terminado con los otros. El que me importa es el Galeote. No quiero que nada evite que Pascual le corte el cuello. Luego, que Pedro haga lo que desee con la nieta.

—Me parece bien.

Esas fueron las últimas palabras que mencionó la gitana antes de quedar en silencio, observando pensativa el callejón, igual que su esposo, igual que fray Joaquín. De repente, como todos los que estaban por allí, fijaron su atención en una mujer que se había detenido en el acceso al callejón. «¿Quién...?», se preguntaron unos. «¡No puede ser!», dudaron otros.

—Ana Vega —murmuró la Trianera con voz titubeante.

Muchos tardaron en reconocerla; hubo quien no lo consiguió. Reyes, sin embargo, llegó incluso a presentir al espíritu de su enemiga imponiéndose al cuerpo esquelético y ajado que lo contenía, a su rostro demacrado y a una mirada que nacía de profundas cuencas en sus ojos; descalza y andrajosa, el cabello cano, sucia, cubierta con viejas prendas hurtadas.

Ana paseó la mirada por el callejón. Todo parecía igual que cuando se vio forzada a abandonarlo, tantos años atrás. Quizá había menos gente... Se detuvo un segundo de más al toparse con el fraile, apoyado en la pared del edificio, y por un breve instante se preguntó qué hacía allí. Reconoció a muchos otros mientras buscaba a Milagros: Carmonas, Vargas, Garcías... «¿Dónde estás, hija?» Percibió recelo entre los gitanos; algunos hasta bajaban la cabeza. ¿Por qué?

Ana llevaba casi dos meses de camino desde Zaragoza; había huido de la Misericordia con las quince mujeres Vega que quedaban, muchachas incluidas, después de que Salvador y los demás niños fueran destinados a los arsenales. Nadie las persiguió, como si se alegraran de su fuga, satisfechos por librarse de ellas; ni siquiera denunciaron su evasión. Formaron dos grupos: uno se dirigió a Granada; el otro, a Sevilla; pensando que así alguno llegaría. Ana encabezó la partida sevillana, que cargaba con la vieja Luisa Vega. «Morirás en tu tierra —le prometió—. No voy a permitir que lo hagas en esta cárcel asquerosa.» Anduvieron esos dos meses hasta detenerse en Carmona, a solo seis leguas de Triana, donde las acogieron las Ximénez. La vieja Luisa estaba derrotada y las demás ya casi no podían cargar con ella. «Queda poco, tía», trató de animarla ella, pero no fue la anciana quien se opuso. «Repongámonos aquí, protegidas, a salvo —replicó otra Vega—. Llevamos años fuera, ¿qué pueden importar unos días más?» Pero a Ana sí le importaban: necesitaba encontrar a Milagros, quería decirle que la quería. Cinco años de hambre, enfermedades y penalidades eran suficientes. Gitanas de familias ancestralmente enemistadas terminaron ayudándose y sonriéndose mientras compartían la miseria. Milagros era su hija, y si las rencillas entre gitanas se habían desvanecido durante los años de adversidad, ¿cómo no perdonar a quien llevaba su misma sangre? ¿Qué más daba con quién se hubiera casado? ¡La quería!

Continuó sola el camino y a su llegada al callejón se encontró con miradas adustas; cuchicheos, gitanas que le daban la espalda para correr a sus casas, asomarse a las ventanas o a las puertas de los corrales y señalarla a sus parientes.

—¿Ana...? ¿Ana Vega?

Fray Joaquín se acercó a aquella mujer que contemplaba desconcertada la calle.

—¿Aún me reconoce, padre? —preguntó ella con sarcasmo. Pero algo en el semblante del religioso le hizo mudar el tono—. ¿Dónde está Milagros? ¿Le ha sucedido algo?

Él vaciló. ¿Cómo iba a narrar tantas desgracias en apenas unas frases?, se preguntó. No había tiempo para largas explicaciones, y la verdad, resumida, era aún más dolorosa. Hasta el martilleo de las herrerías cesó mientras fray Joaquín le contaba lo sucedido.

Ana gritó al cielo.

—¡Rafael García! —aulló después, corriendo hacia el corral del patriarca—. ¡Hijo de puta! ¡Malnacido! ¡Perro sarnoso…!

Nadie la detuvo. Las gentes se apartaron. Ni siquiera los García, que permanecían a la puerta de su fragua, trataron de impedirle el acceso al patio del corral. Llamó a gritos a Rafael García al pie de la escalera que llevaba a los pisos superiores.

—¡Cállate! —gritó la Trianera desde arriba, apoyada en la barandilla de la galería corrida—. ¡No eres más que la hija de un asesino y la madre de una puta! ¡Vete de aquí!

—¡Te mataré!

Ana se lanzó escaleras arriba. No alcanzó a llegar hasta la vieja. Las gitanas que se hallaban en la galería se abalanzaron sobre ella.

—¡Fuera! —ordenó Reyes—. ¡Tiradla escaleras abajo!

Así lo hicieron. Ana trastabilló un par de escalones antes de conseguir asirse a la barandilla y deslizarse otros tantos. Se repuso.

—¡Tu nieto vendió a mi hija! —gritó, haciendo ademán de volver a subir.

Las García que se hallaban arriba le escupieron.

—¡Esa es la excusa de todas las putas! —replicó Reyes—. ¡Milagros no es más que una vulgar ramera, vergüenza de las mujeres gitanas!

—¡Mentira!

—Yo estuve allí. —Fue Bartola quien habló—. Tu hija se entregaba a los hombres por cuatro cuartos.

—¡Mentira! —repitió Ana con todas sus fuerzas. Las otras rieron—. Mientes —sollozó.

Tras un par de intentos, comprendió que nadie trataría con ella en presencia del fraile. Ana lo necesitaba: era el único que podía hablar en favor de Milagros para desmentir la versión sembrada por Pedro y exagerada por la Trianera, pero al final se vio obligada a ceder ante las costumbres gitanas.

—Váyase, padre —le instó—. Solo empeorará las cosas —insistió cuando fray Joaquín se negó—. ¿Acaso no lo ve? Este es un asunto de gitanos.

—Puedo acudir al asistente de Sevilla —se ofreció fray Joaquín—. Conozco gente…

Ana lo miró de arriba abajo mientras hablaba. Su aspecto era tan deplorable como enardecidas sus palabras.

—No sé qué interés tiene usted en mi niña…, aunque lo presumo.

Fray Joaquín confirmó sus sospechas con un repentino sofoco.

—Escúcheme: si llegase a aparecer por aquí algún alguacil, la gitanería entera haría piña con Rafael García en defensa de la ley gitana. Poco les importarían entonces razones o argumentos…

—¿Qué razones? —saltó él—. Sobre Milagros no pesa condena alguna como sobre Melchor… o Caridad. Supongamos incluso que se hubiera convertido en una ramera, que fuera cierto, ¿por qué detenerla? ¿Qué le harán?

—La entregarán a su esposo. Y a partir de entonces nadie se preocupará de lo que le pueda suceder; nadie preguntará por ella.

—Pedro… —murmuró el religioso—. Tal vez ya la haya matado.

Ana Vega permaneció unos segundos en silencio.

—Confiemos en que no —susurró al cabo—. Si están escondidos aquí, en el callejón, ni el Conde ni los demás jefes le permitirán hacerlo. Un cadáver siempre trae problemas. Le exigirán hacerlo fuera de Triana, en secreto, sin testigos. Váyase, padre. Si tenemos alguna oportunidad…

—¿Irme? Por lo que dices, si Milagros está en el callejón, Pedro tendrá que sacarla de aquí. Esperaré en la entrada hasta el día del juicio final si es necesario. Haz tú lo que tengas que hacer.

Ana no discutió. Tampoco pudo hacerlo, pues fray Joaquín le dio la espalda, se dirigió a la entrada y se apoyó contra la pared del primer edificio; su expresión revelaba que estaba decidido a aguantar allí cuanto hiciera falta. La gitana negó con la cabeza y dudó si acercarse y contarle que existían muchas otras posibilidades de abandonar el callejón: las ventanas y algunos portillos traseros… Sin embargo, lo observó y percibió en él la obcecación de un enamorado. ¿Cuánto tiempo hacía que no contemplaba la pasión en los ojos de un hombre, el temor por el daño a la amada, la ira incluso? Primero un García y ahora un fraile. Ignoraba si Milagros le correspondía. En cualquier caso, esa era entonces la menor de sus preocupaciones. Tenía que hacer algo. No contaba con los hombres de la familia Vega para apoyarla. Las mujeres de la gitanería de la Cartuja siempre habían sido detestadas por los del callejón, pendientes de estar a bien con los payos, de negociar con ellos; de poco serviría pues plantearles aquel problema.

Apretó los labios y emprendió una peregrinación mucho más dura que el largo y difícil camino desde Zaragoza. Herrerías, domicilios y patios de corrales de vecinos donde jugaban los niños y las mujeres trabajaban la cestería. Algunos ni se molestaron en volver la cabeza para atender sus ruegos: «Permitid que mi hija se defienda de las acusaciones de su esposo». Sabía que no podía suplicar por su padre. Se cumpliría la ley gitana: lo matarían, pero la terrible congoja que sentía por ello se atenuaba tras la posibilidad de luchar por su hija sin rendirse a pesar de la debilidad que sentía. Obtuvo algunas contestaciones.

—Si lo que sostienes es cierto —replicó una de las Flores—, ¿por qué se prestó tu hija? Contéstame, Ana Vega, ¿acaso tú no habrías peleado hasta morir por defender tu virtud?

Las rodillas estuvieron a punto de fallarle.

—Yo le habría arrancado los ojos a mi esposo —mascculló una anciana que parecía dormitar al lado de la primera—. ¿Por qué no lo hizo tu hija?

—No debemos inmiscuirnos en los problemas de un matrimonio —escuchó en otra casa—. Ya le dimos una oportunidad a tu hija tras la muerte de Alejandro Vargas, ¿recuerdas?

«No pienso hacer nada.» «Merece lo que le pase.» «Los Vega siempre habéis sido problemáticos y pendencieros. Mira a tu padre.» «¿Dónde queda ahora vuestra soberbia?» Las recriminaciones se sucedieron allá donde acudía. Le temblaban las manos y sentía una tremenda opresión en el pecho.

—Además —le confesó una mujer de la familia de los Flores—, no conseguirás que nadie se enfrente a los García. Todos temen volver a los arsenales, y es mucho el poder que el Conde ha conseguido con payos y sacerdotes.

—¡Matadme a mí! —terminó gritando Ana en el centro del callejón, hundida, desesperada, cuando el sol ya empezaba a ponerse—. ¿No queréis sangre Vega! ¡Tomad la mía!

Nadie contestó. Solo fray Joaquín, en el otro extremo, acudió a ella, pero antes de que llegase a su altura, lo hizo un gitano al que Ana Vega no reconoció hasta que lo tuvo a escasa distancia: era Pedro García, que había vuelto, desobedeciendo las órdenes de su abuelo, cuando se enteró de que Ana Vega había aparecido en el callejón. Sostenía en sus brazos a una niña pequeña que forcejeaba y trataba de esconder el rostro en su cuello, con mayor ansia a medida que su padre se acercaba a la loca que gritaba con los brazos en alto en el centro del callejón. El fraile le había hablado de su nieta, y Ana la reconoció en aquella niña. Pedro García se detuvo a solo unos pasos, acarició el cabello de la pequeña, la apretó contra sí y luego sonrió. Había merecido la pena discutir con el abuelo solo por ver el dolor en el rostro de quien se había atrevido a abofetearlo en público hacía unos años; eso le dijo al Conde, y Rafael García finalmente lo entendió y se lo permitió, bajo promesa de que volviera a desaparecer hasta que el Galeote hubiera sido ejecutado.

Ana hincó las rodillas en el suelo y, vencida, estalló en llanto.

48

espués de una noche de dolor, Ana llegó a creer que no le quedaban lágrimas. Fray Joaquín fue torpe en el consuelo porque también a él le costaba reprimir la emoción. El templado sol de verano no logró mejorar su ánimo. Los gitanos del callejón pasaban por su lado sin mirarlos siquiera, como si los sucesos del día anterior hubieran puesto fin a cualquier disputa. Ana Vega veía la espalda de quienes salían del callejón, a la espera de la llegada de Pascual Carmona. En cuanto llegara el jefe de los Carmona se cumpliría la sentencia, le habían dicho en una de las herrerías. Pascual constituía su última esperanza: no cedería en lo relativo a la muerte de su padre, lo sabía. José había odiado a Melchor, Pascual también, muchos de los Carmona habían hecho suyos los sentimientos de su esposo, pero, aun así, Pascual era el tío de Milagros, la única hija de su hermano asesinado, y Ana confiaba en que todavía quedase algo del cariño con el que el gitano jugueteaba con ella de niña.

—Rece usted en silencio, padre —instó a fray Joaquín, hastiada de aquel constante murmullo que incrementaba su angustia y que se unía al irritante martilleo de los herreros.

Tramaba abordar a Pascual antes de que accediese al callejón, suplicarle y arrodillarse; humillarse, echarse a sus pies, prometerle lo que quisiera a cambio de la vida de su hija. Ignoraba si lo reconocería después de cinco años. Guardaba cierto parecido con José, algo más alto, bastante más fornido... arisco, malcarado... pero era el jefe de la familia y como tal debía defender a Milagros. Miró a la gente que transitaba fuera del callejón, entre la Cava, las Mínimas y San Jacinto, y envidió las risas y la aparente despreocupación con que algunos se disponían a vivir aquel magnífico día soleado, testigo de su infortunio. Vio a un par de gitanillas acosar a un payo mendigando una moneda y torció el gesto. El hombre se zafó de las chiquillas de malos modos y la más menuda cayó a tierra. Una mujer corrió a ayudarla mientras otras increparon al payo, que aligeró el paso. Ana Vega notó que aquellas lágrimas que creía agotadas tornaban a sus ojos: sus amigas de cautiverio. La vieja Luisa fue la primera en verla; las demás todavía insultaban al hombre. Luisa renqueó en su dirección, el dolor marcándose en su rostro al solo movimiento. Las otras no tardaron en sumarse; sin embargo ninguna de ellas se atrevió a adelantar a la anciana: siete mujeres harapientas que andaban hacia ella y que colmaban su turbia visión, como si nada más existiese.

—¿Por qué lloras, niña? —preguntó Luisa a modo de saludo.

—¿Qué... qué hacéis aquí? —sollozó ella.

—Hemos venido a ayudarte.

Ana intentó sonreír. No lo consiguió. Quiso preguntar cómo se habían enterado, pero las palabras no le salían. Respiró hondo e intentó serenarse.

—Nos odian —replicó—. Odian a los Vega, a mi padre, a Milagros, a mí... ¡a todas! ¿Qué íbamos a conseguir nosotras solas?

—¿Nosotras? ¿Solas? —Luisa se volvió y señaló a su espalda—. También han venido las Ximénez, de Carmona; otras del Viso y un par de las Cruz de Alcalá de Guadaira. ¿Te acuerdas de Rosa Cruz?

Rosa asomó por detrás de la última de las Vega y le lanzó un beso. En esta ocasión, Ana ensanchó su boca en una sonrisa. Era el mismo gesto que Rosa había hecho cuando Ana quedaba atrás, en la noche, guardándole las espaldas mientras la otra huía a través de un agujero en la tapia de la Misericordia. Hacía ya dos años de eso.

—Hay una de Salteras —prosiguió Luisa—, y otra de Camas. Pronto llegarán de Tomares, de Dos Hermanas, de Écija...

—Pero... —acertó a decir Ana Vega antes de que la anciana la interrumpiera.

—Y vendrán de Osuna, de Antequera, de Ronda, de El Puerto de Santa María, de Marchena... ¡de todo el reino de Sevilla! ¿Nosotras dices? —Luisa calló para tomar un aire que le faltaba. Ninguna del grupo que rodeaba a las dos gitanas terció en la conversación, algunas con los dientes apretados, otras ya con lágrimas en los ojos—. Muchas compartieron cárcel con nosotras... contigo, Ana Vega —continuó la anciana—. Todas saben lo que hiciste. Te lo dije un día: tu belleza está en el orgullo de gitana que nunca perdiste. Te estamos agradecidas; todas te debemos algo, y las que no, se hallan en deuda contigo a causa de sus madres, sus hermanas, sus hijas o sus amigas.

Si Melchor, Caridad, Milagros y fray Joaquín habían tardado cerca de una semana en recorrer el camino desde Barrancos a Triana, Martín Vega empleó tan solo tres días en galopar desde la raya portuguesa hasta la ciudad de Córdoba. La gente enviada por Méndez en su busca lo encontraron ya de regreso a Barrancos dos noches después de que Melchor y los demás partieran. Escuchó las explicaciones del contrabandista, consciente de que el Galeote se encaminaba a una muerte segura. Nadie lo defendería, no había Vegas en Triana, ni tampoco en Sevilla. La gran mayoría de los Vega de la gitanería de la huerta de la Cartuja habían sido detenidos durante la gran redada y permanecían todavía presos en los arsenales, incapaces de demostrar haber vivido conforme a las leyes del reino y sobre todo de la Iglesia; los pocos que escaparon de los soldados del rey se hallaban dispersos por los caminos. Sí que los había, sin embargo, en Córdoba, una de las ciudades con más gitanos. Parientes lejanos, pero con sangre Vega; Martín supo de ellos a raíz de la venta de una buena partida de tabaco. Sabía montar a caballo de cuando ayudaba a su hermano Zoilo, y a punto estuvo de reventar aquel que le proporcionó Méndez en busca de una ayuda que los cordobeses le negaron.

—Para cuando llegásemos a Triana —excusó el patriarca de aquellas gentes—, Melchor ya habría muerto.

Supo que no debía insistir. Igual que en Sevilla, Murcia, El Puerto de Santa María y otras tantas, en Córdoba podían residir los gitanos; ellos conocieron los arsenales; ellas los depósitos; todos la separación de sus cónyuges, hijos y seres queridos. Algunos lograron retornar a sus casas, y los que lo consiguieron tenían prohibido abandonar la ciudad. ¿Cómo iban a desplazarse hasta Triana para luchar con las familias de allí? Habría sangre, heridos y quizá muertos. Las autoridades se enterarían. «No nos pidas ese sacrificio», suplicaban los ojos del viejo gitano.

—Lo siento, muchacho —se lamentó el patriarca—. Por cierto —añadió—, hará tres días una de nuestras mujeres se topó con un grupo de gitanas famélicas que trataban de cruzar con discreción el puente sobre el río Guadajoz.

—¿Y?

—Le contaron que habían escapado de la Misericordia de Zaragoza y que se dirigían a Triana.

Al oír citar a Zaragoza, Martín se irguió en la silla en la que se había derrumbado tras la negativa. ¿Sería posible?

—Eran Vega. Todas ellas —terminó el viejo para confirmar su presentimiento.

—¿Estaba... estaba Ana Vega entre ellas?

El patriarca asintió.

—Lo recuerdo muy bien —aseveró una mujer a la que mandaron llamar al instante—, Ana Vega. El nombre de las demás no sabría decirlo, pero el de Ana Vega, sí. Era la que mandaba: Ana por aquí, Ana por allá.

—¿Dónde pueden estar ahora? —inquirió Martín.

—Estaban exhaustas y hasta llevaban a una anciana, no sé si enferma, juraría que sí. Discutieron acerca de descansar un tiempo aquí, pero Ana Vega dijo que no debían detenerse en las grandes ciudades, que lo harían en Carmona, con las Ximénez. Quizá hayan llegado. Les dimos de comer y continuaron.

Martín no tardó en galopar de nuevo, esta vez en dirección a Carmona. Si efectivamente se detenían allí, no le sería difícil dar con ellas. Las Ximénez eran bien conocidas entre los gitanos de toda Andalucía porque su familia era una de las pocas, quizá la última, que todavía se regía por el matriarcado. Ana Ximénez, en su condición de matriarca, igual que su madre, exigía que sus hijas y las hijas de estas continuaran con la línea materna en cuanto a sus apellidos: los hijos varones que había alumbrado se llamaban como su esposo; las hembras llevaban con orgullo el apellido de sus antecesoras.

Las encontró y fue incapaz de reconocer en alguna de aquellas mujeres descarnadas a la hija cuyas virtudes tanto ensalzaba Melchor. «Ana ha continuado hacia Triana», le aclararon. Las dos ancianas, Ana Ximénez y Luisa Vega, fueron las primeras en presentir problemas ante el semblante con el que el joven acogió la noticia. «Melchor Vega... ¡viejo loco!», espetó la Ximénez después de escuchar las atropelladas explicaciones de Martín. «¡Gitano!», mascculló sin embargo Luisa con orgullo. Martín no pudo esclarecer las numerosas dudas que todas ellas le plantearon. «Caridad dice...» «Advirtió Caridad...» «¿Quién es esa Caridad!», saltó de nuevo la Ximénez. «Asegura que los matarán a todos: a Melchor, a Milagros y a ella», se limitó a responder aquel.

—La única que venía a morir a Triana era yo. —Con esas palabras, Luisa rompió el silencio que se hizo tras la afirmación del gitano—. Me obligasteis a venir —recriminó a las demás—. Me dijisteis que encontraríamos a los nuestros; me prometisteis que podría morir en mi tierra. Me habéis arrastrado por media España a lo largo de leguas y leguas de suplicio para mis piernas. ¿Por qué calláis ahora?

—¿Qué pretendes que hagamos? —contestó una de las Vega—. Ya ves que los de Córdoba no están dispuestos...

—¡Hombres! —la interrumpió Luisa, sus ojos brillantes como no lo habían estado desde años atrás—. ¿Acaso los hemos necesitado para sobrevivir en Málaga o en Zaragoza?

—Pero la ley gitana... —empezó a oponer otra de ellas.

—¿Qué ley? —gritó Luisa—. La ley gitana es la de los caminos, la de la naturaleza y la tierra, la de la libertad, y no la de unos gitanos que han permitido que los de su raza fueran encarcelados de por vida mientras ellos vivían como cobardes junto a los payos. ¡Cobardes! —repitió la anciana—. No merecen llamarse gitanos. Nosotras hemos sufrido humillaciones mientras ellos obedecían a los payos. Han olvidado la verdadera ley, la de la raza. Nosotras hemos soportado golpes e insultos, y padecido hambre y enfermedades que han arruinado nuestro cuerpo. Nos han separado de nuestras familias y nunca hemos dejado de luchar. Hemos vencido al rey y a su ministro. ¿Acaso no caminamos libres? ¡Luchemos también contra aquellos que se llaman gitanos sin serlo!

—Ana ayudó a una de mis hijas —murmuró entonces la Ximénez.

—Esa es la única ley —sentenció Luisa, al tiempo que comprobaba cómo empezaban a iluminarse los rostros de sus parientes—. También ayudó a la Coja. ¿Recordáis a la Coja? La de Écija, aquí cerca. Escapó de Zaragoza un año antes que nosotras. ¿Y las dos del Puerto de Santa María? Las del primer indulto...

La vieja Luisa continuó citando a todas aquellas que las habían precedido en alcanzar la libertad. Fue sin embargo la Ximénez quien tomo la decisión.

—Martín —se dirigió al joven, acallando el discurso de la otra—. Galoparás hasta Écija. Ahora mismo. Allí buscarás a la Coja y le dirás que Ana Vega la necesita, que todas la necesitamos, que se dirija sin demora a Triana, al callejón de San Miguel. Encarécele para que mande recado a las demás gitanas que conozca de los pueblos cercanos, que cada una de ellas haga correr el mensaje.

Marchena; Antequera; Ronda; El Puerto de Santa María... Martín recibió instrucciones similares para cada uno de aquellos lugares.

Se trataba de la tercera ocasión en que las gentes del callejón de San Miguel se veían sorprendidas por una llegada imprevista: primero fue el Galeote con su grupo; después Ana Vega, y ahora cerca de una quincena de gitanas encabezadas por Luisa Vega, con el ánimo y las fuerzas renacidas, y Ana Ximénez, la matriarca de Carmona, que trataba de caminar erguida apoyándose en un precioso bastón dorado de dos puntas que destellaba al sol.

—¿Qué vamos a hacer? —preguntó en un susurro Ana Vega, mientras seguía andando junto a las dos ancianas.

—A los hombres —contestó en igual tono la Ximénez— no hay que dejarles tomar la iniciativa; se crecen.

—¿No sería prudente esperar a ser más? Ayer...

—Ayer ya no existe —replicó Luisa—. Si esperásemos, sería Rafael García quien tendría la oportunidad de decidir. Podríamos llegar tarde.

Mientras hablaban, las que las seguían dirigían su mirada a la gente del callejón. Muchas se conocían. Algunas eran incluso parientes, fruto de matrimonios entre familias. Hubo alguna sonrisa, algún saludo, muecas de incredulidad en la distancia por parte de los hombres, porque las mujeres, las gitanas no dudaban en acercarse y preguntar qué hacían allí, qué pretendían. Fray Joaquín las seguía algunos pasos por detrás, rezando para que aquel variopinto grupo lograra lo que parecía imposible.

Llegaron hasta la puerta de la casa de los García y, a gritos, instaron al Conde a que saliera a recibirlas.

—Rafael García —se encaró la Ximénez cuando por fin el Conde apareció en el callejón, flanqueado por los jefes de algunas familias—, venimos a liberar al Galeote y a su nieta.

Ana tembló. La libertad de su padre era algo con lo que ni siquiera había soñado. No creía posible que la condena pudiera anularse, pero al volver la cabeza y comprobar la seriedad que traslucían los semblantes de Luisa y Ana Ximénez, empezó a albergar esperanzas.

—¿Quiénes sois vosotras para venir aquí, a Triana, a liberar a nadie?

La voz potente del Conde interrumpió los murmullos con los que la mayoría de los gitanos del callejón acogió la exigencia de la Ximénez.

Luisa se adelantó a la respuesta de su compañera. Forzó la voz, que surgió ronca, rota:

—Somos las que hemos padecido por ser gitanas mientras tú y los tuyos vivíais aquí, en Triana, sometidos a los payos. Rafael García: no te vi en Zaragoza peleando por tu pueblo, ese al que dices representar como jefe del consejo. Ese oro que luces —la gitana señaló con desprecio el gran anillo que destacaba, brillante, en uno de los dedos del patriarca—, ¿no deberías haberlo empleado en comprar la libertad de algún gitano?

Luisa calló unos instantes y clavó la mirada en los jefes que acompañaban al Conde; uno de ellos no fue capaz de sostenérsela. Luego les dio la espalda, se volvió, y señaló con el dedo a los hombres del callejón.

—¡Tampoco vi a ninguno de vosotros! —les reprochó a gritos—. ¡Todavía hay muchos de los nuestros detenidos!

Algunos bajaron los ojos a medida que Luisa, la Ximénez y las demás gitanas posaban sus miradas de desprecio en la gente del callejón.

—¿Qué íbamos a hacer? —se escuchó de entre ellos.

Luisa esperó a que los murmullos de asentimiento cesasen, enarcó las cejas y giró la cabeza hacia el rincón del que había provenido la pregunta. Durante unos instantes el silencio invadió la calle. Luego, la vieja exhortó con gestos a las gitanas que las seguían para que despejasen el callejón, tomó del brazo a Ana Vega y se plantó con ella en el centro.

—¡Esto! —gritó desgarrando a tirones la ajada camisa de la gitana.

Ana quedó desnuda de torso para arriba. Sus pechos colgaban flácidos por encima de unas costillas que clamaban el hambre padecida.

—¡Yérguete, gitana! —mascullÓ la anciana.

La piel del vientre ni siquiera llegó a tensarse cuando Ana Vega obedeció y retó con orgullo al callejón entero.

—¡Esto! —repitió Luisa, agarrando a Ana y obligándola a girar sobre sí para mostrar los protuberantes verdugones ya resecos que se entrecruzaban hasta llegar a cubrir casi toda su espalda—. ¡Pelear! —escupió Luisa a gritos—. Eso es lo que deberíais haber hecho: ¡pelear, cobardes!

La tos de la anciana se oyó con nitidez en el reverente silencio con el que el callejón acogió sus acusaciones. Ana creyó ver sangre en sus esputos. Luisa hizo por respirar; no lo conseguía. La otra la cogió en brazos antes de que se derrumbara y las demás las rodearon al instante.

—Luchad —logró articular Luisa—. Has cumplido, Ana Vega. Moriré en mi tierra. Cumple con los tuyos ahora. Triana es nuestra, de los gitanos. No consintáis la muerte de Melchor.

Tosió de nuevo y la sangre acudió a su boca.

—Se está muriendo —afirmó una de las Vega.

Ana buscó ayuda con la mirada.

—¡Fray Joaquín! —llamó a gritos—. Cuídela —añadió después de que este se acercara y se acuclillara, turbado, tratando de impedir que su mirada se centrara en los pechos desnudos de Ana.

—Pero... yo...

—Todavía no es tu momento —trató de animar Ana a la anciana, haciendo caso omiso a las excusas de fray Joaquín—. Cuídela. Cúrela —le exigió poniéndola en sus manos—. Haga algo. Llévela a un hospital. ¿No es usted fraile?

—Fraile lo soy, pero Nuestro Señor no me ha concedido la virtud de resucitar a los muertos.

El cuerpo de Luisa, más menudo e indefenso que nunca, colgaba inerte de los brazos del fraile. Ana se disponía a despedirse de ella cuando tres palabras la detuvieron.

—No la defraudes.

Aquella voz... Buscó entre las gitanas. ¡La Coja! No estaba entre las que habían llegado con las Vega. La Coja asintió para confirmar lo que cruzaba por la mente de Ana. «He acudido a tu llamada —le dijeron sus ojos— y han venido más conmigo.»

—No nos defraudes, Ana Vega —profirió después, al tiempo que con su cabeza hacía un gesto hacia la entrada del callejón.

Ana, y muchas otras con ella, siguieron la indicación: dos gitanas más hacían su aparición en aquel preciso instante. Un torbellino de sentimientos confundió a Ana Vega. Continuaba desnuda, mostrando sus cicatrices y su mísero cuerpo bajo un sol radiante empeñado en destacarla de entre todas; deseaba llorar la muerte de Luisa, acercarse a ella antes de que su cadáver se enfriara, y abrazarla por última vez. ¡Cuánto habían padecido juntas! Y mientras tanto, la suerte de su padre y de su hija continuaba en manos de sus acérrimos enemigos, al tiempo que gitanas de todos los lugares dejaban a los suyos para correr en su ayuda.

—¡Rafael García, entréganos al Galeote y a su nieta!

La rotunda orden de la Ximénez devolvió a Ana a la realidad y se apresuró a ponerse al lado de la anciana matriarca. Las demás mujeres, todas a una, volvieron a apiñarse a su alrededor. Atrás quedó fray Joaquín, que sostenía en brazos el cadáver de Luisa Vega.

Rafael García titubeó.

—No pienso... —acertó a decir.

Una sarta de improperios se elevó de las gitanas: «¡Perro!» «¡Suéltalos!» «¡Payo!» «¡Cabrón!» «¿Dónde los tienes?» Alguien del callejón reveló el escondite en un susurro. «¡En una fosa en la herrería de los García!», se repitió a voz en grito.

El grupo de gitanas avanzó hacia la herrería, ubicada delante de ellas, empujando a Ana y a la Ximénez. La matriarca alzó su bastón cuando casi iba a topar con los hombres. Los empellones cesaron para permitirle hablar.

—Rafael, tienes la oportunidad de...

—La venganza es de Pascual Carmona —la interrumpió el Conde—. No debo...

—¡La venganza es nuestra! —se escuchó por detrás—, de las mujeres que hemos sufrido.

—¡De las gitanas!

—Apártate, hijo de puta.

Ana Vega escupió las palabras a solo un paso del viejo, que buscó ayuda en los otros jefes, pero estos se apartaron de él. Rafael García alzó la mirada hacia la ventana, en busca del apoyo de su esposa Reyes, y lanzó un suspiro de decepción al comprobar que nadie respondía. Ni siquiera la Trianera se atrevía a enfrentarse a las demás.

—¿Vais a permitir que se opongan a una sentencia del consejo y que escape un asesino? —gritó nervioso a los demás gitanos del callejón, la mayoría de ellos se arracimaban a los lados y por detrás de las mujeres.

—¿Vas a matarlas también a ellas, a todas? —replicó alguien.

—¡A ti no te importa vengar al Carmona! —gritó una mujer—. ¡Solo quieres matar al Galeote!

El Conde iba a contestar, pero antes de que pudiera hacerlo, se encontró con la punta del bastón de la Ximénez sobre su pecho.

—Hazte a un lado —masculló la matriarca.

Rafael García se resistió.

—No las dejéis pasar —ordenó entonces a su gente.

Los García, los únicos que se interponían en el acceso a la herrería, agarraron con fuerza y elevaron a media altura los martillos y las herramientas que hasta entonces habían mantenido indolentes en sus manos.

La amenaza produjo un silencio expectante. Ana Vega fue a abalanzarse sobre el Conde cuando una anciana de los Camacho se adelantó hasta ellos por uno de los lados.

—Ana Vega ha pagado lo suficiente por lo que hizo su padre y lo que pueda haber hecho su hija. ¡Todos lo hemos comprobado! Incluso Luisa ha muerto por la libertad que exigen los Vega. Rafael: aparta a tu gente.

La anciana buscó y obtuvo una seña de aprobación por parte del jefe de su familia antes de continuar.

—Si no lo haces, nosotros, los Camacho, las defenderemos contra los tuyos.

Un escalofrío recorrió la espalda de Ana Vega. ¡La familia Camacho, del mismo callejón, la defendía y con ello defendían el perdón para su padre! Quiso agradecérselo a la anciana, pero antes de que pudiera acercarse a ella, otras dos mujeres, estas de los Flores, se sumaron a la primera. Y otra, y una más. Todas de distintas familias, ante las miradas entre resignadas y aprobadoras de sus hombres. Ana sonrió. Alguien le echó un gran pañuelo amarillo de largos flecos sobre los hombros justo antes de que se encaminase hacia el interior de la herrería. Nadie osó impedirle el acceso.

49

Entre los aplausos y vítores de la multitud que se apretujaba en la herrería, Ana abrazó a su hija en cuanto consiguieron extraerla de la fosa. Deslumbrada aun con la escasa luz que se colaba, Milagros la oyó, la sintió, la olió y se agarró a ella con fuerza. Se pidieron mil veces perdón, se besaron, se acariciaron el rostro y se limpiaron las lágrimas la una a la otra, riendo y llorando al tiempo. Luego, por exigencia de Melchor, desataron y subieron a una aturdida Caridad, quien, tan pronto como recuperó la visión, se dirigió a un rincón entre la curiosidad de quienes no sabían de ella. Por último, el gitano que había descendido a la fosa ayudó a salir a Melchor.

—¡Padre! —gritó Ana.

Melchor, entumecido, se dejó abrazar sin apenas corresponder a las muestras de cariño de su hija y se libró con premura de sus brazos, como si no quisiera que ninguna otra emoción turbase su espíritu. El gesto heló la sangre de Ana.

—¿Padre? —preguntó separándose de él.

Los aplausos y comentarios de las gitanas cesaron.

—¿Y mi navaja? —exigió Melchor.

—Padre…

—Abuelo… —se acercó Milagros.

—¡Rafael! —gritó Melchor apartando a ambas mujeres.

El Galeote intentó andar, pero las piernas le fallaron. Cuando su hija y su nieta trataron de ayudarle, él se soltó de sus manos. Quería aguantar en pie por sí solo. Lo consiguió y dio un paso adelante. La sangre corrió de nuevo y logró dar el siguiente.

—¿Dónde está tu nieto? —aulló Melchor—. ¡He venido a matar a ese perro sarnoso!

Ana Ximénez, la primera frente al gitano, se apartó; las demás la fueron imitando y se abrió un pasillo hasta el callejón. Ana y Milagros vacilaron, no así Caridad, que corrió en pos de su hombre.

—Cachita —alcanzó a rogarle Milagros, rozando uno de sus brazos con la mano.

—Debe hacerlo —sentenció Caridad sin detenerse.

Madre e hija se apresuraron tras ella.

—¿Dónde está tu nieto? Te dije que venía a matarlo —soltó Melchor a un Rafael García que no se había movido de la puerta de su casa.

Caridad apretó puños y dientes en apoyo de las palabras del gitano; Ana Vega, por el contrario, solo reparó en la arrogancia con que el Conde acogió la amenaza. Sin el refulgir de la hoja de una navaja en la mano, su padre se le mostró pequeño e indefenso. Los años tampoco habían pasado en vano para él, lamentó. Ambas mujeres cruzaron sus miradas. ¡Cuánta resolución había en el semblante de la morena, pensó Ana, qué diferente de la última vez que la vio, caída en tierra, ingenua, cubierta con su sempiterno sombrero de paja mientras ella, atada a la cuerda con las demás detenidas, le rogaba que cuidara de Milagros! También su hija había cambiado. Se volvió hacia ella, ¿dónde…?

—Pensaba que huirías confundido entre las mujeres —se oyó en ese momento replicar a Rafael García con sarcasmo, la voz potente.

Entre la contestación del Conde y la ausencia de Milagros, Ana sintió un tremendo vértigo. ¿Dónde…? Temió lo peor.

—¡Padre! —gritó al descubrir a Milagros cruzando ya el umbral que daba al patio del corral de vecinos de los García, unos pasos más allá de la puerta de la herrería.

Ana se lanzó en persecución de su hija antes de que Melchor llegara a comprender lo que sucedía. Algunas mujeres la siguieron. Milagros había alcanzado la galería del piso superior cuando Ana accedió al patio.

—¡Milagros! —trató de detenerla.

Ella saltó los escalones que le faltaban.

—¿Dónde está mi niña! —Empujó a dos viejas García y se abrió paso por la galería—. ¡María!

La cabeza de Bartola asomó por la puerta de uno de los pisos.

—¡Hija de puta! —le gritó Milagros.

Desde las escaleras, Ana la vio, vestida de negro, correr y entrar en aquel piso.

—¡Rápido! —azuzó a las que la seguían.

Cuando entraron en tropel en el piso, las mujeres se encontraron con la niña, que lloraba y forcejeaba, en brazos de una joven y hermosa gitana. Milagros, frente a ellas, jadeante por la carrera y con los brazos tendidos hacia su hija, se había quedado inmóvil ante la fría mirada de Bartola y de Reyes, la Trianera, como si temiera que dar un paso más pudiera poner en peligro a la pequeña María.

—Es mi hija —musitó Milagros.

—¡Dásela! —ordenó Ana a la joven.

—No lo hará sin el consentimiento de su padre —se opuso la Trianera.

—Reyes —masculló Ana Vega—, dile que entregue la niña a su madre.

—¿A una puta? No pienso…

La Trianera no pudo continuar. Milagros se abalanzó sobre ella rugiendo como un animal. La empujó con las dos manos y cayeron al suelo, donde empezó a golpearla. Ana Vega no perdió un instante: se adelantó hasta la joven y le arrebató a María sin resistencia. El llanto de la pequeña y los gritos de Milagros inundaron la estancia y llegaron al callejón. Ana apretó a María contra sí y contempló la paliza con la que Milagros pretendía vengar en Reyes años de suplicio. No hizo nada por detenerla. Cuando la gente se amontonaba en la puerta y Ana percibió la presencia de algunos hombres, se acercó a Milagros y se acuclilló.

—Coge a tu hija —le dijo.

Salieron de la estancia justo en el momento en que Rafael García enfilaba la galería. Se cruzaron con él. Milagros trataba en vano de calmar a su pequeña. Le temblaban las manos y le faltaba el aliento, pero su mirada era tan brillante, tan victoriosa, que el Conde se alarmó, las sorteó, preocupado, y apresuró el paso en dirección a su casa.

—Enséñasela a tu abuelo. Pon a la niña en sus brazos. Corre, hija. Quizá así podamos evitar la tragedia. Cuando yo lo hice, muchos años atrás, lo conseguí.

Mientras Ana trataba de impedir que Melchor se enfrentara a muerte con Pedro García, en el interior de la habitación la Trianera, sentada en el suelo, magullada, sentenciaba al gitano.

—Ve a por Pedro —farfulló a su esposo. Desde la ventana, había escuchado el reto lanzado por Melchor—. Que pelee con el Galeote. Le será fácil con ese viejo. Dile que lo mate, que le saque los ojos delante de su familia, ¡que le raje las entrañas y me las traiga!

Abajo, en el callejón, Melchor no quiso tocar a la niña.

—El García te matará, padre. Ya eres… eres mucho mayor que él.

Milagros volvió a acercársela. Caridad lo observaba todo a cierta distancia, quieta, en silencio. El gitano ni siquiera alargó su mano.

—Pedro es malo, abuelo —apuntó con los brazos extendidos, mostrándole a la niña, que aún sollozaba.

Melchor hizo una mueca antes de replicar.

—Ese hijo de puta todavía tiene que conocer al diablo.

—Le matará.

—En ese caso, le esperaré en el infierno.

—Estamos todos, padre, sanos —intervino Ana—. Hemos conseguido reunirnos. Aprovechemos. Vayámonos de aquí. Vivamos…

—Dile que no lo haga, Cachita —rogó Milagros.

Ana se sumó a la súplica con la mirada. Incluso la Ximénez y algunas otras que estaban atentas a la conversación se volvieron hacia Caridad, que no obstante permaneció en silencio hasta que Melchor clavó sus ojos en ella.

—Me has enseñado a vivir, gitano. Si no te enfrentases a Pedro, ¿sentirías lo mismo al escucharme cantar?

El silencio fue suficiente respuesta.

—Acaba con ese malnacido, pues. No temas —dijo con un triste esbozo de sonrisa—, como te dije, te acompañaré al infierno y seguiré cantando para ti.

Ana bajó la cabeza, vencida, y Milagros estrechó a la pequeña contra su pecho.

—¡Galeote!

El grito del Conde, plantado a la puerta del corral de vecinos, acalló conversaciones y paralizó a las gentes.

—¡Toma! —Lanzó una navaja a los pies de Melchor—. En cuanto llegue, tendrás oportunidad de pelear con mi nieto.

Melchor se agachó para recoger su navaja.

—Límpiala bien —agregó el Conde al ver cómo el otro la restregaba contra su chaqueta roja—, porque si Pedro no acaba contigo, lo haré yo.

—¡No! —se opuso Ana Ximénez—. Rafael García, Melchor Vega, con esta pelea a muerte terminará todo. Si venciese Pedro, nadie deberá molestar a las Vega...

—¿Y la niña?

—¿Para qué quieres sangre Vega en tu casa?

El Conde pensó unos instantes y acabó asintiendo.

—La niña se quedará con su madre. ¡Nadie buscará nueva venganza en ellas! Ni siquiera tu nieto, ¿de acuerdo?

El patriarca volvió a asentir.

—¿Lo juras? ¿Lo juras? —insistió la gitana ante el simple movimiento de cabeza con el que el otro quiso cerrar el compromiso.

—Lo juro.

—Si por el contrario fuese Melchor... —Ella misma dudó ante sus propias palabras, y no pudo evitar una rápida mirada de lástima hacia el Galeote, como la que le dirigieron muchos de los allí presentes—. Si Melchor derrotase a Pedro, la sentencia se considerará cumplida.

—La venganza corresponde a los Carmona —alegó entonces el Conde—, y Pascual no está para jurarlo.

Ana Ximénez asintió pensativa.

—No podemos estar todas aquí esperando a que vuelva. Reúne al consejo de ancianos —dijo entonces—, que vengan todos los de la familia Carmona.

Esa misma tarde, la matriarca representó los intereses de los Vega en un consejo convocado con urgencia. Asistieron los jefes de las familias, los Carmona, muchos de los del callejón y algunas de las gitanas venidas de fuera. Otras se perdieron por Triana y las más se quedaron con Ana y Milagros, llorando el cadáver de Luisa, del que hasta ese momento se había hecho cargo fray Joaquín, y que acomodaron en el patio de uno de los corrales de vecinos.

Se trataba de un patio alargado que se abría entre sendas hileras de casitas de un solo piso y del que no tardó en elevarse el constante plañido de las gitanas, acompañado por gestos de dolor, algunos comedidos, la mayoría exagerados. Confundida entre las mujeres, agotada por el largo calvario sufrido desde que Pedro se la robó en Madrid, Milagros se sentó en un poyo de piedra adosado a la pared de una de las casas, y allí buscó refugio en la hija a la que acababa de recuperar, y a la que acunaba con la mirada perdida en su rostro. Al sentir cómo María se adormecía entre sus brazos, relajada, tranquila, confiada, olvidó todas las penurias. No quiso pensar en nada más hasta que entre las largas faldas de las mujeres reconoció las abarcas y el hábito de fray Joaquín, parado junto a ella. Alzó el rostro.

—Gracias —susurró.

Él fue a decir algo, pero la gitana volvió a sumergirse en las dulces facciones de su niña.

Pese a la tristeza por la muerte de Luisa, Ana Vega no se dejó llevar por el funesto ambiente que se vivía en el patio. Fray Joaquín le había contado de las relaciones entre su padre y la morena, pero no llegó a creerle hasta percibir los lazos que efectivamente les unían. Encontró a Caridad, sola, a escasos pasos de donde se hallaba Melchor.

—No quiero que Pedro lo mate —le dijo la gitana luego de situarse a su lado.

—Yo tampoco —contestó la otra.

Ambas miraban a Melchor, erguido en un rincón, quieto, expectante.

—Pero lo hará —afirmó Ana.

Caridad guardó silencio.

—Eres consciente de ello, ¿verdad?

—¿Qué eliges, su vida o su hombría? —le planteó Caridad.

—Si lo que pierde es la vida —replicó Ana—, de nada nos servirá su hombría ni a mí… ni a ti.

La gitana esperaba que Caridad reaccionase ante el reconocimiento que acababa de hacer de su relación, pero no lo hizo. Seguía contemplando a Melchor como hechizada.

—Sabes que eso no es cierto —replicó—. Lo noté temblar cuando Milagros explicaba cómo había sido prostituida por su esposo. Temí que reventara. Desde entonces no ha sido el mismo. Vive para vengarla…

—¡Venganza! —la interrumpió Ana—. Llevo cinco años encarcelada, sufriendo, para escapar a mi tierra, con los míos, y volver. Sé que es duro lo que sucedió con Milagros, pero no hace ni un día que los daba por muertos a los dos… a los tres —se corrigió—. Ahora tenemos la oportunidad de iniciar…

—¿Qué? —la interrumpió a su vez Caridad, en esta ocasión ya enfrentada a ella—. ¿Cinco años encarcelada? ¿Qué es eso? He sido esclava toda mi vida, y aun cuando alcancé la libertad, continué siéndolo aquí mismo, en Triana, y también en Madrid. ¿Sabes una cosa, Ana Vega? Prefiero un instante de vida junto a este Melchor… ¡Míralo! ¡Eso es lo que he aprendido de él, de vosotros! Y me gusta. Prefiero este instante, este segundo de gitanería, que pasar el resto de mis días con un hombre insatisfecho.

Ana no encontró palabras con las que contestar. Notó que la figura de su padre, impávido, se desdibujaba a medida que las lágrimas acudían a sus ojos, y se marchó. Quiso ir en busca de Milagros, la vio volcada en su niña y con el fraile rondándola, pero las otras Vega la abordaron tan pronto como la vieron mezclarse con la gente. La acompañaron junto a Luisa, allí donde se arremolinaban las nuevas gitanas que seguían llegando al callejón desde diferentes pueblos de Sevilla. Conocía a algunas, de Málaga, de Zaragoza; otras eran parientes o amigas, tal y como se presentaron. Trató de sonreírles, consciente de que acudían a apoyarla. Muchas incluso habrían discutido con sus hombres por hacerlo. Se arriesgaban a ser detenidas viajando a Triana sin pasaporte, y lo hacían por ella. ¡Gitanas! Miró el cadáver de Luisa, escuálido, encogido. ¡Qué grande había sido sin embargo! «Nunca podrán quitarnos el orgullo», les había dicho en la Misericordia para animarlas. «Esa es tu belleza», la halagó después. Y esa misma noche, rompiendo su promesa, ella había corrido a ver cómo Salvador regresaba de los campos. Se le encogió el estómago a su recuerdo. Luego lo destinaron a los arsenales, quizá a causa de su empecinamiento, pero Salvador, igual que los demás muchachos, abandonó la Misericordia erguido, altivo.

—¿Te encuentras mal? —La pregunta partió de una de las Vega.

—No... No. Tengo... tengo que hacer.

Las dejó a todas y corrió a donde Melchor.

«Mátelo, padre. Acabe con él. Hágalo por Milagros, por todas nosotras.»

En los oídos de Caridad aún resonaban las palabras de aliento que Ana había dirigido a Melchor hacía apenas un rato. En ese momento todos abandonaban el patio y salían al callejón. Ella no necesitaba decirle nada. Tuvo la sensación de que Ana llegaba a suplantarla cuando regresó al rincón en el que estaba Melchor para pedirle perdón, y llorar insultándose, al tiempo que lo animaba con todo el énfasis que pudo antes de abrazarse a él. Sin embargo, durante aquel abrazo, el gitano se volvió hacia Caridad y le sonrió, y con esa sonrisa ella supo que seguía siendo su morena.

Caridad permitió que fuera Ana la que acompañara a Melchor. Ella caminaba detrás, con Martín, que se había presentado en el callejón montado en un caballo diferente —«El otro no aguantó», confesó el joven—, con una vieja gitana de los Heredia, de Villafranca, a la grupa. Eso había sido poco antes de que Ana Ximénez acudiera al patio para comunicarles que el consejo había tomado una decisión: con la pelea acabaría todo. No habría más venganzas y Milagros quedaría en libertad con su hija. Los García habían aceptado, los Carmona, aun cuando no estuviera Pascual, también. No les dijo que no había sido difícil obtener ese compromiso porque nadie apostaba por Melchor. «Una forma como otra de ejecutar la sentencia», escuchó la matriarca que afirmaba uno de los Carmona antes de que los demás asintieran complacidos.

Decían que los García estaban buscando a Pedro en Sevilla. Caridad rezó a la Virgen del Cobre, a la Candelaria, y allí mismo, del tabaco que le había proporcionado Martín, lanzó unas hojitas al suelo rogando a sus orishas que Pedro hubiera caído borracho al Guadalquivir, lo hubieran detenido los alguaciles, o lo hubiera acuchillado un esposo cornudo. Pero nada de eso sucedió, y supo de su llegada cuando los murmullos en el callejón aumentaron.

Melchor no se hizo esperar, ni Ana tampoco. Milagros se negó a ir.

—Morirá por mi culpa —trató de excusarse ante su madre.

—Sí, hija, sí. Morirá por los suyos, como un buen gitano, como el Vega que es —se opuso la otra, obligándola a levantarse y acompañarlos.

—No se preocupe, padre, que Luisa no se escapará —soltó una gitana ante la duda que mostró el semblante de fray Joaquín al percatarse de que todos abandonaban patio, cadáver y velatorio.

Se escucharon algunas risas que no lograron romper la tensión, máxime cuando antes de que se apagasen, la sucesión de chasquidos del mecanismo de la navaja de Melchor al abrirse pareció elevarse por encima de cualquier sonido. Caridad respiró hondo. El gitano ni siquiera esperó a que la gente hiciera sitio. Caridad lo vio empuñar su navaja y cruzar el callejón en dirección al corral de vecinos de los García. Hombres y mujeres se fueron apartando a su paso.

—¿Dónde estás, hijo de puta!

Caridad cayó en la cuenta de que Melchor no lo conocía. Probablemente no le había visto el rostro la noche en que saltó al foso, pensó, ya que ella tampoco había llegado a hacerlo. Y, cuando vivían en Triana, ¿para qué iba a fijarse Melchor en un joven de la familia de los García? «Allí», estuvo tentada de señalárselo ella.

No fue necesario: Pedro García se separó de los suyos y caminó hacia Melchor. Los gitanos se abrieron en círculo. Muchos todavía hablaban, pero fueron callando ante los dos hombres que ya se tentaban con las navajas, los brazos extendidos: uno en mangas de camisa, joven, alto, fuerte, ágil; el otro... el otro viejo, delgado y consumido, de rostro descarnado y todavía vestido con su chaqueta roja ribeteada en oro. Muchos se preguntaron por qué no se la quitaba. La prenda parecía impedirle moverse con soltura.

Caridad sabía que no era la chaqueta. La herida de la pelea con el Gordo le quemaba, y sus movimientos acusaban el dolor. Ella lo cuidó con ternura, en Torrejón, en Barrancos; él respondía a sus atenciones con despecho, pero al final reían. Desvió la vista hacia Ana y Milagros, en primera fila las dos, una encogida, pronta a derrumbarse ante la desigualdad entre los contendientes; la otra llorando, apretando contra su cuello el rostro de la niña, impidiéndole ver la escena que se desarrollaba ante ellas.

Pedro y Melchor continuaban girando en círculo, insultándose con la mirada. Caridad se sintió orgullosa de aquel hombre, su hombre, dispuesto a morir por los suyos. Un escalofrío de orgullo recorrió su espalda. Igual que le había sucedido a su llegada al callejón de San Miguel, cuando los detuvieron, sintió en sí misma el poder que irradiaba Melchor, ese poder que la atrajo desde la primera vez que lo vio.

—¡Pelea, gitano! —gritó entonces—. ¡El diablo nos espera!

Como si los demás que presenciaban la reyerta hubieran estado esperando ese primer grito, el callejón entero estalló en ánimos o insultos.

Pedro atacó, espoleado por la gente. Melchor logró esquivarlo. Volvieron a retarse.

—Gilí, fanfarrón —espetó el García.

Gilí, fanfarrón... Las palabras de Pedro García revivieron como un fogonazo en la mente de Milagros y a su mente volvió el rostro de la vieja María. Pedro lo había confesado en Madrid, pero ella, borracha, había sido incapaz de recordarlo. «Gilí, fanfarrón», eso era lo que había dicho aquella noche. ¡Pedro había matado a la vieja curandera! Se sintió débil, por suerte alguien logró arrancar de sus brazos a la pequeña antes de que cayera al suelo.

—¡Cuidado, Melchor! —le advirtió Caridad cuando Pedro García se abalanzó sobre él aprovechando que desviaba la atención hacia su nieta.

Lo esquivó una vez más.

—Contigo terminan los Vega —masculló el García—, solo tienes mujeres por descendencia.

Melchor no contestó.

—Putas y rameras todas ellas —llegaron a escuchar los más cercanos en boca de Pedro.

Melchor tragó su ira, Caridad lo percibió, luego lo vio citar a su enemigo con la mano libre. «Ven», le decía con ella. Pedro aceptó el envite. La gente estalló en murmullos cuando la navaja del García sajó el antebrazo del Galeote. En solo un instante la sangre tiñó de oscuro la manga de Melchor, que respondió a la herida con un par de acometidas infructuosas. Pedro sonreía. Atacó de nuevo. Otro navajazo, este a la altura de la muñeca con la que Melchor trató de protegerse. El silencio se fue haciendo entre los presentes, como si previeran el desenlace. Melchor arremetió, con torpeza. La navaja de Pedro alcanzó su cuello, cerca de la nuca.

Caridad miró a Ana, hincada de rodillas, la cabeza erguida con dificultad, las manos enlazadas entre sus piernas. Tras ella se ocultaba Milagros. Volvió la vista justo para sentir, casi en su propia carne, la cuchillada que recibió Melchor en el costado. Notó la hoja de la navaja atravesando al gitano como si la estuvieran hiriendo a ella misma. Más allá de las armas, vio sonreír a Reyes, y a su esposo, y a los García y a los Carmona. Melchor arrastraba una pierna, jadeaba... y sangraba con profusión. Caridad comprendió que su hombre iba a morir. Pedro jugueteaba con su rival, retrasando su muerte, humillándolo al esquivar con soltura, a carcajadas, sus débiles acometidas. El diablo, pensó Caridad, ¿cómo se bajaba al infierno? Se volvió hacia Martín, quieto a su lado, y trató de agarrar la empuñadura de la navaja que sobresalía de la faja del joven gitano.

—No —le impidió él.

Forcejearon.

—¡Lo va a matar! —gimió Caridad.

Martín no cedió. Caridad desistió por fin y se disponía a lanzarse en ayuda de Melchor con las manos desnudas cuando Martín la agarró. Volvieron a forcejear, y él la abrazó tan fuerte como pudo.

—Lo matará —sollozó ella.

—No —afirmó el otro a su oído. Caridad quiso mirarlo al rostro, pero el otro no redujo la presión y continuó hablando—: Él no lucha así. Lo sé. Me ha enseñado a pelear, Caridad; lo conozco. ¡Se está dejando pinchar!

Transcurrió un segundo. Ella dejó de temblar.

El gitano soltó a Caridad, que volvió la mirada hacia la pelea en el momento en que Pedro, exultante, seguro de sí mismo, miraba a sus abuelos como si les quisiera brindar el final de su enemigo, decidido a dar el golpe definitivo. La Trianera tardó en comprender e intentó reaccionar al ver a su nieto atacar al Galeote con indolencia, movido por la vanidad. La advertencia se le ahogó en la garganta cuando Melchor esquivó la cuchillada dirigida al centro de su corazón y, con un vigor nacido de la ira, del odio y del propio dolor incluso, hendió su navaja hasta la empuñadura en el cuello de Pedro García, que se detuvo en seco, con un rictus de sorpresa, antes de que Melchor hurgase con saña en el interior, para finalmente extraer la navaja entre un chorro de sangre.

En el silencio más absoluto, el gitano escupió sobre el cuerpo tendido del que la sangre continuaba manando a borbotones. Quiso desviar la mirada hacia los García, pero no pudo. Trató de erguirse. Tampoco lo consiguió. Solo logró clavar sus ojos en Caridad antes de desplomarse y de que esta corriera en su ayuda.

50

Habían transcurrido dos días desde la pelea. Melchor despertó en plena noche y acomodó su visión a la tenue iluminación de las velas del piso desocupado del callejón donde se habían instalado; contempló unos instantes a Ana y Milagros, al pie del jergón.

Luego pidió que lo llevaran a Barrancos.

—No quiero morir cerca de los García —logró mascullar.

—No va a morir, abuelo.

Carmen, una curandera gitana llegada de Osuna a la llamada de Ana, se volvió hacia esta y se encogió de hombros.

—Lo que tenga que suceder, sucederá —afirmó—, aquí, en Barrancos... o camino de Barrancos —se adelantó a la segura pregunta de la gitana.

Melchor pareció escucharlo.

—No debéis quedaros en Triana —acertó a decir—. Nunca os fiéis de los García.

Varias de las gitanas presentes en la estancia afirmaron con la cabeza mientras se escuchaba la respiración forzada de Melchor.

—¿Y la morena? —preguntó él.

—Bailando —contestó Milagros.

La respuesta no pareció sorprender a Melchor, quien lanzó un quejido al tiempo que esbozaba una sonrisa.

Caridad velaba a Melchor durante el día. Seguía las instrucciones de la curandera y, con Ana y Milagros, cambiaba vendas y apósitos, y reponía paños húmedos en su frente para combatir la calentura. Canturreaba como si Melchor pudiera escucharla. Una de las gitanas pretendió impedírselo con una mueca de disgusto al oír los cantos de negros, pero Ana la cortó con gesto autoritario y Caridad continuó cantando. Al llegar la noche se escabullía y corría al naranjal en el que conoció al gitano. Allí, tímidamente primero, con desenfreno después, una sombra convulsa entre las sombras, entrechocando palos en sus manos, cantaba y bailaba a Eleggua, el que dispone de las vidas de los hombres. No conseguía su favor, pero el dios supremo tampoco se decidía a llamar a su hombre. Melchor la había hecho mujer; le había enseñado a amar, a ser libre. ¿Acaso aquella era la lección que le faltaba? ¿Conocer el verdadero dolor de perder al hombre a quien amaba? Era solo una niña cuando la separaron de su madre y sus hermanos; el dolor se confundió entonces con la incomprensión de la infancia, y se atemperó distraído por las nuevas vivencias. Años después don José vendió a su primer hijo y terminó separándola del segundo, Marcelo; Caridad era una esclava y los esclavos no sufrían, ni siquiera pensaban, trabajaban tan solo. En esa ocasión, el dolor tropezó con la costra impenetrable con la que los esclavos recubrían sus sentimientos para poder continuar viviendo: así eran las cosas, sus hijos no le pertenecían. Pero ahora... Melchor había hecho añicos aquella costra, y ella conocía, y sabía, y sentía; era libre y amaba... ¡Y no quería sufrir!

—No dejéis que vaya sola a los campos —dijo Melchor.

—No se preocupe padre, Martín la vigila.

El gitano se sintió satisfecho, asintió y cerró los ojos.

—No me parece prudente que llevéis a Melchor a Barrancos.

El comentario, dirigido a madre e hija, provino de fray Joaquín. Terminada la pelea, el religioso las había seguido con discreción, como si formase parte de la familia, hasta llegar a confundirse con las demás Vega que no tenían adónde ir y con algunas de las gitanas que retrasaban su vuelta ante lo que preveían un inminente desenlace. Muchos rondaban por la casa. La angustiosa situación de Melchor, que se debatía entre la vida y la muerte, el entierro de Luisa y el de Pedro; los llantos y quejidos en el funeral; la tensión por lo que pudiera suceder con los García pese a sus promesas... Nadie se fijó en fray Joaquín.

—La prudencia nunca ha sido una de las virtudes de mi padre, ¿no cree, fray Joaquín?

—Pero ahora... en su estado, eres tú quien debe decidir.

—Mientras le quede un hálito de vida, decidirá él, su paternidad.

—No es buena idea —insistió el fraile, las palabras dirigidas a la madre; la mirada, no obstante, fija en la hija—. Deberíais buscar un buen cirujano que...

—Los cirujanos cuestan mucho dinero —le interrumpió Ana.

—Yo podría...

—¿De dónde iba a obtener ese dinero? —intervino Milagros.

—De la talla de la Inmaculada. Vendiéndola. Si antes ya era valiosa, ahora lo es mucho más. Parece ser que las langostas se lanzaron al río ante su presencia.

—Gracias, fray Joaquín, pero no —rechazó Ana la oferta.

Milagros escrutó a su madre. «No», repitió esta con la cabeza. «Si permites un nuevo sacrificio por parte del fraile, ya no serás capaz de rechazarlo», quiso explicarle.

—Pero... —empezó a decir fray Joaquín.

—Con todos los respetos, creo que mi padre se sentiría vejado si supiera que una Virgen ha venido a ayudarle con dineros —se excusó Ana, al tiempo que pensaba que tampoco iba tan desencaminada.

—¿Está segura, madre? —preguntó Milagros después de que el fraile las dejara cabizbajo.

Ana la abrazó, y las dos se fijaron en el gitano, tendido, con paños y vendas aquí y allá; la peor, la preocupante al decir de la curandera, era la cuchillada recibida en el costado, cerca de donde le hirió el Gordo. Ana apretó el hombro de Milagros antes de contestar:

—¿Estás segura, tú, hija?

—¿Qué quiere decir?

La mirada de su madre fue lo bastante explícita.

—Fray Joaquín se ha portado muy bien conmigo —afirmó Milagros—. Me salvó la vida y después…

—Eso no es suficiente. Lo sabes.

Lo sabía. Milagros se estremeció.

—En Madrid —susurró—, cuando me salvó, creí… no sé. Luego, durante el camino a Barrancos… no se puede imaginar cómo me cuidaba, las atenciones, sus esfuerzos por conseguir dinero, comida, lugares para dormir. Solo lo tenía a él y creí…, sentí… Pero luego encontré al abuelo, y a Cachita, y a usted, y recuperé a mi niña. —Milagros suspiró—. Es…, es como si el amor que creí sentir hacia él se hubiera diluido en los demás. Hoy veo a fray Joaquín con otros ojos.

—Tendrás que decírselo.

Milagros negó con la cabeza al tiempo que hacía una mueca de disgusto.

—No puedo. No quiero hacerle daño. Lo ha abandonado todo por mí.

Ana Vega hizo un significativo gesto a una de las gitanas Vega, que al instante ocupó el puesto al pie del jergón, y empujó con delicadeza a su hija en dirección a la salida de la casa. El calor de la noche era opresivo y húmedo. Pasearon en silencio por el patio de vecinos, hasta que decidieron sentarse en dos sillas destartaladas.

—El fraile entenderá —dijo Ana.

—¿Y si no es así?

—Hija, ya has cometido un error en tu vida. No apuestes por otro.

Milagros jugueteó con una cinta que llevaba en su muñeca. Vestía una sencilla falda roja y una camisa blanca, resultado de un trueque por las ropas negras traídas desde Madrid. También le habían dado varias cintas de colores.

—Un error muy importante —reconoció al cabo—. Entonces no hice caso de sus advertencias. Debería haber…

—Probablemente la culpa fue mía, hija —la interrumpió su madre—. No supe convencerte.

Ana palmeó sobre la mano de Milagros. Ella se la agarró.

—¿Sabe? —le tembló la voz—. Las cosas cambian cuando se es madre. Me gustaría que algún día mi hija estuviera tan orgullosa de mí como lo estoy hoy de usted. ¡Toda Andalucía ha venido en su ayuda! No. No fue culpa suya. Cuando se tiene una hija, las cosas se ven diferentes a como se ven cuando una tiene quince años. Hoy lo entiendo: lo primero son los tuyos, la familia, los que no te fallarán; nada ni nadie más puede existir. Confío poder enseñarle eso a María. Lo siento, madre.

«Los que no te fallarán», resonó en los oídos de Ana Vega mientras desviaba unos ojos húmedos hacia la casa en la que permanecía su padre. «Es fuerte el Galeote; todo nervio», había tratado de animarla la curandera cuando Melchor se esforzaba por maldecir las manos de todas aquellas mujeres que lo asediaban. «No te rindas, gitano», había escuchado de boca de Caridad cuando él tiritaba, febril. Recordó el esfuerzo casi sobrehumano que hizo Melchor al enterarse de que Pedro había asesinado a la vieja María, como si quisiera levantarse del jergón para correr a matarlo de nuevo. Habían dudado si decírselo después de que Milagros lo contase. «¿Y si se muere sin saber que también ha vengado a la vieja María?», zanjó el asunto Caridad. Fue Milagros quien se lo dijo. Los tuyos, la familia, los que no te fallarán... Ana abrazó a su hija.

—¡Luche, padre, luche! —susurró.

El sol estaba en lo alto, el día siguiente, cuando Martín entró en la casa en busca de las mujeres.

—Ya lo tengo todo preparado —anunció.

Caridad no hizo ademán de salir, ocupada en alimentar a Melchor con un caldo frío. Ana percibió que fray Joaquín aguzaba el oído.

—Ve tú a comprobarlo —dijo entonces a Milagros.

El fraile no tardó en seguirla hasta el callejón, donde se topó con una destartalada carreta de dos ruedas de madera, sin pescante ni laterales, y un viejo y mísero borriquillo uncido a su lanza.

Milagros examinaba la paja sobre la que viajaría Melchor.

—De vuelta a Barrancos —apuntó fray Joaquín.

Martín repasó al fraile de arriba abajo antes de dejarlo a solas con Milagros, que continuó removiendo la paja, como si buscase algo.

—Sí —afirmó sin abandonar su empeño con la paja—. El abuelo así lo quiere.

El silencio se alargó entre ellos.

Al fin, la gitana se volvió.

—¿Qué augura mi mano? —la sorprendió fray Joaquín tendiéndosela.

Ella no la tocó.

—La buenaventura... Usted sabe que todo eso son patrañas. —La voz le arañó la garganta, no quería llorar.

—Depende de lo que quiera ver la gitana que la lea —insistió fray Joaquín, alargando más su mano, animándola a que la tomara entre las suyas.

Milagros quiso bajar la cabeza, esconder la mirada. No lo hizo por el recuerdo de su niñez en Triana, por su ayuda en Madrid, y durante el camino a Barrancos, por haberla salvado de ser asesinada y por la dulzura y el cariño que le demostró después. Nada dijo, sin embargo.

Fray Joaquín retiró su mano ante el revuelo que originó la salida de Melchor; caminaba muy despacio, sostenido por Martín a un lado y Caridad al otro; Ana con la niña y los demás detrás. Todo ello, sin embargo, no fue suficiente para que Milagros desviase su atención del rostro del fraile: las lágrimas corrían por sus mejillas.

—No llore, por favor —rogó la gitana.

Allí, quietos, impedían que Melchor pudiera subir a la carreta.

—Es usted un buen hombre, padre —terció el gitano con un hilo de voz al llegar hasta ellos—. No pretenda más —le aconsejó después—. Continúe con su Dios y sus santos. Los gitanos..., ya ve usted, vamos y venimos.

Fray Joaquín interrogó a Milagros con la mirada.

—No me dejes otra vez —suplicó ante su silencio.

—Lo siento —logró disculparse ella.

El fraile no tuvo tiempo de replicar ante una nueva intervención de Melchor, al que trataban de alzar para acomodarlo sobre la paja, en la carreta.

—¡Ah, padre! —Melchor lo llamó como si pretendiera hacerle una confidencia.

El otro lo miró. Se resistía a apartarse de Milagros, pero los ojos tan vidriosos como penetrantes del gitano le convencieron de que se acercara a él.

—No deje que le estafen con el polvo de tabaco —le susurró el gitano con simulada seriedad—. Si lo ve colorado, no dude, es cucarachero, seguro.

Cuando el fraile se apresuró a buscar los ojos de Milagros, no los encontró.

«En Barrancos sanará.» Querían creerlo. Se lo habían repetido unas a otras durante el largo y penoso trayecto por las sierras, tratando de animarse mientras caminaban tras el carro donde Melchor yacía sobre la paja. Martín tiraba del borrico, que, junto con el carro, había trocado por su caballo en Triana.

Al llegar al pie del cerro, Caridad alzó la mirada hacia la casa que tocaba el cielo, la suya. Ascendieron y se detuvieron en lo alto. Martín ayudó a Melchor a descender de la carreta. Ana y Caridad se disponían a ayudarle pero él las rechazó y trató de disimular el dolor.

El día era claro; el sol estival perfilaba campos, ríos y montañas y destacaba sus vívidos colores. El silencio invadía el entorno. Melchor renqueó en dirección al borde del barranco, que se abría a la inmensidad. Milagros entregó la niña a Martín y se dispuso a seguir a su abuelo, pero Caridad se lo impidió extendiendo su mano abierta, con la mirada puesta en su hombre, que se apoyaba ahora contra la gran roca testigo de los sueños e ilusiones que ambos habían compartido.

—Canta, gitano —murmuró entonces con la voz tomada.

Transcurrieron unos segundos.

Empezó con un susurro que fue ganando fuerza hasta convertirse en un largo y hondo quejido que resonó contra el mismo cielo. Un escalofrío recorrió la espalda de Caridad; toda ella tembló al tiempo que se le erizaba el vello. Milagros se abrazó a su madre, para no caer. Ninguna de ellas cantó, las tres unidas en el embrujo de una voz rota que se fundía con la brisa para volar en busca de la libertad.

—Cante, abuelo —susurró Milagros—. Cante hasta que la boca le sepa a sangre.

Nota del autor

A lirí ye crayí, nicobó a lirí es calés.
[La ley del rey, destruyó la ley de los gitanos.]

El Crallis ha nicobado la lirí de los calés.
[El Carlos ha destruido la ley de los gitanos.]

En 1763, catorce años después de la gran redada y ya caído en desgracia el marqués de la Ensenada, el rey Carlos III indultaba a los gitanos del delito de haber nacido como tales. En los diferentes arsenales quedaban detenidos alrededor de ciento cincuenta de ellos, que aún tardaron años en ser liberados. En la Real Casa de la Misericordia de Zaragoza permanecieron solo algunas viejas gitanas sin familia. Las que no se habían fugado, más de doscientas cincuenta, alcanzaron la libertad aprovechando la larga agonía del rey Fernando VI, con lo que aquella institución solventó el problema gitano y pudo dedicarse a recuperar su identidad.

Veinte años más tarde, en 1783, el mismo Carlos III promulgaba una pragmática que pretendía conseguir la asimilación de los gitanos. En ella se reiteraba la proscripción del término «gitano» —«los que se llaman y dicen gitanos no lo son ni por origen ni por naturaleza»—, prohibiendo expresamente su uso, como ya se había ordenado en disposiciones anteriores, si bien con escaso éxito. Pero además de esa reiteración, el rey establecía que los gitanos no provenían de «raíz infecta», con lo que venía a concederles los mismos derechos que al resto de la población. Pese a continuar prohibiéndoles sus trajes y su jerga, se les permitió elegir aquellas labores u oficios que tuvieran por convenientes —con algunas excepciones, como la de posadero en sitio despoblado—; se alzó la prohibición de desplazarse por el reino y se les autorizó a vivir en cualquier pueblo, salvo en la Corte y en los Reales Sitios, donde, a pesar de todo, continuaron haciéndolo, como bien se había preocupado en poner de manifiesto el ministro Campomanes al lamentar el fracaso de los intentos de extrañarlos de Madrid.

El espíritu ilustrado que movió la pragmática de 1783 contó con informes de diversas salas de justicia, algunas de las cuales señalaban la constante discriminación, las vejaciones y el trato injusto del que habían sido objeto los gitanos por parte de la ciudadanía, principalmente de los justicias y religiosos, debido a su modo de vida y al hecho de que vivieran apartados de la sociedad.

Baste recordar el párrafo con el que Cervantes inicia su novela *La gitanilla*:

> Parece que los gitanos y gitanas solamente nacieron en el mundo para ser ladrones; nacen de padres ladrones, críanse con ladrones, estudian para ladrones y, finalmente, salen con ser ladrones corrientes y molientes a todo ruedo; y la gana del hurtar y el hurtar son en ellos como accidentes inseparables, que no se quitan sino con la muerte.

Al decir de los informes de las salas de justicia, los gitanos preferían vivir en la soledad y el aislamiento a hacerlo junto a los que los maltrataban.

Aun teniéndolo en cuenta, lo cierto es que la sociedad gitana es etnocéntrica. No existe tradición escrita en esa comunidad, pero son muchos los autores que coinciden en una serie de valores que caracterizan a ese pueblo: el orgullo de raza y ciertos principios que rigen su vida; «Li e curar, andiar sun timuñó angelo ta rumejí» (libertad de obrar, según su propio deseo y provecho); «Nada es de nadie, y todo es de todos», actitudes de difícil conciliación con las normas sociales habituales.

A partir de eso resultan comprensibles las dos afirmaciones con las que se encabeza esta nota. Parece que la equiparación jurídica entre payos y gitanos que establece la pragmática del rey Carlos III defraudó a los segundos. «El Carlos ha destruido la ley de los gitanos.» ¿Se trata de victimismo? ¿De rebeldía, quizá? Quede esto para los estudiosos.

La capacidad de adaptación, que no asimilación, de los gitanos a los diversos entornos, resulta una constante puesta de manifiesto por los estudiosos de esta etnia. En Sevilla, incluida Triana, existían en el siglo XVIII casi cincuenta cofradías de penitencia, la mayoría con gran tradición entre ellas la de los Negritos, denominación esta que, probablemente utilizada por el común, no aparece en sus libros hasta los años ochenta de esa misma centuria, con posterioridad pues a la fecha en que finaliza la novela. La Hermandad de los Gitanos, tan apreciada hoy, no nació hasta después de la gran redada, y no realizó su primera salida hasta la Semana Santa de 1757. Por esas mismas fechas los misioneros pusieron de relieve la gran devoción y penitencia de los gitanos de Triana en las confesiones generales que se llevaron a cabo.

Sorprende que en la España de la Inquisición, las misiones y el fervor religioso, los gitanos, acusados constantemente de irreligiosos, impíos e irreverentes, no sufrieran la persecución inquisitorial. Ni el Santo Oficio ni la Iglesia parecían concederles importancia alguna. A diferencia de otras comunidades igualmente perseguidas a lo largo de los tiempos, los gitanos fueron capaces de resistir y sortear las dificultades, casi jugueteando, burlándose de las autoridades y de sus constantes esfuerzos por reprimirlos.

Una comunidad que, por otra parte, contribuyó como ninguna a legar un arte, el flamenco, hoy declarado por la UNESCO Patrimonio Inmaterial de la Humanidad. Ni soy yo ni este es el lugar para profundizar en si el pueblo gitano trajo consigo o no a Europa su propia música, la zíngara, o si esta era originaria de las llanuras húngaras; en cualquier caso los gitanos alcanzaron el virtuosismo en su ejecución, como sucedería en España con una música que en el siglo XVIII, período en el que se desarrolla la novela, es calificada por los estudiosos de «preflamenca». A partir de ella se configuraría un cante que desde finales del siglo XIX, con unos palos y una estructura definida, pasará a conocerse como flamenco.

También parecen estar de acuerdo los estudiosos en que esos cantes fueron probablemente el resultado de la fusión, en manos de los gitanos, de su propia música con la tradicional española, la de los moriscos y la de los negros, fueran estos esclavos o libertos, la llamada música de ida y vuelta.

Tres pueblos perseguidos y sometidos, esclavizados unos, explotados y extrañados otros, despreciados todos: moriscos, negros y gitanos. ¿Qué sentimientos podían nacer de la fusión de sus músicas, cantes y bailes? Solo aquellos que alcanzan su cenit cuando la boca sabe a sangre.

Triana, en competencia con otros lugares de Andalucía, es considerada la cuna del flamenco. El callejón de San Miguel, donde se apiñaban las herrerías de las familias gitanas, desapareció a principios del siglo XIX.

Quizá el cante convencionalmente reconocido como tal nazca en los albores del XX, pero eso no debe restar profundidad y amargura, «jondura», a los cantes gitanos del XVIII. El Bachiller Revoltoso, testigo de la vida trianera de mitad de ese siglo, escribe:

> Una nieta de Balthasar Montes, el gitano más viejo de Triana, va obsequiada a las casas principales de Sevilla a representar sus bailes y la acompañan con guitarra y tamboril dos hombres y otro le canta cuando baila y se inicia el dicho canto con un largo aliento a lo que llaman queja de galera, porque un forzado gitano las daba cuando iba al remo y de este pasó a otros bancos y de estos a otras galeras.

A la imaginación del lector, a su sensibilidad, hay que dejar la visión de ese gitano que, con la libertad como el mayor de sus tesoros, cantaba para quejarse de vivir aherrojado a los remos de una galera de la que pocos salían con vida; largo aliento que, al decir del autor contemporáneo, se reprodujo después en los salones de los nobles y principales.

También es el mismo Bachiller Revoltoso el que nos cuenta cómo a un gitano que trabajaba en la fábrica de tabacos se le rompió en el interior del intestino la tripa —el tarugo— en la que guardaba el polvo de tabaco que pretendía robar. El contrabando de tabaco, producto que era monopolio, o estanco, de la hacienda real constituyó en la época —y continuó siéndolo— una de las actividades más lucrativas, y el pueblo portugués de Barrancos fue uno de sus principales núcleos. Los estudios son unánimes al incluir a los religiosos en esas prácticas.

El siglo XVIII, por otra parte, supuso un importante cambio para la ciudad de Madrid. El advenimiento de la nueva dinastía de los Borbones llevó a la corte nuevos gustos y costumbres. La Ilustración promovió la creación de Reales Academias, sociedades económicas, fábricas y talleres estatales y una serie de mejoras urbanísticas que alcanzaron su esplendor en el reinado de Carlos III, considerado el mejor alcalde por el impulso y las reformas que promovió en la Villa y Corte.

Una de esas actuaciones fue la llevada a cabo por Felipe V sobre lo que originariamente había sido el Corral de Comedias de la Pacheca para convertirlo en el Coliseo del Príncipe, que pasó a ser el Teatro Español tras la reconstrucción de aquel después de dos voraces incendios; está emplazado en la bulliciosa y concurrida plaza de Santa Ana, ubicada esta a su vez en el solar del antiguo convento de carmelitas descalzas.

Mientras en Sevilla estaban prohibidas las comedias, en Madrid se representaban a diario en los teatros del Príncipe y de la Cruz. Muchos estudiosos coinciden en afirmar que la gente acudía a ellos no por las obras dramáticas sino por los sainetes y las tonadillas, que habían venido a sustituir a los clásicos entremeses barrocos como representaciones autónomas y breves en los entreactos de las obras principales.

La tonadilla escénica llegó a independizarse del sainete a lo largo del siglo XVIII, época en la que alcanzó su máximo desarrollo, hasta terminar cayendo en el olvido y desaparecer por completo durante la primera mitad de la siguiente centuria.

Las tonadillas eran obras breves, en su mayor parte cantadas y bailadas, con temática costumbrista o satírica, a través de las que se ensalzaba a los personajes populares y se criticaba a las clases altas y afrancesadas. Una de sus características más significativas era la interacción de la tonadillera con el público, lo que convertía el ingenio, el desparpajo, la ironía y, por supuesto, la sensualidad en méritos tan importantes como la voz o el donaire en el baile.

Las gentes de Madrid, los humildes, encumbraron a muchas de esas tonadilleras que cantaban para ellos. Manolos y chisperos son figuras representativas de esa majeza tan característica del madrileño que se enorgullece de serlo.

Mi agradecimiento, como siempre, a mi esposa, Carmen, y a mi editora, Ana Liarás, a todos cuantos ayudan y colaboran para el buen fin de esta novela y, por encima de todo, al lector que le da sentido.

Barcelona, junio de 2012